俏金枝 [上]

百事荒 作品

青岛出版社
QINGDAO PUBLISHING HOUSE

图书在版编目（ＣＩＰ）数据

俏金枝 / 百事荒著. — 青岛：青岛出版社，
2016.10
　ISBN 978-7-5552-4363-2

　Ⅰ．①俏…　Ⅱ．①百…　Ⅲ．①长篇小说－中国－当代
Ⅳ．①I247.5

中国版本图书馆CIP数据核字（2016）第166921号

书　　　名	俏金枝
著　　　者	百事荒
出版发行	青岛出版社
社　　　址	青岛市海尔路182号（266061）
本社网址	http://www.qdpub.com
邮购电话	010-85787680-8015　13335059110
	0532-85814750（传真）　0532-68068026
责任编辑	杨　琴
责任校对	耿道川
特约编辑	杨　琴
装帧设计	苏　涛
照　　　排	刘丽霞
印　　　刷	三河市南阳印刷有限公司
出版日期	2016年10月第1版　2016年10月第1次印刷
开　　　本	32开（880mm×1230mm）
印　　　张	17
字　　　数	400千
书　　　号	ISBN 978-7-5552-4363-2
定　　　价	49.80元（全二册）

编校印装质量、盗版监督服务电话　4006532017　0532-68068638

悦讀紀 ENJOY READING ERA | 文化品位 优雅生活

—— 阅读改变女性 · 女性改变未来 ——

目 录

第一章
退婚

玦城向来不乏貌美之人。一国主城，各翘楚会聚之地，俊男美人自是平常。

饶是凤倾月见惯了国色天香、风华绝代之姿，对着眼前之人也不由一叹：好个京中第一美、倾国俏佳人！

淡白梨花面，轻盈杨柳腰。淡眉如秋水，玉肌伴清风。杏眼盈盈，欲语还休。唇不点而红，眉不描而黛。她柳含烟，当得起"貌若天仙，如诗如画"这话。

若论美貌，输给这般女子，自己也不算冤枉。

"求公主救将军一命！"柳含烟磕了一个响头，便流出两行清泪。

美人就是美人，即便哭态也极美，惹得人怜惜万分。只是怜惜了你，谁又会怜惜我呢？

"你起身回去吧，这国家大事，本公主做不得主。"凤倾月知道，这个主她做得。

那又如何？她不哭不闹，却也该是恨的。就让洛风自安天命吧。

"皇上最疼爱的便是公主了，只要公主开口，定能求得皇上开恩！"

呵，有着漂亮的脸蛋，却顶了颗无用的脑袋。见柳含烟一面，不过是想知道，自己输给了个什么样的人物。

救洛风，凭什么？难道凭他这个人，让她这个永宁公主不得安宁？

凤倾月摔下手中茶盏，大喝一声："放肆！他洛风是什么人，本公主以何颜面去求！玲珑，送客！"

不再理会满面惊诧的柳含烟，凤倾月拂袖而去。

她的心口，其实是疼的。

洛风……

念起这个人，凤倾月还是不能无动于衷。

她也不知，自己是心中不甘在作祟，还是念着两人往昔的总角之情。若是后者，那便太可笑了。

想他洛风退婚之时的义正词严，不曾有过半分顾忌，自己又何必顾念他？

还记得他拿着免死金牌在金銮殿的一身傲气。临近大婚的日子，他才抗旨退婚，当真是个好样的。

听到宫女急报，她一路慌乱急行，没有了丝毫金枝玉叶的模样。

她呆愣地躲在帘后，第一次见到了暴怒中的父皇。不理众臣求情，父皇要斩了他。

洛风拿着洛家先祖所留免死金牌，身形笔直地跪在金銮殿正中。一句"望皇上成全"，狠狠地落了皇家的脸面，亦断了他们之间的情谊。

那时，在她眼中，有的是他的不可一世、无法无天，是不可置信，是失望，是满眶委屈的眼泪。

偏偏，没有恨。

"好！好！好！"父皇一连说了三个"好"字，气得面红耳赤。

"死罪可逃，活罪难免，拖下去重打一百大板！"

"且慢！"凤倾月擦干净眼泪，捏紧拳头走上前去。

她已忘了当时自己是何心态，可能是想讨回最后一丝脸面吧。堂堂一国公主，哪能被人如此遗弃？

她不知道当时自己的蓬头垢面，令那些个大臣作何感想，是同情？怜悯？还是好笑？

"儿臣听说父皇在朝堂上雷霆震怒，唯恐父皇心疾发作，便匆忙带了救心丹来，却没想到路上跌了一跤，失了仪态，先给父皇告罪了。"

她也不明白自己为何那般镇定，匆忙间却选了个极好的借口。再递上日常都带在身上的丹药，倒很顺当。

皇上接过大太监呈上的小锦囊，张张嘴，却想不到要说些什么。凤倾月便又接着说："朝堂之事，儿臣本不应干涉，只是等待父皇下朝之际，得知洛小将军退婚一事，事关儿臣，儿臣才唐突上了殿。再向父皇和众大臣告罪了。"

见此，众大臣心中不由直想：公主德行举止皆是极好的，虽尽得皇上宠爱，却从未有过骄纵流言，一直是谦和有礼的举态。这洛小将军真是不知好歹，弃了这大好姻缘。

"恕倾月斗胆，对于这桩婚事，若不是父皇已订下婚盟，倾月也是不愿将就的。没想到洛小将军倒是个实诚人，不想落了盲婚哑嫁的俗套，先于倾月请书。既如此，倾月在此恳求父皇收回成命，免了赐婚。至于那免死金牌，父皇便留下，免了洛小将军触怒圣颜之罪吧。"

凤倾月和洛风自幼相识，自算不上盲婚哑嫁。在场大臣虽心中有数，却也不会傻得去言明的。只在心里道一番公主高明，一瞬就转了形势，不仅不失体面，还将洛家无惧皇权的东西给留了下来。

凤倾月跪在金銮殿上，目不转睛地看着她的父皇。好像只有这般，她才能记得自己是公主，是天家的尊严。不能哭，不能输！

"既是吾儿不喜，朕自然不会为难了吾儿。这门婚事，就此作罢。众卿家可还有事上奏？"

众大臣自不敢此时再触皇上霉头，皆闭口不言。

"退朝！"得到皇上示意，一旁的大太监高呼出声。

"吾皇万岁万岁万万岁！"

众臣行了礼，依次退去。

大太监路高疾步而下，接过洛风手中的免死金牌。

洛风看着眼前凤倾月萧瑟的身影，一时间有些踌躇，想要说点什么。

路高见惯了人情世故，自是看出了洛风的心思，出声道："多说无益，洛小将军还是速速离去吧。"

洛风愣了一下，只得讪讪地转身走了。

众人离去后，路高示意两旁的宫女关了殿门，随宫女退走。

见人去殿空，凤倾月跌坐在地，泪终是落了下来。

皇上见此，匆忙行至凤倾月跟前，轻抚她的头，痛心道："父皇定会为月儿寻一门更好的亲事，莫再多想了。"

听到此话，她越发止不住泪。

一生的眼泪，大概流尽于此了吧？

拉回思绪，凤倾月把玩着手中金牌，默默出神。也不知当年是何心态，她向父皇求了这块免死金牌。思及嫌其多余烦忧，弃之却可惜。

当年皇婚毁之，流言四起。知内情的，事不关己高高挂起，不知内情的众说纷纭。道是公主眼界高，弃了洛风这大好儿郎。不过贵为皇上最宠爱的一位公主，挑剔也是自然。

也有异议者：万一洛小将军先行退婚呢？此声一出，便得一片嘘声。那可是公主，容得你说不要就不要？违抗圣意，那可是死罪。倒是没人记得先帝赐予洛家先祖的免死金牌了。

若是洛家先祖泉下有知，自己戎马一生换来的子孙安稳符，被"妙用"退了皇亲，怕是得气活过来。

不过数月后，百姓又道洛小将军是个福气好的。公主看不上不打紧，竟好运求娶了京中第一美人柳含烟。有妻如此，夫复何求？一个个将之前对洛风的可惜忘了个干净。

京中男子，除了皇家，最为贵气的自属宰相家的大公子秦谦和跟洛大将军上过两次战场便一步高升的洛小将军了。

皇上刻意晋封，将洛风扮作如意郎，却为柳含烟作了嫁衣裳。

话说洛风于朝堂退婚后，皇上有些左右为难——京中无异姓王侯，秦谦又早已娶亲，自不能让他休妻再娶。除了远嫁，再无可配良缘。

堂堂一国之君，难道要弄得个骨肉分离的下场？岂不好笑！

思及此，他又恼上了洛风。

可没等将军府张灯结彩，就传出噩耗，洛大将军殁了。一时间，又有了说头，只道洛小将军命势不好，眼看着美娇娘要进门了，却堪堪犯上了白事。

流言更甚者，说洛大将军是气死的。吊着最后一口气，都是因为红颜祸水。一群吃不到葡萄就说葡萄酸者，竭尽其能说着诋毁之言。

凤倾月这才对柳含烟这个人有了好奇。一个名不见经传的小官员之女，生得怎般天姿国色，惹得这些人又羡又妒，惹得洛风不念一丝情谊，弃她另娶？

洛大将军早年戎马，一身旧疾，已卧床多时。去的太医都诊的是病入膏肓，无药可医。续命之药吊着，多活一天便是幸事。因此被气死的民间传言，自然一天天地淡了去。

洛风的守孝之期渐满，凤倾月的婚事却还未定下。皇上思及应了凤倾月那句姻缘天定，便恼自己一时口快。

将军府终于一派喜庆了，下聘过彩，不日便要迎娶新嫁娘。蹉跎三年，总算守得云开了。

洛风成亲当日，十里红妆，鞭炮齐鸣。百姓翘首以盼，想一睹新娘美好。

凤倾月端坐在公主府，郡主凤紫衣作陪，听着屋外震耳欲聋的喧响，一时五味杂陈。

"你就没一点脾气？"看着眼前的人还淡定品茶，凤紫衣就着急了。

"我是又怨，又恼，又怒，又恨！可又能怎样？"洛风为了这女子，命都可以不要，她又能怎样？

"呵，君要臣死臣不得不死。怎么的也不能成全了他们。"

凤倾月看着凤紫衣一脸的认真，淡淡一笑。她向来如此，爱憎分明，得不到的，即使毁了也断不能让他人占了便宜。

"罢了，以权欺人，何苦为之？"既不是非卿不可，强求有何意思？

洛风娶了京城第一美人，而看不上洛风的公主还未出嫁。悠悠众口，自然堵不住背后说道。

莫不是公主准备青灯古佛，长伴终老？

不及众人过多猜想，又是闹出了新的话头。

西夜来犯，洛风临危受命，率领大军出征。

西夜与凤央两国已征战多时，谁也没奈何得了谁。百姓照旧过着安心日子，闲时小聚，笑议一番洛将军真是个没福气的，好不容易迎娶了美娇娘，却又摊上这等大事。

等洛风兵败的消息传来，只令得人心惶惶，再没心思私下说议了。

晋州失守，若是西夜兵临京师，这天下岂不易主？皇上还是皇上，这等违逆之事自不敢议。只求自己别成为刀下亡魂便好。求的佛多自有佛庇佑，一时间各寺庙香火鼎盛，来往络绎不绝。

数日之后，形势突转。西夜一番大好势头，却率先提出和亲。眼看国之将亡，出现生机，自没有不应之理。偏偏西夜指定了三公主，谁也换不得。惹得皇上连连大怒，直至永宁公主进宫之后，才平息了怒火。

洛风刚率领残军回到皇城，便被皇上一道圣旨，打入天牢。

跟了两位大将军的副将竟是敌国奸细，任谁也无法想象。一时不慎，落入敌国圈套，实则情有可原。

可这"新仇旧恨"加起来，皇上只恨不得将洛风凌迟处死，自然不管许多。

圣意难违，众臣只叹洛风命中有此一劫。不管不顾拿了金牌换美人，现下遭罪也是活该。

皇上独坐凤仪殿内，看着皇后所书字画，不由痛心。皇后向来温婉，对他从无所求。难产而逝，一生所求便是皇儿安康。凤倾月刚出生，他便赐了封号——永宁，许她一世安宁。

不承想因心中内疚，答应让皇儿自选称心夫婿，耽搁了其之一生。

"父皇，既是儿臣所求，这定是天赐良缘。父皇莫再介怀，儿臣甘愿。"皇儿言犹在耳，可和亲来的姻缘，哪有好的？

皇后，朕是不是错了？

凤倾月用过晚膳，便命人呈上棋盘，自相对弈。

待夜深人静，看了看天色，就道："玲珑，本宫现要出府行事，你妥善准备着。"

玲珑虽不明白公主此时出府作甚，不过主子的事，轮不到做奴婢的探究，只是依命退下完成分内之事。

"回禀公主，可以出行了。"玲珑为凤倾月披上披风，退至身后。

凤倾月看着玲珑——到底跟了她十多年，甚得她意。谨言慎行，安分守己，不该过问的，从不妄言。

只是，这背井离乡之行，己所不欲，又何苦为难他人？

上了马车，听到凤倾月命人驱车前往天牢，玲珑只在心里暗暗吃惊。

"玲珑，本宫也算是受你照顾多年，有何所求，本宫做得到，必定允了你。"马车一路颠簸，看着不同寻常的公主，玲珑一颗心也七上八下的，不得平静。

"奴婢惶恐，伺候公主是奴婢分内之事，并无所求。"看到玲珑诚惶诚恐的模样，凤倾月一阵好笑，想来她平日还是颇有威严的。

"跟了我这么多年，还不知我的脾性？我向来不无故开罪别人，现下同你说这话，自是真心实意的。你怕什么？"话中，凤倾月不再自称本宫，与之亲近了许多。

玲珑侍候她这么多年，尽心尽力，从无大错，也值得她为之尽两分心思。

玲珑人如其名，心思剔透，一听公主这话，前后一联系，便知公主不打算让她做了陪嫁。她心下感激，忙道："奴婢自小伴随公主左右，公主去哪儿，奴婢自然跟着公主去。"

"你这又是何苦？我既然说了这话，自然不会怪罪于你。"

"是奴婢僭越了。奴婢没有亲人，自小伴随公主，只当公主是奴婢的亲人。与其心念公主，还不如随了公主去。人情冷暖，好歹有个依靠。"

好个人情冷暖，相偎相依。凤倾月一时百感交集，没想到最念情的，竟是这个丫头。

"既如此，便留在我身边吧。"

"奴婢谢公主成全！"凤倾月见玲珑高兴，只扯出一抹苦笑，不再说什么。前途迷茫，好坏未知，只望玲珑无悔踏上这不归之路。

凤倾月短暂出了会儿神，马车便已到达目的地。接过玲珑递来的面纱戴上，下了马车。

"来者何人？报上名来！"

玲珑递上玉牌，守卫见是"永宁"名号，归还了玉牌，讨好道："不知公主驾到，有何贵事？"

"怎么，本宫做事还要向你报备不成？你，开门，随我进去！"旁边一守卫被凤倾月所指，立即慌乱地打开了大门。

凤倾月跟着守卫进了天牢，牢中一派干净整洁，倒不觉糟糕。想来这刑部大牢只关押官员，才刻意清扫着。毕竟进来的，出不得去谁也说不准，善待着总是好的。

"如今牢中只关押着两名重犯，不知公主想见何人？"除了洛风，另一人自然是那个奸细副将。

"本宫岂会见一个通敌叛国之人？"强势的一句反问，吓得那守卫冷汗连连。

"公主这边请，这边请！"守卫一擦额头的冷汗，只在心中暗道：这公主真难伺候，早前退了洛风亲事，现下又深夜探访，到底是何心思？

"行了，出去吧。"临近最末的牢房，见洛风躺在石床之上，凤倾月便遣退了守卫。

听到声响，洛风立即起身，整了整衣衫。见来人解下面纱，不禁身形一愣，随口道："多年未见，公主还是和以前一个模样。"

"哦？洛将军还记得本宫当年的模样？坐拥如花美眷，洛将军眼里还容得下他人？"

洛风从未见过凤倾月这般，来势汹汹，语不饶人，只得讪讪道："公主说笑了。"

"洛将军为美人拼死退亲，本宫有幸睹之，不禁拍手叫绝。这怎么能是说笑呢，岂不污了洛将军一番英勇？"她向来不知自己有这般天赋，拐弯抹角，极尽嘲讽之能。

洛风到嘴的话又咽了回去，半天才憋出几个字："公主以前不是这样的。"

"若还念着以前，你千不该万不该当着满朝文武的面，在婚期将近的时候退婚。偏生在不恰当的时候，令我难堪。我与你自小的情谊，无关风花雪月，就说知己友谊，就比不得那窈窕淑女，君子好逑？！"

这些话愤恨出口，她才猛然醒悟，原来她长久的心病，并不是出于对洛风的爱，只是求而不得，欲罢不能。如今不惧流言来看洛风，只为了将自己的心看个明白。

只怪她当初看不破，蹉跎了年华，还得赔上一生幸福。

"这东西还与你，终归是你欠了我，从此遥遥无见期，你可会负疚？"

凤倾月扔下金牌，转身离去。对他，已无留恋。

心中好似落下一块大石，一阵畅快。或许留下金牌，便是为了此时故作姿态施舍与他，扬眉吐气一番。心心念着的，竟是一报还一报。是我的不稀罕，是你的配不上！

洛风拾起金牌，紧攥在手，看向渐行渐远的决绝背影，满目通红。

"今夜之事，本宫不想街知巷闻，都管好自己的嘴，可别胡乱开口误了终身！回府！"

"恭送公主！"一行人生怕一个不小心开罪了公主，等凤倾月一走，皆落下了心中大石。

至于凤倾月为何深夜来此，倒无人有心探究。

"玲珑，后日该是离京的日子了吧？"来使已在京逗留多日，几番催促，终是让父皇定下了吉日。

此番离去，便再难相见了。

"是。"

"不知西夜国是否也有这般好的月色？"凤倾月看着窗外，喃喃出声。

而后，又叹了一句："是我糊涂了，世上就这么一个月亮，哪儿还不是一样的呢？"

见公主此番模样，玲珑心头泛过一丝酸楚，不由劝道："夜深露重，公主不如早些歇息吧？"

"今儿个不用伺候，你退了吧。"

"是。"

本以为，这一生与洛风便是老死不相往来的结果了，不承想今日刚拒绝完柳含烟，就有了见上一面的念头，反复得自己都为之不解。

也罢，权当成人之美吧。总归是要离去之人，何苦无故负一身血债？

凤倾月和众使者出发之日，皇恩浩荡，赦免了洛将军的死罪。

听说将军府的大夫人进宫苦求一日，皇上念及洛家劳苦功高，才有的恩准。

现下洛风倒显得聪明，没有直接亮出金牌。而是从大夫人入手，一番迂回。若当年他也懂得私下退婚，她或许还能道贺一声。儿时之谊，如今已不在了。

"公主，此时日头高照，酷热难耐，不如在下个城镇休整一番？"

凤倾月拉开车帘，见眼前之人一脸苍白，只道："秦大人拿主意便是。"

本来送亲之人该是武将，不过洛风被押天牢，送亲之人身份又不宜过低，便指了秦承相的大公子——二品侍郎秦谦领队。却苦了秦谦，一个柔弱书生，盛夏之日，还得不辞劳苦跋山涉水。

"下官已派人准备了吃食，片刻便呈上。"好不容易到了客栈，秦谦又是忙上忙下的，一身汗湿透了外衫。

"辛苦秦大人了。"

"公主言重了，都是下官分内之事。平日里不曾强身健体，在公主面前闹笑话了。"

凤倾月莞尔一笑。她幼时在宴会上见过秦谦几次。他跟在秦承相身后，一副老学究的做派。

还记得洛风捉弄于他，往他衣领处投放了一条小虫。结果被他指认了来，洛风却咬牙死活不认。

如今物是人非，倒是秦谦一成不变，处处严谨。

"本宫这儿有玲珑伺候就好，秦大人下去休息吧。"

"是，微臣告退。"

近日天气越发炎热，玲珑不停地打扇，却也只有阵阵热风袭来。凤倾月烦闷地看着一桌子的菜，失了胃口。

秦谦细心，让人将冰块放入了雅间香炉，总算透出丝缕凉意。

他又遣人送了冰镇梅子汤来，喝过一碗，凤倾月这才有了用膳的心思。

驸马人选，父皇本是属意秦谦的。只是她觉得秦谦太过古板，不似洛风说得上话，父皇才就此作罢。现在看来，秦谦这样的人，才最是体贴入微的。如今明白了，却由不得自己选了。

一月时间过去，送亲队伍才堪堪行至晋州边境。原本计划的二十日内到达，硬生生拖了十几日。若不是西夜使者几番不满，连连催促，怕更是多有耽搁。

一眼望去，凤央军多是疲惫不堪之态，不及西夜那十几人的飒爽英姿。

窥一斑而知全貌，这样的军队定然及不过西夜。只望洛风能有一番作为，强我凤央，别让她的远嫁失了意义。

"玲珑，出去看看队伍为何久滞不前。"眼看到了晋州城下，为何迟迟不放行？

"公主，西夜军把守城门不让我军通行，让秦大人领军就此返回，秦大人拒不退军，现下还在争议。"

"罢了，你去说说，让秦大人就此折返。"

"是。"玲珑虽百般不愿，却还是领命而去。

玲珑回到车内，马车便开始缓缓前行。

"秦大人让奴婢转告公主，说是委屈公主了。"

秦谦知晓这些守卫定是得了命令才敢拦人，若是再对峙下去，怕也只能落个就地扎营的下场。除了让公主孑然一身前往，再无他法。只得道一声委屈，望公主多有忍耐。

凤倾月自然明白，人在屋檐下，哪能不低头？既已认命，怎算得上委屈？

"齐霆，归期拖延半月之余，你可知罪？"凤倾月看着堂上之人，自己初到此地，他把她晾在一旁不顾，而是先问罪下属，是何深意？

"属下知罪。"

"既是知罪，下去自领三十大板吧。"

"属下领命。"

本也不关其事，这人却洒脱。当真是一个愿打一个愿挨。

"听说公主被几个不知好歹的拦在城外，正欲出城迎接，公主却来了。"除了一笑置之，她还能说些什么呢？

"不知阁下是？"

"夜墨澜。"本也料到此人身份不低，却不承想是西夜国的七皇子。他出现在此处，与自己成婚之人莫非是他？

若是有的选，她实在不愿与他携手此生。传言夜墨澜性情阴晴难测，难道要她费尽心机一生看人脸色过活？

第二章
未来夫君？

夜墨澜随意打量着凤倾月——比之画像，少了几分木讷，多了几分灵动。

听他报了名姓，也不见惊讶，美目流转间，似为不满。被他这般肆无忌惮地看着，却又失了不满，只流露一丝无奈，真真是个妙人。一时间，他倒是一改起先的兴致缺缺。

凤倾月见此人对她这番打量，便觉心中猜测八九不离十。除了无奈认命，作不得他想。

"不知七皇子可为倾月安排了住处？"虽说她认得清形势，却也从未被人直视这般许久，直想躲入闺中不再出来。早知就不该取了轻纱，周全礼数，惹得如此无赖。

夜墨澜生得风流，多有女子在他面前显露娇羞之态。今日见凤倾月耳尖着粉，红霞扑面，一股恼羞之意，却觉其可爱更胜一筹。

"自然早做了准备，公主只管好生歇息，明日发队回京。来人，送公主去东厢休息！"

夜墨澜本无意娶个无用之人，不过合他眼缘，娶了倒也无妨。念及凤倾月，不由一笑。妙人，妙人。

凤倾月难得好眠，第二日直至日上三竿才起了身。

原是夜墨澜寻了两大块半个人身一般的冰块摆在屋内，叫了丫鬟半夜不停扇扇，使得炎热的夜间有了缕缕凉风。

　　人一舒爽，睡得就踏实了些。也怪这一个月来难得这般舒适，便睡过了头。

　　门外的小厮候了好几个时辰，只待凤倾月起身请她去膳厅用膳。这才知道，本预计的一大早发队出城，因她而耽搁了下来。

　　"公主休息得可好？"膳厅之内，夜墨澜已等候多时。

　　本急着回京的，听下人说她睡得安稳，便没让人打扰她。差了人去好生候着，待她醒来迎她用膳。

　　"有劳七皇子挂心，一切安好。"凤倾月一想到自己如此贪睡，便脸颊发烫。幸得今日有了轻纱遮面，才不显尴尬。

　　"为佳人劳心，也是应该。"

　　此话一出，凤倾月便一愣，不都道是西夜七皇子阴险狡诈、诡计多端吗，怎的这般油腔滑调、一副好色之徒的作态？传言不可信也。

　　夜墨澜说的可是大大的实话，他对凤倾月虽是临时有意，却难得对人费一番心思。

　　"有劳七皇子了。"尴尬之余，前思后想，除了这句话以做敷衍，便找不到其他说头了。

　　"公主的几十车行头，我另行差了人送京，免得拖累。衣饰吩咐了下人另买，公主莫要嫌弃。"

　　"七皇子安排就好。"

　　一时无话，凤倾月顶着夜墨澜探究的目光，摘了面纱，难为情地用些膳食。

　　用膳后，夜墨澜说是再用些茶点，凤倾月却半点也不想耽搁，提议立即出发。

　　夜墨澜想着相处的时日还多，有的是时间同她交流，便依她下了命令。

　　来至后大门，原先的马车被换了去，侍卫也都衣着平民装束，整个队伍一副普通商贾出行的样子。

　　想来是为避免事端，才做的这般准备。凤倾月也就没有多问，径直上了马车。

来时百姓都知马车里的是天家公主，她不好现身人前，失了仪态。现下却可以看上一看外面的热闹了！

"玲珑，你看那人，吞的是真剑吗？好生厉害！"凤倾月在京城虽没人约束，不过身份使然，自然鲜少见过外面的花花世界。途经闹市，一时惊奇异常，满心激动。

"奴婢猜想应该是的。起先奴婢就注意那人了，他拿剑劈桩，入木三分呢。"

见那人吞下一半，凤倾月赶紧垂下眼帘，提心吊胆的。虽是害怕，却又忍不住好奇偷瞄着，见那人完全吞入再取出，心中也跟着落下一块大石，满是惊讶赞叹。

"清风，拿些碎银过去，打赏吞剑之人。"喧闹的市集里传来夜墨澜低沉温柔的声音，凤倾月忙望向声音来源。

见马车不远处在笑看着她的夜墨澜，凤倾月一羞，忙叫玲珑放下车帘。恼自己得意忘形，适才一番痴相尽被他看了去。

凤倾月懊恼间，车队缓缓通过闹市，出了城门，惹得她心里一阵失落。去了西夜，身不由己，也不知能不能再见此热闹之景了。

念及此，她又想到了夜墨澜。方才听她赞叹，他特意打赏了卖艺之人，兴许他不是个不好相与的。只是他生得一双多情桃花眼，也不知是不是对谁都这般上心。

她微微一笑，心里暗骂一声痴儿。

世人终是以貌取人。夜墨澜生得一副好面相，俊美如玉，世间少有。传闻将他传得可怕，自己却被惑了心神，竟觉他挺不错。

空穴来风，必定有因，他这人还是得仔细琢磨一番，莫要轻信。

自己这身份，在西夜还不如王公将臣的女儿。一步之错，说不得便万劫不复。

即便有幸嫁得良人，随心所欲也是不该想。况且出身皇室，哪个又能独宠一人呢？只得人在屋檐下，不得不低头罢了。

这颗心，今生注定无所交托了。

"七爷，前方便是落月山，车马不宜通行，是否改道而行？"

"不必，弃了马车，步行过山。"

"公主可介意？"夜墨澜做了决定，却还要问她的意思，当真是多此一举。

幸而命玲珑做的简装打扮，不然就犯难了。

"一切听七皇子安排。"

大半月的车马之行，她也早已厌倦。虽没出过远门，却也从书中知道，过了山头便是渊城的范围，何必此时绕路平白耽搁几日。

"那就委屈公主了。"委屈，又是委屈，最听不得便是这一句"委屈"了。时时提醒她寄人篱下，警示她小心翼翼。

万般皆是命，且自己求来的，怨得了谁？

"七爷，山里不对劲。"行至山腰，血腥味越发浓重令人作呕，夜墨澜自然察觉到不是捕杀野兽所为。

"哼！传令下去，呈半月之势前行，我倒要看看谁敢在太岁头上动土！"

凤倾月本就紧张，听到这话便知自己料想不错，更是小心跟着夜墨澜。一手紧牵着玲珑，大气也不敢出，警惕地四处打量着。

前方猛地蹿出许多人来，只是片刻，便打作一团。有几个没拦得住，冲到了夜墨澜面前——终于让凤倾月见识到了夜墨澜的狠决。

他下手快准狠，一击必中。多数都一剑封喉，有个人却被硬生生地斩飞了头颅。

凤倾月吓得心惊胆战，却不敢眨一下眼。刀光剑影，她怕这一眨眼，便是一世。

来人终是寡不敌众，全部丢了性命。

这一平静下来，玲珑才回过神来，跪倒在地，放声大哭。

"别怕，别怕，总算是保全了性命。"

凤倾月两腿发软，也是跪坐下来，抱着玲珑轻拍她的肩头，颤抖出声安慰玲珑，也是安慰自己。

在这不是你死就是我亡的危难关头，她自然怪不得夜墨澜手段残忍。

只能让自己别怕这满地的血腥，别怕夜墨澜那魔神一般的阴戾。

玲珑哭了好一会儿，才止了声。

"公主，奴婢没用，奴婢走不动了。"听到玲珑软糯的声音，倒让人忘了方才的惊险，惹得一笑。

"没事，我也走不得。在这儿陪着你呢。"

凤倾月话音刚落，便被打横抱起。

夜墨澜早想带了她离去——她明明怕得要死，却甘愿为了个丫鬟与死尸为伍。不过她心思全在那丫鬟身上，他也只得忍下满心的不耐。

清风见主子抱走公主，自然有样学样，抱起玲珑跟上。

四目相对，皆是一番大眼对小眼。

"其实我自己能走了。"凤倾月小心说道。

夜墨澜瞥过她一眼，也不应答，自顾自地往前走。

见他一脸的冷然，凤倾月不敢再有异议，索性不管不顾，被他抱着。

走了没几步，夜墨澜顿住了脚步。和他猜想的没多大差别，类似他们这支队伍的人路过此地，遭了劫杀。若不是那帮人先行遭劫，他们起了警惕，恐怕鹿死谁手还未可知。

不为谋财，只为害命。除了瀚羽国，怕是没人会做这挑起两国争端、坐享渔翁之利的事了。

凤倾月见此肢体横陈的惨景，心中恐惧得反胃。只得撇过头，不愿再看。悲从中来，却没有一滴眼泪，只叹自己是个无情自私的。

"流云，传令下去，将这些人同牺牲了的侍卫一并埋了。记下侍卫名姓，重金安抚其家人。其余的，论功行赏，全权由你操办！"

凤倾月听他此话，莫名觉其胸膛温暖，平添几分安全之感，对他的害怕少了些。

"属下遵令！"

夜墨澜再往前走了一段距离，放下凤倾月，伴着她席地而坐。

"今日怕是得在山上过夜了。公主暂且将就一晚吧，明日便可抵达京都。"

"嗯。"她不曾与外家男子这般亲近过，心中满是羞意。夜墨澜说的什么也没听清楚，只点头应是。

那些侍卫理了尸首，一身血腥汗味混杂，恶臭难忍，便在附近寻了个池塘，好生洗漱了一番。顺道捉了鱼，打了些野味回来烤了吃。

凤倾月吃惯了山珍海味，见了这稀泥裹鸡，生烤野兔活鱼，着实难以下咽。饥肠辘辘地看他们个个吃得欢喜，便勉强吃了几口。只觉回味无穷，堪比宫廷御宴。

实则她是饿得狠了，什么都觉美味非常。不过人生头一遭，自然也别有一番滋味。

酒足饭饱之后，夜墨澜便领人在附近找了个山洞。等寻来干草，铺好睡处，便打算歇息。转眼见凤倾月主仆二人把他一顿好瞧，心中一阵好笑。行军打仗惯了，倒是把她们忽略了。

夜墨澜遣了众人洞外守夜，道了声早些歇息，而后自顾自侧身睡了。

凤倾月看着眼前之人，哭笑不得。虽是于理不合，可人家才是正经主子，难不成还能撵了他出去？

让玲珑从包袱里取了两件衣裳当被，便打算将就着过一晚。

结果凤倾月却看着两人相继睡去，许久无眠。

第三章
月下美人

凤倾月愣神看着被火把照得通红的山洞内壁，半晌也睡不着。

脑中满是今日的刀光剑影重叠而过，挥之不去。越想忽视就越记得仔细，好像现下还记得鲜血溅在衣裙上的感觉。

看着玲珑安详的睡颜，想着，兴许像她那般哭出来就好了。心中却没那般深的悲切，剩下的，只有庆幸罢了。

当真是寡情得很。

她又闷热又难眠，翻来覆去之下，想到了侍卫找到的池塘，然后就一个劲儿地觉得自己满身血腥味，想洗个干净。

凤倾月起了身，轻手轻脚地走出了山洞，借着月光辨认着方向。

自以为神不知鬼不觉，却早就惊动了夜墨澜和一干侍卫。夜墨澜打了个手势，命众人原地待命，自己跟了上去。

有主子跟着，众人自然放下了心，继续闭目养神。

到了池边，凤倾月便脱了衣裳，露出雪白诱人的肌肤、玲珑有致的身段。

惹得夜墨澜一旁暗自评价，平日里倒是没看出，这身段竟能比得含雪阁里头最为妖艳的花魁。

他虽不是色中饿狼，却也没有做柳下惠的定力。迟早都是自己的人，自然看得光明磊落。

凤倾月拿脚试了试水温，有些冰冷，又缩回了脚。而后一咬牙下了水，全身没入池里，不住地打着冷战。

夜墨澜见她入了水，本以为没了看头，没想到竟有意外之喜。

凤倾月渐渐适应了温度，望着一池春水，有种在旧居浴池的错觉。一时惬意，便戏水唱起歌来。

虽没有青楼歌姬的魅惑诱人，却清婉动听，别有一番风情。

这十几日里，他在她身上花的心思不少。她却每每一副进退有度、谦和恭顺的作态。

若不是知道她在天牢里那一番咄咄逼人，倒真觉得她是沉闷之人。偏偏知道了就越想探究，想看清她这个人，不可自拔。

没想到她平日里内敛含蓄，竟于此处露了本性。

"兼葭苍苍，白露为霜。所谓伊人，在水一方。"

夜墨澜一听乐得眉开眼笑，这可不就是说的她吗?

这男子竟也有一笑倾城的时候! 若是被人见了，只怕惹得好些个人自惭形秽。

"啊!"

凤倾月一声尖叫。夜墨澜赶紧冲了出去。

听到暗中有响动，凤倾月顾不得疼痛，急忙回岸欲穿衣。行至半路，夜墨澜就到了跟前，她忙抱着身子没入了水中。

见来人是夜墨澜，凤倾月安心之余却又羞又恼，顾不得问他为何在这儿，急道："快转过身去!"

反正都看全了，他也不介意做回君子，便转身走远了些。

凤倾月哆嗦着穿好了衣裳，却疼得迈不开脚。

提起裙摆，腿上露出碗口大一般的肿块，触目惊心，她不由倒吸一口凉气。

没了窸窸窣窣的穿衣声，夜墨澜便转了身，却见她不知所措地愣在那里，忙问："怎么了?"

她眼中含泪，满是担惊受怕，颤抖道："不知道，我好像被什么毒物咬了。"

莫不是报应来了，老天也看不过她凉薄自私，要收了她去？

"伤在何处，让我看看。"

命都是怕要没了，自然顾不上男女授受不亲，便露了伤处给夜墨澜查看。

看过之后，夜墨澜定了心，宽慰道："别怕，是无毒的水蛇，只是痛了些。"

凤倾月一听此话，心里顿时好受了大半。只感激夜墨澜及时出现在这儿了，倒忘了该是追究他的。

夜墨澜将凤倾月的手帕紧系在肿块之上，抱起她便往回走。回到山洞，他就问流云要了酒来，准备亲自给她处理伤口。

"我要给你消毒化肿，你忍着些。"

见他很镇定，她也莫名地稳定了心神。

夜墨澜拿出小刀，在火上烤了一会儿，便往她腿上肿处划过。灼热的刀面贴着肌肤破开一道口，就见鲜血汩汩往外流。

肿处一直疼痛难耐，被刀子这么一割倒没觉得多疼。随后夜墨澜解开手帕浸了酒，盖在伤口处，这才猛地疼了许多。

激得凤倾月瞪大双眼，险些痛呼出声。

痛过之后，就没原先那般疼了，肿也消了一些。

夜墨澜将她抱回睡处，她道过谢，他应了句早些歇息，便回到自己的位置。

她偷偷看去，四目相对，她一阵羞怯，慌忙收回了目光。

回头见玲珑这厢睡得安好，不由笑她好眠，几番动作都没能惊动了她。

一番折腾，凤倾月已很疲惫，闭上眼不久便睡了。

留下夜墨澜看着熟睡的人儿，笑得倾城。

凤倾月第二日起了个大早。见火堆已灭，洞外天光还有些迷蒙，便嘲自己太过娇气，半点不适都受不得。

腿伤隐隐作痛，不知做何是好，她只得躺回，睁眼发着愣。

不多会儿，玲珑就醒了。凤倾月本想着有人陪着，就不无聊了，玲珑摸索着却出了洞去。凤倾月又不好意思拦下她来，只得自己干瞪着眼。

玲珑走动之音惊扰了夜墨澜，他起身见天没大亮，便拿出打火石，抓了一把铺垫的干草点着，又扔了几根木头进火堆。

凤倾月见他醒来一番动作，赶紧起身端坐着。

"公主今儿个起得倒早，可是多有不适？"

夜墨澜实则关心她的伤口，在她听来却成了讽刺。她几次三番起得晚，耽搁了行程，现下可算是被他找到机会一通好说了。

她的脸一派通红，也不知是羞的，还是被这熊熊火光映上的。

"劳七皇子费心了，倾月无碍。"

"那水蛇虽是无毒，但伤口得疼肿好些日子。回京让太医开些药膏涂抹，公主便能好受些了。"

听他这么一说，她更是尴尬。原来他是一番好意，自己却误识好人心了。

"多谢七皇子。"

"区区小事，何足挂齿！"本想说的是"既是相谢，何以为报"，话到嘴边他却生生改了口。

她不同于那些个青楼女子，自然不能唐突了她。来日方长，不着急。

相对无言，凤倾月都快憋出汗了，总算是把玲珑盼了回来。

"公主，奴婢没找到盛水的器皿，只好将丝帕浸了水给公主洁面。"

"无碍。"在这野外自然不能要求许多，何必惹人为难？

"侍卫摘了许多果子，让奴婢洗净了送来，公主吃一个吧。"

玲珑一手递上丝帕，另一手放下布包，拿了个大桃出来。桃儿生得粉嫩，透着一股子果香，令人馋涎欲滴。

"先拿给七皇子食用。"

那些侍卫清早采果，自不是用来讨好她的，她怎能喧宾夺主呢？

"是。"

"七皇子请用。"

夜墨澜自然不客气，接过玲珑递上的香桃便吃上了。凤倾月好奇，也从中挑了个不知名的小鲜果。虽小巧玲珑，美味却不减，咬下果肉，口齿留香。

玲珑给凤倾月梳理好发髻，用过剩下的野果，洞外已天光大亮。

夜墨澜见一切妥当，便发令回京了。

凤倾月腿脚不便，被玲珑扶着走了几步，身子一轻，就被夜墨澜抱在怀中。

"莫要多话。"听他这么一说，凤倾月也不再矫情。已不是第一次了，众目睽睽之下，倒没起初那么羞涩了。

玲珑虽然惊异于公主的腿伤，却知晓不是自己多问的时候，只得默默跟在夜墨澜身后。

翻过山头，山脚处竟然停了一辆马车！

流云骑着一匹马守在车旁，明眼人自然能看出，是给凤倾月准备的。

众侍卫暗自吃惊，昨夜主子传唤流云，吩咐的原是此事。自家主子可算是对人上心了！

夜墨澜将凤倾月抱上马车，叫了玲珑车内伺候。

而后他下了马车，骑上了流云让出的马，一行人继续行路。

一路畅通无阻，直接行至渊城馆舍。

"公主先在此将就一晚，明日入宫觐见了吾皇，再做安排。"

夜墨澜考虑一番，决定先依着规矩来。等明日父皇下旨册封之后，再将她接回府中休养也不迟，免得徒惹了是非。

凤倾月同他客气了几句，便让玲珑送走了他。

玲珑回房正好见到凤倾月查看伤势，心中一惊，急忙唤人打来了热水。

"都怪奴婢不好，让公主遭此大罪！"玲珑边用热毛巾敷着凤倾月腿上肿处，边掉着眼泪珠子，好不伤心。

公主从小到大都没磕碰过一下，现下却伤得如此严重，都怪她贪睡误事！

凤倾月连连劝慰："我这不是没事吗？再说是我自找的，干你什么事？好了，你再哭，我可要生气了！"

看她脸一板，玲珑这才止了哭，心里还是内疚不已。

凤倾月见玲珑这般模样，知她还在自责，便故意失落道："今儿个想吃荷花糕了，只是在这儿不知能不能吃到玦城的味了。"

"奴婢这就去给公主准备。"玲珑说完，便端着水盆，风风火火地出去了。

以前倒没看出来，玲珑这丫头其实是个急躁的性子。看着急不可耐的玲珑，凤倾月不禁微笑摇了摇头。

玲珑刚去没多久，便有人前来求见。

凤倾月疑惑地接见了来人，竟是夜墨澜遣来送药的丫鬟。

她打发走了来人，手中握着瓷瓶，抑不住的甜蜜涌上心头。想到他还挂念着自己，她就幸福一笑，直至玲珑回房她才回过神来，收好了瓶子。

凤倾月直至用过晚膳，躺在床上，心头还想着夜墨澜。

他其实为人不错，连日来总是很关心她。武功又高，又能保护她。替她治伤，还处处为她着想。脾气也没那么坏，并没有传言那么糟糕。

总而言之，凤倾月现下一门心思觉得，夜墨澜应是个不错的夫君。

想着想着，便满心甜蜜地睡了。

　

凤倾月刻意吩咐玲珑唤她早起，好生打扮以觐见西夜国君。正让玲珑去翻找行装，宫中便来了太监传旨，告知不必参见了，待申时的时候，自有人接她去宫中赴宴。

还好夜墨澜让人先将几十车嫁妆送至馆舍，不然就有失体面了。

凤倾月斟酌多次，才堪堪做了决定。最后看着镜中人儿，算是勉强满意了。

碧绿翠烟袖衫，飞花水雾暗纹流仙裙，腰系金丝软烟罗。淡扫蛾眉眼含春，皮肤细润如温玉柔光若腻，樱桃小嘴娇艳若滴。头插桃花石琉璃料器铜杆簪花，耳戴铜色如意水滴耳坠儿。装扮简约又不失大气，美艳中又带点俏皮。

玲珑为凤倾月上好妆，不住在心里赞叹。她向来觉得公主不比那第一美人差，只是那柳含烟不知廉耻，喜欢四处招摇，才得了美名罢了。只怪那洛风有眼无珠，才让公主千里迢迢远嫁他国，苦了公主。

凤倾月自己做好打扮，还给了赏赐。让玲珑带上银两，出去挑选几身称心的行头。玲珑欢喜中又有些诧异，公主一直是例行打扮，这次何故这般注重？转念一想今时不同往日了，便也不再多想。

　　用过午膳，凤倾月唤人取了琴来，随意弹奏着。心乱如麻，想到一会儿就要进宫，更是踌躇不安。

　　以往也不是没参加过宫宴，这次不过是换个地方，紧张做什么？凤倾月心中暗骂自己一句：难成大器。

　　迎接她入宫的马车终是来了，坐上马车，她心里反而平静了许多。

　　到了宫门口，就只能下车步行了。随行的小太监将她引至宴厅，便高声通报道："凤央国三公主到！"

　　一时殿中若干人等皆是一阵好奇，抬眼望来。

　　宴会已开始，现下接了她来，可不让她成了众矢之的吗？

　　凤倾月提着一颗心，跟着小太监到了自己的位置。

　　"凤倾月参见皇上！"

　　"公主无须多礼，直接入宴便是。两国现结友好之盟，公主可是我朝贵客。"

　　"谢皇上！"

　　夜凌昊这话算是给了大大的脸面了，可却前后矛盾，实在让凤倾月难懂了。

　　凤倾月刚坐下，丝竹之乐再起，从帘后步出一队红装女子。

　　犹如翩翩彩蝶，伴乐起舞。身段玲珑有致，一颦一笑，好不妖娆。

　　凤倾月借着观看之机，四处打量着。见夜墨澜看着她，报以一笑，安了心神。也不知是怎么一回事，有他在她就觉得安稳些。兴许是他危难之中的英勇，叫人胆气横生吧。

　　歌舞之后，夜凌昊赏众人举杯同饮。众人一番行礼，谢了皇上赐酒。

　　夜凌昊一饮而尽，只道今日大喜，众卿不必再约束，尽可畅所欲言。

　　"皇上，司乐坊的歌舞来回就这么几支，平日看得都生厌了。听说皇后娘娘的侄女慕容荨舞艺超群，不如请慕容姑娘上台一舞，让我们开开眼界。"

"听闻肖贵妃的侄女肖子娴，琴技也冠绝天下，不如两人合作一曲，如何？"

皇宫的司乐坊汇集天下之乐，怎可能不推陈出新呢？每每举办宴会，总要有个让众家千金一展所长的机会，凤倾月早就习以为常了。只是猜中了开头，却不知其中曲折。

慕容荨舞艺平平，而肖子娴琴技也实属泛泛。肖贵妃想要落皇后的颜面，皇后自然不能让她作壁上观。将两人摆在一起一盘端上，出丑的还不知道是谁呢。舞跳得不好，当然是琴弹得差了。

见皇上正要一口答应，肖贵妃忙道："臣妾倒是忘了，有道是凤央国的三公主生得国色天香不说，还琴棋书画样样精通，一字抵千金呢。现下真人在眼前，又怎能不见识一番？"

凤倾月可不知自己这般贤名远播过。这肖贵妃性格古怪，不举荐自家人，倒一把火烧在了她身上，是何意思？

往日无亲、近日无交的，她可不相信肖贵妃是一番好意。

凤倾月起身面向朝堂盈盈一拜，道："贵妃娘娘谬赞了。倾月平日从未现身人前，百姓一时好奇才把人传得神了。倾月书法着实一般，女儿家的东西自不能外泄，大概才有了一字千金的说法。"

凤倾月确实并无美闻传到西夜。听她这么说，肖贵妃更觉得自己猜测对了。听说凤倾月是最受凤央国君喜爱的一位公主，自是受尽百般娇宠，说不得就是个花架子，什么都不会。不然，也不会年岁将近二十也未有婚嫁。

有她出丑在前，后面的自然好说。再说她孤身在这西夜，也不怕得罪了去。

"公主谦虚了。皇上，臣妾可是早想见识了，说什么也不能让三公主躲了去。"

那肖贵妃一阵撒娇，惹得西夜皇帝笑着连连点头。

"爱妃莫急。既然贵妃如此看好于你，公主也就莫再推托了。"

"倾月领旨。"

夜凌昊发了话，凤倾月自然不好再做推辞。

她从未人前献艺，就是不想被人评头论足。现下，却不得不弃了这一身骄傲了。

凤倾月心中一计较，决定献上一首琵琶曲，以便躲至帘后，免了现身人前的为难。

征得夜凌昊的同意，凤倾月便入帘换了一乐官的位置，试了试音色，弹奏起来。

琵琶高音袅绕，缓缓飘窜。绕指琴音，飘向天际。大有弄云舞水，不问人间花落几度的意味。

"昔我往矣，杨柳依依。今我来思，雨雪霏霏。知我者，谓我心忧。不知我者，谓我何求……"

银铃般的声音悠扬飘出。歌声动人，似潺潺流水般浅吟低唱，独具风韵。伴着优雅的曲调，清新淡雅，犹如天籁。在座之人皆叹美好。

一曲终了，余音绕梁，众人意犹未尽。

"倾月献丑了。"

夜凌昊带头鼓掌，笑道："三公主果然名不虚传。妙哉，妙哉！"

凤倾月本无意出此风头，不过肖贵妃步步紧逼，她自然不能弱了凤央声势。她收起一身的傲气，却不是弃了尊严。既然她代表着凤央，就不得轻易让人比了去。

这下皇后和肖贵妃皆恼上凤倾月了。皇后心中直道肖雪然是个没脑子的，成事不足，败事有余。而肖贵妃惊讶之中也是怒火中烧，原想抓个替死鬼出来，却让她出尽了风头！

西夜国君至今还没有立下太子。皇宫里留有九岁的十皇子和七岁的十三皇子。这两个皇子年幼且母家式微，难当大任。

而三皇子夜离轩和七皇子夜墨澜，被赐府邸留待京都。其他皇子，都被夜凌昊下旨赐为王爷，离京上任去了。

夜凌昊久久不将这两位皇子立为王爷，而太子之位又悬空，定要从中选一个的。

皇后和肖贵妃有意将自家血亲许配其中一人，而今日正是时候。彼此知道对方目的，两相生厌，是以互相打压。却没想到引出凤倾月这一号人物，只得打落牙齿和血吞了。

肖贵妃转念之间，有了主意。

"三公主一手琵琶弹得出神入化，臣妾那侄女再以乐比之怕是要闹笑话。听说子娴一直发奋习画，小有所成，不如今日让皇上评测评测？"

技不如人，自然只有暂避锋芒，以最好的示人。

"准！"

话落，两个宫人立马搬了案桌来，笔墨纸砚俱齐，原是肖贵妃早做的准备。

席间走出一名女子，一袭粉衣显得娇俏可爱。拜过堂上几人，便屏弃杂念，专心作起画来。

不多时，画作便成。细眼一看，是一幅《观音圣像》。

肖子娴将其圣然之气刻画入微，气韵生动，好似观音现世一般。画作一气呵成，深得其神髓，定然下过一番苦功。

"听闻太后喜佛，臣女想将此画献给太后。望太后佛光普照，岁岁平安。"

"不错，不错，该赏！"

"皇上，臣妾总觉得画作少了些什么，不如让荨儿题诗一首？本说好的合作一曲，现合作一画倒也不错。"

慕容荨最擅长的虽是七弦琴，可诗词却也不赖，想来题首小诗不是多大的难事。皇后这么想着，便顺理成章举荐了慕容荨来。

"皇后倒和朕想到一处去了。慕容荨何在？"

肖贵妃虽然满心不乐意，却也不能拒了皇后，只得让她白白捡个便宜。

又缓步走出一个年轻女子，模样生得小家碧玉，却有一股出尘的气质，自显其贵。

"臣女在！"

"应皇后之请，你便题诗一首吧。"

"臣女遵旨！"

慕容荨冥想一阵，拿了支干净的羊毫笔，蘸墨书写。

观音菩萨妙难酬，清净庄严累劫修。
浩浩红莲安足下，弯弯秋月锁眉头。
瓶中甘露常遍洒，手内杨枝不计秋。
千处祈求千处应，苦海常做度人舟。

不提这诗，且说这字。字是女子惯习的簪花小楷，将其高逸清婉、流畅瘦洁的特色体现尽致。字的本身，就有一种清婉灵动的韵味，再以金色做底，字里行间好似都透着一股佛性。

诗也是极妙的，将观音这一神祇诠释得活灵活现。此诗配此画，恰到好处，相得益彰。

"题得好！太后收到此画定然高兴。"

皇后为夜凌昊添上一杯酒，笑道："既得了皇上一个'好'字，臣妾可要为荨儿讨要赏赐。"

夜凌昊握住皇后一只手，大声道："赏！今儿个大大有赏！"

每每见皇后与皇上相处这般融洽，肖贵妃就嫉恨异常。就算她贵为贵妃，却只能得到皇上的宠爱，不配与之相敬。一旦失了宠，她便什么都不是。对这个高高在上的女人，她嫉妒却也羡慕着。

起先众人不觉有他，只以为是这幅画惹得皇上高兴要大赏两人。而在夜凌昊的示意下，大太监阮安拿了两份圣旨出来，众人才觉察皇上另有所意。

皇上有何旨意？圣旨乃是提早备好的，两份玉轴七彩圣旨，难道有关立太子一事？

众人跪下接旨间，暗中已是几番思量。

第四章
圣心难测

　　"奉天承运，皇帝诏曰：吾西夜国人君泽皓，远赴他国，历经险难，含辛茹苦多年。念其劳苦功高，现功德圆满，特赐其司马大将军一职。赏金千两，绫罗绸缎百匹，名珍古玩百件，封邑五百户，名剑承影一柄，入宫可车马代行。钦此！"

　　"吾皇万岁万岁万万岁！"

　　凤倾月跟着众人叩拜后，目光飘向去送旨的小太监。

　　她记得这个名字，洛风的副将君泽皓。没想到他竟被赦免了罪行，随她一起来了西夜。

　　他的背叛，成就了他的锦绣前程，也造成了她今日的忍辱负重。她要看个清楚，他如今到底何等风光。

　　见到人，她却有些发愣。

　　这便是君泽皓？不过二十八九的年纪。潜伏凤央十多年，意味着十几岁就潜入凤央了。呵！十几岁的年纪，正是她少不知愁的年华。

　　他小心隐藏多年，终是一击即中了。饶是凤倾月恨透了他，也不得不叹声，此人是个善谋的。

　　君泽皓收了圣旨，大太监阮安又宣读道："奉天承运，皇帝诏曰。吾朝与凤央相交而得盟，双方欲表其诚，求而和亲。凤央三公主凤倾月，德贤聪淑，才貌无双。不辞万里来吾西夜，表其诚意。朕之三子夜离轩，气宇轩昂，刚直不阿，现今尚无婚配。特赐凤倾月为三皇子妃，结两国之友好。由钦天监择良辰吉日完婚。钦此！"

"吾皇万岁万岁万万岁！"

凤倾月听到圣旨内容，顿时蒙了。跟着旁人一番叩首，却道不出半个字来。

众人也惊奇得很。凤央公主远嫁之行，是七皇子迎接的。这就跟民间嫁娶一样，迎亲的当然是自己的夫君了。按理该是七皇子娶了她才是，皇上却将其许配与三皇子，是何深意？

夜墨澜紧了紧拳头，又舒展开来。他不明白父皇何以做此决定——父皇向来偏爱三哥，让自己去迎接三公主，众臣便已猜测，太子之位怕是定下了。

一国之后，定不能是他国女子。尽管他满心不甘愿，也不得违抗圣命。

在晋城等待的时日，他却想通了。区区一个女子，何德何能左右大局。一日不立太子，就尚有机会。

是以他接纳了凤倾月，这个将要出现在他生命中的女子。如今却没想到是这般收场。

现下他一直久等的机会来了，终究是欢喜大过了失落。世间女子千万，何必纠结于一人？万万人之上，才是他想要的！

凤倾月顾不得其他，眼中所见，仅仅是夜墨澜冷峻的容颜。一股莫名的感觉涌上心头，一时惊慌失措。

莫名地，她觉得他满眸欢喜。

他的眼里，没有她的容身之处。原来相知相守，只是她一厢情愿而已。

凤倾月偏过身，暗自神伤。

原来一切都是假的。他的关心是假，他的柔情是假。只怪她看不清，着了魔。既然无意，又为何招惹上她？

罢罢罢，是她放纵了。任人宰割之身，本就不该肆意为之。只当做了一场好梦吧，过眼云烟，转瞬而逝。

两国联姻，本该事先商定好嫁娶人选。可凤央所处弱势，在西夜一念之间得以苟延残喘。西夜能强求了她，她却做不得选择。

有史以来，她怕是第一个和亲远嫁，却不知夫君是谁的公主了。

不过现在，她总算是认清了。

凤倾月拼命忍住眼里的酸涩，笑着接过圣旨。平静的大殿独独响起她干涩哽咽的声音："谢主隆恩！"

接下圣旨，她便不再是无忧无虑的凤央三公主，而是西夜谨小慎微的三皇子妃了。

此后前尘尽弃，永留西夜，能否有个花好人团圆的美梦？

两眼生泪，滴落在圣旨上。凤倾月一吓，赶紧起了身，垂首偷偷以丝绢拭泪。

"怎么，公主不乐意嫁我？"

冷硬的声音回旋在大殿之上，惹得凤倾月又是一惊。

看向说话之人，面无表情，像个冷面阎罗要将她生吞入腹似的。

没来得及多想，她便脱口而出："倾月只是离家太久，突然有些想念罢了，三皇子莫要多心！"

"哦？公主是委屈了？"

"有幸嫁给三皇子这等人人称羡的如意郎君，倾月不觉委屈。"她挺直身板，目不斜视地看着他，一副言之凿凿的语气。

夜离轩又将她打量一番，不再言语。他一副喜怒不形于色的模样，令她心虚得紧，难以与之对视。赶紧转了身，躲过他的视线。

夜凌昊一阵大笑，道："公主倒是不矫情，朕有此儿媳，堪称一大快事！"

皇上快意盎然，众人也只得跟着赔笑。

此事揭过，凤倾月都忍不住要夸自己一声好了。每每遇到此等尴尬之事，都能冷静圆说，想来她天生该是善辩之人。可惜今生是做不得惊世辩才了。

凤倾月不明白，不过是第一次见面，夜离轩为何如此不待见她。天子跟前紧逼于她，算是张狂放肆了。可皇上都不怪罪他，其他人就更不用说了。

想来他在西夜该是顺风顺水，相当得意的。这么个人物，在凤央却从没听过有关他的流言。他如此神秘，叫人如何探测？

"今儿个朕心甚悦，说好的大大有赏，自然少不得你两人。也不知赏些什么好，不如皇后替朕拿主意？"

夜凌昊终是想到了肖子娴、慕容荨两人。故意这般说来是为皇后长势。

他对皇后也算不上有多喜爱，此番作为只是为让肖贵妃懂得分寸。

皇后乃他钦定的母仪天下人选，自然要给她相应的权力。他宠肖贵妃，可以给她些小权，容她些许放纵，但却不能让她越了皇后去。跟皇后争，那不就是伸长了手，掌他的嘴吗？

"既然皇上让臣妾拿主意，臣妾可就做主了。车迟国进贡了一块河磨碧玉，乃是可拆可合的，连上是一幅《春花秋月图》，拆开便是半月半花。臣妾以为合适。再添上一对南海明珠，便更是周全了。"

皇后明白皇上的意思，自然不会傻得有所偏颇，失了气度。

"好个珠联璧合，皇后好巧思！准！"

两人谢了恩，退回席位。

夜凌昊一声令下，又是一番歌舞升平的好景象。

之后的宴会，又有几个大臣的女儿展其才艺。不过平淡无奇，并无出彩之处。论其年岁，该是趁着御前献艺露个脸面，日后好说议亲事的。

夜墨澜一直漫不经心地看着凤倾月，看她一派平静，自己心里却有些不好受了。

若凤倾月接下圣旨，痛哭流涕或失魂落魄，他兴许不会在意她了。偏偏她掉了两滴眼泪，就将两人过往抹了去。特别是那句如意郎君，刺痛他的心，惹得他直想抗旨向父皇求了她。

人之天性往往就是这样，不被人在意，就会想方设法地引人注目。得不到的，千方百计也要夺了去。

得之，却觉不过尔耳，弃之如敝屣。

凤倾月实则心中怨念难止，若不是被夜离轩一吓，怕是止不住泪的。

之后，却没那般悲痛了。只是欣赏着歌舞的时候，偶尔神游天外罢了。

"公主，人都走尽了，可以离开了。"送行的小太监一声提醒，令凤倾月回过神来。

宴会结束，一群人浩浩荡荡地出殿离去。而凤倾月看到前方的夜墨澜，顿下了脚步。

他同旁人说着话，自然不会分心注意到她。偏偏她就怕与之同路，入了他的眼。只得看着他渐远的背影，出了神。

这场景好似有些熟悉，她当初的决然离去，不知洛风又是怎样的心境？现下这落寞之人换作了她，果然是报应不爽。可错的向来不是她，怎偏生报应在她头上？

回到馆舍，凤倾月呆坐在书桌前，提笔，却良久也写不出一个字来。只落下一个墨点，沾染在洁白的宣纸上。

她心乱如麻，只想找些事做，好将脑中那些零落片段尽数忘了去。一番纠结，却没有半点法子。

"公主，吃些东西吧。"

玲珑见凤倾月宴上只随意用了几口，回来又心不在焉的，没准备歇息，怕她饿坏了身子，便叫膳房做了些吃食送来。

凤倾月看着玲珑，瞬间有了些想头。她在这西夜唯一的念想，便是眼前这俏生生的丫头了。上天对她也算眷顾，至少没让她陷入孤立无助的困境。

她同洛风可谓是青梅竹马的情谊，一朝被弃，还不是照旧过日子。现下不过一月之缘，有什么剪不断理还乱的？

"你也该饿了，坐下一起用吧。"

"公主，这不合规矩。奴婢陪着您就好。"

不理玲珑推托，凤倾月拉过她，坐在一方。

"你是我的人，这规矩得我说了才算。你要是不随了我，我也没心思吃了。"

总算见公主高兴了些，玲珑便任性了一回。

十几年来，她们第一次同桌用膳。没有那些世俗规矩，只有两人自幼相交的主仆之谊。其乐融融，好不开心。

年岁渐大，玲珑收敛了一身活泼，越发沉稳干练了。本是一起调皮戏耍的玩伴，有了主仆之别，便逐渐疏远，再难有牵手之趣了。今日一桌用膳，将距离拉近许多。凤倾月也总算找到一丝慰藉。

"公主，这瓷瓶要收着吗？"

玲珑整理床褥时发现了枕边的瓷瓶，看着眼生，便递到凤倾月跟前。

"不知是谁的，扔了吧。"本想接过，却觉其意义不再。扔了便好，免得徒惹伤心。

她不想再留些伤人之物硌硬自己了。

转眼见到那白纸上的一点墨，便想到了要写之字。拿过狼毫笔挥洒而书，一个大大的"弃"字跃然纸上。龙飞凤舞之形，波澜壮阔之势。

心中直道：弃我去者，不可留！

说回那皇宫御书房内……

此时的御书房一派灯火通明，夜凌昊闭眼靠坐在金漆龙纹椅上，阮安在一旁小心候着，生怕一个动作惊扰了万岁。

"阮安。"

听到皇上的声音，阮安立马精神抖擞，忙躬身应道："奴才在！"

"你可知朕今日为何这般做？"一贯云淡风轻的语气，却将阮安逼成了苦瓜脸。

"奴才不敢妄测圣心。"说话间，阮安僵硬地挺直了背脊。

"朕许你无罪。"

阮安扑通一声跪在地上，脑门狠狠一磕，求饶道："皇上恕罪！皇上这等圣人的心思，奴才哪能体会？"

正所谓伴君如伴虎，阮安此番小心也是应该。一个不小心就是掉脑袋的事，阮安哪敢高谈阔论？

"得，起来吧！跟了我几十年，倒是这德行一直没变。你也算顶好的奴才了。"

一听皇上这话，阮安便安了心，知道这马虎眼算是打过去了。

阮安能待在夜凌昊身边近三十年，不是没有道理的。平日里规矩做事，安于现状。关键时刻又心思敏捷，善于变通。兢兢业业三十年，本分得很。

而用他自己的话说，这是惜命。多说多错，能多做事便少说话。

"你知道的，离轩和墨澜，注定要择其一人。偏偏墨澜是个多心的。此番一统天下之势，他竟然暗中做下手脚，害得前功尽弃。他以为朕不知道，朕却早将他看了个明白。"

听夜凌昊这么一说，阮安暗暗奇怪。皇上做太子的时候，就想着一统天下，现在被坏了大事，该是恼怒七皇子的。怎么看来，七皇子好像还得了好处？

知道阮安心中疑惑，夜凌昊低笑道："你不懂了吧？"

"奴才愚钝。"

"墨澜这小子，聪明反被聪明误。他以为朕留了他，是看中他行军打仗的才能，待天下统一，朕便会废了他。是以他给自己留了后路，虽然西夜一家独大，却还是需要他这个大将军。朕还没死呢，他就惦记上皇位了。"

听到皇上此话，阮安又跪下叩首。

"百无禁忌！皇上天威浩荡，万岁万岁万万岁！"

他可不想皇上一发怒，便让他交待了小命在这儿。

"行了，朕这身体能撑多久朕知道。不过朕要他们知道，这天下，还是朕说了算。要争，就给朕拿出本事，别一个尽会阴谋手段，一个尽会儿女情长！"

夜凌昊说完，心里总算舒坦了。坐上这天子之位，便孤身向天，连个能说体己话的人都没有。多少心事压在心头，令他难受。还好有个好奴才，能做个好听客。

想到这好奴才，夜凌昊来了兴致。

"阮安，你说你知道朕这么多秘密，朕是否该毒哑了你？耳朵也该割了，日后往朕面前一站，朕就可以畅所欲言了。"

"皇上饶命！奴才定然把嘴封严实了，不会透露丝毫！"皇上说过，给他赐名为安，便是让他安分守己，保他安稳。

　　现下他却不能说堵皇上的话。要是惹怒了皇上，那可真是杀身之祸了。

　　夜凌昊见阮安害怕得冷汗直下，终是有了个好心情。

　　"罢了，日后朕身边跟着这么个丑东西，还不得大失威仪。摆驾回宫！"

第五章
金玉满堂

钦天监定好了日子，冬月二十四，大吉，宜嫁娶。

算起来还有四五个月的时间，凤倾月安下心来。虽有个准备，但突然就嫁了，还是有太多勉强。

每日在馆舍逗逗鸟儿，喂喂锦鲤，闲时写书作画，日子也就这样打发了。

只是过了小半个月，凤倾月就有些受不了了。以往的日子也是这般过，倒没觉得无趣，现在也不知是怎么了，老想看看外面的稀奇物事。好像这院子闷得她喘不过气来，一定得出去透透气才行。

"玲珑，今日我们出门逛逛去。"

玲珑平时一个人出去倒觉没什么，不过公主贵为金枝玉叶，又美貌可人，万一出了什么事，她的罪过不就大了吗？！玲珑忙告罪："公主，奴婢无能，怕照顾不周，不够妥善！"

凤倾月知道她的意思，现下不比以往有侍卫跟从，她们两个女子确实多有不便。让她使了身份令馆舍的侍卫护她出行，也不知会惹得怎样说议。不过，她另有办法。

她狡黠地眨眨眼，吩咐玲珑：

"你听我说，你拿银两吩咐下人准备两套男装，等下我们大大方方地出去。"

有钱自然好办事，馆舍的小厮收了钱财，不一会儿便买了两套男装回来。

定是玲珑刻意交代，买的主仆行装。凤倾月不由暗自一叹，这丫头，时刻谨守规矩，就连出去闲逛也不马虎。

凤倾月换好行装，抹去妆容，又沾了些脂粉覆盖在耳洞上，整个人显出几分英气。手拿一把山水折扇，流露出温文尔雅的气质，直教人称赞好一个翩翩公子。

她以前没住进公主府的时候，洛风曾教她男装打扮，偷偷带她出宫游玩。虽然第一次回宫便被父皇抓了个现行，之后再没机会出去。现下想来，倒很欢快，不再对他那般执着生恨。

离府的时候，侍卫本想跟着凤倾月，却被她拒了回去。

本就因为不想太过张扬，才做了此番打扮，又怎能让人坏了事呢？

凤倾月出了门，犹如刚得自在的雏鸟，看到什么都觉高兴。

洛风曾说过，吃喝玩乐，吃在首自然是有道理的。好不容易出来一趟，一定得吃好喝好。

现下出来，首选自然是一尝西夜的美味。便遣了玲珑询问路人，这最好的酒家在哪里。

"公子，这渊城最好的酒家名唤金玉满堂，听说就在不远处。"

金玉满堂，倒是个雅致的名字。

其实金玉满堂的东家取这名字，想的只是金银多得装不完而已。也不知凤倾月知晓了会如何作想。

"咦，这酒家好生热闹！"

远远就见了"金玉满堂"四个金灿灿的大字，店门外被一大群人围得水泄不通。

"想答题的可别挡道啊，我们店里还得做生意呢！"

凤倾月本来见没法进门，便想找个其他地方。众人听到此话却让开一条道来。凤倾月不由一叹这小二好生威风，一挥折扇，便大摇大摆地走上前去。

"这位小公子是来答题的吗？"

那人见来人文质彬彬，该是个文人，故有此一问。

"答题是为何故？"洛风教过凤倾月压着嗓子学男声，是以没让人觉察出不妥，只觉其嗓音细腻了些。

"公子还不知道？我们东家出了道题，昨日答上来，也不过是赏银一百。今日可是大赏，要将渊城这金玉满堂的利润让出一成。"

这东家如此大的手笔，只为求一道答案这么简单？

"若盈利还好，万一经营不善，我接手可不就亏了！"不过是答一道题，凤倾月自然想要试试。

只是这行情还是得了解些的，万一这店子金玉其外败絮其中，实则有个大窟窿要填补，让她怎么收拾？

"公子莫不是刚从山中出来？西夜谁人不知，金玉满堂遍及西夜各大都城。我们东家腰缠万贯，从不做赔本买卖。"

一道题换一成利，可不就是赔本买卖吗？凤倾月笑着转了话题："是我孤陋寡闻了，可否将题给我看看？"

"我们东家说了，答题先交一锭银。"

"还有这种规矩？"凤倾月也是随口一问，那小二却满不耐。

"都说了不做亏本买卖，天大的好处自然不能白给！"

按理说金玉满堂这般名气，定会吸引一大批人来的。现下还没一人答上，兴许就是一道无解之题。

虽觉得可能是骗局，不过凤倾月还是满心好奇止不住。她想看看，什么样的难题，能难住这么多人。

得到示意，玲珑递上了银子。旁观的众人直叹可惜，在场的都知道题目是什么，随口一问就是，这小公子的银子算是白花了。

那小二小心地取出一张宣纸摊开，犹如珍宝一般拿着，只许凤倾月离近了看，不得伸手触碰。

"公子可看清了？"见凤倾月点头，他立马收了纸张，好生揣在怀里。小姐把这东西看作命根子，他若不仔细看管着，免不了会遭到重罚。

"烟沿艳檐烟燕眼"，这上联堪称妙绝。任她绞尽脑汁也得不出下联来，只得甘拜下风。

"罢了，这题我答不上，给我安排个雅间吃些东西。"

"带客人去楼上雅间。"这小公子倒是个洒脱之人。

跟着其他小二上楼的路上，凤倾月还在琢磨着下联。难得遇到此等难题，一番心思全扑在了上面。

到了雅间，一开房门，便有一股浓香扑鼻，呛得她泪眼蒙眬。

那小二连忙赔罪："不知是哪个不开眼的，燃香竟然不开窗户。小的立马给您换一间。"

看着眼前烟雾缭绕，凤倾月脑子里却一片清明。当真是踏破铁鞋无觅处，得来全不费功夫！

"小二，给你们东家说去，准备好契约，那题本公子答上了。"

那小二一惊，却并没慌乱，先将她安排至另一雅间，才匆匆跑下楼去。

"听说公子能答此题？"一番等候，来的却是方才守门的小二。

"你家东家为何不来，莫不是想抵赖不成？"

"公子误会了，东家不在，在下萧炎，暂为主事。公子放心，我们东家既然敢放出话去，就断不会抵赖的！"怪不得此人如此威风了，原来是掌柜的。

"你以何作保？"

萧炎一番踌躇，竟掏出一枚官印来。

"以此作保。"

丢失官印乃是大罪。他敢拿官印作抵，应不会赖去。

"这东西我可不敢接，你仔细收好了去。笔墨伺候，我写了下联与你。"

还好他没接下，不然怎么跟大少爷交代去？萧炎边庆幸边躬身道："还请公子再交一锭银。"

"还交？"这下却是玲珑惊呼出声了。这一锭银都是她好几个月的月钱了，这东家真是吃人不吐骨头！

"我们东家说的，答题先交一锭银。"

凤倾月不禁哑然失笑，果然是无奸不商。

对于这怪异的东家，她是越来越好奇了。

拿了银两，萧炎才命人送了纸笔来。

他本一心以为凤倾月是堪堪对上的，毕竟自家少爷身为内阁大学士，见了此题也只是一阵摇头晃脑，这愣头青自然心有余而力不足。

不过这人若能堪堪对出，也算是个不错的了。

见凤倾月写好，萧炎接过宣纸一看，却傻眼了。有道是真人不露相，这小兄弟竟然对得极好，直教人汗颜看轻了他。

多少京中才子都被此题难住，他却不到半炷香便得了答案。如此才华横溢，却没有入朝为官，当真可惜。

烟沿艳檐烟燕眼，

雾舞乌屋雾物无。

对仗工整，没有一毫之差，当真对得极妙。苛刻如苏子逸，怕是也不得不服。

"公子对得真好，真乃绝对！"萧炎一番真心实意的赞叹，惹得凤倾月很开心。

"既觉不错，掌柜的可否上一桌子的好菜，犒劳犒劳？"

管他怎么样，先饱腹一顿再说。若是他们言而无信，至少还有一顿美食，反正这饭钱她可不打算付了。

"应当的，应当的。"

掌柜拿了宣纸离开，不多时便上了一桌子的好菜来。雅间的圆形香桌本就大得很，这许多菜叠层而上，怕是有百样珍馐。这金玉满堂当真财大气粗。

主仆两人好生饱餐了一顿，遣了人收拾走残羹剩饭，凤倾月便歇在凉椅上直不起腰来。

这里的菜色好多都是她以前不曾见过的，一时嘴馋便多吃了些。看着自己圆滚滚的肚子，凤倾月不由得戳了戳，自得其乐。那满足的娇憨神态，少了几分平日的优雅，多出几分可爱来。

而另一头……

应天书院外，一红衣女子在外大声叫嚣着："苏子逸，你给我出来！

不就是让你再多宽限一天吗？像我挖了你祖先坟冢似的不近人情！"

这座雅致的千年庭院，青舍密密，屋宇麻麻，不知多少贤臣雅士在此就读过。书院培养了代代人杰，便是皇上，也只有礼贤下士，才能请得出山的人物。

论以往，谁敢在此造次！更别说在门口对着御赐金匾，说如此大不敬的话了。偏偏这金玉满堂的大小姐是个人物，便是在门外骂上一个时辰，也没人会来赶她。

她倒是想来个人赶她。来人总得开门吧，这开了门她才好进去啊。

她立于门外，看着眼前紧闭的红漆大门，顿时一阵委屈。

她做错了哪般？不就是想入个书院吗？又不是没收过女弟子，为何偏偏为难于她？苏子逸，你真可恶！失落转成愤恨，她一脚踢在大门上，留下一个小巧玲珑的鞋印子。

本姑娘翻山越岭为哪般？满身泥泞为哪般？竟丝毫不讲情面。念及此，又不解气地踢了几个泥印子在门上。

"大小姐，有好消息，那题有人解出来了！"

对着眼前突然多出的人，她惊喜追问道："真的？"

侍卫送上裁好的小纸条，她急忙看过一遍，眼里顿时有了神采。

她立即催促道："你赶快给我翻过墙去，把门给我开了。等一下！先把门给我擦干净了。"

来人只好苦哈哈地扯了一截衣摆，擦净大门。而后使了轻功飞跃而过，打开了大门。

一入门，她便风风火火地直往苏子逸的房间而去。

"苏子逸，不过是叫你宽限一日，有这么难吗？"她在书院门口等了大半日，他也不待见她，所以进门先有此一问。

"说好的一日，现改为两日之期。大丈夫一言既出驷马难追，我已是破了约定，又怎能一改再改？"

听他这么说好像有些道理，倒也不算没念半点人情，便不再纠结。

"此事算了，反正你出的问题，我给你答上了。"

"哦？给我看看。"

她拿出纸条，苏子逸一看这字，便知不是她写的。

不过这句，堪称绝对！师父云游多时，给他留下这么个题，他冥思苦想许久，也才得出几句不那么对应的下联。这题不过传出去两日，便有人解了，这人当真了不得，令他直想一睹为快。

"帮你对出下联的是谁？带我见见他。"

"就是我对出的！"她脸不红心不跳地撒着谎，惹得他眉头一挑。

"呵，我还不知道你？说你掐指一算，钱银不失毫厘我还信。吟诗作对？糊弄谁呢？还有这字，哪像你那狗爬的作风！"

"你！"

"我怎么了我，难不成还说错了？"他当然说错了，她日日勤习书法，写的字哪有他说的那般丑相。

苏子逸本是一个风度翩翩之人，对他人都是温和谦虚的样子。每每与她共处，却刁钻异常。也不知两人生了什么仇，结了什么怨！

"得，你猜对了，不是我对出的。不过我花钱买来的东西，自然还是我的东西。带你见他可以，但你必须让我入门。"

"整日都念叨着钱财，庸俗！"

一个女子，该待字闺中才是。怎的尽往钱眼里钻，半点仪态都没有。

"俗话说得好，有钱能使鬼推磨，怎么就俗不可耐了？我不同你争论这些，就一句话，你让不让我入？"

本想再说些什么，看着她，却住了口。她这人，怕是没救了。

"只能做记名。"若师父回山，知道替他收了这么个刁蛮任性的徒儿，自己可前程堪忧呢。

"什么，你答应了？！记名就记名，我不讲究。"她本来还准备着一哭二闹三上吊，骂他不守信用。结果他就这么答应了，令她险些没反应过来。

在外等候的侍卫本以为可以歇会儿了。她却兴冲冲地出去，让那侍卫速回，务必留住答题之人。

那侍卫只得抹抹汗，哀怨地离开。

想他本是保护小姐的暗卫，现下却整日做着跑腿的工作。抬头望天，一阵唏嘘，这日子可什么时候是个头儿？

第六章
钱满贯

　　凤倾月躺在凉椅上，时不时有幽风吹过。一舒适，便小憩了一下。

　　红衣女子闯进来，见了这幅美人入睡图，一派娴静美好，不由一吓，急急关门退出。又觉得不对劲，她怕什么？一个男子睡觉，总不能说她占了便宜吧？

　　虽是这般想着，却没像以往那般大大咧咧，规矩地敲了敲门，看得苏子逸好一阵惊奇。

　　凤倾月被她惊醒，玲珑正准备出去说道一番，外面又传来敲门声。闯都闯了才晓得敲门，有礼无礼都是她，让人怎么说好？

　　凤倾月整理好衣衫，正身坐在圆桌边，转而道："进来吧。"

　　那女子进门，看着房门旁一俊俏小厮瞪着她，才惊觉除了那美公子还有他人，忙赔笑道："失礼了，失礼了。"

　　"这边坐。"

　　凤倾月做出请的手势，那女子不客气地坐了下来。

　　她身后跟着个面如冠玉的男子，抱拳客气一下后，才坐至一旁。

　　"不知两位无故闯入是为何事？"

　　"一时激动，唐突了。我是这金玉满堂的东家，特地来感谢你的。"

　　她性子直爽，令凤倾月不由得喜欢，对她多了几分好感。西夜国情与凤央真是大有不同，女子竟能抛头露面经商，凤倾月心中暗暗称奇。

"敢问小姐芳名？"

"钱满贯。"

凤倾月脑袋一滞。这名字，取得倒是实诚。

"哦，钱小姐。"

一时接不上话，她便转了话："这位公子是？"

"不差钱。"凤倾月听到这名字，终是憋不住，嘴角微微一翘。

苏子逸不满地瞪了钱满贯一眼。她又改口道："呃，这是我取的。其实他叫苏子逸。他总对钱财不屑一顾的，可不就是不差钱嘛。"

"姑娘说笑了。"淡然笑过，也不知说什么好，只得应付一声。

"冒昧一问，那下联可是公子对出的？"苏子逸半点也等不得，直入主题。

"侥幸而已。"

确实是侥幸答上的，苏子逸却不信。

"公子谦虚了。公子这般才华横溢的人中俊杰，以前竟从未耳闻。不知公子姓甚名谁，家住何方？"

"这……"他问得这般清楚，让她如何作答。

苏子逸连忙赔罪："是我唐突了，公子不想说便不说。"

看得出他的结交之意，遇到这种探学之人，凤倾月也是高兴的。有道是千金易得，知己难求。只不过她真不知该从何说起，难不成先说自己是个女子？

"也没什么难言的，只是说来话长，两位不介意便称我一声凤三吧。"

凤？在西夜有此姓者，怕是屈指可数的。在凤央倒多，却是国姓。他定不会是凤央皇族，不然哪敢在敌国丝毫不避讳？

聪明如苏子逸，这下却猜错了。

"凤兄此番文采，默默无闻便可惜了。不如来我应天书院，一展所长？"

此人年纪轻轻，竟能做主应天书院，让人不得不高看一眼。

应天书院传承千年，其中珍本古籍无数。为师者，博古通今。求学者，也皆是才高八斗之辈。

多少为之向往的人，被拒之门外。求才若渴的国君若是强求于谁，己所不欲，唯有一死，心之所向者，终是一代良臣。

若为官，便不再是学院子弟，从此断绝往来。是以学院虽只在一处，朝代更替，却没有国君与之为难。

文化传承之地，自然不能毁了，惹得自己遗臭万年。

"想不到苏兄出自应天书院，实在失敬！"

她对书院虽只有书中了解的浅薄印象，却相当崇尚。里面收有众多典藏，喜文之人，怕是没人不想去阅览一番的。

"师父远行，暂为代理院中事务而已。"

暂为代理，那该是首徒了。能得到他的赏识，也足以自豪了。只是与之无缘，不免遗憾。

"凤某俗事缠身，怕是有负盛情。"

听说书院的院长也收女徒，个个都是天资聪颖之辈。虽不会亲身授学，却可以一览群书。有此机会，她自然万分乐意。可身不由己，也只得作罢了。

"凤兄不再考虑考虑？"

其他人争破了头想进书院，他却断然拒绝了。见他一脸苦笑摇头，莫不是有难言之隐？

正想出声询问，钱满贯这厢接过话头。

"你以为你应天书院是风水宝地，人人都梦寐以求？美得你！本姑娘一头栽进来，是自作孽不可活。"

钱满贯经商多年，早已看透了人情世故。见凤倾月那副模样，知其定是有苦说不出的。苏子逸偏是个不识人眼色的，既然人家不会说与你听，又何苦惹了人不高兴？见他想开口询问，才出声打断了他。

若是平常，苏子逸定是挥挥衣袖，甩手而去。这厮回头定有求他的时候。

不过当着凤倾月的面，却不好摆出脸色，只得叹声："孺子不可教也！"

"呵！我本就不是孺子，是女子。"

"唯女子与小人难养也！"苏子逸说完便偏过头，不想再搭理她。

凤倾月笑看着两人斗嘴，一阵开心。自从到了西夜，难得如此欢喜。只觉得今日出行，是上天刻意指引她来认识钱满贯的。

"凤公子，不同他说那些有的没的，还是钱财最实际。说好的一成利，我自然不会食言，这契约你收好了。"

凤倾月拿过契约，落款有钱满贯的名姓，且加盖了官印。她不是为官之人，这官印从何而得？

钱家大院里，钱大少爷见自己的官印被换成了一只手镯，真真是欲哭无泪。

"什么一成利？"她匆忙下这契约，原来是给人的报酬，苏子逸方才不甚在意，现下却很好奇。

这钱满贯倒是长本事了，竟然无视他！

"是这金玉满堂的一成利润。"凤倾月收好纸，替他解了惑。

"你不是号称从不做亏本生意的？"

金玉满堂的一成利，都够养活一支私军了。她向来爱财如命，怎会这般行事？

"你出这题，分明是为难我。本姑娘不想同你解释！"

这题原来是他出的。那萧炎如此宝贵那张纸，凤倾月看着两人，顿时心头有些明了。

千金难买心头好，她却千金难求心上人。这买卖是亏是赚，也只有她自己才明白。

这种敢爱敢恨的女子，令凤倾月好生喜欢。或许是自己求而不得，才羡慕别人的随性而为吧。

第七章
神秘男子

凤倾月拜别两人，同玲珑一路兜兜转转，忆不起来时的路，误入了一条偏僻小道。

应是这新鞋有些磨脚，令她脚上生疼。玲珑扶了她一旁歇息，便自己寻人问路去了。

等了许久，也不见其回来。凤倾月不免有些着急，沿着玲珑的去向而行，却没见着半个人影。

隐隐觉得不对，又不敢往深了想。走出巷子，见街上人来人往，打量一周也没自己心念的人儿，直叫凤倾月红了眼眶。

她一头乱麻，不知如何是好，深觉自己无能。

"公子可是丢了东西？"

那卖菜的老伯见她来回转悠了几次，焦急得满头大汗，不由得好心询问，看看能否帮得上忙。

被这老伯叫住，她才反应过来：是了，该问问人才是！恼恨起自己的傻来。

"老伯，我是在寻人。她定不会不说一声就失了人影的。"

那老伯一惊，忙问："这寻的是个丫头还是小子？"

这寻人还有男女之分？只是今日这打扮，让她怎么形容？

"她做的男子打扮。"

这么一说，那可不就是个姑娘家吗？老伯招招手，示意她靠近了听。

"这里可不大太平，好些女子都被掳走，卖到外地去了。"

"青天白日还有这等事？"凤倾月一惊，便没控制住，变回了本音。

那老伯一愣，好心劝道："我看你也是个姑娘家吧？你这女娃生得标致，还是快回家去吧。"

家？她在这西夜无亲无故，哪还有家？若是失了玲珑，她孤身一人还有什么意思？

她一身男子打扮，自然没戴贵重首饰。只有手上折扇一把，看着值些银钱，便递了上去。

"那人对我极为重要，还望老伯指条明路！"

老伯摆摆手，压低声音道："老头子不为财，便给你提个醒吧。城外紫云山，有个地方专做这些买卖。不提那官商勾结的事，就说那人真被劫了，天黑前也该送走了。你这女娃孤身在外可不安全，还是快些回家吧！"

官，她倒不怕。再怎么说她也是钦定的三皇子妃，狐假虎威她还是使得的。只是跟这流氓地痞打交道，万一不听她一言，又掳了她去，可不是赔了夫人又折兵？

要搬救兵就必须回馆舍，就算她找到路回去，时间怕也赶不及了。这可如何是好？

情急之下，突听一声巨响，忙转眼看去。

只见那店中一片狼藉，柜台被劈成两半，掌柜贴着后墙吓得浑身发抖。一男子拿着一柄断刃，霸气地站在店内。见此情形，凤倾月只得不管不顾，病急乱投医了。

"壮士如此英勇，在下万分钦佩！想聘请了你做我的护卫，壮士意下如何？"

呵！他今日倒是乐事不断。平日里哪个不怕了他？现下却遭一个不长眼的坐地起价。另一个男生女相的，更是好笑，竟要他去做伺候人的事。难不成他今日看相斯文，甚好说话？

他扔出一块碎银给那掌柜，转身就走。偏偏这小不点不依不饶，拦下他来。他火气上头，怒目一瞪。

凤倾月被他凶狠的目光一吓，有些哆嗦，小心开出了条件："黄金百两，就一日之期！"

此人满是傲气，定然不甘屈居人下。但衣衫褴褛，应是需要银钱的。一日之期，他该是能同意的。

若凤倾月知道，那掌柜就是看他身别极品美玉，才起的贪心，便不会如此想法了。

他生出几丝兴趣，黄金百两买他一日之时，不是傻子便是个人物。看他一身打扮，又无侍从跟随，怎么也不像个有权势的。再说京城里的显贵，哪个他不认得？啧，竟遇上个傻子，晦气！

凤倾月见这人打量她一番，又要离开，想他定是不信。脑中灵光一闪而过，急急拿出钱满贯给她的契约。

"我以此契作保。"

他淡淡扫过一眼，便知是真。原来今日闹得沸沸扬扬的题是他解的，倒是轻看了他。文采挺不错，就是长得太过女气，不然倒可结交一番。

"这东西给我，倒能买我几个时辰。"

见他说得一派正经，凤倾月不由头皮发麻，自己这是惹上了什么人物？

千钧一发之际，也容不得深思考量，直接将契纸往他手上一拍。

"成交！"

钱满贯用它换一道题的答案，值得。那她用它换回玲珑，就更值得。

他本也是随口一说，料想这人不会应的。这人却生出一股子豪气，半点犹豫都没有。究竟为何难事？

罢了，说出去的话再收回来，他可没这习性。便走上一遭又何妨？

"你要我做何事？"

"紫云山，抢人。"凤倾月故意这般说，就是怕他临难走人。却见他面不改色，径直牵马去，心中好生佩服。

岂知他一听这话，差点就要大笑出声。这搬起石头砸自己的脚还是头一遭，有点意思，有点意思。

这呆子先要他端了自己的窝，再赔他一笔钱造窝。算起来可不就是白忙活一场?

他翻身上马,居高临下之际,更觉眼前这小子矮小瘦弱,没一点男子气概,嫌弃得很。

"上马吧。"

"一定要骑马吗?"大庭广众之下,这般不雅,她怎么做得出?

他的不耐烦全摆在了脸上:"路途遥远,难不成你想走着去?"

听他这么说,凤倾月下了决意。却不知怎么上去,摸着马背,一时犯了难。

马上的男子看不过眼,就伸出一只手来。她也不好矫情,回手一握,猛地便被提上马去。她赶紧坐好,扯住男子的衣服,生怕掉了下去。

男子手一松开,那柔若无骨的触感还留在心头。

眉清目秀且身材娇小,行为也忸怩得很,哪像个男人?想到这儿,不禁回头多看了凤倾月两眼。这一看,就看到她耳边小洞,识破了她的身份。

自己竟被个女子忽悠了,心中只剩好奇好笑。道一声"抓紧了",便扬长而去。

其实凤倾月身形颀长,虽比不得寻常男子,却也称不上娇小。只因他身形太过高大,才有了一番比较。没想到这一比较,就发现了问题。

凤倾月方才情急被那老伯拆穿,更注意自己声色变化。却想不到耳垂的脂粉早已化开,暴露了身份。

"你说你不知道?不知道你还敢提抢人?"好!好极了!他竟被个女子戏耍得团团转!

凤倾月本就心神不宁,再加上从未骑过马,受了不小的惊吓。现下见他气势汹汹的样子,心底的委屈涌上来,眼睛眨巴眨巴,便湿了眼眶。

原以为她是个不一般的,却跟其他女子差不了多少。他最受不得女子哭了,一个个烦人得很。

当真是流年不利,没头没脑就答应了她,摊上这么个麻烦事。

凤倾月撇过头,把满心委屈憋了回去。玲珑还等着她呢!哪能在此哭哭啼啼？

"我虽没有万全的把握，但她只有可能被抓来此地。"她们初来西夜，无仇又无亲的，除了被人贩子劫走，哪还有其他缘由？

难怪尽道女人心海底针，说变就变，才一会儿的工夫，就转了神态："便信你一回。"

凤倾月跟着他一路西行，入了个小山洞。洞中竟造有石室，令人暗暗称奇。

他敲了敲石门，两长三短，便有人打开了门。见他这般熟悉，凤倾月心中很不安。自己手无缚鸡之力，又已深入腹地，也只能由得他拿捏。除了故作镇定，一心求佛祖保佑，作不得他想。

"两位是第一次来吧，想做何买卖？"开门之人将两人细细打量一番，有些警惕。

听到这话，凤倾月稍稍安定了心，却还是多有疑惑。既是第一次来，怎好像事事知晓一般？

"今日送来的人，可还有好货？"

"两位来得不巧，刚刚都给送走了。"

送走了？这卖出去的货品自然反悔不得。难不成真要砸了自家生意？寻的人在不在其中也不好说，要找人定是要一锅端的。

他正思量着可行的程度，却听凤倾月问道："可有个男装打扮的女子？"

"有这么个人，说是会有尊贵之人前来接她。便好生招待着，没敢送走。"

是了是了，定是玲珑那丫头！凤倾月面上不显，却心急火燎的。

"你速速领了我去见她！"

马老九一面在前领路，一面偷偷打量凤倾月。

穿的虽是一般衣料，却是个贵气天成的。可他若是那尊贵之人，为何只带个衣衫破烂的侍卫？

这马老九虽是泼皮出身，却是个晓得分寸的。受这里的当家赏识，故算得上个小头目。

最初，那女子醒来稍显慌张，一番观察打听后有了些从容。拿出好几锭银子来，说是孝敬他们买酒吃。只求今日别将她送走，定会有尊贵之人前来寻她，到时另有重谢。可若寻她不到，他们定然招惹上杀身之祸。

一番好言厉色，再凭她身上几分贵气，银两又多得不像小门小户的，马老九便相信了她。还刻意守在门口，生怕得罪到他头上。

重谢他倒不敢收，若真是尊贵之人，那还不得乖乖将人奉还？那赖三怎的送来这么个棘手的人物！

马老九一番交代，命人打开了另一间石室。只见一女子披头散发地靠在角落，正是玲珑！

凤倾月再也没了顾忌，冲上前去就是一阵痛哭。

玲珑，玲珑，亏得我找到了你，不然孤身一人，叫我怎么活？

悲痛过后，失而复得的喜悦占据了心扉，不由得调笑道："你这丫头倒聪明，还懂得以权压人了！"

"还好今日盘缠带得足，不然再难见到公子了！"

玲珑见公主身边没有官兵，自然不是暴露公主身份的时候，故还是称其为公子。

"幸而他们没有搜你的身，不然我要将他们的指头一根根剁了喂狗！"

第一次见到公主这般阴戾的模样，玲珑害怕之中却感动居多。她在公主心里有一席之位，怎能不叫人感恩戴德？

那男子想的却是：之前倒没看出是个有脾气的。这还在人家的地头没出去呢，就这般嚣张，出去了还了得？会不会领了人来报复？若真有那个时候，倒不失为乐事一件。这些时日，可好久没热闹过了。

凤倾月领了玲珑，马老九便准备带他们离开，结果被两个守门的拦了下来。

"马老九，你不会就这么把他们送走吧？"

他们刚才分的银钱，已然够玲珑赎身之用了。不过他们尝到了甜头，有些不愿放手。

说是尊贵之人，却没带一兵一卒，想来家里不过是个富商，故意说来吓唬他们的。这马老九真傻，送上门的便宜，哪有不捡的道理？

"你们想要赎金？不如跟我回去，我保管你们能拿多少有多少。"当然，得有手拿，有脚走。

她出身天家，平日里性子柔软，也是因为没人敢碰其逆鳞。并不代表她就软弱可欺，动不得生杀大权。

"小公子这么说，可就却之不恭了。"

这聪明的人，天生就对危险有莫名的感知。可这傻的人，就偏生不懂，鸟为食亡是何故。

凤倾月嘲弄一笑："两位就跟我走吧，少不得两位的好处。"

她说完，不放心地看了看身后那男子。他桀骜不驯，万一中途甩手走人，她怎生是好？

见凤倾月如此，他又是阵阵好笑。明明是个胆小怕事的，却有一身傲骨头，当真有趣得紧。

"放心，我自会护你周全。"

他靠近凤倾月耳语一番，惹得她好不娇羞，忙假意轻咳两声以做掩饰。

那两人出了山，一心想着巴结凤倾月，竟不知从哪儿找了一顶小轿来，要将凤倾月抬回去。

轿里坐不得两人，只好委屈玲珑跟那男子骑马回城。

回到渊城，那两人一听要去馆舍，便觉心里不踏实，准备离去。可半截大刀突然压在肩头，顿时吓破了他们的胆，只得老实抬轿。

凤倾月下了轿。两旁的侍卫齐齐参见于她，吓得两人拔腿就跑，半点也不犹豫。

既然他们识趣，也犯不着沾了血腥。她来西夜没多久，没必要为了两个无赖生出恶名。

"不知壮士尊姓大名？"凤倾月见那男子掉转马头欲走，急忙追问着。

也算有过大恩于她，怎能不记其恩情？

她一路上慌乱异常，又很害怕他，是以不敢同他说话。现下回来了才有了丝底气，相问于他。

他不答一话，自顾自地走了。凤倾月也不纠结，转身回府。

拿人钱财与人解灾，他该是这般想法吧。既不相欠，也没什么可说的。

月上中天，皎洁柔和。满天星斗璀璨晶亮，坠了一地莹光，映得那琉璃玉瓦好似翡翠一般通透。

庭院萧墙叠砌考究，墙面雕饰精美，上刻名家吉辞。前庭花园气派宏大，包罗万象，奇花异卉毕呈。后院亭台楼榭诗情画意，悠闲自在，树林山水之间显得幽雅不俗。

前厅灯火通明，引人注目。顶端制有飞天莲花藻井，井心较为宽大，莲花周围画若干飞天纹，绕莲飞翔。让人有一种举首高望空旷辽阔之感。厅中梁柱上绘彩画，好不华丽。两周座椅，皆是最好的青龙木打造。直教人叹其奢侈，堪比宫廷内院。

厅上坐着一人，一副心思全放在了与厅堂毫不相搭的残旧断刀上。他神情专注地擦拭着刀刃，与世隔绝一般。

此人正是同凤倾月前去紫云山的男子。不过是换了身华丽的衣裳，显得器宇轩昂，失了那莽汉的凶悍暴戾。

"你不是向来洁癖得很？怎肯穿别人的衣裳，还是那么一件破衣裳？"门口走进一人，还没坐下就开始嬉笑于他。

他恶狠狠地扫过来人："你不说话没人当你是哑巴！"

他一世雄风，却被山林野鸟一坨鸟粪毁了英名。无奈之下，在山野人家拿了件粗布麻衫换上。他自然不会傻得说出来，此事让欧阳寒知道了还不得大笑三天！

欧阳寒适才见下人拿一件破烂去扔，好奇之下便问了一问，没想到是欧阳冥穿剩的。他穿成这样，定有不可告人的缘由。欧阳寒向来有挖人隐私的趣味，本想着再追问几句，却被他手上的刀吸引了眼球。

他看中的东西，自然没有不好的。这刀即便破损了也被他看中，定然是把绝世名刀。

"这刀你从何而得？"

"自然是买的。"

此刀刚韧有余，削铁如泥。闻其声铮铮入耳，抚其刃锋利无比。其制刀的技艺非同一般，虽不是绝世名刃榜上有名，却一点儿也不输了去。

那掌柜没点眼力，导致这刀蒙尘，才让他捡了便宜。而这刀是怎么断的，还令他百思不得其解。

"哟，你穿那般破烂，难不成衣服都被脱了去换此刀？"本也是句玩笑之话，却勾起了欧阳冥的回忆。

"这刀只花了一两银子，倒是换了万两黄金来。"

若不是那老板窥出他腰间宝玉，坐地起价，他也不至于大发雷霆，惹了那凤央公主前来，害得他一番波折。

本准备买了刀再买衣裳，却因她一阵耽搁，成衣店都打烊了。没了办法，这才回府让欧阳寒见了现形。

反正欧阳寒喜欢钱银，让他慢慢计较去。免得他好奇心重，日日又闲得慌，只知探听隐秘。

"你随随便便就能得万两黄金？当我好糊弄呢！"一把好刀再加上一大笔钱财，天底下的便宜都让他占了不成？

"你跟她也打过不少交道，是与不是，自己掂量去。"欧阳冥拿出契纸放在桌上。欧阳寒漫不经心地拿过，定睛一看，顿时喜笑颜开。

"难不成今日京都盛传的题是你解的？你这木头脑袋什么时候开窍的？快给我说说。"

平日里也没见他怎生好学，怎的突然就一鸣惊人了呢？

"有这闲聊的工夫，你不如仔细算算这值多少银钱。"本就是为了转移欧阳寒的注意力，不承想又惹了他新的疑问。

欧阳寒揣好契纸，笑眼弯弯："东西又不会生脚跑了去，我不急。"

欧阳冥转念一想，笑道："说不定明日你就能知道了。"

他有一种直觉，那凤央公主不是个轻易善罢甘休的。

欧阳寒正百般不解，厅内突然丁零作响。何人深夜来访？随后拉过主位右边的银线，让下人将其领入厅来。

"属下裴远，参见两位护法！禀护法，属下所管紫云山天水洞，今日突来官兵围剿。洞口被封，一干人等皆被打发。"

想不到不用等明日，今日就证实了欧阳冥的推论。

一听这话，欧阳寒满面阴沉，同刚刚那个嬉皮笑脸的模样判若两人。

"左清秋那老小子，莫不是收了东西就想翻脸不认人？敢吞我弥须阁的东西，当我是日行一善的菩萨不成！"

左清秋自然不敢这么想。明知他们弥须阁凶狠比土匪更甚，专做行刺的买卖，又怎敢招惹上他们？

"那左都统派人来说了，说是我们惹了他得罪不起的人物。他只是封洞，没有赶尽杀绝已是仁至义尽了。"

"哦？你倒说说，惹了何人？"

"这……来人没说。"

欧阳寒正欲发火，却听欧阳冥开了尊口："你退了吧，这事我清楚。"

裴远应了一声，急忙退出去。笑话，欧阳寒发起怒来可不得了，他可不想做了这活靶子。

"你知道？你向来不管阁里的生意，怎么知道的？"

他之所以不管，还不是因为见他管得甚是开心。

"你不是想知道这契纸怎么来的吗？"

"怎么，你愿意告诉我了？"

欧阳寒的怒火转瞬即逝，又变回那兴致盎然的样子。什么时候这八卦竟比钱财来得重要了？

"前些日子不是有个凤央公主来和亲吗？今日有人抓了她的丫头去天水洞，她便拿了这东西买我几个时辰，随她去救人。"

"这公主当真豪爽，拿这么大笔钱换个丫头去，是个重情重义的。"

他不关注欧阳冥肯听人使唤的事，却想到了这问题，果然还是个爱财的。

不过听他这么一说，欧阳冥才想到了这一层。对凤倾月本不甚在意的，现下却上了几分心。

"不对呀，东西在你这儿，人自然是被救走了。她怎的还让人来封洞？"

欧阳冥在山洞看到凤倾月流露出恶相，就知道她是个下得了狠手的，指不定就会一番报复，果不其然。

若他知道凤倾月无意报复，只是想给他人一条活路，不知又是何感想。

"不过是换个地方而已，买卖还不是一样做？难道这契纸上的东西还不够你换个地方？"

听欧阳冥这么说，欧阳寒也就不再多想："物超所值，物超所值。"

"既是要做正当生意，这掳劫来的人就别收了。以前小打小闹也就算了，若再绑了哪家显贵还不得多生事端。叫人把那拐子双手剁去，给他们不守规矩的提提醒。"

欧阳寒好生奇怪地看着欧阳冥。他什么时候这般多话，且懂这些弯弯道道的？

昨儿个夜里突降暴雨，狂风大作，打得窗户砰砰作响。本以为闷热了许多时日，该是要下上一整夜的，来去却不过一个时辰，便放晴了。

天刚破晓，淡青色的天空跃出几缕柔和的金线，铺洒在园林之中，将叶上的雨露点缀得五彩缤纷。百花之间彩蝶纷飞，一派宁静淡雅的好景象。

至日上三竿，馆舍湿地已然干透。今儿个没了往日的炎热，时不时还有微风拂过。难得的天朗气清，使人神清气爽。

若是凤倾月见了，定会道一声：是个出游的好天气。可现下，她却无奈地倚在床头，来回翻着一本趣事杂记打发时日。

昨日回屋沐浴，才惊觉脚边有许多破裂的水泡。两腿也有些瘀青，兴许是被马骨硌的。一紧张起其他事来，也没觉得哪儿疼，今早起身穿鞋的时候，却疼得她频频皱眉。

本是没什么的，可玲珑一心把罪责往身上揽，直怪自己照顾不周，才害得她好了旧疤又添新伤。她只得说今日不想走动，便躺着休息。

她把书随意翻了几页，怎么也看不进去。看着窗外阳光明媚，心中好生向往。却只得做出专心致志的样子，免得玲珑看出她的心思，又心怀愧疚。

这场景，好像回到幼时敷衍教学女官一般。念及童年趣事，不由笑自己一番。

用过早膳，来了个丫鬟通传消息，说是掳走玲珑之人，被砍了一双手，横死家中。本也没想让他好过，却想不到人就这么死了，一时倒有点唏嘘。

有的事，若不知道便就这么过了。可知道了，却成了心头一根刺。想着众多女子由不得自己的意愿，任人买卖，凤倾月就有一种感同身受的感觉，便想给她们一条活路。

借着玲珑之事，凤倾月在馆舍发了一通脾气。令那接待大臣赶紧找来了左都统，誓要给个交代。

那左都统人没抓一个，只把山洞封了，凤倾月便已知个中蹊跷。原来这就是所谓官匪横行？

他国大臣行事，也轮不到她来说议，只得就此揭过。不过那个掳劫玲珑之人，她可没有理由放过。便让玲珑形容了人，让左都统把人带回处置。没想到那人就这么去了，倒也是因果循环，报应不爽。

凤倾月歇在屋里，底下的丫鬟一个个争着伺候讨好，尽显本事，做了好多吃食奉上。吃了几样看得上的别样点心，其他的全让玲珑吃了。

这些丫鬟的心思她哪里不懂得？她即将嫁给西夜三皇子做皇子妃，却只有玲珑一个陪嫁。若是得她看中，不说是飞上枝头变凤凰，单单换个地方做伺候丫鬟，那也是摇身一变的金丝雀。

这人往高处爬，想法也没什么不对。她们只是讨好于她，没滋生出大事来。凭此打压她们，未免有失德行。做抉择的是她，自然没必要因为几个丫鬟攀高枝的心思而动怒。

她在那皇子府里还不知要面对什么，又怎会将心思迥异的她们带去？莫不是她们觉得她待玲珑好，就是个好相与的？

总算熬过一日苦闷，凤倾月说要歇息，打发走了玲珑。

玲珑向来是个规矩的，你问一声她便答一句，不会多说一个字。整日默守一旁，随传随到。今日沉闷了一天，便觉憋得人实在心慌，玲珑每日又是怎么过来的?

凤倾月虽从未与人言,却一直觉得自己是个歹命的。母后难产而亡,父皇虽一心疼惜,可他终究恩宠遍及后宫,总有看顾不到的时候。洛风也曾说过,会好好待她一生,却转眼另娶他人。

她贵为公主又如何?荣华富贵又如何?还不是让西夜国君呼之即来挥之即去,随意指给了三皇子。原以为夜墨澜是个待她好的,心里开始牵挂于他,一朝梦破,才知他根本不在意她。

可她有什么好抱怨的?她高人一等的身份,注定生活无忧。邱嬷嬷没有她,百口莫辩,长逝于那深宫之中。玲珑没有她,兴许就被人买卖,漂泊一生。

她们日日谨小慎微,却还是惹不起那祸端,只因她们是任人宰割之身。而她立于万人之上,又有何德何能去埋怨老天不公?

人各有命,她既受得起这荣华,自然吞得下这苦果。事与愿违又能怎样,她只得顺应天命罢了。

只是她命之所归,是何收场?

思及,凤倾月不由想到了钱满贯。那个傲世妙佳人,她不畏世俗,且敢做敢当。她的随意洒脱,令人渴望。

若有可能,凤倾月也想成为她那样的人,远离宫墙。却早已命中注定,百般由不得。

不能做钱满贯那样的人,与之结交为友也是好的。可惜失了那一纸缘分,没了由头相见,空余遗憾。

连着下了好几日蒙蒙细雨,天气骤然转凉,炎暑顿消。算算时日,才惊觉已是入秋了。

不知不觉,来西夜近一个月了。除了每日菜色略有不同,倒没觉得在异国他乡诸多不适。

凤倾月抬头仰望,还是一样的天,一样的光,一样落叶飘零的秋。

那遥远的凤央,那宫殿里的父皇,那些人,那些事,偶尔想到,也就随风而过了。

她的思念留给谁？好像谁都只是过客而已。她果然是个铁石心肠的人，自己活得安好也就得过且过了。无论身在何方，她还是她，无牵亦无挂。

　　"公主，今日就是初一了，要做出行的准备吗？"

　　初一？她倒忘了，跟钱满贯定好的初一取利钱。不过她将契纸交给了别人，自然就作不得数了。

　　怎么跟玲珑说呢？实话说了吧，玲珑这丫头怕是要记挂上一辈子。本就过了的事，何苦引得她再难受？

　　"前几日我无意打湿了契纸，害得墨迹都洇了。怎么也认不出上面的字来，便给扔了。"

　　"公主不如去跟那钱小姐解释一番，万一她重写一封给公主呢？"

　　若是以前，玲珑定然不会提此建议。公主哪能由得奴婢左右？做奴婢的，应是三缄其口，按主子吩咐办事。闲事莫理，流言莫论。

　　只是玲珑看得出，公主同钱小姐在一起时笑得真心，定然是喜欢钱小姐那样的性子。公主不缺金银珠宝，却缺个能陪她说话解闷的人。那钱小姐看着心思纯良，正是个好人选。公主在西夜无依无靠，多个朋友也是好的。

　　就算公主对她好，她也不能逾越了本分。她做不得公主的知心人，只想着公主能交个说得上话的知己。

　　凤倾月一听玲珑这话，便做了决定——难得遇到她中意之人，自然要结交一番。

　　"也该给钱小姐解释一下，你去跟魏大人说一声吧。"

　　上次两人差点出了大事，魏一宁再不敢放心让她们独自出行。于是请命于凤倾月，下次出府之时让他准备一切，遣人陪同。

　　魏一宁倒细致，让人给凤倾月送了男子服饰。两个随身侍卫，给了其中一人一块官令。既方便行事，也能在京都之内畅行无阻。

　　凤倾月上次没有认路，一出府有些茫然。

　　好在金玉满堂名声响亮，侍卫知其去路。

　　一行人行至金玉满堂，柜台主事换作了另一个中年男子，不见萧炎和钱满贯的人影。

正欲找个小二相问，便见楼上走下一群人。

钱满贯依旧一身红衣，耀眼得很。不过凤倾月注意到的，却是她身旁之人——夜墨澜。

凤倾月猛然一惊，想掉头离开，却迈不开脚去。双方视线交会，夜墨澜便发现了她。

既然撞见了，她也不好再躲了去，叫人轻看了。便侧过身，在大堂随便找了个雅位就座。

夜墨澜这人倒奇了怪了，明明准备离开的，又转身回去。

其属下清风径直走向凤倾月："七爷请公子雅间一聚。"

见她这身装扮，清风自然识趣地换了称呼。

旁人自然认得那七爷是谁，见人来请凤倾月，纷纷猜想着这小公子是何人，能得七皇子看重。

"怕是不妥吧。"

"钱小姐也在里面，公子大可放心。"

凤倾月不好再做推辞，随他上了楼去。

她并不是在意旁人的眼光，仅仅是不想见夜墨澜而已。

事已至此，还有什么可说的？只有两相尴尬罢了。

看守的侍卫拦了其他人，只许凤倾月一人入了雅间。

雅间只有夜墨澜一人，钱满贯不知被他遣去了何处。他一番周折，究竟所为何事？

"七皇子有礼了。"

男子打扮行女子礼仪有些怪异，凤倾月干脆挺身站在门口，准备待他说完就快些离去。

"怎么，公主不待见我？"他还是这副模样，一点也不吝啬他的笑，让人觉得亲近。

可惜，百般柔情皆是假，她不吃这套："七皇子说笑了。"

"你这眸子里写着什么，我看得分明。"

要是看得分明，又怎会不知我的决绝？

不想见到你，不想与你有一丝一毫的纠葛，你可知道？

若不是基于礼仪，凤倾月直想破口大骂，再让他滚得远远的。

"倾月只是想着，孤男寡女共处一室，传出去污了七皇子的名声。"

她什么时候这般伶牙俐齿了？明明该是娇柔可人、依赖于他的人儿，现下为何隔阂重重，背道而驰？

他不甘心，彰显其霸道的本性："你本就该是我的人。"

凤倾月见夜墨澜起身欲要行来，立即冷硬回道："七皇子莫再说这些玩笑话了，人多嘴杂，倾月该走了。"

说完，打开房门走了出去。

好生相待，他却当她是个没脾气的，偏要惹得她怒火滔天。

若他真心，大可向皇上求了她，一如当初洛风为了柳含烟抗旨一般。圣意不可违，她不奢求他会挺身而出。可他的欣喜之态，却是她始料未及的。只凭这一点，她便不会对他再有念想。

什么本该，她向来不是他的，只是两人一番自以为是罢了！

钱满贯被夜墨澜支开，暗觉不对，刻意入了隔壁的雅间，想偷听他们谈些什么。

她半边脸贴在墙上听了一阵，却低骂一声："姑奶奶怎没想到这茬！"

当初这雅间特地用的空瓮垒墙，隔音好得很，保管不会走漏半点风声。她的精心杰作，却让自己没了法子。

钱满贯无奈，只得移步至房门处，竖耳听着外面的动静。

只听隔壁一阵响动，便传来了凤倾月的声音。钱满贯忙整理一番，打开了房门。

凤倾月满心恼火出了雅间，面上不显，准备打道回府去。

却见钱满贯从隔壁雅间探出身来，相请于她。

"凤公子今日是来找我拿利钱的吧，近日事务繁多，倒忘了这茬。不如留下吃顿便饭，我详细算了给你。"

难道那人没拿了契纸找她？既然如此，也该给她解释清楚才是。

"我同钱小姐有事商量，你们不用守着，下去点几个小菜，边吃边候着。"

凤倾月直接以女声示人。这里只有一些知根知底的人，也不怕被听了去。既要相交，就不该多加隐瞒才是。

几人听话退了下去，徒留钱满贯瞪着大眼看着凤倾月。

凤倾月不由得抿嘴一笑："钱小姐请吧。"

这下钱满贯彻底地清楚了，慌忙让开路，让凤倾月进房。

刚坐下，她便迫不及待问道："我该不会听错两次吧？这下可叫我如何称呼你？"

"叫我倾月便是。"

凤倾月吗？好像有些耳熟："倒是有些耳闻。"

在哪儿听过呢？她突然神思一转，反应过来："凤央国三公主？民女叩见公主！"

见她作势欲行大礼，凤倾月忙托起了她。

"钱小姐这般可就生分了，以你的性子，不该这么拘束的。"

边说边拉了她坐在一旁。

"这泼皮耍浑的性子，让公主见笑了。"

她这番作态，有些腼腆，倒也不是全然不顾的大大咧咧个性。

"哪来见笑一说，我对你可是实打实羡慕。"

"其他闺阁女子哪个像我这般风风火火在外头闯的？没什么值得公主羡慕的。"钱满贯说着，眼里有了些落寞。

凤倾月来时也听侍卫说了，西夜并不风行女子经商，钱满贯只是个特例罢了。一开始好些人瞧不上她，惹了不少非议。没想到却是个经商能手，生意遍及全国。

听他们这么一说，凤倾月就更喜欢她了。

"莫要妄自菲薄，我就喜欢钱小姐这样的。女子在外经商，少不得流言蜚语。我敬重于你，你若再拘礼，我可就后悔一番坦诚了。"

听凤倾月这么一说，钱满贯心中感动，也就放开了，拿过茶盏倒了两杯茶来。

"我不顾世俗偏见过了这么些年，却只有公主这么一个贴心的。钱满贯以茶代酒，敬公主一杯！"

"公主叫着太生分了，唤我倾月便是。"

"倾月也叫我满贯吧。"杯盏碰撞，两人一番开怀。

对饮一杯，拉近了许多距离。钱满贯一随性，话就说开了。

"我有一事要跟倾月明说。"见她突然认真起来，凤倾月有些不解。

"但说无妨。"

"我想收回那一纸契约。别误会，钱我会照给的。"

定是那人没拿契纸来，才会引得钱满贯的误会。不过她现下想要收回契纸，难道其中牵扯了些什么？

"说来不巧，上次离开突逢大事，我把那契纸给了别人。"

钱满贯自然不疑有他，也不细下究其缘由，只是追问道："可知那人是谁？"

见她如此着急，凤倾月心中抱歉，淡淡摇头："并未留下名姓。满贯为何如此急迫想要寻回契纸？"

"也是我考虑不周，才出了这等事。"

钱满贯心想：倾月是要成为三皇子妃的人，同她明说了也好。不然她不知西夜内情，怕是前路迷茫得很。

听着钱满贯娓娓道来，凤倾月总算知晓了前因后果。

原来金玉满堂如此树大招风，却没成为众矢之的，是天子脚下好乘凉的缘故。每年的三成利润都要上缴国库，自然不会引人打压了去。

可夜墨澜却是个心大的，想让钱满贯为其效力。若与皇子有了瓜葛，便要涉及争位的问题，她自然不愿掺和进去。

她向夜墨澜表明，钱家忠心不改，永远效忠皇上，强我西夜。意思也很明白，你若想我听令，待你坐上皇位也不迟。

只为皇上效力，最为聪明。保持中立的态度，不管谁上位都不会遭到打压。

无论如何，她断不会拿钱家去做赌注。

可本以为夜墨澜叫凤倾月谈话，是为了让其效力。想着不过是渊城金玉满堂的一成利，无伤大雅，只要自己不蹚这浑水就成。但凤倾月表明了身份，她就有些坐不住了。

凤倾月即将成为三皇子妃，她手里的东西自然就是三皇子的东西。钱满贯这厢拒绝了七皇子，那厢却给了三皇子妃一成利，那不是变相示好三皇子吗？

这皇城里的人都瞅着这两位爷，知晓其中一个定能上位。她现下转了风向，可不就白白招了恨？

凤倾月劝慰了钱满贯一番，说是契纸给了一个江湖人士，应该过不了几天会来找她，让她只管放宽了心。

钱满贯心生惺惺相惜之感，再同凤倾月说了许多体己话，让她大致了解了西夜的形势。一番真心相待，令她好不感动。

明明没认识多久，心中感念却极深。只叹一番相逢恨晚，相逢恨晚。

第八章
大婚

　　那日拜别钱满贯，凤倾月让她随时来馆舍做客。她嘴上答应得好，一来二去，却是萧炎成了馆舍的常客，经常给凤倾月带些稀奇玩意来。偶尔也会送来几道难题，让其帮忙作答。

　　凤倾月明白她的为难，是以并不强求了她来。可回赠些东西给她，萧炎却从来不收，只说东西是送来给公主添嫁妆的，哪能再领了回去。无奈，只好尽其所能帮着她答题。再命玲珑折腾些凤央特有的美食，让萧炎送回。

　　有时起了念头，也会出府一聚，不过往往要在应天书院才逮得到人。看着她与苏子逸打闹斗嘴，直教人称羡，好一对欢喜冤家。只望她不遗余力的追逐，能早些得到苏子逸的回应。

　　借着苏子逸的关系，凤倾月还能带回两本珍集，闲时品读以打发时日。

　　日子转眼即过，甚是欢愉。若不是礼部送来聘礼，她怕是要沉浸在这悠哉快活里。

　　凤倾月穿上凤冠霞帔，一袭大红入眼，刺得眼里生疼。欢喜还是悲哀？她说不上来。只觉得心里空落落的，找不到东西填补。

　　时过境迁，她终于要嫁为人妻了。再穿上这凤冠霞帔，却忆不起当年欢喜的感觉了。出嫁，该是什么样的感觉？

她想过一生一世一双人，若是老天眷顾，一儿一女便已足够。她贵为公主，自然有资格霸占一人，不会让他再娶。唯一能补偿的，便是夫唱妇随，相敬如宾。

他也说过，愿得一心人，白首不相离。他要宠她一辈子，顾她一辈子，爱她一辈子。可惜，誓言美好，却抵不过绝色妙佳人。

他生生毁了她的美梦，是怪他言行不忠，还是怪她傻得听信儿言？

她从未想过，自己会如后宫众多嫔妃一般，守着一个男子。现下，确确实实地发生了，却也没想象中难受。

没有痛彻心扉，没有郁郁寡欢，甚至没有一滴眼泪。原来所有的不可想加诸心头，才知道并没有什么受不了的。

再不嫁，怕就要成老姑娘了。现下能嫁就是好的了吧？

真的这样就好？问问自己的心，却听不到回答。

三皇子，又是个什么样的人？

听钱满贯说，他是个痴情种，曾经不顾一切娶了个罪臣之女。后来那女子殁了，他专给她种植了一片桃花林，将她的骨灰埋在桃树之下。只因为是她想要的归处，所以每一棵桃树都是他亲手种下的。

一切都显得美好，可惜，是个悲剧收场。

那日宫宴相见，只觉得他横眉冷目，倒看不出他是个柔情之人。果然是人不可貌相。

凤倾月穿戴好衣物试装，有些许不合身之处，却没让人再行改制。

还记得洛风退婚当日，她正好拿到多次修改的婚服。每一个细微之处都改得妥当，让她好生满意。正想一试，却传来了退婚的消息。

现下想来，倒是庆幸自己没穿上那凤冠霞帔，当众出丑去。

有些东西，她已不想一改再改了，也没了当初那挑挑拣拣的好心境。

“公主，钱小姐遣了萧侍卫送了两件狐裘来。”

狐裘？要入冬了吗？

她抚过玲珑呈上的裘衣，毛皮柔顺暖和，质地极好，便是宫中也不多见。不禁又要笑叹钱满贯是个财大气粗的主儿。

“拿去收仔细了，入冬再取了来穿。”

她得过的赏赐不少，也样样都是金贵之物，却从没这般上心，指定了要穿用的。

　　父皇给赏，纵然先顾念着她，却也顾及着他的后宫嫔妃。钱满贯送礼，却投其所好，赠其所需。她想要的，只是被人惦挂在心而已。

　　听满贯说，西夜的冬天是没有雪的。没有雪的冬天，又要埋藏她另一美梦了。

　　日复一日，年复一年，只怕她的过往都将埋藏消逝。那时的她，还能剩下什么？

　　"钱小姐这里还有个惊喜要给公主。"玲珑将手里的狐裘放好，递上一个锦盒来。

　　是了，她至少还有贴心的玲珑和知心的满贯。一生足矣。

　　凤倾月一笑，接过锦盒。

　　今日又有什么不得了的惊喜？

　　锦盒里放了一颗金黄色的珠子，拿出一看，表面凹凸不平，里面还有些许杂质。

　　离近细看，凤倾月却惊奇出声："玲珑，你快帮我看看，这是不是一只小虫？"

　　"呀！怎么会有只虫在珠子里？"

　　想不到真的被她找到了，确实是个好大的惊喜。一时都不知要回赠些什么才好。

　　凤倾月在杂书上看到，有一种包裹着幼虫的独特珠子，其名灵珀，十分稀有。随口一说想要见见，钱满贯竟给她寻了来。

　　书中所写，也不能全然尽信。有没有都是未知之数，钱满贯却放在了心上，怎能不叫她感念一番？

　　"玲珑，去寻了父皇赐下的《荷花图》，拿给萧炎送回。"

　　满贯虽不欣赏这些名画古籍，不过爱屋及乌，非常乐意收藏了去。相信这画仙吴亦之的名画，定能入了苏子逸的眼。

　　"禀公主，萧侍卫送完东西就走了。"

　　还是这德行，生怕占了便宜回去。

"罢了，将东西收好了。"

凤倾月坐在榻上，望向萧瑟寂寥的院落。

一样的空无一物，却有些什么，在不断充斥着空落落的心。

越是临近大婚的日子，凤倾月出府也越发勤了。趁着还是自由身，多看一眼这外面的世界也是好的。庭院深深，说不得自此以后，她的余生都将用来回顾这院外的美好了。

满贯时常羡慕于她，眼里流露出的，满满都是向往之色。一天天细数着日子，比她这个待嫁新娘还要着急。

看着满贯的模样，她不由得有了些向往。总归是要携手共此一生的，何苦郁结终老？如满贯一样，对以后多些期盼不是挺好？

世间女子，共侍一夫的多了去了，她还有什么看不破的？

满贯送了好几十抬的珍品，给她添置嫁妆。说是她在西夜孤身一人，出嫁的势头一定得响亮，不能让人小瞧了去。

有的人，一眼万年。看对了眼，认对了人，就如同相知多年一般，情意深重。这便是所谓的缘分吧。奈何情深缘浅，终是一墙之隔，咫尺千里。

钱满贯也明白，尽管两人声气相投，可凤倾月毕竟是三皇子妃，两人的交集只能止于此了。是以豪掷千金，权当留个念想，也算是告别一番。

日子一天天地过去了，该来的总会来，她的时运倒不会次次那么差的。

直至坐上花轿，凤倾月还有些恍惚。

这一生，已是定下了吧……

冬月二十四，三皇子娶亲的好日子，皇城自然热闹非凡。百姓老早就围在街上，等着沾沾喜气，瞧瞧热闹。

婚队行过，红得耀人眼目，给寒冷的冬日添下了一笔暖色。百姓看着那长长的十里红妆，私底下交头接耳，议论纷纷。

寻常富贵女子出嫁，六十四抬的嫁妆已是了不得。即便是西夜公主，也多是一百二十八抬的好彩头。可这凤央公主好生风光，整整多出一个全抬嫁妆！

金玉满堂里，夜墨澜看着底下红妆盛行，只觉刺眼得很。唤了清风关上窗门，却还是心中烦躁难静，没来由地就摔了手中杯盏，惹得酒香四溢。

清风看着自家主子，知其心中不爽快，是以大气也不敢出，生怕被发现了去，惹到主子的眼。

而另一头，苏子逸看着那花轿渐远，心也随之而去，阵阵出神。说不清心头是什么感觉，该是遗憾居多吧。

难得遇到此般才华横溢的女子，委实可惜了。

钱满贯见苏子逸魂不守舍的，心头泛起好些苦闷。是什么迷了你的眼，才令你驻目而盼？

果然，倾月那种惊才绝艳的女子才入得了你的心。我与你，终究不是志同道合之人。

杯中苦酒，一饮而尽，想说些什么，终究没能说得出口。

花轿至三皇子府，凤倾月已是浑身僵直了。她穿得单薄，花轿转了大半个皇城，冷风一直充斥在狭小的花轿里，冻得她瑟瑟发抖。

送亲嬷嬷启开轿门，玲珑拿了一玉瓶塞在她的手里，扶她下了轿。她手指僵硬，险些就把瓶子摔了去，看得那送亲嬷嬷好一阵吓。

这驱邪避魔的宝贝，摔了可是了不得的大事！

云里雾里一阵折腾，总算顺利拜过堂，入了喜房。屋里被炭火烤得暖洋洋的，使得她麻木的身体总算有了些知觉。

本来入了洞房还有些套路要走，不过三皇子这正主儿没来，喜娘也不知如何是好，让她去请了三皇子来，她又没那胆量。

心念一转，撒了些喜果于帐中，便算应付了。退走之时却把最重要的事给忘了。

"玲珑，你说这伺候夫君该怎么伺候？"

这嫁过来，该是得伺候夫君的吧。可要怎么做，却没人跟她说个仔细，叫她怎么懂得？只好难为情地问玲珑。

"大抵，就是像奴婢伺候公主这般吧？"

玲珑也没嫁过人，哪里知道这些？总归是伺候人的事，该是差不多的。

这事喜娘本应教导一番的，可她却早早退离了去。而不该留在喜房的玲珑，她也忘了将其带离。让两人对这伺候夫君之事，自下了一番定义。

凤倾月回想一阵，玲珑所做之事倒是不少，她定然做不过来的。

夜离轩平日里有丫鬟伺候，应是不需她处处照料。想来他们同睡一处，需要做的该是给他宽衣解带了。虽不是什么难事，心中念及，却是两抹红云浮上脸颊。

凤倾月做好了准备，夜离轩却没给她机会。忐忑不安地等了许久，也不见其人。

终究敌不过腹内空空，满身疲惫。她自己挑了盖头，用了些吃食。而后剪灭了一双红烛，自顾自地歇息了。

待夜深人静，夜离轩路过喜房，见烛火已灭，不由心中想：是个识趣的。

第九章
突降麟儿

凤倾月一觉醒来，大红暖帐入目，细手抚过身上盖的百子被，人还有些恍惚。

今日起，她不再有凤央公主的名头，而是名正言顺的三皇子妃了。心里却无波亦无澜，没有新婚的喜悦，也没有身不由己的悲哀。

自己都迷茫得很，还有什么能让这颗平静的心再起涟漪？

唤了玲珑进屋伺候更衣，才知夜离轩昨夜没有来过。即便初为人妇，不懂夫妻相处之道，她心里也透亮得很，自己遭了冷落。如同幽幽深宫，那些被父皇遗忘了的女子一般。

心里没有半点哀怨不说，反而隐隐有些庆幸。若突然多个男子与她同住，保不齐她就惊慌失措，失了这份平静了。

父皇说过，他最为看重的，就是她的母后。可他还是于形于势，立了新后。就算他现今不怎么宠爱新后，新后也还有权势在手，断不会让人欺了去。

凤倾月觉得，自己目下的形势就如那新后一般，不讨喜，却也算是不错的，至少不会轻易让人欺辱了去。

"小主子，你可不能进去，会打扰到皇子妃的！"

"你昨儿个不让我进，今儿个又不让我进，我才懒得管你。你再拦着我，我就叫爹爹打你板子！"

门外突然传来一妇人和一幼童的声音，吵吵嚷嚷的，凤倾月便示意玲珑出去看看。

正打开门，就蹿进一个披头散发的娃儿。生得粉雕玉琢的，好生好看。圆嘟嘟的小脸上挂着一抹红晕，想来是跑得太急的缘故。

那娃儿一见玲珑是丫鬟装扮，便转头看向了她。认准了人，猛地一下就扑进她怀里："娘亲，娘亲，我可见到你了！"

边说边掉着眼泪珠子，让人好不心疼。

她轻轻拍着小童的后背，疑惑地望向跟来的妇人。

那妇人急忙告罪，跪在地上："皇子妃恕罪！小主子他一睡醒了就吵着过来，奴婢实在没法子，才让小主子惊扰到了皇子妃。"

这皇子府里能称得上小主子的，自然跟夜离轩有关系。他就是满贯说的那个孩子吧？夜离轩唯一的孩子，虞婉婷生下的孩子。

怎的没剃头，像个小女娃似的？不过这一头青丝，倒比那些光头娃娃好看多了。看得凤倾月好生喜欢，心生亲近之意。

"泽儿乖，不哭了。用过早膳没？"

夜雨泽抽了抽鼻涕，奶声奶气问道："你怎么知道我叫泽儿？"

"因为泽儿很听话，个个都在娘亲面前夸泽儿呢。"

突然有个娃娃管她叫娘亲，她免不得惊讶一番，却片刻就适应了。新后也不过三十的年纪，自己还不是管她叫母妃。当家主母，应当照顾夫君的孩子才是。

夜雨泽咧嘴一笑："娘亲，泽儿饿了。"

她拿出丝帕替夜雨泽擦着小脸，吩咐道："玲珑，快去传了膳来。"

见玲珑退去，那妇人请命道："奴婢先给小主子梳头吧。"

"不要，我要娘亲梳头。"夜雨泽又黏了上来，环手抱住凤倾月。

他水汪汪的大眼流露着乞求，让凤倾月不忍心拒绝他："好吧，我姑且试试，梳得不好泽儿可别嫌弃。"

凤倾月自幼聪慧，琴棋书画，学什么都是一点就通。想不到今日梳个头，却令她犯了难。

看着满头的青丝，她是一点没辙了。亏得夜雨泽的奶娘提醒，她才知道该编个辫子。

奶娘很疑惑，这小主子向来不让别人碰他一根头发。若不是他由自己带大，怕也是不许她碰的。打从他记事以来，就没剃过一次头。今日怎么舍得让人动他头发？

有时皇子妃扯到他的头发，疼得他龇牙咧嘴的，他也没说一句怒话。这要是平时，早该闹着要打人板子了。

凤倾月从没自己动手梳过头，现下编个辫子也是难为她了。歪七扭八的，费了好大一番劲。若不是奶娘从旁协助，怕还成不了形。一时觉得玲珑好生能干，什么样的发髻都能信手拈来。

夜雨泽头发从没被编得这样不像话过，却没有一点怒气，咧嘴笑得甜蜜得很。

这可是娘亲，活生生的娘亲！会温柔地跟他说话，还会为他编发，美得他直想上蹿下跳一番。

说来也怪，平日里那些小妾哪个不讨好小主子，偏生小主子对谁都不爱搭理。今日却眼巴巴地跑来皇子妃这里撒起娇来，让奶娘暗里好生惊奇。

夜雨泽虽小，却是个聪明的。闲言碎语听得多了，自然知道那些小妾不是正经主子，不配得他一声娘亲。心头只明白，娘亲该是八抬大轿迎进来的。

盼呀盼，总算是把娘亲盼来了。小小人儿，笑得眉眼弯弯，快乐极了。

用膳的时候，夜雨泽一直偷瞄着凤倾月。大眼里装着浓浓的好奇，好像怎么也瞧不够一般。

夜雨泽自小没了娘亲，该是极为渴望有人疼宠的吧。想她幼时一个人住在空荡荡的宫殿里，也是难受得很。

父皇虽宠爱她，却也不会经常伴着她，自己大多时候都是寂寞着的。一想到两人同病相怜，她就对夜雨泽多了几分疼惜。

"玲珑，伺候泽儿用膳。"

他桌前满满都是饭粒，怕是没吃下多少东西。

饭菜渐凉，担心他挨了饿去，是以叫玲珑伺候他多吃一些。

"其他人喂得不好，我只想娘亲喂。"

此话一出，惊得奶娘瞪大了双眼。除了三皇子，小主子不曾对谁这样撒过娇。自己会用小汤匙后，就再没让人喂过东西。今日可是接二连三出了奇事。

听夜雨泽这么一说，凤倾月的心一下子就软了，随口就答应了他："好，娘亲喂。"

凤倾月也没做过伺候人的事，一小勺一小勺地喂着，生怕噎着了他。

他大口大口地吃着，眼珠子一直盯着她打转。

"娘亲，你这珠子里面有条虫子！"

夜雨泽看到她胸前挂着的灵珀，好生惊奇，猛地出声将屋里的人吓了一跳。

那日她得了这灵珀，想了好些天，让玲珑找人做成了吊饰，日日挂在胸前。

夜雨泽人小却眼尖，竟是发现了去。

"泽儿别怕，这乃灵珀，里面的虫儿不是活物。"

听她这么说，夜雨泽便伸手摸了摸小珠，眼里流露出诧异的神采。

凤倾月见夜雨泽喜欢这灵珀，又舍不得将其送了人，就吩咐玲珑将满贯送的金制编钟找来，让他带回玩耍。

夜雨泽敲着那三个小编钟，丁零丁零的，甚是好听。心思全被吸引了去，忘了灵珀一事。

见他玩得欢喜，凤倾月也高兴，教他奏起短乐来。

其乐融融的画面，倒真像亲生母子一般。

"皇子妃有礼了，众卑妾前来拜见！"

凤倾月抬眼一看，呵！五六人集在院子里，好不热闹。

眉头一皱，心里有些不舒坦了。怎的这般没规没矩，直直就闯了进来！

她继续与夜雨泽戏耍，将她们忽视了去。玲珑不见主子开口，自然也不会去请了她们来。

她们被晾在院子里，吹着冷风，浑身发抖。一行人悄声抱怨着为首之人，平白无故让她们来受这活罪。

想走吧，又不敢迈脚离去。这皇子妃脾气这般大，故意打压于她们，万一招了记恨，在这府里可不就寸步难行了吗？

一时间心里都不爽快，恨自己跟着瞎凑热闹。

奶娘瞧这势头，暗觉佩服。还以为是个性子纯良的呢，可这公主就是公主，自有一番威仪。

看看天色，又有些着急，每日小主子都是这时候上国子监习书，再不去怕是要耽搁了。

她若现在开口，皇子妃疑心她为几人解难，可就糟了。心中焦急，又不敢上前请命去。

"呀，忘了要去念书的！去迟了，太傅又要罚我抄书了。"

还好自家小主子记得，奶娘不禁要感天谢地起来。

夜雨泽将那编钟抱在怀里，翻身下了桌去。转头又对她笑开了花："娘亲，泽儿能不能天天来玩？"

"自然是能的，不过泽儿要好好听话才是。"她笑着摸摸他的小脸，眼神里尽是关怀宠爱。

那弥漫着的淡淡温馨，瞬间就融化了夜雨泽的心。

果然，娘亲是最美好的人了！

凤倾月送夜雨泽出门，外面几人总算见到了她，忙请安："拜见皇子妃！"

若不是泽儿念书要紧，还得让她们吃些苦头才是，现下倒便宜了这几人。

"你们几个哪里来的？怎的没人通传一声？"

她们没答上话，倒被夜雨泽抢了先："娘亲，我认得她们。乱闯娘亲院子，我叫人打她们板子。"

几人皆是一吓，惶恐得很。这小主子可不是说着玩的，平日里说打板子就打板子，绝不含糊。

她们单薄的身子骨，怎么受得了那样的刑罚？

见这耀武扬威的小英雄，一脸的嚣张劲，凤倾月不由得伸手弹了下他的小脑门。

"泽儿快些念书去，娘亲应付得来。"

她收回手，思绪缥缈。

以前洛风欺她，她也是叫嚣着要打板子。他就是这么弹她一下，道句："优雅大方的公主怎能像个市井泼妇一般，这可不好，不好。"

没想到一来二去，竟成了习惯，这可真不好了。

夜雨泽摸摸脑袋，竟觉异常满足。道了别，大摇大摆地走了。

见夜雨泽走远了，凤倾月气势立转，一派威严："怎么，没人听得懂我的话吗？"

差点就是一句"本宫"脱口而出，想到身份已转，生生折回了话势。

"卑妾们不敢失了礼数，特地来拜见皇子妃的。"

那领头之人仗着自己受夜离轩宠爱，伺候得多，本想领着众人来看凤倾月的笑话。却没想到凤倾月洞房之夜独守空房，性子还这般张扬。

现下见了凤倾月不好招惹，自然装乖卖好。

"见也见过了，便回了吧，日后无事不必请安。"

一行人做足礼数，退了下去。

失魂落魄的皇子妃没见到，却挨饿受冻了一个时辰，众人直叹晦气。

"怎么？三皇子这般舍不得，这么大的院子没个丫鬟伺候？"

院子里的人本来零散得很，被凤倾月一吓，匆忙间聚了十几人来。

一个个跪在地上，寒气入体，冷得直打哆嗦。

"奴婢们都是遣来伺候皇子妃的，但凭皇子妃差遣。"

那中年妇人一出声磕头，其他人也齐齐跟附着，想来是个主事的。

凤倾月对着她道："这人一多了，总要生出几个不干实事的。方才谁守的院门，给我打发了去！"

虽说夜离轩不待见她，可她总不能让这些奴婢欺负了去。是以小事化大，树立威信。

"皇子妃恕罪，奴婢不是有意的！"

那女子大呼小叫的，惹得她细眉一挑："我这人向来听不得吵闹，脾气又大得很，吵恼了我，便剪了舌头去！"

她说得云淡风轻，底下的人却心都吊到了嗓子眼。想捂了那女子的嘴，她却不敢再闹了。

"得了，都散了吧。"

见她进了屋，众人才敢起了身来。

初来乍到，却让一干人等都上了心。这主子，可惹不得！

第十章
打架

"看到没，看到没？这可是我娘亲给我的宝贝！"

夜雨泽展示着凤倾月给他的金制小编钟，对着一干小孩神气极了。

铛、铛、铛，他依次敲响编钟，三声不同的清脆音响盘旋在空中，惹得几个小人连称厉害。

夜雨泽本是最不喜到这里念书的，今日好不容易生了兴致，就是为了来此炫耀一番的。

"我跟你们说，我娘亲还教我用这个奏曲来着。好听得很，要不是我忘了，一定让你们听听。"

众小孩一阵向往，让夜雨泽好生得意。

"哼，这东西有什么可稀罕的，不就是几块金子嘛！"说话之人正是西夜十皇子夜玉衍，夜雨泽的十皇叔。

夜雨泽最为厌烦的就是夜玉衍了，每每都要拆他的台。

以前说他没娘吧，他说家里有好多娘亲，夜玉衍笑他称卑贱之人为娘亲，丢皇家的脸面。现在他有娘亲了，却说娘亲送的东西不好，分明是故意与他作对！

夜雨泽也不是没见过世面的。平日里好东西见得多了，知道娘亲送的这东西特别得很，才敢拿了出来现上一现。

"这东西就我有，你没有，还说不稀罕，你羞不羞你？"

一番话说得夜玉衍小脸一红，找不到反驳的话去。他也确实没得过这种赏赐，心里羡慕又嫉妒得很。

　　这金制编钟东西虽小，却也是考手艺得很。编钟厚薄不一，上面的图纹又是细致入微，音色的关键之处就在于此。能做出这三只小钟，且音准不失，得费上不少功夫。

　　宫里的东西样样金贵，却少有乐器类的精致小物件。这金编钟是钱满贯知道凤倾月好音律，特地请师傅打造的，可算独一无二的一份心意。

　　"没话说了吧，不知羞！"

　　夜雨泽好不容易占了次上风，自然乘胜追击，继续奚落着。心里高兴得很，总算得胜了一回。

　　没想到夜玉衍恼羞成怒，竟上前一把夺过编钟，摔下了地，溢了一地丁零响声。

　　编钟没破，那玉制的支架却支离破碎了。

　　夜雨泽看着娘亲送给自己的第一件礼物就这么没了，怒气上涌，冲上去就是一记闷拳，打得夜玉衍龇牙咧嘴的。

　　另一拳正要再挥过去，夜玉衍一脚就把他踢开了去。只见他大叫一声，又冲上前去，两人顿时扭打作一团。

　　旁观的都是小孩，不知如何是好，只得急忙跑去找了太傅前来。

　　太傅来时，两人已休战了。准确地说，是夜玉衍压坐在了夜雨泽身上，大声叫嚣着："你服不服，服不服？"

　　"不服，就不服！"

　　夜雨泽明明被压迫得毫无还手之力，却偏偏有着一身傲骨，就是不肯认输。若不是太傅将两人拉开，再这么压着呼不了气，只怕得闹出天大的事来！

　　出了这种事情，太傅可难得担待，只好告罪于皇上，让皇上自己解决去。

　　"父皇，是小皇侄先嘲讽于儿臣的！"

　　"你蛮不讲理！明明是你摔了娘亲送我的东西。"

　　说好的男子汉不能随便流泪，可一想到娘亲送的礼物没了，夜雨泽的眼泪珠子就不停地往下掉。见他哭得好不凄惨，皇上的心都要化了。

皇上虽然不喜夜雨泽身为罪犯的娘，但对这个皇城里的唯一乖孙，还是很心疼的。是以也没失了公允，有所偏袒，让夜玉衍受了罚，挨了十下教棍。

夜雨泽出了心中恶气，却还惦记着那四散而去的金编钟。

被小太监领回国子监，其余学子已是归了家去。

他从太傅手里领回那三只小编钟，赶走了小太监，然后躲在角落哭了起来。

夜离轩得了消息，匆忙赶来，就见了此番场景。心头恼怒却也没的办法，总不能让他跟毛头小子一般见识吧。

只得揉揉那颗小脑袋："男子汉大丈夫，有泪不轻弹。"

结果那小脑袋一抬头，鼻青脸肿的，一副惨相。夜离轩恼火更甚，将夜玉衍那浑小子记在了心头。

"爹爹，明日泽儿不来念学可好？"

"嗯，以后都不来了。"

夜雨泽一听此话，心里乐开了花。要知道这样就能逃学，早该打上一架了。

那满是厚茧的大手牵着那白胖娇嫩的小玉手，穿梭在重重宫墙之下。落日黄昏，生出一股温馨柔情之境。

"主子，东西都备好了。"

"得，领我去一遭吧。"

安嬷嬷福身领命，拿过食篮引着凤倾月出了门去。

这篮子里的人参炖鸡，昨夜就煨着了。这送出去的吃食，大意不得，便让玲珑守了一夜。

现下命了玲珑歇息去，是以由安嬷嬷陪同着探望夜雨泽。

昨日黄昏后，这院里的主事妇人安嬷嬷突然来找她，说夜雨泽弄得满身是伤，这昕雨轩要不要遣人去看看。

正是入夜的时候，凤倾月已换好了寝衣，便遣了丫鬟带些东西去问问情况。

丫鬟回禀说夜雨泽已睡下了，凤倾月这厢更好了外衣也没再过去。便留下安嬷嬷，说了会儿话。

凤倾月知道安嬷嬷此番前来，有投诚卖好之意，便向她打听了许多事来，知晓了些府里的人情世故。

这最先要改的，就是这称谓了。夜离轩没有王位，便让府里的人管他叫三爷。凤倾月自然不能自持身份，让人尊称皇子妃大过其一头。

夜雨泽是小主子，那尊她一声主子也不算掉了份去。

"爷，皇子妃探望小主子来了，在门外候着呢。"

"是娘亲吗？你还不快些让娘亲进来！"

夜离轩本欲将她打发回去，却见夜雨泽脸上满满都是欢喜，还是让人将其请了进来。

凤倾月进门便见了这样的场面：那个霸道非常的男子，拿着不称手的小汤匙喂着汤药，着实温柔得很。

咄咄逼人的他竟有这般温情的时候！凤倾月本有些尴尬撞见了他，现下却没那么拘谨了。

"夫君。"

"嗯。"

他这淡然的反应让凤倾月琢磨不透了，一点不像上次所见一般。

不过能好生相处也是好事，总不该贸然相问他为何转了态度吧。

"爹爹，我自己喝。"

夜雨泽接过碗去，咕噜咕噜就将一碗汤药吞下了肚，看得夜离轩一愣。这小子不是向来不喜喝这苦药吗？今儿个倒反常了。

听说昨日跟凤倾月打过交道，很喜欢，难不成是为了表现一番？念及此，不由得望向了凤倾月。

凤倾月被他审视得有些局促，便提议道："夫君公事繁忙，不如让我来照顾泽儿吧？"

夜离轩转念一想，起了身来："得，今日也被他闹够了，你便陪他说会儿话吧。"

"为父走了。"他摸摸夜雨泽的小脑袋，面上一派和蔼。

"爹爹慢走。"夜雨泽也不缠着他，反而很开心。

当真是很喜欢这个突如其来的娘亲了，区区一面就如此亲近，也不黏着他了。夜离轩想着，又想到昨日连翘回禀之事。杀鸡儆猴，也是好手段。

他倒要看看，她待如何。

见人走了，凤倾月整个人都放松了。也不知是不是受了他的吓，一见他心里就慌得很。

凤倾月上前坐下，仔细一打量，才见夜雨泽脸上好几处青紫。心头一惊，忙问："泽儿这是怎么了？"

昨日出去时还活蹦乱跳的，现下怎是这般模样？

听安嬷嬷说是被人打了，也没放在心上。心想这皇孙谁敢动得，定不会伤了哪儿去，却不承想成了这副惨相。

"都是夜玉衍害的！他打烂了娘亲给我的宝贝，我恨死他了！"

这事不提也就这么过了，一提起来又触动了夜雨泽的伤心处，抱着凤倾月就哭了起来。

虽说只是只言片语，凤倾月也听了个大概出来。该是宫里的皇子打烂了那金编钟，才惹出了事。

想到夜雨泽如此看重她送的东西，说不清心里是什么感觉，却知道：这孩子，她放在心上了。

"泽儿不哭，娘亲送副更好的给泽儿。"

夜雨泽止了泪，伸出胖乎乎的小手，从枕底下摸了那几只金编钟来。

"娘亲看，泽儿将它带了回来，爹爹答应了我要将它修好呢。这是娘亲给我的宝贝，我不想扔了它。"

这小小的人儿，每每都能触及她心头那寸柔软之地，让人直想捧在心窝里疼。

凤倾月与夜雨泽亲昵一番，叫人盛了鸡汤来，耐心喂着。他一个高兴，便几碗下肚，吃得肚子鼓鼓胀胀的。

之后，又陪他说了好一会儿话。直至丫鬟上药，才发现他身上也有多处瘀青。

问他疼不疼，他却说想着娘亲就不觉得疼。当真是惹人怜爱。

一起用过午膳，夜雨泽总算过了兴奋劲，乏得睡下了。凤倾月这才得了空离去。

夜离轩这厢听到来人禀报，颇有深意地交代了些事去。

这凤倾月心里装的什么，他倒要看个明白。

第十一章
管家

凤倾月埋首在厚厚一沓账册里，看了半晌，还是不明就里。

无奈，着实无奈。

话说今儿个一大早，府里的管家陈东请命而来，给了她好大几本账册和库房钥匙。

这些东西现下交与了她，以后府中琐事，无论巨细都得由她拿主意。

权力给了她，她便是府中正经的女主子。有权固然是好，可也得有那能力攥在手中才是。

她看着这一大本的账册晕头转向的，又怎么打理得好？

想退回去照旧吧，陈东却说是三爷的命令，他做不了主。夜离轩到底是怎么了？不仅不给她难堪，反倒对她好了起来。

要说讨好，也该是她这个寄人篱下的讨好他去。要说阴谋，她又有什么可图的？夜离轩的意思，她半点琢磨不透。

"玲珑你看看，这府上的衣食住行都在上头。连厨房的鸡鸭鱼肉都要管。铜钱又是个什么东西，这买卖东西不都是用银子的吗？还有这庄户租地一亩几十钱，我又如何晓得？这乱七八糟的账目一大堆，叫我如何拿主意？"

可算知道夜离轩的意图了，分明就是刻意在刁难她。要是满贯在就好了，定能不费吹灰之力，就算得不差一毫来。

听到凤倾月不停的抱怨声，玲珑现下才觉得自家主子也是个凡人。活生生，有血有肉的人。

没有了金枝玉叶的姿态，不再是人前人后落落大方的优雅，也会有烦恼，有焦躁，有小女儿家的心性。

这样的公主好真实，好灵动，好让人亲近。

"主子不如先用了膳，再看这些烦琐的账目吧。"

凤倾月也苦恼够了，收拾好了那些账本，便不打算再看了。

以前在公主府里未曾操心过这些事，现拿着账册半点不懂，才念着以前有人管家的好来。这些东西，还是自哪儿来回哪儿去好。

凤倾月用过午膳，命玲珑带上东西。一路打听，至夜离轩的书房。

听到下人通传，夜离轩一阵鄙夷。

怎么，才得了掌事权，就急着感恩戴德来了？

凤倾月入了屋，房里并未点上火炭，窗户大开，冷风吹得他衣袂飞扬。

他一袭白衣，右手执笔随意而书，颇有几分仙风道骨之感。

"夫君。"

直到听她出口相唤，他才抬眼看她。

"公主找我有事？"

夜离轩称她为公主，便是不把自己当他的妻了。

也是好笑得紧，既不当她是妻，她便不是这府上的主子，又何必给她管家的权势？

也罢，他这人行事怪异得很，越计较，怕越如坠云雾，转不出他画下的圈了。

"妾身自知才疏学浅，这管家之事实在拿不定主意，夫君还是另择良人吧。"

示意玲珑呈了东西上去，放在他的书案之上。

夜离轩把羊毫笔挂回笔架，又用一旁的温水净了手，慢条斯理地拿着锦帕擦拭手指。

凤倾月暗自着急，想要快些求个答案。

等不住要告辞离去了，他总算开了金口。

"你既是皇上挑选的良人，自然只有你才有这资格。换了人，可不就是违抗圣意吗？"

凤倾月对管账之事一窍不通，可他这话里有话，她还是听得出几分意思。

他给出的意思，就是他情势所逼，圣意难违。她不是他真心所娶，警示她小心谨慎吗？

这事该是推托不过了，可得另想个法子才好。

"妾身实在资质愚钝，可否向夫君索要一人，从旁协助。"

"公主是这府里的主子，府里的家奴大可任意使唤，无须请命于我。"

"多谢夫君，妾身就不耽搁夫君了。"

凤倾月心头苦闷，却有苦道不出。只得让玲珑又拿回东西，闷闷不乐地回了。

夜离轩见人离去，心里诸多猜测。

原以为是来谢恩的，却没想到是来罢权的。哪个主母不想权势在手，只求虚有其表？难不成刻意如此，以求引了他的注意？

他偏偏要给了她，看她究竟是无意于此，还是欲擒故纵。

纵然你有百般花样，我也会看个明白。

凤倾月一回院子，就命人找来了陈东。

"这管家之事，你也打理了多时。现下再次交与了你，我很放心，可莫要辜负我对你的期望。"

就这么几句话，就把棘手之物给扔出了手。也不等陈东回应，就把陈东给打发走了。

陈东也不好做主，只好去请教三爷的意思。

夜离轩听说此事，只让他依着规矩办事。

这账本兜兜转转还是回到了自己手上，直叫他摸不着头脑，不明白主子的意思。

只叹这天生奴才命，领悟不得主子所想，恪守本分才是正理。

夜雨泽打着哈欠，无精打采地看着口若悬河的老太傅。

说好的不念书了，爹爹却不守信用，找了个新太傅到府里教书。早知道就该说自己身上还疼，多玩几天了。

娘亲说认真念书就会给他奖赏，他好想要那赏赐，可他也好想睡觉啊。

夜雨泽又打了个哈欠，撑着小脸，神情疲倦得很。为什么太傅都一个样，永远都有讲不完的话呢？

他突然面露喜色，疲惫俱扫，想了个好法子来讨赏，高兴得差点手舞足蹈起来。

"娘亲，娘亲！"

夜雨泽终于盼到太傅离开，欢欢喜喜地跑来了凤倾月的小院。

他像个糯米团子似的，滚在了凤倾月的怀里。

"泽儿今日都习了些什么？"

凤倾月捏捏他的小脸蛋，笑靥如花。

若不是这调皮小人儿，她只怕没这么快适应这里陌生的一切。他就像一束暖光，悄然钻进了她心底，温热了整颗心房。

"学的东西可多了，泽儿都数不过来了。"

夜雨泽胡乱扯谎卖乖，怕被娘亲不喜。实则什么都没学到，净发呆走神了。

"泽儿真乖。"

娘亲最好了，不查他功课，还会夸他。要是爹爹在，可就瞒不过去了。

"娘亲，过几日就是泽儿生辰，娘亲会送礼物给我吗？"他探出脑袋，一双大眼里满是希冀，可爱极了。

"自然会的，泽儿想要什么？"

"娘亲送的我都喜欢。"

夜雨泽一个高兴，又黏在了凤倾月身上。如此乖巧，让人直想将他揉至心坎里。

她也曾想，这样一世温情。可惜世事难料，枉费了心思。

一番心意，托付给了这小巧玲珑的小人儿。深院之中，每日的盼头，就是盼他欢颜而至……

送走了夜雨泽，管家陈东求见了来。

"主子，小主子的生辰将至，不知要如何操办？"

虽说这管家之事又重回了手里，但顾忌着女主子的威势，还是询问一下较为稳妥。

"往年都是怎么操办的？"

"每年都会在金玉满堂订上一桌宴席，只有爷陪着小主子出去。要说其他的，奴才就不知道了。"

"今年也这么准备吧。"陈东领命退离了去。

金玉满堂吗？也不知能见到满贯不。以往都是他们父子出去，现下多了个她，会带了她一同前去吗？

转念想到那活泼可爱的小人儿，低头一笑。该是会缠着她一起去的吧……

至夜雨泽生辰之日，夜离轩突被皇上传召，只好交代了她带夜雨泽出去一遭，派了四名侍卫跟随。

再见满贯，喜不自禁。

却平淡相视一笑，算打过了招呼。

"楼上雅间早已备好，恭请皇子妃和小少爷。"

雅间内已上好了菜，热气腾腾的。

钱满贯正欲退走，却听凤倾月道："这么多菜品，也不知先尝哪一样好，钱老板不如留下介绍介绍？"

"应当的，应当的。"

留下满贯后，打发了众人门外守候。

夜雨泽尤为不解。以前爹爹和他向来没人陪着，娘亲为什么要留个人呢？

抓抓脑袋，小手小脚费力爬上了凳去。

"泽儿乖，叫满姨。"

夜雨泽也没多想，冲着钱满贯一笑，就甜腻腻地出声唤道："满姨。"

这样可爱的小人，若自己真有一个就好了。

"别别别，可不是折杀了我！"

凤倾月佯装生气道："又来了，就我们几个，还拘礼作甚，坐下一起吃吧。"

"是呀是呀，坐下一起吃吧。"

夜雨泽一向听话得很。虽不懂娘亲为什么叫她一起吃饭，却欢声附和着，高兴得很。

钱满贯被夜雨泽逗得满心欢喜，也就不再拘礼了。

"也倒是巧。今儿个你怎么舍得来店里了？苏大学士呢？"

凤倾月也是随意逗弄一句，却见钱满贯眼中落寞一闪而过，强颜欢笑道："我心想着今日是小少爷生辰，说不准见得上你，便过来看看。也没带个礼物，就把这个送与小少爷好了。"

满贯拿出一块羊脂白玉镂空雕螭纹扇贝形玉佩，塞进了夜雨泽手里。

见惯了满贯出手便是贵重之物，也没多加在意。只是她刻意岔开话题，让凤倾月心中暗暗奇怪。

也没多问，让夜雨泽收好玉佩谢过满贯，如平常一般相处着用膳。

"这便要回去了？"

许久未见，多少有些舍不得。

"也该是回去的时候了，有缘自会再见的。珍重。"

说是有缘，也不知何时有缘翩然而至。道一声珍重，惜缘互念吧。

"不怕不怕，以后泽儿带上娘亲出来，就可以跟满姨天天见面了。"

夜雨泽机灵得很，知道娘亲想和满姨见面。想着奶娘常跟在他身后到处跑，就以为自己能带着娘亲四处逛。

满贯被他逗得乐了，蹲下身来，摸摸他的头："那可就托付给泽儿了。"

若是别人这般做，夜雨泽定是不乐意的。

满姨是娘亲的友人，又送了他好看的礼物，他自然要喜欢满姨的。是以，笑眯眯地接受了满贯的亲昵。

"包在我身上！"

他拍拍自己的小胸脯，很有担当的样子，惹得两人皆是一笑。

有这么个活泼的小家伙，想来倾月的日子不会太过愁闷。

出了金玉满堂，便打道回府。

"娘亲，我们要回府了吗？"

夜雨泽经常府里宫中来回，记得回府的路，觉得有些不对，便问出了声。

"怎么，泽儿想在外面逛逛吗？"

"不是，爹爹带泽儿出来还要去其他地方的。"

凤倾月有些疑惑，夜离轩并没有交代她其余的事，只让她带泽儿出来吃上一顿罢了。

"泽儿知道是什么地方吗？娘亲带泽儿去。"

夜雨泽站停了身子，埋头苦思一番，还是一无所获："泽儿没去过几次，认不得路。"

让一个五岁小孩认路，也是难为他了。

"今日便不去了吧，跟娘亲回府可好？"

听凤倾月这么一说，夜雨泽也不再牵挂。万事抛之脑后，满心愉悦地蹦跶回府了。

夜离轩带泽儿去的，是什么地方呢？

昕雨轩多了匹五彩斑斓的竹马，做工精美，好生威风。与只有一个马头的寻常竹马不同，它有漂亮的马身、多彩的华衣，模样做得活灵活现的。

竹马四脚都装上了小轮，方便来去。中间有一个容人的小洞，大约只能容小孩穿过——正是为夜雨泽量身而造的。

凤倾月打听而得，说是民间的孩子都喜欢这玩意，就让陈东找了人精心制作，想给泽儿个惊喜。

没想到制作费力，耽误了工时，只好晚上一日相送。

今日在院里苦等了半晌，也没等着泽儿的欢声笑语。一问下人，才知道夜离轩带走了泽儿。便遣了人，把竹马送去了泽儿的小院。

夜离轩究竟带泽儿去哪儿？是泽儿所说之地吗？

他昨日事务缠身，耽搁了带泽儿去那地方的时间，是以今日补上吗？为什么年年生辰都是如此？

罢了，既然不跟她说，定是有不可告人之处。任她如何猜想也无济于事，反倒惹得自己伤神。

凤倾月在院子里枯坐许久，手中的暖炉已凉了。看看院门，不见那小人儿身影。一时竟有些不习惯起来。

她放下手中冰冷的炉子，抬头望天，心中一叹：这西夜的冬天倒不觉得冷，即便不用暖炉也过得去。连雪都下不起来，倒让人少了一样快活。

凤央这时候，已是千里丘山雪中藏了吧。

银纱披面的京都，寒风迎立的红梅，现下都不再见了。为何那梨窝浅笑的一张脸，还留存心间？

洛风啊洛风，我对你的恨终究敌不过幼时美好，你伤我又于心何忍？你可像我一般，把彼此当作亲人？我以为，只有你待我最好，却不过尔耳，不过尔耳。

那个朝堂相逼的，那个摒弃承诺的，那个另娶他人的，好像都不是你。

那个讨我欢心的，那个笑我痴傻的，那个给我安慰的，那个带我戏耍的，那个驱我孤寂的，才该是你本来的模样。

可惜，是你变了。

"娘亲，你怎么不高兴呢？"

她一时出神，竟没注意到夜雨泽进了院子来。

自己这是怎么了，陈年旧事，还忆它作甚？该断不断，反受其乱，个中道理自己不是早已明白了吗？

"泽儿怎么来了？"

一提及此，夜雨泽就想到了兴事。

"我回院子见到娘亲送我的竹马了，好漂亮，好神气！泽儿好喜欢，谢谢娘亲！"

见他兴奋地比画着，凤倾月也跟着开心起来。至少她的付出，还有人惦念着不是。

"泽儿喜欢就好。"

夜雨泽本来很高兴，不一会儿却想到了什么，垂下了脑袋。

"怎么了？谁招惹我们泽儿生气了？"

他失落地摇摇头："爹爹说要离开一段时日，叫泽儿好好念书。可是爹爹从来没离开过泽儿，爹爹走了，娘亲也会走吗？谁来陪着泽儿呢？"

他面上一股子委屈，惹得她心都要碎了。忙将他拥入怀中，轻抚他的头。

"傻泽儿，娘亲才不舍得离开泽儿呢。"

好不容易安抚好了泽儿，命了奶娘将其送回院子，就来了人请她去夜离轩那里。

该是提他要走之事吧。他那里也没个动静，若不是泽儿相告，自己还什么都不晓得。突然要走，难道是昨日入宫皇上下的旨意？

"夫君。"

这次与他会面，夜离轩也不摆架子了，把她请坐在一旁，开了贵口。

"皇上命我微服私访一遭，约莫一月之期。泽儿尚且年幼，不宜跋山涉水，我现把他交托于你，望你好生待着。"

这夜离轩还真是个明白人。若换了以前，还不得叫她一声公主摆个脸面才好。现下有求于人，虽不见得有多尊重，这明面上的态度倒转变了许多。

"夫君放心，妾身自当照顾好泽儿。"

夜离轩便是不说，她也会好生照顾泽儿。不过他愿意开这个口，她自然就乐得做个顺水人情，缓和两人关系。

"你明面上还是我府里的主子，用不着为一些无关紧要的委曲求全，切莫让人折辱了去。"

"是。"

他这话说得，让她心里有些忐忑，像认准了要生事一般。不过她既踏上了这条船，也只好兵来将挡水来土掩，小心应付着了。

"得，天色已晚，早些回了吧。外面冷风刺骨，这莲蓬衣你披上回去，抵御些寒气。"

他为她系上莲蓬大衣，温热的鼻息晕染了她俏红的脸庞。

回房路上，她将颈边的丝带来回打着圈，出神地想着他为何如此，却半点摸不准他的意思。

若是以前，夜离轩定不放心让夜雨泽留在皇城。现下多了个凤倾月，虽不知她是真心还是假意，但她会护好泽儿无疑。

她足够强势，他足够放任，便已足矣。

夜离轩那日交代了凤倾月一番，连夜离了去。

夜雨泽起初还有些许郁郁不乐，却因凤倾月的陪伴快活起来。有时想念夜离轩，就会道出他的种种温情。说者无心，听者有意，直叫凤倾月诧异于他的柔情似水。

本觉得同满贯难有期再见，夜雨泽却记得承诺，说要带她去见满姨。反正也有带着小主子出去玩玩的说头，便出去走了几遭。

若夜离轩在，她断然不敢前来请命的。夜离轩一走，这府里算得上她只手遮天了，便也没什么好顾忌的。

出去了也不过两三回，不知是她想着夜离轩的话多疑，还是其他怎么的，总是心绪不宁的，感觉有一双眼在暗中窥视一般，使得她一惊一乍的。细下留神，却没什么不对劲的。

小心驶得万年船，再说夜离轩那语气，认定了要出事似的，她就想着安心待在家里，不再出去。

可夜雨泽这厢玩得高兴了，便想出去得很，满满都是急切。

"娘亲，我们快些去找满姨吧。满姨说今天送我水上漂行的大船呢。"

夜雨泽出去几遭，钱满贯快将他宠上了天去，送了他不少奇特的东西。

现下一颗心全系在钱满贯身上，就期待着每次的惊喜了。

凤倾月不想让夜雨泽失望，便下了令让人准备着出府去。心想着这次给满贯说说，让她别再弄些新奇玩意逗弄泽儿了。

"哇，好棒啊！"

夜雨泽看到东西，开心极了，抱着那艘大船就不愿意撒手。

这大船做工精湛，上面的小人神情俱现，船身图文清晰，犹如一艘缩小版的帆船。便是长期放在水里，怕也不会沉了去。

夜雨泽一旁玩得高兴，凤倾月和钱满贯便闲了下来，在一旁喝茶聊天笑看着他。

"你说有人在暗处注意着你？谁人胆大包天敢打皇室中人的主意？兴许是你多心了吧。你且放宽心，不会有人这般不怕事的，这皇城里的，没人敢欺到三皇子头上。"

要说起三皇子的狠戾，皇城里哪个不晓得，比七皇子的凶闻都要来得大。京都之人没上过战场，自然眼见为实，先就怕上夜离轩几分。

听她这么一说，好像也有几分道理："兴许你说得对，是我多心了。"

凤倾月转头示意玲珑呈上备好的礼盒，放在桌面上。

"这《幽兰序》是我刻意找来送你的，你素爱收藏这些名帖字画，这东西你定然喜欢。"

以前从来不见她每日待在店里，在应天书院的时日恐怕比在家中都来得多。莫不是跟苏子逸闹了脾气，才一直没拉下脸过去？

希望送她这东西，能帮她一把吧。

钱满贯接过东西，笑得欢喜："你既然割爱于我，我可就不跟你客气了。"

大概是觉得满贯不对劲的念头先入为主，总感觉她笑得不甚真实，有些遮掩。

不过两人间的相处之道，自己也琢磨不透，只能帮她到这儿了。

待泽儿戏要够了，便告别满贯离了去。

回府之时，凤倾月一路观察着周遭动静，却不同于往日，半点不对也没觉察得出。

兴许真是自己太过紧张了。被满贯一说，便稳定了心神，不再一惊一乍的了。

夜雨泽一回府，就急匆匆地带着凤倾月赶回自己的小院。

他将钱满贯送他的一套彩人拿了出来，认真挑选了许久，总算选中了三个满意的。

他挑中了东西，不忘叫人抱着帆船跟上他，又是拉着凤倾月至小池边。

凤倾月不明所以地跟着他东跑西跑的，不知他何故这般兴奋。

他小心翼翼地将手里的小人靠在那帆船的船舱上。

"快把船放到水里去，可别弄倒了我的小人，不然打你板子！"

他人不大点儿，却威风得很，跟他爹爹一个习性。

那帆船入水，果然没有沉下去。清风徐来，便游开了去。

"娘亲你看，大人是你和爹爹，小人是我。我们一起坐船出游咯！"

听到他欢快的声音，凤倾月不由得眼睛一酸。

上次他缠着她讲杂文趣记，说了一则《刻舟求剑》的故事给他听。本是笑书中之人痴傻，他注重的却是有东西能在水上行走一事。

他问她坐过小船没有，再问了许多关于船的问题。

满贯问他想要什么，他说最想要一条小船。还以为他是对船有兴趣，不承想他将她没坐过船的事记上了心，要带着她一同游山玩水呢。

凤倾月拿出丝绢，擦拭着他汗津津的小手，笑看着他。

"若有机会，娘亲一定带你坐船游玩去。"

"泽儿相信娘亲。"

他笃定的样子，倒是比她还认真几分。

第十二章
入宫

在府里安生了几日，夜雨泽的心思又活络了起来。

去外面多有意思，有的玩，还有的拿。在府里只能整天听着太傅上课，没劲得很。

想到就做，便缠着凤倾月带他出去戏耍。

拉扯之间，正巧宫里来了太监传他入宫。他立马苦下小脸，说浑身不舒服，不想出府了。

他态度突然转变，令凤倾月好生奇怪。不是想出去玩吗？怎么放过大好的机会？

从满贯那里知晓，这皇德妃乃是夜离轩的母妃。按理说她对泽儿该是心疼爱护着的，两人应很亲近才对，怎的泽儿不待见她？

上次宫宴，她也没什么心思去注意其他妃嫔，是以不知道皇德妃是个哪样的人。不过能入宫为妃，想来模样也不是个吓人的。难道是她太过严厉，以致泽儿不喜？

奶娘也在一旁提议着婉拒了皇德妃，更让凤倾月疑惑了。

这小孩子不通礼数就罢了，可奶娘也这般态度，就有些值得琢磨了。不过泽儿不想去，她自然不会为难了他。

"去打发了来人，就说泽儿感染了风寒，在家养病。"

"哎。"

奶娘得了指令，忙跑出去。没多时，又愁眉苦脸地回来了。

"那裴公公说皇德妃知道小主子身子抱恙，特地让他请了人去宫里，找个太医给好生瞧瞧。"

这裴公公好像一早就备好了说辞，非得让泽儿入宫不可。

为何一定要泽儿进宫？因为太过想念吗？这般赶鸭子上架，实在让人心里厌烦。

话到了这份上，不去也不行。

"泽儿乖，娘亲陪你入宫一趟好不好？"有她在身边跟着，总不会出了差错去。

"不去不行吗？"夜雨泽还是有些抵触。

她轻声安慰着："怕是不行，娘亲在泽儿还不放心？"

"那娘亲一定不要离开泽儿！"

她应承了下来，夜雨泽还是再三确认着。

他向来信任她，现下却反复要她肯定，看来是真心不喜这皇德妃了。

她领着泽儿出门。那太监一看她也准备跟着，忙阻止。

"皇德妃思念小皇孙，只请了小皇孙一人进宫，皇子妃没得指令无故前去怕是不好。"

泽儿一听此话，捏紧了她的手，神情很慌张。她低头对他一笑，将他护在身后。同他承诺好了的事，她岂会食言？

"哦？公公你说，我的泽儿去了皇宫，再遇上几个不像话的，又弄得满身是伤地回来，公公怎么给我交代？我怎么给三皇子交代？再说泽儿没了我哪儿也不去，公公难不成要强行绑了人去？公公见三皇子远行，就欺我府上无人了？"

夜离轩临行时说了，让她不必委曲求全。她也不怕使了皇子妃的架子，压压这些人的威风，反正有夜离轩顶着不是？

这皇子妃倒是什么都敢说，激得裴公公没了法子："奴才自然不敢！皇子妃便一同入宫吧。"

"奶娘也跟着一起吧，免得我不会照顾人，让泽儿磕碰着了。"

她在宫里人生地不熟的，这奶娘跟着泽儿常去国子监，宫中人事总会有些熟悉。

见那裴公公又欲出声阻止，凤倾月直接冷眼以待，吓得他憋回了话去。

这两头都不好得罪，让他夹在中间怎好做人？

进宫路上，凤倾月越想越觉不对。

为何泽儿怕入宫见皇德妃？裴公公为何不想她一同入宫？再联系夜离轩之前的话，她越是心生警惕。

他认定要发生的事，难道跟宫中有关？

入宫路过御花园德安殿，几个太监正陪着个小孩玩蹴鞠。便绕开了圈子，免得碰撞。

那球却直直飞了过来，差点就撞上了凤倾月。

夜雨泽本就心中不安，见那球险些砸中娘亲，一下子就闹了脾气。

"夜玉衍，你一定是故意的！你怎的这般烦人！"

夜玉衍？这名字她记得，就是把泽儿一顿好打的浑小子。

"你凭什么说我是故意的，这球不长眼睛，你也不长眼睛吗？"

这话一说，惹得几个小太监捂嘴偷笑着。

哼，旧仇未去，这新梁子算是结下了。

凤倾月悄声问着身后的奶娘。

"这是几皇子？"

奶娘附耳答话："十皇子，庄妃娘娘所出。"

五妃之中排行最末，也敢这般放肆。

"裴公公，本皇子妃也不知道你们宫里的规矩，这小皇孙也是能随意遭奴才耻笑的？"

她自知身份，夜玉衍不好为难，对付几个奴才倒是绰绰有余的。

裴公公是个老人精，当然晓得凤倾月的意思："你们几个混账东西好生放肆，还不快些跪下领罚！"

皇德妃身边的大太监大过他们几头，他一发话自然没人敢违。几个小太监大惊失色，忙跪在地上一阵磕头。

"十皇子好歹也是天家之人，怎可教他摆弄这些不入流的玩意！你们的本分难道就是教着主子不学无术，吊儿郎当，没有一点德行？这教唆皇子之罪，本皇子妃没资格管，可这耻笑小皇孙的罪名，你们是坐定了，便罚跪一日吧！"

裴公公心里暗想：这皇子妃可不好对付，胆子大不说，手段也高明。

虽说是罚一干奴才，却将十皇子骂了个通透。可她就这样吧，你还挑不出半点错来。

"他们是我的奴才，凭什么听你的管！"夜玉衍不服气，出声顶撞着。

"十皇子此言差矣，他们是天家的奴才。三皇子虽不在宫中，却也是天家之人。我既是三皇子妃，他们耻笑我儿，罚了他们，对是不对？你们服是不服？"

凤倾月凌厉的眼光扫过，一群人忙点头道"服"。

"你强词夺理！"

"怎么，十皇子莫不是不懂规矩，还想欺压皇嫂来了？"

有夜离轩顶着，她也不怕跟这些人起冲突。只是她与一个毛头小子计较之事传开，倒是污了自己名声。

也罢，她在这西夜博个好名声也是无用的，有个恶名，吓退多事之人也好。这小子不识好歹招惹上门，怪不得她。

夜玉衍被她逼得说不出话来，只得跺了跺脚，一个人跑了。

夜雨泽瞪大了眼，看着不甚温柔的娘亲，有些惊奇。

不过这样威严的娘亲，也让他好生喜欢。他不是很懂话里的意思，却懂得娘亲是在帮他。娘亲好生厉害！

这个认知让他高兴极了，也放大了胆子，不再那么紧张。

凤倾月等人离了去。

不知那御景亭上的人，将底下的事看了个一清二楚。

"儿臣参见母妃，愿母妃身体安康，福寿延绵。"

"孙儿参见皇祖母，愿皇祖母身体安康，福寿延绵。"

方才在外面只教了夜雨泽一遍，他就有模有样地做了全套，当真聪明伶俐。

　　"一直没有入宫给母妃请安，向母妃告罪了。今日公公来请泽儿，儿臣心中惦念母妃，便不请自来了。望母妃不要怪罪才是。"

　　毕竟没得通传就擅自入宫，理应解释一番。

　　"坐吧。"

　　这番缘由，皇德妃自然挑不出错处，怎好无故怪罪?

　　她四十好几的年纪，却保养得同三十岁的女子一般，皮肤光滑细腻，体态丰腴。只是这股不怒自威的气质，给她添了些沉重之感。

　　她拿过茶盏，抿了一口，打量着凤倾月。

　　刚才的事她也听说了，两次见面，凤倾月都是进退有度的好姿态。傲骨天成，且心思玲珑，是个能成大事的。可惜……

　　"喝茶吧。听说泽儿喜欢红豆汤，本宫特地叫了御厨准备，泽儿快些尝尝。"

　　皇德妃突然变得和蔼可亲，让人有些瘆得慌。

　　凤倾月拿起茶盏，奶娘不合礼仪地悄悄从背后戳了戳她。

　　奶娘不守规矩做这些小动作，想必很着急了。难道是怕她喝下茶水?

　　现下这般场景，也不好相问，便假意抿了一下。

　　而泽儿看着那红豆汤害怕得紧，老老实实坐着，一动不动。

　　"泽儿怎的不喝? 莫不是皇祖母这儿的东西比不得府里的?"

　　被皇德妃问及此，泽儿身子一愣，答不上话来，一点没有往日的活泼。

　　凤倾月急忙接过话头，帮他掩饰着。

　　"母妃莫要多心，这孩子是在挂念爹爹呢。自从三皇子远行，泽儿就食不知味，吃不下东西了。"

　　这心病的问题，便是请了太医也看不出究竟，总让人无话可说了吧。

　　"既是这样，就让泽儿跟本宫住上几天，做个伴，亲近亲近。"

　　没想到皇德妃会来这么一手，凤倾月脱口而出"怕是不好吧"，就没了下话。

　　"怎么? 难不成我还会亏待了他去?"

"不是，儿臣怎么会这么想呢？能陪伴母妃是泽儿的福气。"

凤倾月一边应付着皇德妃，一边暗自焦急着。心思一转，便也不再顾忌了。

"只是三皇子发了话，说让泽儿必须住在府里。儿臣也不知其中因由，拿不得主意让泽儿留在宫中。"

她心里不踏实得很，今日什么事都透露着古怪，无论如何也不能留下泽儿。

一切都推到夜离轩身上，他自有办法解决去。

皇德妃冷眼瞥过凤倾月，没再接话。

她自然知晓夜离轩没说过此话，只是凤倾月在应付她罢了。

但她强留下人，会更让人觉得刻意。那么她与夜离轩的母子关系，就永难修好了。

她抚过指甲上的蔻丹，打量着自己的手，随意挑了个话头。

"说来也奇怪，前阵子入冬，明玥宫里的四季春竟然败了，你猜猜是怎么回事。"

无缘无故地，又谈起花草来了。这皇德妃到底是何意思？

"儿臣向来不擅摆弄这些奇花异卉，还请母妃指教。"

"哪有四季不败的花呢？想要花开不败，就得好生养着不是？若不把它多余的枝节全部剪断，又怎能一枝独秀呢？"

皇德妃所指的，难道是泽儿？她想说泽儿是那多余的枝节，得除了去吗？凤倾月不敢再深入了想，只觉得她好生可怕。

总归是自家血脉，她不该会是此种想法的。但愿是自己会错意，想太多了。

"原来如此，儿臣受教了。"

皇德妃把凤倾月一顿好瞧，不再说话。

明明是个聪明人，不应该体会不出自己的意思。也不知她是真不懂，还是在刻意装傻。

本想着她识趣还好，偏偏是个不识趣的。始终不是自己的孩子，照顾着有何用！

凤倾月心慌慌的，同皇德妃寒暄一阵，便告辞了去。

临走之际，皇德妃让她多带泽儿进宫戏耍，免得生分。她嘴上答应得好，心里却硌硬得很，没打算再来。

待人出了明玥宫，皇德妃莲步款款，端过那碗红豆汤，倒入了那盆花开正艳的四季春里。

"把这东西给本宫拿出去扔了，碍眼得很！"她折下那朵娇花，狠狠地摔在地上。

这红豆汤里掺着的，乃是景珥奇毒，服用后数日才会毒发身亡。毒发之时似风寒之症，高热不退，让人诊不出究竟，以为是活活烧死的。

费尽心机找到此药，就等着这一阵东风了。

可好好的一条往生路，非得闯出个凤倾月来搅事，真是个傻东西！

第十三章
秘辛

凤倾月回到府里，一颗心总算是安定了。只是心中疑问渐大，想探个究竟。

若是其他人也就罢了，可事关泽儿，她断然做不到袖手旁观。

安置好了夜雨泽，便叫了奶娘同行至昕雨轩。让玲珑守好房门，留了奶娘房内说话。

"你说，今日之事有何蹊跷？"

那奶娘被凤倾月看得心里发毛，俯身跪在地上，小心道："主子恕罪，这天家之事，奴婢怎好妄论？"

"你不让我心里有个底，再生了这样的事叫我如何应对？若泽儿真有个好歹，你还会有活路？将你知道的尽告知于我，我才好想个法子不是？"

凤倾月好说歹说的，诱着奶娘道出其中隐秘。

奶娘宫中那番动作，定然是知道什么的。她斟酌一番，吞吞吐吐蹦出两个字来："这……这……"

"此事绝不会透露出去，但说无妨。"看她犹豫不决的，凤倾月又稳了稳她的心神。

"奴婢自是相信主子的，却不知如何才说得清楚。老话说得好，虎毒不食子，这血缘至亲间断然下不去毒手的。可皇德妃心思难测，兴许是要跟小主子过不去啊。"

兴许？奶娘这话说得倒隐晦。她算是明白了，那皇德妃分明是要害了泽儿去。

她定坐在玫瑰椅上，细细理着思绪。

宫中血统，定不会遭人偷天换日，夜离轩是皇德妃亲生无疑。以夜离轩的个性，也断然不会容忍自己血脉混淆。

血脉相融，皇德妃又怎至于对泽儿狠下毒手？就算她不喜虞婉婷乃罪臣之女，总归是木已成舟，一脉相承，泽儿怎会遭此大恨？

必定有什么事让她生了嫌隙，才会狠下心肠。

"奶娘，你是否还有些话没告诉我？"

奶娘被凤倾月问到，张口欲言，又憋了回去。想说又不敢说，好生为难。

看奶娘此番模样，定知其中内情，凤倾月本不欲理这秘辛之事，不过为了泽儿，却不得不步步紧逼。

"现下除了我，谁还能护泽儿周全？我不知个中情况，自不会同今天一般胡乱冲撞。我要是甩手走人，于你有什么好处？仔细想想吧。"

罢了，主子是个聪明人，万事都逃不过她的眼睛。便是说出来，自己也过得轻松。

奶娘跪走上前，至凤倾月跟前，低眉顺眼地说着。

待她说清了前因后果，凤倾月打发走了她，一个人呆坐在屋里出了神。

此事竟要追溯到数年前的另一宗隐秘之事，怪不得她不愿意说了。

当年虞婉婷生夜雨泽时，产期提前了一月之余。这天底下不足月生下孩子的多了去了，本也没有什么，可夜离轩却将此事瞒了下来。

生下夜雨泽后，虞婉婷闭门不出。整个辉春院，就留了奶娘一人伺候这一大一小的。说是虞婉婷休息得不好，听不得走动的声音，实则是怕透露了消息出去。

没想到皇德妃盼孙心切，请了皇恩莅临府中，要见虞婉婷。夜离轩对外的说辞自然拦不住皇德妃，便让她发现了此事。

当时皇德妃不动声色，说是要看看孩子。兴许就是这一眼，让皇德妃多心了。

也怪夜雨泽生得太好，奶娘抱出他来，皇德妃便惊了心。这孩子如此壮实，哪像是不足月的孩子！

还没嫁进府就怀上了孩子，时日还恰逢夜离轩京外私访之际，这孩子不是野种是什么？这天大的丑闻他也帮着掩饰，直叹他被狐媚子迷了心窍。

皇德妃是个足智多谋的，自然不会声张出去，闹了笑话。像个没事人似的，回了宫去。

不久后，虞婉婷离奇身死，夜离轩与皇德妃的关系就冷了下来。再后来，便是必要的场合才堪堪见上一面，平日里从不往来。

夜雨泽人小却也敏感，感受到其中狠戾，自是害怕了皇德妃。

奶娘因为受命照顾夜雨泽，才知道了此事。若不是小主子命悬一线，她也是不愿意交代的。再往深了说，她怕是半点不懂了。

明明是嫁过来才有的身孕，为何要隐瞒了去？其中有何隐情，就连自己的母妃也不可透露呢？

凤倾月冥想半晌，也弄不明白，便不再庸人自扰。现下首要之事，就是看好泽儿，别让人乘虚而入。

她不想再因自己的大意，错失珍重之人了。

恍惚之间，又忆起前事。

当年，若不是自己不知进退，邱嬷嬷也不至于遭到新后毒手，杀鸡儆猴，尸骨无存。现下能陪着自己说话之人，还能多上一个。

只怪她年幼无知，偏生不让新后得其所愿，登临后位。众臣力荐新后，她却整日在父皇面前提及母后，令得父皇举棋不定，惹恼了新后。

新后不敢动她，还动不得她身边之人？新后处死了邱嬷嬷，在她面前肆无忌惮着，那恶毒的嘴脸她至今都还记得。

"既然她喜欢跟你讲先后的仁德道义，本宫就割了她的舌头，看她怎么巧舌如簧！她爱做先后的奴婢，本宫就送她去九幽黄泉，伺候个够！"

她害怕地推开新后，跌跌撞撞地跑去父皇跟前大吵大闹。她一番哭诉，父皇却不信新后这般残忍，说她夸大其词。

新后哭哭啼啼而来，说是邱嬷嬷以下犯上，辱其不堪。自己恼怒不已，才处死了邱嬷嬷。想不到使公主受惊，自己有罪。

父皇见新后哭得梨花带雨，自然信了新后。

　　看着安慰新后的父皇，她突然觉得自己一无所有了。不再吵闹，只身跑到御花园，肆意凌虐着那满园的娇花。

　　也是那时，遇见了洛风，给了她往后的快活。

　　她的知书达理，她的多才多艺，她的处变不惊，她的进退有度，兴许都是邱嬷嬷血的教训。

　　她要做得够好，才能得到自己想要的。

　　她所需的，不仅是仗着父皇的宠爱过活，还得靠着父皇的信任傲然于世。

　　最后，她做到了，却也没有做到。

　　还没待她俯笑新后，单单一个洛风，就搅毁了她的所有。

　　罢了，前尘尽断，她还记着这些作甚。只望嬷嬷泉下安好，莫要怨她。

　　皇德妃一计不成，并没有接二连三地出手。多半是料到了凤倾月不会乖乖交出人来，是以不再多此一举。

　　距离夜离轩回来的日子越发近了，京都又传起了夜离轩的残暴之事。传的人多了，凤倾月自然有所耳闻。

　　这次夜离轩离京，原是得密旨彻查贪官污吏的。

　　西夜洪水泛滥，赈灾官银遭到贪污，惹得民不聊生，以致难民四起闹事。

　　夜离轩至难地，便快刀斩乱麻，所查贪银之人，全部处死。提了几个备选之人，坐上了官位。

　　事情到这儿，本也该了了。可夜离轩让人在呈送新官服的时候，顺带献上了一张人皮去。人皮何处而得？自然是从贪污官吏身上生生剐下来的。

　　正所谓新官上任三把火，这火气还没发出去，就这样给吓没了。

　　听说剐皮之后，剩下一坨烂肉还能行动，痛不欲生。偏偏舌头还被剪了去，自尽也是不能。

　　那几个贪官的惨叫声，至今还在刑房里久久不息，吓人得很。

玲珑同凤倾月说着听闻，几欲作呕。却不得不说，怕自家主子得罪了那三皇子去。

能做出这样的事，也是符合夜离轩的脾性。凤倾月虽害怕，却也不得不坦然接受。注定了同一屋檐下，已作不得他想。

只叹这般死法，未免血腥了些。

说来也怪，夜离轩一回京，京都再无人敢议此事，生怕被他活剐了似的。

"夫君。"夜离轩一回府，便传见了凤倾月。

她一想到玲珑所说之事，就有些毛骨悚然。见他独坐房中，一脸的冷然，脑中突然闪过血肉模糊的画面，声线都为之一抖。

虽说自己认了命，可心底还是怕的。

夜离轩见她低垂着头，胆小害怕的模样，一阵好笑。

听说在宫里谁都敢得罪了去，胆大包天得很，怎么，他凶神恶煞至此，看上一眼就能治得了她？

"你这次入宫，想来也明白了些什么。泽儿亏得你照顾了。"

本以为这次离开会失去宫中暗棋，却想不到她这般有用，竟能化险为夷。

她对泽儿，应是真心疼惜的。既然泽儿喜欢她，只要她做好一个娘亲该有的本分，留她在府中狐假虎威也无不可。

泽儿也该有个娘亲照顾了。

"夫君言重了，皆是妾身应当做的。"

她果然聪明，没有深得宠爱之人应有的刁蛮任性，几番从容不迫都让人为之欣赏。

上次宫宴想逼得她无所适从，降了她的身份，却被她反将一军，坐实了名分。让她做主府中之事，也不算埋没了她。

"难得有闲，便叫上泽儿，一同用膳吧。"

凤倾月正准备告辞离去，听他挽留，愣了一愣："是。"

往常向来是只言片语，就将她打发了去，今日怎的转了性子，要留她用膳？难道因她护了泽儿周全，惹他高兴了？

自己关心疼宠泽儿，本是心之所向。无意中倒成就了功德一件，让夜离轩添了几分好意。

夜雨泽近一月未见爹爹，心里欢喜得很，一见面就扑进了夜离轩怀里，连连撒娇。

夜离轩独独见了泽儿，才会花开满面，失了冷颜。

一会儿冷若冰山，一会儿笑面春风的，一个人怎能生出如此迥然的性格?

"爹爹，泽儿有好好听话，跟着太傅念了好多书呢。娘亲也给我讲了好多东西呢。"

"爹爹，满姨送了我好多东西。都是泽儿没见过的，还有泽儿最最喜欢的大船呢。"

"爹爹，娘亲比爹爹还厉害呢，一发怒，就把夜玉衍那讨厌鬼说跑了。"

用膳之时，夜雨泽想到便说，要把心里的话全给掏空似的。

凤倾月每每看着夜离轩意味深长地瞥过她，就心里一紧，生怕他问些什么。

他并未出声相问，只是温柔地听着泽儿念叨，令她安下心来。否则他问起满贯之事，真让她不知如何作答了。

这些事，夜离轩早已通过书信知晓，只是凤倾月同钱满贯的关系他未细下了解。这一动一静的两人交往紧密，倒是让人诧异。

"爹爹，你下次不走了好不好? 要走也带上泽儿和娘亲吧。"

亏得泽儿还将自己记得，没白疼他一场。

"泽儿说的都好，可满意了? "

此番手段，想来没这么快就有的闹腾。再有个三五年，这西夜的局势也该大变了。现下应了泽儿，让他安安心也好。

"爹爹定要说话算话，泽儿可记着呢。"

"小东西! "夜离轩笑骂一声，捏了捏他的脸颊。

这么些年，泽儿也越长越像他了。可惜，母妃还是容不下泽儿。

都说母子连心，为何你至今都不懂我?

第十四章
同眠

夜雨泽缠着凤倾月和夜离轩闹了许久，好不容易才没了精神，被奶娘带回了屋里歇息。

临走前睡眼蒙眬的，还惦记着夜离轩应了他游玩一事。闭着两只大眼像夜游神一样唠叨着，好不好笑。

"回了吧。"

得了夜离轩的指令，凤倾月应了声，便准备回昕雨轩去。

她前脚踏出，夜离轩后脚就跟至她的身后。

兴许他也是要回屋休息吧。凤倾月这样想着，两人尴尬地行了一路。

待过了长廊，夜离轩还是不紧不慢地跟着她，错过了去他墨香居的路。

又不好贸然相问，凤倾月只得硬着头皮往自己院子走着。

月色皎洁，冷冷清辉打在她纯白的裘衣上，映着她娇嫩的脸庞，生出一股端庄圣洁之感。

夜离轩见着这样的她，一时有些出神。

也只是有些神似罢了。心头有些遗憾，却也没生出排斥的念头。

她是个与众不同的，让人认得清楚，看得分明。

凤倾月走得缓慢，终至昕雨轩。见夜离轩不准备离去，还大有跟她进院的意头，便转身盈盈一拜。

"多谢夫君相送。"

这府里的姬妾哪个不想留他院里过夜的？现下他自动送上门来，竟遭人往回赶了。

"前阵子冷落了你，也是时候补偿一番。"

夜离轩说完，自顾自地步入了院门。

他这般自以为是，她还能说些什么？难不成说她不需要这无用的补偿，再将他赶出去？她倒是有这想法，却没这胆量。

做足准备的时候他不来，现下手足无措的时候他却生生闯了进来，当真是讨厌得很！

玲珑在院子里盼了许久，总算是见着人了，稳了稳心神，忙上前请安。

"玲珑给爷请安，给主子请安。"

虽说自家主子是皇子妃的身份，可府上做主的还是三皇子不是？主子久久不回，三皇子又是个不好相与的，玲珑生怕主子无意中开罪了三皇子，惹了事端。

现下见了主子跟三皇子一道回来，也不知自己该喜还是忧了。

"玲珑，再拿一床暖被铺床，今晚爷要在此歇息。"

她果然是个知情识趣的。适才一番作态，也不知是欲迎还拒否。

夜离轩行至一旁的书桌旁，随意打量着。

桌上放着一篇未写完的诗文，想来是她所书。她的字不似一般女儿家的娟秀，而是透着一股男子的大气。字如其人，随意不羁。

凤倾月见他认真看着桌上的诗文，有些难为情。

"闲来拙作，让夫君见笑了。"

"写得很好。"

他淡淡的一句称赞，说得直白，直叫她一愣，答不上话来，却两道红霞蹿上了耳尖。

玲珑铺好床，便行礼退了出去，关好了房门。

"妾身为夫君宽衣吧。"

凤倾月心里为难，但还是惦念着自己伺候夫君的本分。

可夜离轩见到这样识趣的她，却心里不喜了。

"不用了。"

他拒了凤倾月，自己动手解着盘扣，也不明白自己心里这番别扭是为何。

她看得明白，他该欣赏这样的聪明人不是？

"夫君喜睡内侧还是外侧？"

凤倾月这二十年来，跟人同床共枕还是头一遭，更别说是跟个男人了。本就别扭得很，还要自己问出来，脸上更是滚烫。

这屋里未免也太过闷热了，烧得她阵阵发晕。

"怎么，你有讲究？"

见夜离轩定睛看着她，她匆忙低下头，回应道："没，没。"

"那便睡吧。"

她烛火下娇羞的俏丽，诱人心魄。他却提不起半点的兴趣，只想着尽早完事，算是坐实她的名分。

他脱了衣袍，上了床去。凤倾月被他瞧得不好意思，只好先吹灭了蜡烛。手忙脚乱一番，才脱了外衣去。

她不好再换寝衣，便穿着里衣小心地缩入被里。

心里怦怦作响，突然一只手抚上身来，她猝不及防，一声惊叫："夫君！"

"怎么了？"夜离轩也没抽回手，反而贴了上来，让人感觉得到他散发的热气。

"夫君是不是冷？妾身有叫玲珑多准备一床暖被的。"

凤倾月声音颤抖着，隐约带着哭腔。

那只大手钻进了她的里衣，触上她的肌肤，吓得她浑身僵直一动也不敢动。

夜离轩好生奇怪，她方才不是大方得很，现下怎又这般模样？

老对他用这欲迎还拒的法子，心机着实重得很，便是这般如你的意去。

"睡吧。"他两只手搂紧了凤倾月，不再做些什么。

凤倾月虽不习惯，却也比适才那番动作好受得多。想来夫妻间同床共枕就是这样吧，自己应该早些适应才是。

　　她心头渐复平静，熟睡了过去。温热的鼻息扑在夜离轩的面上，好不勾心。

　　软玉温香，却半点碰不得，也不知是为难了自己还是为难了她。

　　"主子，不知是不是奴婢多心了，爷他……他好像有些不开心。"

　　今早玲珑前来伺候，就见夜离轩阴沉着脸离开了。

　　三皇子平日虽也这般冷样，可今日更是冷上了一层，看得玲珑一阵心惊。

　　"兴许是睡得不好吧，不必多心。"她该做的都做了，总不会无故怪罪她的。

　　以前父皇宠后宫嫔妃，大多是不过夜的，兴许就是睡不踏实吧。

　　凤倾月这般想着，不觉有何不对。

　　夜离轩这头怏怏不乐地去了书房，面上冷若冰霜。

　　这大冬天的，他还浑身散发着冷意，像要把人冻作冰雕。

　　连翘知晓三爷有意巩固皇子妃的地位，是以昨夜去了昕雨轩就寝。

　　三爷现下如此，定然跟皇子妃脱不得干系，多半是在皇子妃那里吃瘪了。

　　皇子妃是个好主子，待小主子也好，足以配得上三爷。想到上次的洞房花烛夜，连翘便欲顶着三爷的怒气替他宽宽心去。

　　"敢问爷，是否昕雨轩那位主子没伺候好？"

　　一整夜欲火不下，好受得了才是怪事！

　　"伺候人伺候成她那样的，倒也是独一份！"

　　他贴近身去，她理也不理，自个儿睡得安稳。本以为她假意熟睡，故意吐气在她耳侧，她竟受惊似的给了他一巴掌。

　　好不容易昏昏欲睡了，她又在他怀里拱了拱身子，惹得他欲火上身。

　　若不是她呼吸平稳，他真会以为她故意整治了他。

　　三爷这般模样，定是心中怨气难平，跟皇子妃置气了。连翘便想着帮忙解释一番。

"爷，有句话奴婢不知当讲不当讲。"

他本就让她知无不言，言无不尽，又有何当讲不当讲一说？

"连翘，你何时说话这般扭捏了？"

"爷还记得前几月的大婚之日否？那日爷留了皇子妃一人在喜房，那喜娘不知如何是好，做了做样子就匆忙离去。兴许皇子妃现下还不懂得怎么伺候人。"

听连翘这么一说，他倒是记起这么件事了，难怪她大方如此了，原还是个不通人事的丫头。

生于后宫，还能有如此单纯的心性？

她处世之道谨慎却也随性，进退从容。心思不见得纯正，可也不是工于心计之人。

她这般女子，真有些让人琢磨不透了。

"宫中可有什么动作？"

见三爷正了神色，连翘便知皇子妃一事算是告一段落了。

"据宫中消息，皇德妃那里暂时没有动静，兴许在等着年节的宫宴。皇上的身子好像出了状况，服了好些丹药。丹药是太医院院使所配，阮公公负责呈送，无所知皇上所得何疾。"

他留待京都，母妃那里便成不得事。只是父皇的病症无从得知了，与此事有关的两人皆软硬不吃，探听不出消息来。不过隐秘至此，该是不小的问题。

有些事，该提早做好准备了。

夜离轩思量片刻，接着问道："君泽皓那边怎么说？"

"大将军说威胁一次可行，不过同一件事威胁两次，就有些不入流了。若时时受制于人，便是该断则断的时候了。"

呵！他倒是干脆。

自己的七弟也是个乖张的，眼看着一统天下，大好的立功机会，偏生要动用在瀚羽国的暗棋。令得瀚羽出兵，西夜两面受敌，不得不再次三国鼎立。

难得帮他一把，自身却不懂得把握。他此番自作聪明，本以为父皇会降下大罚，父皇却跟个没事人一般。

父皇留下夜墨澜，是想留个人跟他一争？

无故赐婚一事，是在表达天下之主未易，警示夜墨澜不要擅作主张，还是在提示他女人的无足轻重？抑或是两者皆有？

君泽皓看来是想作壁上观了，夜墨澜也拿他没辙。兵权被收，白白送到了不受自己控制之人的手上，不知夜墨澜会是哪般模样？

"你也被耽搁不少好时光了，待事情尘埃落定，我定让你风风光光地嫁出去！"

连翘没想到夜离轩突然提到这档子事，一时有些受宠若惊，却立马反应了过来："奴婢谢爷隆恩！"

"我的承诺迟了这么些年，不管得偿所愿否，定成就你一段好姻缘。"

"奴婢坚信，爷定能得偿所愿！"

"到时候自见分晓。得了，你退下吧。"

不争也是因她，争也是因她，自己的长情，父皇最为不喜。他现下来者不拒，父皇也一样认得准他的心思。

他要上位，难。

连翘闭门之间，看着深思的三爷，思绪飘远。

她本是小姐的贴身丫鬟，难为小姐惦念着她，三爷才许了小姐好生照顾她。

当年老爷与二皇子结交甚密，二皇子被赐王位，犯下谋逆大罪。老爷连带着受了责，治了抄家灭族之罪。

幸而皇上仁慈，免了她们这些官奴的罪罚。虞府上下除了小姐和她们这些官奴，其他的皆是午门外斩了首。

也是因为小姐，三爷和皇上才生了嫌隙。京中人人以为他可继大位，皇上却把立太子的意头暂搁了下来。

三爷为了小姐，本也无意皇位，欲要戏游山水。皇德妃偏生要拆了这段姻缘，逼着三爷争权。

本该是一家独大的局面，至七皇子屡立军功，三爷却是有了对手。

想当初，自己也有爱慕三爷的时候，这般痴情的男子哪个不想？

可惜主仆有别，自己是配不上的。再说三爷惦念着小姐，又怎能容下其他人去？

　　自己能帮着三爷做事就已然满足，直至遇见了他——那个承诺照顾她一生一世之人。

　　不承想现下突然冒出个皇子妃，惹了三爷的好感，小主子对她更是喜欢得不得了。

　　她观察多时，知其是真心对待小主子的。小主子落寞许多年，也该有个娘亲心疼着了。想必三爷也是这般想法，才去了听雨轩吧。

　　皇子妃慧心妙舌且气势凌厉，足以与三爷相配，无疑是良人佳选。是以，连翘才会一番解释，撮合着两人。

　　只望两人能长携以伴，让三爷放下心结，也让小主子能得其母爱。

　　夜雨泽盼了好几日，也没盼到爹爹兑现承诺，只好自己苦缠着夜离轩带他出去游玩。

　　夜离轩本想带着他四处逛逛，随便买些玩意就好，他却一心记挂着凤倾月，必须得带着娘亲一路。

　　夜离轩拿他没辙，只好应了他的请求，带着一大一小出了府去。

　　这渊城都有些什么玩头？

　　夜离轩正想着，夜雨泽却拿定了主意。

　　"爹爹，我要坐船，我要游湖。"

　　船？上哪儿去给他找艘船去？这西子湖有的，只是含雪阁的画舫吧。

　　"过几日再游湖怎么样？"

　　夜雨泽一听就不依了，难得出来一遭，下次可不知要等多久了。

　　"不行，就要坐船，就要游湖！爹爹应了我的，不许抵赖！"

　　夜雨泽小小的身子钻进夜离轩怀里，抱着他就不肯松手。

　　含雪阁那地方虽有不堪，不过斯文得多，看上去倒是块高雅之地。

　　只是去游湖观景，应不会见了那污秽之事才是。

　　夜离轩对着泽儿撒不出气，只好迁就了他。

　　"好好好，这就带你去。可满意了？"

夜雨泽听了话，一蹦三尺高。转头就将夜离轩忽视了，牵着凤倾月的手卖着好："娘亲，这次我们一起去看真船哦。"

凤倾月摸着泽儿的小脑袋，但笑不语。

本是她应承的带他出来游玩，现下却是他这么个孩子在信守着承诺。

到了西子湖，看着这碧波荡漾的湖水，凤倾月好生讶异。

以前在凤央的时候，冬日的小池都要结了冰去。便是下一场雨，第二日也能在房檐上结成冰晶。

听说炎夏所用冰块，就是趁着冬天湖面结冰，切割来保存于冰窖里的。

她还在想夜雨泽小孩子心性，这样的日子是游不成湖的。现下看来，是自己懂得太过浅薄了。

含雪阁乃是以石料做底，建在岸边的华丽画舫。上造建筑与房屋一般无二，只是底部做成了船的样式立于湖上。

四处张灯结彩的，人来人往，好不热闹。

一行人到了地方，夜雨泽见了如此漂亮的地方，吵闹着要进去看看。

夜离轩自然不许，叫了个随行之人去，给了钱银上游船画舫。

"爷，画舫空了一桌出来，只许三人上去。"

这含雪阁的游船每日只开两拨，要价虽高，这城里的显贵却争先恐后，早早就预订好了的。

难得有半路之宾能踏上游船的。能拿到这一桌，还是侍卫亮了家门才夺过来的。还好是将开的时候，不然这一桌也是没有的。

"得，你们留着待命。上船吧。"

含雪阁的画舫，不是京都里有名的达官显贵不能上，闹不出险事来的。

三人上了画舫，凤倾月和夜雨泽两人欢喜极了。

凤倾月只知轻舟小船，泛舟湖上，还不知这画舫竟能同房屋一般华丽。而夜雨泽小孩心性，心中好奇喜欢，自然高兴。

一开舫上小门，一股热风扑面而来，优美的琴音入耳，好不惬意。

里头竟能点有火炭，跑不出热气去。不得不叹服造船之人心思玲珑。

"我还道什么人有这般大的能耐，能赶了预订之人下去，原是三皇兄啊。"

夜墨澜坐在前方的位置，见了他们，便出声挑衅着。

夜离轩望向他，也不纠结于此事，转口笑道："七皇弟的长舌性子还是和小时候一个模样。"

夜离轩跟夜墨澜向来不亲，哪能知道他小时候的性子，也就这么随口一说。

夜墨澜也不生气，不怀好意道："三皇兄难得出来一逛，却是携家眷逛这青楼画舫，实在让小弟佩服！"

凤倾月一时疑惑了。

青楼画舫？夜墨澜说这话是什么意思？他言语中着实看不出佩服之意，怕是嘲笑更甚。问题难道出在这青楼之上？

"清者自清，浊者自浊，七皇弟不也是出淤泥而不染吗？"

这话更说得让凤倾月摸不着头脑了，不过上条游船，哪来这么多的麻烦事？

夜墨澜阴柔一笑，饮了一杯："三皇兄说得是。"

他除了点头称是，也不能说点其他什么。总不能说自己烂泥扶不上墙，贬低自己吧。

也不知怎的，看着他们和美地走在一起，心里就不甚舒坦，非得要说些什么来打破这局面。

忽听扑通两声传来，众人忙看向了声源处。

本在后面跟着的小人不见了身影，夜离轩和凤倾月两人心中皆是大惊。

注意夜墨澜这厢来了，竟是把泽儿给看丢了！

船头所立之人急忙上前告罪，说是小公子不慎落水，已有奴才下水搭救。

凤倾月不会水，只能看着那不平静的湖水着急发慌。

夜离轩正欲脱袍入水，就见冒了两个人头出来，心里大定。

那船头之人忙把泽儿接过，平摊在一旁，压着他的肚子逼出水来。

见泽儿冷得瑟瑟发抖，身子大冒冷气，凤倾月也顾不得自己冷，解下了裘衣，待泽儿吐出了水就给他披了上去。

她此番动作，更是让夜墨澜心里难受。几次三番维护这么个小东西，不是爱屋及乌是什么？

这么快，就喜欢上了？

转过头，又是一杯苦酒下肚。

"泽儿怎会无故掉下水去？此事与谁人有关？你们该当何罪！"

眼看着夜雨泽被救回，保住了性命，夜离轩一安定心神，便要拿人问罪。

吓得那救人之人立马跪地求饶。

"三皇子可饶命啊！贵公子无故掉水，我也着急得很，才跳水救了人去。我这厚衣袍还是入水后才脱了去的，绝不是做贼心虚之为啊。不如先送小公子到含雪阁里暖暖身子，待小公子苏醒后询问一番，再定小的的罪可好？"

这冬日的湖水最是刺骨。夜雨泽受了冻，脸色惨白，嘴唇乌青，不住地发着抖。

泽儿尚处昏迷之中，也不是在这儿耽搁的时候，夜离轩只好先行应下那人，让他抱了泽儿入阁去。

谅他们也不敢跑了去，待泽儿清醒再问罪不迟。

到了含雪阁的雅间，那奴才忙出去吩咐人送来热水。

泽儿泡了热水，悠悠转醒，却也虚弱得很。

"爹爹，吓死泽儿了！"泽儿一醒来就见了床头的夜离轩，眼泪一下子就流了出来。

年纪小小就遭逢大难，自然承受不了，哭得直让人心窝里疼。

"泽儿不怕，跟爹爹说，是谁害了你！"

夜离轩替他掖好被子，摸了摸他还未擦得干透的头。

泽儿吸了吸鼻涕，摇摇头："不关谁的事，是泽儿自个儿好奇，想知道大船为什么可以浮在水上，偷偷站在边上看，才掉下去的。"

夜离轩不放心，继续追问着："当时身旁可有其他人？"

夜雨泽想了想，答道："没有，是我自己没站稳。"

兴许是开船的时候生了晃动，才出了这档子事。

夜离轩不再多心，叫泽儿好好休息。而后派了个侍卫，买了套小孩衣裳和裘衣回来。

亏得他还能想着自己，让凤倾月有些受宠若惊。

夜离轩和凤倾月用了些含雪阁呈来的吃食，喂了夜雨泽一碗小米粥。见他恢复了精神头儿，便为他穿好衣裳准备回府。

"娘亲，泽儿的玉佩呢？"

夜雨泽出声相问，凤倾月才想起了这事。

满贯送的那块玉，泽儿因为喜欢，便用红绳穿着吊在胸前。一直未离过身，现下却不见了。

方才不是她帮泽儿换的衣物，现下被问很茫然。

夜离轩看向含雪阁的侍女，她一惊，急忙跪地解释。

"奴婢替小公子沐浴之时，并未见到小公子的玉佩。便是见到了，奴婢也不敢拿的，望三皇子明鉴！"

人被救上之后，夜离轩就一直看着，没人动什么手脚，只好安慰着夜雨泽。

"兴许是落水之时掉了，回去爹爹再送你一块可好？"

自己落了水，扑腾两下便没了知觉。那玉佩何时掉的，也不甚清楚。夜雨泽一番回想无所忆，虽很喜欢那块玉佩，却也只得作罢。

"好吧。"

见他埋下脑袋，隐隐有些不快，凤倾月解下了胸前灵珀来。

"娘亲把这送给泽儿可好？"

泽儿将玉佩挂在胸前也是习的她，想来还是对着灵珀念念不忘的。又不好夺她所爱，才有的这番作为。

"娘亲不最是喜欢这灵珀吗？"

夜雨泽心里虽高兴，却也知道这是娘亲心爱之物。想要又不敢要的，小脸一派纠结。

凤倾月为他系好，淡然笑道："可我更喜欢泽儿呀，泽儿这次可要好好保重自己，也要保管好灵珀，不要弄丢了去。"

"嗯，泽儿一定好生保护它！"他攥着那灵珀，郑重其事承诺道。

凤倾月刮刮他的小鼻梁："不对，是好好保护自己。"

她现在这般模样，真的像她。若是她在，也该是这样的。

"夫君，我们走吧。"

听她呼声相唤，他才回过神来："走吧。"

出了含雪阁，外面已入夜。

再回眸，含雪阁在月色之下更美丽。一串串红色小灯笼燃了烛火，随风轻扬着。琉璃玉瓦更显青翠透亮，月色朦胧之下喜庆招人。

走在街上，各房屋顶上皆是大红灯笼高高挂，一派喜庆。

快到禁市的时辰，却没一家店铺打烊的。来往行人越聚越多，大有闹市之热。

年节将至，特地放宽了禁市的时辰，让京都里的人热闹热闹。

街头小贩叫卖声此起彼伏，来往行人络绎不绝。许多大家闺秀也是难得出来一遭，跟着家人听曲喝茶，热闹一番。

原来外边过节这般热闹，一点不似宫中那般冷冰冰的。

凤倾月牵着夜雨泽的手，像个半大孩童，一起论着那些特别的玩意，高兴极了。

夜离轩看着两人，难得的甜蜜涌上心头。

这日子，好像就该这么过……

第十五章
鸳鸯枕

夜离轩本说好的带夜雨泽游玩，没想到突生事故，将游船的事耽搁了下来。

现下带他们逛逛夜市，凑凑热闹也是不错的。怕再生变故，便牵过夜雨泽，两大一小紧牵而行着。

男的俊、女的美，惹得行人好生赞叹。便是在人潮之中，也是耀眼温馨得很。

"爹爹，娘亲，那边好热闹！我们快些过去。"

夜雨泽稚嫩的声音淹没在喧闹的人群里。他手脚并用着，拉着两人往人聚得最多的地方跑去。

原是店家有个好彩头相送，难怪这些人戳在这里看热闹了。

"大家都知道我们玉珍阁的东西，多有进献入宫之物。年节将至，玉珍阁将闭门数日。今日特送鸳鸯玉枕一对，祝天下有情之人终成眷属。话不多说，想要这鸳鸯玉枕的，还有最后一题可答。"

那人长相瘦弱，说话的底气却足，凤倾月在人墙之外也听得一清二楚。

只见一人冲天而起，将一幅卷轴挂于高杆之上。卷轴一展而尽，显出一阙上联来。

"既是鸳鸯玉枕，自是夫妻共枕的。不是夫妻之人，可莫要凑此热闹。"

夜离轩本欲带了夜雨泽离去，夜雨泽却赖在那里，非得要钻进去。

没法子，夜离轩只好示意侍卫开出条路来。那些拥挤之人虽满心不乐意，却也不敢惹这些带刀莽汉，便让出了一条通至前排的小道来。

三人行至前排，夜雨泽见了那大红的高台，两眼放光。凤倾月却注意着那上联的特立新奇。

"十口为古，白水为泉，进古泉连饮十口白水。"

此联拆合而对，上下相连，比之苏子逸那一题也不遑多让。

上次能对得上实属侥幸，今日兴趣虽浓，却也只得看他人表演了。

好半天也没人答上来，台上之人开口说道："既然没人答得上，可就只得弃了这一组了。"

"谁说的？我爹爹就答得上！"

夜雨泽一出声，惹得好些人一愣。便是夜离轩听到这话，也无语得很。这浑小子，倒把他看作神人了。

台上之人奉命进献数宝入宫，与宫中多有往来，自是认得夜离轩这尊大佛。

台上之人望向夜雨泽，一见夜离轩伴其左右，便是一吓，小心问道："不知公子可有兴趣答这一题？"

童言无忌，万一这小少爷是胡乱一说，三皇子答不出题落了颜面如何是好？只好一番迂回，看三皇子自己想答不想答。

夜离轩不想出这风头，可泽儿已帮他揽下这好差事，当着这么些人的面，不答岂不闹了笑话？

"千里为重，丘山为岳，登重岳一览千里丘山。"

他似随口而得，让人好生惊奇，众人皆叹一番好文采。

"爹爹好棒！"夜雨泽不明白题的难处，只知别人都没爹爹厉害，得意极了。

"这最难的一题被答上，也就要开始今日的重头戏了。"

那人话落，便见台下壮丁抱了四面竖杆铜锣上去，排成一排。

"此项名唤鸳鸯配，成双对。将夫妻两人各一只脚，用姻缘绳缠在一块儿。从一头行至另一头的白线处再返回，敲响铜锣者得胜。"

"走吧。"

本以为答上题就了了，想不到还要小赛一局。夜离轩没那玩心，自然准备掉头就走。

"不嘛，玩嘛玩嘛！"

夜雨泽扯着夜离轩的衣袖，面上满是渴求。他不求那鸳鸯枕，却知道夫妻就是爹爹和娘亲，好不容易找着机会，定要让他们戏耍一番。

娘亲跟他玩，不跟爹爹玩，一定是爹爹太凶的缘故。

"得，算是怕了你了。"

夜雨泽立马笑眼眯眯，将两人的手放在了一起。

"娘亲不怕哦。"

他这么一说，顿时让人摸不着头脑了。

凤倾月本也不欲上台，可架不住泽儿满腔热情，再看着自己被夜离轩紧握的手，只好陪其走上一遭。

"照顾好泽儿！"

夜离轩下了指令，几个侍卫呈半月之势，将泽儿隔绝在内。两人这才放心上了台。

"大家都清楚规矩了吧，以铜锣为令，可要听仔细了。"

几个小丫鬟拿了长红绳来，将四组夫妻各一只脚双双系在了一起。夜离轩答上最难的一题也是占了先机，被安排在最前的位置。

"等会儿先抬系上的这只脚吧。"

既然要比，自不能被区区小事难住，惹人笑话。

只听一声铜锣响，两人便踏出脚去。

夜离轩步子迈得大，带着凤倾月就跨了一大步，惹得她一个趔趄，险些摔倒。

夜离轩见此，握住她的手，放小了步子，配合她走着。她也尽力迈开步子，使自己勉强跟得上他。

看着跌跌撞撞的，却是配合得最好的一组，遥遥领先。

一番来回，总算至铜锣面前，敲响了铜锣。

不过是走了一小段距离，却热得凤倾月出了一层细汗。她拿出绢帕，正欲擦拭，却见夜离轩满额头汗珠，鬼使神差地就伸手帮他擦汗。两人对睛一看，皆是一愣。

"有句话说得好，来得早不如来得巧。本店的鸳鸯玲珑玉枕，现被这对佳偶后来居上所得。其余三对也不要失望，本店将各送如意玉佩一对。台下看官也有吉祥如意结相送，还望大家以后多多捧场，多多捧场！"

好在那人一番场面话，破了两人的尴尬。凤倾月抽回手，别上了绢帕，不敢再看夜离轩。

待小丫鬟解了红绳，两人便下了台，听着夜雨泽一阵好夸。

夜离轩让侍卫接过丫鬟捧出的锦盒，便牵着夜雨泽回府去。

"爹爹，鸳鸯枕是什么东西？"

夜雨泽看着那两个大锦盒，一派好奇。

"睡觉用的。"

"怎么有两个呢？"

被他这么一问，夜离轩差点不知如何解释："一个爹爹用的，一个娘亲用的。"

这样一说，夜雨泽也就懂了。回府之后非得至两人的院子，将房内的绣枕换了去。

凤倾月枕着冰凉的玉枕，神思一片清亮。想着夜离轩的种种，心里害怕又亲近。

自己怎么了，老是胡思乱想作甚？

漫漫长夜，无心睡眠，翻来覆去之际，惹得一心忧闷。

五更天的时候，外头生了好大的动静。一时之间，灯火照亮了半个寒夜。

夜雨泽突染风寒，高热不退，其贴身丫鬟在府中奔走相告，一传十十传百，各房各院的都起了身，前来问候这位小主子。

除了府医，最先接到消息赶到的，自是凤倾月和夜离轩两人。

眼看着泽儿梦呓不断，可把两人给吓坏了。

昨儿个还活蹦乱跳的，今日怎就卧病在床，病恹恹了。难道是落水受了凉，才突发的急症？

府医开了几服药，命人熬了给泽儿喂下。

府里的姬妾争相照顾夜雨泽，想在夜离轩面前表现一番。

夜雨泽醒来却只要爹爹和娘亲，让众人好生失望。各房只好送了补品过来，问声安好。

凤倾月与夜离轩轮流守了一天一夜，也没见得泽儿大好。幸好其热病退了去，让人定了几分心神。

这病来得急去得也快。泽儿喝过几服药，在床上休息了两日，一觉睡至大天亮，竟就好了个七七八八。

说来也巧，夜雨泽病愈正好赶上大年三十的晚上。这晚幼童一夜不得入睡，要守岁至天明，邪魔才近不了身。

小主子精神头儿好得不得了，众人直叹福星高照，否极泰来。至此邪运都驱退了去。

凤倾月连着几日照顾泽儿，没睡好，自是打不起精神来。跟泽儿戏耍了半夜，就疲倦得很，昏昏欲睡。

第二日醒来，竟是和衣睡在自己的花帐之中，也不知何时睡过去的。

听玲珑说是夜离轩抱她回来的，小心翼翼生怕惊醒了她，视若珍宝一般。心中隐隐欣喜，一丝羞涩蹿上脸颊。

今日大年初一，宫中大宴，必须沐浴更衣以示敬重。凤倾月醒来就是一番打理，足足耗去了一个时辰。

待她打扮好，才得空用了些早膳。

等了许久，夜离轩和泽儿才从宫中归来。

百官朝贺，祭天、祭祖仪式全挤在一起，实在烦琐得很。好在泽儿不用参加朝贺和祭天仪式，被侍卫抱着睡了一会儿，不然怕是撑不住这些过场的。

夜离轩牵着泽儿，身后跟着个小太监，捧着皇上的御宝和几宫拜礼所赐福袋。

他遣了人将皇上写的"福"字换去，把旧的那幅存放在了书房里。又将福袋全给了泽儿，惹得疲惫的泽儿醒了神，欢喜得很。

见他如此，凤倾月才想到该送些东西给泽儿。便让玲珑装了一百片金叶子，包了个大福袋作为泽儿的百岁钱，辟邪趋吉。

管家问府里的丫鬟小厮怎么赏赐，凤倾月也闹不明白，便让管家照往例安排着。

两人回府用膳，夜雨泽满身疲乏，竟是在饭桌上熟睡了过去。

抱他入房睡了不多时，宫中就来人传令，该是入宫开宴的时候了。

不忍吵了泽儿，夜离轩便小心抱过他，让人给他包了一层小毯，出府上了马车。

见夜离轩如此，凤倾月想到了自个儿。他待她，也这般温柔吗？

大年初一的宫宴最隆重，几个偏僻小国都提早几月备足了奇珍异宝前来，在此日献上以谢皇恩。

这些小国依附大国，只求安逸，不足为患也。若是千军万马前去讨伐，倒是大有损耗，得不偿失。是以让这些弱国留存至今。

一向不喜参宴的皇太后，也会在今日摆驾走上一遭。宫中妃嫔将尽数到齐，在皇上面前多个露脸的机会。

难得一年好开头，自是要灯火通明，载歌载舞。案上各色珍馐俱全，惹得夜雨泽好生高兴，只想早些动筷。

皇上往往是宴会最后露脸之人，众人礼拜一番迎至高台。入座赐酒，再礼拜一番。

礼毕，便省去繁文缛节，让操劳一天的众人能开心吃个晚宴。

与往年不同，今次年宴各小国皆派了公主随行，出使西夜。

西夜独大已成定局，自然得早做打算，巴结讨好。最好的方式，无疑就是联姻。

肖子娴和慕容莼两人的事还没成，又是多了一众国色天香的女子，惹得皇后和肖贵妃心头发闷。

皇后虽为一国之母，膝下却无亲儿在侧。所出大公主夜云璇，早嫁了人去，自然得为自己做个好打算。

而肖贵妃所出六皇子，早早被打发出去做了王爷。她又不似皇后地位稳固，有所依仗，只能助族中女子登后，但求老有所依。

两人钩心斗角一番，却摸不透皇上的心思，将事耽搁了下来。

按理说皇上一直看重三皇子，差点就立其为太子，现下却让其娶了凤央公主做皇子妃。

皇后断不能是他国女子，更何况是公主之尊。可老祖宗也没立下皇子妃顺位成后的规矩。

想当年皇后和皇德妃，也是一个侧妃，一个太子妃，没想到皇上让太子妃做了皇德妃，让侧妃做了皇后。

虽说皇德妃有银印在手，可毕竟大不过皇后的金印不是？活活被转了身份，皇德妃定然心有不甘的。

若三皇子登位，皇后的日子好不好过也是未知。是以皇后心向七皇子多些。

可皇上的心思谁又说得准？皇上一直心属三皇子，却又对七皇子几番看重。皇后也只得两不得罪，待顺势而为。

夜离轩本是一步登天之人，却非得护住虞婉婷，逆了皇上的意，惹得皇上烧了圣旨。此事自然招了皇德妃的记恨，又因虞婉婷怀了身孕而解了怨。

虽是罪臣之女，可自身没有谋逆之行，自然没得金孙来得重要。况且皇上也盼着这第一个金孙，大可前事不究。

谁知一心期盼，自己心心念念的皇孙却是个野种！皇德妃便前仇新怨齐聚，誓要把如此祸水除之而后快。

那虞婉婷还算个有"孝心"的，只是修书一封说要挖其全族，剖出心肺抛尸荒野，她竟急火攻心，气死了去。这怕也是她唯一可取之处。

可虞婉婷哪里是气死的？皇德妃应下了虞婉婷的死乃她所为，母子俩就此形同陌路。

夜离轩倒想远离这朝堂纷争，奈何虞婉婷有所托付，只得为了她争上一争。

第十六章
觅殊公主

　　司乐坊虽准备了新的曲子和歌舞，可除了动作稍改，服饰不同，也没什么大的新意。

　　宫宴的重头好戏，实则是众女子挖空心思献艺一事。不过没人提出，众人也就看得将就，图个喜庆。

　　太子未定，皇后和肖贵妃自然不再为自家侄女铺路，免得成全了这些小国公主。其他妃嫔便是搭得上话，也挑不出合适的人能比得过慕容荨和肖子娴两人。

　　哪来这么多芳华正好，又能得皇上称好的奇女子？即便有，也不敢请了来驳皇后和肖贵妃颜面。

　　倒是太后难得参宴，见此大同小异的歌舞，心生无聊。

　　待曲乐结束，便开口说道："哀家难得看几回歌舞戏曲，有什么新奇的，就别藏着掖着了，让哀家新鲜新鲜。"

　　太后发话，便有了由头。

　　觅殊国的使者最先按捺不住，应道："本国公主特地编了支奇舞，庆此年节，恭祝西夜永世昌盛！"

　　"准！"

　　一时间众人都有了兴致。能称得个"奇"字，这觅殊公主有何本事？

　　只见那公主去了偏殿一番准备，回来一袭轻衣裹身，仙然飘逸。手中拿着一把小伞，很是特别，好似锦绣所制。

夜雨泽看着她，打了个寒战："娘亲，她穿这么少，不觉得冷吗？"

听得凤倾月哑然发笑。冷自然是冷的，可要怎么形容以此为美呢？

"大约是身子好，也就不怕冷了。"

泽儿若有所思地点点头，一副原来如此的模样。

一大一小，惹得夜离轩好生无语，又暗自奇怪。以前泽儿入宫大都不爱说话，现在怎的变作个小话痨，问长问短的了？

自打凤倾月入府，泽儿就活泼了许多。

见公主回殿，觅殊使队的一名女子立即福身，请奏一曲。

连擅乐者都一路带着，想来准备多时了，定然不会叫人失望。

只听琴音如潺潺流水，倾泻而出。觅殊公主随之起舞，以伞作剑挥洒自如，刚中带柔，有点剑舞的影子。

一人之舞，大多跳得有些单调。可她慧心独到，以花伞作剑，不会冲撞了圣上，也比寻常多了些看头。

那伞翻转之间，凤倾月总觉得有什么不对，却说不上来。

觅殊公主打开花伞，伞柄置于肩，窈窕淑女一步一摇，微微转着花伞，满是柔美。凤倾月这才发觉了不对。

原来这伞顶端和尾部都不似常伞，而是像瓷器瓶口一般，做成了渐大的模样，难怪看着有些突兀。

众人看得有劲，倒没人注意这问题。

觅殊公主将花伞放置于地，伞却没有倾倒了去。

只见她跳上伞顶，脚尖立于圆片之上。伞面像一朵盛世华莲，她就犹如莲上仙子一般。

她于莲心之中旋转起舞，跳跃反转之间，好似不着地般，一身轻盈，引了好些人的心神。

原来这才是此舞奇妙之处。

舞毕，众人皆拍手称好。

新春佳节，皇上自然不会吝惜赏赐，大赏了她。

她开了这么个好头，后面的人想出风头，自得掂量掂量自身能力。风头是出尽了，却也遭了不少白眼。

这舞艺被人抢了先，便有人想从歌艺方面夺个彩头。偏偏车迟国的公主选了琵琶为奏，又不及凤倾月的仙音绕耳，倒是引得众人回味起上次宫宴，凤倾月所弹之曲的余味来。

见众人沉醉，车迟公主还自觉不错。结果皇上一句"不错"，赐了柄玉如意就将她打发了。

她回到座位，很不明白，为何赏赐如此天差地别？难道皇上喜舞不喜乐？

可第三个乃是弹琴之人，又得皇上大赏，虽比不过第一人，却也是赏赐颇丰。

兴许皇上是不喜琵琶曲吧，只叹自己没闹明白皇上的喜好。

其实也不是她做得不好，而是有了比较，这要求自然就高了。

慕容荨和肖子娴两人没得指示，也就没动静。除了这三位公主，只有少数千金展示了才艺。都是中规中矩的，算不得好也算不上坏。

好歹有个露脸的机会，自当争取一番的。万一哪位皇子就好这一口，求娶而来，岂不是一步登天？

可惜一腔柔情终落了空，没人入了夜墨澜和夜离轩的眼。

这觅殊国的公主，今日注定要独占鳌头了。待众女子不再请求献艺，觅殊公主竟是做出了惊人之举。

"吾觅殊国愿臣服西夜，奉西夜为主，求皇上成全！"

此话一出，四座皆惊。夜凌昊朗声长笑："好！朕现封你为我西夜的亲善公主，乃父赐姓夜，封为殊王，镇守觅殊。"

"儿臣叩谢皇恩，吾皇万岁万岁万万岁！"这觅殊公主倒是个妙人，直接就改了口，一点也不含糊。

外族如此一跃成为公主的，觅殊公主怕是开国以来第一人了。便是西夜中人，也没有外姓得公主殊荣的。这亲善公主一瞬之时，可算得上飞黄腾达了。

不愧配得起一个"殊"字，行事作风大有不同，是个顶顶聪明的。

太过聪明的人，兴许不招人喜欢。可正所谓识时务者为俊杰，看得清形势的人，往往不会惹人厌烦的。

如此不可思议之事，现下提出却也顺理成章。

现下容他们活跃一时，不过是不想大费周章，折损了兵力去。

真到了西夜一统天下的时候，卧榻之侧又岂容他人鼾睡？还不得将毒瘤一颗颗拔了去。

现下卖好，还能免生干戈。照样山高水远，权霸一方，不过是少了个名头罢了。

偏生有的人，看重的就是这一番表象，如车迟、琉璃两国。

早在出使西夜之时，便有人提议该趁热打铁，归附西夜。趁着三分天下，西夜还会给些好处。

等到西夜一统天下，再将矛头相对，莫说好处，能不能做个闲散王爷都是问题。

偏生国君犹豫不决，要看看形势再做决定。

现下被人抢了先，不只先机尽失，还会招了西夜国君的惦记。只得面面相觑，在夜凌昊的视线下一番为难。

已是箭在弦上，不得不发之时。可没有国君命令，谁又敢轻举妄动了去？

"吾琉璃国也愿臣服西夜，以求沐浴天恩！"

琉璃国公主此话一出，随行一干使臣满是讶异，却没显露于面，只是跟随公主跪拜在地，心里暗暗猜测着。

公主为何冒险假传圣旨？难道是皇上另有密旨？可一直以来，皇上都没有俯首称臣的意向，公主此举怕是擅作主张。

几人虽在心里为此举叫好，却更忧心公主遭了罪罚。

"如此，朕便赐你为安和公主，乃父便赐号为璃，封为璃王，镇守琉璃。"

"儿臣叩谢天恩，吾皇万岁万岁万万岁！"

前一个亲善公主知情识趣，后一个安和公主也比之不差，改口改得顺当得很。

第一个臣服的，果然占尽便宜。虽只有一事不同，可这唯一不同的赐下国姓，却是天大的殊荣了。

现只剩下车迟国的使臣，坐在案前一动也不敢动，几番对望着，不知如何是好了。

人都是惜命的，他们自不敢以命作抵，拼死假传圣旨。只盼着公主能明事理，有样学样。至少血脉相连，皇上不会降下大罪于她。待皇上日后想通了，便是雨过天晴了。

可众人被夜凌昊看得冷汗连连，公主也没生半点动静，他们不禁都在心中直怨她没有半点长进。

"元春佳节喜事连连，朕心甚慰。传朕旨意，燃烟花百响，得个事事顺心的好兆头！"

夜凌昊虽是淡然揭过，车迟使臣却心里一咯噔——完了，车迟怕是被惦念上了！

事事顺心，这车迟可不就是没如了意吗？！

可车迟公主犹自不知，在为自己的铮铮傲骨暗自得意着。如此蠢笨的想法，被众使知晓了不知会作何感想。

皇上、皇后、皇德妃、太后四人先摆驾出了殿门，众大臣和妃嫔随后跟着，隔了一段距离。

至空旷之地，几个小太监忙搬来屏风遮挡，再搬了龙爪圈椅和三把玫瑰凤椅来。又捧了四个暖炉，呈给上位者的四人。

稍有位分的嫔妃，赐了小座。

剩下的众人只能迎着阵阵冷风，蜷紧了身子，男女分堆儿干站着，很不好受。直到小太监端了几个炭盆来，才觉着暖和了些。

在御花园观景楼那里本摆好了座，皇上临时起意，换了个地方，才惹得一众宫人手忙脚乱的。

为何让众人露天而站？

饱暖思淫欲，夜凌昊只是要人知道，他能让人一朝富贵荣华，也能转念间让人寒窑受冻，莫要生些不该有的心思。

这人一多了，自然没人注意有几人不见了。

从夜雨泽三岁第一次参加宫宴，夜离轩便不曾将他带至人多的地方。不怕一万就怕万一，自当小心谨慎着。

凤倾月也不喜同人挤作一堆，既有夜离轩领头离开，她自然乐意跟着。

只听嘭的一声，巨大的金色灿菊怒放于天际。如昙花一现，美不胜收却又转瞬即逝。晚空星幕，花瓣雨下，近在眼前却又咫尺千里。

漂亮的烟火绽开，落下。还没来得及细下品味，就被接踵而至的美丽迷了眼。

接二连三绽开的花形，其变幻皆精美无比，各有千秋。如姹紫嫣红的御花园一般，却又比御花园的千奇百怪更吸引人眼球。

"娘亲快看，那像不像老太傅的大胡子？"

"小淘气，此时倒是把太傅挂念在心上了。"

她轻刮夜雨泽的小鼻梁，见他鼻头红红，好似有些发寒，便不由自主地握着他冰冷的小手，想要过些暖气给他。

夜离轩见她一派慈爱，心也软了几分，对她多了几分赞许。

这些年来，她算是做得最好的一人了。

怕夜雨泽旧病刚好，又添新病，她便开口提议着："夫君，不如回了吧。"

"回吧。"

夜雨泽本想再耽搁一阵，不过爹爹和娘亲都说要走，只好心头失落地跟着回殿去。明眼人自然瞧得出他还没有尽兴。

"泽儿要是喜欢，我们便回府再放一些，可好？"

以前泽儿必定要缠着他回府再放的，现下却听话得很，不吵不闹。也不知是年岁一大懂事了，还是她的缘故。

"谢谢爹爹！"小脸上顿时有了神采。

外面燃放的烟花，虽不及宫中这般精致且这么多花样，不过也是好看特别的，足以逗他欢颜了。

三人回殿之时，在殿外后墙等了一会儿，等到一群人热闹归来，便跟着入了殿。

皇上各赐热酒一杯暖身，夜雨泽人小，便喝了两口热汤。

案上的佳肴尽数换了一番，热气腾腾的。

那果酒异常好喝，凤倾月一时贪杯，竟饮了大半壶去。本也不觉有异，等到宴会结束出殿一吹风，便觉脑袋昏昏沉沉的。

她走了几步，就觉身乏无力。夜离轩不禁有些宠溺地将她抱在怀里，扶她走着，浑然不觉自己对她上了心了。

凤倾月浑浑噩噩地上了马车，小憩了一会儿。回到府里后，清醒了些许，却不知自己是怎么回来的了。

"妾身酒后失仪，难为夫君了。"

入宫的就他们三个，总不会是夜雨泽领了她回府的，自是麻烦了夫君大人。

"累一天了，歇了吧。"他将走路摇晃的凤倾月抱至床上，也没问她的意思，自顾自地熄了灯。

自己衣裳还未除去，怎好入睡："夫君？"

"月儿，你可知泽儿怎么来的？"他打断了她的话，声音里充满着蛊惑。

月儿？他何曾如此温柔地唤过她？

她痴痴一笑："夫君莫不是想考倒我？泽儿自然是女子生下来的。"

她虽然酒醉，却也不傻。自不会提及虞婉婷，惹得夜离轩生怒。

以前听说哪宫妃嫔生了皇子，心下好奇，总想去看看孩子是怎么生的。

却总被宫中一干嬷嬷阻在殿内，说是生孩子有污秽乱窜，要回避才好。

"那你说这小东西，如何跑到肚子里的呢？"

凤倾月被他问得一愣。对呀，是怎么跑到肚子里的呢？

"该是上天所赐的吧。"

把一切的不合理归于天意，此乃正理。再说宫中嬷嬷不常说天赐麟儿吗？

"事在人为，不如为夫教你生一个可好？"夜离轩循循善诱着，难得耐心温柔起来。

也不知是她今日醉酒后的娇态可爱让他惦记在心，还是怎么的，他就想把她揉进骨子里。

他已是多年没有过这样难耐的情欲了。

"好啊。"

能多个泽儿一样的孩子，自是好的。她回答得半点也不含糊，醉酒后的她满是底气。

他抚上她的身，含着她的唇，惹得她大惊失色。

他深情款款，半点不想放开了她去。

芙蓉帐暖度春宵……

第十七章
九歌

烟雾缭绕，佳人身影若隐若现。细下一看，美人肩头沾着几片花瓣遮羞，柔嫩的肌肤印着点点青紫，却带着几分诱惑。

美人俏脸微红嘴带浅笑，低头神游中。发丝于水中四散荡漾，诱人心魄。

好一幅《美人入浴图》。

玲珑伺候凤倾月沐浴之时，见她身上点点青紫，便心疼得眼泪直流。惹得凤倾月想着昨晚，闹了个大红脸，吞吞吐吐不知如何解释。

只说夜离轩没有折磨她，让她放宽了心。个中究竟，待玲珑出嫁后就晓得了。

玲珑还是不明就里，可主子说什么便是什么，她也不好再问。只求一辈子跟着主子，不愿出嫁。

一个人孤零零地直至老死，得多寂寥？凤倾月笑骂她一声傻丫头，待日后有相中的好男子，定许他做其如意郎君。

玲珑被凤倾月说得好生害臊，忘了伤心。

凤倾月的受宠，可算是羡杀旁人。

众姬妾伺候夜离轩，哪个不是自个儿送上门去？伺候完了，还得乖乖回来喝下凉药。

三皇子在皇子妃处过夜两次，还未有赐下汤药之举。只叹自己身为贱流，上不得台面，才有如此天差地别的待遇。

沈流烟的心里又嫉又恨，在屋子里发了好大的脾气。

以前三皇子最宠她，每年佳节，必然宣她伺候。听别人说，她不过是样子生得好，与虞婉婷有七分相像，才有如斯宠幸。

那又如何？只要爷宠她足矣。照样惹人羡慕，在一众姬妾中身份高上一等。

她招摇久了，总以为爷不让她有孕，是怕其他孩子日后抢了小主子的地位。待小主子年岁大了，爷定能记着她的好，让她生个麟儿，一飞冲天。

可自打出了个皇子妃，她便受了冷待。以前被她奚落之人，现在哪个不笑话她？她怒火中烧，恨不得将凤倾月生吞入腹去。

她砸了些不起眼的小玩意，缓和了心境，深究此事，又费解得很。

皇子妃若生下嫡子，可是比小主子还来得尊贵。爷明明是那般维护虞婉婷和小主子的一个人，为何不介意皇子妃有孕？

皇子妃身份摆在那里，自然不能让她喝下伤身的凉药。这般一想倒也通顺，可她总觉得事有蹊跷，却又说不上来。

凤倾月沐浴之后，待在屋子里就不由得胡思乱想起来。夜离轩指尖的滚烫，似乎还印在她的肌肤之上，热气燎人。

念着他的温柔，想着他的柔情，脑子里满满的都是昨夜的纠缠。

不由暗骂自己一声：不知羞。

"玲珑，不如我们出院逛逛。"

再待在屋子里，她只怕要化开了去。

"后院有一片小桃花林，正是花开正好的时候，主子有无兴趣一观？"

玲珑早就听说了那后院的桃花林，已去过几回。桃花烂漫摇曳招摇，美不胜收，让人意醉神迷。

桃花林？好像有什么东西自脑中一闪而过，又没抓住。

"便去逛逛吧。"

至桃花林，恍如置身仙境一般。

桃花挨挨挤挤，一簇簇开满枝头，散着淡淡幽香。微风拂过，片片花瓣在空中打着旋儿翩然落下，美丽缠绵。那晶莹如玉的素洁，如梦如幻。

楚楚欲燃的粉红，如诗如画。

此番美景，实在令人贪恋。

凤倾月伸出手，接住一片花瓣，绽开纯真的笑来。她握着拳包住花瓣，张开双臂，欢愉地转了个圈，深吸了一口清香。

一片花瓣落至鼻尖，她俏皮地嘟嘴吹落，一派可爱。

此番美景没人来赏，实在浪费了。她解下莲蓬衣，递给玲珑。先是一弓身，而后置身林中跳起舞来。

她清颜素衫，双手举过头顶，露出白皙的皓腕。玉手柔若无骨，灵活翻飞。轻步回旋，动作缓慢而优雅，透着低沉忧伤的愁绪。

夜离轩在小楼上见她尽情一舞，牵扯出好些哀思。

虽没穿着合衬的舞衣，夜离轩也看得出，她跳的乃是《九歌》——祭奠之舞。

她跳此舞，难道是为拜祭婉儿？不对，以她的性子，若知此乃禁地，定然不会来的。再者她跳得甚是熟练，想来是常跳此舞的。

也不知她为谁而跳，又是谁人钩心斗角引她来此的？

与她相处的日子久了，越发现她的不同。

想她昨日在马车里，一脸的憨态，竟捏着他的脸耀武扬威。

"你整日恶面冷煞，这么凶作甚？以后泽儿也学你凶巴巴的，可就没有女子愿意嫁给他了！"

他的儿子，还怕娶不着女子？一挑眉，问道："这么说你也不想嫁给我了？"

她醉酒壮胆，也不怕他眼露凶光："我这不是被逼无奈吗？不然瞎了眼才看得上你！"

听她这么说，真是想掐死她的心都有了。可她说完这一番傻话，竟睡了过去。

她蜷在他的怀里，呼吸浅得像小猫一般，可爱得很。他伸手抚过她酡红的脸蛋，满是无奈。

夜雨泽在一旁看着，只觉得娘亲好生厉害，连爹爹都敢教训。不禁两眼生光，满是崇敬。

待她回府清醒过来，竟什么都不记得了。一番傻气得罪了他，还想挥挥衣袖走人？惹得他按捺不住，直想把她吞吃入腹。

他自然就这么做了，现在还留有余味在心头。

今日特来此祭奠婉儿，想不到她也来了，还献上此舞，难道真是心有灵犀？

难得想接纳一人长住心头，凤倾月，你可不要叫我和泽儿失望了去。

凤倾月舞毕，擦了擦额上热汗，拜了三拜。

以往在凤央，有人记得她的生辰，却没人记得母后的死祭。好好的日子自是没人提此伤感之事的。

宫中不兴私自拜祭，她唯有学此《九歌》，以祭母后在天之灵。

每逢佳节倍思亲，虽然她从未见过母后，可嬷嬷说的母后，却好像活生生地在她心里住着，一颦一笑都刻画得清清楚楚。

是以一到佳节，外头热闹非凡，她却会独守空殿跳起这支舞来。

母后，你可有看到月儿的夫君？

他外表煞人，却也有很体贴的时候。个性虽不好，倒也没对她发过大怒。还有泽儿，虽是个古灵精怪的小调皮，却对她百般维护，惹人喜爱。

在这里，好像充斥着满满的温馨。月儿觉得很快活，母后是否也替月儿感到开心？

花瓣雨下，佳人娇羞藏于林间，驻人心田。

正月初二至初四，也是新年里的热闹日子。便是身处府里，也能感觉到府外的喧闹。

夜离轩不仅兑现了泽儿的烟花，还请了京里有名的戏班子来府里闹了两天。

本来戏班年节休息不接生意，却也抵不过强权利诱，接了这桩买卖。既然接下生意，自然不能砸了招牌。

喷火踩跷、唱戏蹬坛、转碟戏法……各种花样，不带重复的，惹得府里喜庆连连。

特别是那戏法，无中生有、拔刀破舌、吞刀吐火，让人赞叹连连。

这些在宫中都是登不上台面的,凤倾月一时看花了眼,也跟泽儿一般欣喜欢快。

夜离轩连着几日都歇在凤倾月的昕雨轩里,与之共赴巫山云雨。

食髓知味,自然要好生亲近几番。再者他也需要一个孩子,向皇上表明心意。

只可惜凤倾月来了月信,计划算是落了空。抱着她睡了一宿,早起一柱擎天,闹得两相尴尬,便回了自己的院子,没再来过夜。

夜离轩离开的第三天,突生变化,皇上赐了个如花似玉的俏姑娘来。

要问这俏姑娘是谁?正是皇上刚封下的安和公主——贺兰雪。

传旨的公公透露说是年节已过,琉璃使臣将回。贺兰雪倾慕夜离轩,竟甘愿做妾,自个儿入宫请的圣旨。

便是公主之尊又如何?也不过是一顶小轿,从后门抬入了皇子府里。

即便入府后得个夫人的名分,高众姬妾一等,也还是个上不得台面的小妾。她苦苦求了来做个小妾,有何意思?安生做个公主不好吗?

凤倾月不懂她的心思,夜离轩却是个明白人。难怪母妃那边没生动静了,原是在此恭候着他呢!

只不过接见了一次,就谈拢了去。到底是何好处,诱使她心甘情愿做妾?

贺兰雪入府当夜,凤倾月辗转反侧,久不能寐。她也不知自己为何要让玲珑去探听消息,更不知为何听他歇在贺兰雪处就心里堵得慌。

以前见父皇各宫歇息,已是常事,心里也不曾这般难受过。明明是寻常之事,自己为何会一反常态,半点也受不得。

她的心好似被人剜去了一大块,流血生疼,眼泪不自觉地流出,湿了枕巾。

她拿开枕巾,抱着那鸳鸯玉枕入怀。一丝丝冰凉蹿入胸口,才觉没那么痛心。当日得枕之景,历历在目,现下却只能抱着这块硬玉,细数回忆。

也不知几时乏得睡了过去,第二日醒来,只见泽儿趴在床头,瞪着大眼看着她。

见她睁眼,泽儿立马咯咯笑道:"娘亲不乖哦,太阳都晒屁股了还不起床。比泽儿还贪睡，羞羞。小心爹爹见了打你屁股！"

见了调皮可爱的夜雨泽，她却高兴不起来，只勉强地扯出了一抹笑意："娘亲知道，泽儿最听话了。"

让人先陪着泽儿戏耍了一会儿。更衣梳洗一番，正好用膳。

"娘亲身子不舒服吗？"

夜雨泽人小，却敏感得很，觉着今日的凤倾月明显大有不同，不甚开怀。

她忙赶走抑郁，笑靥如花："是娘亲太懒了，还有些困乏呢。"

夜雨泽自然还不懂得何为强颜欢笑，顿时就乐和了。伸出两根手指，在他娇嫩的小脸上抚了两下："娘亲羞羞。"

用过早膳，正陪着泽儿练字，突然来人通报。

"禀主子，门外雪夫人求见。"

雪夫人？该是贺兰雪吧。

"让她进屋吧。"心里本不大乐意见她，说出来的话却表里不一。

"昨日事多，赶不及给姐姐请安，今日特地来拜会姐姐。可夫君昨日折腾得晚，妹妹起得迟了，还望姐姐见谅！"

实则两人只是和衣同眠了一宿。

夜离轩起初问她为何来此，她随口敷衍了几句。他只说："想在这府里待着，就得先明白伺候的主子是谁。"而后就没了下文。

想来以他的性子，不会跟凤倾月解释这些。她这般一说，便是想让两人心生隔阂。

凤倾月现下自然晓得"折腾"是为何意，顿时就像被人戳了心窝子一般，难受至极。

这不是明摆着来硌硬她的吗？呵，身份摆在那儿，她还有什么威风可耍？

"雪夫人嫁入府中，可就不是公主的身份了。这'姐姐妹妹'的用词，可得好生掂量着。做妾的，哪个在主子面前不是自称奴婢？雪夫人可莫要坏了府里的规矩！"

凤倾月一席话，点醒了两人的身份。她向来就不是个肯吃亏的。你要硌硬我，我还能让你好受了去？不过是一个妾，少在我面前晃眼。

贺兰雪心中气极，想不到凤倾月这般落她颜面。面上不显，只是赔礼道："主子说得是，奴婢越矩了。"

"知错能改，善莫大焉，赐座！"

赐座可不同于坐，这意思可就有些意味深长了。

玲珑跟了凤倾月这么久，自是晓得主子的意思，特地跑出去找了张矮凳来。

凤倾月心中赞赏。到底跟了她十多年，不用明说就能体会到其中意思。妄图平起平坐的东西，就该让她知道什么是低人一等。

贺兰雪坐上矮凳，心中不平。屋子里这么多的椅子，特地给她端来张矮凳，可不是有意糟蹋人吗？

哼，我倒要看看你这德行，怎能讨得了男子喜欢？

贺兰雪满面带笑地坐下，嘴上说着客气的话："谢主子。"

她的出现，突然让凤倾月想起了皇后。明明两看生厌，心里都不对付，偏要虚与委蛇，恶心自己。

她向来不是软弱的人，她有她的骄傲，怎可示弱了去？该嚣张之时自得嚣张，只要有嚣张的本钱，何苦那么多顾忌？

凤倾月个儿喝着茶，也不搭理贺兰雪。她找不到话头，左右一打量，便见了趴在书桌上的泽儿。

"这便是泽儿吧？模样生得真好！"

"泽儿是你叫的吗？得叫我小主子。再乱叫，小心我叫人打你板子！"

夜雨泽见凤倾月好像不喜贺兰雪，自然有样学样，不给她好脸色看。

"小主子真是活泼可爱。"

贺兰雪笑得很僵硬，本想同夜雨泽亲近亲近，没想到他竟比凤倾月更不近人情。哼，这德行，跟贺兰傲天倒是不相上下。

她被两人甩了脸色，不好再待着，坐了不多时，便福礼告辞了去。

见她灰溜溜地离开，凤倾月心中大快。命了玲珑留下矮凳，欲要作为贺兰雪此后的专座，看她还敢不敢来自讨苦吃。

第十八章
元宵佳节

正月十五元宵佳节，春节之末，乃是最为特别的一日。

平日里不许出外活动的闺中女子，皆可在今日外出游玩。适逢婚配之龄的，不论男女，大都会趁此机会，物色心中良缘。

有合其心意的，也会眉目传情一番，情愫暗生。更甚者，互换了信物许下终身，回家只待男子下聘风光出嫁。

不过这般胆大的女子也是少数，大多的都是看个皮相，动心与否再论。是以今日虽是年节之尾，却比初一还来得热闹。

既是元宵节，这重头戏自然得在元宵身上。三皇子府里的厨子挖空心思，竟做出了五色元宵来。

夜雨泽看着欢喜，每一种都咬了一小口，倒是吃出了三种果味来。

原是府里的厨子匠心独运，榨干了水果的汁液和在糯米面里，才做出了这般精致特别的元宵来。

夜离轩传来厨子，大赏了他。他直说自己惭愧，不过是沾了金玉满堂的光而已。夜离轩只回了一句该赏，便将他打发了去。

满贯果然善于经商，金玉满堂每每标新立异，难怪生意兴隆遍布西夜了。

"奴婢来得迟了，还望主子恕罪，爷恕罪！"

凤倾月凤眼微眯，贺兰雪把她放在夜离轩的前头，可不就坏了主次了吗？此番挑拨是为何故？

团圆佳节，姬妾也可同桌用膳，偏偏她姗姗来迟又为何故？

现下开口追究于她，可就真的大过夜离轩一头了，她倒是好手段。

便就不闻不问，坐看你待如何。

"难得共过佳节，怎的来得迟了？"

夜离轩面色寻常，也不知他心生嫌隙了没有。

"奴婢见厨子做这五色元宵，一时兴起，做了这五色的糯米糍给大家尝尝。"

她示意身后丫鬟呈上了手中食篮。夜雨泽一看那五颜六色的糕点，哇的一声感叹而出。

贺兰雪见此情景，心中冷笑。小童就是小童，随便招招手还不就跟着来了！

"半晌不见人，原是鼓捣这玩意去了。"

夜离轩夹起一块糯米糍，左右打量了一番放入碗中，让人猜不透他的意思。是贬斥还是赞赏？

"奴婢谢爷惦记！"她回答得小心，生怕夜离轩突变了神色。

"对了，今日怎的换了个奴婢的称呼？"

见他提及此事，贺兰雪安了心——总算是关心到这个问题了。

"主子特意指点了奴婢尊卑之道，奴婢谨记，不敢有失。"

凤倾月也不怒，反是面带浅笑，一派淡然。好啊，原来贺兰雪这么多弯弯绕绕，是在这儿挖好了坑呢。

明目张胆地说她以权压人，还不能反驳了去。哪来这么多的小心思惹人发恨？

"哦，应当的。"

夜离轩此话一出，满堂皆愣。

凤倾月心里蹿出好些欢喜，原来他是这般信任于她的。前几日的委屈烦闷，好似都一驱而散。

这府里的事，哪样能逃过夜离轩的眼睛？前次凤倾月在院里大发脾气，赶了个丫鬟出府。夜离轩却不闻不问，沈流烟几人就明白夜离轩放纵她得很了。

虽晓得她受宠，却也没想到短短数月，爷就将她宠到如斯地步，由得她大耍泼辣性子。她们这些做妾的，日后可就都得看她脸色过活了。

贺兰雪心头愤恨至极。男人三妻四妾本就正常，怎能容忍这么个妒心极强的恶妇，与之夜夜共眠？

定是迷恋于一时表象罢了。宠得了一时，宠不了一世，她待要看看，凤倾月能得宠几时。

"奴婢定然唯命是从。"

世间男子皆喜欢贤良淑德之女，刁蛮撒泼的性子哪个会耐烦得了？乖巧听话才是正理。

总有一天三皇子会记得她的体贴。那凤倾月的德行，如何能跟她比？不过是以色侍人，才讨得男人欢心罢了。

"用膳吧。"

贺兰雪最晚进门，却有个比众姬妾高的名分，所留之位便是凤倾月身侧之位。

众妾不由心里偷笑，谁让她不识好歹招惹是非？她们这些人还不至于自称奴婢，同一些个下人为伍，可她堂堂一个公主，现下地位却一落千丈，成了个奴婢。

说起来比她们身份高，却也是不怎么样得很。

只见她纤纤玉手拿起银筷，手背有一大块肌肤红彤彤的。同雪白的肌肤一对比，反差甚大。

凤倾月最先觉察到："雪夫人这手怎么了？"

"只是被烫到了些许，不碍事的。"

贺兰雪低头掩饰着手背上的烫伤。

故意露了出来还假意遮掩作甚，凤倾月不屑一笑。

"这般白皙柔嫩的巧手，烫坏了可就可惜了。玲珑，等会儿记得找了府医，让他把最好的烫伤药给雪夫人送去。"

难道就你会讨好卖乖，我就不会？偏偏不许你在我眼前得意了去！

贺兰雪厨艺了得，区区一个糯米糍，自然难不了她。本想的被夜离轩疼惜一番，却被凤被倾月横插一脚，枉费了心思。

夜雨泽看着那糯米糍，想拿了吃吧，又想着自己昨儿个才凶了贺兰雪一番，满心不好意思。

凤倾月看着泽儿那馋劲，不由好笑："这糯米糍好像很好吃呢，泽儿还不快些尝尝！"

有人相劝，夜雨泽就大方了起来。手拿小汤匙舀了几次，也没能把那糯米糍捞上来。灵机一动，便端过了夜离轩的碗来。

惹得夜离轩笑骂："臭小子，竟敢虎口夺食了。"

泽儿吃了一口，得意一笑："有股元宵味呢，爹爹娘亲也快些尝尝。"

众人皆被泽儿给逗得笑了，倒是没人夸赞起贺兰雪的这门手艺。

吃过这元宵晚膳，外头便开始热闹起来。家家户户都放着烟花爆竹，要送年驱邪。

看着外头满天璀璨，府里的下人也跟着满心欢喜。

府里的姬妾，大都难得出门一趟。遇上今日的喜庆日子，自是要许人出去游玩一遭的。

趁着今日游龙舞狮，夜离轩订下城中悦杨楼的雅间，大览一众风光。愿意出府的姬妾都可跟着，去看个热闹。

现下正到时候，一行人便热热闹闹地出了府去。

渊城大街小巷的大红灯笼都尽数换去，变作了一盏盏彩灯。

夜离轩一行人虽是走的偏僻小道，却也人潮拥挤。若不是两旁侍卫的凶神恶煞吓退了他人，只怕他们都得被人群冲散了。

"爹爹，娘亲，他们手里拿的灯好漂亮，泽儿也要！"

周遭的行人大都手拿各式花灯，好玩得紧。夜雨泽目不转睛地盯了好久，终究憋不住心中好奇，也得要上一个。

架不住夜雨泽的缠劲，只得临时换道，带他到大街上挑选一个。

一入大街，更是热闹非凡。就算有侍卫开路在前，也有些难以迈开脚来。好在附近就有个摆放了许多花灯的大摊位，便取巧至摊位。

"我要最大的那个，最漂亮的那个。"

摊上众多花灯，各式的都有。夜雨泽也没挑花了眼，一走近就选定了花灯。

夜雨泽所指，是一仙女荷花灯。摆放在摊位最显眼的位置，制作精巧，栩栩如生，好像就此一个。

"呵，这小少爷还真会挑，一上来就挑了个最好的。只是想要得到这仙女荷花灯，可有些困难。"

这么一个灯笼，难不成还价值千金？

"哦？这花灯怎么卖？"

那老伯对着夜离轩一笑，挥了挥手。

"这位爷怕是不知道，今日的花灯都只送不卖，相送天下有缘人。可这送也不是白送的，必须得答上灯谜才行。"

他一指，一行人才发现灯下还另挂有一个小木牌。不过字太细小，谜面看得不甚清楚。

"重重叠叠上瑶台，几度呼童扫不开。刚被太阳收拾去，却教明月送将来。"

一侍卫上前，朗声读了那小木牌的字来。

贺兰雪心中明亮，想表现一番，却又不能显得太过张扬，便娇滴滴地问道："敢问老伯，谜底是否为光？"

正是心中得意之际，却听一语否决："不是。"

"今日好些人都答的这一字谜底，众位还是再仔细想想吧。"

贺兰雪心中不服，太阳与明月的共通之处，不是光是什么？不过夜离轩在此，她也不好对这老伯施以颜色。

只好巧笑嫣然："是我才疏学浅了。"

凤倾月心中本也是这一答案。

可光虽扫不去，却也是不可见的。一联系前面的"重重叠叠上瑶台"，便自个儿给否决了。这题还得从第一句去找出答案。

重重叠叠映下而来。

凤倾月灵机一动，脱口而出："是个'影'字。"

"影。"夜离轩也在同时答了上来。

这题说难也不难，说简单也不简单。只是陷入了后几句的一个误区，便难以得出对的判断。

只深思第一句诗，答案就呼之欲出了。

凤倾月回眸一看，见夜离轩正直视着她，忙娇羞地低下头来。

那老伯见了，调笑道："你们两人同时答上，这花灯我可给谁是好？"

"都是自家人，给谁都不碍事。娘子以为如何？"

"给我给我，我先要的！"夜雨泽圆滚滚的身子跳了几下，还是没能碰着那花灯的边。

凤倾月本是娇羞满面的，被他这么一闹，立马笑了开来，尴尬全无。

夜雨泽拿到花灯，大摇大摆地走在前头。凤倾月和夜离轩紧跟在后，真是一家人其乐融融的场面。

贺兰雪心中恼恨：为何不是自己拔得头筹，惹他高看一眼？

沈流烟等姬妾心里又羡又妒，盼自己能是那携手同行之人。

前几年出府，夜离轩净照顾着夜雨泽，分身无术，众人心里还好受些。现下两人行成为三人行，顿时变了意味，惹得人好生难受。

一路上几人欢喜几人愁，一行人总算穿越了重重人海，至悦杨楼。

悦杨楼本为八斗楼，一语双关，其楼高八层不说，还取了"才高八斗"的寓意。

八斗楼乃文人雅士喜聚之地，以书画为易。后经营不善，免不了金银之俗，更名为悦杨楼，融于市井之中。

因其所处甚高，可遍观楼外之景，是以节庆之日各显贵之流，大都会订下楼中之位，以观楼外喜庆。

夜离轩订了个二楼的大雅间，正好能将外面的热闹看个清楚。

此时游龙戏珠已过，狮舞正巧开始，堪堪赶上最后一场热闹。

众人围桌坐下，没了府里那般拘谨，窃窃私语着。夜雨泽拉过凤倾月，至窗沿边坐下："娘亲，要在这边才有看头呢。"

想不到这里建得独特，窗沿边竟是造了一排座位来。两人靠窗而坐，夜雨泽趴在窗悬上，好不开心。

今年的狮舞大有不同，大多都是独狮子，两三人一只的很少。身子不大，众人看得却尽兴。

"呀！"夜雨泽一声尖叫，吓了好些人一跳。

原是两只独狮子，以轻功蹿到了房檐上去，在房顶上舞了起来。惹得他连连拍手，直呼好玩。

只见那几只小狮上蹿下跳的，惹得底下的人也纷纷叫好，一派欢欣。

正是气氛最好的时候，那几只小狮突然脱了狮头，朝悦杨楼这边直逼过来。

夜离轩等人坐在里头，看不明白，凤倾月却心中一紧，拉过泽儿就后退了几步，险些把泽儿摔倒。

这些人来势汹汹，威势与她遭遇行刺的那些人一般无二！

众人见此，正准备说道她几句，窗口突然蹿进了人来，直直朝两人刺去。凤倾月忙向后推走了夜雨泽。

转神一看，刺客手中的短剑已近咫尺。躲闪不及，只想要偏过要害部位。

心中祈祷着不要痛惨了她，谁知那人被夜离轩一脚踢中小腹，飞了出去。

夜离轩见凤倾月神态便觉不对，好在他够警觉，不然凤倾月就性命不保了。

府中女眷大惊失色，乱作一团，纷纷朝后退走。侍卫一听动静，顿时闯了进来。

刺客见夜离轩这路不通，便分作两头，朝夜雨泽逼去。

"啊！"府中不知名的一个小妾，混乱之中挡了刺客的路，被刺了一刀。

此事更是惹急了众人，纷纷朝门口挤去，堵得侍卫没法施展。

夜离轩抱起夜雨泽，晾下凤倾月一人。

凤倾月意识到刺客的目标不是她，而是泽儿，便退回窗边，蹲下了身子，警惕地打量着周围。

只见夜离轩大显神威，抱着夜雨泽与众刺客斗了几个回合。终于等到侍卫腾出了手，帮着压制住了刺客。

几个刺客见大势已去，逃走不及，互使了眼色，纷纷咬碎了口中毒药，自尽而去。

"你怎么样？"

夜离轩将夜雨泽抱到窗沿座位躺下，关心了凤倾月一句。

她起身摇摇头，以示自己安好。却见泽儿一动不动的，细下一打量，才发现了他头上干涸的血迹。

刺客半点也没挨着泽儿，现下成了这般模样，定是她那一推坏的事。

她手一抖，惊道："我不想的！"

"只是撞上了凳角，没什么大事，莫要太过担心。"她危难之下，也是先护着泽儿，他又怎能怪罪于她？

夜离轩先安慰了她，后又训斥着众侍卫："还不快去请个大夫！"

一个侍卫领了命，急忙出门找大夫去了。

外面的姬妾见这些个刺客口吐血水，晕死在地，才安下心来，往里一观。

"呀！你们快看屈蜜儿！"

也不知是谁人一声尖叫，众人皆望向了中剑倒地的那个女子。

她方才身中一剑，本不是致命的伤处，现下却瞳孔大开，惨死了去。

一开始还见她有挣扎的力气，不一会儿，就就动弹不得了。

她脸色乌青，两眼大瞪，鼻间流出两道血液，嘴角还沾有污秽之物，死相好生难看。

好好的一个俏生生的女子，一会儿工夫就成了这般惨样，惹得众人一阵唏嘘。

"微臣太医院罗笙，拜见三皇子！方才听闻这边打斗，可惜手无缚鸡之力，未能援救，实是大罪！现听三皇子要找个大夫，便过来看看，有什么力所能及之事，微臣帮得上忙的。"

夜离轩没工夫深究这些无关紧要的事，直接指派罗笙："你先看看吾儿伤势如何。"

罗笙上前一观夜雨泽伤势，翻开其眼皮看了看，号完脉，下了结论。

"小少爷只是撞伤了额头，没什么大碍。兴许是受了惊吓，才昏睡了过去。"

听他这么一说，凤倾月那颗提吊着的心，才算安定了下来。若是泽儿有个好歹，她好心办了坏事，怎能不内疚在心？

"你再看看地上的那个。"

饶是罗笙见过了诸多病症，也没见到过这般惨相的。一上来不是治病，反而抢了仵作的活，直接验尸了。

没法子，上头下了命令，还能推托了不成？

"冬日里穿得厚，只见死者脖颈处有一道划伤。至于有没有其他伤口，微臣也不好解开衣裳细查。"

这人身份底细他一概不知，万一是个受宠的姬妾，他解了衣裳可不就冒犯三皇子了吗？

"并无其他伤口。"

其他侍卫看得清楚，便有人回应了罗笙。

"伤口并不致命，以此推断，想来是剑上淬了毒的。至于是什么毒这般见血封喉，还得待微臣研究一番，再做结论。"

虽说是自己亲眼所见，罗笙也不免惊心一番。此种奇毒，他还是第一次得见。一道伤口便可致命，不得不让人害怕。

听他这般说来，凤倾月不由得心中狂跳。还好自己没被刺中，不然可就魂归天外了。

其他姬妾也是心惊肉跳了一番，将先前的怜惜一扫而空。直庆幸着死的是这屈蜜儿，不是自己。

到底是什么人这么狠的心，竟这般对付个五岁的幼儿？夜雨泽年纪幼小，何德何能引得这么多人惦记他的性命？

他不过五岁之龄，却不断地遭难受罪。念及此，凤倾月心中疼惜更甚。

"回府！"

夜离轩抱过夜雨泽走在前头，示意了两个侍卫留下处理尸首。

众人心下都怪异得很。此等行刺大事，就这么不了了之了？却没人敢相问于夜离轩，只得乖顺地跟着他回府去。

突生此事，悦杨楼里的人惶恐不安，外面的人也尽散远了去，倒省了一番开道的功夫。

回了府，府医给夜雨泽处理了伤口，疼醒了他。

夜离轩跟他说了会儿话，出了房来。见众姬妾还在外守着，便道："都回了吧。"

众人领命退走，只剩凤倾月还留在园中。

"夫君，适才听见泽儿闹着头疼，我想进去见见他。"

"去吧。我还有事在身，先行一步，等会儿让闫斌送你回院。"

夜离轩交代一番，留下了个侍卫就离去了。

凤倾月见他比以往谨慎了许多，心中隐隐不安，却也不知自己如何才帮得上忙。

推门而入，就见泽儿立坐在床头，额头用白纱巾包着，好不可怜。

"娘亲对不起泽儿，害泽儿受苦了！"

她抚上泽儿的小脸，满是内疚。

"泽儿不怪娘亲，我知道娘亲是为我好。爹爹说那些是坏人，娘亲是要保护我的。泽儿不痛哦，真的！"

他方才还叫嚣着要打府医板子，现在却像个小大人似的安慰起她了，直叫人啼笑皆非。

难为夜离轩还帮着解释一番，她心里头还是有些窃喜的。

她同夜雨泽说了会儿话，见他开始打着哈欠，便让他睡下，替他掖紧了被子，离开了房间。

夜雨泽院子里明显多了几个守卫，兴许是夜离轩不放心，又遣的一批侍卫来。

今日那般多的人，刺客也敢行凶，不可谓不胆大包天。行刺不成，为了不透露秘密，竟然自尽而去。

凤倾月从来不曾想过，世上还有对自己这般狠绝的人。他们为何能甘心卖命至此等地步？

芙蓉暖帐，红烛摇曳，炭火供了一屋子的暖意。此情此景，俊男美人对坐而望，本该是一片柔情蜜意，屋里的两人却气氛紧张得很。

　　宛如一座冰山置在两人面前，将一方世界隔绝了开来。

　　"怎么，还不肯说？"

　　夜离轩睁开眼睛，已耐心殆尽。

　　"不是不肯，而是奴婢真的不知该说些什么！"

　　贺兰雪不敢再坐，忙跪下磕了一个重响头。眼里写的，尽是委屈不解。

　　"既是翻脸无情，你是她送来的人，我也不须再视若无睹了。你真以为有圣旨在手，我就对你无可奈何？"

　　留贺兰雪在此，不过是为了牵扯母妃而已。毕竟防她一人，可比防他那个足智多谋的母妃容易得多。

　　却想不到母妃竟是再也不顾情分，宁愿跟他背道而驰，也要斩杀了泽儿。究竟因为何事，惹得她如此急迫？

　　今日行刺之人，手中利剑出鞘，却直奔夜雨泽而去。眼看着要刺中夜离轩，就收回了剑势。若不是他们束手束脚，夜离轩又怎能全身而退？如此一来，夜离轩就是再傻，也知道幕后毒手是谁了。

　　"奴婢实在不知三爷口中的她是谁！奴婢着实是自己求来伺候爷的，并未受人指使！"

　　夜离轩听她还在强言狡辩，不怒反笑。事实摆在眼前，他倒要看看她如何给个说辞。

　　"那就说说你一国公主，为何甘心做个妾室吧。"

　　"奴婢……奴婢……"贺兰雪满是为难，绞紧了脚边的衣裳。

　　"怎么，我没资格知道？"

　　"求三爷信奴婢一回，奴婢实在是有口难言！"

　　呵，就这么句话，就想把事敷衍了过去，想得未免太好了些！

　　"你居于塞外小国，想来是没听过我的手段。说不说是你的事，信不信是我的事。不一五一十交代清楚就能从我手中审走的，至今还无一人。你可要试探我的耐心？"

夜离轩不再假笑，冷了神色，深邃的眼眸不带任何感情地盯着贺兰雪。

贺兰雪要嫁给夜离轩，自然是多番打听过他这个人的。想到他的残忍，现下又是他为刀俎、我为鱼肉的时候，大暖的房间，也不禁让她直冒冷汗。

"既然爷想知道，奴婢自当尽说与爷听。奴婢乃是歌姬所生，身份低微，于宫中忍辱偷生得活。幸而有副好皮相，在众姐妹中算个出众的，才被选中出使西夜，意结两国之好。"

见夜离轩面无表情，贺兰雪又继续说道："琉璃未臣服西夜之前，太子贺兰云烈乃是奴婢的皇兄。他大逆不道，贪图奴婢美貌，竟想待他登基后把奴婢囚于后宫，成为他的禁脔。此番回去，即便琉璃君主变作藩王，他也定然不会放过奴婢。与其做那不齿的禁脔，奴婢宁愿做个小妾苟活于世！"

她说得咬牙切齿，悲恨交加，不像是在造假。其中究竟，一探便知，倒不怕她隐瞒了去。

"想留在西夜，嫁给哪个官员不可，怎非得嫁与我做个小妾？"

比如那觅殊公主，就是个聪明人，求旨做了个大将军夫人。嫁给官员，做个当家做主的正妻，有何不可？

夜离轩直视着她，修长的手指有一下没一下地敲着桌面。轻轻的响动却撞击得她心里一颤一颤的。

她急忙应道："奴婢本无此打算，不过被皇德妃说动了心，便请旨入了府来。"

"哦？皇德妃怎么同你说的？"

他轻问一声，同平常语气一般无二，偏生吓得人心里怦怦直跳，像要炸裂开似的。

"皇德妃说，三爷可堪大任。皇德妃大恩大德，说会提拔奴婢，即便是个妾，往后也是一飞冲天之时。"

她这话说得隐晦，可不就是个夜离轩注定要做皇帝的意思吗？原来她就是冲着这一人得道、鸡犬升天的盼头来的。

"哼，你倒是个会想的！想活命，就给我安生待在院子里，别整出半点动静来。我这府里，可不是皇德妃说了算！"

夜离轩挥袖离开，贺兰雪才心有余悸地坐回了椅子上。

她趴在冰凉的小案桌上，静静地出了神。

夜离轩回了房，唤了暗卫出府探听消息。

贺兰雪话中真假，还有待推敲。想来也不会太假，只会了一面，该是没有太深的阴谋和盘托出。单凭青云直上这话，吸引了她也是正常。

把她安插进来，兴许是想转移注意力，才好有所动作。当然，也有可能是一步暗棋，留待以后利用。

不过母妃把事抬到了明面上，定是被逼急了。贺兰雪这里，该是打听不到什么了。

看来，解铃还须系铃人。

第十九章
母子决裂

明玥宫内，那玉龙黄梁木案上放着一套镂雕玲珑青花茶具，十分美观。

其花纹清晰可见，玲珑镂雕与山水、花鸟图案相融合，令人赏心悦目。杯盏里的袅袅热气腾腾而上消散殆尽，一派静逸的氛围。

偌大的宫殿只有夜离轩和皇德妃两人，分坐于木案两边，共品好茶。

自打夜雨泽出生，虞婉婷死后，这怕是两人第一次这般和谐共处了。

"母妃当真连这唯一的情分也不顾了？"

夜离轩抿了一口茶，不打算再拖了。放下茶盏，一句冷话打破了平静。

难得两人亲近一番，这样冷面的事，皇德妃真想他不要提及。

哪个当娘的不心疼自己的孩子？况且他还是自己辛苦怀胎十月难产所生，为了他，她连自己的性命也可不顾。母子连心，他怎就半点不理会她的苦楚？

她所做之事，哪件不是为了他好？当初就为了那么个狐媚子女人，弃了皇位。难道现下还要为这么个孽种，弃下她生他养他的母子情分？

"若你还惦念着骨肉亲情，就该把那孽畜杀了，以消我心头之恨。你登上大位，什么样的女人没有，非得要那么个不知羞耻的！"

皇德妃说着，眼里竟泛出了点点泪光。

想她屈居侧妃之下，由太子妃变作皇德妃，也不曾让坚强的她掉过一滴眼泪。现下却被夜离轩扎痛了心窝里的柔软之处。

当年倒不是皇上不宠爱她，只是她性子要强，人又是个聪明的。总归是没个千依百顺的人来得讨喜又好掌控，是以皇上绝了立她为后的心思。

"母妃莫要再说此话！儿臣早就说过了，他是母妃的孙儿。母妃为何非得执迷不悟，自毁血脉，儿臣岂会连自己的儿子都认不清？"

他要的只是一份信任，为何母妃偏要揪着此事不放？

"你就是聪明一世，糊涂一时！好，既然他是你的骨血，为何要隐瞒他出生的事实？我天家也不是没有早产的皇子皇孙，难不成还容不下他这么一个？你愿意说个清楚，我就不再难为你！"

夜离轩被她几番反问，憋得说不出话来。偏偏泽儿就是皇室容不下的那个，他还能怎么说？

"罢了，儿子只说这最后一次，泽儿是我的骨血，万不会错！母妃要害他，就是在夺我的命根子。若再生此事，休怪做儿子的翻脸无情！"

他连个解释都拿不出来，叫人如何相信！再说此事乃自己亲眼所见，又不是流言蜚语入耳，怎样才能说服自己相信了他？

"你，你！"

见夜离轩甩手离去，皇德妃已气极，捂着胸口说不出一句话来。他却走得潇洒，头也不回，半点留恋也无。

夜离轩此番决绝实属无奈，皇德妃既然把事抬到了明面上来，他自然不能再忍，由得她妄为。

他何尝忍心刺痛她的心？不过他已经失去了婉儿，又怎能再失去泽儿？只望母妃能顾念这一丝亲情，别再做出有伤泽儿的事来。

皇德妃眼看着夜离轩的身影渐行渐远，心痛更甚，终是泪眼模糊了视线。

轩儿，你始终不明白为娘的苦心。她那般水性杨花的狐媚子，怎值得你朝思暮想！

皇德妃心思一转，随后冷硬了神色，拿出锦帕拭去了眼泪。

原本精致的妆容已被哭花，面部几度扭曲而变得狰狞得很。

无论如何，我也不能让你一错再错！皇上时日无多，你将是继承大统之人，我怎能由着你让那孽种登上太子之位！

一想到夜凌昊，皇德妃心口又泛疼。

她与他相处多年，任他掩饰得再好，她又怎会看不出他龙体患疾，身子已大不如前。

原来他这般不可一世的人，也有被病痛折磨的时候。他不是万岁吗？如何能有病入膏肓的时候？

他多番掩饰，不想为人所知，她自会替他守住这秘密。

夜离轩回到府中，便去了夜雨泽的小院。

见凤倾月和夜雨泽玩得开心，心里也是一阵温情。

她的体贴入微，她的呵护备至，都是他不曾想过的。有时也会错把她当成婉儿，可她的冷静威仪，她的游刃有余，却又让人认得清楚。

他的心里，分明多了个影子。这影子占了一方之地，挥之不去，不是她还能有谁？

能得贤妻如此，也是他的福分。有她陪在泽儿身边，忧心泽儿日常，他还能有什么不满的？

夜离轩如三月里的暖阳一般淡然一笑，挥袖而去。

凤倾月撇头，只见院门外那飘然而去的藏青衣袂。

什么叫屋漏偏逢连夜雨，夜离轩算是见识到了。

行刺的事才过去没几天，突然传出瀚羽国攻打西夜的消息。皇上指了君泽皓领军出征，定夜离轩为副将，回击瀚羽。

本是件大喜的事，偏生惹得夜离轩忧心得很。

他向来没立过军功，此次行军打仗得胜归来，便是军功政绩两全，有了继承皇位的资格。

见皇上给此机会，众大臣也觉得太子之选就这么定下了。兜兜转转，皇上果然还是看好三皇子夜离轩的。

皇位唾手可得，夜离轩理应欢喜才是，还忧个什么劲？

忧的，自然是宫中那位惦记着泽儿性命的人。

他尚在渊城的时候，母妃就敢明目张胆地害人。他若离开了，谁又能镇得住母妃？

凤倾月？母妃也不过是忌惮着他，才让了她三分。真发起狠来，说不定大的小的一起没了。

此次征战，不知得离开多久。想来那瀚羽国，也不是三五个月好拿下来的。

留他们在这龙潭虎穴，万万不能。带着他们行军，又更不行。

夜离轩闭目想了许久，正巧连翘来禀，终是拿定了主意。

"连翘，有件事想托于你。"

自从爷接到圣旨，便在屋里思虑了好久。现下突然这般一说，定是解了惑去。

"爷尽管吩咐，连翘赴汤蹈火，在所不辞！"

"我要你送泽儿和皇子妃去落周山小住几月，直至本王回京再回府来。今夜便起程，万事小心！"

连翘跟着闫斌习武几年，也算是小有所成。再则连翘常同外界联络，又比男子同行来得方便，是以选定了她。

趁此机会，也可做一举两得之用。

"是！"

皇子妃也要带走？爷真是对她上了心呢。

"贺兰雪的事查得怎么样？"

"奴婢正要禀报此事。那琉璃前太子果然卑鄙无耻至极，同贺兰雪所说一般无二。亲生妹妹都想染指，简直禽兽不如。听说闯入贺兰雪的寝宫已多次，但都被她躲了过去。"

天底下哪有这么巧的事，次次都能躲了去？不过她若不是处子之身，也定然不敢嫁与他。

真让她回回都躲过了，可就不能称其为幸运了，而是心机颇深啊。

"传令下去，她在府里安生便罢，若是不识好歹，无须留情！"

"是！"

夜离轩视线飘远，外头乌云密布，天色已暗了下来。今日可不像是个出行的好日头，这般天气，像要落下大雨一般。

明日一早，便是点兵的时候。今日必须将他们送离了去，他才安得下心来。

"你同皇子妃讲明事态，速做准备，今夜便从密道离开。"

连翘领命退走，忙赶到了昕雨轩。

凤倾月就知晓了皇德妃要害夜雨泽之事，是以连翘也没隐瞒，直接与她说了清楚。此去躲的，就是皇德妃。

凤倾月知皇德妃冷漠无情，可也没想到她这般肆无忌惮，朗朗乾坤下也敢派刺客行刺天家之人。

想来她也料准了夜离轩不会追究，才敢如此目无王法。就算她做得出杀害皇室血脉之事，夜离轩又怎能由着自己母妃遭罪？

不过是早产了一个月，为何要隐瞒至此，惹下这般深仇大恨？相煎何太急？

凤倾月本想带走玲珑，连翘却说不甚稳妥，婉言拒了她。

此番离开，不是游山玩水，而是去避祸的。玲珑留在府里，也没人会害了去，便绝了带走玲珑的念头。只交代了玲珑一番，让其安心等她归来。

连翘说其他的已准备妥当，凤倾月也没整理行装，直接去了夜离轩的院里用膳。

夜雨泽早就由他人带至夜离轩这里，还是那天真无邪的可爱模样，让人见着高兴。

这么乖巧的小人儿，怎么就招人仇恨了呢？

"泽儿就托你照顾了。"

用膳的时候，夜离轩突然蹦出这么句话，惹得凤倾月愣了愣神。

他这般郑重其事还是头一遭，凤倾月心头定了信念，温和笑道："妾身既然做了泽儿的娘亲，自然该好生照顾于他。"

本也不干凤倾月的事，她留在府里也不碍什么事，可他的心里就是莫名担心，说不清楚是何感觉。

反正落周山是个好去处，便让她跟随而去，稳了自己的心神。

夜雨泽闹不懂他们说什么，歪着小脑袋满头的雾水，大眼一眨一眨的，很纳闷。

夜离轩屋里早准备好了乔装衣裳，用膳后几人便换去了衣物。

夜雨泽开始还觉得好玩，后来至院中偏房打开密道，见爹爹要送自己走，瞬时就眼泪汪汪了。

"泽儿乖，爹爹有大事要办，办好了就来接你。"

夜离轩无奈，本欲关上暗门的手抽了回来，抚上泽儿的头安慰了一番。

"泽儿不信，爹爹向来骗人！"

夜离轩郁结。这小东西，自己何时骗了他的？

"还有娘亲陪着你呢。爹爹一定会来接我们的，泽儿莫非不信娘亲？"

"那，好吧。"

夜雨泽听了凤倾月的话，自个儿先走在了前头。夜离轩看着这个小墙头草，哭笑不得，也不知自己该是何心态了。

"娘亲，为什么我们要走这个黑洞洞的地方啊？"

虽有烛火照明，可前后还是黑黢黢的，夜雨泽不免有些害怕。

"这样其他人就找不到我们了。"

夜雨泽心里好生奇怪，接着追问："为什么要让别人找不到呢？"

"那些坏人要找我们呢，我们自然要躲开他们了。泽儿出去以后可不许随便问话，让他们发现了我们！"

夜雨泽一惊，忙捂住小嘴，瞪大了眼睛一个劲儿地点头。

凤倾月本不想吓着他，却也不能让他东问西问地暴露了身份，只得严肃一回。

见他吃这一套，转而又安抚着他："别怕，娘亲会保护泽儿的。"

夜雨泽本来揪紧的心，又因为凤倾月此话而放松了下来。有娘亲在，就没什么可怕的。

连翘不由拜服，这打一巴掌再给一甜枣的手段换了她来，万万安抚不了夜雨泽的。

看来皇子妃不仅入了爷的心，还在小主子的心上扎根了呢。

爷让皇子妃随行，实乃明智之举，不然她如何能治服得了小主子？

第二十章
离府

　　三人离开密道，竟直接到了城外周遭的山脉之中。

　　躬身出了半人高的石门，便见连翘闭了石门，又将方才推开的大石移了回去。看得凤倾月好生惊奇，连翘一个娇弱女子，竟有这般大的力气！

　　当初，夜离轩选了靠近城墙的府邸，就是想打造出一条通向城外的暗道来，没想到入府后就发现了这条密道，倒省了好大一番功夫。

　　这条密道年代已久，可能泄露给他人知晓了去。夜离轩便派人堵了原先的出路，另改了一条。

　　山洞外，狂风大作，雷声咆哮，实在不是个出行的好天气。

　　天空黑压压的一片，乌云翻腾，不久便要释放开来。

　　好在山腰处建有一座茅舍，以供暂歇之用。三人正巧入屋安定了来，就听外头下起了倾盆大雨。

　　明日三爷一走，皇德妃定会有所动作。

　　在这里耽搁太多时辰，等皇德妃发现小主子不在府里，遣了人来半路截回，可就有负三爷之托了。

　　"待雨小一些，可就得委屈两位主子抓紧赶路了。"

　　外面这天气着实不宜赶路，不过避难之时，哪还能如此娇气？只是苦了泽儿，要跟着受一回罪了。

　　"你拿主意便是。"

夜雨泽也不明白此时出行是件多难的事，娘亲没有意见，他自然就不会反驳。

茅屋有些漏雨，水珠在屋里四处滴滴答答地落着。

夜雨泽觉得好玩得紧，伸出了小手到处接着水珠。伴着屋外的哗啦雨声，溢了一屋子的银铃欢笑。

也不知过了多久，凤倾月都有些昏昏欲睡了，夜雨泽也早趴在桌上睡了过去。外面的雨终是小了下来，淅淅沥沥地下着。

连翘将两人叫醒，从屋里找了三件斗篷出来。没有适合夜雨泽的，便剪短了一套行装给他套上，再系上了一顶不相称的大帽子。

连翘和凤倾月换了斗篷，扣上大帽，瞬时变得笨重起来。惹得夜雨泽哈哈大笑，好生开怀。令得凤倾月暗叹一句：少不知愁，真好。

连翘点了灯，用了些布搭在上头，以免被雨打湿灭了烛火。后由连翘引路，三人出门被夜幕吞没了去。

天黑路陡，山间本就崎岖难走，又是雨后泥泞之时。

凤倾月心有余而力不足，还没走出十米开外，就一脚踩空扭伤了脚。而夜雨泽人小，走路踉跄又缓慢得很，也是拖累。

就算凤倾月能忍痛行走，一行人要下得山去，也勉强得很。

虽明白得抓紧赶路，可这夜路之行着实难为。只得掉头回了茅屋，再做打算。

夜雨泽很疲倦，连翘整理了下小床，他钻进被窝便睡了。

连翘找出煮茶的炉子，烧了些热水来给凤倾月泡脚。

凤倾月坐在床沿上，看着连翘一番忙碌后还得帮她揉脚，难为情得很。

"连翘，真是难为你了。"

她没帮上忙也就算了，现下误了事还让人特地照顾她，怪自己实在拖累。

"是连翘让两位主子为难了，两位主子身子贵重，怎可同我们这些粗人一般行事？"

确实是她没考虑周到。夜路难行，更别说是雨后的山路了。

两位主子皆为千金之躯，哪曾吃过苦头？一行人就是下了山，多半也是疲惫不堪的。

到时在山下吹着冷风，淋着小雨，走也走不动了，又四无店家的，难道还原路返回不成？

还是休息好了，等天大亮了再行下山较为妥当。

这话乍听起来有些讽刺，可凤倾月明知连翘没此意思，又怎能去钻这些个字眼，只得自己羞红了脸。

她知道连翘在担心什么。皇德妃一发现他们不在府里，定会遣人来寻。若是发现得晚，他们到了落周山自然欢喜。可要是追兵赶到他们还没至，就是性命不保的大事了。

现下快马加鞭地往落周山赶去，早日到达，就能提早安下心来。

她满目柔和地看着熟睡的泽儿，他小嘴微嘟，墨发四散，比精雕玉琢的瓷娃娃还美上几分。她突然有了主意。

"不如将泽儿女装打扮，如何？"

寻的是小皇孙，定然不会在小女娃身上多下功夫。夜雨泽有这一头长发，扮作个娇俏可爱的女娃娃，还不是轻而易举之事？

连翘眼中喜色闪过，觉得此法甚是可行，就差套女娃的衣饰了。也不听凤倾月阻拦，拿了灯就要冒雨出去准备行装。

这么晚，城里也不能进了，她还能去哪里找衣裳？还不是无用之功。凤倾月懊恼着自己没拦得住她。

连翘自有她的办法。跟了夜离轩这么久，岂能没有半点本事？就算她没有半点本事，可身上还有指挥得动他人的手令不是？

一盏明灯，穿行在茫茫夜色之中……

连翘许久未归，凤倾月心里担心却又疲倦得很，睡眼蒙眬地倚在床头，不一会儿就睡了过去。

连翘回来见凤倾月蜷着身子靠在床头，便伺候她歇在了夜雨泽身边。他年纪幼小，自然谈不上男女之别，也就没什么好顾忌的。

夜雨泽早上醒来一番动静，惊醒了凤倾月。凤倾月打量一周没见到连翘身影，暗道坏事。

没想到连翘却早早醒了，已然备好了热水端入房内，供两人洗漱。

三人食了些山里的野果勉强果腹，便准备着赶路了。

也不知连翘大晚上的，上哪儿找来了小女娃衣服。虽有些发旧，不过夜雨泽穿上倒正好合身。

连翘再给他扎上头发，活脱脱一个乖巧玲珑的小女娃。

夜雨泽不通世故，也不觉得有损大体，只觉这样装扮甚是好玩。再说是娘亲的意思，他怎么能不同意呢？

连翘拿出一盒黑膏，用东西蘸着黑膏，在凤倾月和自己的脸上都点了一些。

两个如花似玉的娇俏女子，顿时就成了满脸细麻的丑姑娘。惹笑了夜雨泽，亦惊奇了凤倾月。

白日里走山路可比昨儿个夜行好得多了，凤倾月扭伤的脚虽还隐隐作痛，不过忍忍也就过了，不碍大事。

三人行到镇上，只找了个小店随意叫了些吃食，欲歇息饱腹一顿再行赶路。

夜雨泽看着眼前的菜色兴致缺缺，半点也不想动筷。幸得凤倾月一路上的教诲入了他的耳，也没有大吵大闹要撤换了吃食。

乖乖地夹了两口小菜入肚，突觉味道不错，便将就着吃了一小碗米饭。

夜雨泽虽换了装扮，不至于引追兵注目。可也不能在花销上大手大脚，引了其他不良的心思来。

从京都出行的马车必然是首要追查的，是以马车也没用，准备过了几个镇再做打算。

"听说三皇子今儿个点兵出征，还是皇上亲自送的行呢。"

忽听夜离轩的消息，凤倾月的心思立马飘至隔壁桌。

"我说吧，还是这三皇子讨皇上欢心，以前七皇子出征的时候，皇上哪曾操过这份心思！"

那精瘦男子醉了酒，一脸的得意，生怕别人不知道他看破了天机。

"嘘，你可小声点吧，不想要命了！"

被那矮胖男子一吓，他顿时一个激灵醒了神来，给了自己一大耳刮子。

"道听途说，误口了，误口了！"

两人说完，便没再开口。生怕说错了，被有心之人抓着大做文章。

凤倾月见两人不说，也就没了偷听的心思。想着两人的话，又出了神去。

夜离轩的确讨皇上欢心，听满贯说的是天意使然，降下隆恩与他。

听说他出生之时伴着五彩祥云，正巧赶上先皇立下当今皇上为太子的时候。喜兆连连，自然使得夜凌昊倍加宠爱。

名也是先皇亲自所取，算是众皇孙里最得宠的一个了。

夜离轩五岁能文，七岁能武。十岁时说话就头头是道，逼得太傅哑口无言。自皇上登基，更是献上了数条妙计。治国安民，实为经世之才。

在他二十出头的年纪，皇上本决定立其为太子，辅助国事。他却力保虞婉婷，惹恼了皇上，将此等大事耽搁至今。可他即便这般忤逆于皇上，皇上还是重用了他。

如今他已二十有六，总算等到皇上消了怒火。

自己的夫君有机会登临大位，做人上之人俯瞰众生，自是应该替其高兴的。可凤倾月心里头就是有些生闷，开心不起来。

她勉强自己往各种好的方面去想，却只有一件事能印在她的心上。

便是他妻妾成群，笙歌不断。

凤倾月一想到就难受得很，连自己都闹不懂，为何会比洛风当堂退亲还要难受！

她明面上是个皇子妃，其实身份也算不得有多高贵。就算她半点不想同众人共分一个丈夫，可她哪来的特权，要求夜离轩一生一世一双人？

念及以后，不由面上有些哀怨。

连翘却误以为凤倾月听了夜离轩出征，在替三爷担惊受怕，心里对她生了好些亲近。

她有小姐的温柔，却没有小姐的羸弱退让。她有小姐的聪慧，却没有小姐的优柔寡断。

　　连翘虽觉得自家小姐百般好，可这心里头，还是禁不住将两人比较了一番。然而不得不承认的是，凤倾月更胜一筹。

　　若小姐能像今日的皇子妃一般，她同三爷也该是一对神仙眷侣，花好人团圆的。

　　她的坚决，不该只显露在最后的关头。香消玉殒了去，留个念头有什么意思？

　　旧梦已逝，只得长叹一声，尽力了结前人心愿罢了。

第二十一章
黑店

夜离轩离府的第二天，皇子府里就闹翻了天。皇德妃懿旨，要夜雨泽入宫小住，代为照顾。

夜雨泽早就离开了皇子府，哪能再找出一个来？

众丫鬟小厮也不知夜雨泽几时不见的踪影，只有管家得了吩咐，说小主子外出游山玩水去了。至于去了哪儿，天南地北五湖四海，哪能说得清呢？

皇德妃早就派了人密切监视皇子府。夜雨泽那么个小人儿明显得很，哪会不见其踪迹？定是皇子府里有什么机关暗道，将人送了出去。

皇子府里寻人不到，自然得从其他地方入手。皇德妃给一干死士下了死命令，便是掘地三尺也得把人给找出来，否则就提头来见。

好在渊城两面靠山，众死士便分作了两队，一路追查。

再说凤倾月这头。跋山涉水了许多日，几人总算是至另一个小镇。一路上风餐露宿，当真好不辛苦。

夜雨泽哭闹了好几次要回府，若不是凤倾月拦着，便要赖着不走了。也幸而连翘气力好，背着夜雨泽行了许多路。不然他脾气一上来，凤倾月也拿他没辙。

若说夜雨泽是从小到大没吃过苦头，那凤倾月同样是一直锦衣玉食过活的。她也疲累得很，身子骨好似都不听自己使唤了。

不过以她这年纪，她又怎能同小孩一般胡闹？况且连翘应付泽儿一人就很辛苦了，她怎好再多添麻烦。

三人在镇上找了个小店，订下一间房，准备歇息一晚再行赶路。

外头天寒地冻的，水都冰凉刺骨得很。便是路过有湖的地方，也不敢下水。凤倾月多日来没沐浴净身，实在难受。

一入店便唤人备好了热水，要沐浴一番。

浸在热水里，全身的疲乏好似都一扫而空了。难得的舒适，令凤倾月不由得小睡了一会儿。

夜雨泽入房就躺下歇息了，难得能睡到柔软的大床，他自然不会客气。连翘伺候他睡去，还不见凤倾月人影，就入了帘后看看情况。

只见凤倾月靠在木桶边缘上，熟睡了过去。多日来，也是辛苦皇子妃了。她也是显贵出身，却咬牙坚持了下来，实在令人钦佩。

"主子？主子？"

连翘见水已不再冒热气，该是凉了。怕凤倾月受凉，便唤醒了她。

凤倾月悠悠转醒，才发现自己竟睡在了木桶里。水还有些温，想来也没睡过去多久。自己竟是如此疲困了吗？

"主子去床上歇息吧，免得伤了身子。"

"嗯，你也让店家多备床被子，在软榻上歇会儿吧，真是委屈你了。"

连翘关心她，她自然也得在意连翘。礼尚往来，理应如此。

"是。劳主子挂心了，奴婢不觉委屈。"

连翘这中规中矩的性子，简直就是第二个玲珑。

想到玲珑，凤倾月心中一软。还好玲珑没跟着她一同出来，不然见她日夜疲累，还不知要心疼成哪般模样！

出浴穿好衣物，连翘赶紧递上一杯热茶。

原本的纤纤玉指已泡得微微发皱，惨白惨白的，倒吓了凤倾月一跳，以为自己累出了毛病。

凤倾月喝了热茶暖身，便想着睡上一觉去去病气。没想到还真管用，一觉醒来，十指照旧细腻光滑。

三人休息一番，肚内空空，就让店家准备了些吃食来。

夜雨泽吃多了野果野味，早就想改改口味了。突见这些家常小菜，也不挑挑拣拣了，一时食欲大增，便要动筷。

连翘谨慎，先以银针试了毒性，见银针不显色，才让两人接着用膳。

夜雨泽早耐不住了，一听可以食用，立马夹了两大块肉片入嘴。

可这准备得再周全，却还有百密一疏的时候。

两人正用着膳，夜雨泽就趴在桌上又睡了过去。凤倾月也是昏昏沉沉，将睡不睡的。连翘顿时惊觉坏了事了。

凤倾月也觉奇怪，明明才醒来不久，怎么又是疲倦了呢？

摇摇头，还是不甚清醒。晕晕乎乎的，视线都有些模糊。眼皮越发沉重，睁不开来，闭上眼便倚着桌面睡了过去。

下的应是迷药，才没能试得出毒性。

连翘心里着急，难道皇德妃派的人已经寻过来了？

不该呀！就算寻过来了，又怎能知道他们入住此店，事先设好埋伏？莫非是神仙，还会掐指一算不成？

好在主仆有别，她不得同桌用膳，至少还能有个用武之地。

连翘正欲叫醒两人，便听门外有了动静。她取出绑在腿边的短刀，悄然至门边不远处。

外头的人透过门缝看了看里屋，又听了听动静。确认人睡熟了，就拿出一把小刀来撬开了门。

正开门入屋呢，那半开的门猛地就被连翘蹬了回去，一下子就碰倒了进门之人。

连翘虽是个娇弱女子，可动起手来半点也不含糊，手起刀落，只一下就把来人拿刀的手掌切了下来。

那人手掌从手腕处齐根切断，鲜血淋漓，好生触目惊心。那被切下的手掌竟还颤动了两下，吓得人心慌慌的。

他痛得哇哇大叫，在地上直打着滚。门外还有两个大汉，不过手中并未持有兵器，一时见连翘这般凶狠，忙跪地求饶。

他们不精武艺，却也有点眼力见儿，一见连翘是个练家子，顿时晓得自己摊上大事了，自然识相地乖乖求饶。

"小人有眼不识泰山，才招惹上了姑奶奶！姑奶奶饶命，姑奶奶饶命啊！"

两人不住地磕着头，生怕连翘一不顺心，就要了他们的小命。

这算是走了哪门子的霉运哟！这么个柔弱的姑娘，竟是个武功不弱的练家子。两人心中懊恼得很，自己怎这般不开眼！

连翘见他们这般好应付，心下有些奇怪，却心中大定。

她武艺虽有所精进，但定然应付不来众多追兵的。现下镇住的这几人，定不是皇德妃派来的死士。没被发现行踪，自然安下了心。

"说，你们几个意欲何为！"

连翘声色俱厉、凶神恶煞的模样，吓得那断掌之人都不敢再嗯哼出声。

若是凤倾月见了，定然震惊至极。每天小心伺候服从自己的丫鬟，竟是这么个恶修罗一般的人物，还不得惊得她失了一魂去，道不明话来。

那两人张口结舌，支支吾吾不肯说清缘由，连翘又是一声呵斥："不老实交代，让你们都见阎王去！"

一大汉被连翘吓得浑身哆嗦，急忙回了话。

"别，别！姑奶奶，我们是见这小姑娘长得标致，想掳了去卖个好价钱。小的们再也不敢了，姑奶奶就饶我们一条小命吧！"

本想着找个偏僻的小店，不惹人注目，却闯入了一家黑店，当真晦气！

连翘呸了一声，怒道："算你们运气好，今日暂且饶你们一回。再多行不义，姑奶奶就收回你们的狗命！"

若是杀了他们，必定惹人怀疑。眼看着大功将成，定不能出什么乱子。

"谢姑奶奶，谢姑奶奶！"

两人大喜谢过，连忙准备搀扶着断掌那人离去。

"慢着！"

被连翘喝住，几人一愣，苦下了脸。

"这手怎么断的，什么该说什么不该说，你们还是懂的吧？"

"懂的懂的！是在厨房里碰落了刀自个儿斩去的。"

连翘点点头，瞥眼看过地上的断掌。

"屋子可给我打扫干净了，别让半点血腥污了我的眼。"

"是是是！"

一人害怕地捡起那断掌，用衣袖擦净了地，才慌忙跑了出去。

三人下了楼，虽是大冬天的，可头上均是渗出了汗珠——着实被吓得惨了！

凤倾月药效散了后，醒来听连翘解释一番，知晓这是一家黑店，顿时惊心。

此事已过，连翘让她安心住上一宿。可她始终不甚放心，叫醒了泽儿，便欲离去。

想不到夜雨泽还没长全，也能引得恶人惦记，便让连翘在他脸上也点了麻子。

两颊黑麻点点的夜雨泽，若不细下瞧还是可爱得紧。不过总归是有了丑样，凤倾月这才满意地露了笑容。

三人出店之后，也不想另找店家了。趁着天还亮着，准备多赶些路去。正欲离开小镇，却在大街上巧遇一群布衣男子，两三人一组，四处拦人询问。

竖耳一听，他们找的可不正是夜雨泽吗？！心里一紧，便准备绕过那群人，却没想到被其中一人抓了个现行。

"可曾见过画上小童，正是五岁的年纪？"

见一群人到了眼前，吓得凤倾月的心肝都快要跳出来。

"没见过。"

还是连翘镇定，淡然地回了问话。

"你们三个怎么都满脸麻子，难道脸上另有文章不成？拿着包袱要往哪儿去呢？"

一人心里觉得不对劲，倒也没往夜雨泽身上想，只是随口问了一句。不过四周的人听他有此疑问，却有六七人聚拢了来。

这下可把凤倾月给急坏了，张嘴竟是答不上话来。心中羞愧，以往的巧言善辩都跑哪儿去了？

"这位爷可说笑了，我们生下来便是这样，能有什么办法？你可莫要说这些使我姐姐难受的话。你看我这姐姐，生下后满脸黑麻不说，还带有哑疾。自个儿命苦也就罢了，生个女儿也这般模样。她夫君弃她跑了，只得跟我回娘家拖累我那老父老母。可怜我们这一家子，造的是什么孽哟！"

连翘说着说着，便要落下泪来。凤倾月只好跟着流露出悲切的神态，顺势将夜雨泽抱入了怀里，挡了他们的视线。

连翘一席话扭转了乾坤，混淆了视听。其中言辞切切，情真意动，若不是自己也是这局中之人，怕也要信了她去。

换了自己，定然是做不来的。直叫凤倾月好一番赞叹佩服。

"得了得了，不就问你个话，说这些无关紧要的事作甚，你这婆娘缠人得很！"

连翘抽抽搭搭的，又是顶了一句回去。

"我这不是被爷说中了心里的委屈嘛。"

见连翘还想再说，那人赶紧打断了话，满脸的不耐烦。

"得，甭说了，你自个儿回家好生委屈去——我们走。"

一群人听了那领头之人的话，便又四散了去。只有其中一人，回头打量了几眼凤倾月等人，吓得她又是吊紧了心。

"还看什么看，莫不是对这丑妇有几分兴趣？"

"胡扯！快些寻人吧。"听了旁边之人调笑，那人也没再多想，离远了去。

凤倾月心头总算是落下了一块大石，放松了下来。不由庆幸生了前面的事，给夜雨泽点了麻，骗过了众人的眼。

也幸得一路上多有嘱咐，让夜雨泽在人多的时候不得说话，不然他一开口，也要让人发现纰漏了。

追兵已至，更是不能耽搁。原本计划的车马之行太慢，连翘只得委屈两位主子共骑一匹快马，简便而行。

连翘买了一匹马来，自个儿在前骑乘，凤倾月坐在最末，把夜雨泽挤在了中间。

　　凤倾月坐过一回，倒没了第一次的局促害怕，圈紧了夜雨泽的身子抓着连翘的腰身。而夜雨泽第一回骑马，倒也不显紧张，反是兴奋得很。若不是手不能及，他定要抽几下马屁股过过瘾。

　　连翘骑马蹿进了西边的密林里，却没有直行而去，半路折向北边，出了密林又往回绕了些远，才重回了正路上。

　　不想让人发现了去，连翘只得绕着小道穿行，挑人烟稀少的地方走。

　　本来再直直穿过一个小镇，差不多就到地方了，连翘却入了山涧丛林，绕了好大一个圈子。

　　凤倾月不认识路，虽觉得有些兜兜转转，不过也由着连翘东窜西窜的。夜雨泽觉得好玩，就更是没意见了，要久些才好呢。

　　连翘心中多有顾忌，才刻意绕的远路，耽误了时辰。

　　现下没被他们认出，也是不能完全放下心的。不怕一万就怕万一，他们若是转念一想，弄懂这雌雄莫辨之理，难保不会追其究竟。

　　现下被人发现了踪迹，他们定然追寻而至。那可就失足成恨，前功尽弃了。

　　入了山间树林，天色已是大暗。林中障碍甚多，便不能借着微光穿行了。

　　三人下了马，由连翘牵着马，找了个遮风之地，欲将就安歇一晚。

　　连日来多有与星辰为伴的时候，倒也没谁矫情。

　　帮着连翘点了火堆，用周遭的落叶铺了一大块地方作床。再拿出包袱里新买的衣裳作被，便准备妥当了。

　　连翘从包袱里拿出干粮，夜雨泽也不挑三拣四，吃完就乖乖睡了。

　　看着夜雨泽被火光映得通红的脸蛋，凤倾月不禁心生甜蜜。

　　能如此同甘共苦一番，妥善照顾着他，也让人心满意足了。

第二十二章
不归山

第二日骑马出了密林，连翘本欲弃马而行，以免道上少有骑马者，被人追踪了行迹。

幸得天公作美，竟是下起雨来。便拿了衣服裹住夜雨泽，策马奔驰，冒雨前行。

连翘骑马赶了一大段路，在一偏僻小道处放走了马。三人由小道而上，竟是至一片坟冢。

周边零落的坟冢应是寻常百姓家的，只有一个小土包和一块小碑。而中间那座小墓，却用石料所建。谈不上奢华，却也不显得简陋，想来是个大户人家的长眠之处。

凤倾月闹不懂了，为何不加紧赶路而来此无关紧要的地方？难道这里有连翘想要拜祭之人？

只见连翘拿出一块圆形玉牌，跟平时所见大有不同。上头没刻吉祥喜庆的图案，表面只有不规则的凹凸不平，甚不美观。

她走到坟墓后面，将凹凸的一面拼上了一个圆形的石槽内，转了半圈。

惊闻一阵轰隆之声，便见石墓移开了一小段，现出了一个黑洞洞的墓穴！

"主子先带着小主子下去吧，奴婢之后同你解释。"

夜离轩既然肯把泽儿交托给连翘，那连翘必是得其信任之人。凤倾月自然不疑有他，安心带着泽儿入了穴去。

夜雨泽哪里知道这是给死人住的，半点不觉恐惧，只觉得惊奇好玩，大呼小叫高兴极了。

见两人下了墓穴，连翘赶紧取下玉牌，紧跟其后。

洞内石壁上挖有一个小洞，放着蜡烛和打火石。

连翘借着射进洞里的微光，摸索着点燃了烛火，一时照得洞内通明得很。再用玉牌在石壁上的石槽转了半圈，将墓穴闭了。

连翘一边护着烛火，走在前头为两人指路，一边给凤倾月解释着。

"主子可能不知道，落周山还有个名字，叫不归山，便是取的有去无回的意思。山间全是毒瘴，只有这一条入口，才能性命无忧地通往落周山。"

"毒瘴是什么东西？"夜雨泽总会不合时宜地跳出一句话来，让人不知如何解答。

连翘若说那是要死人的东西，他指不定又得问死人是个什么东西了。实话实说吧，又怕吓着他。

"那些东西是魔鬼，不能沾染上身的。不过泽儿听话不碰它们，它们就会离得远远的。"

"泽儿听娘亲话，才不碰它们呢。"

夜雨泽乖巧地作了保证，洞内又是沉寂了。

连翘心下疑惑，皇子妃也没有过孩子，怎么回回都能唬得了古灵精怪的小主子呢？

凤倾月幼时还不是这样问东问西过来的。嬷嬷们不能说的，都是以鬼怪之论唬她。她哪次不信？现下自然也有一套唬人的本事。

往前行了一大段路，连翘停下了步伐。又是拿出玉牌，填入了洞壁下方不显眼的石槽里。

刺啦一声，一块石壁凸了出来。连翘请凤倾月接过蜡烛，后自己将石块搬出，拿了放于中间小洞的瓷瓶。

"这是百毒丸，名字虽毒，却是能解毒瘴的灵丹妙药。洞外毒瘴甚浓，两位主子快些服用吧。”

她倒出三颗药丸，一人分了一颗。

夜雨泽本是最怕吃药的，不过看她们都吃下了，也只得乖乖吃下了肚。想不到甜蜜好吃得紧，再问连翘要，她却给不出来了。

虽说这药吃了没有坏处，不过瓶内每次只留三颗，她哪有能耐再添上一颗给夜雨泽？

夜雨泽见瓶内空空，也就罢了，舔了舔小嘴唇，似有余味。

连翘取下玉牌，放回了那沉重的大石。凤倾月早就见识过连翘气力惊人，也就见怪不怪了。

连翘又是接过蜡烛，领路在前。

至末端，倒没像前面一般复杂。直接扭转了石壁上的机关，石门便大开了去。外面大雨已歇，变作了蒙蒙细雨。

密道是由落周山旁的小山包开通而来，呈蜿蜒而上的趋势。出了密道，便在山腰偏下的位置，正是红色毒瘴四漫的地方。

有人曾称此为桃花瘴，因好看得紧，便相约进山游玩。没想到桃粉害人，竟是一去不再归，自此也有了个“相思林”的名号。听着好听，却是让人生怕的。

相思，想死，字通两意。胆大闯入此地之人，便是找死，正是想死之意。人死后，亲人空余想念，又是相思之意。

落周山是四面环山之势，迷瘴经久不散，是以前人选了这个险要之地，欲要与世隔绝。

这毒瘴也不是天然形成的，而是以不同的毒液灌树，使树变成了毒树，交相并杂长久而成。原本白色的迷瘴也是久而久之，变作了红色毒瘴。

若清风吹走些许毒雾，是不会害了人的。除非身在林中，各树身所散毒性入体，才会误了性命。

凤倾月等人吃了丹药，行于林中并不觉有异。

却不承想行了一小段路，就遇上了个不怕死的，竟是大摇大摆躺在路上睡了过去！

待三人走近一看，那人仰面朝天，脸色有些发青，不像是在睡觉，倒像是中毒之症。

这人的模样，凤倾月甚是眼熟。脑中突然闪过一些画面，忆了起来。

此人是谁？正是数月前帮凤倾月寻回玲珑的壮士。也算是有过大恩于她。

他怎么也从渊城到了这里？难道也是来暂避风头的？凤倾月暗嘲自己一番，真是逃命逃得认真了，见了谁都能想到自身来。

兴许他另有要紧之事吧。听连翘说山中有一高人，可能他来此地，是为了寻这高人的吧。

他现下成了这副模样，多半是仗着自己一身好武艺强闯这毒瘴，结果闯瘴不成，中毒于此的。

"喂，你醒醒！"

凤倾月俯下身，摇晃了一下他的身子。

再怎么说他也帮过她一回，她自然不能视若无睹，将他扔下不管。

"主子认识他？"

"帮过我一回。"

本以为主子心善，才想搭救此人。听了这话，连翘心头却千回百转，解不开惑了。

连翘自是识得此人的。弥须阁的二把手，最有可能继承阁主之位的左护法——欧阳冥。

只是让她讶异的，却不是他现下昏睡于此，而是凤倾月跟他之间的关系。

主子以前是宫里的金枝玉叶，什么时候同江湖人士扯上关系了？

"他中毒太深，怕是得就此长眠了。"连翘见他毒气聚顶，已是攻心之兆，想来是没的救了。

凤倾月吃了药丸，能从容穿梭毒瘴林里，倒没想过它这般厉害。听连翘一提，才想到它是会要人性命的。

凤倾月心头有些慌乱，轻轻拍了拍他的脸颊："喂，喂！"

他明明还有鼻息，却还是不见清醒。凤倾月下了狠劲，啪啪两个大耳刮子甩过，惊了一旁的连翘和夜雨泽两人。

地上的人皱了皱眉，有了一丝反应。凤倾月喜悦涌上心头，人命关天的大事，她也顾不得礼仪，又是两巴掌扇了过去。

她何曾有这般凶狠的时候，惊得夜雨泽瞪大了眼睛，一眨不眨。

心中却在想：娘亲好厉害，只有他的娘亲最厉害了！夜玉衍再欺负了来，一定要叫他好看！

欧阳冥脸上一阵火辣辣地疼，听着入耳的啪啪声，自然清楚是有人在扇他耳光了。

难道真有鬼神一说？他作恶多端，入了阴曹地府也免不得受下刑罚？不对，这痛觉分明得很，身子也还是那般沉重，他还没死！

谁人敢这般侮辱于他？定要将此人活剐了去！

他猛地睁开眼，把凤倾月吓得一愣，呼啸而至的手停在了半空中。

"你终于醒了！"见他醒了，凤倾月顿时展颜一笑。

几人淋了大雨，脸上的麻点早化开了去。

欧阳冥蒙眬中得见她巧笑嫣然，犹如天仙一般的人儿，回眸一笑百媚生，让人眷念于心。

竟然是她！本来恼恨得很的欧阳冥，却绝了一报还一报的心思。

"救我！"他好不容易提起一口气来，沙哑出声。

任他有多厉害，现下也不过是强弩之末，只得求助于人。

凤倾月本就有意救他，更别说他现下出声相求了。想扶他起身，却奈何搬不动他，很着急。

连翘见主子决意救欧阳冥，只得上前帮忙扶起了他。

两人支撑着欧阳冥，一路跌跌撞撞上了山头。幸而连翘气力大，倒不觉得有多费劲。

说来这落周山也是奇异得很，山头宛如神技所使，被一刀削平了去，正好坐落下这个大院。

眼前这座高门大院，内里乾坤，比起皇子府也是不遑多让。

"开门开门！"两人都扶着欧阳冥，自然只有夜雨泽去叫人。

他人小声弱，没人搭理，便气得踹起门来。他把大门踹得嘭嘭作响，里头总算有人应了声。

大门打开，里面的下人一愣，这人怎么又回来了！

其他三人没被毒气侵体顺利至山头，便是贵客了。既是贵客，自然没有赶客出门的道理。

只是另一个，要拿他怎么办呢？

那开门的下人正想着，两人已是扶着欧阳冥进了门来。

"哎！"那下人慌忙叫住了两人。

"怎么了？"

连翘纳闷一问，他却不知如何作答了。

罢了，这贵客他也不好阻拦。若是怠慢了贵客，老爷罚的还不是他？便领了去让老爷自个儿解决吧。

"两位可要先行拜会我家老爷？"

入了别人家的府邸，自得前去拜会一番，不然就有失礼仪了。

"理应如此，你且带路吧。"

那下人将四人带入了大厅，只见上坐一位谦谦君子，悠然品茶，文雅静逸。

此情此景，青年心中所想却是：呸，这上品的茶叶还不如一口烧刀子来得好喝。

若众人知他所想，实在是坏了这大好的气氛。

"老爷，有客人拜会。"

明明是个衣冠楚楚、面如冠玉的少年，怎管他叫作老爷？

撑着个人也不好见礼，便先将欧阳冥扶坐在了一旁的椅子上。

楚云辞见她们一番动作，皱眉不喜。但他认得连翘，自然也明白她身旁是何许人也。也不好说脏了他的地方，落了凤倾月的脸面。

连翘先是福身拜问："奴婢连翘，特受三爷之命拜会楚公子，给楚公子问安了。这是我家夫人和小主子。"

凤倾月顺着连翘的话，施礼道："叨扰楚公子了。"

楚云辞赶紧起身回礼："嫂夫人可别跟我客气，你们的厢房早安排好了，安心住下便是。"

夜离轩飞鸽传书而来，楚云辞就知道麻烦找上门了。不出所料，果然没摊上好事。他携家带口的嫌拖累，倒要自个儿当婶子娘给他带娃了。

虽说是个麻烦，可还得接下不是，谁让自己欠人恩情呢？

其实这恩情若说要还，楚云辞算是早已还上了的。不过人生难得一知己，为之肝脑涂地也算不得什么。

凤倾月听他唤她嫂夫人，想来他同夜离轩的关系非同一般，便安下了心来求他一求。

"初次见面就要劳烦楚公子，实在抱歉。不知楚公子可否送一粒百毒丸与我？"

不过是要颗药丸，想来他没那般小气到不给的。

可让凤倾月始料未及的是，他半点不显犹豫，断然拒绝了她。

"你想救他？不救！"

凤倾月没料到楚云辞这般不近人情，忙相问于他："不过举手之劳，楚公子为何不愿帮他一回？"

只要一粒丹药而已，他就这般舍不得？

"我若想救他，也不会多此一举，扔他下山了。"

凤倾月被他说得愣了。她倒是猜中了前因，却没能猜得中后果。

欧阳冥寻楚云辞不假，不过其中曲折甚多，皆是她所不了解的。

"人命关天，你怎能见死不救？"凤倾月心下着急，敬称也顾不得了，直接质问了他。

欧阳冥是凶神恶煞了些，可不管是不是收了银钱，他总归陪着凤倾月闯过一回龙潭虎穴。在她心里，他还算得上是个好人的。

他现下性命攸关，她自然想施以援手。

凤倾月若是知晓自己心觉良善的他，实则是那狼穴里的大头目，不知又是怎生模样。

"不如你且问问他，我为何不救他。"

楚云辞的神色之间，多了几分玩味。

夜离轩娶的这位夫人难不成又是个老好人？啧，他跟这种女子倒是有缘得很。

"他口不能言，你要他如何解释？"

他说一句"救命"都费力得很，又哪有精力同她解释其他。

"得，俗话说得好，帮理不帮亲。他无理在先，所中之毒又是我师弟所下。两者皆是不占，我又怎能帮他？"

师弟？欧阳冥不是中的毒瘴之毒？这可如何是好？其中关系错综复杂，自己没闹明白，又怎好再强求于人？

若他实在不救，就只能怪欧阳冥命该如此了。

凤倾月不明其中关系，连翘却晓得。楚云辞与他师弟向来不对付，万不可能把他当作自家人的。

欧阳冥定是自个儿得罪了楚云辞，楚云辞才随便胡扯的一个借口。

本来凭欧阳冥招惹上了仇千离，不管他再是穷凶极恶也好，楚云辞都会救上一救。但他拿剑威逼于楚云辞，情形就另有不同了。

他楚云辞，最是不喜被人胁迫的。

凤倾月听楚云辞这么一说，不好再插手此事。而楚云辞见她噤声，眼里有了些欣赏。

她倒不完全像以前那位，不谙世事一派纯善，什么事都往自个儿身上揽，大难临头才晓得世态炎凉。

"《毒王圣经》在我手里！"欧阳冥忍着周身剧痛，好不容易才说出一句话来。

他自然明白，再不拿出有力的筹码，他这条命就只得交待在此处了。

一听此话，楚云辞立马激动了："你说什么？！"

"你不是要理由吗？这便是。"

欧阳冥的身子像被碾轧了似的，多说一个字都扯得浑身发疼。偏生他是个不服输的，不愿人前示弱了去。

楚云辞顿时喜笑颜开："你要是早说哪儿还用遭这份罪？"

他神色骤变，惹得凤倾月好生诧异。他性子怎说变就变，这般摇摆不定？

楚云辞却忘了，今早欧阳冥突然闯入顶峰，剑尖直逼他替其解毒。

结果威逼不成，反而引得毒气攻心失了先机，被他抓住机会赏了一把迷魂散。人都被迷晕了，哪还有机会再说？

若是平常，欧阳冥也不是这般好打发的。偏偏他已被剧痛折磨了多日，若不是以内力护住心脉，早就得见阎王去了。

牵一发而动全身，强闯楚瘴就已是心力交瘁，更别说对招楚云辞了。他也只得心有余而力不足，眼睁睁地看着那迷粉扑面，昏睡而去。

楚云辞给他把了脉，暗道不好。

本也没想过救他，命人扔他下山，就是免得他死了脏了自个儿的地方。没想过将他救回一说，自然也没想到问题会这般难办。

将他扔下山，是幸，也是不幸。

若不是瘴毒入侵体内，他早已毒气攻心，气绝身亡了。可他这问题，却不是以毒攻毒那般简单。而是两虎相争，数种毒性都在他体内盘踞不下。

就好比两个论武之人，谁输谁赢还没个准信，身子却要先垮了去。就算是等着此消彼长，也是个"死"字。

要解毒就只有两个法子。其一嘛，便是把体内的毒一起解了。不过药物的药性各不相同，要多种混杂且适宜搭配，难！

这其二嘛，便是先把毒全部混合了去。不过混合的毒有多厉害、如何解毒，他也不晓得，还得验证一番。

虽说他自诩世上没有他解不了的毒，不过还没等他想好办法，欧阳冥却支撑不住了又如何是好？看起来虽像个身强体壮的，可说不定早已被折磨成了个花架子。

楚云辞心里否决了第二个法子，这影响一世威名之事，还是算了吧。

"给他准备个厢房，送去歇着吧。"

下人领了命，出门叫人将欧阳冥抬出去了。

凤倾月有些担心，已经是命在旦夕的时候了，就这么放任不管吗？"就让他这样歇着，不用解毒的吗？"

欧阳冥这边，还得好生做些打算才是。

"现下也就痛些，不碍事。"

他这宽慰的话，说得一派云淡风轻的。若欧阳冥现还在此处，定然会想让他来试试这撕心裂肺的滋味。

既然楚云辞揽了这瓷器活，凤倾月也就安下心了，几人便随着下人去厢房歇息。

宽敞明亮的房间里，因十几个人围作一团，而显得狭窄得很。

房间里笼罩着一股肃杀的冷气，团转的人大气也不敢出，生怕枪打出头鸟，拿了自己开刀。就连窗头蹿进的一束花开正好的红梅，也被其势煞到，吓得蔫耷耷的。

侧墙上挂着两幅画作，皆是有神有韵，画了个八九成相似。一个粉雕玉琢的小童，一个貌若天仙的女子，正是夜雨泽和凤倾月两人。

"既然见过他们，人呢？"

坐于正位之人气极，简直要怒火冲天。活生生送至眼前的人，竟然让他们给放跑了，真是蠢笨如猪！

"当时只有小皇孙的画像，属下们皆是不知皇子妃也陪同着一路，不然定是会将人认出的！"

原先这人看凤倾月唇红齿白，满脸麻子也不掩其艳丽，心头有些疑惑，却又说不上来。现下才晓得是遭人骗了！

幸而留了玲珑在府里，才没被人发现凤倾月也离开了。有皇德妃懿旨在手，皇子府里又没个主事的，众人自然大着胆子搜了回府。

搜到凤倾月处，玲珑假扮凤倾月卧病在床，只许个小丫鬟进来一寻。说是顾着皇德妃的脸面，不然定要把这些个胆敢造次的活剐了去。

毕竟有个身份摆在那里，众人也不敢太过造次。再说这皇子妃不是个心慈手软的，一来就说要活剐了人，招惹上她定不会有好果子吃。

玲珑哪见过什么大刑，就只听闻了夜离轩的一番手段惊惧在心，倒是派上用场唬住了众人。

众人搜寻无果，只得另谋他法。却想不到几日之后传出消息，说府里的皇子妃是个假的。

当即就快马加鞭送了画像来辨认，谁承想还是错失了一步，闹下这个局面。

也没其他好法子，只能遣散了众人继续寻人。

而一群人四处打听之时，凤倾月等人早已在落周山好吃好喝地住下了。

夜雨泽到了落周山，立马将路上的奔走劳累抛诸脑后，快活极了。

在这里没有了太傅每日的谆谆教诲，也没有了一干丫鬟小厮跟前跟后，自由自在，好生畅快安逸。

夜雨泽整日里都是吃喝睡玩如此重复，比过节都来得欢喜，一点儿不想再回府里去了。除了东边的厢房他不走动，其他的地方都被他跑了个遍。

他一开始还挺喜欢去东厢的，因为东厢有欧阳冥这个怪叔叔在里头，好玩得很。

随他怎么逗弄，怪叔叔都默不作声，只拿眼瞪着他，一动不动的。

夜雨泽就喜欢他瞪着铜铃似的大眼，好笑又好玩。

得意了没两天，这怪叔叔一下子就动了，一根手指头把他点得动弹不得。可算吓惨了他，心头直想怪叔叔是妖怪，会妖术！一定要躲远一些。

虽说楚云辞帮着收拾了欧阳冥，让他惨叫了好些时辰，但夜雨泽还是不敢再来了。

为了解欧阳冥的毒，楚云辞斟酌了许久，才决定用药浴慢慢减弱其毒性。药浴能使各药材很好地融合，稍有不慎，也能一把捞出人来。

前两日楚云辞都是给欧阳冥吃了止痛药丸的，是以他只浑身酸软走动不得，倒也没觉得有其他问题。

不过他一个大丈夫，打从会摸爬滚打就没人伺候他洗过澡。现下却无法动弹，整日裸身于他人眼前，心头大为不爽快。

夜雨泽这小浑蛋还每天都在他眼前晃悠，这儿摸摸那儿戳戳的，惹得他烦上加烦。

身体虽不觉得痛，却始终使不上劲，便让这小鬼蹦跶了两日。

受了两日窝囊气，终于能勉力一动了。忍无可忍，无须再忍，一指下去，周遭顿时就清净了。

楚云辞却护着那小崽子，没再给他吃止痛的药丸。便是他惯于隐忍，也抵不过那万蚁噬心之痛，令他不时地惨叫出声。

倒不是楚云辞有心对付他，只是经过两日解毒，体内所留毒性越少越要谨慎。须以人体试着疼痛之感，才能及时觉察到不对劲的地方。

而欧阳冥已是对楚云辞下了定义：此乃上等小人，绝非正人君子。什么隐世高人、妙手医仙，都是鬼话！只有小人行径，睚眦必报，才是实打实的。

楚云辞是不知道他心里想法，若是知道了，指不定还得指着他赞一声："你倒是看得透亮，我宁做一世小人，也不做一时君子。我又不是神仙在世，要这一身正直去早登极乐。"

当然，楚云辞读不出他的心思，他自然也就无幸得听楚云辞这一段浑话。

第二十三章
毒解

凤倾月费尽心思救了欧阳冥，却连他的名姓都不晓得，还是从连翘处得知了他的身份。

想不到她无意之中，还结识了个江湖上响当当的大人物。

听说他武功绝世，为人冷酷无情且杀人如麻，比起战场上的将士，手上所染鲜血也是有过之而无不及。

打打杀杀对欧阳冥来说虽是常事，却也没连翘说得那般可怕，整个一血流成河之景。

连翘不过是想把他说得凶残些，让凤倾月怕了他，不再跟他牵扯上关系罢了。

难怪第一次见他的时候，他就怒气冲冲地差点拆了那家铺子。这种刽子手一般的人物，凤倾月现下回想起还有些后怕。幸亏自己没惹得他发怒，被他一刀了结了去。

凤倾月却不知道，现下想同他撇清关系已是晚了。自她救下欧阳冥起，就已招惹上他了。

楚云辞每日看着欧阳冥这个大男人泡浴也是无聊得很。他又不是美艳的大姑娘，楚云辞自然不喜欢。

时不时你来我往地说些事，却越是发觉欧阳冥这个人对自己的胃口。

最对他胃口的，莫过于欧阳冥翻了仇千离的老巢，取走《毒王圣经》

一事了。

原来《毒王圣经》并不是单部成本，而是《药王圣典》的后半部。一册书分作两半，只有药王子弟才能继承。

楚云辞的师父归仙之时传位于他，故两本典册皆落在了他的手里。只不过仇千离心中不服，偷走了后半部毒典自立门户为毒王，想与他一争高下。

仇千离也是选了个好时机，赶上他练功之时毒害他。两人一番争斗，仇千离技输一筹落荒而逃。楚云辞虽自个儿解了毒，却走火入魔了。

也是运气好，遇上了夜离轩。不然他内力四窜，不说爆体而亡，武功尽失还是会的。

他一直都想把仇千离斩草除根了去，可惜他犹如狡兔，始终没露出身影来。寻人无果，只得回了落周山。反正仇千离要跟他比，总会有出现的一天。

谁知仇千离没等到，却把《毒王圣经》给盼了回来。对于欧阳冥找到仇千离老巢一事，楚云辞是连连赞赏，就差没搂着肩对饮一杯了。

一谈到痛饮一壶，欧阳冥也是提起了兴致。上至琼浆玉液，下至粗制米酒，两人无一不精。

难得遇一酒道中人，楚云辞欢喜至极，直说待他毒解之后一定与之对饮一番。欧阳冥心中爽快，也不觉得他像之前那般不顺眼了。

欧阳冥找《毒王圣经》，本是为解救自己的恩师莫啸天，也就是现任的弥须阁阁主。现下与楚云辞一番结识，说不得可以让他找些办法来。

为何不拿药典而拿毒典？

莫啸天曾与许多宵小之辈有过争斗，那些小人比武不成便以毒暗算。莫啸天毒气入体，有的逼得出，有的却只得引入左臂之中。

莫啸天左臂日渐麻木，药石无医。有人提议以毒攻毒之法，自身却又无能，便提到了《毒王圣经》这一本奇书。莫啸天本欲断开一臂免去烦忧，欧阳冥却不依，要找个解救之法来。

为找《毒王圣经》，他也是花了好些功夫。没想到快要功成之时，防不胜防中了噬心这种恶毒。原来是仇千离在典册上下了毒。

寻常医者毫无办法，唯有给欧阳冥指条明路。欧阳冥没法子，只能强闯毒瘴求助于楚云辞。

别人本想的是他好声好气相求，楚云辞向来跟仇千离不对付，定会救他一命。他倒好，求人救命还傲气得很，以剑相指。

法子没用好，是以一番兜兜转转，才有了今日之事。

只得说仇千离用毒之技略逊一筹，楚云辞还是不费多大劲，就给欧阳冥拔除了噬心之毒。不过能在典册上下如此狠毒以肌肤入体，也不得不说是个好手段。

在欧阳冥毒之将解之时，自然提到了《毒王圣经》这一紧要之物。他这半生恶事做尽，却也没做过有失信用的事。行走江湖的，最注重的便是"信义"一词，他自是乖乖交出了《毒王圣经》。

他藏得倒好，竟是在毒瘴林中挖坑埋下了《毒王圣经》。林间落叶飘零本就不易寻找，更别说谁又能不怕死地在毒瘴里头搜寻这一本典册了。

楚云辞拿到的毒典已成残本，重要的页面被撕了许多。想来仇千离也是怕典籍被盗，故将重要的部分撕下，便于时刻保存在身。

不过能寻回失物就是好的，他一个叛离师门之人怎配以本门秘典称雄？岂不让师父九泉之下也不得安心？

欧阳冥伤势大好，也没有急于离去，应了楚云辞的设宴招待。

凤倾月见他自如行于府邸，同他问了声安好。也没过多言语，欧阳冥偏生把她的一举一动都刻在了心头。

他难道入了魔障？

这次设宴楚云辞毫不含糊，竟拿出了好些珍藏数年都不舍得喝的美酒。

平日里一人小饮无趣，还是得有个酒道中人共品，那才叫个酣畅淋漓。

酒逢知己千杯少，美酒少有，不过知己更是难得。难得有此同好之人，不管前尘如何，只求现下共饮一壶，一时逍遥畅快。

既是楚云辞府中设宴，此等热闹之事自然少不得凤倾月和夜雨泽了。

夜雨泽进门就见怪叔叔坐在一旁，吓得赶紧躲在凤倾月身后，露出个大脑袋打量于他。

看两人谈笑风生的，夜雨泽心里直想：怪叔叔会妖法，楚叔不怕他吗？

夜雨泽突然忆起了凤倾月扇他巴掌，而楚叔把他害得连连惨叫一事，立马了然——哦，原来楚叔跟娘亲一样厉害呢。

凤倾月同夜雨泽合坐于另一侧香案上，与欧阳冥面对着。

夜雨泽好奇得很。怪叔叔和楚叔的案上都放着形色不一的杯盏，就自个儿桌上没有，自然是闹着楚云辞讨要。

楚云辞命下人端了一杯给夜雨泽，想要逗逗他。他一闻那刺鼻的味道，便皱起了小眉头，再伸舌浅尝了一下，顿时急得上蹿下跳连声叫人拿走。

楚云辞饮尽一小杯，陶醉道："男子汉大丈夫，怎能不好这一口杯中之物？这可要不得，要不得！"

"你骗人，我爹爹说的男子汉才不是这样的呢！"

夜雨泽一派正气凛然的模样，更是逗乐了楚云辞："你爹还没跟你说到这上头呢，楚叔可不唬你。"

楚云辞摆明了糊弄人，夜雨泽人小虽然不懂，看他说得认真，竟是信了半成。

楚叔这般厉害，难道就是因为喜欢这怪东西？夜雨泽心里挠得厉害，可对于这杯中之物，实在没有丁点儿的期待。

只得瘪瘪嘴，恨自己不能当个像爹爹一样的大丈夫。

楚云辞好酒，却不单单喜好于喝酒，而是注重一个"品"字。

欧阳冥看着眼前各式酒杯，分别盛有不同美酒，不禁心生几多欢喜，对楚云辞更是多了几分惺惺相惜之感。

酒道中人，诸多豪饮者，可能讲得上个"品"字的，却不多。他能把这些酒的其中特色与所盛杯盏相配突出，实在让人叫好。

就说这竹叶青吧，以竹身为杯，更是突显其味。清香淡绿，余味无穷。

再说那葡萄美酒夜光杯，以玉石作杯，质地光洁冰凉，造型别致一触欲滴，色泽斑斓宛如翡翠。冰凉了的美酒口感更是独特，入喉甘甜略涩，甚为爽口。

青花瓷小杯盛清酒，澈而见底，清香四溢。

以各种木杯盛花酒，更显其味且浓郁绵长。

金樽配玉液，铜樽配回龙，流霞盏雪花酿，无一不是两相结合，相得益彰。

"你这两物相宜，无一不是好上加好。就是差了样最为平常的烧酒，实在可惜！"

楚云辞听了欧阳冥的话，立即喜上眉梢。果然是个同道中人！一下子就指出了最为关键的地方。

"欧阳兄这话提得好！倒也不是觉得烧酒不入雅流，刻意撤下了它。不过一直找不到与之匹配的器具盛放，才只得作罢。不知欧阳兄可有好提议？"

两人之谊瞬间达到了称兄道弟的地步。有道是知己难求，自当珍视。

"烧酒本就属豪饮之物，得大饮而尽才好。我以为，就土碗最为合适。"

以陶土烧制的土碗饮这烧酒，豪气爽快。而两者皆为淳朴自然之物，更有一番纯粹直爽之意。

楚云辞顿时叫好："欧阳兄此话独到，是我太过注重表象了。来，我敬你一杯！"

两人隔空对饮一杯，而后空杯口朝地，抱拳互回了一礼。相视一笑，一切尽在不言中，无形中竟是有了一番知己好友的作态。

凤倾月见两人这般友善相惜，有些丈二和尚摸不着头脑了。楚云辞一开始还执意不救欧阳冥，怎的没几日就对他如此好言好气了？

楚云辞喝到兴头上，便劝着凤倾月也小饮一杯。凤倾月敌不过他一番盛情，就喝了一杯。

不过这美酒与寻常所喝的果酒大有不同，其味甚是浓郁。就这么一小杯，只一会儿她就红霞扑面，脑袋些许发晕，微微醉了。

她这娇俏的样子叫欧阳冥见了，更是迷了眼，难以忘怀。

说来也是奇了，他以前从没对哪个女子上心过，现下却留恋于一已婚妇人来了。直叹自己是瞎了眼了。

用完膳，连翘本欲扶凤倾月回屋歇息，可她偏要自己四处逛逛醒神。没法子，只好依了她，自己带回了夜雨泽。

反正这里安全得很，不必担心出什么事去。

凤倾月至后院，见花开正好，便坐在石凳上赏起花来。

她的怡然自得，被人尽收了眼底。那人直想给自己一大耳刮子，转身就走，却还是半点离不开眼去。

第二十四章
等君归

梨花树下，男子散落满头青丝，遮掩了另一半俊美容颜。怀抱琵琶徐徐而弹，乐声哀婉缠绵，动人心弦。

凤倾月正是被这一缕幽怨的乐曲吸引而至的。

他身为男子，却将这柔情辗转演绎得恰到好处，添一分则嫌多，减一分又嫌少。不过他弹出的曲只有反复的一段，成不了调。

凤倾月隐约听出了是个什么曲，却又不甚肯定。若是她心中所想的那首曲子，曲中寄意该是喜大于悲的，为何楚云辞弹来尽是哀愁？

所弹琵琶，用料只是最为普通的白木，一点不似府中其他物品那般讲究。音色倒是极好的，不过琵琶有些陈旧之感，想来已用多年了。

他弹得甚为专注，情系其中，惹得闻者生泪。一音弹错，便停顿了下来，以指细抚着木制梨身，如对珍宝一般。

幽风轻拂，梨花淡香袭人，吹散了他一头墨发。如此安逸美好，好似将他一身的愁绪也带离了去。

突地，他生出一股子狠厉，提器欲断。

"别！"凤倾月不自禁地出声阻止了他。

见他看过来，才发觉难为情得很。偷看已是不好，现下又出声喝止，实在有些不合时宜。

只得尴尬一笑，转移着注意力："楚公子琵琶弹得这般好，直叫人想拜师学艺呢。"

他曲中深意如此沉重，定有不如意之事挂在心头。现下提及追问于他，免不得惹他苦愁，便没问他何故要毁了这琵琶。

"我还想求个师父，让这曲能成调呢。来去就这么一段，倒是让你见笑了。"

他这话说得认真逗趣，不像在掩饰心中忧郁。难道他只因得不出全曲，才想放弃了去？凤倾月没料到他是此番想法，着实一愣。

她之所以知道此乐，是因宫中一位老乐师所留曲谱有书。说此曲曾是古谱上的琴曲，少有世人晓得。楚云辞得不到全段也是常理。

谁又能想到，他一个男子会弹此曲呢？

"若是想得全段，倾月兴许可以一试。"

楚云辞忽地有些愣神，反应过来则转了神态，很是欢喜。

"你知道这首曲子？想不到踏破铁鞋无觅处，得来全不费功夫。原来深藏不露者近在眼前啊！"

他目光灼灼，看得凤倾月有些难为情，娇声应道："也是前人之功，算不得我的。"

"别再扯这些虚话了，我心里急迫得很，恭请嫂夫人一试！"

楚云辞失望多次，少有期望之许，这次却莫名地信了凤倾月，止不住地欢喜。

他恭敬地递上琵琶，凤倾月接过回了一礼，便坐在石桌的另一端。与楚云辞太过亲近实在不宜，还是应避讳一些。

噔！凤倾月抚上琴弦，弹出一个音便断开了。

"少有献艺人前，有些局促紧张，让你看笑话了。"

他直愣愣地看着她，她虽明白他不是登徒子的心，可谁又能习惯被人这般直勾勾地看着？

楚云辞洒脱惯了，见她满满的不自在，才意识到自己这般作态实在不好，即感抱歉。

"是我失礼了。我转过身去就是，嫂夫人继续。"

见他背对而坐，凤倾月才镇定了心神，徐徐而弹。

前段乐曲正是楚云辞适才所弹一段，却不如他弹出的乐声凄婉惹人忧思。

到凤倾月开口吟唱，楚云辞才晓得这曲竟是有词的。

"花开无尽好，可惜空寂寥。落花几度散，谁人乐逍遥……"

这寂寞久待的场景，分明出现了楚云辞的眼前。明明这般忧伤的曲调，她为何弹出了喜悦之意？

"花比人更娇，君归君亦憔。好景不常在，只盼共君老。携手同舟渡，坐看花期了……"

后面一字一句，都是快乐欢愉的。心中执念，只是执子之手、与子偕老吗？

能跟心上人一同老去，便是你所求的吗？只可惜你日日所盼、夜夜所等的人现下都不知身处何方。为这么个数年未归的负心人，憔悴而逝，值得吗？

凤倾月弹完曲，楚云辞又是周身笼罩着化不开的愁绪。她也不知如何是好，便沉寂了下来。

楚云辞醒过神，淡然一笑问道："许久没听过完整的此曲了，惹人怀念得很！不知此曲叫个什么名字？"

他的突然转变有些让凤倾月适应不了，愣了一愣才开口答道："应是名唤《等君归》。"

等君归，等君归，君若不归又当如何？

他一直惦念在心的竟是这么回事。呸，什么东西！

"多亏嫂夫人我才得以看破迷障，心中感激不足以表矣。泽儿的事我自当尽心，多谢！"

他突转话题谈到泽儿，令凤倾月左思右想也闹不明白。

正想一问究竟，他却飞身离去了。怀中的琵琶也不知何时离了手，跟随他飘然而去。

楚云辞曾让人探访过不少有名的乐师，皆是不通此曲。想不到今日被凤倾月指引，破了这心结。

早知此曲是这么个意味，他才不会费此周章呢！

楚云辞回到房内，将琵琶归了原位，一时有些失神。

犹记年幼，娘怀抱琵琶奏曲时那郁郁寡欢的样子。

院落梨花飘零，她独坐在空荡荡的小院里，更显孤寂。

越发大了，只知她很落寞，很落寞，却不明白她为何这般落寞。

他幼时混账得很，乃是村中的小霸王。仗着气力比寻常孩童大，时常欺负其他幼童。

年幼之事大都记不清了，有件犹记至今的事，便是有一次一向温婉的娘发了大怒。

那回他欺了一个幼童，那娃儿不知哪儿学的粗话，骂他有娘生没爹教。他对不上话，只好回家问娘要个爹来。

他的纠缠不休令娘有些伤感，问他今儿个怎偏要提及此事。

他自然是实话实说了。没挨到想象中的板子，娘却急红了眼，扯着他就直奔去了那户人家。

她当时发了好大一通脾气，把那一家子都给吓愣了。

娘平时顶温柔的一个人，时常做些糕点四下与人赔罪。突然这么一怒，可不叫人震惊吗？

原话楚云辞也记不得了，大概就是说他虽做得不对，可也容不得人这般评议。他爹只是远行了去，幼童不懂，大人又怎能背后胡乱说道，惹得小孩口无遮拦了去。

这家人一下子就蒙了。莞娘平日里顶好的性子，他们又怎会背后多嘴非议？

晓得她一个人持家为难，自家孩子虽受了气，可这么说人也实在不好，便一直赔罪，说是平日里不曾说过这等胡话，也不知那浑小子哪儿听来的。

好声好气说了一阵，她才堪堪罢休。

楚云辞那时还不明白远行的意义，只知自己原来是有爹的孩子。

没想到这个莫名其妙的爹还让自己少了顿打，心中自是欢喜异常。却不懂娘的心中哀切，不明白她回家的路上几番撇头，是在偷偷抹去眼泪。

至此，再没了胡乱骂他的人。他也是听话了许多，少有与人胡闹。

到了懂事之龄，他便觉得他那个爹该是死了。反正不曾有过亲情之念，死了也就死了，他半点不觉难过。

他讨厌那个陌路人一般的爹，开口闭口就是爹应该死在外边了。他不明白，他的一字一句对娘都是莫大的伤害。

娘不常弹琵琶了，也极少在他面前提"爹"这个字眼。人一天天地憔悴了下去，直至面黄肌瘦，不复当年的美貌。

九岁那年，长期病卧床头的娘终于一睡不起，解脱了去。他无时无刻不想治好她，可惜村里的大夫无能，他只能眼看她与世长辞。

大夫说的是哀思成疾，这笔深重罪孽，自然就记在了那个莫名的爹的头上。

多亏了娘平日里温婉与人，邻舍才对他一个幼童好生相待。也是靠着他人的接济，他才好好地活了下来。

他开始务农，只为给自己找条活路。

隔壁的王婶时常给他送来些东西，感叹着娘的生前种种。

说她一看就是个大户人家的女儿，玉指纤纤细手柔柔，十指不沾阳春水。

初来乍到时啥都不会，却也不矫情，认真地跟着邻里妇人习厨，做女红，实在是个秀外慧中的好妻子。

她为人谦虚温善，淳朴的村民自然喜欢她。

也曾有觊觎她美貌之人，不过那个浑蛋爹竟是个练家子，把人给弄折了去，便没再生过此种事端。

浑蛋爹离开村后，娘是个得人心的，多有邻里相护，也就不曾有人欺她一个妇道人家。

听说他当时已是出生，不过尚在襁褓之中。是以对这个爹，他没有半分记忆。

也是他一生注定坎坷，上天偏不让他安生，娘死后一年，村子就遭了大难，惹下疫症。

他拖着病重之躯，看着村里的人相继死去，终是有了对死亡的恐惧。

原来死并不是解脱，他还眷恋这尘世，他不想死，不想死！偏偏生命的流逝，他倍感清晰，令他挣扎害怕。

苟延残喘之际，遇到云游的师父，妙手解了疫症。

师父夸他是个心智坚定的，欲收他为徒。

他不求行医救人，只求自己一世安乐，便跟着师父来了落周山。

身系所有，也就这一把琵琶了。

一直以为，娘苦等多久没有结果，该是死心了的。现在看来，娘却不曾放弃过。

为这么个十数年不归的人，牵肠挂肚香消玉殒，值得吗？

楚云辞拿了布出来，盖住了琵琶。为了记忆中的这首曲，他一个男子还刻意学了这惹人发笑的琵琶。

谁知他的唯一念想，寻寻觅觅数十年，却为那个让人作呕的爹牵肠挂肚。

当真是傻得透顶！

第二十五章
毒胎

楚云辞向来是个重情的。便没承凤倾月的情，他也会治好夜雨泽。而凤倾月解了他的一大心结，他则更把泽儿的事放在了心上。

凤倾月一开始还闹不明白楚云辞的话，待他一番动作后，才明白这次来落周山不仅仅是为了避难，还为了泽儿体内的毒素。

原来夜雨泽自幼体带毒素，是个毒胎。

当初因着毒气已侵入心肺，楚云辞怕他承受不住剥离毒素之苦，以麻药解痛又怕他一睡不起，只得以人体为基养毒，让其伴随生长。这就相当于把夜雨泽制成了容器。

夜雨泽年岁越大，已是习惯了毒素在体。楚云辞虽说碍不得事，可夜离轩还是放心不下，毕竟养毒在人体之内始终有些吓人。

借着这次机会，顺着就委托楚云辞将泽儿的毒给拔除了。

反正毒素留了许久，也不急在一时半刻解毒，便为了欧阳冥的事耽搁了一阵子。

解夜雨泽的毒比欧阳冥的更难上一层。夜雨泽的毒已是同他融为了一体，很难再剥离开来。

其实毒气入髓还是有好处的，可以中和一些轻微的小毒。或是抵制一些烈毒，再逐渐转化为自身的毒性。

这种以毒炼身的也不是没有，可有的靠后天培养的毒人穷其一生都无法到此程度。

万事都得讲究个机缘，若是楚云辞自己，肯定觉得利大于弊，不愿治疗的。可毕竟不是自己的孩子，也做不得那个主，只能尽力去解夜雨泽的毒素。

夜雨泽的毒是怎么来的？凤倾月实在疑惑。

照连翘的说法，这毒是下到虞婉婷身上的。正因为此毒，才导致了虞婉婷身子状况不佳而早产。也是夜雨泽好命，与体内的毒素相依而活，楚云辞才救回了他一条小命。

也是因为这毒，惹得虞婉婷身子虚弱，郁郁而终。

皇德妃虽亲口承认，是她害死了虞婉婷，可凤倾月回想一下，又觉不对。

奶娘说过，皇德妃曾请旨来看夜雨泽这个小金孙。按理说他没出生之时，皇德妃该是期待疼惜这个孩子的，又怎会下毒害虞婉婷呢？

可若说不是皇德妃下的毒，她又何必承认了去，惹得母子离心呢？

也不知是当局者迷旁观者清，还是怎么的，凤倾月老觉得事有蹊跷，可她不知就里，也说不出个所以然来。

楚云辞还是用上了老方法，以药浴调解夜雨泽的毒性。治疗得比较温和，只需要泡上数月就行。毒性会慢慢中和，直至同普通人一般。

夜雨泽泡在专为他准备的小药桶里很是高兴，殊不知楚云辞心头揪心得很。好不容易有这么个特殊的毒胎，却要在自己手里没了。

难得的好材料以供试验，可惜了。若是他师弟仇千离得知有这么个小祖宗，定得想尽方法给夺了去。

凤倾月看顾了夜雨泽几天，见他没什么不对劲的，也就放宽了心。

闲来无事，便同楚云辞在一旁的小桌对弈了数局。

同她一番对弈，楚云辞连连道一个"服"字。

她下棋不同于其他女子只有一个套路，谨慎小心引人入瓮。常常兵行险着，出其不意杀人措手不及。

凤倾月虽赢时居多，却让楚云辞直呼爽快，相逢恨晚。

他跟虞婉婷也下过棋。如同小孩子过家家一般，你追我赶扭捏得很。

步步小心紧逼，一点没剑走偏锋的爽利，惹得他不胜其烦。

也不是说谨慎有错，而是这种出其不意令人赞赏，那种一成不变让人不耐罢了。

凤倾月在这里也住了快小半月了，其性情仪态，无一不让楚云辞看中。

也唯有凤倾月此等女子，才不算辱没了夜离轩的身份。除了叹一声夜离轩好命，也作不得他想。

他没想法，欧阳冥却抑不住地想法向外冒。

楚云辞和欧阳冥套上了交情，便留着欧阳冥小住，论其师父的救治之法。

顺着解夜雨泽的毒，请来了欧阳冥观棋而语。佳人作陪，还能解其心头一大郁结，欧阳冥自然乐意之至。

他早知凤倾月的聪慧胆识，现下是更为欣赏了。一个人下棋的路数，往往透着人的心性。

凤倾月的胆大机智，恰恰就入了他的眼。

若说他血气方刚，纠缠于儿女情长也就罢了，为何偏偏是个已婚之妇？真是瞎了眼了！

明知不可为，还舍不得离开眼去，可不就是个彻彻底底的傻蛋！他欧阳冥明白了小半辈子，这下总算是糊涂到底了。

前半辈子都不曾假想过，会栽在个女人手里。这下，却明明白白地认栽了。

这女人好似有一双隐形的手一般，抓住了他的心，让他欲罢不能。

夜雨泽药浴多日，不见有何异状。一日用膳之时，却突发急症，呕吐不停。

就连睡梦之中，也不时吐些秽物来。吓得凤倾月和连翘两人不敢离身半步，不眠不休地看顾着他。

凤倾月抵不住累，便在床头小憩。夜雨泽一不安稳则会惊醒了她，忙前忙后的，很疲乏。

楚云辞府上丫鬟众多，凡事也不必这般亲力亲为。

可凤倾月见不着夜雨泽，心里就不甚踏实，只得自己一番劳累。待他药浴之时，才得空休息片刻。

连日里五脏六腑似火燎，翻腾怒绞，惹得夜雨泽失了胃口，对着一大堆好吃的也提不起劲来。

每每要凤倾月好言劝着，才肯勉强喝些汤水提提精神。下人伺候他药浴后，便得将他送回床上休息。

夜雨泽整日病恹恹的，日渐消瘦，看得凤倾月好不心疼。

楚云辞让她不必担忧，说这就像戒五石散的人一般，剥离一个习性，必然是不适应的。夜雨泽不过是毒素留在体内的日子久了，反应才比较激烈。

楚云辞不以此作比还好，他这么一说，凤倾月更是吓得不轻。

这等宫中禁物，凤倾月曾见识过一回，心中一直尚存阴霾。

往日有个宫中嫔妃，耐不住寂寞，偷用此禁药排忧。后被揭发，皇上便将她打入冷宫，断了禁药的来源。

有日看守的嬷嬷一个不慎，让她跑了出来。她蓬头垢面地在御花园中胡乱冲撞，没了往日的一分美艳。

那日凤倾月恰巧在御花园游玩，直直就撞见了她。她状甚疯癫，瞪着双眼就直奔凤倾月而来。

其面容狰狞，凤倾月顿时想起了吃人的魔鬼、凶残的恶兽，吓得脸色惨白，软了双脚。

宫女们为护凤倾月，顿时乱作一团。几番推搡，那嫔妃抓伤了好几个人，还生生把人咬了一口血肉下来。

几个宫女见此，怕自个儿受累，便下了狠劲，将她推入了一旁的池塘。

即便她已疯疯傻傻，保命的本能还是有的。她挣扎着欲要上岸，刚浮上来，一个嬷嬷就赶上去将她按下水。

贴身宫女忙遮住了凤倾月的眼，怕她受惊。只听那水声扑通了好一阵，她才重见了大好春光。

当年的她，对"死"这个字眼，还是将懂不懂。不过那嫔妃癫傻骇人的样子，凤倾月却记得清清楚楚。

她断不能让泽儿成了那般的人！

可她除了陪着泽儿，也帮不上其他的忙。只得自己暗暗心累，让他自个儿强挨过这等难受的事。

眼看着凤倾月也跟着日渐憔悴，楚云辞心一狠，下了重药。横竖也就一刀，长痛不如短痛。

反正夜雨泽现下已是不适，再添几分难受也没什么。早点熬过这段时期，大家都乐得轻松。

夜雨泽的反应更严重了，有时还会咳些血丝出来。小小的身子蜷缩在床上，好像没影了一般，看得凤倾月好生揪心。

连着萎靡了好些日子，夜雨泽总算有了些精神头儿。一日早起喝了一大碗白粥，喜得凤倾月不禁连连喜道上天保佑。

夜雨泽不再吐出吃食了，吃的东西便开始丰富起来。楚云辞说他难关已过，只需慢慢调养好身子就成。

凤倾月一颗吊着的心，总算踏实了。原本圆润的脸庞，现下变得有些清瘦。

风姿不减，不过少了几分可人，多了几分艳丽。

而欧阳冥此前在这儿耽搁了一段时日，再留已显得格格不入，便早早下了山去。

老阁主的毒，他已与楚云辞商量了个解决之法。也不知可不可行，不容他再多耽搁了。

他不明白，凤倾月为什么会对一个没有血缘亲情的孩子这般好。

她难道就不明白，那孩子就是她与夜离轩的孽。只要有他在，她便只能在夜离轩心里屈于第二。

为了个不相干的孩子，这般掏心掏肺，值得吗？

可偏偏他觉得她傻得透顶，却还是透着莫名的讨喜。

她明明不是个纯善的人，疾恶如仇，又纯真善良。两种复杂的性格交融在一起，本应觉得她是心机深沉之辈，可她一番作为，又自然得理所当然一般。

她究竟是个怎样的女子?

若不是因着她的身份,欧阳冥当真会对她欲罢不能。如今,他也只能一声轻叹,空想而已。

欧阳冥踏上归途的同时,西夜与瀚羽的交战也是一派好的前景。瀚羽边防已破,国之将亡。

本来战事没这么轻松的,因着瀚羽国有叛军归顺,里应外合,才导致西夜军连连大捷,直逼瀚羽皇城。

夜离轩挥军直下瀚羽皇城的消息,传遍了西夜。虽还没个准信,西夜国民却先庆贺了起来。

夜雨泽遭了罪,听说爹爹快来接自己回家了,也是高兴得很,精神好了许多。

然事态发展都有个双面性,总归是几家欢喜几家愁的……

阴暗的石室里,烛火颤巍巍地跳跃着。昏黄的光晕染亮了周遭的石壁,映出了上坐之人的如玉俊颜。

他面色阴沉,杀气腾腾的,好似笼罩着一股子冷气。好好的一个翩翩俏公子,失了几分谦和,多了几分戾气。

虽少了些书卷气,不过这般气势,才该是身经百战的大将军模样。

皇族中人,也只有他夜墨澜,才能有如此气场。顶着弱势之资,赢得了这战神的名头。

下跪男子一身黑衣简装,大气也不敢出。

他清楚主子的脾气,发起火来谁也不认,唯恐这股火气撒在自个儿身上。

今日也是倒霉,才接下了这送信的差事。

暗室内充斥着一股纸灰的味道。夜墨澜脚下堆着一小块黑灰,正是刚刚烧毁的书信。

"得,你回了吧。"

来人听命,顿时松了口气,赶紧退离了去。

自打知晓这信从何处而来，他这心里就不甚踏实，生怕替那该死的遭了大罪。还好主子深明大义，没把火气撒在他身上。

不用想也知道主子现下气得极了。自个儿的亲信叛变，摇尾卖好他人，谁能受得了这等子气？

那莫子潇也真不是个东西，便宜都占尽了，竟然临阵倒戈。

哼，这种奸诈小人，以为自己傍上大树了。等着吧，主子早晚得收拾了他！

那人心里一番庆幸嘀咕，悄然离去。

夜墨澜坐在那太师椅上，流露出一股莫名的笑来，神态有些怪异吓人。

若刚刚那人还在，定要揪紧了心。如此叛逆大事，主子还笑得出来，可不是给气疯了嘛！

夜墨澜不过是心中无奈，突感讽刺罢了。

墙倒众人推，莫子潇定是觉得他难登大位了，才敢擅作主张，带领将士弃城投降。

本想让莫子潇抵抗一阵，落了夜离轩一往直前的势头。

他却明目张胆地推送了一把，助了夜离轩的声势，让其首战连连大捷，在西夜的风头直接盖过了自个儿这个经战多年之人。

夜墨澜自是不甘心的，他凭的是实力护好这大好江山，凭什么夜离轩在一切尘埃落定之时，就可以出来要风得风、要雨得雨？

父皇，你给我一个机会，难不成就是让我甘心给他当踏脚石的？你叫我如何甘心？如何肯甘心！

莫子潇玩的倒是一手好手段，两边都不耽误。那头不听命令擅自行事，这头又送来书信说早晚瀚羽兵败，还不如假意归于夜离轩，好与之里应外合。

好个里应外合，夜离轩战神之绩响遍西夜！

夜墨澜抬脚踩碎了那地上的纸灰，站直了身子。

莫子潇以为父皇绝了立自己为帝的心思，就安心踏上了夜离轩那条船。

哼，明摆着的背叛，想凭一封书信来糊弄他，未免太过好笑了！

你是个好样的，敢背叛于我！即便做不得那登天之人，也定叫你不得安宁！

莫子潇这安北将军的要职，还是靠着夜墨澜暗中提供金银打点，在战场上刻意小败了两局与他，才让他有了一番功绩，在前年坐上了这仅次于一品大将军的位置。

莫子潇本是夜墨澜的外公，也就是当年的远征大将军迟重用心良苦安插在瀚羽的暗线。

两代人的苦心经营，现下却卖了个大便宜给夜离轩。

谁能想到莫子潇六亲不认，自私自利，撇下父母妻儿不管不顾，背叛迟家？兴许离家十多年，他早已抛却这份亲情了。

如此不忠不义不孝之徒，不要也罢！

夜墨澜多年付出一朝损毁，半世功德转手献与他人，又叫他如何能放得下？

父皇，你未免太不公了！

他心里的苦楚难受、凄惨悲凉，又有谁能体会懂得？

再说夜离轩这头挥军直下，兵临瀚羽皇城，皇城百姓人人自危。

不出一月，西夜必定大破瀚羽。

瀚羽皇帝遭逢突变，失了莫子潇率领的上万精兵，城防又连连陷落，倍感痛心恼怒。下令投降者死，将人困死于皇城，与皇城共存亡。

瀚羽以百姓为肉盾，夜离轩这边虽是形势大好，却没再乘胜追击。只下令围城，警惕奇兵突围。

虽说此番君泽皓才是正统的大将军，可夜离轩却是军队里的招牌，万事皆是挂在他的名头下。

此次若要急功近利破城，必先杀以百姓为首的人墙，那与屠城也没什么区别了。

为避免此后被人念此诟病，夜离轩宁愿驻军跟他们耗下去。

君泽皓自然也是这个意思，大势已定，不需急于一时之利。

两人意见相同，便安心在城外扎下了大军，等待良机。

明德七二四年春，西夜挥军南下，先发制人，与凤央开战。

与此同时，西夜与瀚羽的交战也已告一段落。瀚羽皇帝于寝宫内遭遇刺杀，谋逆叛上者正是平日里只会花天酒地的九皇子。

弑父而降，如此大逆不道之举，由他做来却显得顺理成章。

一个整日只知风流快活的纨绔权贵，被人撺掇撺掇，也就六亲不认，犯下有违伦理的孽罪了。

皇城里的人心里都松了一口气。毕竟能活着，谁愿意去死拼？犯下如此罪孽的又不是自己，可算是心安理得了。

没了各方负担，嘴上自然是得理不饶人的。不过这九皇子名声本就不好，挑挑拣拣好像也没什么说头。肯背这种恶名的傻子，也只有他这么一个了。

如今的形势，他这般做法无疑是最明智的选择。

瀚羽九皇子领军降于西夜，记一大功。身负万千骂名，却拿到了最实际的东西。

这九皇子是真傻还是假傻，不得而知。不过他的心狠手辣，可是实打实的。

瀚羽已平，君泽皓留了部分军队驻守，带上众兵俘班师回朝。

夜离轩凯旋，自然比往时更意气风发。正气凛然，好不潇洒。

心里一轻松，思绪便飘远了去。

泽儿的毒也不知解了没？分离好几个月，该是吵着要见他了。楚云辞平日也不报个信，弄得他心急难耐，迫切得很。

楚云辞前后也就回了一封书信，说他们去时跋山涉水，累得惨了。还说近况甚好，没人想他，勿念。

泽儿那浑小子，有了娘就不要爹了。以前老缠着他，离远了都不行，这次竟是半点也不念着他！

如此情况，他该是喜的。偏偏他心头吃醋，想使劲抽那浑小子的屁股。

倾月……她还好吗？

一想到凤倾月，夜离轩便醒了神来。

他本觉得她对他无关紧要，风花雪月皆是过眼云烟，各取所需罢了。她安分守己，他便愿意给她一世安稳。再说她的个性，进退有度，聪慧大方，很适合当泽儿的娘亲。

他以为自己对她也就这样了，不反感中带着点欣赏。直到他这几月连连失神念及她，才发觉她已是不可或缺了。

也没什么惊心动魄可歌可泣之事，可回味起她的一颦一笑，都娇俏勾人得很。

夜离轩淡淡一笑。这不知情趣的女人到底哪里好了？快惹得他茶饭不思了！

夜离轩这头轻松欢喜，将近一月的行军，即将抵达渊城。嘉州这头却是战火连天，一派惨况了。

说来也怪，领军作战的大将军君泽皓及夜离轩都在瑜州，在这嘉州行军打仗的又是谁呢？

嘉州，西夜驻扎军区大帐内。

夜墨澜看着眼前的地势图，心里众多弯弯绕绕，却不是想的如何打这场仗。

父皇一道圣旨，毁了西夜凤央友好之盟，命他带军攻打凤央。

若说父皇属意夜离轩，就该让其趁热打铁，趁着瀚羽新军注入，让其接着攻打凤央，将其打造成一个能文能武者，登上皇位，一切显得顺理成章。

可若说父皇不属意夜离轩，又不怎么符合逻辑。若不看中他，也不会让从没行军打仗过的他领军作战，予他这般大的风头了。

夜墨澜不懂了。若父皇打定主意立夜离轩为皇，自个儿是万万赶不上这趟差事的。让他手握兵权，不怕他引发兵变吗？

他向来琢磨不透父皇的想法。他不明白，父皇这是在给他机会，还是在看他安不安于本分，能不能安生做一个臣子？

抑或只是单纯地派他来扫清障碍罢了。不，父皇的算计怎会如此简单？

夜墨澜一番思虑，突然闭上眼靠坐在椅背上。

做儿子的，还要跟自己的爹互相算计，互剖阴谋，小心谨慎生怕犯下一丁点儿的错。

难道天家之子，就半点不念及骨肉亲情吗？

为何夜离轩就能一路顺风顺水？他就只能捡其不要了的？就连父皇对他的宠爱，也只是被其糟蹋后，剩下的零星父爱。

为何他能做得比夜离轩更好，父皇还是看不中他？夜离轩究竟能做哪般独到之事？他不甘心，真的不甘心。

父皇，你究竟想让我怎样？

若夜凌昊知道夜墨澜的内里心酸，怕也只会叹一句，是他生不逢时罢了。

他不是做得不好，只是做得好的在他前面，他晚来一步，让人捷足先登了。而那先行一步之人，自然是夜离轩了。

夜墨澜差的，不是其他，只怪那时间蹉跎，埋葬了他的雄才伟略。

第二十六章
回程

落月山山脚处，青草遍生，花香鸟语，好个游玩之地。

可惜入夏的天，暖阳晒得人困倦得很，多行几步路都觉费力。

山下坐落着一座茅草棚，大大的旗帜飘扬在空中，上书一个"酒"字。

此店专做各路行人生意。来往通行之人，往往会点上两个小菜，配上一壶清酒，在此小歇片刻。

不过这闷热的天气，卖得最好的，自然是那清凉解渴的凉茶了。喝上一碗沁人心脾的凉茶，疲暑顿消。

此时店中坐着一男一女，气质超脱。在这样的地方，怕是一年也难见到这般模样的人一次。周遭的人忍不住看上两眼，又被吓得收回了目光。

那男子虽生得好看，但其冷然的气势吓人得很。正襟危坐于茶棚里，好像把周遭的温度都降下来了似的。

看其一股高高在上的气质，不是个达官，就是个显贵。

再说那女子，一身淡蓝丝裙，素白轻纱遮面。

不谈她自身气质出尘，单单是她同这般优秀的男子结伴同行，也能猜想出她是闭月羞花之貌、沉鱼落雁之姿了。

要问这两人是谁？怕是任谁也猜测不出的。

这两人正是从不归山快马加鞭，一路赶来的凤倾月和欧阳冥。

这两人怎会一起上路？实在引人好奇。

其中曲折，便要从欧阳冥离开不归山说起了。

欧阳冥回了趟老巢，本想以楚云辞之法替老阁主减轻痛苦，却不料迟了一步，老阁主自个儿断了病根。

原是老阁主无力抑制毒素四漫，而左手已废，索性挥刀斩断了左臂，以解毒气侵身之苦。

本以为自此再无烦恼，却也不是个办法。毒素长久留存体内，岂是内力压制得住的？毒素早在不知不觉中逐渐蔓延开来，老阁主也是在断臂之后，才暗道糟了。

欧阳冥留下楚云辞给的解救之法，又再次出发回不归山来。

他回程之时，西夜正好出兵攻打凤央。

凤倾月虽在深山之中，却也偶有听到下人提及。西夜现下最惹人热议的，莫过于夜离轩得胜而归和西夜出兵攻打凤央之事了。

听下人说起夜离轩得胜，凤倾月自然为其高兴。可随后流传的出兵之事，却让她心情一落千丈，变得十分低落。

果然是她太过蠢笨了。西夜怎会为了一位和亲的公主，一纸无用之盟，而放弃一统天下之机，给自己留个对手呢？

只可惜她身在西夜，不能与凤央共存亡。

若凤央亡国，她还能剩下什么？兴许她在这西夜还有值得挂念之处，兴许她外嫁之人不该再惦记前事。

可是那是凤央啊——生她养她之地，她所有的快乐忧伤都在那个地方。她怎能不念，怎能不想，怎能不悲？

两军于嘉州开战，父皇的意思已是明了，宁死不降。就算知道此番败局已定，可他是一方高高在上的霸主，怎能不破釜沉舟一回就投降？

她想过离开，回到凤央。不过以她之力，怎么能只身突破重重障碍，安然回到凤央？

她越是急迫，就越是思念凤央的种种。连幼时女官教她念第一首诗的场景都记得清楚。

每当她夜里孤独寂寞，坐在床头偷偷哭泣的时候，嬷嬷都会给她一颗小小的奶糖安慰她。

嬷嬷死了，她再没哭过，也快忘记那甜蜜的滋味了。现下，却好像忆了起来，口带香甜。

她想回去，她必须回去！哪怕是死，她也该魂归凤央！

凤倾月打定了主意，隐约跟楚云辞提了提这个意思。没办法，她自个儿无能，只得求助于人。

楚云辞见她心意已决，虽满心不赞同，也只能想法为她做些打算。

正当这时，欧阳冥回到不归山，楚云辞便要把凤倾月托付给他。弥须阁中响当当的人物，带个女子上路自然不成问题。

欧阳冥起初是拒绝的，毕竟师恩深重，他必先以老阁主的身体为重。

楚云辞说断了一臂更好解决，先前的丹药及其他驱毒之法足矣。欧阳冥听他这么说，也就安下心，应了此事。

凤倾月见欧阳冥同意将她送回凤央，好一阵感激楚云辞和欧阳冥两人。

趁着夜雨泽熟睡之际，凤倾月对着他仔细瞧了好一阵，才依依惜别而去。

两人下了山，因凤倾月貌美惹了些许事端，便买了轻纱遮面，以免过多耽误了时辰赶路。

欧阳冥本可以另叫他人将凤倾月送回凤央，不过他心甘情愿，自然不会假手于人。

两人一路行来，一直相敬守礼。欧阳冥虽默默关注着凤倾月，可凤倾月满心焦急回国，无暇顾及于他，倒不觉尴尬。

父皇，月儿回来了，你可要等着我……

记得初来之时，也是炎炎夏日。不过遭遇行刺受了惊，不曾细观过山中美景。

原来此地景色如此宜人，花树遍开，香粉袭人。粉红色的花瓣洋洋洒洒漫天飘飞，好一幅美态撩人的画面，却无人有心欣赏。

凤倾月费力行着山路，脸上挂满了细密的汗珠。连日来她也吃了许多苦头，可心中急切，倒不觉疲惫。只恨不得自己能生双翅膀，飞回父皇身边。

她现下直想，琴棋书画习来作甚？除了与人献宝，还堪何大用？还不如习武强身来得有用，至少不叫人碍手碍脚，处处窘迫。

欧阳冥以轻功都能来回一遭了，她却只得费力不得好地浅步慢行，拖累别人。

人家走一个来回也不见得会喘一口大气，她却心有余而力不足，只能眼睁睁地看着时间蹿走。

再坚持坚持，过了这个山头就好了，到时以马代步怎么也比自个儿强。凤倾月心里如此安慰自己，用丝绢拭了汗，动作又快了一分。

夏日闷热难耐，少有翻山越岭者。山里很安静，只有虫鸣走兽之声。

临近山顶，兴许鸟兽也是无力了，周遭没了半点动静，只有树叶被风吹过的沙沙声。

"慢！"欧阳冥突然拦住凤倾月，一声叫喊吓得她一愣。

见欧阳冥如此谨慎，凤倾月不由得吊紧了心。她该不会如此倒霉，同一个地方着两次道吧？

偏偏天不遂人愿，坏事都让她给撞上了。

林间灌木丛中各方都蹿出了三五人，总共多了十多个人，皆是手配大刀，一脸凶相。

领头的是个精壮的大汉，一脸横肉，随便说句话都感觉地也要抖三抖。

"嘿，你这小子倒是精明！识相的留下钱财和女人，自己滚！"

这些人是附近一带的流寇，特意埋伏在临近山顶之处，等人行路至精疲力竭之时再行打劫之事。

专挑欧阳冥这种衣着光鲜，又不带半个家丁的假贵下手。

"我要是不滚呢？"欧阳冥一脸的不在乎，随意打量着眼前不识好歹的一干人等。

他语气中满是不屑，引得那大汉瞪圆了眼睛，一阵气结。

区区两人，还敢跟他呛声？

"好小子，你这可是给脸不要脸了！"

凤倾月见那大汉怒了，心里有些着急。好汉架不住人多，她自是担心欧阳冥摆不平众人。

"不如把银两给他们算了。"

凤倾月小声提议，惹得欧阳冥不满地横了她一眼。她晓得自己多事了，便乖乖闭嘴躲在了他身后。

"还是这女的识相，乖乖过来跟着大爷，大爷我一定好好疼着你，保管你一生无忧！是不是，弟兄们？"

一群人纷纷附和，一阵奸笑淫秽之语。

难堪的话入耳，实在让凤倾月气急。可又不屑同这些刁民互呛，再生纠葛，只得自个儿凭空想象一番，他被打得狼狈的模样。

就在此时，欧阳冥一个箭步上前，直直劈下一刀。那人反应及时，赶紧以刀作挡。

结果欧阳冥这一击势不可当，硬是将刀砍断，还将那大汉从头至尾劈作了两半。

一击得成，他立马倒蹬一步，退开了身。一切发生在电光石火之间，连眨眼的工夫都没有。

那些人反应过来，立马拿起兵器劈向欧阳冥。也不知欧阳冥的大刀是何打造的，不管什么兵器都能一刀将其劈成两段。

而他只要将人兵器断去，立刻会添上两刀，将来人的面皮削去。

给脸不要脸？那就让我看看这脸有什么可稀罕的！

如此手起刀落，剥了四个人的面皮。那些人知道厉害了，不敢再一拥而上，转而跪地求饶了起来。

那些被剥面者，疼痛难耐又死不了，顶着一坨烂肉又不敢抓，自刎又下不得手，只得满面血肉模糊跪在地上，求欧阳冥放过他们。

凤倾月这么快就心想事成，却来不及欢喜一会儿，胃里翻江倒海，终是扶着大树吐了起来。

她可算知道什么叫人外有人，天外有天了。夜墨澜那日的凶残同欧阳冥比起来，现下看来也不过尔耳了。

"拦了我的路还想全身而退，你说我同不同意？"

欧阳冥随意一开口，吓得那些人又是一阵磕头认错，指天发誓再也不敢行凶了。

凤倾月虽见他们可怜，却也没打算开口叫欧阳冥放过他们。一则是他们不值得同情，二则人是欧阳冥拿下的，她也无权过问他如何处置。

"罢了，每人自断一臂后赶紧滚！"

众人不知所措地你看看我我看看你，不知如何是好。对别人下得去手，可对自己又怎能狠得下心呢？

欧阳冥着实不耐了，难得大发慈悲一回，这些人还不手脚麻利地滚，真当他愿意放过他们了？若不是怕吓着凤倾月，又怎会留他们一条狗命？

"给你们七步之时，做不了决定，我就亲自送你们一程好了！"

欧阳冥放下狠话踏了第一步，那些人就下了狠心，说定了便互相拿刀断了对方手臂。

这鲜血横飞的场面，直叫凤倾月撇开了眼，不忍直视。

那些人断臂后，惨叫不绝。又不会点穴止血，只得解了身间腰带，缠紧了断臂。

一个个虽是生不如死，却也没人想到一死了之。好死不如赖活着，幸存一命便不错了。

回眼再看那死无全尸的头目，心中一派悲凉。得了，还求个什么呢？

他们衣衫凌乱，狼狈不堪地向山下行去。只心想着能求到医，保住自己这条残命。

凤倾月心里有些唏嘘。或许她为他们说上一句好话，他们便不必如此凄惨的。可他们命该如此，怪不得她心如铁石。因果循环，自食恶果，这才是正理。

"得，我们走吧。"

欧阳冥以为她被吓愣了，揽过她的腰便飞身而去。

凤倾月心头大惊，正要叫他停下，他们却已是飞身上了枝头，于树顶之上穿梭。

她第一次感受到这轻功之妙，俯瞰四周美景，甚为轻松自在。

深吸一口清香，便将心头烦忧都放空了去，好生赏了一回佳景。

第二十七章
居心叵测

那日在落月山，欧阳冥带着凤倾月下山之后，两人就好像凭空多了一层薄膜，捅破不得。

平日里照旧是客客气气的，却少有话头可接，尴尬得很。

凤倾月也不明白，两人先前一路行来都没什么不对劲的，现下的欧阳冥还是那般模样态度，她却多了两分害怕。

每当瞥过欧阳冥，发现他注意着她，她就有些心虚慌张。

若欧阳冥知道自己难得深情款款地注视一个女子，却惹得她惊恐害怕，避如蛇蝎，不知要郁结成哪般模样。

凤倾月不晓得他心中深意，便知晓也断不会有所回应的。她只想着快些赶回凤央，好生感谢他一番，不再有所交集。

两人共骑一马，却又无话可说，只有默然赶路。

这次的行程极快，马换了好几匹，不过十多日就到了以前的边关之界。

兴许是西夜与凤央开战的缘故，边界小城少有开门做生意的。好不容易才在一个小镇里找到了酒家。

凤倾月一路上都是于雅间吃喝，没雅间的地方则买好食粮带走，就是不想在人前现了容颜，引起异动。

见这酒家没设雅座，四周又罕有人迹，便取了面纱用膳。本无意惹事，却又是一个不小心招了人的眼。

"在下方知秋，乃晋州太守之子，特地奉命招平民入城避难的。姑娘一个柔弱女子，在这兵荒马乱之地实在不好，不如随我回城避难去吧？"

欧阳冥看着眼前突然冒出的男子，暗哼一声。哪个当官的有如此良知？避难？也就能唬唬凤倾月这种单纯妇人。

凤倾月面上平静，心头却懊恼得很。早知就该问连翘要一盒黑膏，点上细麻子，省得现在束手束脚的，用个膳都不得安宁。

可人家一番好意，总不能对他恶言相向，只得婉言谢绝。

"方公子有礼了。民妇与兄长另有要事，不便与公子同路。"

这方知秋不理其他的人，只与她做了交谈。虽不明白他居心如何，却也知道是自己这张面皮招了是非。

她自称民妇，便为了让他知难而退。而称呼欧阳冥为兄长，也是为了免去流言蜚语。

方知秋长相算得上英俊潇洒了，再加上他乃一方权贵，平日里多有对他巴结搭讪之人。晋州哪家的女子不想嫁与他？不承想现下却遭人拒绝了。

今日实是另有要事，才前往这偏远的乡镇上来。得见如此貌若天仙的女子，本想着不虚此行，她却已是许了人家。

方知秋心头失落，讪讪一笑："原来如此，在下失礼了。"

他抱拳施了一礼，找了张空桌坐下。

对于凤倾月这番应话，欧阳冥还是觉得不怎么好。若她说两人是夫妻关系，则更是让人无处可想了。

不过凤倾月有她的顾忌，又怎能说出如此的话来？

方知秋坐在凤倾月的对桌，越看眼前的人儿就越觉特别。

晋州那些姑娘家每每举行游园会，方知秋都会暗自一观，从没见过生得这般标致的。

若那些女子有凤倾月的七分姿色，他也就早已娶妻了。不至于东挑西选了一堆小妾，却没一个拴得住自己的心的了。

他越想越觉不对。这嫁了人的女子不待在家相夫教子，跟个男子出外闯荡成何体统？即便她真的嫁了人，跟着自个儿娘家的人东奔西跑也是不该的。此间定有蹊跷。

不管了，这晋州便是他家老爷子最大。区区一个女子，便强要了又如何？好不容易得见一个称心如意的女子，怎能眼睁睁地放跑了她。

方知秋打定主意，唤了身后一个仆人，耳语了一阵。

欧阳冥一直注意着方知秋，见他的仆人点头哈腰地跑了出去，便觉要生事端。

这种人，长得人模狗样的，却犹如一颗恶瘤，腐烂生臭。

好！就看看你玩得出什么花样！

他欧阳冥向来不怕人耍花样，就怕这花样玩得不够出彩。

两人用好膳，便接着往凤央赶路。

凤倾月不知道，欧阳冥却晓得有队人马在一路尾随着他们。他只是讽刺一笑，刻意放缓了骑马的速度。

凤倾月也没多想，以为马也有累的时候，才慢了步伐。

身后的追踪之人也是乐了，这老马奔行如牛沉重，简直就是天赐良机。

两路人抱着截然不同的想法，出了城镇，至荒无人烟的祁山山脚。

祁山位于嘉州地带，乃是一条直通嘉州的近道。过了这祁山，说不定就到战场了。

现下这祁山虽是一派天朗气清，却不知它背后是怎般的浪潮汹涌。

身后的追兵虽不知这两人跑去那兵荒马乱之地作甚，不过主子只吩咐了带回那名女子，他们依命行事便是。

见四下再无其他人，领头者打了个手势，一群人立马冲了上去。

凤倾月只听背后一阵呼啸，便见一群人围住了他们俩。

欧阳冥环住凤倾月的腰身，飞身下了马来。

不似上次那些劫匪一般，他们一言不发，直接就动起手来。刀剑全逼向欧阳冥一人，很是针对。

难不成这些是欧阳冥的仇家？这一路行来，她也算见识过他的杀人如麻了。若有人寻仇而来，倒也正常。

前几日便有个登徒子想揭开她的面纱，他二话不说就一刀切掉了来人的手指。

那几根手指掉在地上还不停地抖动，甚为吓人。可欧阳冥硬是连眼也不眨一下，再一刀剜瞎了来人的双眼。

她虽然想习武强身，可这种刀口舔血的江湖行事，不是你死就是我亡的手段，她实在学不来。

再者欧阳冥武功上乘，却性情不定，她实在不敢开口求学。看来她这一生，只适合过些安分日子，了此一生罢了。

不过凤倾月还是觉得自己稍有进步。兴许是欧阳冥这个人凶残霸道，再无人能出其右，她才敢这般放心大胆。

眼看着刀剑乱眼，也不觉得担惊受怕了。

欧阳冥在她心里犹如一尊杀神，神挡杀神魔挡杀魔，凶残至极。

刀剑无眼，那马儿被人砍了一刀，胡乱冲撞一番逃离了去。只剩凤倾月和欧阳冥两人留在圈中，对着众人。

这些人看起来比那些流寇难对付。欧阳冥仍是游刃有余，却没之前一刀斩杀一人那般轻松。

在凤倾月看来欧阳冥此番有失水准，可应对欧阳冥的众人却苦不堪言。

不过是要个女人，怎会遇上这么一个凶神，让他逮住了机会便一击必死。

他以一己之力连杀了四五个人，却没人能碰着他的一片衣角。这可叫人如何是好？这人必成大患，万万不可留下！

见己方再失一人，领头者也顾不得主子的吩咐了，掏出一把粉末，就撒向了欧阳冥。

欧阳冥早发现了他的动作，抱着凤倾月就一蹬而上，飞身跃过了众人，从领头者背后给了他一刀。

那人躲闪不及，肩头处中了刀，顿时皮开肉绽，深可见骨。

凤倾月也是佩服自个儿了，见着如此血腥的场面也半点不惊，甚为麻木。若说她不是天生的铁石心肠，自己都是不信的。

那领头者一伤，剩下的人有些慌了，阵势没了一开始的严密。

欧阳冥趁此机会，将他们逐个击破。到最后，只剩了三个躲着不敢冒头的人。欧阳冥一逼近，他们就赶紧倒退几步。

"怎么？不打了？"

那几人哪里敢再惹这尊杀神，扔了兵器便告饶。

"大爷你大人大量，放过小的们吧！若不是生活所迫，谁愿意干打家劫舍这种勾当啊！"

哼！倒是一群好狗，死到临头还要护主。

欧阳冥放开凤倾月，笑道："今日就让你见识见识，什么叫人面兽心。"

世道险恶，她心有玲珑，却不谙世事。再这么傻下去，总有一天要着了别人的道。让她明白这人心难测，兴许会变了她的心性，不过总归是件好事。

"老实交代谁遣你们来的，兴许还能饶你们一条贱命！"

听欧阳冥此话，凤倾月有些蒙了，难道其中另有隐情不成？

"实是生活所迫，我们才跟着这一带的土匪头子以打劫为生。此等下作之事也没什么可交代的，断无欺瞒之理，此心天地可鉴！"

欧阳冥一听，顿时笑了。好个"天地可鉴"，便让我看看这撒谎不眨眼的，心到底是不是黑的！

欧阳冥以迅雷不及掩耳之势，拿刀在他胸口剜了块肉来。力道刚好，正好能透过那个洞看到内里咚咚作跳的心脏。

那人痛不欲生，疯了似的朝欧阳冥扑来。

欧阳冥一派淡然地看着他逼近，见凤倾月被他吓住了，才一刀抹了他的脖子。

"看来这指天发誓不顶用，要不你们试试？"

其中一人吓得腿都颤了，立马出声道："我说，我说！我们乃晋州太守之子方知秋的贴身护卫。今日奉命行事，抓这位姑娘回去的。"

凤倾月没料到她才是矛头所指，甚为惊讶。还没适应刚刚欧阳冥的残暴，就被此消息醒了神。

"抓回去做什么？"

欧阳冥自然猜得出方知秋个中心思，有此一问只为了让凤倾月看得清醒而已。

"怕是贪图姑娘的美貌，想掳了回去做他的小妾。"

想不到方知秋外表谦谦君子样，内里却如此险恶。原来世上之人，不是人人都讲求一个"理"字的。

她以为她三言两语就能把人点得通透，那方知秋却根本没在意她所说之话，还以权压人，光天化日之下强抢民女。

这世间怎会有如此恶民存活于世？难道就没有公道可言了吗？还是这战乱流离，引得无人管辖这内患之事？

这些听命行事之人都是迫于权贵之徒，凤倾月虽对方知秋的做法不齿，却还是让欧阳冥给了他们一条活路。

她本不应多事，不过事因她起，她也该担一分孽债，免得欧阳冥徒增杀孽。

欧阳冥向来是我命由我不由天的。杀孽？因果循环，报应不爽？若真有，他也宁负一身血债，傲天一世。

放掉这两人，欧阳冥倒不觉可惜。可惜的是方知秋这主谋没跟来，不能剜了他的眼，将他千刀万剐了去。

若他出现在这里，欧阳冥定会叫他知道，不是什么人，都是他能觊觎的。

第二十八章

长谈

欧阳冥和凤倾月无心管这一地的死尸，便任其暴尸在荒野之外。待方知秋来寻人时，自会处理了去。

这么一番耽搁，两人入了祁山天便黑了。只好暂居于山洞内，等天亮后再行赶路。

两人同行了近二十日，有时于店家歇息，有时借住于百姓之家，倒不曾独处一室过。

现下对坐看着将山洞照得通亮的熊熊烈火，不免有些尴尬。

"翻过这座山，便是两国交战之地了。你不辞辛苦到了这里，可曾想过之后的路该怎么走？"

欧阳冥突然发问，令得凤倾月愣了一下。他难得这般多话，实在让她有些适应不来。

而欧阳冥也是觉得两人相处太过尴尬，才随意挑了个话头。这一问不仅让凤倾月吃惊，还堪堪难住她了。

凤倾月一心想回到凤央，却没想过回来之后又当如何。回了凤央，除了与凤央共存亡，她还能作何想法？还能有什么打算？

她不知道，也无法回答这个问题。兴许她是一心赴死的，可见惯了欧阳冥手起刀落收人性命，她又失了那股莫名的胆气了。

"敢问欧阳公子，你以为我当如何？"

她突然想听听他的想法，他这么个桀骜不驯的人，遇到这种难解之局会如何走下一步呢？

"要我说？你一个妇道人家，不管是公主也好，普通女子也罢，都该晓得出嫁从夫的道理。这种国家大事，轮不到你来费心。"

欧阳冥这一番大道理，听起来好似是不错的。都说嫁出去的女儿泼出去的水，没人会怪她的不闻不问。

可她又怎能不管不顾呢？不说凤央牵扯着她的种种挂念，就说她一个亡国公主，日后留在西夜，以何种身份？

夜离轩兴许会登临皇位，而她身份尴尬，终成一大问题。纵然她不被休弃，也只得在深宫中担惊受怕。

她无权无势，敌得过几番钩心斗角？或许老死深宫，便是最好的下场了。与其凄惨度日，还不如以身殉国，至少还有一番壮烈。

可能心里这番缘由，不过是在安慰自己罢了。她没有想象中那般英勇，也是个贪生怕死之辈。

只是她能与谁诉说呢？对着欧阳冥，只能但笑不语。

"能不能求欧阳公子一件事？"

她现在唯一惦念的，也只有这一事了。

"哦？这次又是以何理由？"

凤倾月料准了他不会轻易帮她，可他果真这么不近人情，她却不知该怎么应对了。

楚云辞用的是他替欧阳冥解毒的恩情，欧阳冥才堪堪应下了此事。

自己又能拿得出什么呢？第一次求欧阳冥，就花了好大的价钱。现下身上仅存些许盘缠，又怎能打动得了他？

罢了，反正她是女子，犯不着顶天立地，便是耍些小聪明又如何？

"便看在我送你救治的分上如何？"

"你们这算盘倒是打得精明，救我一次还得分两次算。得，算我欠你的，有什么便说吧。"

欧阳冥也没打算为难凤倾月，只不过是想要个拉下身段的理由。若平白受个女子使唤，实在有失尊严。

见欧阳冥应承下来，凤倾月心中愉悦，嫣然一笑。

"那就多谢欧阳公子了。你只要前往三皇子府，带个口信给我那叫玲珑的丫鬟就成。就跟她说：'海阔凭鱼跃，天高任鸟飞。勿念，望安。'"

凤倾月在西夜这段日子多有乐事，也有留恋之人。可惜世事无常，只得说是缘分尽了。

只是对不住玲珑，她义无反顾地跟着自己去了西夜，现下却留了她形单影只。

凤倾月无力给玲珑找个可交托之人，只能放她自由，望她一世安好。

"怎么，生无可恋了？"

听欧阳冥此问，凤倾月心里一触动，便出声回道："只是找不到生的理由罢了。"

"成者为王败者为寇，改朝换代皆是常理之事。败了就败了，认命便是，何苦一条道走到黑？败，不等于亡。"

欧阳冥手下亡魂无数，从没想过自己有朝一日会大发善心，劝人安生。

凤倾月听他一番规劝之话，惊异大过认同。他能说出这般头头是道的话来，倒不是个只知以武斗狠的莽汉。

欧阳冥说的无一不对，这些凤倾月也都明白。可她也有她的无奈，就如他先前所说一般，一个女子，何以干政？

她不顾一切地回到凤央，就已是这一生最大的放肆了。

或许她可以放肆到底，可世事变幻莫测，谁也不可预知以后之事。

只能走一步看一步，但求老天怜悯，给她指一条明路。

两人一番对话后，沉寂了许久。实在没什么可说的，两相对着又是只剩尴尬。

看着凤倾月面带疲倦，却呆坐着不肯入睡，欧阳冥终是屈服了。

得，他出去守夜总行了吧。他岂会是那种乘人之危的小人？

凤倾月倘若知晓他心中所想，定要直呼冤枉。他虽心狠手辣，但凤倾月还是敬重于他的，断不会于心中诋毁。

此番强打着精神久不入睡，纯粹是不甚适应且心有所想罢了。

欧阳冥扔了一把短匕给凤倾月，说是让她绑在腿上防身，兴许有用得着的一日。也不管她愿意收下与否，径直出了洞去。

凤倾月看着怀里的短匕，醒了神。前几日欧阳冥在兵器铺里精挑细选了许久，才看中了这把短匕。

他试刀之时甚是血腥残忍，生生将马儿活剥了一块皮下来。

此匕甚为锋利，他该很满意的。怎会赠予了她呢？

她不会武，拿着这把匕首并无大用。宝刀配英雄，他自个儿用才合适些。不过他既留给她做防身之用，她也不能断然拒了他的好意。

欧阳冥一个狂傲随性之人，能有此番细心已是极好的了。虽是小小恩情，也值得她心中感念了。万一有朝一日用得上它，那便感激不尽了。

凤倾月用丝绢将短匕缠在了腿上。放下衣裙，正好遮挡得严严实实的。

匕首长短适宜，半点不妨碍行动。凤倾月起身走了一个来回，很是满意。

兴许它于她没多大的用处，却莫名带给了她些许安稳之感。

今日马儿惊慌而逃，上面捆着的包袱也被带走了。凤倾月只好倚着洞中石壁，身子蜷缩着安睡。

洞中大火熊熊，倒不让人觉得冷。就是不知欧阳冥在洞外吹着山中寒风，是个怎般模样。

两人这厢安稳度日，倒不曾想过另一厢的百般焦急。

话说夜离轩班师回朝，途经落周山，心中自然惦念夜雨泽，便带了一队人马寻人而去。

一行人赶到落周山，正是夜深人静之时。楚云辞命下人备足酒菜招待了夜离轩，替他安排了厢房，便回房歇息。

楚云辞在房内刚准备脱衣就寝，夜离轩就闯了进来。

见他怒气冲冲，楚云辞就暗道糟了。本想着能躲一天是一天，他却不给自己睡个安稳觉的机会。

"这大半夜的你来我府上，我供你吃供你睡的，还有何不妥？"

楚云辞对着夜离轩打了个哈欠，笑得一脸无辜。

"凤倾月这么大的活人交给了你，你可莫给我说走丢了！"

夜离轩才不管他故作无辜，提着他的衣领，气势汹汹。

"这倒不至于。"

楚云辞讨好一笑，轻拍了一下夜离轩的手。

听他这么说，夜离轩便松开了手去。不过气势仍是不减，凝神听他后话。

"只是她一心要回凤央，我没拦得住。"

夜离轩听到此话，立马变了神色，一掌横劈向楚云辞。

楚云辞早有准备，伸手拦下他一掌，急道："哎，君子动口不动手！"

"她有什么本事我还不清楚？你跟我说你拦不住她？"

若不得楚云辞相助，她连下山都是难事。这浑小子竟好意思跟他说拦不住！

夜离轩心头不爽快，又是一掌劈了过去。

"你倒是先听我说啊！"

夜离轩哪肯听他那一套一套的？他堪堪躲过一掌，又是另一掌袭面而来。

两人你来我往过了几招，楚云辞始终居于下风，心头甚是憋屈。得，自作孽不可活，大爷认命了。

楚云辞心头无奈，转身现了后背，生生受了一掌让夜离轩解气。

夜离轩出了气，一副老太爷的模样，怡然坐在那太师椅上。

"得，你说吧。"

"我……"见夜离轩如此理所当然，楚云辞一阵气结，指着他直翻白眼。

"白眼狼，白眼狼！本公子又是照顾你那一家子，又是费尽心思替你儿子解毒，现下却被当成活靶子，真是好人没好报！"

夜离轩不屑地瞥了他一眼。他这皮相伎俩，不当个戏子委实是可惜了人才。

"你也配叫好人？少给我装腔作势的，快些说！就她一人，怎么能回凤央？"

"谁跟你说就她一人的？"

楚云辞笑得一脸高深莫测，惹得夜离轩很不耐。

"嗯？"一双凶目，一声冷哼，楚云辞顿感周遭冷气袭来。

本想捉弄夜离轩一番，可见他如此凶神恶煞的，楚云辞还是认了输，老实做了交代。

"你让个男子同她一起上路？好！好得很！"

孤男寡女共处一室，夜离轩光想想就觉急火攻心，满腔火气无处可发。

"江湖上的谁人不知欧阳冥是个武痴，各色娇花都入不得眼。他这人不说正气凛然，但为人绝对正直，你就放心吧！"

楚云辞这混账，当真不是自己的肉，就不怕放在别人嘴里去。

"他们走了多久？"

"若是快的话，差不多该到边界之地了。"

这么算来，少说也有二十日了。他却半点消息都没透露出来，当真是好得很！

"为何不通知我？"

若不是楚云辞拦着，连翘定会传出消息。他究竟意欲何为？

"你知道了又能怎样？难不成还会送她回去？"

"你为何执意送走她？她是我的人，哪轮得到你放跑了去！"

真是奇了怪了，他楚云辞什么时候有这等闲心，操心起别人的家事了！难不成他对凤倾月有了非分之想？

眼看着夜离轩一阵怀疑打量，楚云辞忙解释道："她现下不回去，等一切尘埃落定那可就晚了。"

晚？西夜和凤央的战事还能由她左右不成。

"她就一个柔弱女子，你还想她有指点江山、扭转乾坤之能不成？"

"若她能劝解凤央不战而降，这功劳还不是记在你的头上？"

哼，原来他打的是这般主意！

"你倒是看得起她！"

夜离轩从没有过利用凤倾月的打算，哪用得着他楚云辞来多管闲事，自作主张！

夜离轩心里一番焦急恼恨，狠瞪着楚云辞，怒声将泽儿交托给了他。之后便出了房门，带着人连夜下山去了。

楚云辞见他着急成此番模样，心中大为爽快。他果真对凤倾月上心得很，准备去寻她了。

有些东西，该是到放下的时候了。既然你看不透，我帮你一把又如何？

第二十九章
坚定

凤倾月天未亮时便清醒了。原是洞里的火堆熄灭，被冷风给激醒的。

洞内漆黑一片，凤倾月腿脚僵直麻痹又不便走动，自个儿摸索着揉捏了好半天才缓过神来。

她静坐在黑暗里，很迷茫。想到欧阳冥昨日的问话，不由得再问问自己的心，当真生无可恋了吗?

逼不得已远嫁西夜，是无奈，是解脱，是对凤央的救赎，也是对自己的救赎。

她不觉自己无私高尚，也不觉心里委屈。只明白身份使然，她理当如此。

本以为嫁往西夜，便会浑浑噩噩地过一辈子，却没想到机缘巧合，撞开了一段段缘分。得了钱满贯这么个知心好友和泽儿那般乖巧听话的孩子。

她这一生，能称之为友的，兴许就满贯一人了。

洛风弃她而去，皇亲国戚中与她身份比肩的那几人，都是身份使然才使得大家做了同路人。

一番回想，不在乎各自身份而真心相待之人，也只有满贯了。

至于泽儿，她是真心疼惜的。他同她一样，也是自小没了娘亲，孤零零地长大。

可他遭的罪却多了，同等的身份，她得尽万千宠爱，他却遭自己的皇祖母多番陷害。他这么个小小人儿，什么都不懂得，何至于遭几多劫难呢？

小孩子的心思纯净无瑕，作不得假。他明明白白地喜欢着她，缠着她，依赖她。她所能回应的，也只有疼他、爱他、护他了。

不知道她此番离去，这小家伙会不会哭鼻子，偶尔想念起她来？

他还年幼，兴许过段时日就将她忘了吧？

凤倾月念及两人，就不由得想到了夜离轩，不禁嘴角微翘，满面含羞。可惜此等娇俏却无人得赏。

对于夜离轩，凤倾月说不上好坏。她一生中接触的男子也就那么三两个，怎能作比？

夜离轩作为夫君，没什么好挑剔的。他相信她，尊重爱护于她，便足够。

与他在一起，不说多有亲近，但心里总归是暗喜微甜的。

她也不明白怎会蹿生出这种感觉，莫名其妙，却不觉得坏。

不得不承认，她对西夜还留有牵挂。不仅仅是一星半点，是好多好多，多得她快沉浸于其中无法自拔。自己都无法相信，心里装下了这般多的美好。

兴许她远嫁之时，就该放弃凤央了。凤央的人或事，已是少有记起。连父皇的音容笑貌现下回想起来，好似都有些不熟悉了。

她其实并不明白，她寻求的究竟是什么，也不明白心里那快要挣脱而出的感觉要称之为什么。使命吗？她不懂。

只知这份感觉促使她回到凤央。快些，再快些。

可回来了，却没了下文。

当年离开凤央，不觉心里哀伤。现今离开西夜，也不觉心头感怀。

当真以一句"缘分尽了"，就可斩断所有？她果真铁石心肠，无情无义。

为何她能理智得如此可怕！为何她不能随心而欲、义无反顾地走下去？

凤倾月，你连喜怒哀乐都是个理所当然吗？如此同行尸走肉又有何区别？

至此，还能有什么，才得以触动她的心？

不知不觉，迷蒙恍惚之间，外面天色已是大亮。洞口透出些许的光亮，好似给人指明了前路。

无论如何，走下去。始终会有个方向的。

凤倾月打理一番，出了洞口。只见欧阳冥沐浴在晨光之下，得心应手地舞着手中大刀。刀身透着淡淡的寒光，嘶嘶破风。

他身轻如燕，迅猛似电。一招直指，落叶纷崩，大有气吞山河之势。

见凤倾月出洞来，欧阳冥便收势放了大刀。

夜里冷风阵阵，实在令欧阳冥无心睡眠。他飞身躲入树顶避风歇了一宿，早起四肢僵直无力，便拿出大刀随意舞了两下。结果越练越得劲，顿时畅快淋漓。

"走吧。"

欧阳冥又变回了先前的模样，话不过两句，整个人都冷冰冰的。昨儿个那个多话之人，好像与他无关一般。

凤倾月已是习惯了他此般态度，倒也没太过诧异。也不多说话，直接随他踏上了行程。

欧阳冥总觉得今日的凤倾月有些不一样，好像多了些坚定之势，不像之前那般时而发愣恍惚了。

下了山，就到嘉州了。也不知那里现下是怎么个场景。若正好赶上两军对战，便要想个保全自身的办法，等着他们休战了。

就算不吃不喝，那些士兵也最多撑三两日。总归能找到时机的，不需太过担忧。就怕她见了那兵荒马乱之景，难以承受。

女子啊，总归是多愁善感的一类人。

欧阳冥一路上就地取材，摘了些野果供两人充饥。

正是烈日当空之时，两人下了山来。前行了一大段路，在一斜坡处，发现了两军交战之地。

幸而天遂人愿，两军正处休战阶段。战场上只余满目疮痍，尸横遍野。

欧阳冥心中一番感叹，当真是天灾不如人祸，兵比妓命贱。一群上位者争权夺利，一群下位者头破血流，不怕死地保家卫国。便宜了谁？被谁统治还不都是贱命一条！

凤倾月看着这一地尸体，心底涌生出一派悲凉。战场上大片大片的血红触目惊心，风沙席卷而过，好似都带着一分血色。

尸体在风沙中干化，横七竖八地覆盖了入目之地。

凤倾月以为自己已适应了血腥残忍，现下看了这荒凉凄惨之景，却还是不由得浑身战栗，惊恐害怕。

或许欧阳冥手段更甚，能让人比这里任何一人都死相凄惨。可这里的无数将士以身殉国，谁又能说他们命该如此呢？他们何其无辜！

炽热的天气，却有一阵阴风呼啸而过。好似冤魂的悲泣恶嚎声，惹人心慌。

以前只听闻胜与败，或欢喜，或忧愁，却向来不知其中内里。

今时今日，才知战争原是这般模样，冷酷惨烈，凄凄惨惨。

有朝一日满盘皆损，又当如何？

"走吧。人死不能复生，缅怀一番也就罢了。"

欧阳冥还是那般淡定自如，一派事不关己己不关心的作态。

兴许是他见多识广吧，半点不被这满目惨况扰了心境。说的这话，似还有些看透俗世的佛理。

"那里有人！"

欧阳冥循声望去，只见几个布衣男子，在一群死尸上翻找着东西。

"有什么大惊小怪的？几个偷尸的罢了。"欧阳冥言语间尽是平淡无奇。

凤倾月只见人影晃动，却没想到他们是在行此伤天害理之事。

死者已矣，不能魂归黄土已是不幸，竟有无良者亵渎死灵，实在良性缺失！

欧阳冥见凤倾月面上满是不愤，又是无所谓地道出了骇人听闻之事。

"难不成你想管这闲事？下面有的人伤势过重，送回医治便是浪费药材。待清理战场之时，见到这类人也当作死了一般弃尸荒野。这种抛弃活人之行更为恶毒，你管不管？"

　　见凤倾月瞠目结舌，他又继续说道："你肩不能挑手不能抬的，没了我还能做些什么？唯一能做的，便是劝你的父皇认清局势，此番大势已去，莫要做无谓的牺牲了。"

　　欧阳冥也不知自己为何这般多话，总觉得他再不说些什么，眼前的人儿就要随风而逝去。

　　既然有一线生机，何必弄得个国破家亡的下场？他这般度人向生，就快要放下屠刀、立地成佛了。

　　凤倾月听他一席话，万分惊讶。而后神色很复杂，再一下子变得茫然起来。

　　欧阳冥说话虽不中听，却让人无法反驳，且让人隐隐感到认同。

　　他说的办法好像可行，但又好像不那么顺应常理。

　　或许到最后，也只能得个兵败如山倒、民生惨淡的结果。可世事无常，她怎能否认去转败为胜的一线机会呢？她是凤央的公主，如何能对父皇开口，劝他放弃自己的国家？

　　为了这个国，她自己不也认命流走于异国吗？她尚且如此，何况父皇这个一国之君？

　　只是她不懂，为何他们理应担起这份责任，只因他们天生高人一等吗？

　　那底下这些人呢？他们就天生低人一等吗？没有他们，凭什么为国？他们就活该战死沙场，弃尸荒野吗？

　　她不懂，真的不懂。

　　佛不是说众生平等吗？原来佛祖是个欺言巧骗之徒。

　　若是以往，凤倾月又怎敢质疑满天神佛？

　　只是现下所有的不解一拥而上，令她思绪混乱，要将以前种种全盘推翻了去。

　　欧阳冥觉得她不甚对劲，立马将她唤回神来。

"你再耽误下去，天就该黑了。有什么事到了再说，凭空假想再多也是无用的。"

　　凤倾月醒过神，回眸看着欧阳冥，突然觉得羡慕。

　　纵然他凶残狂戾，令人惧怕，却爱憎分明，明确地知道自己要些什么。

　　她也想要如他一般洒脱，看清自己的心，踏上自己的路。

第三十章
攻城

听了欧阳冥的话，凤倾月不再纠结于此，放宽了心去。对于那几个偷尸之人，也是释然了。她不是救苦救难的菩萨，何必强求自己做这面面俱到之事？

两人绕了一段远路，至嘉州城下。城楼上的守卫见城下来人，乐和了。

两军交战之时，竟还有人敢只身行于战场，也不怕被千军万马踏碎了去。这两人胆子可不小，当真是不怕死的东西。

不过就算他们不怕死，这城门也不能随意打开任人通行。万一放入了敌军奸细，或是敌军趁此进攻，谁能承担得起后果？

"洛将军也是你等小人想见就见的吗？今儿个大爷脾气好，就不为难你两人了。再在城墙下逗留，乱箭射死！"

听那领头的守卫如此说话，欧阳冥一阵气结。一个小小的守卫也敢在他面前大放厥词，真是不知天高地厚！

可即便受了气，欧阳冥还是得老实待在城楼之下。

总不能要他硬闯吧？那可真得被乱箭射成马蜂窝了。

"你身上便没个证明你身份的物什？"

堂堂一个公主，难不成要被困死在自家城门外？

凤倾月难为情地摇摇头，回道："离开凤央的时候，不曾带过这些。"

本想着洛风为主将，自会放她入城，哪知道想象多有差距，她现下连洛风的面都见不到。

两人在城楼下一番踌躇，忽听瞭望台上传来一阵急促的号角声。

"快走！"欧阳冥顿时变了神色，拉过凤倾月便要离去。

他突然这般慌了神态，令凤倾月一下子愣住了，不明白生了什么大事让他急成这样。

城楼上的守卫听到号角声，全都谨慎了起来，严阵以待。

两人还未走远，便听远处声浪翻滚，震耳欲聋。凤倾月回头一看，才发现远方风尘漫天飞舞，甚是嘈杂喧闹。

原来这急促的号角声，乃是发现了敌军才会吹响的。

那城楼上的守卫一番感叹，早让他们走，他们却不走，这下好了吧，撞见敌军突袭。好好的性命耽误在这战场上，只得算是两人时运不佳了。

那人正感叹着呢，城楼下的两道身影却已离远了去。只见那男子环抱着女子，身法极快，三步并作两步飞速退离。

怪不得敢来这样的地方了，原是艺高人胆大呀。

凤倾月不死心地回头一瞥，突然发现了姗姗来迟的洛风，英姿勃勃地站在城楼之上。

虽看得不甚仔细，但凤倾月知道，那就是洛风。以她对洛风的熟悉，便是他微小的一个动作，她也能认得清楚。只是看着那人，她便认定了他是洛风。

"欧阳冥，你快看！那是洛风，洛风来了，我们能进城了！"
凤倾月对着欧阳冥大声疾呼着，话语间满是藏不住的兴奋。

看着她满面春风，欧阳冥隐隐头疼。这种状况下，便是他们到了洛风的眼前，也不见得他会开了城门放他们进去。

她此番愉悦，也不过是空欢喜一场罢了。

若是旁人，欧阳冥早就把人一脚踢开，再赐一句"蠢笨如猪"了。偏偏对着凤倾月他就像中了邪似的，将所有的怪癖都扔至一边。真是孽债！

眼见欧阳冥抱着自己渐行渐远，凤倾月亦恢复了冷静。

现处于两军交战之际，洛风怎会在此时打开城门呢？真是犯傻！

道理虽如此，不过凤倾月当下出现在洛风眼前，他会不会不顾一切地迎她入城，却是个未知之数。

漫天箭雨如狂风骤雨急速而下，射倒了一批批前赴后继的将士。众士兵举盾迎箭，脚踏倒下的尸体，不断地逼近城池。

兴许有重伤未死之人，但只要一倒下，就会在人海践踏下失了性命。想要活命者，只得不停地向前，锲而不舍。

几轮羽箭之后，突然飞出了几把巨型长箭，直直地射穿了盾牌，突刺了一段距离，飞溅起大片的血雾。

凤倾月在远处见此情景，顿时心里一紧，瞳孔急剧收缩。

还好现下离得远，若是在近处看到那肠穿肚烂的人，岂不得吓晕过去？

西夜士兵顶过几轮弩射，终是到了反击的时候。身后弩箭呼啸而过，钉在了城墙之上。

眼见西夜大军离城池之距越发近了，洛风掐好时机，下了命令："开城门，出城迎击！"

沉重的城门徐徐而开，数万将士一拥而出，两军兵戎相见。

双方战鼓声雄浑激昂，似惊雷一般直啸入天。将士们怀着满腔热血，拼命厮杀。

倒下一批，又有另一批迎难而上。士兵们自相践踏，死者无数。

凤倾月本是惊惧在心，见了此情此景，却越渐麻木。呆愣地望着两方厮杀，不知在想些什么。

两军在前方山路等处，已是战斗了几次。西夜军好不容易才将凤央军逼进了嘉州，休战了几日。

早不战晚不战，偏偏凤倾月到了嘉州城下，西夜才堪堪来攻。实在生巧得很！

夜墨澜自然晓得强行攻城不是明智之法。不过嘉州城乃凤央最后一道险要，不能使其坐困围城，便只能殊死一搏了。

此战，必胜！

冷月皎洁，星光点点，一派静谧之美。

可惜下方杀声震天，血流成河，肆意地破坏了这份平和。

西夜与凤央两军交战至入夜，都是杀红了眼，亦疲惫不堪了。

夜墨澜见天色已暗，推想这边已是准备妥善了，便以火石点燃了手中的信号筒。

只见西夜中路一道烟花一般的火光一飞冲天，军队的末端立即有了响应。

一大片火光带着震耳欲聋之声，四处散落而去。有些直直射向了嘉州城里，有些敌我不分地砸伤了前面的将士。

一时间火光冲天而起，染亮了半个黑夜，令人震惊慌乱。

西夜究竟使了什么邪门歪道，才能使用这般离奇的法子！

只听一阵呼啸，又一轮火石飞入了城内。

有不幸被火石砸中者，顿时变作一团火球，在地上翻滚不息，连声哀号而不得救，活活被烧死了去。

一时间凤央这边军心大乱，好些人惊慌失措。西夜军趁此机会，势如破竹，闯出了一条血路来。

洛风不知他们用的什么法子，无计可施，只能眼看着凤央军崩溃散落。其心愤慨难平，目眦欲裂。

"关城门！"洛风虽满心不甘，却也只得顾全大局，放弃在外浴血奋战的零散士兵。

此令一下，城门徐徐而关，引得外面的凤央士兵顿生绝望，心如死灰，再无争胜之心。

西夜军趁热打铁，大举进攻，在临近城门之地架出了冲霄云梯。众士兵或是随云梯攀缘而上，或是借着城墙上钉入的弩箭攀上城墙。

西夜士气大盛，奋勇直前。凤央这头却士气低落，节节败退。

洛风以剑断了几架云梯，可西夜军还是源源不断地攻上了城楼。而空中不停地落下或大或小的石块，也让凤央军伤亡惨重。

这神秘的武器让凤央军人心惶惶，心里极度恐惧不安，生怕从天而降一块巨石让自个儿失了性命。

此番军心动摇，定要想个法子稳定军心才是。

正当凤央落入败局之际，洛风终于发现了那让凤央损失惨重的神秘武器。

原是几辆十几人推行而来的木架大车，在军队后方不断地投出大石。那大石不知道是以何方法弹射而出的，但是离得越近，其准头就越准。

现下这个距离，已是不再有散射落空的流石了。

"传令下去，让弩手全力射末端的木架！"

弓箭手少有百步穿杨者。无法用火箭射穿木车，就只得寄希望于车弩的杀伤性了。

也不知夜墨澜哪里找的这般厉害的武器，直到今天才显露了出来。

作为一个将领，洛风是佩服他的。可他作为敌军，洛风就顾不上和他惺惺相惜了。

这投石车也只有现下这般局势才起得了大作用，若是被提前知晓了，定然会成为首要目标。

不到关键时刻，夜墨澜自然不会将它显露于人。再说这投石车所耗人力物力非同小可，自不能让它大材小用了去。

洛风下达命令没多久，一支巨弩突然冲破了重重人海，射中了西夜后方的投石车。

正当这辆投石车散架破碎之际，第二辆也随其轰然塌下，砸伤了周遭的士兵。

此时让车队撤退已是无用，只得让他们一往直前，尽一番小用再支离破碎了去。

击破投石车，凤央士气大振，竟是把西夜军逼退回了城下。

可即便如此，还是有一往无前者再次一拥而上。

纵然城墙上坠落而下的尸体，都快堆积如山了，也吓不回众兵士的胆气。

凤倾月看着眼前一片惨淡，无语凝噎。这就是她千辛万苦回来的意义吗？见证成千上万的死亡，领悟自己的责任吗？她应该何去何从？何去何从？

　　欧阳冥好几次唤凤倾月离开，她却充耳不闻，半点也不搭理他。只是木然地盯着战火连天的战场，神游天外。

　　欧阳冥拿她没辙，甚是无奈。绑了她走吧，又怕惹她生恨。让她在这儿傻看着，又怕她难以承受。

　　她傻傻愣愣地呆立着，也没做出什么疯事来，欧阳冥也只得由着她。

　　欧阳冥抬眼望去，两军之战依然僵持不下。西夜虽是占了先势，可凤央还有兵力在手，谁胜谁负倒也难说。

　　这一仗，可以说是最为关键的一仗。凤央能不能挽回败势，就看今夜了。

　　今夜，注定无眠。

　　旭日初升，淡蓝色的天空跃出第一抹红霞之时，两军的对战也有了个结果。

　　西夜军撞开了城门，大批士兵涌入嘉州城内。大势已去，洛风再无力回天，只得率领众将士败走。

　　正当夜墨澜带领大军入驻嘉州之时，凤倾月猛地扯开了面纱，朝西夜大军奔去。

　　她突然这么一下，让欧阳冥有些猝不及防，愣了一愣后立马拦住了她。

　　"你干什么？嫌命长了！"

　　凤倾月状似疯症，也不应话，从欧阳冥身侧绕过又向前奔去。

　　嘿，什么脾气！

　　欧阳冥心头不快，却还是跟了上去，自个儿都不明白为何甘心迁就于她。要在以前，他哪会管这等闲事！

　　"得了，闹会儿就够了，犯什么傻！"

　　欧阳冥一把扯住了凤倾月，令她动不得身。

　　被人两次三番拦了路，她只有拉回了注意力，应着欧阳冥。

　　"我要去找夜墨澜，你让我去找他！"

她说话有些哽咽，眼里泛着晶莹的光，似要落下泪来。

见她这般可怜模样，欧阳冥难得心软了一回，轻声宽慰着她："你现下过去也是无用，他周围满是军士，哪注意得到你我二人？"

"可是——"

可是夜墨澜入了城，便同洛风一样难得相见了，她又怎能错过此次机会呢？

凤倾月吐出两个字，堪堪住了口。她已经给欧阳冥惹下很多麻烦了，又怎能让他再陪自己犯险呢？

夜墨澜该是不会为难她的，怕就怕还没来得及至他跟前，就被四周的军士送归黄泉了去。

"夜墨澜，夜墨澜！"前怕狼后怕虎的，凤倾月只得用扯着嗓子大声呼喊的笨方法。

不过就她这点声量，自然是无用之功。还没入夜墨澜的耳，就被淹没在众将士的脚步声中。

凤倾月眼看着夜墨澜骑着高头大马，逐渐步入城内，心中满是悲切。

欧阳冥本想着她叫到口干舌燥，也就不得不放弃了。偏偏见她楚楚可怜，又是于心不忍。

妈的，他真是见了鬼了！

"你就肯定你叫应了他，他会搭理你？"

凤倾月直点着头，神色间满是希冀。

"夜墨澜！夜墨澜！"欧阳冥提起内劲一喊，顿有石破天惊之势。

这声夜墨澜倒是隐隐入耳了，可有所回应的却另有他人。

空中突然飞来十数支羽箭，直直地射向了两人。幸而欧阳冥反应够快，拉着凤倾月躲开了去。

四周太过嘈杂，射箭之人也没听清欧阳冥唤的什么。只觉来人气势汹汹，便想把他制服了再说。

本也只有几人反应过来张弓射箭，可周围的人以为出了状况，便跟着做了反应。

夜墨澜这才发现，一些军士没听指挥就在擅自行动。随之望向了远方，想看看是什么事值得一番大惊小怪。

夜墨澜一眼望去，见是一男一女的身影，不以为意，心想着犯不着如此小题大做。再仔细一观，看着那熟悉的面孔，顿时惊呆了。

莫不是他眼花看错了？她怎可能出现在此处？！

他愣神之间，又是一轮箭雨射向了凤倾月。她在欧阳冥的怀抱中，墨发飞扬。这清瘦温婉的人儿，不是凤倾月还能是谁？

"鸣金收兵！"认清楚人的夜墨澜立马急了，对着传信兵就是一声大吼。

那传信兵被吼得一愣，却不敢有违大将军的命令，接连不断地敲响了铜钲。

城内的士兵闻声不禁疑惑了，好不容易占领了嘉州，怎的就鸣金了呢？

"停！去把那两人给我带来！"

夜墨澜叫停了传信兵，唤了身边一个副将去接凤倾月。

一番动作，不仅让在场的将士难以理解，连欧阳冥也是暗自腹诽着。

欧阳冥自然晓得夜墨澜是西夜七皇子，定然是认得凤倾月的。本以为两人仅仅是相识而已，现在看来，却没那么简单。

鸣金岂可儿戏？他如此作态，定然是看重凤倾月的。至于他为何将她放在心上，那就不得而知了。

城里的士兵本欲退出城内，因夜墨澜遣了一员副将入城指挥，大军重恢复了秩序，有序地往嘉州城内行进。

那副将领来两人，夜墨澜便发问："你怎么从西夜跑到凤央来了？战场上这么危险你就看不出来吗？贸然冲出来干什么？"

可是来找我的？

"我有事想找你商议！"

夜墨澜心里虽这么想，可听她回话又是另一番意思了。顿时忘了其他的问题，光这一句就足以让他满怀欣喜了。

"有什么事入了城再说。"

凤倾月不经意间，就被夜墨澜抓住手腕，轻而易举地托上了马背。

凤倾月跟着欧阳冥虽是习惯了骑马，现下同夜墨澜共骑一马却不甚自在。

"他——"凤倾月看向欧阳冥，想寻个机会下了马去。

"得，他就跟着吧。"

夜墨澜圈紧了凤倾月，也不管欧阳冥作何想法，扬长而去。

大火焚烧后的嘉州城，一片荒凉惨淡。空气中弥漫着浓烈的烧焦味，久久不散。

好些民房都烧成了一堆黑木，只剩下些残垣断壁入人眼眶。

西夜大军从西而入，由东而出，驻扎在了嘉州东南方向一处。留了小部分兵力于城内镇守，只待好生休整一番，便要打响最后一战。

将领们选了间没被烧毁的民房，商议进军之策。夜墨澜将凤倾月安顿在了议事民房附近的住宅中，便同众将商议军机要事去了。

一番安营扎寨后，火头军顿时忙得热火朝天的，帐内不断冒出袅袅炊烟。

而凤倾月和欧阳冥在房里尴尬了许久，待到火头军送上饭菜之时，才盼回了夜墨澜。

也不知夜墨澜怎么想的，走就走吧，还要叫个小兵保护他们。那小兵也是个实诚人，守着两人都不带眨眼的。被他直直地瞪着，两人说句话都觉尴尬得很。

实则是夜墨澜见欧阳冥方才躲避箭雨时，对凤倾月搂搂抱抱的，心头不甚爽快，才让人看着他们。

正所谓人逢喜事精神爽，西夜军这时连连大捷，胜局已定，夜墨澜正是意气风发的时候。

他神采奕奕地回来，见欧阳冥与凤倾月遥遥而坐，更是欢喜。叫了两人随坐用膳，不时向欧阳冥敬杯酒，感谢他一路上照顾凤倾月，俨然一副男主人的模样。

欧阳冥这下不乐意了。两个都是求而不得的人，你要什么风度？便不甘示弱地说欠了凤倾月的恩情，理应偿还。

两人你来我往的，不禁让凤倾月汗颜。

　　这两人好像在比谁跟自己更亲近似的。夜墨澜难道还一心想着自己该嫁与他？欧阳冥这又是发的哪门子的疯？

　　不管了，便先让一个清醒过来再说。

　　"七皇弟，皇嫂这次求见你，确是有要事相求！"夜墨澜一听这话，顿时冷静了下来。

　　是了，他早将她拱手让人了，她也早已嫁做人妇了。

　　就算她现下找上门来，自己又有什么可乐和的？

　　早知如此，何必当初？早晓得父皇这般举棋不定，他就该争取一番才是。弄得自己一番心心念念的，又说不明白自己念的是何滋味。

　　"皇嫂不必多礼，有什么事小弟做得到的，定不推辞！"

　　他嘴上虽是这么说，可动作神态间，却无形中隔离了两人的距离。

　　可他虽是冷淡应付，凤倾月却不得不求。

　　"西夜稳操胜券，我不求其他，只求你给我一个劝凤央国君臣服的机会。"

　　她又不能直说让其休兵，只能迂回着表达她的意思。

　　欧阳冥看着凤倾月，心道她见证一番沧桑，总算开窍了。可此局破不破得了，还得看夜墨澜的意思。大好的形势休兵，任何一个有点头脑的人都不会这么做。

　　夜墨澜盯着凤倾月看了半晌，不知在想些什么。连凤倾月自己都觉得，这要求实在有些过分。

　　就在凤倾月觉得自己只是在妄想的时候，夜墨澜给了个天籁一般的回应。

　　"可以。"

　　他这句"可以"来得太过突然，凤倾月自己都被惊讶住了。

　　欧阳冥觉得他遇上了个疯子，竟然为了个女人答应休兵！

　　纵然她凤倾月再好，欧阳冥若坐在夜墨澜的位置上，也绝不会答应此事。何况这女人还不是自己的，可不相当于人财两空吗？！这种人不是疯子是什么？

"你可以现在就走，去把握你的机会。明日一早我就发兵，不见降书和兵符，我是不会休兵的！"

他一番转折，无异于晴天霹雳，让凤倾月由希望，云里雾里地坠向了绝望。

她不是不相信夜墨澜，而是不相信自己。

这里离皇城相距甚远，即便她不吃不睡，来回最快也得一个月。到时就算她拿到了降书，又有何意义了呢？

现下国亡了，至少还能挽回无数小家。可家亡了，留个空壳有什么意思？

凤倾月明白，夜墨澜此举已是最大的让步了，也不好意思再开口奢求些什么。她放下碗筷，没了食欲。

明明饿了快一天一夜，早是饥肠辘辘了，可吃着饭菜，却如同嚼蜡一般，无心下咽。

见她这般神色，夜墨澜便知她还什么都不清楚，不得不好心解释了一番。

"既然说给你个机会，自然不会随口应付了你。往嘉州东南方前行，有个琯城，凤央皇帝就在此处。能不能快我一步，就看你的造化了。"

夜墨澜早就接到了消息，凤央皇帝御驾亲征，随先行军到了琯城。

不过夜墨澜一直没想通他为何来此。现下凤倾月有所请求，倒是可以让她去试上一试。能不战而胜，自是最好。

夜墨澜亲口说出的消息，自然作不得假的。凤倾月先是一愣，而后满是感激，满面微笑地点着头，激动得说不出话来。

夜墨澜看看欧阳冥，突觉不甚妥当，莫名其妙地揽下了差事："此去琯城，我会找人与你同去，你便放心吧。"

他如此贴心，凤倾月都不知该惊还是该喜了。

夜墨澜此番找来送凤倾月到琯城的，竟还是个熟人。

这人正是时常跟着夜墨澜的清风。想不到他不仅是夜墨澜的贴身侍卫，还在这军中有着一席之地。

而欧阳冥被夜墨澜排开在外，自然不好意思再死皮赖脸地跟着。同凤倾月道别了一番，便要走。

凤倾月心中感激，说是有机会将报答于他。他却立马认了真，要凤倾月弹首曲子作为报答，想要挖出那日在不归山梨花树下的那种感觉。

可这荒城之中哪儿找得到琵琶来？凤倾月只得为难一番，想了个折中的法子，以一曲清歌相送。

她选的送别之曲，乃是祝友展翅高飞之意。开始还有些娇羞，起了个头，却定下心了。一时间，竟是放空了思绪，抛却了烦恼。一曲高歌，心头大快。

欧阳冥实则不精音律，听曲全是凭自个儿的喜好心境。可即便如此，她清灵婉约的歌声也好似余音绕梁一般，盘旋在了欧阳冥的心头。

夜墨澜自然有幸随之听了一曲。虽晓得她歌声动人，却也是不觉得够。

这女人，他是真的难以放下。

夜墨澜起先还自觉无所谓，当她离得远了才发现放不了手。美则美矣，可世上美的女人多了去了，为何独独放不下一个你？

他的不甘，当真只是求而不得吗？

送别欧阳冥，正是正午时分。此时出发去琯城，应该入夜前就能到达。凤倾月心头急迫，忙催促清风上路。

夜墨澜本在屋里等着凤倾月来跟他道谢作别，凤倾月却没想到这么多，急着赶路去了。夜墨澜出门看着那策马奔腾之影，顿时心里有些道不明的不爽快。

凤倾月到琯城之时，洛风带领的凤央军也刚驻扎在城外没多久，正生起袅袅炊烟来。

洛风正准备进城参见凤央皇帝，劝其远离琯城，就听士兵来报，说是天上射来一根铁羽令箭，上绑着一纸小信，上书"西夜来使"。

"去请。"

洛风在大帐内，反复看着信上纸条，着实费解了。这西夜也是好笑，每每应到大举进攻之时，总会来点令人意想不到的。

上次听说是瀚羽无故大举进兵，西夜不想两方对敌，才撤军驻守。而这次瀚羽已亡，还有什么可遣来使的呢？

直到大帐内浮现出那一抹倩影，洛风便像个孩子似的，激动得不能自已。

他想过可能是来劝降的，却万万想不到，西夜的来使竟然是她！

那令他魂牵梦萦的人儿，让他牵肠挂肚的人儿，经此一见，恍如隔世一般。

"你还好吗？"

洛风问这话，让凤倾月有些始料不及。

他不是已有妻室了吗？何必来管她的好与不好？

随即一想，又觉自己不够洒脱，小孩心性了。已是前尘往事了，现在还拿出来计较作甚。

"还好。"

她在西夜确实过得不错，有朋友，有亲人，有自己的快乐。比起宫廷里的处处约束，她现下自在得多。

见她浅笑盈盈，发自内心，洛风也就心安了。

"过得好就好。是我对不住你，可还能补偿一回？"

这句话他早就想问了，即使做不得她最亲近之人，也不想与她失了情分。可惜兜兜转转，一直没说得出口。

凤倾月也没料到他会说出这种话来，顿时有些恍惚。以前他归来若是晚了，也是说这样的话求她原谅。每次她都假意不满，要他做成堆的小事才得原谅了他。

现下记来，却诛心得很，顿时眼泪想要夺眶而出。

清风一见两人含情脉脉地互望着，顿觉不对。说好的来见凤央皇帝，怎的变作两人旁若无人地寒暄了呢？

他忙清咳两声，让两人注意到他的存在，言归正传。

凤倾月被这两声咳唤醒了神，收回满腔哀怨。

"罢了，是我没看清你的心意，才会犯下这强人所难的错。"

凤倾月说出这话，心里还是有些别扭，却不甚刺痛了。或许在她心里还有他的影子，可已是不同往日了。

　　洛风还想说些什么，被凤倾月打断了去。

　　"我这次来，是想觐见父皇，商量要紧之事的。父皇可还在琯城？"

　　听她这么一说，洛风便想到她是想来劝降的了。只不过来人是她，他心中不免还是有些诧异。

　　"我也正准备觐见皇上，便一路入城吧。"

　　凤倾月无言点了点头，退至一旁，让他先请。

　　洛风暗叹一口气，无奈迈开了步伐。

　　她嘴上说着无碍，却还是与他生疏了。她还是怪着他的。

　　他们，再回不去以前了。

第三十一章
皇上驾崩

现下留守琯城的，都是皇上身边的亲卫军。洛风也要拿着御赐手令，才能带得两人入城去。

一路畅行无阻至城主府，才被人阻拦收缴了兵器。

凤央皇帝此刻正坐在城主府的主堂中，抬头望天，一脸的安详。

这天，是要变了。

"父皇。"忽听一声娇滴滴的呼唤，引得凤央皇帝顿时一愣。

隐约间看见门外走进一个俏生生的身影，不是他心心念念着的皇儿又能是谁？

"月儿？"凤央皇帝虽是激动在心，却又不甚肯定。毕竟凤倾月远嫁西夜，又身为一个女子，怎会不合时宜地出现在凤央境内？

只见凤倾月盈盈上前，跪坐在地："父皇，儿臣不孝，不能长伴父皇左右！"

"月儿，快些起来，让父皇好好看看你。"凤央皇帝忙伸手托起凤倾月，将她好生打量了一番。

"你瘦了，可是在西夜过得不好？"

他厚实的手掌抚过凤倾月的发丝，一如既往温暖。

凤倾月感受到父皇的关怀，哽咽出声："难为父皇惦记，儿臣过得很好。"

倒是父皇，憔悴了好多。正值壮年的他，竟是有了花白的头发。

"你可莫要瞒朕！自从把你远嫁西夜，朕这心里就内疚得很。你母后临死前的那些恳求，每每思上心头，朕就寝食难安。就怕哪一日见着你母后，无颜相见于她！"

凤央皇帝儿女虽多，可他最为上心的，还是要数凤倾月了。直到现在凤倾月都不知道，她还有个后出生的皇弟。

可惜当初小皇子难产缺氧而亡，凤央皇帝便把宠爱都给了凤倾月一人。对她的陪伴，当属众皇子皇女中最多的。

自己一生的心肝宝贝，又怎能不牵肠挂肚呢？

"儿臣不敢欺瞒父皇，儿臣真的过得很好。"凤倾月握住了父皇的手，看着他苍老了许多的面孔，再也抑不住眼泪。

她怎能如此不孝！父皇牵挂着她，她却对父皇少有挂念。

"你过得好，朕也就没什么可担忧的了。"

听到父皇的话，凤倾月暗觉不对。父皇几次三番的话，都透着一股莫名意味，可她又说不上个究竟来。

"虽不知你是怎么回来的，不过你既在西夜过得好，便好好过下去。此后不必再挂念着凤央种种，自个儿活得开心些。"

这下凤倾月是完全感觉出来了。父皇竟像在交托后事一般！虽说生老病死乃是常态，可父皇正值壮年，怎会说出如此的话来！

"父皇，儿臣不走了，儿臣就在这儿陪着你！"

凤央皇帝看着凤倾月，那眉眼，真的像极了当年的皇后。隐约间仿佛见了皇后对着他面带微笑，一如当年的青春模样。

"又在使小性子了。朕倒是想像个常人一般享享天伦之乐，可惜朕不能再好好照顾于你了。"

凤央皇帝一双柔目注视着凤倾月，里头含着许多说不出的眷恋。

"胜败乃兵家常事，大不了从头再来。父皇莫再说这些丧气话了！"

凤倾月本是想着劝降的，可现下看了父皇如此颓废，又不忍心再打击于他，反而鼓舞起他来。

"从头再来，谈何容易？你都晓得的道理，朕岂会不懂？不过这江山亡在朕的手上，朕岂能不对列祖列宗有个交代？"

可怜吾儿归期已晚，若是你早些回来，朕也就可以多些时间看看你了。

凤央皇帝心中一番感慨来不及说，人就已是昏昏沉沉的了。凤倾月的身影在他眼里越发模糊，直至再抵不住浓浓睡意，两眼完全陷入了黑暗。

凤央皇帝抚着凤倾月的手渐渐无力滑落了下去，仰身睡倒在了青龙木椅上。

"父皇！父皇！"凤倾月顿时惊得大叫。

连着几声急呼，凤央皇帝也没有半点反应。凤倾月忙紧握住他还留有温度的手，急声唤道："传太医，快传太医！"

洛风等人也被吓住了，忙出去传唤太医。

太医来得倒是极快，可凤倾月还是觉得缓慢得很。

她从来不曾如此惊慌失措过。一颗心紧紧揪着，脑里一片空白。话也说不出口，只是傻站在那里，木讷得很。

父皇的种种话语，都透露给她不祥的预兆，让她不得不害怕，不能不害怕。

就算父皇话语间已看破了生死，可父皇是她仅有的亲人，她又怎能无动于衷？

她不能失去他，不能！

太医不曾仔细诊断一番，便确认无误了。

"皇上早已服用了千日醉，臣已无力回天了。"

这宫中太医，自然是识得凤倾月的。凤倾月突然出现在此处，让他心里着实惶恐得很。

药是自己亲手送上的，公主要是不顾缘由追究起来，那可了不得！

无力回天？凤倾月顿觉阵阵昏厥之感袭来，脑海里一阵天旋地转。一阵失魂，险些晕倒了去。

凤倾月紧捏着拳头，强迫自己镇定下来。深吸了一口冷气，强压住了自己乱涌的情绪，冷然问道："你再说一遍，皇上怎么了？"

太医被凤倾月这股不怒自威的气势吓住，顿时跪拜在地上，小心翼翼地开了口："皇上已是驾崩了，请公主节哀！"

凤倾月惊得心里猛然一缩，满满的不可置信。心里好像有什么全盘崩塌了似的，一派悲凉难受。

　　无法抑制的心痛席卷而来，心像要撕裂一般，揪得生疼，苦得发涩。眼里阵阵刺痛，却掉不下一滴眼泪来。

　　"胡说！刚刚父皇还好好地跟我说话，怎可能说走就走！莫不是你医术不行，诓骗于我！"

　　父皇什么病症都没有，就这么突然地去了，叫她如何能相信！不可能的！就算服用了那什么千日醉，发作时怎能没有一点预兆呢！不该没救的！不会的，不会的！

　　凤倾月心乱如麻，自己也不知道在想些什么。她的坚持，仅仅是心底的一丝希望和自己的不愿相信。

　　"臣惶恐！"太医大惊失色，急急地磕上一个响头。

　　"千日醉这种毒药，须得服用的剂量大才能生效。皇上是安排妥善了，才安详地走的。"

　　安排妥善？这其中还有什么内情？"你这是何意？"

　　"老臣无能，也是不明就里。还得要秦丞相来了，才能给公主个说法。"

　　他话刚落，秦丞相就随之而来。

　　听着通传之人的话，他不由得擦了擦额上冷汗，松了口气。

　　好在被急召而来之时就遣人去请了丞相来，不然现下真是脱不了干系了！

　　秦丞相入门而来，见众人如定在地，一股子沉重严肃的气氛，便明白出什么事了。

　　见凤倾月也在屋里，他突然一愣，随即又恢复了镇定。虽不明白远嫁千里的公主为何会出现于此，可他首要关心的问题却不在此。

　　"臣叩见公主，公主千岁千岁千千岁！"

　　凤倾月现下哪还有心思注重这些个虚礼？

　　"丞相不必多礼，有什么话便直说了吧。"

　　秦丞相先是对着凤央皇帝行了一礼，再从袖内取了一上了漆封的锦盒，置于一旁的香木桌上。

　　"皇上的遗诏就封存在这锦盒之中，现下趁着大将军和公主都在此处，便启开这锦盒上听天意吧。"

看来秦丞相也是知道父皇服毒一事了。明知国君服毒而不加以阻拦，这些人当的是什么官？！什么臣？！

凤倾月一时间怒不可遏，却无话可说，苍白无力得很。努力平复着心境，打开了锦盒。

锦盒里除了一道降书，再无其他。可能是没想到凤倾月会有回来凤央的一日，是以没有给凤倾月留话。

凤倾月看完降书，一阵恍惚。既然看破了朝代更替之事，父皇为何还以身殉国？

秦丞相也知道，不给个说法，公主断然不会就此罢休的，只得娓娓道出皇上的意思。

"自从西夜来犯，皇上就明白一山不可容二虎，此战再无可避了。胜者为王败者为寇，乃是自古不变的定理。皇上知道嘉州乃凤央最后一道防线，嘉州破，则大势已去，势不可转矣。"

"此番来琯城，看中的就是这么一个'琯'字。皇上不愿安寝于皇陵，亦不能随遇而安，失了体面。便以'琯'代'棺'，寝于琯城。"

只是一个无颜面对列祖列宗的理由，就轻易弃了自己的性命吗？

"你们先退下吧，皇上的后事该怎么准备就怎么准备着。"

凤倾月打发走了众人，再次握住了凤央皇帝已是冰冷的手掌。终是抑不住悲痛，伏在他的腿上，嘤嘤哭泣起来。

父皇，你这又是何苦呢？即便不忍凤央陷于水深火热中，愧对于先祖失了凤央江山，也不必选这么个法子担待一番责任啊！

此事的对或错，她评判不来。或许如太医，如秦丞相，都觉得父皇这么去了，才能尚余一分体面。毕竟是一国之君，怎可当个亡国之奴？

可她这心里，除了不甘，便只得不愿。但她又无能为力，纵然她万般不愿放开这双手，也已是无法挽回了。

无力、挫败、荒凉、悲痛的感觉全部袭上心头。凤倾月才知道洛风退婚一事也不过尔耳。

当自己哭得无力出声之时，她才晓得，自己这一生的眼泪不曾流尽。

第三十二章
回西夜

凤倾月暗自哭泣了没多久，眼泪便停了。一腔哀怨好似都哭尽了去，心里空落落的，找不出发泄的理由了。

原来再深的悲痛，也终是哀有尽时。

凤倾月留恋地看着父皇，想要把这份眷恋刻在心里去。

凤央皇帝此时的脸色已是苍白青紫，失了先前的红润。

不能再耽搁父皇的好眠了。凤倾月心想着，以丝绢拭去脸上的泪痕，出了门来。

夜色深深，大臣们都跪立在外，身着一身白衣，等着送别凤央皇帝。还未到入秋的时候，院里却有一股子萧瑟哀怨的气息。

洛风看着凤倾月眼角生红，想要关心几句，却又是不合时宜。只得默默地注视着她，暗自心疼。

"敢问公主，皇上几时入土为安？"

凤央皇帝这次离宫，没带宫中任何一个妃嫔皇子。此时身份最高的便是凤倾月，众臣也只得征求她的意思。

"秦丞相，此事就交由你来操办吧。"

"是！"

秦相叩头一拜，起了身。一番指示，让人抬了一副水晶棺入门，再是找了凤倾月一旁私语。

本来皇帝寝陵都有个讲究，停灵的日头要足，得新帝来主事，陵墓也得要多年打造而成。

而京都本有一座修建好了的皇陵，可凤央皇帝不愿身葬皇陵，也只得将就于这一座空城了。

凤央皇帝走得急，明日西夜进军而来，自然等不到好的日头。再说国之将亡，也等不来新帝了。难道直接下葬了不成？

没有陵墓，也没有珍贵的陪葬之物。如此仓促，实在过于简陋了，难免为世俗诟病。

凤倾月默然地听秦丞相说完，仰头看了看夜色，正是皓月当空的时候。

"无碍。趁着今日花好月圆，便让父皇入土为安吧。"

秦丞相有些讶异，却又觉应该。毕竟事出突然，也只能勉强为之了。

凤倾月倒不是和秦丞相一般的想法，只是她突然明白了她的父皇。

既然父皇做好了去的准备，自然想过这些问题。他无牵无挂、孑然一身地去了也好。一个人好好安睡在这儿，无人来扰，也是件好事。

至于世俗流言，国都亡了，还管这些作甚？父皇注定了会被流言所扰，只要无愧于他自个儿的心，他泉下得以安稳便好。

凤倾月换好秦丞相命人准备的白衣，再回了大堂。

此时凤央皇帝已是入了棺，众大臣正叩拜上香。

京都的文武百官同行而来的没有多少，这里的大多是武官。一群流血不流泪的军士，自然不会有哭声震天的场面。

若是一群人哭哭啼啼的，凤倾月怕也是要随着一阵悲泣神伤。因着众人的稳重，加之她先前哭了一阵，现下心里好像也没那么难受了。

父皇的众多儿臣里，在场的只有她这么一个备受宠爱的。而她一滴泪也流不出来，不知那些人是否会暗道她没心没肺？

若是换了别人来，说不得就是一番号啕大哭，孝德感天动地。她这般冷然，实在不应该。可让她惺惺作态一番，以她这性子也勉强不来。

罢了，自个儿心中的感念珍惜，也用不着表达给别人来评判。

因没有陵墓，现下兴建也是来不及了，便选了城中最大的一处冰窖安葬凤央皇帝。

一行人冷冷清清地走在清幽的大道上，夏夜的清风带着一丝暖意，却还是温暖不得人心。凤倾月伴着棺木走在前端，看着不足百人的送葬队伍，心中无故地漫出一丝苦闷。

父皇的入葬仪式，怕是历代国君里最为简陋的了。不过他面目含笑，该是走得舒心的。

凤倾月撇过头，见了慈眉笑面的父皇，心里安然了许多。至少，父皇最后一刻释然了。

没有哭天抢地，没有哀声怨天，只有心中的感慨缅怀，送别这位明君。

至冰窖处，打开窖门，一股冷气扑面而来。众人跟着搬棺的人入内，里头冰冷刺骨，好似能在面上结下一层冰霜。

若不嫌简陋，冰窖倒是个保存尸身的好地方，怕是比那水晶棺还安逸几分。可惜世人都只看中个表象，而不注重内里实在。

尸身安置于冰窖里后，众人禁不住里头的寒气，依次退了出来。

凤倾月取下腰间玉坠放在水晶棺上，才依依不舍地退出了冰窖。

这"福"字玉坠是凤倾月出生之时，凤央皇帝亲自系在她脖颈上的。待凤倾月越发大了，玉坠有些勒脖，才取了来做成吊饰。都说玉通人性，就让它在这冷窖中陪伴父皇吧。

出了冰窖，天色已是有些微亮。一行人上了城楼，禁卫军开始清城。

士兵吹响了集结的号角，不一会儿城下就站满了密密麻麻的将士。

洛风在城楼上宣读完遗诏，又道出了凤央皇帝长逝一事。高呼一声"跪！"，便听底下一阵声响，众人皆跪，一阵默哀。

凤倾月现下才知道，洛风原来也有指点江山的气势。可惜，君已逝，他又该何去何从？

禁卫军清空瑄城后，便封了四面城门，独留了一座空城。

众人随着洛风到了军区大帐内，一时都陷入了迷茫之中。前路渺茫，皆是不知该何去何从，困惑而不得解。

国破帝亡，他们又能做些什么呢？君不是君，臣又岂能是臣？

凤倾月在营帐内，也是久久不得安歇。倒不是外面的士兵太过吵闹，而是她心里太过空虚。

她想要填补些什么，却又找不到可以填补的东西。只能闭着眼，在一片黑暗中漫无目的地思考。

众人迷茫了一日，总算有人来替他们破这个局了。

将近日落西山之时，夜墨澜如约而来。

他果然日出发军，半点不讲情面。不过他怕是料想不到，日前拼死相搏的敌军已是弃械投降了。

夜墨澜带领大军杀到，也是蒙了。凤央大军已是拔营而走，只剩几个帐篷孤立在城外，白旗飘飘，显眼得很。

洛风早就遣散了军队，让他们找到家人安生过日子，免得成为战俘，任人宰割。

洛风交出降书，夜墨澜大喜。本觉得要下一番苦功，现下用不着兴师动众了，自然甚好。

而夜墨澜知晓凤央皇帝暴毙于琯城，很是惊讶。本想着活要见人死要见尸，入城搜寻一番。

不过看在凤倾月的分上，也就让他好生安息了。再说清风亲眼所见，定然不会有错的，他犯不着白白招了凤倾月的恨。

众臣中不愿称臣于西夜的，就各奔了东西去。有些不想平庸一生的，便留了下来，愿为西夜鞠躬尽瘁。

也不能说这些人自私自利，不知感恩。国破山河在，为自个儿寻条生路也属正常。而夜墨澜要接手凤央，少不得这些人的协助，自然不至于为难他们。

夜墨澜同洛风对战多次，知晓他有些本事，有意招降于他。他却志不在此，婉拒了去。倒不是因为什么国家大义，只是怕见着凤倾月罢了。

凤倾月既已嫁往西夜，不管她如何归来的，现下总归是要回去的。洛风也想去西夜与她朝夕相对，可自己已不是当初那个洛哥哥了，又何必徒增伤怀？

凤倾月也不明白，自己该归于何处，抑或说于何处漂泊。

父皇说她在西夜过得好就好好地过，可她弃了所有回来，此番再厚颜回去实在叫人难为。

她应该回去吗？她不知道。可她不回去又能做些什么呢？

夜离轩那个人，向来对她不冷不热的，少有温情。兴许他无所谓她的离开吧，如果是这样，她回去了又该如何自处呢？

凤倾月正是一番踟蹰，夜墨澜便给她做了决定。他指了清风和其他几人，要他们带凤倾月回西夜去。

行军之时带个妇道人家，自然不成体统。况且夜墨澜还要领军去玦城一趟，带着凤倾月更是不方便。可他又担心凤倾月在外出事，只得遣人送行。

一想到是帮着别人把她送回去，心里又觉得不甚舒坦。甩手走人吧，他又做不出来。

憋着一口气不上不下的，实在恼人得很。

凤倾月找不着回西夜的理由，也就只得老实跟着清风回了。

临别之际，凤倾月着实看不透夜墨澜和洛风深眸里含着的眷恋。她不解中又有些心虚害怕，自己都不明白为何是此番心态。

对于洛风，即便凤倾月不再恨了，却也是无话可说。兴许有时会忆起他，却也是云淡风轻。两人早已分道扬镳，是以她读不懂他眼里的眷恋。

至于夜墨澜，凤倾月曾经将满心希望托付于他，也感激于他的救命恩情。可惜夜墨澜追求的是万人之上，致使两人有缘无分。

她见识过他对她求而不得的偏执。可他个性阴晴不定，喜好难测，是以她也猜不透他眼中的不舍。

于这两人，她都做不得回应。因她不懂，也因着她潜意识地躲避。

凤倾月最后一眼，是看向琯城的。好似透过了层层高墙，看到了内里含笑长眠的父皇。

明明宽释了的心，好像瞬间揪紧了，眼里又是酸涩得很。

自从父皇立了新后，她就跟父皇不甚亲近了。对父皇的关怀大多只剩应付，少有感动于心的时候。现下父皇殁了，自个儿才惦记着他的好来。

幼时，父皇纵容她任性，纵容她放肆，那种无忧无虑的快活，不可能再有了……

第三十三章
抉择

明德七百二十四年秋，西夜建国四百余年，终于由夜凌昊完成了统一天下的大任。可惜他现下病重在床，满朝无心庆贺此喜，早朝亦休。

夜离轩班师回朝后，本欲追寻凤倾月去，可他父皇突然一病不起，他自然就分身乏术，留在了渊城。

本想着撮合两人的楚云辞，若知道突发了这么个情况，也不知心里内疚与否。

之前宫中就传出了夜凌昊用药的消息，夜离轩已是隐隐觉得不对劲了。他倒是想过父皇病重的可能，却没想到父皇已是病入膏肓之际了。

太医院的人分批不眠不休地守在夜凌昊的寝宫里，医治了近半月，还是不见起色。

一日，夜凌昊突然有了些精神头儿，想要见见皇孙。

好在夜离轩早遣了人把夜雨泽接了回来，便赶紧带了他入宫面圣。

夜雨泽在楚云辞那里解毒那阵瘦了许多，圆嘟嘟的小脸现下像被削尖了似的，让人心疼得紧。

他一双眼笑成了月牙儿，乖巧地站在床头边，惹人怜爱得很。

夜凌昊见他瘦成这样，便摸着他的头，怜惜道："可怜哟，瘦成这般模样！"

"爹爹说多吃些就好了，皇祖父也要多吃东西哦。"

“乖。”他着实可爱得紧，跟离轩小时候一个模样。

“朕让人准备了很多糕点，泽儿快去尝尝。”

夜雨泽回头看看夜离轩，见夜离轩点头，他才开心地直笑。

“好。”他应了一声，便兴高采烈地跟着宫女出了门去。

“这些年，委屈你和泽儿了。”

夜离轩虽心头明白父皇有话同他说，却没想到父皇会说出这么一句话来，着实有些反应不及。

“父皇言重了，儿臣怎受得住？”

“你母妃的那些动作，朕都知道。朕不管不问，睁一只眼闭一只眼，你可怪朕？”

夜离轩也想过，英明如父皇，怎会不晓得母妃做的那些事呢？可父皇确确实实地说了出来，心里的感受却又是不同了。

经过短暂的讶异，夜离轩立即回应道：“儿臣不怪。”

“都这个时候了，你还诓骗于朕。朕知道，你是怪朕的。”

夜凌昊长叹了一口气，看着他引以为傲的皇儿，颇为心累。

“你如今还想为虞家翻案吗？不要骗朕！”

夜凌昊突然眼神凌厉地看着夜离轩，直直地与他对视着。

“是！”

夜离轩明知自己不该实话实说，可他还是老实做了回答。倒不是被父皇看得他心虚窘迫，只是他不忍在父皇的最后时刻，欺骗了父皇。

实则他欺骗与否，都不会改变什么。只不过他的肯定让夜凌昊更为痛心罢了。

夜凌昊早就知晓了他的心思，多年来一直查寻当年的蛛丝马迹，不是为了翻案为的什么？

夜凌昊一阵无奈与心痛，为了个女人，就要让朕一世英名毁于一旦，惹上遗臭万年的诟骂吗？

“朕作为父皇，对不住你和泽儿。不过朕作为皇上，自觉无错。什么是应该舍弃的，什么是应该把握的，看来你还不明白。等你醒悟过来，也就为时已晚了。话已至此，你可懂朕的意思？”

"儿臣明白。"

他所做之事，犯了父皇的大忌。父皇果然绝了让他登临帝位的心思。

如今功亏一篑，他终究要有负婉儿所托了。

"回去吧，莫要叫朕失望！"

"是！"皇命难违，夜离轩自然不敢有违。

再说他的父皇好一番铁血手段，打定了主意，必然就有所准备。对二皇兄狠得下心，对他未必不能。除了听从父皇的决定，别无他法。

父皇是个好父亲，却更是个好皇上。万里山河总归比亲情重要些。夜离轩理解，却无法认同，这便是他做不得皇上的原因吧。

夜凌昊看着夜离轩走远，闭眼躺在床头，神思放空了去，一阵感叹。

他知道，虞家没有与夜启逸共谋造反。但是同罪臣交好，那就是罪！天子之臣，怎能同逆贼为伍？

他对自己的皇儿都能狠心，何况区区一个虞家？虞家没有了作为臣子的本分，他自然不介意斩草除根。

离轩自幼就有成大事之能，却偏偏被个女人迷了心智！该做的以及不该做的，他倒是一个不漏地都做了。

夜凌昊本想等着夜离轩看透，现下看来，是等不及了。

西夜的江山不能败，你不行，也只得换人来坐了。

皇上卧床多日，不曾召见过任何皇子妃嫔。今日连着召见了三皇子和皇德妃两人，众臣便暗自猜测，大事已定了。

群臣私底下认准夜离轩坐定皇位了，却不晓得内里是个怎般场景。

紫阳宫内，皇德妃被夜凌昊拉着一只柔嫩的细手，端庄地坐在龙床边上。脸上虽有了些岁月的痕迹，却依旧是明艳动人。

"听人说，人之将逝的时候，反而就将前事看得更清楚了。果不其然，朕这几日当真清醒了许多。"

"皇上说这些胡话作甚？皇上得天独厚，定能福缘绵绵。"

夜凌昊嘴角勾起一抹笑，拍了拍她的手。

"得，别说这些奉承话了。朕知道，这身子骨撑不了多久的。今日找你来，只是朕这心里念着你，想跟你好生说会儿话罢了。"

听他说此时此刻想着的是她，皇德妃也不知心里是何滋味。

他敷衍了她半世，让她怎能不怪？现下他记挂着她，她又怎能没有感动？

她心里气愤不过，却不明白自己是怪他的无情，还是在怪他这么久了才想起她来。

"清幽，朕折腾了许久，现下才敢承认自己的心意。由始至终，朕心之所爱的人，就只有一个你而已。"

他唤着她的名，云淡风轻地说着情话，顿时惹得她眼中溢满了泪。

这句话，来得太迟了。她等这句话，也等得太久了。

"朕当初喜欢的，就是你这刚硬的脾气。做了皇上，却无端讨厌起来了。朕不喜你的强势，怕后宫涉朝，便降了你的位分。你没变，变的是朕。是朕守不得承诺，委屈了你。"

原来他无故立侧妃为后，是这个缘故。她的强颜欢笑，对他来说竟是刚硬强势，可笑，真是可笑。

"都这么些年了，还提当初作甚？"

她这性子，始终改不了。即便心里落差大得很，也不愿意现给谁看了去。就像现在，她明明心里感伤，却仍是话语轻松，故作洒脱。

"朕还记得，四哥与朕都爱慕于你。那时四哥尚未娶亲，一心想的是与你白首偕老。而我已有侧妃小妾，还有了云璇。可你还是在太子未定的情况下，义无反顾地嫁给了朕，做了宣王妃。朕那时就想，定要把最好的给你。可惜……"

她初初嫁给他时，确实是幸福的。细数那些日子，该是她人生中最快乐的时光。他纵容她的任性，给她一切他所能给的。他做得尽善尽美，没有可挑剔的地方。

"皇上已经做到了。"

夜凌昊摇摇头，苦笑道："不，朕没有。朕辜负了你。自朕肩负天下之责，朕就变了。天下兴亡就在朕的一念之间，儿女私情理应放下。朕开始对感情权衡利弊，牺牲小我成全大我。"

她知道他对皇位的看重，却不知自己对他也是极重要的。他这心里，有她一席之地已是足够。她苦闷这么多年，却一瞬满足了。

"尔后你也变了，全部心思都倾注在了离轩身上。你想让他做西夜的皇帝，朕也以为他可行。朕苦心栽培了他多年，他最后却难逃一个'情'字，弃了这大好前程。"

本来墨澜的性格像他居多，他该是偏爱墨澜些，可他对离轩的疼爱，总归要深出许多，兴许还是有爱屋及乌的意味。

他不希望离轩为情所困，离轩却不可自拔。他一番挣扎，还是做出了最好的选择。

一心儿女情长者，不可成大事也。

"朕想对你有所补偿，却无望了。离轩志不在此，你切莫怪朕。或许皇位对他来说倒是一个束缚，没有苍生之责，他兴许还能过得自在些。"

皇德妃安静地听他说着，只是静默地看着他，也不插言打断。她明白他的意思，轩儿这是与皇位无缘了。

他从来不曾与她说过这么多的话，一字一句都说得仔细，定有过一番深思。

她是一心想让轩儿登上皇位，可听了他的话，倒是不觉心头不平，沉静得她自己都有些讶异。

夜离轩的性子，确实与夜凌昊大相径庭。夜离轩也有夜凌昊的取舍果决，却比之多了几许深情。

轩儿就是为了这几分情，才跟自己闹到如今地步。她是该认真想想，他到底追寻的是什么了。

两人沉闷了一阵，不再提及此事，说起了两人的初识。说到兴事，便惹得皇德妃笑靥如花，一如当年那个青葱少女一般。

若时间就此定格，多好。

悦讀紀 文化品位
ENJOY READING ERA 优雅生活

——— 阅读改变女性 · 女性改变未来 ———

俏金枝 [下]

百事荒 作品

青岛出版社
QINGDAO PUBLISHING HOUSE

第三十四章
掳劫

处于平静中的皇城，涌生着意料之外的变化。最后的结果，也不知会令得几家欢喜几家愁。

夜墨澜前往珙城的路上收到圣旨急召，只得将手上的事务交与了副将处理，连日里快马加鞭地急回西夜。

而凤倾月这头，却在裴城顿住了脚步。

说来也怪，凤倾月同欧阳冥一起上路之时，奔波劳累了多日也不见有异。现下走走停停，好吃好喝，反倒生了场大病。

病来如山倒，她整日都不甚清醒，脑袋昏昏沉沉的，半点也使不上气力。

她此般重症，只得耽搁了行程好生救治。

男女有别，清风等人不好照顾她，便找了个丫鬟前来伺候。

凤倾月连着用了两日药，堪堪恢复了些精神，众人吊着的心总算踏实了。

偏偏上天爱捉弄人，众人才安下了心，又生出了件了不得的大事。

凤倾月失踪了！好好的一个大活人，竟然凭空在房里消失了！

她房外总有三两人不转眼地守着，断不可能是她自个儿跑出去的。除了被人掳走，再无其他可能。

那丫鬟夜里睡在房内榻上，竟是没听到半点动静。此劫徒手段之高明，让人不得不心急如焚。

依七皇子的性子，若找不回人，几人也就别想活了。便找回了人，此事若被七皇子知晓，也定会重罚几人。毕竟他们没有一丝察觉，就弄丢了个大活人，实在有失职责。

几人这厢立即分头行事，追查而去。满心的急迫，只想着快些找到凤倾月，将劫匪千刀万剐了去。

而不见了的凤倾月，究竟身在何处？

凤倾月一觉醒来，看着入眼的水雾青纱帐，有些愣神。她这几日竟是迷蒙至此了吗？连丫鬟换帐这么大的动静，都没注意到半分。

头还有些隐隐作痛，她伸手揉了一会儿，才好受了些。

"小姐醒了？奴婢正好打来了热水，让奴婢伺候您洗漱吧。"房内突然出现一娇俏女子，端着个小铜盆走向凤倾月。

丫鬟怎的换了一人？房间的摆设也大有不同。她不知不觉间怎的就换了房间呢？

虽说她这几日不甚清醒，可总归是有些记忆的，不至于换了个地方自己都不晓得。

若是清风等人为她换房，定不会这般无声无息的。

凤倾月越想越觉不对，见那丫鬟递上温热的毛巾，凤倾月突然抓过她的手，冷声问道："你是谁？"

"奴婢碧螺。小姐这是怎么了？可是奴婢哪儿做得不好？"碧螺虽被她突然的动作吓了一下，却也不显慌张，款款而答。

"这里是哪儿？"

"自然是主子的府邸。"

碧螺这个似是而非的回话，彻底让凤倾月震惊了。

带她到此的绝对不是清风，否则丫鬟不会是这套说辞。她怎么出现在此处的？莫不是鬼神作怪不成！

"我怎么来的？"

"小姐说笑了，小姐自然是主子送来的。"

凤倾月松开碧螺的手，陷入满满的不可置信中。她明明安睡于客栈的厢房内，现下却被那个莫名其妙的主子劫到了此处。

碧螺口中这个主子，到底是何许人也？为何要劫她来此？清风他们呢？莫不是出事了？

他们不可能眼看着她被人劫走的。但是一路而来，她又没有半点儿感觉。若两方缠斗，她即便睡得再沉，也不应是没有察觉的。

究竟是什么人，如此神通广大？

碧螺伺候凤倾月洗漱后，由另一个丫鬟送了干净衣裳来。

衣裳的质地做工，皆是极好的。一般的官家，也不见得用得上。这府邸的主子，想来不是个普通的人物。

可就算他颇有权势，凤倾月也实在想象不出，他将她掳来作甚。利用吗？

若是以凤央公主的身份，着实全无利用之处。凤央已亡，还能威胁到谁？

若是以三皇子妃的身份，兴许还有些用处。只是胁迫谁呢？夜离轩？胁迫他做什么呢？皇子算得上是一人之下万人之上了，就算此人显贵非凡，又怎敢胁迫于他？当真不怕报复吗？

凤倾月左思右想，都觉不应该。可这心里想着不该吧，偏是让人给抓来了。

那主子看中了她什么，竟连她自个儿都想象不到！

凤倾月实在疑问重重，困惑而不得解。明知被人掳劫而来，却不怎么心慌意乱。

这人既没有为难她，她又没那能耐出去，就只得既来之则安之了。

凤倾月换好衣物，一如平常地用了早膳，倒没觉得哪般不自在。

好在前几日的病痛烟消云散了去，让她不至于浑浑噩噩的。有道是病去如抽丝，果然不假。

膳后，碧螺端了碗汤药来。说是治病的，让凤倾月安心服用。

凤倾月心头一番计较：药应是没问题的。不过这劫徒既知她先前病重，劫她而来，定是早做的准备。

他不可能不晓得她的身份，这般神鬼不觉地劫走了她，也不知该赞他身手了得，还是该赞他好大的胆子了。

凤倾月实在好奇，这神秘人，究竟是个什么样的人？

倒也没让凤倾月猜测太久，那神秘的主子就突然来了。

"主子！"碧螺突然恭敬地对着大门福了一礼。

凤倾月转眼望去，只见门外走进一个身穿墨青长袍的男子，满身耀眼的金线。金线所绣珍兽，乃是有名的凶兽貔貅。虽说多有人用貔貅安宅，可像他一般绣于衣袍上的，却没有。

貔貅有招财之意，用金线而绣，更是透着一股珠光宝气。这种表面内里都透着利欲的俗物，由他穿着倒是不显俗气，反而有一种浑然天成的贵气。

他年纪轻轻，只怕比她大不了多少。而碧螺也不称他为少爷，而是主子。他的身份着实有些耐人寻味。

他不怕与夜离轩作对，本人又是个气质出众的人物，莫非他也是皇子不成？

"公主在这儿待得可好？"他很愉悦地冲着凤倾月微笑，温和得如清风拂柳一般。

他身上本有一股凌厉的气势，而这般对着凤倾月一笑，瞬时将一身的冷傲消散殆尽了。

凤倾月被他带动着本应些许轻松，却被他一句称呼乱了方寸。

凤央已亡，他不可能消息这般不灵通的。他怎的还称她为公主，而不是三皇子妃？难道他不是因为夜离轩才抓来她的？她着实不懂他的意思了。

若说还有什么用得着她这个公主的，那也只得是复国了。凤倾月突然被脑中的念头一惊，不敢再胡思乱想下去。

"公子还是叫我的名吧。"

再被人称为公主，难免有些伤感。

"倾月吗？也好。"一来就这么亲近，倒是不错。想不到她还有几分江湖人的爽快，不错，不错。

他自顾自地坐在八仙桌旁，给自己倒了杯茶水来喝。一番怡然自得，喜笑颜开地打量着凤倾月。

凤倾月被他看得不甚自在，也没有闲心跟他瞎耗，便直接问道："不知该怎么称呼公子呢？"

"呃，你不是正叫着吗？本公子无名无姓，随你称呼。"他本欲说出名姓，转念一想又觉不甚妥当，便改了口。

听他这么说，凤倾月不禁有些汗颜。这人真是把她劫来的武林高手吗？怎的这般没个正形？一想到武林高手，凤倾月就觉得该是欧阳冥那般模样才是。

"公子，我便直问了。你意欲何为？"

"没想把你怎么着，你安心住下便是。要是这些丫鬟伺候得不好，你随便打发了去，本公子再给你换一批来。"

他说完便起身要走，凤倾月正准备开口拦下他。他又是伸出一只手来，做了个停的手势，打断了凤倾月的话。

"哎。本公子另有要事，你拦我也拦不住。"

他倒是想好生把凤倾月看个透彻，却又不知该如何应付她，只得先离开了去。

来日方长，日后慢慢探究不迟。

他来去如风，让凤倾月实在气闷。他把她留在这里，到底想做什么？

在凤倾月看来，他整个人古古怪怪、莫名其妙的。在碧螺看来，自家主子却难得和颜悦色了。

凤倾月这头无语得很，清风那头则是焦头烂额得很。

劫徒武艺高强，没有留下半点的蛛丝马迹。就连沾满了灰的窗台，也没拭去一丝尘土。

房间里到处都翻找过了，除了窗口，没有密道通向外界。这么一个大活人从房里无声无息地消失了，简直如活见鬼了一般。

众人再盘问了那丫鬟一番，也是毫无结果。她确实是个不通武功的弱质女流，非要把她同这事扯上干系，那便是强人所难了。

清风等人分析了许久，也推断不出个所以然来。究竟是什么人费尽心机地抓走了凤倾月？抓她这么一个无权无势的女子干什么呢？有什么目的？

若是想威胁主子的话，怎的整整一日都没个动静？劫徒到底意指何处？只是想要凤倾月这个人，还是有针对七皇子的阴谋？

清风等人越想越是复杂，若明白来人只是想把凤倾月带回看看，不知得怎生怄气。

第三十五章
送礼

凤倾月呆愣地坐在屋里，望眼欲穿。

她来这几日，丫鬟每日都好吃好喝地将她供着，半点没怠慢了她。

除了碧螺时常跟着她，倒无人限制她的自由，尚能在府里随意走动。只不过天气越发热了，她也没了出去转悠的心思。

而府邸的那位主子自从上次来过一回，便再没来过。凤倾月想找他问个究竟，却怎么也找不到他。

表面上没人约束了她，可实际上她一接近出行的大门，就会引动周遭的目光。她逃是别想逃了，只得困死在这一方小院中，坐院观天。

凤倾月闲来无事，便久坐在房里胡思乱想着。临近入睡的时候，再看看有无等待的人影。每日都如坠云雾之中迷茫过活，甚为无奈。

这日，凤倾月用了晚膳，在院里溜了溜月光。许久不见人来，心想着等不到人了，便回屋准备歇息。

可这人每次都来得突然，神出鬼没让人始料不及。凤倾月刚入房内没多久，他就直直闯了进来。

他着一身水蓝色长衫，甚是干净清爽。面带一副人畜无害的单纯笑容，给人一种初出茅庐的愣头青的错觉。

"听说你这些日子过得单调，本公子便给你寻了样好东西来。"

他神秘一笑，倒有点顽皮小童的模样。凤倾月却不敢就此小瞧了他，以为他是个心无城府之人。

不过她很好奇，他为她寻的什么好东西，非得半夜送来。

"进来！"

他话落，门外就走进了一个丫鬟。怀里抱着一面翡翠玉环琵琶，甚是好看。

凤倾月喜好琵琶，第一眼看着便喜欢上了。此琵琶简单又不失大气，以紫檀木做背板，也是极中之至。

他拿来的果真不是一般的好东西，无一不符合她的心意。只是他费心讨好于她又是何必呢？如果是利用，无须此般在意她，善待着便是。

如果不是利用，她又不明白自己从何招惹上这样的人物了。他这人，真怪。

"怎的？看愣了？峨蕊，还不快送过去！"凤倾月一番心思全在琵琶上，倒没注意他语气的变化。

他对下人的态度甚是冷冽，全然没有对待凤倾月的温和。若凤倾月有所注意，便会恍然大悟：这才该是他本来的脾性。

峨蕊将琵琶送近，凤倾月也不客气，抱过琵琶就情不自禁地动了弦。此声清脆响亮，经久不衰，实在是把上好的琵琶。

凤倾月自打来了此处便闷了许久，还是第一次这般欢喜。

"既是喜欢，不如试上一曲？"凤倾月一愣，回过了神。她真是得意忘形了。

她难为情地看向他，又不好直视他的脸，目光便向下游走而去。

本想着怎么婉拒了他，这不经意地一打量，却发现件了不得的事。

"公子送我心头好，我便以一曲琵琶回赠公子如何？"

"好啊。"他不知凤倾月心里迂回一番，改了主意。她肯弹奏一曲，他自然愿意洗耳恭听。

原本他就想见识见识，这个女人有何魅力。她的落落大方、处变不惊，是有几分让人欣赏。只是，这些还不够。

他随意而坐，兴致盎然地瞧着凤倾月。她心里略微尴尬，却也顾不得难为情了，端坐在小凳上徐徐而弹。

之所以留下他，是为了验证一事。

方才她无意中看到他腰间坠着的羊脂白玉，很是熟悉，便想仔细一观。

直直看着又怕引起他的察觉，只得想法子将其留下，再留心打量几眼。

一曲终了，凤倾月无心与他客套，便随意说了几句客气话，打发走了他。

前几日四处寻他不来，今日怎的送上门来了，凤倾月还要将其赶走呢？实在是她心里一团乱麻，需要好生理顺一番。

他被凤倾月请出了门，回味刚才之乐，不觉何其天籁，也不觉有什么值得感念在怀的东西。

怎么说呢？就好比她这个人一样，美则美矣，却也不是其中翘楚，最为出众的那个。他先前的热情，已是消退了几分。

世上的好女子千千万，怎的偏偏看中了她呢？难不成她还有其他没显露的本事？

凤倾月现下一番心思不在此道，自然比以前逊色了些。他不曾了解她的过往，也就无幸得知她内里才华了。

凤倾月静坐在房内，愣神看着灯罩上的仕女图。琉璃灯昏黄的光影映照在她光洁的面庞上，折射出她眼神中的迷蒙。

这镂空螭纹扇贝形玉佩，她甚为熟悉。泽儿曾戴过一块一模一样的，不过在画舫溺水之时不见了。

而现下凤倾月很肯定，那人身上所戴玉佩，就是满贯送给泽儿的那块。

以前满贯送此贵重之物给泽儿，凤倾月之所以不甚在意，并不是因为此物寻常可见，而是以满贯的阔绰，给这么一块极品美玉合乎情理罢了。

羊脂白玉本就稀少，便是宫中显贵，也少有人舍得将此美玉剖去精髓，做成镂空之样。再则这螭纹也不是一般的纹路，而是团螭，须得技法高超的人才能刻画得出。

重要的是，即便由同一人雕琢而成，也不能造出两块毫无差别的玉佩。玉佩的质地大小不同，其纹路也要随之而变。

退一步说，即便真的有人造得出来，也不可能再人为弄出瑕疵来的。

先前因为泽儿的不小心，将玉佩边角的镂空处撞裂了些。而这人戴的这块，也正是如此。是以，凤倾月断定这玉佩就是泽儿的那块。

那日的情景，凤倾月记得很清楚。

泽儿上船之前一直挂着玉佩，落水被救后就径直送往了房里。其间她和夜离轩都在一旁守着，断不可能有人在两人眼皮底下取走玉佩。

那玉佩定然是在落水那段时间不见的。

大海捞针，实在是有些痴人说梦。除了那解救之人入水后取走玉佩，凤倾月再想不到合理的解释。

也可能是那人见利起意，事后卖了这玉佩，一番兜兜转转后到了此人手里。不过凤倾月却不相信有如此巧合。

她以为，泽儿的落水并不是偶然之事，而是经过了精心策划的。那阵子她老是心神不宁的，感觉被什么人一直盯着似的。现下想来，也说得通了。

这块玉佩现落在此人手里，那他便是幕后主谋了。他也曾预谋伤害泽儿？既然已经成事，怎的还要救起泽儿呢？不想跟夜离轩闹到明面上吗？还是一番小动作，是作为一个警告？取下玉佩又是何意呢？凤倾月着实不懂。

可越想得深入，凤倾月就越觉得他跟夜离轩大有关系。

她不清楚西夜局势，不明白皇子中除了夜墨澜，还有谁能与夜离轩互相制衡。她隐约觉着，这人是众多皇子中的一位，却又不知是哪一个。

实则凤倾月的猜想与事实多有出入，此人精心策划取走玉佩倒是不假。不过他也没什么别的阴谋，只是想着物归原主罢了。

凤倾月想不仔细，便罢了，换了寝衣歇息了去。

她倒是随遇而安了，不得体会清风他们此刻的心惊胆战。也不知正有一人心中百般急切，目标直指地赶往此处。

再说夜墨澜这头。

他本是带领着大军直上玦城，却在凤倾月走后十多天突然接到圣旨。他当即就交托了兵权给副将，让其暂代帅职安定凤央，而后骑上一匹千里驹，便一路赶回西夜。

一路马不停蹄，累了就歇息一阵，竟是赶上了凤倾月几人的行程。

这夜，夜墨澜到了裴城，准备住店洗去一身尘垢，好生歇息一晚，第二日买些干粮再行赶路。

夜墨澜牵着马，一路寻着店家，却无意中发现了从青楼走出的清风和流云两人，心头顿时冒出一簇火气。让他们护送凤倾月回西夜，他们倒好，竟敢吃起花酒来了！

再见他俩神色严肃，不像来寻欢作乐的，又细下琢磨了一番。

他虽行程极快，也不至于在此地发现了早应已离去的几人。难道是出了大事耽误了行程？

夜墨澜心下顿觉不对，转瞬即至两人跟前。

清风两人被拦了去路，定睛一看眼前之人，顿时吓得冷汗直流。

主子怎的出现在了此处？两人惊讶之余更是焦惧在心。

两人本想着道上多有买卖美貌女子之事，便来此试试运气。哪曾想过会撞见自家主子！现下主子已到此处，该如何是好？纸是包不住火了，一干人定然逃不了惩处。

夜墨澜看清两人神色，更觉不对，立马沉下了脸。

两人也不知如何是好，只得一番支吾，欲将主子带回客栈，再做解释。

夜墨澜也不好在街上大发脾气，便一路阴沉地跟着他们。感受到主子锐利的视线，两人如被针扎一般。

今夜，注定难熬了。

第三十六章
寻人

凤倾月怎么也想不到，第一个寻到她的人会是欧阳冥！

这个铮铮铁汉，现下风尘仆仆地站在她面前。她一时百般惊讶，愣得说不出话来，只知傻看着他。

他怎么会来到此处？特地前来寻她的？他怎会知晓她失踪之事的呢？两人的关系也谈不上有多亲近，他何故寻她而来呢？

"走！"她心中多有疑问，欧阳冥却懒得做个解释，拉过她的手便要走。

他说走就走，不做半点停留。凤倾月埋头跟着他也不多问，想着出去了再细下探究也不迟。

能离开这个地方自然是好的，只是这里的主子会让她轻易离开吗？

果然，还没离开院门，就被人拦了去路。

"住得好好的，这么急着走作甚？"正想着他呢，他就来了。这下如何是好？

欧阳冥冷然瞥过他一眼，像有一道寒光直劈而去。这剑拔弩张的紧张气氛，令凤倾月的心突突乱跳，不得平静。

也不知这次走不走得了，万一两人打起来，也不知谁输谁赢。不过累及欧阳冥，凤倾月心头又不安得很。

谁知欧阳冥也不搭话，收回目光又拉着凤倾月向前行去。那人也不再拦，便立在原地目送着两人渐行渐远。

凤倾月顿时惊奇得很，不明白他怎的轻易放走了他们。直至下了山，也没反应过来。

欧阳冥难不成认识他？兴许两人关系还非同一般，否则欧阳冥带走她怎的如此轻易？

他为何抓她？欧阳冥知道吗？

要说此事，欧阳冥当然是晓得的。要不是因着他，凤倾月也不会来此一遭。因为抓走她的人，正是与欧阳冥自小一起长大的欧阳寒。不是亲兄弟，而胜似亲兄弟。

而此时的欧阳寒，看着两人消失殆尽的身影，内心满是无奈。心头只剩一句，孺子不可教也。

欧阳寒为何如此作为？还得从前一阵子欧阳冥回到阴山说起。

欧阳冥一个月前传来书信，说是上次留下的药已能解毒，楚云辞托他办件要事，让欧阳寒照顾好师父。

楚云辞果然是当之无愧的神医，莫啸天自从服药开始，就有了些精神。连用许多日，便好得差不多了。

最为紧张的师父没事了，欧阳寒自然不管欧阳冥上哪儿去了。结果前阵子他这师兄一回来，就跟变了个人似的，欧阳寒才暗觉不对。

欧阳冥以前没日没夜地苦修刀法，现下却像个女子一般规矩，安安分分地待在屋子里。欧阳寒自然不信他在练什么了不得的内功心法，只觉得他神经兮兮的，其中定有猫腻。

一日欧阳寒骗了欧阳冥去莫啸天那里，欧阳冥前脚刚走，欧阳寒便偷偷去了他的房里。

欧阳寒进门便见一地废纸，吃了一惊，师兄什么时候喜好习字作画了？他随意捡了一张废纸展开，便见一美人倩影跃然于纸上，只可惜看不清模样。再看两张，皆是眉眼全无。

转念一想，立即翻箱倒柜起来。他就不相信没一张看得清楚的。

欧阳寒折腾一番，总算在暗格里找到了卷好的画。画像上的人果然和他猜想的一般无二，倩兮美兮。

哟，师兄这人就像个木头桩子一样，现下也晓得思春了！以前只晓得他武功盖世，半点情趣没有，却不知他原来画得这么一手好画。也不知哪家的女子入了他的心，不错，不错。

欧阳寒看完赶紧将画归了原位，退出了房间。欧阳冥回来虽明白有些蹊跷，但没想过欧阳寒会做出掳人这等混账事来，也就没将此事放在心上。

欧阳寒事后遣人一打听，便知了欧阳冥这一个多月来的行程。前后一联系，就反应过来画上的女子是抄了他们窝点，与他们结过梁子的那位三公主了。

这三公主不是嫁给了夜离轩吗？怎的会跟着师兄回了凤央去？孤男寡女的，也不知该说她是洒脱还是随便了。不过师兄看得上，必然是个不错的。

左右不过是个女人，看上了便看上了，纠结个什么劲？看欧阳冥整日在屋里愁眉苦脸的，欧阳寒看着都烦，心里便生了主意。

现下凤央已亡，凤倾月怕是恨透了西夜的人了。师兄此时不把人弄到手还待何时？

他磨磨蹭蹭的，不愿行动，自己便帮他一把又如何？

打定主意后欧阳寒就有了行动，是以一番波折，弄出了这档子事。哪知费力不讨好，自家师兄不领情。

除了感叹一句"孺子不可教也"，欧阳寒也是没办法了。

欧阳冥看着凤倾月，也不知该怎样开口解释，一时两人陷入了沉默。

前几日欧阳寒突来一封飞鸽传书，说要给他个惊喜。他一经追问探听消息的惊风，知欧阳寒一直在意着凤倾月的动向，便觉坏事了。

欧阳寒明里暗里也提示过多回，让他喜欢就找过去。他确实喜欢她，喜欢得甚至可以说是毫无道理。

她那响亮的几巴掌，现下都还让他铭记在心。她如此落了他的脸面，他却半点也怒不起来。那日淋了雨的她明明有些狼狈，他反而觉得她如出水仙芙一般，再无女子可比。

明知她已为人妇，也知她与他不是同一路人，他还是这么突然地喜欢上了。兴许真是他当时神志不清，才不小心中了邪。

"可想回西夜？"欧阳冥鬼使神差地问出这句话，一时后悔起自己的口快，却又隐约有些期待她的否定。

"啊？"凤倾月是听清他的话了的，但又不明白他问出此话的意思，才这般讶异出声。

再叫欧阳冥问，他却说不出口了，只得心里叹了口气，出声道："罢了，我送你回去。"

凤倾月迷茫得很，便随着他的话点头称好。

两人一路无话到了裴城。欧阳冥不解释，凤倾月也就什么都没问。

她隐约觉着，此事一旦说破，又是一番风起云涌了。是以她压住了自己的好奇，没想再了解透彻。

欧阳冥将凤倾月送至客栈外，眼看着她进了客栈才放了心。

她眉眼里的喜悦，他看到了。她飘然而去，没有半分留恋，他也看到了。心中突觉释然，人家根本没把你当回事，死缠烂打有何意思？有些东西，抓不牢，也只得随它去了。

难不成这就是所谓的情？跟寒所说的死缠烂打倒很有差别：来的时候莫名其妙；念的时候非她不可；看破后，走的时候却不怎么撕心裂肺。

不求生死相缠，只求相守到老。情，该是两个人的东西。寒也该明白了，强求来的，没什么意思。

凤倾月至客栈，没见着清风等人，便直接回了先前的厢房等着他们。

他们不可能弃她而去的，定是寻她去了。

正寻思着想个什么借口解释这几日上了哪儿去，门就被人推了开来。

抬头一见来人，凤倾月顿时心惊，这人是谁？！

怎会有不相干的人闯进自己的厢房？清风等人上哪儿去了？

此时梨山之上，一路人马气势汹汹站在府门之外，不是夜墨澜等人又会是谁？

夜墨澜昨儿个听说凤倾月不见了，亲自动刑赏了众人一顿鞭子。几人现下身上还火辣辣地疼，却只能挺直了腰杆上山寻人。

夜墨澜虽不甚肯定，却也有几成把握，凤倾月是让人抓来了此处。要说江湖上轻功好的，不算少，可也不多。欧阳寒恰恰是江湖上有名的落地不留声。

为何夜墨澜只怀疑了他？正是欧阳冥的缘故。弥须阁虽是江湖组织，可也多有跟朝廷打交道的时候。生意做得红红火火，夜墨澜自然就会留意几分。

先前不甚在意欧阳冥同凤倾月的关系，并不代表夜墨澜没将他放在心上。

所谓情敌见面，分外眼红，夜墨澜自然看出了他是有心人。前后一联系，立即敲定了他的嫌疑。

夜墨澜想得虽然不错，却不知人已被带离了去。而欧阳寒出来看清来人，乐和了。

正遗憾把人送走了呢，就有人找上门来了，也不知是该忧还是该喜。

"不知七皇子来访有何贵干？小民有失远迎，实在有罪。"

夜墨澜冷眼打量着他，一声轻哼："哼！你着实罪无可恕，现在把人交出来，还可以饶你不死！"

欧阳寒顿时变了神色，故作惊讶。

"人？什么人？七皇子莫不是以为小民劫了谁来？这可真是天大的误会，小民万万不敢做出这等事来！七皇子若是不信，不如进府搜查一番？"

欧阳寒震惊怕事的模样，好像他真是十足的良民一般。

夜墨澜自然不会相信于他，领着几人便闯入了府里搜索。

结果翻了个底朝天也是没戏，夜墨澜只得不甘心地领人离开。

欧阳寒送行之际，赔笑说着招待不周，更是把夜墨澜气得不轻。心里直骂几个属下混账，这么大个活人也能看丢了。

按理说夜凌昊现处病危之际，正是争权逐利之时，夜墨澜应当尽早回去掌控大局才是。

偏偏他心焦于凤倾月，好像忘了此事一般，令清风等人也无所适从。主子筹谋了这么久，若是毁在自个儿手上，真真是万死难辞其咎！

第三十七章
淫徒

"你是谁？"

看着眼前突然出现的陌生男子，凤倾月心头一紧，站起了身。

"小娘子孤身一人在外漂泊，实在可怜。不如找个良人陪伴，双宿双飞？"

那人脑满肠肥，矮胖似侏儒，面带淫笑，一双贼眼都快眯成一条细缝了。他一边说着猥亵的话，一边关上了房门。

凤倾月瞬时明白了他的来意，走投无路之际，只得放开了嗓子喊叫："来人呀！来人呀！"

连叫两声无人来应，凤倾月芳心大乱，顿时没了主意。瞥到桌上的杯盏就拿了起来，胡乱朝他扔去。

那人躲过杯盏，一下子就扑抱上来。凤倾月慌忙躲过，拿过案桌上的烛台就向他挥去。

他看着身子笨重不堪，却有些灵活。抑或是凤倾月无能，才让他轻巧躲过，还被夺了烛台去。

凤倾月急得堪堪掉下眼泪。光天化日之下，竟有如此大胆淫徒！难道就无人来管吗？

外面自然有听到求救声的，可为何无人敢插手此事？原是这人乃城主的亲弟，常欢。

他平日里仗着身份欺男霸女惯了，不过这一方小城离京都山高水远无人来管，众人也只得认命。平民百姓只盼着自家女儿不要生得太好，免得被强抢了去做十几姨娘。

方才凤倾月随欧阳冥回城之时，常欢便注意上了她。不过看欧阳冥身背大刀，身板壮实，就没敢上前生事。

江湖人士大都是不怕死的，欧阳冥看着就是个武功好手，常欢自然不敢招惹。尾随了一路正打算放弃，就见凤倾月一人入了客栈。常欢顿时大喜，跟了进来。

而凤倾月住在靠里的房间，更是方便了常欢。再则几个手下把守着门口，又有谁人敢扰？

这裴城里谁不识得常欢这个卑鄙无耻的淫棍？众人眼看他入了那姑娘家的房间，只得心中惋惜一番：可惜了这么个漂亮的姑娘家，要被这般模样的畜生糟蹋。

此时的凤倾月被逼至角落，已是退无可退之境。可惜她手无缚鸡之力，便将那些小东西扔准了常欢，对其来说也是不痛不痒。

心头百般焦急之间，突然忆起了欧阳冥给她的短匕。好在她念着欧阳冥一番心意，沐浴之后都将短匕绑回了腿上。本觉得一生无用，现下反成了救命的关键之物。

她突然毫无缘由地冷静了下来。她必须得一击即中，才能保住自己。定不能让他躲过！

常欢正是意乱之时，哪能看到凤倾月眼神中的狠戾？

凤倾月蹲下身子，一只手胡乱挥动着阻挡着他。常欢一下就握住她的手，作势要亲。

他俯身之际，凤倾月另一只手已是握住刀柄。情况险急之间，她抽出匕首就猛地向前刺去。只听一道撕裂的声音，便闻常欢一声惨叫。

凤倾月也不知刺中了哪里，见他还有气力好像想夺走匕首，甚是惊慌。她猛地抽回了匕首，瞬时鲜血飞溅。也不知自己哪来的胆气，又朝他扎了一下。

这下常欢总算是捂住伤口，坐倒在地动弹不得了。不过他连连的惨叫声，也引起了门外几人的警觉。

几人踢破门闯了进来，见常欢倒于血泊之中，顿时大惊失色。

凤倾月本欲趁乱逃走，却被人阻拦了下来。

常欢色心不死，翻着一双白眼，哀声道："把她带回去，老爷我要亲自收拾她！"

见常欢这样都不死，凤倾月却顾不上自身危难，无端感叹起欧阳冥的好功夫来了。

凤倾月这两刀都没插在常欢要害上，又因她气力不足，常欢一身厚肉相护，才堪堪留住了性命。

几人留了两人带走凤倾月，便手忙脚乱抬着常欢看大夫去了。

凤倾月挣扎不过，被人一掌劈向脖颈，打晕了带走。

众看客眼见常欢满身是血地被带了出来，心头暗暗叫好。又见那姑娘被人驮走，更是惋惜起她的命运来。

这常欢死了倒也罢了，若是不死，还不知得怎么辣手摧花。可怜哟，多好的姑娘，被这么个畜生盯上了。

若是现下凤倾月清醒着，见这些人对她同情怜悯，又不施以援手，怕更是感慨世态炎凉。

原来不论身处何地，不如意之事都十有八九。有权有势的，难为的只是自己的心。而平民百姓，却只能是身心俱疲。

夜墨澜心烦意乱地回到客栈，想着凤倾月失踪还有哪些可能。

他总觉得这事跟欧阳冥大有干系，可今日去了他们在裴城的窝点，又确实没找出人来。若不是其他人干的，就是他们把人送远了。

若真是其他人所为，又有哪些色中饿狼有这本事？

正分析着，清风来报：三皇子妃房里突然多出了一摊血迹。

他脑中突然闪现了一个念头：难不成人已被欧阳冥送回来了？他们想以退为进，把失踪变为长逝？

哼！他可不是随便一具女尸就能糊弄得了的。

夜墨澜随人来到房间，只见地上一摊血迹。几人一番搜索，并没搜出尸体。他顿觉不对，便让清风带了个小二来问话。

这小二自然晓得发生了何事，却吞吞吐吐地说不明白。那头他不敢拦，这头凶神恶煞的，他又怕他们撒气在自个儿身上。只得心里干着急：造孽哟，怎么就将自己扯了进来？

夜墨澜失了耐性，一掌拍在身边圆桌上，桌子立即散架了。那小二顿时心惊，下跪告饶，把知道的一股脑儿都说了出来。

小二所形容的女子，是凤倾月无疑。夜墨澜这时也管不得她如何回来的了，满心焦急无处可藏，逮着那小二就要他前头带路找人。

小二起先一副苦哈哈的样子，清风掏出一块碎银赏了他，他立马费力卖好起来。

夜墨澜好生急迫，那小二一路小跑在前，他也觉缓慢得很。

面对那么个无耻败类，她怎讨得了好？定得快些赶去才是。

若她少去一根毫毛，定要让那常欢满门相抵！

也不知是常欢的命不好，还是凤倾月的命不好，常欢在送医途中失血过多，昏迷了过去。到了医馆，大夫们都束手无策，说他气息奄奄已是无救。不多时，他便应话气竭而亡了。

实则就算救得了，也没人想救他这么个混账东西。现下事不关己高高挂起，岂不正好除去一害！

常老夫人接到消息，顿时大惊失色，险些痛心痛得晕过去。悲痛一番，便气势汹汹地叫人带上了凤倾月来，要收拾她这害人性命的小狐狸精。

凤倾月本可以在小柴房里委屈一阵，待着夜墨澜几人来救。可常欢偏偏现下死了，也只得算她倒霉了。

她昏迷间被人带去了常府私堂，让人用冷水泼醒了来。还没看清形势，便被两个婆子架着跪在地上。她看着眼前陈列的种种刑具，不禁倒吸一口凉气，有些惊慌。

直到堂上的老妇怒声讨伐，她才被震回了神，注意到了怒气冲天的常老夫人。"你这狐媚子，害死我儿，我要让你血债血偿，不得好死！"

这老妇莫不是那淫徒的母亲？那人不是没死吗？难道没被救治回来？

看她气成这样，该是死透了吧。好，当真是好得很。

"是他不知好歹，冒犯于我。我乃西夜三皇子妃，岂是他能觊觎的！"

凤倾月见这老妇衣着光鲜，不像普通人家，只得拿出身份，看她识不识趣。

"呸！三皇子妃？三皇子妃能到这小小的裴城来吗？你当老婆子我好糊弄不成！"

她一戳那凤身拐杖，神色狠戾得脸都扭曲了，吓人得很。

她再细下一瞧，这女子果然是个美人。心头冷哼一声，便道："长得倒是不错，便先将这面皮给我剥下来！"

她这辈子最恨的，便是这些个狐媚子。她这一世没尝过貌美的甜头，自己得不到，也断不想让别人得到！

凤倾月没料到这老妇如此心狠手辣。见一婆子拿着小刀过来，顿时发了狂似的反抗挣扎，却被另两个婆子死死按住，动不开身。

她只得歇斯底里地叫喊着："你会后悔的！我是三皇子妃，会有人来找我的！"

"别碰我！别碰我！"眼看那冰冷的刀锋贴近她的脸，她更是惊慌，尖叫出声。

常老夫人在堂上看着她惊恐万分的样子，心头好生爽快，一阵得意。

凤倾月想撇开头去，却被一婆子扯住了一头秀发。头皮发痛之际，脸庞也顿感一阵锥心的疼痛。她不由自主地惨叫出声，更是惹得常老夫人心头畅快。

那婆子手起刀落毫不含糊，哗哗两刀就给凤倾月两边脸烙下了印记，好像专研此刑法的刽子手一般。

挨了两刀，凤倾月却不像先前那般反抗了。她好似感觉不到疼痛了，两眼无神地盯着那婆子。

她眼里溢出的眼泪，却分明控诉着她的疼痛。

血债血偿？好个血债血偿！她若不死，定不会让在场的人逃脱一个！

第三十八章
报应

凤倾月心头那股子狠戾没维持多久，又变作了满满的惊恐。

那婆子也是个嫉美之人，见不得别人好。本准备再补上几刀，划乱凤倾月整张脸，却被常老夫人拦了下来。

"行了，毁去这张妖精脸也就罢了，可别让她把小命丢了！老身还有一笔后账，得跟她好生清算呢！"

哼，想死得便宜？没那么容易！早上看着欢儿还是生龙活虎的，现下却被这狐媚子给弄没了。她定要这妖精受尽苦痛，不得好死！

"先用针刑，把她的手指给我戳穿了！"既然敢拿刀，便先毁了这双手！

架住凤倾月的两个婆子掰不开她的手指，便使劲掐着她。她被两人控制住，挣扎不开，纤纤十指还是不由得伸展了去。

行刑的婆子见机，忙将细针插了进去。凤倾月一番挣扎惨叫，更是痛得锥心一般。她眼泪直流，却不敢乱动了。可惜她一声强过一声的呼喊，无人来应。

十指连心，那细细的一根银针，明明微不足道，却让人疼得死去活来。

常老夫人见她如此狼狈，心头更是爽快。哼，好戏还在后头呢！

婆子行刑完，凤倾月十指鲜血横流，好不可怜。面上的眼泪冷汗浸入两颊伤口，还不断有火辣辣的痛感。

她现下身心俱疲，气息奄奄，似乎连叫喊的力气也没了。

"说说，她哪只手拿刀行凶的？"

"回老夫人，该是左手。"

常老夫人面色阴狠，那张满是皱纹的脸已扭曲得不成人样。

"那就先把她的左手指给弄断了去，别一下子断干净了，拿刀给我细细地磨，让她疼到骨子里，求生不得，求死不能！"

最毒妇人心！以前凤倾月以为新后手段阴毒，现下看来，却及不过这老妇半分。

宫中钩心斗角尔虞我诈，一杯断魂酒加三尺白绫，也是让人死得痛快，没这么多毁人的花样。

那两个婆子松开了钳制，抓住凤倾月的手腕将手铺在了地上。

眼看着那婆子拿刀步步逼近，凤倾月也不知从哪儿生出了气力，猛地抽出手就向外跑。

一婆子反应过来，便抓住了凤倾月的衣裳。她不甘心被人摆弄，已近疯狂。她不再记得平日里的仪态大方，张嘴就咬着那婆子的手。她这口咬得极狠，差点撕下来一块皮肉。

那婆子一脚把她踢开，再把她扯住狠狠扇了几耳光。怕她再逃，又叫另外一个婆子找了夹棍来，夹住她的腰身。

"可给我规矩点，要不就夹断你的腰！"那婆子手上还滴着血，心头不甚爽快，边说边拍着凤倾月的头出气。

见两人把她弄老实了，行刑的婆子拿刀便上。

"等等！看不出来她还是个性子烈的，把她的嘴给堵上，免得等会儿咬掉了舌头。"

听了常老夫人的话，执刑的婆子拿出手巾揉作一团，塞进了凤倾月嘴里。手巾上带着一股茉莉花的清香味，却冲不开嘴里浓浓的血腥味。

右边的婆子扯住了凤倾月的右手，执刑的婆子便按着凤倾月的左手下刀。

从小指开始，锋利的刀口慢慢磨开了皮肉。鲜血不停地往外冒，刀口处的血肉随之绽开了来，足以看见里头的白骨。

那婆子半点也不惊心，下了几分重力就准备磨掉骨头。这般铁石心肠，想来是常用这等残忍的法子。

此时的凤倾月叫喊不出，已几近昏厥，视线也是逐渐模糊。

想不到她安乐了一辈子，却要在苦痛中结束一生。父皇，月儿要来陪你了。

凤倾月受不住疼将将要倒下，就听外头一阵轰隆之声。好些人持着带血的兵刃冲了进来，吓坏了屋子里的一干妇人。

夜墨澜从来没有过这般心痛的感觉，看着凤倾月此般凄惨模样，直想把这几个孽妇生吞活剥了去。

他踹飞了那几个老妇，忙取下了凤倾月嘴里的手巾，小心翼翼地抱起了她。

凤倾月迷蒙中见夜墨澜出现在眼前，还以为自己魂魄已散，飘离了去。

她的魂魄怎么会归于夜墨澜此处呢？她想见玲珑，泽儿，满贯，还有，还有，夜离轩。

她想见见他们，再安心地去陪伴父皇。

凤倾月在一片憧憬之中，痛昏了过去。

夜墨澜特地向清风下了留活口的命令，才火急火燎地送凤倾月就医。

这些人，他断然不会让她们好受！

医馆内，夜墨澜不眠不休守了凤倾月一夜。

看着她呓语不断，不停地叫着疼，他便心疼得无以复加。

他也不明白，自己为何独独怜惜于她。她悄然刻上自己心头，他没能察觉。待到发现之际，为时已晚，挥之不去了。

到底是什么时候牵挂上的呢？

是君泽皓说她在牢房里的咄咄逼人引了他的兴趣，还是她不似寻常女子般的无知爱慕让他欣赏？抑或是父皇赐婚她表现出的镇定自若使他不甘，还是她与夜雨泽一同进宫时的舐犊情深令他难忘？

或许都是，或许都不是。兴许单单就是个与众不同，就让他毫无道理地喜欢上了。

他的理智清楚明白地告诉他，应该跟她断清干系，偏偏他的行动不由自控。

常说红颜祸水，她果然害人不浅。可她现在这般难看的模样，他却厌恶不起来，只剩一腔心疼。

他温厚的手掌抚上她的脸，小心翼翼滑过伤疤旁的肌肤。突然，他眼神中蹿出好些狠厉，甚是吓人。

伤了她的人，一个也别想走得安稳！

昨日常宽寻欢之时突得消息，亲弟遭人谋害，府里还闯来一批人把自己的亲娘劫了。他立即慌了神，十万火急地领了大批士兵前去救人。

他到医馆外一番叫嚣，便聚了一圈看热闹的人来。

那劫匪硬是不躲不避，大摇大摆从医馆里走了出来，众民心里直叹佩服。

结果常宽一看清来人，气焰顿消，慌忙跪倒在地。他现下直想扇自己两耳光，恨自己犯傻冒失，也不问清情况就来了。眼前这人哪是他这种小人物能得罪的？

众人见常宽如此，心道面前这人必定不凡。再细一打量，便有人认了出来。这可不是西夜的大战神——七皇子夜墨澜吗？！

人群里几个确认的声音一出，众人纷纷跪倒在地。

若是夜离轩到此，他们不一定认得出。可夜墨澜几次征战，常胜将军的威名早已传得街知巷闻。有些文人墨客以他征战的神风为本作画，四处传扬，是以许多人都是识得夜墨澜的。

有堂堂大将军七皇子在，侍卫们自然不会听常宽的。夜墨澜一声令下，常宽便被人押去了监牢。

一时间民众欢呼雀跃，好不开怀，实觉此乃人生第一大乐事。

常宽好歹也算个官，此事又跟他无直接关系，夜墨澜没得圣意，也动不得他。不过夜墨澜也没想轻易放了他。

安个罪名还不容易？日后将他押回京城，迟早有机会收拾了他。

而常欢的尸体，夜墨澜也是做了安排。

常府的人还没来得及哭灵呢，常欢的尸身便被挂上了城头。

夜墨澜已经发话，将他一身肥油晒干了，再剁碎了尸身扔进海里喂鱼，务必让他尸骨无全，永世不得超生。

另说常府满门，平日里安分守己的便也罢了。助纣为虐者，被赐吞尖铁，使其肠穿肚烂而亡。

此种死法，还算得上体面。内里破烂不堪又无人能见，至少还能得个全尸不是？而常老夫人和那三个行刑的婆子，不得善终也就罢了，还得受尽折磨。

夜墨澜让人拿了上好的人参给她们吊命。刑罚须得由小至大，逐一试尽。落下一个，就由行刑的自个儿承担。

行刑者自然手段用尽，也要保住她们的性命，让她们受尽各种酷刑。一开始便施了剪舌之刑，再将她们救治妥善，免得她们咬舌自尽。

常老夫人年过半百，体力是最不好的一个。行刑的也就更是小心，到伤皮动骨的刑罚便动作缓慢好随时收手。

一有差池的地方，就等她体力恢复了再来上一次。正所谓慢工出细活，几人当中最为遭罪的就是她了。

因果循环，报应不爽，她们有此宿命也是活该。

夕阳西下，凤倾月还是昏迷不醒。夜墨澜着急地找大夫进进出出看了好几次，也只得一个回答。

"夫人是受了惊吓，身子又太过柔弱，才一直久睡不醒。过不了多久定会醒来的，七皇子不必心急，静观其变就是。"

她足足昏迷了一日一夜，叫人怎能不急？

夜墨澜这头心慌无奈，那头又是给他出了难题。

圣旨再到：皇上病危，宣七皇子夜墨澜速速回宫。

走还是不走？

夜墨澜看着病床上昏迷的凤倾月，一时没了以往的果决。

深夜，凤倾月还是没有苏醒的迹象。不过她的脸色已不似先前一般惨白，呼吸也沉稳有力。

大夫说她不出两日必定醒转，夜墨澜却等不起了。

父皇病危，正是风云突变之际。夜离轩明明身在皇城，父皇却急召自个儿回去。

为何父皇舍弃了他一向偏帮的夜离轩？其中原因夜墨澜不甚清楚，却明白地知道，父皇属意的人选十有八九是他了。

心心念念的东西就要唾手可得，夜墨澜自然欣喜向往。不过夜离轩身在皇城，万一他有篡位之心，自己不提早赶回，他一旦强势登位，则一切皆是空谈。

如此千载难逢的良机，夜墨澜耽搁不起。纵然他心有不舍，也只得离开。

夜墨澜仔细交代了清风等人，寸步不离地看着凤倾月。而后趁着好月色，踏上了归途。

却不知他临走时留恋一瞥后，凤倾月迷蒙中睁了睁眼，又陷入了昏睡。

这便是有缘无分吧。求不得，盼不来。

第二日骄阳袭人，暖光透过窗户打在了凤倾月狰狞的脸上。她眼珠在眼皮底下转了几转，终是悠悠转醒。

她费力地睁开眼，便见夜离轩坐在床头。本觉周身无力的她，也不知哪来了力气，扑在夜离轩怀里就是一番痛哭。

好像要把一腔委屈，都哭给他听似的。

夜离轩见她如此伤痕累累，本就痛得揪心，听着她可怜抽泣，心中更是如锥在刺。

泪水不一会儿便打湿了他的衣襟，他心中满是懊悔。若是早到一步，她也不必受累至此了。

"别怕，我来了。"

夜离轩也不知怎么安慰人，就这么一句简洁的话，却让凤倾月心安了。她稳了稳心神，慢慢止住了哭泣。

凤倾月情绪一番波动，现下才体会到周身的疼痛来。纵然她疼得咬牙，却依然贪恋于此刻的温暖，不愿放手。

"来，先吃点东西。"

夜离轩小心翼翼地松开她，让人送上了先前准备好的小膳。

他拿过小米粥，自己先试了试温度，才喂给凤倾月吃。一时引得她眼泪汪汪，又要掉下泪来。

"好了，有我在，再没人欺负得了你。"

夜离轩本欲帮她拭泪，又怕弄疼了她，便于她额上印了一吻。

他此般温柔，让凤倾月有些发愣。不过心中暖意更甚，很甜蜜。

夜离轩今日刚入裴城，便听说了夜墨澜这件轰动裴城的大事。他隐约觉得，话题里的那个女子是凤倾月。虽不愿相信受伤的是她，可仍抑不住心中担忧，焦急寻来看个究竟。

他到了医馆，见她虚弱地躺在床上，顿时心头大紧，好似被勒住了一般。

清风告知他凤倾月性命无忧，只需好生休养，他才大定了心神，守在一旁待她苏醒。

她的脸毁了，再看不出以前的花容月貌了，甚至还有些丑陋。夜离轩却没生出半点嫌弃之情，只有浓浓的痛心，怪自己没能在她身边。

凤倾月用了些吃食，抵不住身上疼痛，夜离轩便让她躺下休息。

她受刑挣扎之时，被那几个婆子在身上好一顿捏掐，还被拳打脚踢了一阵。是以她周身都泛着疼，难受了许久也没能安睡。直到服用了汤药后，才堪堪入睡。

夜离轩待她安稳入睡了，心思这才想到了别处。

他转身对着清风，冷声问道："伤她的人现于何处？"

"在地牢的禁室里，怕是要断气了。"

折磨了一天一夜，也该是断气的时候了。

"带我过去看看。"

"是！"

清风虽不是夜离轩的属下，可他毕竟身份低微，也只得老实听命于夜离轩。

他又不敢说凤倾月遭人劫过，只得以眼神示意其他几人进屋守卫。

禁室内，昏黄的油灯照着四周潮湿的石壁，不断飘出哀怨的声音。

打开石门，只见几个光裸的血色身子包裹在渔网之中，横七竖八地摆在禁室之中。

虽说她们一丝不挂地晾在几个男子眼前，可几人都是年老色衰之时，半点也引不起旁人的兴趣。

几个行刑的很犯难，就想着这千刀万剐该怎么办。

世上哪来这么多十恶不赦之人，用得着凌迟处死的？几人虽晓得如何做，可都没操过刀，如何能保证割完千刀人还不死？

若她们半途咽气，倒霉的还不是他们吗？

正当行刑之人迟疑着将下第一刀之时，夜离轩到了刑房。

他见几人遍体鳞伤，却还吊着半条性命，很是满意。

他目标甚是明确，直指常老夫人。这个幕后主谋，自然得他亲自收拾。

他究竟有何手段？堪比千刀万剐？

夜离轩让人将常氏拾弄一番，披件外衣再领至面前，免得平白让这婆子污了他的眼。

行刑的几人不知夜离轩是谁，见清风唤他为爷，便知他也是个大人物了，忙讨好地把禁室里唯一的座椅搬来，伺候着他坐下。

常氏跪在夜离轩面前，一时老泪纵横，心中大定。

她不晓得关她进来的是七皇子，还以为这些人知晓了她的身份，特地来放她走的。毕竟自己是城主的亲娘，她儿子可是大官，他们不能随便将她处死的。

心中庆幸他们看得明白，让自个儿免受那凌迟之苦。如若不然，她还不如被一刀了结了去。当然，夜离轩自不会让她死得这般轻松。

她也不想想，此处可是正经的监牢，若不是权势滔天的人，还能把她从自家府邸里押来，再锁入自家地头的牢房来？真是受刑受得傻了，不知所谓！

夜离轩随意指了两个行刑的，命道："你们两个，把这老妇给我按稳了！"

常氏一听这话，瞬时变了脸色。难不成他们不是来放她的？

她反应过来，挣扎着想撞死在地上，却失了先前的机会。两人现已稳稳地将她按于原地，令其无法动弹。

夜离轩走近常氏，拿出一个青色的小圆筒来。他打开圆筒，将圆筒放在常氏的耳边。

在场的都见一条黑色的大虫从里爬出，缓慢地钻进了常氏的耳道，顿觉自己的耳洞有些发痒，耸了耸肩，咬了咬牙。

常氏虽没看见夜离轩的动作，却也感受到有异物钻进了自己的耳道，忙不断摇头，想将那东西甩出。

"把她脑袋摁稳了！"

那行刑的被夜离轩冷声一吓，忙伸手摁住了常氏的脑袋。

常氏耳道一阵酥麻发痒，源源不断的胀疼刺激着她的脑部。她的瞳孔里，满满写着惊恐。

她的耳道流了些鲜血出来，而后她便像发了疯似的，哀声惨叫着。

正此时，她猛然生出一股子蛮力来。两个壮汉都险些镇不住她，让她挣脱而去。

不久，便见她的口鼻和耳道不停地流出鲜血来，原本苍白的脸色现下却满面血红。她颈脖筋脉毕现，不断地惨声哀号着。

在场的人虽不知那小虫在里头究竟怎般动作，却也猜想得到它在食人脑髓。

众人想想都觉毛骨悚然，不由自主地感到头皮发麻，如针在刺一般。

这黑虫名唤噬尸，专食人脑髓为生。

这只噬尸夜离轩已是饲养了多年，专对付那些个咬牙不认的贪官污吏。本觉一生无用了，如今却派上了用场。

脑子被一点点地蚕食而尽，自然是让人痛不欲生的。莫说是受刑的人，便是看刑的都会吓得肝胆欲裂。

找个死囚示范了一番，没一个抵得住如此吓人的玩意的，都老老实实俯首认罪了去。

常氏挣扎了不多时，便瞪大了双眼不再动了。

一老妇见常氏下场如此凄惨，趁着旁人的注意力不在她的身上，心一狠，便一头猛磕在地，头骨碎裂而死。

她突然寻死，实在让人措手不及。另外两个见状，也欲随之而去，却让反应过来的行刑者拦了下来。

"爷，这婆子死了！"

那人一探她的鼻息，确认她死了，说话的音甚是颤抖。

还没行完刑，人就死了。若依着七皇子的令，他可不得帮她受了这凌迟之刑吗？！这死婆子！真是害人不浅！

"哼，算她好命！"

听夜离轩这话，那人定了定心神。这位爷的意思是不同他计较了？

众人还处在紧张心颤之际，噬尸血淋淋地从耳道爬了出来。

那虫子一个翻身，掉在了一旁行刑之人的手上。

"别动！"他害怕得正想甩掉那虫子，夜离轩却迅速摁住了他的手臂。

他怕这虫子钻进他的身体里，更怕使这只怪虫的人！一时愁眉苦脸的，双脚微微打战，险些失禁。

夜离轩将噬尸收回圆筒，便将那人放开了去。

送走了这怪虫，那人才后怕地抹了抹额上冷汗，费力咽下了喉头的口水。

夜离轩看着剩下的两个婆子，冷然道："剩下这两个老妇凌迟后再赐腰斩，到时不论生死，都扔去给野狗啃食！至于死了的，便填海了吧！"

夜离轩本想诛其后人，可转念一想罪不及家人，便罢了手。

那几人一个劲儿地点头应和着，好不容易把夜离轩送走了，才长嘘了一口气。

一番折腾，清风也是叹服了。

这位爷不愧是名响京都的刑罚高手，竟是比常年历经杀戮之事的七皇子还有手段。活路不给人留，死路也不让人好走。

挫骨扬灰之人，怎能有条往生路？这都是孽债哟。

第三十九章

温情

凤倾月再次醒来，正是入夜时分。她这次分明清醒得很，但见夜离轩守在一旁，还是有些不可置信。

她那般用尽全力拥抱着的，还以为是梦中的他呢。

他是真的来了，实实在在地到了她的身边。看着他眼里的关切，凤倾月突然有了一丝执念，一样可执着的东西。

只是她有些不解。她隐约记得救她的人是夜墨澜，怎的变成夜离轩了呢？

不过两人本都应该远在他地的，夜离轩现下出现于此处，却更是让她心有依托。

她清醒了两回也没见到夜墨澜，怕是她疼得迷糊了，才错把夜离轩认成了他吧。

可她力竭昏迷之时，明明是想要见到夜离轩的。这也会认错的吗？

夜离轩守着她不曾入睡，见她目不转睛地盯着自己，不由宠溺一笑："你傻看着我作甚？可要吃些东西？"

若是让其他人见了夜离轩如此温柔体贴的模样，怕是先得吓住三分。

如此凉薄冷性之人，突然转了性子，那定然是口蜜腹剑不得不防啊！

见凤倾月摇头，夜离轩伸手摸了摸她的小腹，不甚满意道："在我面前还逞什么强，明明饿了！一整日就喝碗米粥怎么能行？想吃什么？我让厨子做了送来。"

他做出如此亲昵之举，凤倾月虽有些不适应，心下却也很甜蜜。偏偏此般浓情蜜意之时，让周身的疼痛搅了事。

其中痛感最甚的，莫过于指尖和脸上的伤痕了。

她左手小指的痛感尤其磨人，凤倾月本想咬牙挺过，无奈力不从心，眼泪珠子直想往外掉。

"可是哪疼？"夜离轩发觉她不对劲，又见她苦皱着眉头，忙出声相问。

凤倾月疼得直冒冷汗，伸出双手一看，自个儿都被吓了一跳。

原本白皙柔嫩的一双玉手，现下除了左手小指，其余指头都缠上了一层细布。而最为疼痛的小指，此时有些乌青之色，弯曲扭动不得。好像是随意拼凑而来，而不是自己原本的了。

其实这手指也可以算成是拼凑的了。

那日凤倾月的小指已被割去大半，若不是夜墨澜去得及时，也就保不住了。

到了医馆，这些寻常大夫本是无法救治此伤的，经夜墨澜一番威逼，这才费了九牛二虎之力，堪堪将凤倾月的手指缝合上。简单得就跟做了个针线活似的，可不就是拼接上的吗？

毕竟能力所限，也只能算是接回了两块肉。至于内里情况，这大夫就说不准了。

夜离轩叫大夫来检查一番，他只说兴许是血液不通所致，憋得夜离轩有气无处发。

庸医！这么个小伤都治不妥善。若是楚云辞在这儿，早有解决之法了。

想到楚云辞，夜离轩又是一阵恼怒。要不是他没看顾好人，她也不至于外出闯荡，吃了苦头。

归根结底，还是他楚云辞犯下的错。

不过现下可不是惦记楚云辞的时候。看着凤倾月疼痛难耐，夜离轩也只得死马当作活马医，以内劲帮她疏通小指经脉，试上一试。

他轻手捏着她的小指，她竟是半点知觉也无。感觉不到他手指的温度，也感觉不到自己小指前端的疼痛。只有连接处疼得厉害，如大火灼烧一般，疼得她整只手都想分离了去。

她泪眼蒙眬，是因身上疼痛不断，也是心里害怕左手就这么废了。

或许随便一个将士受此伤痛，忍耐一番也就过了。可凤倾月一生没吃过如此苦头，自然觉得痛至心扉，难以忍耐。

好在夜离轩的法子有些效用，试了一会儿，凤倾月就好受了些。

大夫拿了些药膏来，让夜离轩替凤倾月涂抹在小指上。上药后小指清清凉凉的，倒是让人舒服了许多。

这药膏也无愈合伤口的效用，最多顶个让人缓解伤痛之用。

夜离轩却平白将大夫训斥了一顿——有药怎的不早点拿出来？

大夫被训斥一番，又做不得解释。若说这药其实没有半点疗效，说不定眼前这人就要把他给活吞了，还是不说为妙。

夜离轩逼着凤倾月吃了些东西，再是让她喝了一直温着的汤药。

也不知大夫开的是什么药，喝完就使人疲倦得很，昏昏欲睡。

夜离轩照顾着凤倾月渐渐睡熟了，才让人将一旁的睡榻铺好，准备在此将就歇息。

他难得放下身段将就一回，却苦了外头寒风中等了两晚的人。

"怎么，又没见到人？"

欧阳寒见欧阳冥闷闷不乐地回来，便知他此番又做无用之功了。前一晚不甘心地等了一夜，今日倒是学聪明了，前半夜就回来了。

裴城里头出了这么件大事，弥须阁的人自然通报了消息来。欧阳冥本想放下此情，却又无法抑制满怀的关心，便去医馆想探望一番。

结果夜墨澜点着灯守了她一夜，夜离轩更是直接，歇了灯就睡在了里头。

欧阳冥现下大为不爽，冷淡地瞥了欧阳寒一眼，不想同他搭话。

欧阳寒却自顾自地说开了。

"我说你也是的，明明喜欢到骨子里了，还走得那般洒脱。你要是踌躇一番，晚走一步，兴许就能来个英雄救美，抱得美人归了。"

听他不停地念念叨叨，欧阳冥着实不耐，心里烦躁得很。

"少在这儿说些有的没的，要不是你做的那些混账事，怎么会有这么个烂摊子！"

听出欧阳冥话里的责怪，欧阳寒也是火气腾腾往上冒。

"我这还不是为了你好吗？三十多年了，就喜欢了这么一个女人，我帮你一把怎么了？再说她跟夜离轩本就隔阂重重，我也算得上是扶她一把了。"

欧阳寒这番话，颇有些恨铁不成钢的意味。被欧阳冥一番埋怨，他也有些委屈。他行事或许是莽撞了，但他也是往深了想过的。

那凤倾月跟着夜离轩，两人中间掺杂着国仇家恨，如何美满？跟着欧阳冥，潇洒江湖，有什么不好的？等她明白过来，说不定还要感激于他呢！

欧阳冥甚是无奈，他能怎么说呢？欧阳寒说得不无正确，关键是，他说的那些凤倾月在乎过吗？

凤倾月在乎吗？她自个儿都不甚清楚。

她不是没想过这个问题，只是正处于迷蒙之间，还没看明白呢，她就被麻烦缠身，无心追究此问了。

此问日后会不会成为两人的隔膜，现下谁又说得准呢？

且不论她想法如何，欧阳冥却不愿强人所难。

"得，那我们就换个说头。若我替你劫了钱满贯回来，你们就能幸福了？你应句是，我现在就替你劫人去！"

起初还以为欧阳寒同钱满贯志趣相投，才不停地念叨着那女子的与众不同。等到他送出了自己的贴身玉佩，欧阳冥才晓得他是认真了。

既然他如此肯定感情之事能出力相帮，那自己便帮他一把又如何？

"她总有一天会被我打动的，本少爷现下只是不想强求了她！"

这下欧阳寒没底气了，嘴上满是骄傲，其实心里苦闷得很。

他就不明白了，苏子逸那个体弱书生，如何能与他相比？他能文又能武，长得也不比那书呆子差，为何满贯偏偏看上了苏子逸？

感情的事谁又说得准呢？就连钱满贯自己都怪那一眼误终身。

人终究会累的，久久不得回应，是否应当另寻归途？

欧阳冥自然晓得欧阳寒的状况。那女子心有所属，当然无法接纳欧阳寒。

就如凤倾月一般，她若对他有一丝丝的依恋，他又怎舍得将她拱手送回？

"有些事是坚持不来的。就比如那块玉，你视若珍宝，人家却转手送人。不得重视就是不得重视，你可明白？"

"少在我面前一副得道高僧的口吻！你有什么事是我不知道的？说得你好像很明白似的。自己浪费了大好的机会，日后可别怪做师弟的没拉你一把！"

欧阳寒说完，便一甩衣袖，漠然离开了。倒不是他在同欧阳冥置气，只是他再留在这里，提及他应付不了的钱满贯来，实在好生尴尬。

若是先前提到绑劫凤倾月的事，还能说他是一时冲动。可换了现在，他则要夸自己做得对了。

如今皇城里好一番风起云涌，夜离轩却在此时出现在了此处。那可不仅是没有争位之心这么简单的，而是老皇帝属意之人不再是他了。

虽不明白老皇帝怎的不按着套路出手，不过这天家的事变化多端，倒也不惹人奇怪。

只要凤倾月不是当今皇后，万凤之首，以弥须阁的手段，藏个女子还藏不住吗？不过需要些改头换面的小手段而已。

欧阳寒想得虽好，却不曾顾过凤倾月的感受。

她若不愿，又怎能奈何得了她的心？

第四十章
强占

凤倾月一觉醒来，又出了些状况。

两颊的患处不仅火辣辣地痛，还奇痒无比。若不是手指都被包扎了起来，她怕是要将一张脸抓得残破不堪了。

手指没法抓挠，脸颊又实在痒得没法，她便用手背轻轻摩擦于脸。

凤倾月轻抚着伤疤一番感受，顿时心惊。她知晓自己的脸遭那婆子划破了，却没想到伤口如此深长。

此伤差不多有一指来长，兴许已把整张脸都覆盖了去。自己现下是个什么惨相？她不敢想象。

她木讷地看着前方，像是被挖去了心肺的破布娃娃，眼里尽是哀怨。

也是凤倾月自己吓自己，就这么两条伤痕，哪能挤满整个脸庞？但爱美之心人皆有之，本有张倾世美颜的她遭此大变，一时接受不来也是自然。

夜离轩进门就见她两眼无神地盯着前方，心中暗道坏事，一会儿没看着她，就生出问题了。

"怎么了？"他问得有些小心，生怕惊动了她。

"没什么，只是脸上有些发痒，想让大夫看看。"

凤倾月低垂着头，不想让他再见了自己的丑貌。心里难受得想哭，却硬是将眼泪逼了回去。

这么丑陋的一张脸，哭起来得怎生难看？

夜离轩没有多心，忙唤了屋外的侍卫去喊大夫来。

那大夫匆匆而来，见凤倾月并无大碍，顿时放下了悬着的心。

大夫说伤口正是长肉的时候，痒得挠心也是正常。脸上的患处不能乱用了药，免得日后毁了容貌，只得尽力忍着不去抓挠。

"大夫的意思是，我的脸会痊愈吗？"

凤倾月一番希望，却让大夫犯难了。

他也明白女子皆爱美，定想自己的脸恢复如初。可他哪作得了这般保证？万一留下疤痕，难不成还要他担起这份罪责？

"这……小人也说不清楚。伤口定然会好的，只是刺得太深，兴许会留有小疤。不过小人定当竭尽全力，使夫人恢复如初。"

他这话说得全面，不想自个儿担了罪责，也不得肯定凤倾月这脸好不好得了。只得先给她提个醒，以免日后她拿他问罪。

看他这般模样，凤倾月就明白这脸大概好不完全了。一时好像失去了所有力气，郁郁得很。

夜离轩总算明白她因何事而愁了。他遣走大夫，坐回床头，轻轻环抱住了凤倾月的身子。

正想说点什么，凤倾月就挣脱着下了床。

她想做什么去？夜离轩心里有些莫名其妙，却又不敢拦她。生怕她有不满的地方，突生脾气。

凤倾月失魂落魄地看着镜中的自己，心中满是讽刺苦痛。一直强忍着的眼泪，还是奔涌而出，滴滴答答地落在了妆台之上。

原来夜离轩这几日看着的，是这般目不忍视的自己。现下这张脸，连自个儿看了都觉恶心。夜离轩对着此般难看的她，又是什么感想？

他难得此般体贴，或许她可以认为他是真心待她的。可对着这张丑颜，他又能真心多久呢？

夜离轩见她赤着一双小脚，站在镜前默默流泪，心里就不由得泛疼。

他走近她，不由分说地将她打横抱回了床上，开口说道："别怕，不过是两道小伤，会好的。"

他实则不甚看重她的容貌，可他若说自己毫不在意，凤倾月定然不信。只得换个说法，让她定心。

赏心悦目固然是好，但合其心意更为重要。即便她变不回以前的花容月貌，可她依旧是凤倾月，依旧是他的妻。

凤倾月知他安慰于她，心里还是凄凉难受："夫君莫不是可怜于我？"

她也不知自己怎会突然说出此般怀疑人心的糊涂话来，可她实在无法相信他的一片真心。自己都惧怕恐极的脸，怎能惹得他人欢心？

虽说夫妻本是同林鸟，可是大难临头也该各自飞的，不是吗？

他若弃她而去了，她兴许真的舍不得怪他。她此般模样，怎好强求了他一生一世呢？

"说什么胡话！"

夜离轩低声斥了她一句，话里带着些怒气。

她同他相处了这么久，还不明白他是怎样的人？他岂是那般肤浅的下贱坏子，只贪图个美色？他看重于她，自然是她有他值得看重的地方。

一想到她容貌受损，心情低落难免说些胡话，夜离轩便平复了心境，想另用法子安慰她。

可她随后的话，又激起了他的火气。

"夫君若是嫌弃，大可不必虚情假意。便是一封休书，妾身也甘愿接下。"

她实在无颜面对他。他乃天之骄子，而自己已是没了公主的名头，怎好再以一丑妇的姿态与其并肩？

见她还欲开口，他只觉她说不出什么好听的话来。没想许多，他的唇立即封了她话语的出路。

说的不管用，那便用做的好了。

夜离轩吻上了她的点点红唇，便一发不可收了起来，直想要探寻更多。他解开了她单薄的寝衣，抚上了她胸前的红梅。

他青天白日的索求于她，惹得她甚是惊慌。本想推开了他去，可被他一番深吻，却乱了心神。

凤倾月觉着夜离轩那里，好像有她想要寻求肯定的东西。她想要紧紧抓住那样东西，致使她忘记了羞怯，大着胆子回应着他。

夜离轩刚开始还很担心，燥得热汗直冒也没提枪上阵，生怕一个不慎碰伤了凤倾月。见她身上无其他伤口，这才小心地将她的手置在了一边，放肆了起来。

凤倾月身上虽有些瘀伤，不过不甚疼痛，便由得夜离轩胡作非为。

两人裸身交缠在一起。夜离轩深深地拥抱着她，啃噬着她，与她合二为一，难舍难分。他一次次激烈地撞击着她的身子，比以往的情事都要来得狂热。

他亲吻着她的锁骨，呼吸着她沁人心脾的体香，不停地索要着她。她温玉馨香的身子，依旧让他欲罢不能，眷恋不已。

他要让她知道，她对他的诱惑，对他的重要。便是她没了美貌，也依旧能迷惑住他。

他认定了她是他的妻，此心便无人能改！

夜离轩自从与凤倾月分别，便没再沾染过其他女人。

征战瀚羽的时候，他在军中甚是清心寡欲。军中虽有军妓，但他自是不屑以这般人尽可夫的女子发泄欲火的。况且他尚有军机大事疲于应付，也没这鸳鸯戏水的春思。

回府后一众小妾绕着他转，他却只心系于凤倾月一人。即便她们轻披薄纱，身姿曼妙地站在他眼前，他也生不出半分欲念。

他禁欲了大半年，早已情火难耐。满腔的欲望一发不可收，便在方才的水乳交融间，通通发泄了来。

这下可苦了凤倾月，一时浑身酸疼无力，像又遭了顿打似的。

夜离轩埋头苦干一番，完事了才意识到自己太过粗鲁了。忙叫人打来热水，要亲自给凤倾月沐浴净身。

送热水来的丫头，正是前两日帮凤倾月擦洗身子、处理伤口的人。她本是医馆大夫的幼女，名唤沈曼。因着医馆少有女子杂工，她才被沈大夫遣了来伺候凤倾月。

她原本满心不甘愿，却在见着夜墨澜后，化作乌有。

之前她得见夜墨澜，便觉惊为天人。可惜她还没来得及多看两眼这谪仙一般的人物，他就已飘然离去。

她心头惦念着夜墨澜，却不承想又遇到与他不相上下的男子。

夜墨澜面相带些阴柔，让身为女子的她都有些自愧不如。而现下这人，眉宇中一股子霸道阳刚的味道，实是让人称心如意的良人之选。

既然夜墨澜的身份不一般，那么眼前这人自然也不会是一般人了。她可不想再错过飞上枝头的机会了。

沈曼打好水后，故意试了试水温。款步姗姗站到夜离轩跟前，准备着伺候凤倾月沐浴。

夜离轩看出她眼中爱慕之意，不耐地皱了皱眉，便将她打发了去。

沈曼离开之时还是谦谦有礼的作态，踏出门外却换了另一副凶貌。

她就不明白了，这凤倾月相貌已毁，为何这两个谪仙般的人物还要围着她打转？

她自觉长得不算差，好多公子哥求娶她她都不依。今儿个送上门有委屈自己做妾的心思，却遭人嫌弃了！真是气杀个人！

也是沈曼过于自满些，她只不过在裴城算得上小有姿色罢了。到了京城，那些达官显贵家的上等丫鬟，哪个不比她有才有色？

凤倾月光着身子，被夜离轩轻手抱入了水中，令得她好一阵娇羞。他手持锦帕，仔细地替她擦洗着身子，更是惹得她芳心大乱。

夜离轩能此般对她，真真是极好的了，可谓是世间少有的良人。只是她一想到沈曼，心里便不由得一叹。

凤倾月自是感觉出了沈曼的一番春心萌动。见夜离轩瞧不上沈曼，她心里是踏实了些，可还是生出许多不安之感。

凤倾月在意的，并不是沈曼这个人，而是现在能出来个沈曼，以后就能出现更多类似于沈曼的貌美闺秀。到那时，她要如何应付？

她这般丑陋的模样，再得个善妒的名声，那便是当之无愧的恶妇了。

想到自己的模样，凤倾月就难免感伤。做不得娇妻，她也只能做个贤妇了。

凤倾月想着：与其等着夜离轩日后知会于她，倒不如她自个儿先开了口，至少还能挽回他一分怜惜，一丝珍重。

凤倾月试探地问道："我看刚刚那个相貌端正的姑娘，也是个对夫君有情的，夫君不如将她纳了回去？"

凤倾月说是这么说，实则心里是百般拒绝的。只想着由自己先提出来，让夜离轩记着她的好罢了。

"怎么又说起这等事来了？难不成谁对我有情我都得将她娶了回去？"

他连连反问，凤倾月便默然了。他不愿纳妾，她自然心中暗喜。再让她好生相劝了他纳妾，她也是迫不了自己开口。

夜离轩替她擦净身子穿上寝衣，再将她抱回了床上。想着她总这么安不下心，也不是个办法。

便搂着她说了好些话，欲要断了她的杂念。

"我明白你心中担忧，怕我变了心去。如今我说什么也是枉然，便等你好得差不多了，我们就回不归山找楚云辞去。这些个庸医治不好，是他们医术不行，楚云辞必定能治好你的！等你恢复了昔日容颜，这些个庸脂俗粉哪及得上娘子你的半分姿色？如此，你可安心了？"

夜离轩难得好声好气一回，同人说这么多温情的话。

她靠在他的怀里，听着他徐徐而谈，为她所想而想，心里便甚是温馨。她担心害怕的所有，皆消失在了他的一番善言中。

原来她想要确定的，不是他的介意，而是他的在意。

"夫为妻纲，妾身自然是对夫君放心的，怎会怀疑夫君行事言语呢？"

听着她有了底气的回应，他不禁哑然。

得，现下反倒成他错怪她不相信他，是自己的不是了。

这下她算是找回之前的性子了，总能说出有利于自己的话来。她恢复了心境，夜离轩也安下了心，不必再担心她郁郁寡欢了。

凤倾月醒了神，便活络了其他心思。

最先想要了解的，自然是夜离轩为何会出现于此处。

听了她的问话，夜离轩不免笑着逗弄了她一句："娘子可算是记得我了！能得佳人惦记，实乃为夫之幸也。"

从夜离轩嘴里说出此般油腔滑调的话来，实在让人惊异。

凤倾月愣了神，瞪着大眼看着他嬉笑的模样，甚难将他同以前那个冷若冰霜的夫君一番联系。

"怎的又看得傻了？我到这儿来自是为了寻你的。不然这裴城山高路远的，我还能到这儿来游山玩水不成？"

他说得若无其事，凤倾月却一番感动于心。原来他心里一直惦念着她，竟千里迢迢前来寻她。

念及自己当初走得无情，没留下只言片语，又是一阵内疚。

"泽儿呢？还在楚云辞那里吗？"

夜离轩笑答道："在皇子府里闹着要你回去呢。"

凤倾月一听，顿时大惊失色。他怎能将泽儿留在皇子府呢？皇德妃若再下毒手可如何是好？

夜离轩见她慌乱，便知她在担心什么，忙安慰道："莫慌，泽儿断然出不了事。"

他这句话说得，实在让凤倾月迷惑不解。是什么原因，让他如此肯定呢？

第四十一章
秘密终揭

夜雨泽之所以遭皇德妃记恨，究其原因，是皇德妃以为他不是正统皇室血脉。

话说那日皇德妃与皇上一番长谈，回宫后便召了夜离轩入宫密谈。

夜凌昊告诉皇德妃，说他知晓她背地里的一番动作。他不闻不问，倒不是他不疼宠这个孙子，而是他更想找回当初那个皇儿。

夜雨泽就像一根绳索，牵系着夜离轩和虞家。他不想夜离轩做出叛逆之事，便狠了心放任此事发展。

只是夜凌昊倒有一事不知，便是夜离轩隐瞒了夜雨泽的生辰。还以为皇德妃是抱着助夜离轩登位的心思，才不惜斩断祖孙情分的。

哪知到了最后，夜雨泽还是幸存一命，夜离轩也是没有半分改变。

罢了，既然离轩志不在此，便成全了他吧。夜凌昊劝皇德妃不要再执着于此，可这是皇德妃心里盘踞不下的结，叫她如何能不执着？

皇德妃明面上释然了，暗地里却召来了夜离轩，逼着他给个答案。

若他再是无话可说，她不达目的决不罢休。到时候送走了夜雨泽，她便听任天命，随他父皇离去。

夜离轩晓得这次无论如何都逃不过了，不过大局已定，母妃也该是知晓事实的时候了。

他扑通一下就跪在了皇德妃面前，一句"儿子不孝"，顿时让皇德妃脑袋发晕得很。

他这是什么意思？孩子当真不是他的吗？皇德妃虽一心认定了此事，可得了他的承认还是颇为震惊。她想听他一个解释，以为会柳暗花明，却更是让自己陷入了深深的失望。

她倒退两步，无力地坐在扶椅上，揉着脑袋醒神。她那般骄傲的儿子，怎甘心为别人背下此等孽事？

夜离轩见她此般，便知道自己的话没说清楚，惹下误会了。

忙接着说道："泽儿确是儿臣的亲生骨肉，断然不曾有假而欺瞒母妃。儿臣请罪，是为另一件事。"

另一件事？她不明白，还有什么比皇室血脉混淆不清更为重要！她这个儿子，当真此般糊涂？

待夜离轩解释清楚，皇德妃这才明白，夜雨泽不是孽种，而是劫难！是背着虞家一家子血债而降临的灾星！

夜雨泽出生之日，恰好是虞家满门抄斩的一年之期。

时隔一年，一切尚未尘埃落定。天下人的眼睛都盯在这里，同时不同年，世人定会以为泽儿是厉鬼投胎索命而来，要毁去西夜的国基的。

夜离轩虽是满心不信，可他如何能操控世人的想法？再说泽儿的命数如此巧合，天家断不会留下此于江山社稷有害的劫数。以父皇的多疑猜测，定然容不下泽儿。

夜离轩为保夜雨泽，只有选择隐瞒世人这一条出路。却没想到皇德妃突然而至，撞破了他的计划。

面对皇德妃的咄咄相逼，他无法给个合理的解释，只能由得她一番误解。

即便她是自个儿的母亲，他也只能对其隐瞒。倒不是怕皇德妃透出了消息，而是他这个做儿子的，太过了解自己的母妃。

为了婉婷，他已与父皇作对，丢了太子之位。母妃如何会让他再留下此般有弊无益的因素？

天命天命，泽儿的得天独厚，却是西夜所不容的。他身上背的，是同天家的血债，如何能讨得了好？

即便泽儿是他亲生又如何？母妃若知晓泽儿是这般命数，依旧会把泽儿当作祸害，毫不留情地除去。兴许动作会更狠，更甚。既是如此，他还不如保持沉默。

皇德妃以死相逼也不止这么一回了，为何事隔多年，夜离轩才挑明了此事？

一是他明白母妃对父皇的感情，知她这次的二选一，是真的铁了心的。他若再忤逆了她，她心如死灰，必定随父皇而去。

二是因为父皇做出了抉择，他注定无法登临帝位，则泽儿的问题就迎刃而解了。

夜离轩做不成皇帝，就无法为虞家翻案正名，他与虞家的关系也就断了。而父皇已病入膏肓，无人能救。待泽儿成人，哪还谈得上复仇这等事来？

至于夺位，夜离轩倒是不曾想过。他手上没有兵权，即便夺位成功，也敌不过夜墨澜现下的数十万精兵。父皇这一步，还是早就算计好了的，只是没想到自己撑不了这么久吧。

他的父皇，理智永远凌驾于情感之上。即便对待自己的亲子，也是不留半分余地，当真是个兢兢业业的好皇上。

兴许父皇也有作为慈父的时候，只可惜他于此记忆寥寥，空余一番感叹。

皇德妃一时知晓了事实，恼怒震惊之余，已然不知该如何应对了。她冷淡地打发走了夜离轩，愣神坐在空荡的宫殿中，满心忧思。

她烦闷了一夜，辗转反侧间终是释然了。

离轩登帝无望，做个闲散王爷也就罢了。泽儿好歹与她一脉相承，她何至于不顾情分步步相诛？罢了，一切尘埃落定，命矣。

皇德妃再次宣了夜离轩和夜雨泽进宫。此番却不似以往有诸多担心猜忌，一家人其乐融融，总算是有了些温馨的味道。

夜雨泽也是个机灵鬼，见皇祖母和蔼了许多，爹爹也是要他多亲近祖母，他自然黏着皇德妃各种欢脱逗趣，讨好于她。

皇德妃看他这粉雕玉琢的小模样，越看越觉得像幼时的夜离轩，喜欢得紧。他可比幼时的离轩活泼多了，惹得她连连大笑，甚是开怀。

此般喜乐之际，皇德妃不由感叹，她或许真是强势了些，推走了皇上，也推走了离轩。她温软一些，或许早就是其乐融融的场面了。

不过事已至此，后悔也是无用。只得日后多顾念珍惜吧。

见皇德妃是真心想与泽儿好生相处，夜离轩总算是放下了心里的头等大事。

第二等大事，自是寻回他一直牵挂着的凤倾月了。

先不说泽儿时常向他闹着要娘亲，便是他这心里，也是甚为挂念她的。

皇位无望也就罢了，好不容易找到这么个合乎心意的人，怎能放跑了去？

不论她是何时扎根在他心上的，待他找回人来，再慢慢细究也是不迟。

听夜离轩一番解释，凤倾月心里不免一阵唏嘘。

泽儿的身世原来有这么一番巧合曲折，难怪夜离轩百般隐瞒了。

她也是个信命之人，但她绝不会因为一些无端的命理流言，做出此般断情绝义之事。

或许因为她是女子，又尽得父皇疼宠，才致使她不明白那国事沉重，不容半点纰漏的严肃吧。

不在其位，她也无权评议别人的是非对错。事情能得到妥善解决，便是好的。

夜离轩让凤倾月不必担忧泽儿的事，安下心来养伤，小住一段时日再回渊城。

在夜离轩的陪伴下，凤倾月过得甚是轻松。时间悄然溜走，转眼便到了十日之后。

这十多日，夜离轩每日首做之事，就是以内劲给凤倾月疏通气血。在他的细心照顾下，她的小指已然恢复了常态，开始愈合了。

她脸上的刀伤，也已完全长合了。两端的伤疤已然开始脱落，垂吊于脸上。

为免她不小心撕到再添新伤，夜离轩还特地拿了剪子帮她剪下疤条。

幸得现下秋风送爽，才让凤倾月少受了些折磨。若是夏季引得伤口炎症，也不知得挨到什么时候了。说不定伤口还会溃烂流脓，更加难以医治。

如今能少吃点苦头，便是不幸中的大幸了。

就在这短短的十几日里，沈曼也是不曾放弃。借着送吃食，厚着脸皮来了好几遭。

可惜她做的赏心悦目的糕点，每每都被夜离轩借花献佛，端给了凤倾月食用。她吃过好几次闭门羹，也就拉不下脸面再来了。

凤倾月经过一番休养，伤势也好得差不多了。

夜离轩一方面顾念着凤倾月的身子，另一方面又有些在意皇城里的情况。硬是将沈大夫好一阵逼迫，要他拿出上好的伤药来治伤。

凤倾月思及皇上卧病在床，指不定哪天就龙驭宾天了，是以明白夜离轩该是满心焦急，想回去侍奉左右的。

她也没有提及皇上的事，只是一直跟夜离轩说着自己已无大碍，想要回渊城去。他再三询问了大夫，她的身子宜远行否，得了肯定的回答，这才依了她，准备着起程回皇城去。

夜离轩这头将要起程，夜墨澜那头已是回到了渊城。

夜墨澜刚刚回到渊城，便被夜凌昊召进了宫里。

这次文武百官齐聚于皇上的寝殿之外，听着大太监宣读的传位诏书，一时有些蒙了。

皇上的行事作风还是这么突然，一如当初力排众议的立后之举，突兀又令人难解。

本以为大局已定，却没想到定下的是这么个结局。此乃天命之言，众臣也只得欣然接受。

反正由谁来当皇帝，于他们并无太大区别。皇上不喜结党营私，前有虞家被满门抄斩的警告，百官们自然不敢与众皇子多有亲近。

自夜墨澜接下圣旨，这历经几番波折的太子之位总算是定下了。

众臣退下后，皇上便宣了夜墨澜进殿参见。

夜墨澜入了寝殿，便有浓烈的药香扑鼻。行至床前，就听里头传来了夜凌昊的声音。

"你回来了。"此声虚弱无力，没有以前半分的硬朗。

也不知那金黄的大帐里头，掩盖着何种憔悴枯瘦的病容。

"是！"夜墨澜与夜凌昊少有私底下讲话的时候，一时也不知怎么回答，只能躬身应是。

"好在你回来得及时，朕总算还留了几分力气。"

听着夜凌昊这一番话，夜墨澜当即跪在了地上，上听天意："父皇有何训诫，儿臣自当铭记于心！"

"你这性子像朕，将天下交与你，朕不担心。"

若不是夜墨澜隐忍惯了，突听此话定然要心神大乱了去。

他从来不曾想过父皇会有此般看重自己的时候，也不曾想过父皇对他唯一的称赞，会是在这交托天下大任的时候。

"儿臣定当竭尽全力，不辱天命！"

夜墨澜重重地磕了一个响头，双目有些轻微地泛红。

他甚少有此般情绪波动难平的时候。自小搭筑而来的重重心墙，竟是因夜凌昊平淡无奇的一句话，瞬间崩塌了去。

"朕交给你，自然是相信你的。"

夜凌昊透过纱帐看着外头跪着的朦胧影子，又叹了口气，低声说道："唉，是朕忽略你了。"

夜凌昊对这些个皇子公主，皆少有关心。夜墨澜的出色，他是看到了的，却不知其何以这般出色。

小小年纪便请命征战沙场，只为亮相于他眼前。现在想来，着实是委屈了这个孩子。

"父皇国务繁重，自然无法分身有术，儿臣明白。"

若是以前，夜墨澜说出此话心里定然不甘。父皇对夜离轩的偏宠，他自觉还看得明白。

不过父皇现下给了他太子之位，没有偏袒于夜离轩，他也就淡然释怀了。

"若你真这么想，朕也就好受些了。如此，朕便借着父亲的名义，要你答应朕一件事。"

他一番峰回路转，便将夜墨澜套了进去。

"是！"

夜凌昊便是不说此话，夜墨澜也会答应了他。他说下此话，只是想夜墨澜惦念着几分情分。

"皇德妃难得求朕一回，想让老三在皇城里陪着她。朕想遂了她的愿，又怕你疑心过重，以致手足相残。老三要住在这京城，只能是个闲散王爷。朕罢了他的权，又想得你一句保证。你可明白？"

夜凌昊说话断断续续、有气无力的，歇了好几口气，才说完了这一串的话。

夜墨澜明白了夜凌昊的意思，脑中却先是浮现了凤倾月的影子。夜离轩留在京城对他并无太大的威胁，他自然犯不着拒绝父皇。

"儿臣明白！"

夜墨澜应下此事，夜凌昊也就心安了。清幽难得求他一回，他若再做不到，她怕要恨惨他了。

夜凌昊再同夜墨澜说了会儿话，便累着了，唤了人来送夜墨澜出宫去。

踏出寝殿，夜墨澜心里一时五味杂陈，说不出是何滋味。

他一直寻求着的万里江山已然在手，为何失了想象中的不尽欢喜？

父皇究竟是选择了他，还是选择了夜离轩？他说不上来。

天下尽得，他却空有一腔落寞。

第四十二章
回府

　　夜离轩与凤倾月回程的第七日，便传来了皇上驾崩的消息。

　　按着前几日那般行速，到达渊城少说还得十日。凤倾月自觉拖累了夜离轩的归程，心里很内疚。

　　此时的她除了小指还没愈合，其他的伤皆是好得完全了。脸上留下了两条白色的疤痕，近看虽然明显，却没了起初的触目惊心。

　　凤倾月容貌虽不见得大好，不过也算不得难看了。心里总算有了些安慰，好受了点。

　　清风等人得了夜墨澜的令，自然不敢怠慢，兢兢业业地跟着两人一起上了路，保护两人。

　　有清风几人在，凤倾月便劝夜离轩先行赶回，她再与他们随后归城。

　　他们没能看顾好凤倾月，让她受了这许多大罪，夜离轩怎还放心将她交与这几人？

　　"就算我现在赶回，也只来得及送父皇最后一程了。你且放宽心，陪着我回去送父皇一程，可好？"

　　他神色平常，语气中却有些哀伤。凤倾月不好再提及此事，只是点头应好，默然地牵住了他宽大的手掌，予以小小的安慰。

　　父皇的大殓他已然错过了，也只来得及送父皇最后一程了。明知道父皇命势已衰，如今顺应天命归天而去，夜离轩心里依旧惆怅得很。

再回皇城，已是十日之后。

清风等人在踏入皇城之时，彻底地放下了心中大石，松了口气。恭恭敬敬地拜离了夜离轩，便回府复命去了。

此时他们回府，自然是见不到夜墨澜人的。登基大典已过，夜墨澜已成新皇，又怎会住在七皇子府呢？

夜离轩回府后不久，便来了太监传旨。

夜离轩被先皇赐封为贤王，赐居渊城。

京中皇子被封了王的，皆是前往遥遥他乡的封地。这赐居渊城听起来，好像是莫大的荣宠。

可内里实际却不过是个闲散王爷，空有一个名头，毫无实权罢了。

也罢，他也无心于那些权势之争，闲时享享田园之乐也是一件美事。

实则府里的姬妾，多是想夜离轩谋得个王爷之位的。她们没有子嗣又身份低微，若他做了皇帝，说不得就将她们打发了，抑或是入冷宫郁郁终老。可他做了王爷，她们依旧可以穿金戴银，过着舒服的日子，也少有女子来分一杯羹。

人嘛，顾好自个儿就行。

那传旨的太监转身刚走，一个小小的身子就扑到了凤倾月怀里来。

"娘亲，泽儿好想你！"

夜离轩轻拍了一下他的头，笑道："傻小子，从今儿个起，得改口称母妃了。"

听了夜离轩的话，夜雨泽抓了抓脑袋，不甚明白。叫娘亲叫得好好的，怎么要他改口呢？不过爹爹要他换了称呼，他便依着爹爹好了。

夜雨泽不明白其中含义，这些个府中小妾却懂得。王爷这是要把夜雨泽当作嫡子对待了。

果然，王爷看起来宠着王妃，其实心里头记挂着的，还是虞婉婷那个死了的女人。不过这样也好，死了的毕竟活不过来了。即便牵挂着，也无可奈何。

以前凤倾月在宫中，没人在她面前讲过这些宅门之事。凤倾月自然也不明白夜离轩话里的含义。不过即便明白了，想来也不会拒绝了去。她疼爱泽儿，自是愿意将他过继在自己名下的。

"母妃，你的脸怎么了？"

泽儿一番疑问，又引来了众姬妾的目光。

王妃毁容了？谁敢在王妃脸上动刀子？众人有些震惊，更多的却是窃喜。没了容貌，王妃还能将王爷留住多久！

凤倾月被众人看得很尴尬，情绪不禁有些低落，小心问道："泽儿怕吗？"

夜雨泽看得够了，又扑进她的怀里一番撒娇。

"泽儿不怕，娘亲还是一样好看！"

凤倾月见他笑眼弯弯，也跟着有了个好心情，开心起来。

听到夜雨泽的问话，夜离轩的心顿时揪紧了去。见泽儿惹笑了凤倾月，他才松了口气，心中一叹：还是这小东西有法子，她许久都没这般开心过了。

"得了，外面风大，先回房去吧。"

凤倾月也不想在外面应对众妾的目光，忙听从夜离轩的话，带了泽儿回房去。

"连翘说母妃办要紧的事去了，要泽儿等了母妃好久。母妃不疼泽儿，也不带着泽儿一起去。以后还去吗？可不能再丢下泽儿一个人了！"

才刚入屋坐下，泽儿就抱怨开了，絮絮叨叨的，活像个小大人一般。

他好不容易有了个疼爱他关心他的娘亲，睡了一觉就没了，自然是哭闹了好久。

当初凤倾月离开不归山，连翘怎么也安慰不了夜雨泽。他哭闹了几次，见闹不回人，非得要自己下山去把凤倾月找回来。

连翘一时也是焦头烂额，想不出好法子来安慰他。只得骗他说凤倾月快回来了，到时候见不着他定会着急，又得出去四处寻他了。此般兜兜转转，就再也见不到凤倾月了。

夜雨泽心智不成熟，自然被她唬住了，安安分分地在不归山等了些时日。

结果等了许久也不见娘亲回来，夜雨泽又开始着急了。说什么都不相信连翘了，一直闹着离开。

　　还好夜离轩此时派了人来接他，不然连翘真拿这个小祖宗没辙了。

　　夜雨泽回来看见爹爹，总算是抹了鼻涕，展颜欢笑了。一番亲热，却也没将凤倾月给忘了，便问夜离轩要起娘亲来。

　　还是夜离轩的话管用，一说派人寻去了，他就安下了心来耐心等待。

　　再过了几日，他入宫见过皇祖母后，爹爹便对他说其他人没能找到娘亲，得自己亲自去寻，要他好生待在府里。

　　虽说要等上好久才能看得到爹爹，他却乐得直点头，催促着夜离轩快些离开。

　　还好爹爹不会食言，他盼了好久，总算把娘亲给盼回来了。

　　凤倾月答应了夜雨泽，日后不会再丢下他，夜雨泽却不依，非要勾小指确定。

　　一说到勾小指，便发现了凤倾月小指的伤。夜雨泽惊了一番，便伸出一双白白嫩嫩的小手，小心地捧起了凤倾月的手。再是嘟着小嘴，对着伤口呼了呼气。

　　"还疼吗？"

　　"不疼了。你看，还能动呢。"

　　见凤倾月动了动小指，夜雨泽才又开心地扑入了她的怀中。

　　"说好了，母妃不准再走了！"

　　"好，都听泽儿的。"

　　她轻抚着泽儿的头，内心满是甜蜜。

　　夜离轩为免世俗诟病，跟泽儿亲近了一番，再交代了凤倾月好生休息，便入了宫去。

　　虽说大殓已然结束，不过棺椁还停放于宫中。夜离轩身为皇子，不去守孝一番实在说不过去。

　　夜雨泽有了凤倾月陪伴，便任夜离轩随便离开了。

　　好不容易才得见凤倾月，他自然舍不得同她分开，一直缠着她到了深夜，才肯回房歇息。

　　凤倾月重回昕雨轩，恍如隔世一般。也不知她不在的这些日子里，玲珑过得怎么样。玲珑一个人孤零零的，也不知受人欺负了没有？

正想着玲珑呢，便见了她站在门外，迎着冷风瑟瑟发抖着。

"夜深露重，怎的还不回去歇息？"

玲珑守在房外许久，终于得见自家主子，激动得险些落下泪来。

"奴婢许久没见到王妃，甚为想念，便请了命来伺候王妃歇息。"

今日凤倾月归来，玲珑就想好好地将自家主子看个够。不过夜雨泽一直缠着凤倾月，玲珑也就没能寻到机会。

凤倾月心下好生感动，作势娇斥了她一句："你这丫头，我不是回来了吗？以后可有的你伺候呢！"

听她这么说，玲珑赶紧接过话头："奴婢愿意伺候王妃一辈子！"

两人边说着话边进了屋，玲珑正去点灯，便听凤倾月在身后说道："谁要你伺候一辈子？我还想为你觅一个如意郎君呢。"

玲珑刚拿出火折子点了烛火，便堪堪映出了她如火的娇颜。

见她是个面皮薄的，凤倾月也就没再逗弄她，柔声问道："这些日子你过得可好？"

"谢王妃关心，奴婢过得很好。"

实则这些日子，玲珑过得实在不好，日夜辗转于病榻之上，痛苦不堪。直到前些日子才养好伤，堪堪能下地走动。

玲珑因何而伤？此事得由凤倾月离开那日说起了。

那日夜离轩刚领军出征了去，一干侍卫就得了皇德妃的指令，来皇子府请夜雨泽。

查到昕雨轩，玲珑却假扮凤倾月待在屋内，将侍卫阻拦在了外头。

玲珑不懂堂堂皇子妃为何要外出避风头，只是一心想着替凤倾月拖延些时间。却没想到这番拖延，将自己给拖累了进去。

众侍卫无可奈何而回，只得另想法子寻人。几日之后，却接到皇子妃是他人假扮的消息，立即得令将玲珑给请了出来。

说是请，实为押，毕竟皇德妃的指令谁人敢拦？

可玲珑又是个不得不救的人。她乃皇子妃唯一的贴身女婢，定是其贴心之人，怎能让她无端没了？

陈东眼睁睁地看着他们抓走了人而不得阻拦，只得赶紧出府去找了常给夜离轩办事的单护卫。

单陌赶到之时，玲珑已是被严刑逼供了一番。他亮出了夜离轩的令牌，便将玲珑带离。

主要是因着针刑棍刑都用了个遍，也没撬开玲珑的嘴，皇德妃手下的暗卫，也就懒得再将人留下折腾了。

当时玲珑身上受的伤，一点儿也不比凤倾月的少。回到皇子府，差点就咽了气。好不容易才被大夫救回了性命。

既是好了，玲珑也不想诉苦一番，让主子白白担心一场。不过她看着凤倾月的伤，却心疼起来了。

主子以前受尽万千宠爱，现下却遭此磨难，如何支撑过来的？玲珑倍感心疼。

可自家主子不说，玲珑也只得装作若无其事，却暗自忧心。

就算让凤倾月解释，她也说不清楚自己是怎么坚持下来的。怕也只得一句感慨：兴许是不到时候，便就这么活过来了。

她同玲珑闲话了几句，便让玲珑伺候着她换了寝衣，再让其回房歇息去了。

她躺到床上，想着自己回到府来，要开始面对后院里的那些个莺莺燕燕，就不免头疼。

以前她容貌无损之时，她们就是好一番争奇斗艳。现下她毁了容貌，只怕她们钩心斗角更甚了。

今日她们看她的眼神，讽刺中带着几分可怜，惊讶中带着几分兴奋。如此矛盾又理所当然，实在让她好生尴尬。

若是以前，她们断然不敢用这种眼神打量于她，她也断然不会被这些眼神干扰了心神。可现下，她却不知该如何应付她们了。她有了自卑，也有了困扰。

她一生的骄傲，好像随着这张脸的残缺，而毁灭了去。

她常怀疑自己，真的有那么好吗？好得让夜离轩肯放弃千娇百媚，钟情于她一个丑妇？

或许楚云辞能帮助她，可她心里又隐约想拒绝了去。她想要的一生一世，应该是交于心，而无关姿色的。

凤倾月正思虑着，被窝里突然钻进了个人来。

夜离轩轻手轻脚的，她连房门声也没能听到，狠狠地被吓了一跳。

他轻轻搂过她，她感受到他熟悉的气息，才安下了心，往他怀里靠了靠。

"还没睡？"

"嗯。"

"有心事？"

没待她回答，夜离轩又接着说道："你要是不喜欢，明日便将她们都打发了去。"

凤倾月一愣，他怎的知道自己在想些什么？她流露出的在意竟是这般明显吗？

得，她突然一念之间想明白了。

夜离轩现下在意的是她，她何必庸人自扰？若真有夜离轩遗弃她的那一日，她未必就不能如满贯一般纵横四海。

"不用，她们还欺负不得我。要是你不喜欢，再多也是无用。要是你喜欢，再少也是枉然。免得我枉做了小人。"

她一番义正词严的抱怨，惹笑了夜离轩，搂着她出声附和着："夫人说得甚为有理。"

凤倾月自然是有理的。

妒妇的名声她倒不惧，反正坊间流言又不是吃人不吐骨头的魔鬼。只不过一女难以嫁二夫，这些姬妾已失了清白，她不想她们一生无所依靠罢了。

当然，她的容忍自然是以她们没触及她的底线为前提。若是有不识趣的，也怪不得她不留余地了。

"夫人既已想通，可否安寝了？"

夜离轩讨好地替她掖了掖被角，又将她搂紧了些。

她慵懒着应了他一声，便蜷缩在他怀里，安睡了去。

国君长逝，满朝文武须得服丧二十七日，不得穿红戴绿。就连平民百姓的日常穿着，都刻意避开了鲜艳的颜色。

先皇生前所用，取了一部分赐予大臣皇子，留作遗念。另一部分，则全部焚毁。

夜离轩得到的，便是先皇甚为喜用的一方砚台。他得到砚台后，立即将书房的砚台换了去。

他每日都会花上好一阵工夫研了墨来，却又不是每日都用。

有时写篇小字，有时画幅山水。也有时候什么都不做，就这么磨好了墨，第二日再倒了去又磨一次。

一番作态，实在让人费解得很。

阮公公将这砚台送给夜离轩之时，突然提到了夜凌昊教他磨墨一事。经阮安一个点醒，他便记起了幼时之事来。

那时他不过三四岁之龄，已然能够识文断字、出口成章了。

当时的父皇还是太子，听太傅夸他聪明伶俐，是个大才之人，高兴非常。回府后便将他带至太子府的书房，将他抱上了书桌。

"来，写个字给孤看看。"

他拿好笔翻了个身跪于桌上，趴在了那宣纸之上，一笔一画都写得谨慎得很。

按着太傅所教，他极其认真地写了个"轩"字，便是他自己的名。

写完后，他自己都满是欣赏。这可算是他写得最好的一回了。

父皇看后，也是大为赞赏。拍了拍他的脑袋，继续说了些话。

具体是些什么话现下也记不清了，隐约记得一句：字写得好算不得什么，墨才是根本。

父皇说完，便教他磨起了墨来。他那时看得认真，却并没学到精髓。看完只觉疲累，想要休息。

父皇问他有何要诀，他实则没什么体会，只是抓住了父皇说出的话，附和着说了"浓淡适中"这四个字。

结果父皇抱起他开怀大笑了一番，赞了他一句："我儿果然乃大才之能。"

那时的他，自然是满心欢喜的。

这等幼年的前尘往事，他现下却记了个清清楚楚，实在有些匪夷所思。原来父皇于他，并不是没有美好回忆的，只是被他不小心丢了罢了。

现在拾了回来，实在感触颇深。

待服丧期过后，便是送葬仪式了。因得山高路长，夜雨泽便得了特令，无须前往。而凤倾月作为王妃，自是算皇亲国戚，须得随送葬队伍同行的。

送葬当日，夜凌昊的棺柩清早就从殡宫抬出来领行于前。光抬棺的大汉就有上百个，更替而行。上千人的送葬队伍浩浩荡荡出了京城，手撒满天黄纸，犹如皑皑白雪铺满了街道。

想不到所谓的山高路远真是山高路远，由渊城到皇陵竟用了整整五日之时！

凤倾月一生只参加了两个帝王的葬礼，却见证了两个极端。

见着西夜为了逝去的帝王消损甚多，她不由得一阵悲哀。相比之下，父皇的离别的确太过寒碜了些。

父皇虽是败了，可她还是觉得他是一代贤君，该被载入史册，名留青史。

可惜胜者为王败者为寇，失败者也许只能得几笔代过罢了。

封墓后，由大学士三跪九叩后题写了牌位，封入锦盒里由新皇带回。

凤倾月见此场景，这才忆起来父皇连个牌位都没有，心里更是一番唏嘘哀叹。

这来来回回十几日，凤倾月也就是陪着走了个过场。除了勾起了父皇离去之时的伤痛，再无其他感受。

毕竟她与西夜国君没有血脉相连的亲情，淡漠了些也是正常。

回了王府，凤倾月向府中嬷嬷打听到了渊城有名的寺庙，便跟夜离轩请了命，要去来音寺一遭。

夜离轩本欲随她走上一遭，却被她拒绝了。只好另遣了几个丫鬟侍卫随她一同出府。

凤倾月此去来音寺，是想给自个儿的父皇求个牌位供奉。由夜离轩同路而行，总感觉有些不合宜，便婉拒了他。

夜离轩以为她是为他做出的那件混账事而前去寺庙告罪，也就没再多问。

因得朝廷没有颁布凤央降国的消息，城与城之间的口头消息散播得也就缓慢。夜离轩到裴城的时候，西夜内部还没有凤央降国的消息。

直到那日同房后，夜离轩才从凤倾月处晓得她失了父皇。他顿时惊讶得直道歉，倒是让凤倾月反应不过来了。

后来才知道有不得同房一说，所谓不知者无罪，父皇该是会原谅她的。

至此，两人虽有同榻而眠的时候，但夜离轩很恪守礼仪，没再碰过她。

不过凤倾月不甚将此事放在心上，却不知夜离轩耿耿于怀着。

到了来音寺，凤倾月先拜了菩萨添了香油，这才请见于慧远大师。

听说这个慧远大师，是渊城乃至西夜有名的得道高僧。夜墨澜本想让他主持送葬之礼的，不过因他年老力衰，无力支撑走完漫漫长路，才另选了其他法僧。

能得这样佛缘深厚者一诵佛经，想必黄泉之路也要蓬勃顺坦一些。

"慧远大师不见外人。"那小和尚瞥了凤倾月一眼，便声音朗朗地拒绝了她。

这小和尚话说得奇妙。不见外人？便是说有些人是可以请见的了。那什么人才不算是外人呢？

"小师父能不能跟我说说，要怎样才能得见慧远大师呢？"

听她好声好气一番询问，那小和尚再抬眼看了看她。琢磨了一会儿，便一本正经道："我看你与佛有缘，便下山给我买串糖葫芦我便告诉你吧。"

见他装作得道高僧，这般正气凛然地跟她要糖葫芦，凤倾月不禁哑然失笑。果然是个小孩子，可爱天真得紧。

一旁的玲珑也是被这小和尚逗乐了，拿出了一粒碎银来。

"我家主子有要紧的事求见慧远大师，糖葫芦是没有，这银子你要不要？可是够买好几十串糖葫芦了。"

他摇摇头，又很正经地说道："出家人不得有贪欲。"

顿了一顿，又接过了自己的话："不过你可以给我换成糖葫芦，阿弥陀佛。"

这次连几个严肃的侍卫也被他逗笑了。这银子算贪，拿银子买来的糖葫芦就不算贪了？这是什么道理？

"闫斌，你下山去买串糖葫芦与他。"

"是！"

闫斌刚巧离开，凤倾月便听远处传来一声熟悉的叫唤："倾月。"

凤倾月循声望去，竟是许久未见的钱满贯在前方笑看着她。

她以轻纱遮面挡了容貌，钱满贯是因见了玲珑，才认出了她来。

今儿个的钱满贯，少了那一身张扬的鲜艳，浑身透着一股子淡雅娴静的气质，端庄得好像变了个人似的。

她姗姗而来，走近后又赔罪道："现下理应尊称一声贤王妃才是，民女一时口快，望王妃莫要怪罪！"

她这般作态，才叫人怪罪生气呢！

"怎的，只不过半年不见就同我生分了去？早知如此，方才就莫要出声招呼了我才好！"

凤倾月假意置气斥了她一句，她忙屈身作礼道："民女惶恐！"

见她还故意嬉闹，凤倾月甚是无奈："你再说这些讨人厌的话来，我可就不搭理你了。"

"许久没见你了，可不把我吓一跳嘛？"

听她还说些戏话，凤倾月娇嗔地瞪了她一眼，令她调皮地眨了眨眼睛。

"好倾月，你再这样瞪着我，可就真把我吓回家了。"

钱满贯可怜兮兮地诉了声苦，惹笑了凤倾月，她转而问道："今日怎的到来音寺里转悠来了？"

"你倒是先问起我来了，以你的性子静得下心礼佛才叫人奇怪呢。"

钱满贯被凤倾月说得俏脸一红，羞道："难得来几回，倒是让你看笑话了。"

"还真难为情了？谁让你方才逗我来着，不闹你一闹我怎能甘心？"

凤倾月一番调笑，惹得钱满贯抱怨开了："你这么一本正经的人，现也知道逗趣人了。本来就难占你嘴上便宜，现在更叫我无奈得很了。"

凤倾月被钱满贯逗得笑了，面纱下的凤眼像水汪汪的月儿一般，实在好看得紧。

"女施主原来与满贯姐熟识呀。你不是想见慧远大师吗？叫满贯姐带了你去便是。既是熟识，随便意思意思也就行了。"

那要糖葫芦的小和尚突然打断两人，给凤倾月出了个主意。

钱满贯一拍小和尚的脑袋，怒气冲冲道："臭小子，说什么胡话呢！"

满贯这番动作，才有了以前的样子。

她文静着虽也好看，不过这个风风火火的性子更是让人适应喜欢。

小和尚龇牙咧嘴地揉了揉脑袋，又说道："谁不知道满贯姐你是个贪财鬼，花不起大价钱谁请得动你？"

凤倾月可算明白过来了，这小和尚原是想她花钱请了满贯，带她去拜见慧远大师。

满贯同慧远大师有什么联系，可以轻易见得？

钱满贯一听小和尚的话，顿时火冒三丈："君子爱财取之有道，你懂不懂？"

小和尚满是不信地看着钱满贯，心想着她是女子，自然这么说了。还取之有道呢，哪件事不是钻钱眼里的模样？

"算了，懒得跟你个小娃计较。"

满贯又拍了一下他的脑袋，回头问凤倾月："倾月，你找慧远大师有事？"

"确有一事相求。"

"怎的不去他的院外求见呢？"

凤倾月看着那可爱的小和尚，莞尔笑道："这不是给小师父买糖葫芦去了吗？"

满贯跟这小和尚很熟稔，瞬间就明白了过来："你也是巧，碰到他这么个小滑头。他名叫智明，就是个六根不净的浑小子。小小年纪不学好，竟晓得收受贿赂了。"

她说完又作势要拍智明的脑袋，他却学聪明了，捂住脑袋顶撞着她："我还不是跟满贯姐你学的？不是你说的付出总有回报吗？我给她出法子，她给我买糖葫芦，不是很公平吗？"

满贯拍不到他的脑袋，便狠狠地弹了一下他的额头。

"嘿！你这浑小子，我是这样教你的吗？再说了，你跟我是一类人吗？我心里坐的是财神，你心里坐的可是佛祖，能一样吗？"

智明顾不得额头疼痛，双手合十闭上了双眼，虔诚道："佛说，万法归一。阿弥陀佛。"

若不是前面一阵闹剧，还真会以为他是个小高僧呢。

他每每顶撞一句，皆让满贯好一阵气结："好你个小滑头，佛经尽让你拿来做歪理用了。我这便跟慧远大师说，让他将你逐出佛门去。"

智明瞥过钱满贯一眼，一脸的无所谓："我才不信呢，你都说了好多次了。我都不好意思着你！"

钱满贯被他这么一闹，顿时脸色涨得通红。

被一个半大的孩子憋得说不出话来，她在心中直叫嚣丢脸得很！这么大个人，竟还说不过一个八岁的娃娃！当真是不要活了。

"你给我等着，我现在就去！"

钱满贯生意上的事有条有理，却也不失活泼天性，像个孩子似的可爱。

凤倾月看着他们拌嘴斗气，实在好笑得很。连日来的疲惫心累好似都一扫而空了去。

"倾月，怎么你也笑话我？"

钱满贯一腔火气无处发，看着智明的木鱼脑袋就敲了上去。

"哪能笑你呢？是这小师父惹人欢喜得很。"

小孩子都是这么惹人喜欢吗？泽儿也是，智明也是，有个小孩子时时逗趣也是不错呢。

"罢了,就我嘴笨,说不过你们。我带你去见慧远大师去。"

若钱满贯这张说服了千万生意的嘴都算笨的话,这世上可实在找不出几个利索的人来了。

她挽过凤倾月,没再搭理智明,智明却自个儿跟了上来。

自己的糖葫芦还没着落呢,怎么能将几人放跑了?

钱满贯故意挽的凤倾月的左手,见她小指上的伤痕,便知市井流言都是真的了。也不知她的脸伤得怎样,还能否复原。

"对了,我这有一批雪花玉露膏,说是有使肌肤光滑的效用。什么时候我送了来给你试试,你要是用得好,就帮我介绍给宫里那些娘娘,让我把这玩意销进宫里去。"

钱满贯所谓的一批实则只有几盒,只是想拿了给凤倾月去疤而已。不过凤倾月不说,她自是不会问了她伤怎么来的。

"好。"

凤倾月难以说出感谢的话来,只得淡淡地回应了一个字。

满贯无缘无故送她药膏,她自然明白满贯的用意。一切尽在不言中。

第四十三章
托付

因得僧人们都认识钱满贯，是以凤倾月几人跟着她一路畅行无阻，到了来音寺的后院。

慧远大师的小院门外，另有两个武僧看守。钱满贯虽是常客，不过带他人入内，还是得通传一番的。

待那武僧传了话，许了钱满贯带一人进去，免得扰了大师清宁。

凤倾月本就想私下操办此事，自然没有异议，便同满贯一起入了屋去。

"这便是慧远大师。"

"见过大师。"

连皇上都要礼待的人，凤倾月自是不能怠慢。对着他行了个福礼，打量了他一番。

这大师的模样倒是跟她想象的一般无二，花白长须，面容枯槁。定坐在蒲团上，半点儿不动。

她不明白了，这些僧人每日诵经礼佛就能填饱肚子吗？怎的每时每刻都在打坐入定呢？

"大师，这位是满贯的知己好友，也是贤王妃。此次前来，是想大师帮个小忙。"

钱满贯并不知凤倾月所为何事，不过凤倾月有权有势，自然不可能找慧远帮她做力所不及之事的。

慧远双目顿睁，炯炯有神，整个人看起来都精神了几分。

"不知老衲有何事帮得上施主？"

他的声音干涩沙哑，好似撕扯一般，乍听起来让人有些难受。

"今日前来，是想请求大师诵一篇《往生经》为父超度，再提个牌位回府供奉。"

"不知牌位上要写些什么？"听他这么一问，凤倾月便愣了。家国已亡，她也不知该写些什么才好。一阵迷茫后，总算有了个决定。

"便题个'父'字吧。"

慧远一听凤倾月这么说，意味深长地看了她一眼，点头说道："'父'，是个好字。"

说完，便又闭眼入定了。

他敲着木鱼，口中不停吐出生涩莫名的字眼，令人半点也难听懂。

他应当在念经吧？凤倾月心中想着，没敢出声询问打扰了他。

钱满贯悄声将凤倾月拉至一旁，示意她坐在大师身边的蒲团上。既是超度亡父，也该聊表一下自己的一番心意才是。

凤倾月不会念经，只得学着慧远大师的模样，双手合十闭眼而坐，听他诵经。

钱满贯到另一个蒲团坐下，等着慧远诵完经书。

过了多时，慧远才睁开眼，问凤倾月："可有带了神牌前来？"

凤倾月被问及，有些发蒙。慧远见她如此，便知她没带东西了。

好在寺里常有帮人立牌之事，慧远便起身从房内取了一块红漆牌位来。

他看着骨瘦如柴虚弱无力，手上却有劲得很。手拿雕刀几个翻转之间，一个"父"字便已成形。

他将牌位放置在桌上，找了张黑布遮掩了去。

"施主可还有其他的事？"

听他询问，凤倾月再一福礼，摇头谢道："已是妥善了，有劳大师了。"

"不过举手之劳罢了。老衲倒也有一事相求钱施主，不知可否？"

钱满贯顿时疑惑了，怎么无端提到自己来了呢？

"大师有话不妨直说。"

慧远想说的也不是什么隐秘之事，便当着凤倾月的面开了口。

"老衲想将智明交托于你，不知你意下如何？"

听他如此说来，钱满贯惊惑更甚。

慧远大师收的佛门弟子仅有九人，智明虽是其中年龄最小的，却悟性极高。他只有几个月大便被慧远捡回，整日受着佛学熏陶。如今好好地过了近八个年头，怎的会突然想到将他交托给自己呢？

"他悟道悟得好好的，大师怎会有如此想法？他虽是借口诸多，不过他的确是个独具慧根之人。怎能让他跟着我这样的庸俗之人呢？"

钱满贯虽是嘴上说着要让慧远大师将智明打发了去，现下却帮他说起好话来了。

"钱施主自谦了。钱施主乃是世间少有的明白人，老衲都佩服得很。"

"我也就是个见利起早、投机取巧的商人。大师这么说实在是谬赞我了。"

对钱满贯这番话，慧远但笑不语。若她真是个见利起意的奸诈商人，也不会几年如一日地与佛门广结善缘了。

她借着佛门名义普度了万千众生，实乃大仁大义之人。这样的为善而不欲人知者，怎能算是庸俗之辈呢？

"他悟性极佳，却与佛门无缘。既然他贪恋尘世，也只能得其所愿矣。"

智明还小，自然是贪吃好耍的。就这么个半大点的孩子，哪有什么贪恋红尘一说？

钱满贯想劝上一劝，慧远又说道："心之所求，才应是归处。若满贯施主不能成全了他，老衲也不强求。"

钱满贯看他铁了心，无奈没了法子，便答应了他。

还说不强求，这不明摆着强求于她吗？这小不点儿也算是她看着长大的，让她怎能不看顾好他？

"老衲就在此谢过施主了。"

慧远正要躬身作谢，就被钱满贯扶了回去。

"大师可别折杀了我，我既然答应了，自然会照顾好他。不知大师打算什么时候让他跟我走呢？"

慧远瞬时就拿了主意："就今天吧。"

这出家人果然无欲无求。将人养了八年，却没存半点感情，说将人送走就送走，一丁点的留恋道别也无。

这下可是难为钱满贯了，万一智明泪眼蒙眬地跟她说着不走，她还真拿他半点没辙。

要她如何说呢？真是让人伤神得很。

凤倾月用黑布装好了牌位，便与满贯作别了慧远，离开了。

两人出来之时，闫斌已是买好了糖葫芦至后院。此时的智明正两手拿满了糖葫芦，吃得不亦乐乎。

满贯也不知怎么对他开口，只得做出平常的样子，大声对他吼道："你这小浑蛋，整日只晓得吃。你师父养不活你，现下将你卖给我了。"

智明被钱满贯说得一愣，手中的糖葫芦都掉在了地上。

他回过神来，冲着钱满贯喊道："你莫要诓我，我才不信你会做这等赔本买卖！"

"嘿，你这臭小子！我是要你到我府上去洗衣擦地的，你当我白养你啊！"

智明知晓钱满贯没有虐待他的意思，却明白过来她说的离开是真的了。

眼中含泪，忙跌跌撞撞地冲进了屋里。

智明蹿进屋内，跪在垂垂老矣的慧远跟前，哽咽问道："师父，你真要把徒儿送走吗？"

"怎的？不想去？"

慧远是明了这个徒儿的。他年龄虽小，心智却很老成，怕是比他那几个年长的师兄还有想法。

"想，不过又有点舍不得。"

他老早就想出去见识一番了，只苦于没有机会。不过师父现下让他离开，这心里头又有些失落之感。

"既是无缘，就莫要强求，去吧。"

慧远说完，闭眼入定了。

"师父这话说得错了。相遇即是缘，我与师父缘在心中，永难相忘。"

智明朝他磕了几个响头，便向外行去。

慧远睁开了眼看着智明的小小身子出了房门，又在他回身关门的时候闭上了双眼。

他果然资质极佳。不过礼佛之人，多是苦修于行，怎留得住他那颗向往于外的心？

智明活蹦乱跳地出了院，半点没哭鼻子，让钱满贯好一番惊奇。

"有结果了？"

"嗯，我日后会乖乖跟着满贯姐的。"

智明出来就跟变了个人似的，对着钱满贯满面含笑，比之以前客气了许多。

"少对着我假情假意的，我还不知道你这小滑头的心思。任你扮相再乖，回去了也得老老实实给我做事去。"

智明被她看出了心思，尴尬地挠了挠脑袋，嘿嘿干笑了两声。

原来此般乖巧，只是人在屋檐下不得不低头啊。

"快收拾了行李，我们下山去。"

"没有行李。"

反正也讨不得好了，自然要吃她的用她的。谁不知道钱家富得流油，还能被他吃穷了去？

"好你个小光头，现在就晓得剥削起我来了。得得得，我们下山买去。"

"还有我的糖葫芦，你刚刚给我吓没了，也得买了还我。"

智明一开口，又惹笑了周遭的一群人。

听着他人的笑声，钱满贯实在尴尬，连连应好。

看着智明颐指气使的模样，钱满贯直恨得咬牙切齿。越看越是觉得，智明这臭小子是块经商的材料。

佛祖怎容得下这般心机深沉的信徒！她实乃为佛分忧，为佛分忧。

钱满贯心头如此安慰着自己，又是恼恨得很。她怎么就被个小孩牵着鼻子走？实在太为蠢笨！

凤倾月见着钱满贯，便想到了那掳劫她的人。心中虽有好奇，却一直没有机会相问，只得一同下山后分别了去。

凤倾月回到府里，便叫玲珑将牌位供在了观音玉像的旁边。正巧上了炷香，就来人请了她用膳去。

　　她至膳厅，便见楚云辞拿着个会叫唤的古怪玩意逗弄着夜雨泽。见她来了，他才将手里的东西给了夜雨泽，向她行了一礼。

　　"王妃有礼了。"

　　"楚公子无须多礼，还是像以前那般叫我嫂嫂便是。还得多亏你的关照，才让我得偿所愿。"

　　若不是他让欧阳冥带自己回凤央去，她便无法得见父皇最后一面，如此定会让自己后悔终生。

　　"可莫要这么说，我可算把自己好一番怪罪了。夜离轩现将你的伤怪在了我的头上，治不好你我也甭想好好过日子了。"

　　"哼！难不成不是你的错？"

　　凤倾月身后突然传出一声冷哼，正是夜离轩回了府来。

　　楚云辞一番闲话被他抓了个正着，赶紧讨好卖乖。

　　"是我的错，是我的错！我这不是赔礼道歉来了吗？你不是刚被宫中来人叫走吗？怎的又回来了？"

　　夜离轩冷眼打量着楚云辞，冷声回道："少拿了些东西，便回府来取。哪知路过听到有人满是抱怨，自然过来看看此人有何不满。"

　　楚云辞被他看得心里发虚，忙转移了话题："哪有说什么抱怨呢？公事要紧，快取了东西进宫吧。"

　　夜离轩收回了视线，柔情款款地看向了凤倾月："我入宫去了。"

　　"夫君慢走。"

　　郎有情妾有意，看得楚云辞心里直点头。还是没有后悔让两人历经了一番别离。

　　不过楚云辞对凤倾月也很愧疚。毕竟花容月貌变得面目可憎，谁能接受得了？

　　要不是他随随便便让凤倾月离去，她也不至于吃下这样的苦头。

　　好在这祛疤不是什么难事，不然她就这么毁了容貌，他也实在难以心安。

夜离轩离开后，楚云辞便对凤倾月唤道："你先坐过来，让我看看你的小指。"

他刚刚瞥了一眼她的脸，就知她脸上的疤好治得很了。就这么两道细疤，自然是难不了他的。就是不知道夜离轩说的小指伤势如何，有无治愈的可能。

凤倾月将手放在桌上，楚云辞一看这手，便知坏事了。缝合得如此粗劣，那大夫技艺实在是差到家了。庸医！实在是庸医！

若不是夜离轩以内劲助了她小指气血回流，这手指也就废了。

那老毒妇也是个蛇蝎心肠，用刑的手法这么刁钻。好在手指没完全切断，才幸得留存。

不过这般缝合的手法，这小指也就不能恢复成纤纤玉指了。也只能将就看着，这么一坨坨凸起的小肉粒在缝合处了。

不然还能怎么办？难不成让他再把她手指切了缝合一回？她若是不怕疼倒可以一试。不过想想夜离轩，楚云辞觉得还是算了。

"这手指是恢复不得原来那般好看了，不过你这张脸，保管绝无瑕疵。"

得到楚云辞的保证，凤倾月一番感激于心。

"便有劳楚公子了。"

"这么说可就见外了，毕竟你的伤我也有些责任。若是治不好你，我心里也是愧疚得很。"

夜雨泽将手中的玩意翻来覆去地玩得没意思了，便站在一旁听两人说话。

听到楚云辞这么一说，便瞪着一双大眼，指着他怒斥道："原来母妃的脸是楚叔弄的！楚叔你个坏人，等父王回来我叫他打你板子！"

夜雨泽一番厉声呵斥，实在乐坏了两人。凤倾月好些解释，才让夜雨泽明白了过来。

夜雨泽用膳之时顾及着凤倾月的手伤了，笨手笨脚地帮她夹了一大堆他自个儿喜欢吃的菜。

凤倾月虽说是左手伤着了，碍不得事，可被他一番照顾，心里也是好生感动。

用膳的时候，凤倾月才听楚云辞说了夜离轩请他出山一事。

原来夜离轩不是嘴上说说而已，百忙之中也将此事放在了心上。凤倾月不由得暗喜于心。

只是夜离轩这哪算是请？明明就是威逼。

可夜离轩就算霸道得很，楚云辞也是赶着马都想被他威逼一次。谁让他手里攥着仇千离的消息呢？

不过就算夜离轩没有仇千离的消息，楚云辞也是会来的。毕竟凤倾月之伤跟他有些干系，他于心难安。

府里的姬妾听说王爷请了楚云辞来，很是嫉恨。府中只有个毁了容的王妃，再无其他犯病的。除了治她还能治谁？

谁都知道楚云辞是神医，有着叫人起死回生的大能。现下却被王爷大材小用，叫了来治凤倾月这么丁点儿的小伤，实在是用心良苦。

众姬妾心里都不明白了，王爷心里放不下虞婉婷，怎还有她凤倾月这么个丑妇的一席之地呢？

难不成是夜雨泽的缘故？这么多年来，夜雨泽确实只跟凤倾月一人亲近。难道王爷只是爱屋及乌而已？

看来想要得到王爷的心，还得从夜雨泽方面下手。

只不过夜雨泽从不亲近她们，又当如何着手呢？当真有些难解。

凤倾月被楚云辞治疗了十多天，脸上的疤痕淡了许多。楚云辞留了一盒药膏和一串浸了药的香珠，便赶着去寻仇千离了。

药膏是留给凤倾月擦伤口的，香珠则是送给夜雨泽养护身子的。

再过几日，便是夜雨泽的生辰了。

众姬妾也是趁此机会，置办了许多稀奇玩意，准备送给夜雨泽。

因着夜雨泽向来不亲近她们，往年他的生辰，她们只会随意送些东西，倒不似今年这么用心过。

凤倾月自然记得泽儿的生辰，早做了准备。不过夜离轩下令说今次在府里操办，让凤倾月很疑惑。

听泽儿说夜离轩每次都要带他去个地方，现下怎的不去了呢？她心里像猫抓似的，好奇得很。每每想问他一问，话到嘴边又收了回去。

他若是想说，自然会告诉她。

夜离轩见她总是将言不言的模样，便在夜里同眠之时问及了此事。

"没什么要紧的事，只是有些奇怪今次怎不带泽儿出府？"

夜离轩既是问了出来，凤倾月也不想把疑问憋在心里。想了一想，还是问了出来。

夫妻之间本就应该坦诚相对，若是夜离轩不想说，便是他对她不够用心罢了。

"原来你一直苦闷于此事。以后想知道什么，问我便是，别再自个儿闷着。"

夜离轩将她搂在怀里，轻声道来，同她说了一番前因后果。

在虞婉婷逝世之时，夜离轩便答应了她让泽儿替她拜祭虞家一事。不过正经的忌日，自然是不能去的，只能在泽儿的生辰，带泽儿去荒野之地行上一遭。

说是拜祭，却不是正经八百的拜祭。只是将泽儿带去那片弃尸之地的远处缅怀一番，又将泽儿带回来罢了。

因虞婉婷死得蹊跷，又得隐瞒泽儿真正的生辰，夜离轩便对外称她难产而死。所以泽儿的生辰，也就是虞婉婷的死期。

在泽儿的生辰之日，夜离轩便会在后院那片桃花林烧黄纸拜祭一番。也算是借着机会，将虞家一并拜祭了。

他也答应过为虞家翻案，不过因得先皇发现了他的意图，便不了了之了。

泽儿年岁渐大，他不想上一代的恩恩怨怨负累了泽儿一生，便不准备将这些事让泽儿知晓了去，所以才取消了带泽儿出行一事。

不过他心里对虞婉婷是很歉疚的。毕竟他曾亲口承诺，现下却没能做到，实在让人唏嘘不已。他也曾说今生只会爱上她虞婉婷一个，心里却又住进了另一人来。不知婉婷会如何怪罪他？

他也说不清楚自己对凤倾月的感觉。看着她受伤躺在病床之上，竟是比失去婉婷还要心痛几分。他是真的害怕她就这般悄然而去，心里百般恐惧痛苦，这是他以前从未尝过的滋味。

她确实是值得他人牵挂的一个人，才貌双全，色艺双绝，让人挑不出半分说头。她对泽儿的用心真诚，世间也是少有几人能做到的。

她不是个没有心机的人，却理直气壮地敢把心机亮在明面上来，让人不由得喜欢。

而婉婷……她确实是个温柔之人。

女子柔如水，说的便是她这样的女子吧。一颦一笑，一言一行，都带着一股子文静娴雅的美感。

秉着女子无才便是德的思想，虞婉婷对各种才艺都会上一些，却又不甚出众。这般温柔体贴的女子，也是男子心目中的好人选。只不过这样的人太多，虽是为妻之选，却不足以让人狂烈追逐。

虞婉婷做过最大胆的事，便是在去净月庵的途中，救下了遍体鳞伤的夜离轩吧。

从此夜离轩感激于她，追逐于她，视为理所当然。他从没想过自己真正追求的什么，直到遇见凤倾月。

她的倔强中把握着适当的柔弱，她的胆大中又带着几分心细。她有手段心机，也有纯善之时。她多变，却又让人觉得理应如此。

总而言之，夜离轩的心不知不觉地被她拴住了，却现下才明白过来。

只是夜离轩这人，说不出那些满是柔情的话来。只得霸道地将她锁在怀里，宣示着自己的主权。

借着透进窗内的柔柔月光，夜离轩一吻印在凤倾月的额上。看着她酣然入睡的娇颜，不由得扯出一抹微笑。

她这般冷静而又淡雅的人，若是知道他有意将泽儿立为世子，不知介意与否。

他以为，以她的性子应是不会介意的。不过他也不甚肯定，毕竟触及自个儿的利益，谁又能毫不在意呢？

泽儿无所依靠，在这王府里必须得有个名分才能有他的一席之地。否则夜离轩实在愧对于九泉之下的虞婉婷。

他的手从凤倾月的发丝上轻抚而过，心头有些无奈。

只望她能明白自己的心意才是……

第四十四章
立世子

过了几日，贤王府里热闹了起来。

夜雨泽房里堆了好些稀奇玩意，可把他给高兴坏了。

有玉制的九连环，还有金线编织而成的小球。不过其中最为惹他欢喜的，却是贺兰雪找来的大绯胸鹦鹉。

若不是贺兰雪送了这讨喜的鹦鹉前来，府里的人都快要将她遗忘了去。

她送的这只鹦鹉颇通人性，会说几句吉祥的话。

听她说只要用心教导一番，这只鹦鹉还可以说出其他的话来。夜雨泽一闲下来就要教那鹦鹉说话。

因得贺兰雪懂得许多教导鹦鹉之法，夜雨泽便与她亲近了许多。而夜离轩时常去看夜雨泽，贺兰雪也就有了与夜离轩相处的机会，惹得那些个姬妾吃醋得很。

大家都想看看王妃能拿出什么样的好东西，来夺了贺兰雪的风头。可惜凤倾月让众人失望了，她送的东西没能大放异彩。

众人都觉得，简直比她们的都不如！就那么不甚贵重的几本书，怎么能讨得了夜雨泽的欢心？

看来王妃的心机也不过尔耳，起初送了好东西拉近了关系，现下就不怎么注重了。哼，现下被人抢了风头也是活该！

凤倾月送的一箱书，是从自己的嫁妆里头翻找出来和后头搜罗而来的。其中不乏珍本杂记，倒没她们觉得那般不值一钱，实是礼物之中最为贵重的。

不过她们觉得小孩子自是喜欢稀奇玩意的，哪静得下心看书呢？是以她们并不看好凤倾月这份厚礼。她们却不明白，书中自有黄金屋。

夜雨泽拿到书很是爱不释手，每天都要翻看一两页才肯罢休。他识字虽然不多，不过一些简单的故事还是看得懂的。凤倾月刻意把简单易懂的书分了类别，才赠给了他。

众姬妾听说夜雨泽喜爱读书了，很是惊奇。那书里有些什么东西，竟让个半大的孩子看得如此入迷？

凤倾月送的是一些关于奇闻杂记的书。

因着夜雨泽以前最喜听她讲这些故事，她便想借着他的兴趣，令他博闻强识。

凤倾月送到了点子上，众姬妾心里才觉得：原来王妃手法如此高明。

实乃一举两得，不仅送的东西讨了夜雨泽的欢心，而夜离轩也定会赞赏一番王妃的贤德。

借着夜雨泽的生辰，府里的姬妾都争奇斗艳了一番。

先皇孝期未过，她们倒是没敢穿红戴绿的。不过头饰或耳坠都是精挑细选了好一阵工夫，务必做到精益求精。

好不容易才有一次跟夜离轩一同用膳的机会，自然得好生打扮一番，让夜离轩眼前一亮。

好不容易才赶上这么些人聚在一起，夜离轩见人都坐齐了，便起身说了件震惊众人的大事。

"趁着泽儿生辰，府里的人都在场，本王便借机宣布件事。本王将立长子夜雨泽为世子，作为王府的继承人。"

众姬妾想过夜雨泽会成为世子，却没想过王爷这么快就拿了主意。夜雨泽还未长大，王妃还未生子，就把夜雨泽的名分定下了。

众人惊讶之余不由得心里嘲笑了凤倾月一番。就算她是王妃又能怎样？还不是被个死了的人压着一头。嫡子未生，世子便立，可不是不得王爷的心吗？！

凤倾月听了也是愣了愣神，转而恢复了常态。心里却千回百转，有些生气。

世子之位，要么立嫡，要么立长。夜离轩立长子为世子，她并无异议。可她气的是，他没跟她打过半分商量，就定下了此事。

她这个王妃，形如空壳。

凤倾月自小生存于宫廷，自然知道这世子之位代表着什么。

以夜雨泽的身份，做这世子自然毫无不妥。

她想，或许是因为她曾是敌国公主，也或许是怕她争名夺利，夜离轩才有了她日后生下嫡子的顾虑。

可他理应知会她的时候，却选择先行瞒住了她，就今日宣布了决定。这不禁让她有些心寒。

他不可能是一时兴起，而是早有打算了。他不说与她听，怕的是什么？难不成还怕她不乐意？他乃一家之主，还怕自己不同意吗？

众姬妾祝贺之词，凤倾月也听不进了。只是勉力对着泽儿一笑，道了声贺："母妃也要恭喜泽儿了，在今日讨了你父王大大的赏赐。"

夜雨泽还不知道这小世子是个多么威风的名号，只是看着众人连连道贺，便觉不错。十分欢乐地谢了夜离轩，眼睛笑得跟月牙儿似的。

凤倾月虽然表面不显，夜离轩因着关注她，却发现她好似有些郁郁。她心里头果然有些介意吗？毕竟与自己有着冲突，还是无法做到全然不介意的吧？

凤倾月自然没心思去体会夜离轩现下是个什么心思，只是关注着眼前色香俱全的菜品，来转移自己的失落。

他或许是将她放了心上的，却不是他说的那般重要。他对她心有怀疑，两人又如何能坦诚以对？

凤倾月看着笑眼弯弯的泽儿，没再过多纠结。泽儿做上世子，她本来就没有异议，何必惹得自己烦闷呢？

众姬妾看着凤倾月半点不显不满，还对着夜雨泽欢喜得很，不免心里一阵疑惑。

难道王妃是知晓此事的？定世子之位确实应该王爷和王妃商议一番，王妃该是同意了的。怪不得王妃讨王爷喜欢了，事事都顺着王爷的心思来，自然能讨欢心了。

有的人这么想，有的人却不这么想。王妃这般不显山露水的，定然是个心机深沉的。这府里日后安不安生，还得往以后看去。

凤倾月才懒得管她们心里作何想法，陪着夜雨泽过完了生辰，便要回昕雨轩去。

不过膳后安排了戏班子于府里唱戏，凤倾月就被众人劝阻着一起看戏。

凤倾月已是兴致缺缺，却又不想她们妄加猜测，只得装作开心地陪着众人乐和。

结果夜离轩被传召入宫，主角没了，倒成了她们兴致缺缺了。

只得凤倾月和夜雨泽看入神了去，好生乐和了一番。

原来近日夜离轩连连进宫，便是为了立夜雨泽为世子之事。

毕竟立世子乃王府中的大事，自然得上报朝廷的。

夜墨澜虽给了他一纸文书，心里却替凤倾月不值得很。

这种人有什么好的？捧着明珠不要，非得惦记个死人。嫡子未生，竟要立个妾的儿子为世子，还嫌少了名分，要将那死人晋位为侧妃！

别人家的家事，也轮不到夜墨澜来干涉。偏偏他自个儿明晓得与他无关，文书也是他亲自批下的，却还是生气得很。也不知凤倾月知晓此事后是何想法。

凤倾月能有什么想法？自然是无喜也无悲，由得夜离轩怎么做。

可她这心里始终觉得不大舒坦，有什么东西堵着似的，闷气得很。

她不知道自己会不会生下嫡子来，也不清楚生下嫡子后，自己的儿子又该如何于府中自处。不过她这心里，着实是不介意泽儿被立为世子的。

泽儿没有娘亲，自然不会有那些争宠的戏码上演。但夜离轩不问一句就自个儿拿了主意，实在让她的心里不甚爽快，久久不能平。

她不想表现了出来，只得闷在心里，无声隔绝着他，为难着自己。

夜里夜离轩抱着她入睡，她却假意熟睡后不着痕迹地翻了个身，从夜离轩怀里挣脱了出来。

她难以承受他的温情，陷得越深，怕只是让自己摔得更痛。

夜离轩不知道她心里究竟是怎么想的，只觉得她终究还是介意了。

同眠了这么久，他怎会不知她夜里向来没有侧身入睡的习惯？果然，事关自身利益之时，还是没人能做到无动于衷。

夜离轩想让凤倾月平静一番，便没再留宿于昕雨轩。一时间两人好像陷入了冷战之中。

他偶有一句嘘寒问暖，她作礼称谢。偶尔在夜雨泽处相遇，两人也是走不到一块儿去。她对他的态度说不上冷淡，却也说不上热情。

两人好似回到了最初的时候，互不干涉，各自过活。

凤倾月本是气过就好了，夜离轩却对她冷淡了去，她自然也就与他疏远了。

兴许夜离轩看出了她心有不满吧。他以为冷淡了她，她就会不顾一切地追逐上去，唯命是从吗？

他没能尊重于她这个王妃，没将她放在心上，难道她应该大方吗？

凤倾月心头有些黯然。原来他对她的承诺心疼，也不过尔尔。

夜离轩也不明白凤倾月是怎么回事，明明与泽儿还是一如既往亲密，怎的对他就有些疏远了呢？难道有什么地方是他没注意到，而她又很介意的？

两个人就这样你不言我不语地过了些日子。凤倾月始终持着一副你不搭理我，我也不在意你的态度。

凤倾月既已不在乎，也就随意了许多。整日自顾自地，半点不在意夜离轩有何看法。反正他也不理她的想法，自己何必自作多情一番。

她作为王妃，本就应当操持府中事宜。不过她怕夜离轩会以为她另有所图，便不愿意从陈东那里接过管家权。

以她的身家，便是她不争不抢，也足够她过上好几辈子了。没必要一番明争暗斗，叫夜离轩看轻了她。

待凤倾月脸上的伤疤好了，她更是没了顾忌。好生装点一番，便出府找钱满贯去。

凤倾月惦记着钱满贯送她的雪花玉露膏，便吩咐玲珑从嫁妆里找了一尊雪玉观音像，打算送给她。

虽说满贯叫人送来的雪花玉露膏，她一直没机会用。不过满贯若知道了她伤势大好，定然比她自个儿还要高兴。

今日出来得巧，苏子逸也跟一干学子相聚在了金玉满堂共赏诗词。因他们人多，一群人便聚在大堂议论纷纷。

凤倾月走近便听到一阵喝彩之声，原是苏子逸为一幅《踏雪寻梅图》作了首好诗。

一见凤倾月，苏子逸眼神中顿时有了神采。忙向着旁人摆手，说了句话，绝了他们的称赞之声。

"你们莫要称赞于我了，今日运气正好，撞上了一位大大的才女。若是她愿作诗一首，定得将我比下去。"

苏子逸并没有道出她的王妃身份，毕竟以王妃之尊，少有出现于市井之间。他也不能确定凤倾月是否愿意让他人知晓她的身份。

苏子逸瞬间将人群的目光转移到了凤倾月的身上，惹得她好一阵娇羞尴尬。

她以前虽常与苏子逸讨论诗词，共赏诗文，这次却推辞于他。

"苏公子谬赞了。我不过是随口胡诌而已，怎能与众位才子相比呢？"

苏子逸听凤倾月这么一说，就知她不欲显才了，便没再强求。可其他人却不想让凤倾月逃脱了去。

"这位姑娘才是谦虚了呢，连苏公子都推崇的人，想来定是不会差的。你现下拒绝了去，可不是惹得我们心里痒痒吗？"

开口的是一个女子，也是倾慕苏子逸之人。听苏子逸如此推崇于凤倾月，心里很不服，就想见识见识这世家小姐有何本事。

因得凤倾月知晓连翘会武，而带着众侍卫出府又不甚方便，所以就找了连翘陪她出了府来。她一直觉得盘发太过老气，因为又不是正式场合，便让玲珑梳的散发之髻。

一个风华正茂的女子，衣着光鲜，气质突出，又带着两个好看的丫鬓。众人自然觉得她是哪个世家小姐，出府游玩。

只不过她出来游玩也罢，却又不以轻纱遮面，实在有些不知廉耻。

虽说女子养在深闺是个不成文的规定，不过多有女子出府来也没惹人诟病的。就比如钱满贯，世人也没说些什么。

只是那女子被勾起了嫉妒之心，才如此觉得凤倾月不知羞耻。

"倾月你就莫要推辞了，你就随意作一首诗，让他们见识见识。"

钱满贯最是见不得这些表里不一之人，听着那人明明心里不服，还要做出谦虚之态，她就满身难受。

听着钱满贯不怕事的言语，凤倾月娇嗔地看了她一眼，怪着她把自己推到了人前。

第四十五章
出府

钱满贯走近凤倾月，悄声在她耳边说道："怕什么，你的本事我还不晓得？上！"

钱满贯先前那么一说，众人也是好一阵附和。凤倾月看着现下的形势，有些无奈地笑了笑，便应声道："得，我也不再推托了，便献丑一回。"

听她答应，众人便让开了一条路来，让她走近了观看那画。

她近了一看，只见画上白茫茫的一片雪色。枯木逢春，枝叶上压满了厚厚的一层白雪。雪中印着一排长长的脚印，却不见人的身影。

雪啊。

看着这画中雪景，凤倾月不由得想起了凤央。不过凤央已成过往，再也回不去了。

凤倾月心里感叹一番，便有感而发了一首诗来。

"寒尽天涯岁又新，一尊孤赏帝城春。悬知江畔寻梅路，踏雪吟行少一人。"

众人一听凤倾月作出的诗，立即拍手称好。此诗应情应景，实在妙哉，妙哉！

听着众人称赞，钱满贯自然好生得意了一番。

苏子逸一听此诗，也是心头暗赞。她还是如以前一样，出口便是绝佳的诗句。

凤倾月俯身作礼，对着众人道："献丑了。"

面对众人好一番恭维，凤倾月只是报以微笑，谦虚了一番，便拉着钱满贯上了楼去。

"你可算是替我扬眉吐气了一回，这诗作得妙，作得好！"

那女子倾慕于苏子逸，自然跟钱满贯暗斗过一番。现下这女子在凤倾月手里吃了瘪，钱满贯自然很高兴。

"你呀，当真是赶鸭子上架，让我好不尴尬。"

"这诗不是作得挺好的吗，你怕什么！"

"今儿个闲来无趣，特意来找你处一处。还给你带了样好东西来，你看看。"

玲珑送上白玉观音像，钱满贯一看，便笑了："你当我与慧远交好，就是个虔诚礼佛的了？不过也没什么，反正家里有个刚入世的小和尚，也是派得上用场。"

凤倾月听了她的话愣了一愣，有些不明所以。满贯一个不礼佛的人，如何与慧远交好的？

不过凤倾月还有一事在心头压着，便也没作多想，将两个丫头屏退了去，便开口问道："其实心里头还有些话跟你说的，却不知该不该问。"

"你跟我之间还有什么说不得的？"

得到钱满贯的肯定，凤倾月也不矫情了。

"那我便问了，上一年泽儿生辰，你送给泽儿的玉佩可还记得？"

突被问及此事，钱满贯有些失神。

"怎么了？"

"能不能同我说说，那玉佩是从何得来的？"

这事钱满贯本不欲提及，不过凤倾月既然问了，她也只得难为情地应了声。

"别人送的。"

凤倾月试探着问了一句："男子送的？"

问了此话她还觉不够明白，又接着跟了句话。

"可是个长相英俊，有些欢脱之人？"

钱满贯顿时一惊："你怎的知道？"

见满贯这般模样，她的心里又确定了几分："我想我见过那人了。"

"什么时候的事？"

"泽儿在画舫上落过一次水，玉佩便在溺水之时不见了去。尔后我在一个男子身上见到一块一模一样的，心想他断不会为了一块玉佩大费周章，应是有其他原因的。"

"可是含雪阁的画舫？"

见凤倾月点头，钱满贯心里便确定了。

含雪阁是欧阳寒的产业，他自然能让人暗地一番动作取走玉佩了。

"倒是我让泽儿受累了。那日泽儿生辰，我正巧遇到他，他不由分说，非得给我这么块玉佩。本想还于他，他却转身没影了。我眼不见心则静，便趁着泽儿生辰把玉送给了泽儿。没想到闹出了这么个事。"

听满贯这么一说，事情也就清楚了。

本以为那人是针对夜离轩的，却没想到有这么一番内情。

若目标不是夜离轩，何必劫了她去呢？她着实不懂了。

不过看满贯与他的关系好像很不一般，凤倾月也只得将疑问再次憋回了心里。不然夜离轩追究起来，想来那人是讨不得好的。

她被劫去的那几日，他不曾亏待过她，她也不至于让他跟夜离轩结下梁子。

"你突然这么问我，可是还有些什么事？"

凤倾月一笑，岔开了话头："倒是没什么，只是想着你与他不是熟识之人的话，那他就是另有居心了。该是要防备着些。"

"回头我见了他，自然会帮泽儿出一口气，你就莫要劳神了。"

"得，有你这么句话，我便安下心了。"

不想再继续这个话题，凤倾月又想到了钱满贯刚刚提到的小和尚，便问起他来。

"对了，你那日带回的小和尚怎的没跟着你呢？"

一提到他，钱满贯就直翻白眼，无力得很。

"别提他了，整日跟我斗嘴，一点没小孩该有的讨喜。"

想到他与满贯斗嘴的时候，凤倾月也是乐坏了。

"怎的，你还镇不住他？"

"可不是吗？见了我哥就扮乖讨好，见了我就耀武扬威。现下有我哥护着，还准备让他参加乡试呢。我真像上辈子欠了他的，可把我整治惨了。"

参加乡试？看来那小和尚当真是聪慧无比的。慧远大师果然说得不错，他心在红尘。

一说着智明，钱满贯便来气了，又愤恨道："那小滑头嘴里像含了蜜糖似的，我爹也喜欢他喜欢得紧。你说我爹吧，给我起的个什么名？钱满贯！简直是俗不可耐。给我哥起的倒是好一些，叫个钱满载。不过也算不得好的。我以为他这辈子都起不上个好名字了，他竟然给那小滑头起了个钱致远——志当存高远。你说这意头如何？"

听着满贯的连番抱怨，凤倾月只能但笑不语。不然让她说什么？难道说致远这名起得好？那不是更让她心里不舒坦吗？

她爹起名当真好笑得紧，也不知其心里是何想法？若说是个庸俗之人吧，也不该在最后起个致远这名了。

钱满贯一听她爹起了这名顿时就不乐意了，非得让智明改名为钱多多。智明当然是给了钱满贯一个看傻子的眼神，将名字改作了钱致远。

被一个小孩这般无视，钱满贯自是觉得丢人的，当然没讲出来落为笑柄。

凤倾月安慰了满贯一番，便要告辞回去。

钱满贯抱怨了一阵，心里也是舒坦了许多。送别了凤倾月，再回头看着苏子逸随人而去的目光，心里却是一叹。

看着凤倾月一番自在逍遥，夜离轩心里不是个滋味。

她的心，究竟在不在他这里？

夜离轩终究耐不住凤倾月的冷淡了，想要捅破两人之间的隔膜。

总归是自己有些许不对，他或许应该退让一步的？

这日，夜离轩唤来了连翘。一番吞吐，还是问出了声："连翘，你常跟于王妃身边，可知王妃喜欢些什么？"

连翘摇头回话："不曾见过王妃有特别喜爱的东西。"

她话落，突然想到前几日凤倾月在金玉满堂作诗之时，语带幽幽深情。

凤央常年有雪，而渊城一点儿没有雪的影子，说不定王妃是有些怀念的。

"或许让王妃再见雪景，她能欢喜一些。"

雪？上个冬季，泽儿无缘无故吵着要看雪。大雪纷飞之景，便是她同泽儿说的吧？可是渊城的冬天向来没雪，又让他如何是好？

好不容易有个符合凤倾月心意的，却有点难办。

"听说雁回山上有雪，王爷不如带着王妃外出游玩几日？"

雁回山？离这儿不过两日行程，倒很不错。

"得，便叫人准备着吧。"

见夜离轩同意，连翘便准备退下安排。夜离轩又叫住了她："不要同王妃透露了消息。"

"是！"

当晚用膳之时，夜离轩便说是带上泽儿外出游玩，让凤倾月陪同着一路出府逛逛。

凤倾月不想同他亲近共处，便婉拒了。结果被夜雨泽好一阵纠缠，没了法子，才堪堪答应了陪同着出府游玩去。

她总觉得自己有些矛盾，心里又是期待同他在一起的，又是有些纠结难堪。也不明白自己到底在想些什么了。

她理解夜离轩的种种顾忌，偏生她就是难掩心中的气闷。说不清楚这是什么心理，反正是算不得好受的。

以前两人也是这般平淡，好像也不觉难受，现下却隐隐郁结在心，想要他给个说法。

她安定着自己的心，让自己不必在意。可每每梦醒之时，少了他的温暖，心头还是有些失落。

她不由得在心底问一声：凤倾月，你究竟怎么了？

第二日，一切准备妥当。夜雨泽甚是开心地当起了领头人，拉着凤倾月和夜离轩两人就上了马车出行去。

玲珑和连翘见三人离去，心里头都暗想着此番两人定能和好如初。

三人共处于马车里，一路上只有夜雨泽的欢声笑语，而凤倾月和夜离轩相对无语，两相尴尬得很。

马车行了许久，夜雨泽也闹够了，便躺在马车里，头枕在凤倾月的膝上睡了过去。

夜离轩撩开了车帘，命他们行得慢些，免得打扰了泽儿。又见凤倾月僵着身子移动不得，便轻手轻脚地抱过了泽儿。

两人一路无语了许久，夜离轩想打破这尴尬气氛，接过泽儿时低声说道："这小子不老实得很，让你受累了。"

"夫君哪里的话？泽儿听话得很，妾身不觉得累。"

她这几日难得温声细语地对他说这么些话，夜离轩心中直道此番是出来对了。不知她到了地方，会不会更开心。

入夜，一群人在小镇上落了脚。

店家的厢房有余，不过夜离轩想着顺其自然回到以前的样子，用了晚膳后，便和凤倾月同睡一个屋。

她开始有些不适应，不明白两人的关系怎么突然回转了。然而依偎在他怀里，仍旧睡得很踏实。

夜雨泽一觉醒来，便扭着小身子敲响了两人的房门，闹醒了两人。

在大堂用早膳之时，便听周遭用膳的百姓，惊恐地议论着镇上出的血案。

说是死了好几个人，官府却拿贼人没法子，这镇子是待不下去了。

夜离轩本也不欲管这闲事，不过这里的知府无能，此事又闹得人心惶惶的，他便让闫斌去查探了一番。

闫斌探寻一番归来，便向夜离轩禀报了自己的猜测。

凶手该是个武功极好之人，死者皆只有一道毙命伤口。也不知他用的什么武器，死者全都是肠穿肚烂而死。肠子全被武器从肚子的伤口处钩了出来，恶心得紧。

杀的都是些风马牛不相及的人物，老少病弱各色皆有。不像是仇杀，该是随性而为。

这样的人，说不定就是个疯子。

凤倾月听了闫斌的汇报，有些犯恶心。不过她想象不出那般肠穿肚烂的场景，倒是好受了些。

夜离轩一深思，放任这么一个武功好的疯子四处杀人，确是有些忧扰百姓。便留了两人在此协助知府办案，一行人再起程去了雁回山。

快到雁回山的时候，气温也降了下来。

都说这雁回山一山有四季，十里不同天。现下看来果真不假，山下还有绿树红花，山顶却只有厚厚的积雪。

凤倾月仰望着高高的山顶，满是兴奋，对着泽儿乐道："泽儿，你看，那就是雪！好不好看？"

夜雨泽一听说是雪，眼睛都发亮了，忙拉着凤倾月往山上跑去。

夜离轩赶紧叫人取了裘衣给两人穿上，一行人才向着山上行去。

路上凤倾月不时偷看着夜离轩，心里好一番娇羞心喜。

她两年未曾见过雪了，夜离轩现下突然带着他们赏雪，凤倾月不能不想他是特意带自己来赏雪的。

他原来对她还有这般心细的时候。凤倾月虽然不满他之前的事，可现下被他惦念在心，心里头还是不免开心起来。

夜离轩见她高兴，心头也舒坦了许多。

一行人欢欢喜喜地上了山，晶莹洁白的雪花洋洋洒洒地扑打在众人身上，很是美丽。

夜雨泽最是掩不住高兴的，尖叫着就扑进了雪堆里去。厚厚的积雪埋没了他的小脚，他一个高兴便滚在了雪地里。

随后被雪水钻进了颈脖，又惹得他好一阵尖叫，凤倾月赶紧将他拉了起来，将他身上的雪尘拍开了去。

他连打几个激灵，又往地上抓了一把雪来，高兴得很。

透过这方圆雪景，凤倾月朦胧间好像看见了玦城茫茫大雪的盛景。

玦城的冬季是最好玩的。

等御花园里的池子结成了冰，便有许多小太监陪着小皇子在冰面上戏耍。

玩冰球、跑冰什么的，都是些女子不能做的稀罕事情。不过看着别人玩得乐和，心里头也很高兴的。

因为冬季的冰雪不化，她的殿门前便有了用冰雕刻而成的冰狮子。

那时父皇只赐了她一人这般的殊荣，惹得其他皇子公主都惦记得紧。每每路过她的宫殿都要好奇摸上一摸，冰雕遇热便要慢慢化开。

往往一个冬季下来，冰狮子就要被他们摸得看不清先前的形状。

记得有次小皇弟抱着舍不得走，结果一不小心被粘了一块皮肉下来。一只手鲜血淋漓的，好不恐怖，再看那沾了血的冰雕，也不觉好看了。

自此，便再没在殿外放过冰雕。

现下想起，顿觉怀念得紧。

凤倾月正出神呢，就被夜雨泽捏好的一个雪球砸中。

"母妃，快来玩呀。"

夜离轩正想训他一番，凤倾月却欢笑着捧起地上的雪，捏了个大雪球砸向夜雨泽。

夜雨泽一看凤倾月这般厉害，而自己就只能捏个小小的雪球来。

顿时眯眼挡脸，讨好道："母妃饶命，我们不这么玩了。换法子，换法子！"

凤倾月被他逗得笑了，喜笑颜开道："那泽儿你说，要怎么玩？"

夜雨泽眼珠子一转，瞬时有了主意。

"不如我们两个一块儿对付父王吧。"

夜雨泽见两人前一阵总是不多话，便想让两人一起戏耍一番。

结果他这法子不怎么好，凤倾月听到愣了一愣，望着夜离轩有些尴尬，玩闹的心思也没了。

"你个小东西，父王你也敢对付？"

夜离轩见她此般模样，想缓解此时的气氛，也顾不得一派威仪，便捏了个雪球扔向泽儿。

夜雨泽被雪球砸中，忙躲进了凤倾月怀里。

"母妃救我！"

见夜离轩放下了身段，凤倾月心里也是一阵轻松。几人便捏着雪球，你来我往了起来。

众侍卫难得见王爷此般模样，大吃一惊又有些想笑。几个人憋笑的神情被夜离轩瞥到，冷瞪了他们一眼。

几人忙侧过了身子，不敢再看。

夜离轩刻意让着两人，好几个雪球扔向他，他才会回击一个雪球回去。夜雨泽砸他砸得不亦乐乎，一点不惧寒冷。

嬉闹了一会儿，三人便停了下来。夜雨泽的小手已是冻得通红，凤倾月的手也是冻得僵了，左小指处还有些疼痛。

她不停搓着手，却无用。又不想叫人看了出来，便自个儿强忍着痛。

夜雨泽刚刚不觉得冷，现下却双手疼得直叫唤。夜离轩握住他的手，夜雨泽倍感神奇，父王的手怎的这样暖和？

习武之人要是连这点寒气都受不得，那这一身内劲练来也是无用了。

他在意着夜雨泽，自然也在意着凤倾月。他不由分说地握过她的手，结果一双大手包裹不住，便将她的手探进了自己颈脖里取热。

若不是这衣服不甚方便，他便想将她的手直接伸进他胸膛焐热去。

凤倾月搂着他的颈脖，很是娇羞。感受着他身体的温度，两人又亲近了几分。

天色渐暗，两人一阵亲昵，夜离轩虽舍不得放开，却也只得下山归行去。

他一手拉着夜雨泽，一手拉着凤倾月。三人之行远比起初来时亲密了许多。

众人刚巧下了山，便听探路的苏暮回禀道："王爷，马车无法用了。"

夜离轩一挑眉头，冷声问道："为何？"

"马匹已死，看手法，有些像闫斌说的那个凶徒做的。"

这人莫不成真是个疯子？打着灯笼正找着他呢，他却自个儿寻上门来了。

"你去将那马尸处理了，免得吓着王妃和世子。"

"禀王爷，属下已处理过了。"

"得，去附近的村子歇上一晚吧。你们都给我谨慎些，莫让凶徒伤着王妃和世子！"

夜离轩警告了一干人等，又温和地问着凤倾月："可是害怕？"

凤倾月也不矫情，摇了摇头。这么多人护着，她自然不怕。

见她不怕，夜离轩也就放心了。他倒是不怎么担心夜雨泽的。虽说夜雨泽人小鬼大，但毕竟是个孩子，还不懂江湖险恶一说。对生死存亡，更是没有概念，犯不着吓到他。

众人一番谨慎夜行，却虚惊一场。没撞见行凶之人，却见到了一段时日不见的楚云辞。

楚云辞不是找他师弟仇千离去了吗？为何会出现在此处？

两方相遇，兵刃相接过了几招。若不是楚云辞认出了夜离轩，撕了脸上面皮，现下多半已是水火不容之势了。

他也是怕仇千离认出了他，才戴了人皮面具以方便行事。

夜雨泽见他手上面具，惊奇惨了。拍掌直赞，自己也想要上一个。还是凤倾月出马，他才噤了声。

楚云辞自然不可能是行凶之人了，那这行凶者又是何人？

两人一番交谈，才知楚云辞追逐那行凶者而来。

一行人至村庄，借住在了一个农家。命人将凤倾月和夜雨泽带去安睡了，夜离轩和楚云辞才围坐在一方小桌，详谈起来。

"你不去找仇千离的麻烦，怎的追起这杀人凶犯来了？"

"此事说来话长，我到了你说的那个地方，仇千离没找到，却听闻了一件凶案。杀人的手法想必你也听说了，我怀疑他便是多年前那个一刀走天下、笑傲江湖行的鬼斩。"

这鬼斩之名，夜离轩倒是有听说过，不过这人被弥须阁的欧阳冥废了武功后便没再现世。

虽说手法都是一刀破腹而过，可他武功已散，楚云辞怎会怀疑于此人呢？

见夜离轩不解，楚云辞又解释道："我也只是怀疑而已，倒也不甚肯定。但我觉着，这凶手十之八九是他。"

"凶手就算是他又如何？倒没听说过你与这鬼斩有什么瓜葛。他是不是凶手又与你何干？"

楚云辞有些费力地翻了个白眼，无奈说道："跟我倒是干系不大，不过跟我那师弟应该有些关系。"

这下夜离轩可就彻底地不明白了。

"哦，什么意思？"

"那鬼斩不是被欧阳冥震散了丹田吗？不能聚气就意味着不能修炼内劲。而他第一次行凶之时，有人目睹他全身发红，神态狂躁。我怀疑是仇千离给他吃了大力丸的缘故。"

夜离轩自然不懂这大力丸是个什么东西，楚云辞又跟他好一番解释。

原来仇千离一直在改进一种叫蛮丸的东西。因那蛮丸吃了会叫人力大无穷，不出三日就会暴毙而亡。是以仇千离将其中药材换了几味，或是直接将用量减少制了丹药出来。

据楚云辞所知，仇千离在师门之时就在秘制此药了，不过始终没有成果。不是没有增力的效用，就是服用后让人神志不清。后头遭了师父禁止，才堪堪罢手。

楚云辞也是想到了仇千离在那处，才联系到这大力丸上来。

按理说他研制多年，早该把这药性弄透了才是，怎的还会叫人发狂呢？楚云辞一路追凶而来，已是七日。凶徒没死，就证明此药差不多已是完善。

凶手为何神志癫狂？也只有抓住了他才能明白。

若照楚云辞如此说法，服用了这丹药的人就能以一抵十。若是形成千人之势，当真是个大麻烦。

这忧心于天下之事，夜离轩就懒得管那么多了。心头打算着回了皇城上报于朝廷，让夜墨澜自个儿拿主意。

"啊！"屋里众人突听远处传来一声惨叫。

夜离轩立即吩咐了两个侍卫："出去看看！"

他本不想给自己找了麻烦事来，麻烦却自己找上门了。当着他的面闹出了事，不管也是不行。

两个侍卫出门一看，便见街道远处有一个烧了起来的灯笼。一个人影朝着亮了灯的民房冲了过去，两人忙赶了过去。

在他破门而入之时，将将拦下了他。

民房里的一对夫妻见那人手持血刃，闯破了室门站在屋外，吓得赶紧往里屋跑。听到外面兵刃相撞的声音，那当家的才偷偷往外瞥了一眼。

见那人双目血红吓人得紧，那当家的忙躲了回去，双手合十，求神保佑起来。

这凶徒手上拿着一把怪异的大刀，刀面上尖锐的锯齿犹如倒刺。鲜红的血液已经凝固，通红的刀身还带着一股子血腥味。

两个侍卫费了好大一番功夫，才点了他的穴。结果他瞬时就冲破了去，狂躁不已。两人只得另想法子，想将他活捉回去。

他虽是发狂，手上功夫却不乱。两人只得一前一后攻之，趁着他疲于应对之际，其中一人从后方一脚踢断了他的琵琶骨。

确定他趴在地上动弹不得了，两人才将他拖至夜离轩处。

那人腰身被断，还是不甚安分，不时发出状似野兽的低吼。楚云辞上前看了看他青筋暴突的样子，轻皱着眉头。

"把他给我剥了！"

夜离轩一声令下，几人立马剥了他的衣物去。

"呀！"凤倾月一来就见此情景，不由得惊叫出声。

她被那声惨叫惊醒，听着这边屋子好些响动，便过来看看。谁知看着个赤身裸体的人，忙惊红了脸，转了身去。

夜离轩见她突然出现在门外也是惊了一惊。闫斌是怎么办事的，怎的让她出了房来？

他快步走了出去，轻声说道："今日杀马那人被我抓着了，正准备审问呢。闫斌怎么让你一人过来了？"

都在同一个四合院里，不过几步路的距离，哪里能怪闫斌没跟着她？

"你别怪闫斌，是我让他守着泽儿的。我听这边几番动静，心头有些担心。想着过来看看情况，哪知……"

凤倾月没再说下去，不过夜离轩自然知道她指的是什么。

"我这边没什么事，这些污秽入不得眼，你便安心回去歇息吧。"

凤倾月听了他的话，点头应了一声便回去了。

夜离轩目光直随她入了房间，才回了心思来。回房之时还特意闩好了门，生怕凤倾月再突然冒了出来。

楚云辞看他一番心细谨慎，心中只觉好笑，什么时候他有这般畏首畏尾的时候了。

院子真正的主人自然也听到了动静，不过夜离轩拿的银钱都够再建一次房了。他们也是怕事的，锁好了自己的房门，不想出来多管闲事。

夜离轩一想到凤倾月见了这凶徒的裸身，心头就百般不快。路经凶徒之时，一脚就把地上裸身的人踹翻了身。

夜离轩将他浑身上下仔细打量了一遍，对着楚云辞道："你猜错了，此人不是鬼斩。"

那鬼斩能得此称号，也是因其出生之时，身上就有一个黑色的小刀胎记。

夜离轩现下将他前前后后都看了个遍，也没找到那胎记，这人自然不是鬼斩了。

他不是鬼斩又是谁呢？难道是仇千离随便找的一个试验品？

"把屋里的灯熄一会儿。"

众人虽不明白楚云辞用意为何，不过夜离轩一个眼神示意，侍卫便听命熄了烛火。

楚云辞听着凶徒渐渐沉寂了，又叫人点了烛火。

火光一亮，那人盯着烛火，又低吼起来。

果然不错。这人发疯之时，火光更容易激起他的兽性。难怪凶案差不多都在夜里发生了。

楚云辞又蹲下仔细看了看他的神情，状如野兽，目露凶光。

这人成此般模样，定是仇千离的杰作了。原来他还是个一事无成的，没能研制出大力丸，只是将赤兽这种丹药改进了一些罢了。

楚云辞心里一番感叹：做人做成仇千离这样的，也算是白活了。拿着毒典研究了这么些年，现下却一事无成，自个儿都替他觉得丢人。

赤兽这种丹药，能激发出人的兽性，让人从此行如野兽。不过行径如野兽，自然就会丧失人的行径。

这赤兽便是蛮丸的前身，想取之野兽的凶悍，却不得其妙。楚云辞之所以知道这些，是因为他是药王传人，自然有典籍可阅。

不过这些丹方应该早就被烧了去，仇千离又是从何得来的？

难不成毒典里有那些禁药留下的丹方？

好在毒典已回了自己手里，就是不知道仇千离那背叛师门的狗东西，是否有做摘录？

第四十六章
阴谋

"你对着他看了半晌，究竟有何发现？"

楚云辞愣了半晌，众人也看了他半晌。还是夜离轩忍不住了，提了一问。

"没什么太大的发现，只觉得仇千离依旧是个蠢货。"

夜离轩听着楚云辞的话，不禁一阵气结。他琢磨了半晌就琢磨出这么句话来？真不知道他是不是刻意来气人的。

还好意思说仇千离是个蠢货，他倒是聪明在哪儿了？

"得了，看不出东西就少装些高深。"

夜离轩那副不屑的语气，瞬间将楚云辞惹得炸毛了。

"你才少给我瞎嚷嚷！手法本来就不高明，我说他蠢怎么了？你聪明你来呗。"

众侍卫还没见过敢在他们王爷面前放肆的人，顿时对这个楚公子高看了一眼。

不过听他这么说，夜离轩看他的眼神更是不屑了。

"说得本王好像懂医一般。"

楚云辞顿时被夜离轩一句话给噎住了，无语得很。他也懒得同夜离轩再做争论，便转移了话题。

"这人变成这样，是因一种叫赤兽的丹药。这药是我师祖研制而成，后被归为了禁药。我师尊将此药丹方早已烧毁了去，也不知仇千离是从哪里得来的。"

仇千离正经本事不怎样，不过偷鸡摸狗的事倒一向能干。

"此药可有解决之法？"

"传下的典籍不曾交代过，不过有我在，解药的事还用得着你担心？"

这次夜离轩倒没有讽刺回去，毕竟楚云辞的医术于当今世上，确是少有能比者。

"既如此，便将此人带回去交给皇上处置。你们几个，可把人给本王看好了！"

夜离轩抱着无事一身轻的态度，半点不想操心于这些事情。

眼见夜离轩离去，楚云辞自然也跟着离开了。夜离轩都不在意了，他还操什么心？

好在村子离镇上不远，第二日众人起身便回。倒是没怎么劳累，就回到了镇上来。

不过离奇之事却接踵而至，让人有些措手不及。

夜离轩本留了两人在此协助办案，先是以为在村子抓住的凶徒就是犯下镇上凶案的人。却不承想留下的两人也抓了个凶手出来。

一番对比，两个凶徒夜里都是一般模样，状如野兽。白日看起来倒是同常人无异，痴痴呆呆的，还晓得吃饭。可若是夺了他手中的东西，他会凶神恶煞地对着你龇牙咧嘴一番。

这样的情况，让楚云辞也有些奇怪了。仇千离莫不是还加了些致人失魂的药物在里头？他的目的是什么呢？控制人心吗？

为何凶徒不止一人？仇千离究竟打着什么算盘？这两个凶徒只凭着一股兽性存活，仇千离要他们来又有何用？

或许……

或许这些人本就是失败品，被仇千离投放于世混淆视听的，其真正的手段还在后头。

只是他意欲何为呢？楚云辞不懂了。便是他能有这么一支强大的军队又如何？师出无名，他还想造反不成？

这种蠢人的心思，真不是他这种常人能理解的。傻就傻吧，还傻得离谱，叫他如何分析傻子的心境？

楚云辞心头所想，自己也觉得不甚靠谱，自然就没说出来给夜离轩听。

夜离轩总觉得这里头透着些不同寻常，却又不想追究到底。从镇上购置了马匹车辆，便带着一干人等赶回了渊城。

自己不过是个闲散王爷，何必去费那一番心思？还是带回凶徒上禀夜墨澜，让他自个儿伤脑筋去。

夜离轩一回到京城，便赶着入宫面圣去了。夜墨澜知晓了此事，也是觉得事有蹊跷。

问题的关键之处，便在于仇千离这个人。

这仇千离不过是楚云辞师尊捡回来的孤儿，能有什么不可告人的目的？

夜墨澜一番思虑，下达了追查仇千离的命令。同时还另下了一则密令。

既已跟夜墨澜说清前因后果了，夜离轩自然不管夜墨澜如何行事。甩脱了干系，便回府悠然自得了。

夜离轩自出行回府后，又住回了昕雨轩里。凤倾月也没拒绝他，一切又重回当初，顺其自然了。

众姬妾虽是明白，两人于守孝期间定不会做出有伤风化之事，可心里的嫉妒好像尖刀一般，不停地刺得自己的心生疼。

只有贺兰雪好似半点不在意，一如既往地去夜雨泽房里陪他训练那只鹦鹉说话。那鹦鹉好似牙牙学语的婴孩一般，很是可爱。

夜雨泽每日逗弄着鹦鹉，欢喜得紧。自然也同送他鹦鹉的贺兰雪亲近了许多，不过夜离轩还是老样子，去了泽儿那里也不曾多看贺兰雪一眼。

众姬妾暗笑她做的无用之功，却不知贺兰雪心底究竟是何想法。

"楚云辞，你不向皇上请命去寻仇千离去，整日待在我这府中作甚？说不定你找到人立下大功，皇上还能赏你个一官半职。"

楚云辞跟着夜离轩回了渊城，便随他住到了王府里。整日里游手好闲就跟着他和凤倾月来来去去的，实在碍眼得很。

除了歇息之时，夜离轩也不知道什么时候能看不见楚云辞了。他这人，就不能找些其他乐子吗？

"我就喜欢待你府上，看你跟你夫人腻歪怎么了？"

听楚云辞这话，凤倾月是又好气又好笑。他这人就是孩子气，说出来的话也是让人哭笑不得。

"闫斌，送客！"

夜离轩顿时没了好气，直接冷声赶着他。

"嘿！你还想赶我走？你一家老小住我那里好吃好喝地伺候着，一住就是好几个月。你现下想赶了我走，只怕没那么容易！"

楚云辞笑眼眯眯地要着无赖，实在让夜离轩气结得很。都说伸手不打笑脸人，偏偏他这张笑脸让人直想呼一巴掌。

凤倾月捂着嘴浅笑盈盈，倒不觉有甚。只觉得他在府里欢乐得紧，为府里添了几分生气。

既然凤倾月不嫌楚云辞碍眼，夜离轩自然不好再说什么。只得看着逗趣的楚云辞，惹得凤倾月连连发笑，而满心不快。

难道是他太过严肃了，才难得逗她一笑？

夜离轩问楚云辞现下不去寻仇千离，若是被皇上派的暗卫寻到人，他还如何亲手肃清师门？

楚云辞却满是无所谓，他要的只是仇千离的性命，谁来还不都一样？皇上还能让仇千离好过不成？他才不去做那些费力不讨好之事呢。

夜离轩说白了就是想让他快点滚出王府，他却油盐不进，非得待在王府惹着夜离轩。

不过自从夜离轩说出那一番赶人的话来，他倒真的识趣了许多，时而自己一个人出了府去。

楚云辞之所以待在京城，实则是想知道另一件事。只是他又不知如何去了解此事，只能跟着夜离轩一番耽搁。

楚云辞所为之事，正是跟那带领瀚羽将士弃城投降的莫子潇有关。

说到莫子潇，便先有一问：为何他不听夜墨澜的命令而弃城投降？

是因为他知晓他的妻儿已亡，而唯一值得自己牵挂的父母也已亡故。孤家寡人，几番争斗来无尽名利又有何用？一心只想早些回到故土罢了。

自他回国后，众民才晓得他原是三十年前的武状元，原名楚清萧。他回国后甘愿做了个闲散之职，悠闲自在。

孑然一身，他也不想再理会世间的纷纷扰扰。

为何他隐姓埋名只身潜入敌国？此事还得从三十多年前说起。

当初楚清萧力敌众位英雄好汉，才得了武状元一职。一时意气风发，好不风光。

彼时的他身处战乱年代，本应该趁此机缘扶摇直上。偏偏在那元宵佳节，花好月圆之时，他于小桥流水间，见到被风吹走了面纱的沐轻烟，从此误了两人一生。

他一身好轻功飘然于飞，替她取回了面纱。两人打了个照面，那娇羞于形的沐轻烟，便是让人丢了心去。

楚清萧自此对她念念不忘，辗转思之。年少轻狂，自不曾想过流言蜚语一说。借着上好的轻功，时常将些小玩意，顺着一封小纸条，放在沐轻烟的闺阁之中。

这男女之情，哪有说得清楚的？楚清萧穷追不舍之间，两人也就相互倾慕上了。

若是沐轻烟没许人家，以楚清萧的身份自然是难得的佳婿。倘若两人不受阻碍，怕也是对神仙眷侣，好生快活。

可偏偏沐轻烟不但许了人家，且许的不是一般的大户人家。

沐轻烟所许人家，便是远征大将军的嫡次子，迟瑞。

这退婚就相当于打脸，打个低一等的便也罢了，可远征大将军的脸，是沐锦林这个都统敢打的吗？

虽说楚清萧有一身本事，日后必将前途无量。可跟那时的迟重比起来，无异于蚍蜉撼树，不自量力矣。

沐锦林察觉出了两人的感情，硬是要棒打鸳鸯，将沐轻烟困在了闺阁里头。心想着大婚的日子到了，她嫁了过去也就死心了。

可是人的感情哪是随便就能斩得断的？两人互相思念得紧，楚清萧便躲过了守卫，偷偷入院了几回。

眼看着沐轻烟的嫁期将近，两人心中深情更甚。只得想了一个不是办法的办法——私奔。

沐轻烟留下一封书信，与楚清萧连夜逃离了去。

夜间出城之际，因得楚清萧是得皇上看重的武状元，是以他拿出官印，说上面吩咐了要紧之事，城门守卫也就信了。两人便堂而皇之地从城门出了渊城。

等着沐锦林发现沐轻烟不见了，追行而来，两人早已无影无踪了。

沐轻烟失踪了，如何对大将军交代？沐锦林一时想不到好法子，便对外宣称沐轻烟身染重病，高热不退，人就这么没了。

沐锦林此话一出，也就当没生过这个女儿了。心想着任她天南地北而去，都与他再无干系了。

而沐轻烟和楚清萧逃离出来，在一偏远的村庄落了脚。本以为可以过着采菊东篱下的日子，无忧亦无虑了。却没想到麻烦还是找上了门来。

迟重是什么人物？征战多年，岂会没有半点心机？

沐轻烟得急症而死便也罢了，可楚清萧这么个前程大好的儿郎也莫名失踪了，可就大有不对了。

前后一番联系，自然叫人查出了两人的关系。他并未声张，而是在皇上大怒之时提了一议。

楚清萧携带官印失踪了，自然惹得皇上大发雷霆。迟重入宫觐见于皇上，望皇上给楚清萧一个将功赎罪的机会。

得迟重求情，此事才暂时平息了下来。

迟重为何求情？也是因他看中楚清萧是个人才。

他儿迟瑞要什么好姑娘没有？一个沐轻烟虽惹得他心头生气，却也抵不过国事在他心中的分量。

沐轻烟这个儿媳，失了也就失了，值得利用的东西不该就此放弃才是。

那时三国鼎立，边境大小战事不断。以楚清萧的骁勇和才智，理应大有一番作为。

迟重遣人四处打听楚清萧的下落，终于知晓了他在一偏僻山庄处落了脚。

迟重也不放心别人带话，便亲自走了一遭，找到了楚清萧。

楚清萧一见迟重，便知麻烦来了。不过迟重并未为难于他，反倒给他指了一条明路。

只是这条明路路漫漫兮，他也不知何时能得成就。迟重要他潜入瀚羽，待瀚羽灭亡之时，再风风光光地回到西夜。

男儿志在四方，楚清萧自然不想屈居于一方村落。况且沐轻烟义无反顾地跟了他，他又怎能让她委屈一辈子？

楚清萧跟沐轻烟一番商量，想让她回了京都。可是沐轻烟第一次强势地拒绝了他，非要在此地等他得胜归来。

沐轻烟大着肚子，回了京城确实多有不便。楚清萧便跟迟重做了商量，让他等到沐轻烟生产之后，再去瀚羽。

毕竟此去不知归期是何时，迟重自然不会跟他计较了这几月之期。

数月后，沐轻烟产下了一个男婴。

楚清萧为儿子取了名字，照顾着沐轻烟身子大好了，才与其作别而去。

却不承想，此去竟有二十余年，归来之时已然物是人非。

虽说迟重叫了人常年接济于沐轻烟，让他们足以衣食无忧，却没能挡得住那场突发的疫症，整个村子消亡了。

第四十七章
平定

楚云辞替凤倾月治伤之时，就听百姓赞扬那莫子潇对他的夫人用情至深，至今未娶。

莫子潇一回西夜，就带了人前去风溪村拜祭。所要拜祭之人，便是莫子潇亡故的妻儿。

而风溪村正是楚云辞出生的村子，不过现下怕是已成荒芜了。

楚云辞初闻之时还不甚留意，直到晓得莫子潇原名为楚清萧的时候，他心里才猛地炸开了。

如此巧合之事，他不能不联系到自个儿身上来。可贸贸然前去认亲，他又拉不下这个脸面。多番打听之后，他才认定了楚清萧同他的关系。

他本以为自己的爹早就死了，现下却冒出这么个爹来。本以为那个爹铁石心肠，半点不牵挂他们母子，现下这个爹却像惦记他们得很。

认不认？楚云辞心里甚是纠结。

他的记忆里，半点没有他爹的影子。而一想到爹，他自然就想到了他那郁郁寡欢的娘。

他长大成人数十载，他爹不曾出现。他娘悲苦一生，命落黄泉，他爹也不曾出现。叫他心里如何接受得了这个突如其来的爹？

他懂得楚清萧的身不由己，偏生他就是心中有结，原谅不得楚清萧。

楚云辞每每出府后就于楚清萧府门外徘徊，每当他踏出一步欲要进府之时，却又生生折回了步子，掉头就走。

娘应该是希望他认回这个爹的吧？不过他独行于世十多年了，现下要个爹又有何用？再说他不曾期待过一个爹，若是相认，两人日后又该如何相处？

罢了，既然他爹以为妻儿已死，他又何必再认下这门亲事，惹得大家两相尴尬呢？

楚云辞今日想得通了，正欲离开此地，却见楚清萧出了府来。

见府门守卫称他为将军，楚云辞自然就知他是楚清萧。

第一次见到这所谓的爹，楚云辞也不知道自己心里是何想法了。心里有些莫名的东西在涌动，说不清是亲近还是怨恨。这种感觉，难以言表。

楚清萧手里拿着些礼品，不知要上哪儿去。

他不是孤家寡人了吗？还用出门拜访谁？楚云辞心里疑惑，便偷偷摸摸跟了上去。

本准备今儿个就此将两人的关系打住，却还是没能忍得住心里的好奇。

楚清萧兜兜转转，至沐锦林的府中。一番久等，却来了人将他赶走。他也不多做纠缠，放下东西便走了。

那下人又不好将东西扔了，便拿进了府。

看这府邸，便知是官家之府。只是大臣这么多，不知这里头住的是哪一位？这位大臣竟是如此威风，不给楚清萧半点颜面。

"这位仁兄，不知这是哪位大人的府邸？"楚云辞随意拦了个路人相问。那人好生惊奇了一番。

"这你都不知道？好歹沐大人也做了几十年的都统了。"

"在下初来乍到，是以不知。能不能跟我说说，这府里住的，是哪个沐大人？"

楚云辞满面带笑，一副善人模样。那人也没有多心，直接回答了他："沐锦林沐大人。"

见此人是个心直口快的，楚云辞又问道："兄台可知这沐大人与那楚清萧将军有何关系？"

"这楚将军都离国二十多年了，哪能跟这些大臣扯上关系呢？要真有关系，那也是老一辈人的关系了。"

"原来如此，便多谢兄台了。"

楚云辞笑嘻嘻地抱拳施了一礼便离去。

"区区小事，何须言谢！"

那人乐呵呵地送走了楚云辞，才回过神来：这人问这些干什么呢？

楚云辞也是好奇得紧，楚清萧不见那些个高官大臣，只来拜见这个名不见经传的沐都统，是为何意？

若说是熟识吧，却没将他欢欢喜喜地迎进府去。若说是不识吧，他为何要拿自己的热脸贴人家冷屁股？而且这沐都统半点不待见他，他也不在意不生气，还硬要给人送上礼品。

此中定有猫腻。

也忘了问那沐都统年方几何，才好有个推断。

楚云辞想不明白，也就不再想了。反正还有夜离轩这个百事通，回去问上一问就晓得了。

楚云辞回到府来，凤倾月正好陪夜雨泽戏耍去了，只剩夜离轩一人在书房临帖。

楚云辞心中直道庆幸，免得打扰了两人卿卿我我，又遭到夜离轩的记恨。

"夜离轩，问你个事。你可知沐锦林沐都统？"

楚云辞向来与他直来直往惯了，便是夜离轩当上了王爷，他也照旧是直呼夜离轩的姓名。

"废话。"

夜离轩瞥了他一眼，道出这么两个字，又埋头于书写之中。

朝中上下哪个官员他不认识？楚云辞这一问，着实有些多余。

"那你可知他与莫子潇有何关系？"

莫子潇？不就是那个三十年前的武状元吗？听说一直潜伏于瀚羽，才有了领军投降一事。原名好像叫个楚什么的，难不成跟楚云辞有什么干系？

那沐锦林都是上了七十岁的老臣了，若说跟莫子潇有关系，那也是陈年旧事了。

三十年前自己都还没出生，如何能晓得这些陈年旧事？

"怎么，你想知道？"

夜离轩也不说自己不清楚，只这么问了一句。

若说楚云辞跟莫子潇有点干系，好像能说得通。不然他向来不关心世事的人，现下问自己这些风马牛不相及的东西有何意思？

"你就说你知不知道吧。"

"那你得说你想不想知道了。"

夜离轩就想把他悬着，悬得他心里痒痒。

可这一问，却把楚云辞问住了。

他本来就不打算跟楚清萧扯上干系的，现下问了这问题来干甚呢？他都没打算认这个爹，还管这些事来作甚？

"得，我也就是有些好奇。现下不怎么好奇了，你随意。"

楚云辞风风火火地来，又风风火火地离开了，半点不曾理会夜离轩的无语。

楚云辞不好奇，却勾出夜离轩的好奇心了。

他整日像个没事人似的待在府中，今日却突然问及自个儿此事。其中绝对有什么事，是同他扯上了干系的。

自己便日行一善，帮他探个究竟，给他找些事情做做。

第四十八章
选妃大典

　　夜离轩觉得，楚云辞这人天生就是来气人的。

　　夜墨澜赐府邸他不要，偏生要住在自家王府里的一方小院中。

　　那院子真的有他说的那般好，冬暖夏凉，风景如画？反正自个儿住了这么些年，倒是半点没看得出来。

　　偏偏他这种要求夜墨澜还答应了他，惹得夜离轩更是一阵气结。有了皇上旨意，夜离轩自然拿他没辙。

　　夜离轩的王府多了这么只吵闹的麻雀，鸠占鹊巢便也罢了，时不时还要被他的皇命不可违来威胁一番。

　　夜离轩对他冷眼以待，他也半点不曾介意，反正就是一副死猪不怕开水烫的态度。

　　日子就这么欢欢喜喜地过着，楚云辞唯一的作用，便是让凤倾月与夜离轩的关系越发亲近了一些。

　　眼看着两人关系和解了不少，却有其他的麻烦事找上了两人。

　　离先帝长逝已过去了三个月，孝期已过，众臣便催促着夜墨澜选妃了。

　　夜墨澜做皇子的时候没皇子妃，连姬妾也是少得很。偌大个府里，就只有两个美娇妾独守于空房。

　　就这么两个女子，也还是人硬塞来的。他看着还合眼缘，就留卜了人来。

姬妾少，倒不是因为夜墨澜不好女色，而是他常年行军打仗，也没什么时间物色哪家娇女。

回来找找乐子，家里的女人又是无趣。便最喜去含雪阁转悠，买下新进的花魁首夜。

虽说那里的花魁都没被人碰过，不过懂得却很多，总能让人有些情趣。

那些伺候过夜墨澜的花魁，便是以后不再接客，也没人敢为难她们。不过就算是卖艺不卖身，夜墨澜也不会纳了这些身世不清白的女子。

那些女子，总归是一腔痴心错付了。

夜墨澜姬妾少，又没有皇子，便是他不着急，大臣们也得替他着急了。

先帝孝期过后，便急急忙忙地让他选妃。若是可以，怕是还想他定下了皇后来。

百官都上书请求，夜墨澜自是没法多做推辞。再说他后宫就那么两个嫔妃，也着实有些不像话。

得他同意，选妃大典便也就热热闹闹地开始操办了。因夜墨澜后宫佳丽稀少，前后不过一月之期，选妃大典便急急忙忙地筹备完善了。

夜墨澜现还年轻，可以说这些大臣着急的不是他有无皇子继位，而是迫切地希望自家女儿能够一飞冲天。当然，能摇身一变成为金凤凰，那自然是最好的。

可这夜墨澜选妃，为什么说是麻烦事找上了夜离轩呢？

本来夜墨澜选妃，跟夜离轩八竿子打不着，偏偏这时的夜墨澜看着谁都不甚满意，这个嫌矮，那个嫌瘦，另外一个却嫌其笑着没有凤倾月一般的梨窝。

凤倾月呀凤倾月，底下女子各种姿色，百般花样，他怎么就独独好个凤倾月呢？

夜墨澜留牌之时，前几个或多或少都带了点凤倾月的影子。一轮下来，他自己也有些吃惊。堂堂一个皇帝，觊觎兄长之妻，若传出了这些不堪的流言蜚语，岂不滑天下之大稽。

再往后了看，夜墨澜挑的便是与凤倾月差异很大的女子。要么眉眼中带着万种风情，要么神思中有些多愁善感，要么中规中矩，不出色却也算不得差。

反正，都不是自己所喜欢的。

夜墨澜突然觉得心神疲惫。他比以前多了些什么？至高无上吗？除了每日朝臣的参拜，宫中宫女太监的唯唯诺诺，他还能从哪里体会到皇上的权贵？

每日无休止地应对着繁忙的国事，还没有他身为皇子时的一半自在。便是曾经他为皇子之时，还不是一样昂首立于这些人眼前。他心心念念求来的，却是自己的不乐吗？

可夜离轩看起来，却半点不曾忧心难受过。他与凤倾月的日子还是一样地过，没能因为得不到皇位而少了半分快活。他突然有些想知道，那种一生一世一双人的感觉。

只可惜，今生无缘了……

夜墨澜心里留有遗憾，更是觉得眼前的众多女子碍眼得很。自个儿不高兴，没道理让别人欢喜了不是？

他既是皇上，就没道理浪费了这一番权势才是。他不快活，就算不能让天下人陪着他不快活，他也要让夜离轩和凤倾月两人陪着他不快活。他凭什么要憋着一肚子气，成全了两人？

夜墨澜就是嫉妒了，完完全全地嫉妒上了。可他不想叫两人自在，也得有个说得过去的理由不是？

夜墨澜以贤王子嗣单薄为由，让凤倾月入宫挑选几个小官之家的女子，为夜离轩延绵子嗣。

君恩不可辞，凤倾月虽是满心不愿意，却也得打肿脸充胖子，笑容可掬地入宫去，对着一批莺莺燕燕挑肥拣瘦。

凤倾月入宫挑选的女子，自然是夜墨澜挑剩下了的。

这些女子虽说伺候不得皇上了，可毕竟是小官之女，能入王府也是不错的。一个个都做了一番打扮，看起来可人得很。

哪个女子希望自己的夫君雨露均沾？看着这些如花似玉的女子，凤倾月还真不想挑了回去伺候夜离轩。

"皇上，臣妾觉得这些女子个个都好，心里喜欢得紧。就是摸不透王爷的心意，但求皇上准了臣妾的愿，让王爷亲自挑选合其心意的吧。"

自己选了人，还得自己亲手送向夫君的床榻，这样的事实在叫凤倾月好生难为。她倒宁愿夜离轩自个儿亲自来挑，她也落得个眼不见心不烦。

夜墨澜本就想的让凤倾月与夜离轩生了嫌隙，谁来挑选结果其实都差不多。不过相比让他对着夜离轩，他自是更愿意对着凤倾月的。

夜离轩哪里在意过她的想法？要她将妾的儿子认为嫡子，日后还得让夜雨泽承袭王位，他此般作为，将她置于何地？

他如何配得起她？凭什么拥有她的好？

可惜，夜墨澜就算是百般看不过眼，她也只能是别人的妻。

"得，你拿不定主意，便让我替你挑吧。"

凤倾月领着两个女子出了宫门，心里甚是迷惑。

她半点不懂夜墨澜的意思了，一开始说要替夜离轩选上十个绝佳的女子，将夜离轩的填房夫人都备足了。

结果一番精挑细选，却只挑了两个姿色较其他人稍显平庸的女子。

他是有意拿这两个不甚出众的女子，来贬低夜离轩的吗？他既已成帝，高高在上，又何至于此呢？

凤倾月实在好生无奈。却不知夜墨澜知晓了凤倾月的这般想法，会是怎么一番哭笑不得。

夜墨澜一开始打定的主意，确是不让两人只羡鸳鸯不羡仙地过活。可见了凤倾月谈笑间甚为勉强，便生生折转了念头。

她这般的女子，着实不应在寂寞惆怅中憔悴度日的。

犹记她初来西夜，宫宴赐婚时的要强。她泪眼蒙眬，却坚定地说出了那句不委屈。那种略微心疼的感觉，夜墨澜现下仍铭记于心。

她那般模样，应是爱过他的吧？

他成全不得她，又怎舍得再让她受了委屈？若是惹得她郁郁寡欢，孤老一生，他就快活了吗？

夜墨澜念及此，心口揪得生疼。罢了，他算是着了魔了。

他无意惹得凤倾月伤心，又不能收回自己的话，便随意指了两个不出众的入了贤王府。

凤倾月将两人领回了府，引给夜离轩见了一面。结果夜离轩甚是不快，让凤倾月将两人打发回去。

毕竟是皇上赐下的恩情，怎能拒绝了去？

凤倾月虽说以前也有任性违命于自个儿的父皇，却明白君恩不可辞这个道理。

夜离轩虽贵为王爷，可毕竟是臣，怎可打了皇上的颜面？凤倾月便做主将两人安置在了后院，派了几个丫鬟前去伺候。

夜离轩一听她将两人留了下来，心里生气得很。倒不是气她逆了他的意，而是气她半点儿也不吃醋。

这女子哪有这般的，不想独占夫君，还要将夫君使劲往外推的？

若不是没心没肺之人，那定然就是她没将自己放在心上。一想到此般，夜离轩自然好生大怒。

她向来不在意自己，难不成还要自己讨好于她？夜离轩心头不甚爽快，又回了自己的主院安歇。两人的关系又冷淡了下来。

楚云辞见此趋势，觉察出不对劲了。都说这女子喜欢使些小性子，可夜离轩发起脾气来，倒跟那些个小气女子比起来也是不遑多让。

楚云辞眼见着两人闹了脾气，自然是要夹在中间充当一番和事佬的。

今日瞅着凤倾月在后院凉亭小坐，便笑嘻嘻地上前讨了杯茶水。

他品了口茶，便瘪了瘪嘴，半点不适应茶水的清淡。

说了几句不如美酒的戏话，惹笑了凤倾月，便突然说起了其他事来。

"你最近倒是清闲得很，前些日子不是时时陪着夜离轩同进同出的吗？"

楚云辞说话向来口无遮拦，凤倾月早已波澜不惊了。

她扯出一抹浅笑，也不见以往的娇羞了。淡然回了他的话，好像自己不是局中人似的。

"王爷政事繁忙，哪能时时纠结于儿女情长呢？"

夜离轩这个王爷根本没有半点实权，哪能操心于政事？便是他想操心，夜墨澜能给他机会？他要想政事繁忙，除非他能谋朝篡位！

　　此般放肆之言，楚云辞自然只能在心里腹诽一番。明知道凤倾月在睁着眼睛说瞎话，他还反驳不得她，只得另辟蹊径。

　　"便是他忙得不可开交，你也能去看看他不是？你看那些个姬妾，每日做好些吃食往他那边送，你就不过去看上一眼？"

　　楚云辞还不知道夜离轩什么心理？就是想让凤倾月先行讨好他一番，给他争回几分颜面。凤倾月若肯退让一步，保管两人和好如初。

　　"也是我不甚贤德，半点不会做那些东西。不过有其他姬妾为王爷尽上一份心意，我也就放心了。"

　　她这么说，就是不肯退上一步了。两人都是这么个倔脾气，还真是让他这个旁观者都看了心急。

　　以前虞婉婷怎的就没跟夜离轩闹出问题？到底是那两人以前爱得够深，还是这两人现下不够相爱呢？

　　楚云辞也没爱过谁，自然不明白感情的莫名其妙。有时候相爱的两人不一定互相了解，而不爱的两人未必不能够磨合。

　　夜离轩是个吃软不吃硬的人，而虞婉婷就是那个能与之磨合的人。两个人在一起，一个软一个硬，自然适合。可要说他们有多相爱，只怕是亲情高于爱情的。

　　现下的凤倾月和夜离轩，就好比以前的皇德妃跟夜凌昊一般，相爱不一定能相守。现下两人互不相让，却不知两人以后能否有自己的造化了。

　　凤倾月知道楚云辞在劝她退上一步，她却不明白自己为何要退。

　　她不知夜离轩在同她置什么气。是气自己不听他言，自作主张留下了那两个女子吗？他不也有不知会她一声，就定下世子的时候吗？

　　难道她就应该好脾气原谅了他，事事以他为先吗？她想要的，并不是这般过活。就算人有高低贵贱之分，可感情的事又如何能只让一人面面俱到呢？

　　她不想退，也不能退。如果爱上一个人就得委屈自己低声下气的话，她宁肯心口滴血，也要仰首而活。

难道女子就应该活得窝囊？从头至尾，倒没人这般教导过她。他有他的气概，她亦有她的骄傲。他如果想要那般的她，她也只得道一句对不住了。

楚云辞被凤倾月一句话噎住，不知道该说些什么好了，两人就这么沉默了下来。

凤倾月静静地看着一池春水，锦鲤四处游荡，突然出声打破了平静。

"不知虞婉婷是怎么样的？"

楚云辞还正想着虞婉婷呢，凤倾月这一问，倒把他问得愣了。

她怎么也想到了虞婉婷？

凤倾月只是想知道夜离轩对虞婉婷是怎么个态度罢了。府里的人都知道他爱着虞婉婷，她却不知他是怎么爱着那个女子的。

他对她，会有多少包容呢？

凤倾月心里突然很想知道夜离轩跟虞婉婷的过往，却也知道问府里的人是问不出来的。

而楚云辞定然是晓得这其中情况的，是以才突发此问。

楚云辞知道是知道，可他又不想说出来。凤倾月现下明显是存了比较之心，若是知晓了夜离轩以前对虞婉婷百依百顺，岂不更是心有不甘？

一个已死之人，何苦将她置于两人中间，徒增两人心头隔阂呢？

"他们两人的事，其实我也不甚清楚。"

听着楚云辞明显的推托之词，凤倾月却笑了。

"你不说我也猜得出来，总归是比我好的吧。"

比她好吗？楚云辞倒是从不觉得。虞婉婷可以说除了针织女红，其余的样样不如凤倾月。初次见面之时，他就觉得夜离轩喜欢的不该是这样的女子。

偏偏夜离轩就是把她爱到了骨子里，楚云辞对此也只能道一声缘分了。

楚云辞突然站起了身，正经地对她说着："你是个世间少有的女子，无须妄自菲薄。说句不客气的，她虞婉婷半点比不上你。"

他这话绝不是安慰凤倾月之说，而是打从心里就是这么认为的。

不过及不及得上，他说了也没用，还得看夜离轩心里是如何想法了。

"你这么说，我可就不信了。"

楚云辞这么说，是怕她心里不爽快吧。

若是说虞婉婷没有她半分好，夜离轩何至于对她念念不忘？她倒不是同一个已死之人吃醋，只不过是想知道虞婉婷如何与夜离轩相处而已。

"说真的，你就是这性子太要强了。以前夜离轩哪曾与虞婉婷闹过脾气，都是夫唱妇随，没见过两人背道而驰的时候。"

楚云辞坐回身子，抿了口茶，清了清喉。

凤倾月沉思了一阵，又问道："那她快乐吗？"

这个嘛，应该是快乐的吧。哪次见她不是小鸟依人，幸福满满地贴着夜离轩的？

"倒是看不出她心里不快。"

楚云辞这话也没说得太过武断，毕竟人心不可揣摩，万一她心里不乐却没表达出来呢？

虽然楚云辞自个儿都觉得这可能性微乎其微，却也不想说两人以前快活得很，刺激了凤倾月。

凤倾月想：虞婉婷应该就是那种温良贤淑的女子吧。她可以步步相让，可以迁就得夜离轩没有半点脾气。自己却做不到的。

凤倾月可以让夜离轩一步两步，却容忍不得自己步步相让。她放不下颜面去处处讨好他人。以前没有，以后也不会有。

若是夜离轩想着她如虞婉婷一般，两人到最后怕也只得相敬如宾，凑合着过了。

她心里还是惦记着夜离轩的好的，可一码事归一码事，不代表他对她好，她就可以放弃自己的坚持了。

"你也别想太多，虞婉婷已经去了，怎么也不会分开你们的。夜离轩那人就是死鸭子嘴硬，我敢说他定然是喜欢你的，只不过放不下身段罢了。"

凤倾月自是感觉得到夜离轩对她的疼惜的。楚云辞这番话，还是想着让自个儿退上一步了。

他放不下身段，就要让自己放下身段吗？这是什么道理？她就是不想让！

"起风了，这初春的风还有些阴冷，倾月身子骨弱，就不陪楚公子了。"

凤倾月不想再继续这个话题，便随意扯了个借口，回昕雨轩去了。

夜里突然下起了大雨，雨点砰砰地敲打着窗子，惹得凤倾月心乱如麻，半点也睡不着。

她也不知，自己是因的这场雨，还是因为夜里传来的那则消息乱了心神。

夜离轩去了秋熙院，看现下外面的天气，定是要在那里过夜了。

她想过会有这么一天，却没想过这么快。前一阵还好好的，后一阵就起了大变化。

她以为她接受得了，现下看来，她还是无法无动于衷的。

他怎么可以前一刻还说着情话，后一秒就立马变卦呢？

当初父皇也是，嘴上说着牵挂母后，转身又去了其他妃子的寝宫。难道世间男子都是这般的吗？

凤倾月闭上眼，眼泪便流了出来。她有些惊讶，忙伸手抹去了眼泪。

有什么好哭的呢？不都是平常之事吗？那女子还不是自己安顿下的吗？什么都是自己事先知晓了的，还哭什么？可她就是甚不争气，泪流不尽……

第二日凤倾月起身，将玲珑吓了一跳。玲珑也不好说什么，只是默不作声地帮凤倾月洗漱上妆。

凤倾月上妆之时，看着自己两眼通红，也明白过来玲珑起先的吃惊了。

"昨夜不知怎的，眼睛甚疼。兴许是用手揉得太重了，才弄得两眼这般模样。你上厚一层脂粉，将这些许红肿遮盖了吧。"

"是。"玲珑这声应得委屈，隐约带着些哭腔。

凤倾月心里一叹：看来还是有个心疼自己的，也算是好了。

就算两人没说破，玲珑也晓得这是怎么来的。眼看着主子受了委屈，自己心里也跟着心疼得紧。

玲珑伺候了凤倾月这么久，若再不晓得那男女之事，当真就是木讷得很了。

昨夜夜离轩去了秋熙院过夜，玲珑自然晓得主子伤心的是什么事。可她若是相劝，主子说不定心里更是难受。

她劝也劝不得，只能让凤倾月自己迈过这个坎了。

妆化好了，半点不见憔悴的模样。凤倾月开心地赞了一句玲珑心灵手巧，以让她觉得自己没那么在意，让她也放宽了心去。

凤倾月昨夜哭了些时辰，今日心里也没有那般难受了。

用了早膳，便准备出府找满贯，一起散散心去。

她不想理这些让人心烦意乱之事，却偏偏有人不想让她逃开了身去。

她正准备着出府去，安嬷嬷却前来禀告，秋熙院的那位请安来了。

凤倾月也是乐了。安嬷嬷用词也是新鲜，不说哪位夫人，而是说的秋熙院那位。兴许是怕惹得自己不高兴吧。

凤倾月不知这秋熙院的来此为何，坐在堂上，便叫了安嬷嬷去请人进来。

难道又是想来摆谱的不成？

"木菁拜见王妃。"

凤倾月抬眼打量着这个她从宫中带回的女子。人长得有模有样的，看着也挺老实，却不知她心里究竟是何想法。

她还没道明自己的意图，凤倾月自然也不会显露了自个儿的心思。

"起了吧。"

"谢王妃。"

木菁起身，看着眼前的人儿，心里一番赞叹。

便是她同属女子，也是觉得王妃美得让人着迷。王妃今日点了淡妆，比那日入宫之时的清颜素面更显靓丽。

"今儿个怎么突然想到至我这儿来了？"

木菁起身后直愣着不说话，凤倾月只得先行开口问明她的意图。

她听了话，明显有些犯傻疑惑。

"是府里的姐姐说伺候了王爷，便是府里的正经夫人了，理应前来拜见王妃一番。"

哦，原来是平白无故让人当了枪使。她看起来倒是娇憨，不过心里有没有半点炫耀的心思，凤倾月也摸不怎么透。

管她是真心也好，假意也罢，凤倾月都不想纠缠于这些家宅暗斗之中，直接下了逐客令。

"我这人是最不喜人家打扰的，最初之时就免了府里的夫人过来拜见。怎的没人跟你说起过吗？"

凤倾月也不拐弯抹角，一句话点明，木菁也知着了别人的道了，心里暗道糟糕。

她急忙俯身作礼，嘴上忙告罪："卑妾着实不知，还望王妃恕罪！"

"免了，日后谨记便是。退了吧。"

凤倾月心里不爽快，也没心思给她来个下马威，便将她打发了去，眼不见心不烦。

见木菁退走，凤倾月出去游玩的心思也没了。她倒想看看，是谁要给她找满心的不痛快。

"安嬷嬷，下去查查，是哪位夫人大清早的就去秋熙院乱嚼舌根。"

"是。"

虽说凤倾月从没拿过下人出气，却还是对她们有几分威慑的。

安嬷嬷看着她平静如常，心头却有些打战。

心中直想：不知哪位夫人这般犯傻，明晓得王妃不是个好惹的，还要来生这些个是非！真当王妃不计较就是怕了她们？

她算是看明白了，王爷实则对王妃包容得很。两人虽说是闹了些矛盾，可还是正经的一家人不是？岂是她们插得了足的？

安嬷嬷一番打听，原来是沈流烟在木菁面前嚼了舌根。

沈流烟这个人，凤倾月有些印象。听安嬷嬷说夜离轩以前对她挺喜欢，上次领着一群人闯进听雨轩的也是她。

区区一个妾，还跟她闹上了？

凤倾月倒没有立即收拾沈流烟，而是将她记在了心上。明晓得夜离轩现在在同自己置气，说不定自己生谁的气他就越是宠谁，凤倾月怎么可能让沈流烟有半点上位的机会？

她若是不在自己眼前玩弄手段也就罢了，任她如何对夜离轩死缠烂打，自个儿都不会干涉。

偏生她没脑子，要不自量力了来，还用得着给她好颜色看不成？

"玲珑，去找了连翘来，我们出府去。"

正是春暖花开、清风送凉的好时节，凤倾月待在府里却烦闷得很，还是准备着出府走上一遭。

凤倾月出府，自然是前往钱满贯处。也只有跟钱满贯和楚云辞相处着，她才能开心一些。既是不想待在府里，也就只有来满贯这儿了。

"听说皇上赐给了贤王两个小妾，你今日整个人都心不在焉的，是不是在为此事发愁？"

满贯跟楚云辞一样，说话向来没有顾忌。她虽是知道这话说出来，凤倾月心里会难受，却也是想帮她解决了问题。

她没等着凤倾月的回答，便自顾自地说了话。

"夜离轩他对你，不可谓不好。这世上之事就是这样，男人三妻四妾乃是常事。平民尚且如此，更别说他这么一个王爷了。"

凤倾月明知道满贯这话是对的，却还是相信了夜离轩那句但求她共此一生的戏言。

"满贯，你说这世上有不见异思迁、喜新厌旧的男子吗？"

凤倾月问出这句话，心头甚是低落。

本以为世间男子都这样了，却没想到钱满贯给了另一个回答。

"自然是有的呀，我爹不就是一个。"

当然，钱满贯自是希望苏子逸是一心爱慕于她的另一个。

"只不过可能是我娘太过凶悍，容不得我爹纳妾。所以直至现在，我爹才守着她一个吧。"

凤倾月听她这么一说，先是很惊讶，后又笑着摇了摇头。

"我倒不这么认为。你爹若是不爱你娘，又怎容得下她的刁蛮性子呢？"

如果一个女子可以用凶悍征服一个男子，那定然是这个男子爱极了她。

听满贯这么说，凤倾月突然很羡慕。难怪满贯有如此洒脱不羁的讨喜性子，原是因为生活在这种欢喜之家中。

"呵呵。"

钱满贯该是想起了什么乐事，不自禁地笑出了声来。

"你说得对，我爹他就是死鸭子嘴硬。常说他是一眼误终生，被我娘的表象骗了。明明就是他乐意至极的！"

一生之中，能有这么一件乐意之至就是无比幸运之事了。

凤倾月感叹一番，抽回了神思。

"满贯，你可曾想过自己的终身大事？"

她明白满贯对苏子逸的感情。苏子逸是个不错的，值得满贯托付终身。他嘴上虽说着满贯见钱眼开，心里头却不该是这般想法的。

苏子逸这样的清高之人，若他打从心眼里觉得满贯是个势利之人，根本就不屑与满贯结交的，更别说将她收入应天门下了。

"自然是想过的，若不得一心一意，两相厮守，那我宁愿不要。"

凤倾月本欲帮她求道旨意，成全了她与苏子逸两人。想着她与苏子逸大婚之后，彼此定能互相理解，双宿双飞。她现下这话，却将自个儿的话堵了回去。

若是请旨，那便是强求了。就算两人以后亲密无间，满贯心中也会有此心结。

她想要自己争取，便让她放手去争吧。她的美好，苏子逸总归会发现的。

或许他早已发觉了，爱上了，却浑然不知。

就如自己对夜离轩一般，直到思念之时，才晓得是恋上一个人。

第四十九章
嫉妒

凤倾月念及钱满贯这句"宁肯不要"，心里便郁结得很。曾经，她也是这般性子，得不到想要的，宁愿不要也不愿将就。

可她嫁给了夜离轩，便已是注定了自己这一生的悲哀。为何男子就不能如女子一般，一心一意呢？

罢了，多想也是无用，唯愿满贯能得偿所愿吧。

"有时候两个人相互喜欢而不自知，因一件事才走到一起，那不叫强求，而是两个人的缘分。他定然是心中有你的，我看得出来。你若是想，我定为你求得皇上开恩。"

不过是赐婚这么个小小的要求，夜墨澜不会拒绝她的吧。

凤倾月告辞离去之时，还是对钱满贯说了这一番话。该强求时便得强求，不然拖拖拉拉的，说不定就错过了。

钱满贯却心中苦笑：你觉得他喜欢我，我看出的却是他牵挂着你。你与他不可能，他与我又何尝可能？

若是强求了苏子逸来，他的心却不在她的身上，那还有何意思？

凤倾月回府之时，带了夜雨泽最喜欢吃的杏仁糕回来。

她提着糕点踏进夜雨泽的小院，便听说夜雨泽被夜离轩叫去了海棠院品尝糕点。

海棠院正是沈流烟居住的院子。他不只要自个儿过去，还要将泽儿带过去与沈流烟亲近。

即便她不动声色，夜离轩还是找准目标气她来了。他这人，当真可恶！他以为他四处留情，就能逼她就范吗？

哼，既然他喜欢唯命是从的，便去找那些个填房姬妾好了，她半点也不稀罕！

夜里，自然有人来回禀了消息，说夜离轩歇在海棠院了。前一阵向来无人报告他的行踪，现下却好像每时每刻都有人回禀他的行踪。他确实成功了，成功激起了凤倾月的嫉妒。

凤倾月愤愤不平，强迫自己不去想他。却好一番气闷难耐，翻来覆去眼前都是那个人的影子。她不快乐，真的不快乐。她的心揪得好像窒息一般难受。

夜离轩每晚都换着姬妾侍寝，起初凤倾月心里很折磨。过了几日，却越发麻木了。

夜离轩对她，根本不是爱吧。爱一个人，怎舍得让人如此难受呢？

凤倾月学会了假笑，对谁都笑得特别真诚。每日还要叫陈东给前一日侍寝的姬妾送上补品，让她们补好身子，以便为王府延绵子嗣。

连她自己都觉得，自个儿是不是被气得傻了。不过她照旧自顾自，半点儿不受妨碍。

楚云辞都被夜离轩气得跳脚了，让他去昕雨轩赔礼道个歉，好生将凤倾月安慰一番。

他为两人着急，却被夜离轩一句"男人三妻四妾本是正常，受不了也得受"气得瞠目结舌。

他以前对虞婉婷哪里是这样的？为什么可以与虞婉婷白头偕老，却要让凤倾月迁就于他呢？

楚云辞突然觉得夜离轩变了，变得让人难以接受。虞婉婷有什么好的，可以让他死心塌地？凤倾月又有什么不好的，足让他退避三舍？

夜离轩其实心里早已气得发狂。一直不停地问自己，为什么她能够半点不在意他？为什么她还能镇定自若，谈笑风生？为什么？为什么！

她就不能表现出一点点在意，一点点嫉妒吗？哪怕有一点，他也会觉得她是爱着他的。可惜，她除了笑靥如花，什么都没有。

她爱他，不如他爱她多。或许，她并不爱他。不过是自己先爱上了，一厢情愿罢了。

她既然不在意他，他又何苦在意于她？

夜离轩越发变本加厉起来，有时早起也能与人缠绵至午后。可看着凤倾月温善娴静的笑容，还是刺眼心疼得很。

两人表面上相敬如宾，隔阂却越来越深……

四月初八将至，皇上寿辰，特地于宫中设宴款待文武百官。

因先帝孝期在年节之时，是以朝廷上下都没有过节的准备。便趁着夜墨澜生辰之日，让大家热闹热闹。

凤倾月特地向钱满贯做了打听，准备送份好礼给夜墨澜。可惜夜墨澜没什么众所周知的爱好，只听说他的母妃，也就是现下的皇太妃喜欢兰花。

也是因皇太妃喜欢兰花，所以先帝当初赐号之时，赐了她一个"兰"字。

凤倾月找不到讨好夜墨澜的方法，也只得讨好于他的母妃了。她自己又不宜四处奔波，只得劳烦满贯为她找一株珍奇的兰花来。

钱满贯办事果然牢靠，不出两日就替她找来了一株瓣莲幽兰，正是临近花开之时。

凤倾月捧了这株兰花回去，闭门不出，自个儿亲自照料着，生怕它开不出好看的花来。

夜离轩自然晓得她在院里鼓捣着什么，以为她培育兰花以修身养性，便没有多加理会。

皇上寿辰，自然要提前备以厚礼的。夜离轩吩咐着陈东从库房挑选几件珍品，凤倾月却自告奋勇地站出来说屋里的兰花花开正好，可以献上。

夜离轩立即将兰花与宫中那位做了联系，顿时大怒："这什么东西？也配送给皇上祝寿！"

她半点不搭理他，却细心培育这株幽兰，讨好于夜墨澜的母妃。她心里住下的人，难道是夜墨澜不成？怪不得前一阵夜墨澜有那般圣旨了！

夜离轩心里嫉妒得想将眼前的东西砸个粉碎，却生生忍住了心头的暴怒。

"夫君看不上，便不送吧。玲珑，将幽兰带回去。"

凤倾月看出了他的生气，顿觉他奇怪得很。她送的东西，怎么就上不得台面了？她心里也很生气，却不想同他多做争论，便退了一步。

好在她退了这一步，不然夜离轩定是要将这好好的一株幽兰毁了去的。他怎能让她当着自己的面，去讨好别的男子！

夜离轩这妒忌实在没理得很。都说这女人吃起醋来不得了，可这男人吃起醋来更是了不得。

凤倾月着实想好生感谢夜墨澜一番的，可好不容易弄了株瓣莲幽兰来，却被夜离轩隔在了半中央。

夜离轩那个倔脾气，她是拿他没法子了。只得另辟一条蹊径，让人代为赠送。

凤倾月为何想尽自己的一份心意感谢夜墨澜？一切还得从前阵子夜墨澜下的那道圣旨说起。

因凤央皇帝葬于琯城，是以琯城现下城门大封，已是一座空城。如今天下一统，朝中自然有人出声询问如何开放这座空城。

听说凤央皇帝是埋在冰窖里的，若是不移动尸身，他便要时时受人践踏。若将他的尸骨移出，未免让他死后太过难堪。

他难不难堪，夜墨澜倒不怎么上心，怕就怕惹惹了凤倾月的记恨而已。

夜墨澜便下了道圣旨，大意是凤启枭早先降于西夜，便将他赐为异姓王。既然他死在了琯城，便将琯城城门封死，再打造打造，设为他的陵墓。

文武百官有些不解皇上何至于此，却也没人敢逆了他的意。

没想到凤启枭在凤央很受人尊崇，此旨一下，前凤央的百姓纷纷叫好称赞夜墨澜。

众臣见世人赞叹不已，想到皇上用一座小城换来无数臣民爱戴，便在心里道了一句皇上英明。

却不知夜墨澜这番英明，只是误打误撞罢了。

凤倾月也是从满贯处晓得这道圣旨的，心里头一直对夜墨澜百般感激。便想于夜墨澜的生辰之日，表达自己的微薄谢意。

待到四月初八，众官携同家眷早早就至正德殿等待。

夜墨澜到了，众人齐齐拜寿。

之后，报礼的太监便宣起礼来。

送给夜墨澜的寿礼，着实让这些大臣为难了一番。太过贵重，怕惹得圣上起疑。太过轻微，又怕落了皇上的面子。众人只有挖空了心思，从这精致上讨得些好来。

这些寿礼虽不如奇珍异宝亮眼，却皆是新奇的玩意，惹人好奇得紧。

夜离轩本是对这些玩意半点没有关注的，却在一件寿礼亮相之时，生起了满腔怒火。

这样东西，夜离轩自然是认得的。不是凤倾月那株瓣莲幽兰，又是何物？

偏偏送礼者不是他这个贤王，而是楚云辞那个国师。这东西若不是凤倾月给楚云辞的，还能是谁？

她表面上听从了他的话，背地里却另有一番动作。她当真是要惹恼了他吗？她嫁给了他，为何就不能安生做她的贤王妃？

她现下讨好于夜墨澜是何意思？见异思迁，还是她的心思本就在夜墨澜那儿？

夜离轩越想越生气，可当着这么多人的面他又不好表现出来。只得饮尽杯中苦酒，郁结于心。

凤倾月明显觉得夜离轩有些不对劲了，却没往这方面想。他脾气来得向来没头没脑的，她哪里会想到自己叫楚云辞代送个东西，就将他惹恼了去？

便是知道了，凤倾月也未必会怕了他。他自己不送便也罢了，还容不得别人送了？简直是不可理喻！

报礼结束后，夜墨澜赐下宴席。丝竹之乐缓缓而起，清幽动听，让众臣心里大为安逸。

才举行了选妃大典，各家大臣随行而来的女眷自然是少了许多。没了众多适婚女子的献艺之举,宫宴自然是少了许多看头。

而起初于宫宴中崭露头角的慕容荨与肖子娴两人,也已成了夜墨澜的嫔妃,赐座于侧。

此时的皇太后,也就是当年的皇后,心里自然是庆幸的。还好自己谨慎没押错了赌注,不然今日的皇太后怎会是自己?

若是慕容荨嫁给了夜离轩,她与皇上隔阂颇多,只怕她这个皇太后是坐不安稳的。

凤倾月见夜离轩一直与酒为乐,接连不断地饮了十几杯,喝起来一杯快过一杯。也不知自己心里是怎么想的,突然劝了一句:"夫君,不如用些饭菜吧?"

夜离轩瞥了她一眼,又干尽了杯中之物。

哼,你也有关心我的时候?

凤倾月见他不搭理自己,也不想自讨了没趣。拿出绢巾,帮泽儿擦拭了嘴角,就没再看他一眼。

凤倾月理了他吧,他要闹着别扭。凤倾月不理他了吧,他却更生气了。

只见他放下酒杯,便对身边斟酒的宫女说道:"这小杯怎么喝得过瘾?给我换个金樽来。"

那宫女一听,立即将他的夜光小杯换了去。他拿着那斗大的金樽,照旧将酒一口闷了下去。

场上唯一能与他相比者,便是楚云辞了。见他换了个大的金樽,楚云辞也吵着不过瘾要换上一个。

楚云辞喝过不少美酒,自然也喝过这种进献于宫中的琼浆玉液了。虽说他喝过,却不代表他不稀罕。难得有喝不完的美酒,又没有喝自己的那般心疼,他自然拼了命地使劲喝。

凤倾月知道楚云辞是个好酒之人,可是夜离轩为何突然如此,她却明白不得了。

夜离轩喝了一杯又一杯,终是不再喝了。他怕克制不住自个儿,会当场发了狂。谁说酒能解千愁,为何他越喝却越难受?

到底是这酒水太过苦涩，还是他心里满怀苦涩？

若不是凤倾月这个人，他何至于此？他的心从未这般痛过，为什么她感觉不到！

宫宴结束，凤倾月见夜离轩起身之时有些摇晃，便扶了他一把。夜雨泽也是个乖巧听话的，见她扶着夜离轩，也蹿着小身子至夜离轩另一边，握住他的手带他缓步走着。

夜离轩脑中还很清醒，却没将他们放开去。他有些喜欢这种感觉，喜欢这种淡淡的温馨。

回了王府，凤倾月便叫人送夜雨泽回院歇着了。她本想将夜离轩扶回他的院子里便走，他却硬拉住了她，不让她离开半步。

"夫君，你醉了，不如早些歇着吧？"

夜离轩见凤倾月想掰开他的手离去，手中力道又紧了几分。

"怎么，你就半点陪不得我？"

难得两个人一番相处，她却时时想要离去。她现下就这么不待见他吗？

"夫君说笑了，妾身只是怕耽搁了夫君歇息。"凤倾月被他捏得生疼，笑容却不减。

"我今日就要你陪我！"

他这句话，却引得凤倾月不满了。他把她同那些个姬妾当作一般之人了吗，呼之即来挥之即去？

她冷然地直视着他，一字一句道："我不陪！"

第五十章
隔膜

听她拒绝，夜离轩却一声冷笑。

"不陪？我是夫你是妻，此乃天经地义之事。你以为一句不陪就能了事？"

凤倾月突然觉得他很可怕，他这人太过反复了。可以对你温柔似水，转过身却也可以对你翻脸无情。

"不然你还想怎样？"

她冷冷淡淡的一句话，却激出了夜离轩的火气。

"你会知道的！"

他说完，不由分说地吻上了她。

一股苦涩的酒味席卷了她的舌尖，她艰难地别过了头，挣扎着推开了夜离轩。

"你疯了吗？"

他怎么可以如此对她，她是他的妻，他为何不能对她有一分尊重？

对，他就是疯了，借酒装疯。他脑子里清醒得很，可那种嫉妒的感觉在他心里不断地叫嚣，令他无法忍受。

他在清醒之时拉不下自己的脸面，只得在现下借着醉酒，强留了她，对着她咆哮，对着她喧嚣。

一切，以醉酒的借口。

夜离轩又欺身上前，圈紧了凤倾月。一只手按住她的头，含住了她娇艳的嘴唇。

她紧闭双唇，将他阻挡在外，却挡不住他的上下其手。他明明是个醉酒之人，一身气力却大得无比，让她动弹不得。

不一会儿，她的外衣就被他扯碎了去。只留下了一件兜肚，遮掩着她娇嫩的身躯。

他将她抱至床上，庞大的身躯将她拦在了床里。他表情冷硬得很，扯着自己的衣物。

"夜离轩，你不能这么对我！"

凤倾月被逼得急了，也不再同他好声好气地说话了，直接大叫他的名字。

她眼中含泪，心里很委屈。她不想要他碰过别人的身子拥抱着她，不想要他对她没有半点尊重，更不想要他将自己与伺候他的其他女子相提并论。

"我怎么不能了？你是我的女人，我还碰不得你了？你不想让我碰，还想让谁碰？"

她这身子早就属于了他，他也早就欣赏透了。她还想留着这身子伺候谁？夜墨澜吗？哼，做梦！

夜离轩说出这句话，面色异常凶狠。凤倾月没抓住他说出的最后一句话，只是震惊于他的凶神恶煞中。

他怎么变成了此般模样？那个对她体贴温柔的夜离轩哪去了？那个说会为她放弃其他女子的夜离轩哪去了？那个爱她、护她、疼她的夜离轩呢？

她是不是找不回他了？

凤倾月眼中含泪，一眨眼，便掉了下来。

夜离轩看着她流下眼泪，心里又是泛疼又是气恼。她现下就这么不想同他在一起吗？不过是一个亲吻，也让她这么恶心委屈吗！

夜离轩心里虽怜惜于她，可愤怒更甚，没法子再控制自己了。

他扯走了凤倾月身上最后的兜肚，她却不再反抗了，愣愣地坐在床头，随他摆布。

他一身的酒气刺激着她的嗅觉。他吻着她，很是深入。

可凤倾月就像个傻子一般，看着他一番动作。

他挑逗着她敏感的地方，以前都能让她兴奋不已，现下她却连脸色都不见得变上一变。

她就像个失了心的破布娃娃，任人操控，没有半点知觉。

夜离轩无法忍受她这种不在意，心里很难堪，也不再吻她，直接深入里去。

她闭着眼，自然看不到夜离轩吻着她的额头，眼里对她的款款情深。

夜离轩啃咬着她，像要把她吞吃入腹。

她有时候被弄得疼了，也只是轻微皱了皱眉。她不想睁开眼，见他此番凶暴的模样。

既然他将她同那些女子都认作一般无二，那就这样顺从他好了。做不得他心中唯一，自傲一番还有什么意思？反正他已将她看作姬妾那般了，不是吗？

呵！王妃？王妃还不是个女子，在他眼里都是一样的存在。凤倾月呀，莫太高看了自己。

夜离轩在她身上落下了无数细细小小的吻。

无论如何，你都是我的！不论是心还是身，我都要！

第二日醒来，凤倾月便闻到了满屋子散发的酒气。

身旁正熟睡着的夜离轩，圈紧了她赤裸的身子。她顾不得身上泛着疼，轻手轻脚地移开了他的手，像做贼似的偷偷下了床来。

凤倾月站起身披了件夜离轩的外衣，下身突然流出一些东西来，惹得她很尴尬。

她躲在里头敲了敲房门，听见连翘在屋外应了话，才放下心来。

她让连翘去为她寻些衣物来，便静悄悄地坐在了房门后面。她抬头看着夜离轩，心里泛酸。

因知道夜离轩带了凤倾月回主屋歇息，连翘才来当值的。若不然让几个大老爷们去拿贴身衣服，凤倾月还真不好意思做出来。

连翘拿回衣物，凤倾月也顾不得沐浴净身，套好衣物梳了梳头发便自行离开了。

她离开之后，夜离轩也睁开了眼来。

夜离轩在凤倾月醒来之时也是醒了，不过他不好说些什么，只得闭眼装睡。

他做了这么一番事情，实在不知道该如何面对她。与其两相尴尬，倒不如让她大大方方地自行离去。

可凤倾月心里的落寞哀伤，他又如何能体会得了？

凤倾月回到昕雨轩，便让人打了热水来。将玲珑遣了出去，一个人在浴桶里打量着浑身的红印。

夜离轩昨日与她做了多久，她也记不得了。只觉得时间很长很长，长得她没了半点气力。

她身上的这些印记，是他爱她的证明，还是爱这具身子的证明？反正都是女子，体态都是差得不多的吧，他又何必纠缠于她呢？何必让两个人都不快乐呢？

凤倾月和玲珑不晓得，安嬷嬷这些府里的老人却是知晓的。除了虞婉婷，没有哪个姬妾在主屋过过夜的。

心想着王妃又将重夺王爷的宠爱了，却没想到王妃不怎么高兴地回了昕雨轩来。

王妃为何不在主屋沐浴净身了再回来？到底是哪里出了问题？

"你那天夜里硬来的？"

楚云辞风风火火地闯来书房，对着夜离轩便是一番怒问。

这些日子，王府的丫鬟都讨论着凤倾月留宿主屋的事。楚云辞本以为两人定然和好如初了，却没想到凤倾月这几日对谁都避而不见。

楚云辞顿时就明白了过来，那夜对于凤倾月不会是什么好事。

"如何就叫硬来了？夫妻同榻，还有违伦常不成？怎的从你嘴里说出来如此不堪？"

夜离轩虽明白自己做错了，却不想被别人拿出来说道，只得同楚云辞一番嘴硬。

"究竟是我说得不堪，还是你做得不堪？夜离轩，你是疯子吗？"

呵，楚云辞也说他是疯子。他当真是疯了吗？两个人明明过得好好的，何至于此呢？为什么她要一而再再而三地冷淡对他？她的心，是焐不热的吗？

"楚云辞！是本王对你太过宽容，以至于你如此放肆吗？"

夜离轩被人顺从惯了，向来不知从自个儿身上找出原因来。本来有他的问题，他却只觉得是别人的不对。两个人都如此强势，互不相让，有这般结果也是自然。

楚云辞就算没尝试过爱一个人，却也知道两个人应该是怎么相处的。既然相爱，凭什么非让另一个人顺从自己呢？

"也罢，既然你觉得对，我也没什么好说的了。夜离轩，莫做让自己后悔的事，不要觉得世上只有你一个夜离轩照顾得了她！"

楚云辞见他死不悔改，撂下这句狠话，便转身离开了。

他说这句话，倒不是自己想要照顾凤倾月。只是他觉得她这样的女子，应该获得幸福。

夜离轩眼看着楚云辞离去，心里不是个滋味。楚云辞竟为了她而同他争吵，她的好，让楚云辞也惦记在心了吗？

若楚云辞晓得他心里是这么一番想法，怕只有无语以待了。

因不想出门见到夜离轩，凤倾月最近都待在昕雨轩里，大门不出二门不迈。

楚云辞来找了她两次，都被她打发了去。

他每次跟她说话，都要提及夜离轩。她现下着实不想同他交谈，念起夜离轩来。

她能在这一方小院中待一天两天，难不成还能待一年两年吗？她这一生，难道都要拘束在这小院之中？

"玲珑，你说这日子该怎么过呢？"

凤倾月坐在小院之中，看着院外的天空，很是迷茫。

"主子衣食无忧，何须忧愁于此呢？"

玲珑知晓主子因为什么不开心，却不知该怎么劝慰她，只得说着其他的话。

"难道人这一生，就只图个衣食无忧吗？"

凤倾月喃喃自语着，想问清自己的心。可心里还是迷茫得很，不知前路。

"母妃，母妃！"

凤倾月正出着神，夜雨泽就蹿进了她怀里来。

她这院门唯一不拦的两个人，便是夜雨泽和夜离轩了。夜离轩是因为拦不得，而夜雨泽是因为不想拦。

"泽儿怎么过来了？"

凤倾月见是夜雨泽，顿时发自内心地笑了出来，满面春风。

玲珑见到主子这几日难得开怀一笑，心里也缓和了许多。好在这个小世子还惦记着主子，不然主子一个人冷冷清清的，得多不好受？

"母妃好几日都没过来看泽儿，泽儿想你得很，便自个儿过来了。"

他在凤倾月怀里腻了一会儿，又眨着大眼看着她，委屈地问道："母妃，你不喜欢泽儿了吗？"

她轻抚着他的头，满目慈爱。

"母妃怎么会不喜欢泽儿呢？"

在这府里，她唯一的念想就是泽儿了，怎么会不喜欢他呢？

"我就知道，母妃不会不要泽儿的。"

他这么一说，凤倾月倒没怎么多心，却不知最近总有些人在夜雨泽面前乱嚼舌根。

"难得泽儿过来，我让玲珑给你做醉香鸡好不好？"

"好呀好呀。"

凤倾月一说到他想吃的东西，他顿时开心得很，忘了跟她说那些个姬妾骗他之事了。

晚膳很丰盛，都是些泽儿爱吃的东西。他吃得满嘴流油，满足地说道："母妃真好。不像她们，老做些泽儿不喜欢吃的。"

夜雨泽喜甜，夜离轩喜辣。那些姬妾要讨好的是夜离轩，自然不会在意夜雨泽了。

一想到那些个女子，凤倾月难得的好心情，又跌落至谷底。

"小世子若是欣赏玲珑的手艺，就时常过来昕雨轩吧。"

玲珑见凤倾月又有些愁绪涌上眉头，也顾不得逾矩了，忙接过话头转移了两人的注意力。

"好呀，明儿个我还要红烧狮子头、雪里蕻炒鱼，还有那个醋烟肉片儿我也要。"

夜雨泽绘声绘色的，边说着边像要流口水下来，实在好笑得紧。

"好，好，好。"凤倾月捂嘴笑着，一个劲儿地答应着他。

夜雨泽满是开心，定好了明日的菜色。天色渐晚，奶娘便把他接了回去。

凤倾月看着他蹦蹦跳跳离去的身影，心里很是期待。

若是她自个儿有这么一个可爱孩子，时时陪伴于身侧该多好？她低头看看小腹，一派平坦，心头很是失落。

昕安嬷嬷说做了那等事就会有孩子的，她跟夜离轩也同房多次了，怎的半点动静没有呢？

她虽然不甚希望与他同房，却期待着有个孩子的。迟迟不见动静，她不免怀疑自己的身子有问题。

昕说是药三分毒，难不成是因为自己服用了太多汤药，以致身子骨孱弱吗？

凤倾月思及此事，心中就忐忑得很。想叫了楚云辞过来帮她诊治一番，却见天色大暗，怕惹了他人嫌话，便没让玲珑去找他来。

凤倾月心中惦记着此事，第二日醒来在院中坐至日上三竿，才叫玲珑去寻了楚云辞来。

楚云辞诧异得很，前两次去陪她解闷遭赶，今儿个却自己找上门来了。

到了昕雨轩，凤倾月问他怀不上孩子的事，他便觉得两人有戏。

既然想要个孩子，她自然是不反感夜离轩的。两人多磨合磨合，说不定就重回当初了。

楚云辞心中暗喜，却不得体会凤倾月是如何想法。

"你这脉搏跳动有力，不见有碍，你大可放下心来。这孩子讲求个缘分，该来时总归会来的。"

听楚云辞这么说，凤倾月也就安下心了。他既然说没问题，那一定是没问题的。欠缺的，只是个时机罢了。

"那就多谢云辞你了。"

因得楚云辞不让凤倾月跟他客气，是以让她直呼其名，用不着楚公子楚公子地唤他，令他听着别扭得很。

"跟我客气个什么劲？日后孩子生下了，我还打算做他干爹呢。对了，你可莫要嫌我高攀了才是。"

"怎么会呢？有你在，孩子保管能健健康康的。"

凤倾月也是实话实说，惹得楚云辞好一阵得意。

"那是！有我在，保管他半生安康。至于我死后嘛，那可就管不着了。"

他胡说惯了，凤倾月并未在意，只是向他道了声谢，便送走了他。

毕竟楚云辞是外家男子，长留在屋里也不甚方便。虽说楚云辞跟夜离轩关系好，可他发脾气向来没头没脑的，谁知道他会不会因楚云辞的事又跟她大闹一番。

送走楚云辞，凤倾月闲来无事，便让玲珑取了琴来。

她许久不曾碰这东西，也不知技艺生疏了没有。

抚上琴，凤倾月却愣住了，不知弹个什么曲好。

都说乐随心动，凤倾月尽是愁思，自然弹起了悲乐来。

弹着弹着，不自觉却换了个曲，唱了起来。

"青青子衿，悠悠我心。纵我不往，子宁不嗣音？青青子佩，悠悠我思。纵我不往，子宁不来？挑兮达兮，在城阙兮。一日不见，如三月兮！"

以前宫中传授琴艺的女官，常一人独弹这首曲子。那时她并不明白，女官心里的哀思。现下想来，宫中寂寥，一堵高墙便隔绝了有情之人，着实有些冷漠无情。

可现下她不被高墙所隔，却比高墙而隔更为愁人。她不甘于就此一生，却又无计可施。她痛心于夜离轩的四处留情，却又不想低下自己的头去挽回。

夜离轩，纵我不来，你便不归吗？那么，你究竟置我于何地？

凤倾月一曲弹完抬头，便见夜离轩站在眼前，发狠地瞪着她。

她先是一愣，奇怪他怎么会来了这里。转而心中又满是无奈：她又哪里招惹到他了？

她哪里惹火了夜离轩？正是她唱的这首曲子。

夜离轩前些日子听了楚云辞的话，思前想后难受得紧。难得想来低头认个错，却听到她弹起了这首曲子，顿时火冒三丈。

她对他如此冷淡，他又那般对待了她。她不可能对他倍加想念，期待着他的归来。那她盼的又是谁呢？夜墨澜！

夜离轩脑海里只有这么一个名字，吞噬着他的理智，叫嚣着他的愤恨。他满心装载着妒忌，要找到个突破口奔涌而出。

夜离轩怒气冲冲地走上前去，砸了她的琴在地上。若不是摔了这琴泄恨，真不知道夜离轩会不会将她捏碎了去。

见他无缘无故毁了琴，凤倾月顿感莫名其妙，冷然地回瞪着他，话中没了半点客气："夜离轩，你今日可是又醉酒了？"

听她这番话，想到那日对她的暴行，他心里便紧了一紧。她也没说她念着的是夜墨澜，一切皆是他的猜想罢了。不给她个解释的机会，是不是有些不应该？

他今日是来缓和关系的，怎能又闹至那般局面？他努力克制着自己，张口想说道歉的话，却说不出来。

"既然无事，便回吧。"

凤倾月不想跟他多做纠缠，直接冷淡地说了赶人的话。

夜离轩一听她的语气，本来想要冷静下来的心，一下子被她划破了口，冒出冲天的火气。

他捏着她的手腕，对着她一字一句道："本王过来，自然是找你侍寝的！"

她挣扎不开，也来了脾气："府里愿意伺候你的姬妾多得很，可惜没有我！"

他凭什么觉得她可以容忍他一次两次，甚至三次四次？

"不要忘了，你是本王的女人！本王要你伺候，管不得你愿不愿意！"

他强硬地拉着她进了房间，玲珑在边上看着也只能暗自着急。其他人更不用说了，看到了也当没看到一般。毕竟是做下人的，哪敢惹了王爷的恨？

凤倾月被拉进房中，眼看着又要被夜离轩霸王硬上弓了。也不知哪来的脾气，另一只手迎风而上，一巴掌拍在了夜离轩的脸上。

啪的一声，着实响亮。听得房外的玲珑心口一颤，还以为是凤倾月着打了，急急忙忙地跑了出去。

这突如其来的一巴掌，顿时将夜离轩打蒙了。便是先帝也从来没有打过他一个耳光，今儿个却被个女人打了！

"你敢打我？"

他怒目圆睁，将她的两只手都捏紧了去。

凤倾月看他凶狠的神情，心里有些害怕。这一巴掌，打得自己的手火辣辣的。感受着手腕的疼痛和掌上传来的火热，她很难受地流下了热汗。

"这是你自找的！"

凤倾月心里虽怕，嘴上却半点不认输，又勾起了夜离轩的火气。

"好，好得很！"

他生平就被她一人甩了一巴掌，她竟然还敢说是他自找的。她当真是借着他的宠，无法无天了！

他扯过凤倾月至床边，直接将她扔至床上，一点儿也不怜香惜玉。

一样的撕扯，让凤倾月又记起了那夜的屈辱。

她两只手抓住了他的一只手，对视着他的眼，冷声问道："夜离轩，你真要如此绝情？"

绝情？夜离轩不禁想要剪了她的舌头。她怎么可以说出这样的话来？他疼她爱她，想与她同床共枕，她却视之为绝情。

那什么叫有情？他放她离开，让她一心一意喜欢别人，才叫对她的爱吗？这样的爱，他做不到！

夜离轩还是没有犹豫，扯开她的手，覆向了她。

即便她将此视作绝情，他依旧放不开手。她这辈子注定是他的，他不可能放手，也定然不会放手！

"母妃，母妃！"

夜离轩正在凤倾月身上卖力耕耘着，房门就被夜雨泽推开来。

适才进门之时，夜离轩只是将门推了一把关上。却没想到还有夜雨泽这个小东西，敢强闯进来。

夜离轩一惊，扯过绣被就覆住了两人的身子。

他身体里的小东西骨碌碌地流进了凤倾月的体内，惹得凤倾月惊红了脸颊，又尴尬得很。

夜雨泽蹦着小身子就要往床的方向行来，夜离轩忙叫停了他。

"泽儿，你先出去。"

"为什么？"

他有些不解，还是想要过来。凤倾月往里缩了一缩，实在尴尬无比。

"我和你母妃有要紧的事要说，一会儿就出来陪你。"

夜离轩半点不显慌乱，一本正经地撒着谎。

"好。"

夜雨泽得了个准信儿，便往门外离去。

"记得关门。"

夜雨泽听话地关了房门，只不过关得不甚严实，透着一条宽缝。

凤倾月怕夜雨泽再转身回来，自然躲在被窝里不敢乱动。

夜离轩赤着身子起了身，将内衫套好，便至房门处锁上了门。

"起了吧。"

也不是没在他面前裸过身子，可凤倾月心里从未如此尴尬过。只觉现下的自己很卑微，没了一点儿自尊。

她匆忙套上纽扣被崩飞了的衣裳，从衣柜里拿了其他衣物出来。

凤倾月强忍着身上那股说不清楚又令人作呕的气味，套上了新衣裳。

房间里弥漫着一股淡淡的腥味，令人气闷得很。出了房间，凤倾月便让玲珑进去打扫。

两人都没对着夜雨泽表现出心有不乐，喜笑颜开地在外面陪了他好一会儿。

直到夜雨泽问了一句"怎么还没好东西吃"，凤倾月才心道坏了。

"母妃不是叫我过来吃好吃的吗？"

泽儿紧跟着问出这一句，夜离轩也就跟着明白了。

原来泽儿不是自个儿来的，而是被人哄骗来的。至于哄来泽儿的人是谁，他已然料想到了。

凤倾月昨日虽说好了给泽儿准备吃食，不过说的不是午膳，而是晚膳。现下东西都还没准备好，哪拿得出他想吃的东西来呢？

"泽儿记错了，母妃说的是晚膳呢。"

夜雨泽抓抓脑袋，眨着明晃晃的大眼，一脸的不解。是吗？那玲珑姑姑怎的现下叫他过来用膳呢？

他想不透也就没再想了，对着夜离轩好一番笑，问道："父王也是过来吃好吃的吗？"

"嗯。"

既然夜雨泽这么问了，夜离轩便有了借口留下来。也是因夜雨泽在，他才没有立即发脾气。

夜离轩陪着夜雨泽一番戏耍，用过晚膳离去之时，才下令赏了玲珑十个板子。

他最是不喜别人忤他意的，玲珑去找来夜雨泽阻止他，他心里自然生气。

做奴婢的，就应该识得自己的本分！

"玲珑，是我让你受苦了！"

凤倾月为玲珑上着伤药，话里尽是心疼。

"主子莫这么说，是奴婢做得不够好罢了。"

玲珑本就几番拒绝凤倾月为自己上药，现下听她这般说辞，更是满心感动。

"没人能比你做得更好了。此事本就怪不得你，是他太过无理取闹了。"

夜离轩这般脾气，当真比幼童还不如！

"奴婢惶恐！主子千万别为了奴婢与王爷置气，伤了夫妻情分！"

夫妻情分？夜离轩真的把她当作妻吗？不说双宿双飞，至少得有个相敬如宾吧？可惜了，自己一番空想罢了。

玲珑看着她面色哀伤，张口欲要说些什么，却始终没能吐出一个字来。

凤倾月看着玲珑鲜血淋漓的伤口，又是一阵心疼。

反正她已嫁给了夜离轩，两人既是夫妻，做那样的事她也算不得有多委屈，大不了就是心里难受一番罢了。不过玲珑为此挨上十个板子，着实是不值得的。

夜离轩若不是想着凤倾月就玲珑这么一个亲近的丫头，他所下之令绝不是十个板子这么简单的。

若是他半点不顾念凤倾月，玲珑这身子骨，再怎么也吃不下五十大板的。

不管夜离轩顾不顾及凤倾月，她心里都不见得好受。总归是做了一件招恨的事，哪管得了重或轻？不过是在两人的隔阂上，划深了一笔罢了。

第二日，楚云辞火急火燎地寻至主屋，对着夜离轩就是一番嘲讽。

"听说你昨日又去听雨轩大发神威了？"

"不过就是罚了个丫鬟，也用得着你大惊小怪一番？"

楚云辞指着他，真拿他这无所谓的态度没有半点办法。他像是一股火气攻上了喉头，噎住了他，话都忘记怎么说了。

好一会儿，他才叹了口气，说起了另一件事。

"你可知昨日她叫我去干什么？"

见夜离轩不在意他，他又是自个儿接下了话头。

"她问我怎么才能有孩子！"

夜离轩正拿着茶盏喝茶，听他这么一说，也不慢悠悠地吹茶了，动作愣了一愣。

"你说什么？"

夜离轩放下茶盏，急急追问于他。

"我说她想有个孩子，不过现下看来，贤王爷并不这么想。"

楚云辞见他有些激动，便知他对凤倾月是有心的了。故意这么一番说辞，是想怪罪于他。

　　"得了，话就说这么多。该怎么做，你自己看着办吧。"

　　楚云辞说完便走了，让夜离轩自个儿思量去。却不知夜离轩这死脑筋，会思量出怎么个伤人的法子。

　　听了楚云辞这番话，夜离轩也是心想着：有个孩子就好了吧？她也就再没有其他心思了吧？

　　他想了便也就做了。只不过他每次用的方法，都有些不得要领。

　　他不再温柔，只知强要。用的唯一法子，便是不停地索取。

　　凤倾月虽不再反抗，可她的神色间，却始终透露着她的拒绝。

　　她可以半点没有感觉地看着夜离轩在她身上陶醉。就那么瞪着大眼直愣愣看着他，好似他身下的人不是她一般。

　　府里的姬妾都在猜测王妃用了哪般狐媚法子，又勾去了王爷的心。

　　却不知凤倾月只想将他往外推，越远越好！

第五十一章
身孕

接下来的日子，两人都这么不争不闹地过着。

凤倾月对夜离轩冷淡归冷淡，心里却还是期待着一个孩子的。

哀莫大于心死，凤倾月觉得自己对他死了心了。既然他变不回以前的他，她也没必要去寻了。不然最后徒劳无功，只能让她徒增伤心而已。

"玲珑，你说这小东西这回来没来呢？"

上次凤倾月的月信迟了几日，昕雨轩上下高兴坏了，还以为是王妃怀上了孩子。结果没几日凤倾月月信便来了，惹得大家空欢喜了一场。

不过上次月信来得奇怪得很，血量只有些许。来去不足一日，实在很稀奇。

这种女人家的事，凤倾月又不好意思去问楚云辞，只好自己憋在了心里。

"主子一定会生个白白胖胖的小少爷的。"

凤倾月笑靥如花，看着自己平坦的小腹说道："就你会说话，万一生个小姑娘呢？"

不管是男孩女孩，都该是个精致的小娃娃，乖巧得紧。最好是个像泽儿那般活泼可爱的。

对这个还未到来的孩子，凤倾月心里很期待。

"主子这么好看，生下个小姐定然也是倾国倾城的美人。"

凤倾月被玲珑逗得很开怀，笑着笑着腹部却一阵绞痛，惹得她捂着小腹，直冒冷汗。

"玲珑，我感觉身下好像有什么东西流了出来！"

感受到下身流出一股流质的东西，凤倾月慌张中又很心惊。

玲珑扶起凤倾月一看，白裙上一抹鲜艳的血迹触目惊心得很。

"主子，裙后有血！"

血？现下离月信的日子还有十几日，怎么会有血呢？

凤倾月来不及多做思考，小腹的痛觉便让她疼得直抽冷气。也顾不得丢人了，忙叫玲珑找人去请楚云辞来。

玲珑大声唤了屋里的丫头去请人，自个儿将凤倾月扶进了屋里去。

凤倾月卧在榻上，冷汗涔涔。玲珑拿出绢帕，不时地替她抹着汗，心里着急得很。

楚公子怎的还不来呢？

凤倾月疼了一会儿，缓缓恢复了过来。正当不怎么痛了的时候，楚云辞也到了昕雨轩。

凤倾月心里很尴尬，不过刚刚那种刺骨的疼痛让她还有些心悸，便让楚云辞替她诊了诊脉。

楚云辞替她诊了诊脉，先是皱了皱眉头，后又舒了口气。

"你有身孕了，不过状况不怎么好。我先开些药与你，让人每日煎了给你服用。"

楚云辞心里很奇怪。因得知道凤倾月准备要个孩子，忌吃的东西楚云辞都让小厨房注意了的。却没想到凤倾月还是有了小产的迹象。

吃的东西没问题，他之前也诊过凤倾月的身子，不见有任何问题。那现下这个问题到底是出在哪里呢？

楚云辞这番话，让凤倾月又是震惊又是欣喜。喜的是，这个孩子总算来了。惊的是，今日下体少量地出红。难道真是她身子不好？

"前些日子也出过一次血，本以为是月信，现下想来，跟今日的情况却差不多的。不知道是不是我的身子出了问题？"

凤倾月问着一个男子这些私密之事，自然是难为情的。不过她好不容易有了孩子，定然是要多注意这些身体情况的。

"你说你最初怀上之时也流过一次血？"

见楚云辞这么激动，凤倾月还以为是她身子出了什么大事，顿时一颗心悬到了嗓子眼。

"坏事了！你这应该不是身子虚弱，而是中毒了！"

为什么楚云辞会有这么一番说法？因为他足够自信。他检查过凤倾月的身子，定然是没有问题的。食物中毒他也定能觉察得到。

唯独就是一种潜藏的毒药，平日里觉察不出，只有在怀了身孕后才显现得出。楚云辞料定了凤倾月所中之毒，便是这种毒药。

因为虞婉婷也中过此种毒药，只不过她身子大为虚弱，楚云辞没将她救得回来罢了。

"孩子保得住吗？"

听楚云辞这么说，凤倾月很着急，忙追问着他。

"你的毒分量应该轻得很，不然孩子上次就流走了，也不至于现下让我发现了去。"

楚云辞觉得这样不足以宽慰她，便又接着说道："放心，有我在！你只需要听我的便是。"

"我信你，你定要替我保住他！"

凤倾月心中激动，隐约带了些哭腔。

"那是当然，好歹算我半个儿子不是？你千万别忧心，情绪不能大起大落，否则对胎儿不好。"

楚云辞安慰着凤倾月，不自觉地就拍了拍她的肩头。却不凑巧被刚入门的夜离轩撞见了去。

他一听说她身子不适，便匆匆忙忙赶了过来。她不跟他说也就罢了，却叫了楚云辞过来陪伴于她，让他怎能不气？

"你在干什么？！"

夜离轩这尊冷面杀神一来，几人的注意力自然到了他的身上。

"你说我在干什么？你的王妃有了身孕，我不来看，你会看吗？你除了会吃些干醋，还会干些什么？"

楚云辞这番将他说得狗血淋头的话，非但没激起他的怒气，反而让他满心欢喜。

　　她有孕了？他盼了许久，她总算是有了孩子了。夜离轩正是开心的时候，楚云辞又是一盆冷水给他泼了下来。

　　"我还没说完呢，你高兴个什么劲？你的王妃有小产的迹象，孩子保不保得住还是另外一回事呢。"

　　楚云辞刚刚还安慰着凤倾月，对着夜离轩却换了种说法。楚云辞就是故意说出来吓他的，谁让他整日霸道至极的？就是要让他急一番才好。

　　"必须得保住！"

　　夜离轩也不问情况，还是一如既往霸道，给楚云辞下了死命令。

　　可这楚云辞哪是其他人？他偏偏就不爱听夜离轩的，就喜欢跟他唱反调。

　　"嘿，你能干你来啊，要不然就你求我啊！"

　　看他一番得意，夜离轩顿时怒瞪着他，冷声说道："莫不是你想比画比画！"

　　"来呀，你以为我会怕你？我还不相信你能找到比我好的。来来来！"

　　楚云辞不怕死地挺身而上，却被夜离轩推开了去。

　　"本王懒得跟你废话！"

　　这样的关头，夜离轩还是拿楚云辞没辙的。要是他真的一走了之，这摊子还有谁能收拾？

　　夜离轩关心了凤倾月几句，可她始终是不冷不热的，随便应付着他。

　　他心里有些气愤，却顾忌着她怀有身孕，不好发了脾气来。

　　楚云辞在一旁看着两人有些僵局之势，忙把夜离轩叫了出去。

　　两人回到书房，楚云辞打发走了旁人，这才说开了去。

　　"你说你母妃干的是什么事？搞没了虞婉婷，便算她是为你的前途着想吧。现下你都登位无望了，她还折腾凤倾月干什么？"

　　虞婉婷以前是被皇德妃害死的，现下出了同样的事，楚云辞自然就怪到了现在的皇太妃身上。

　　"你这话是什么意思？"

倾月与母妃见面的次数屈指可数，她小产怎么可能跟母妃有关系？

"就是这么个意思，凤倾月同虞婉婷中了一样的毒。你自己掂量掂量，虞婉婷中毒而亡就你我两人知晓，别人怎么可能晓得用同一种毒嫁祸给你母妃？"

"这怎么可能？"

夜离轩虽觉得楚云辞说得对，可心里着实是不愿相信的。母妃何至于这么做呢？半点没有理由啊！

可凤倾月所中之毒断不可能是从府里流出的，除了用同种手段害死婉婷的皇太妃有疑，也没有其他能解惑的说法了。

"怎么就不可能了？好在现下中毒轻微，我还救得过来。不过我可不想救了人，又被整出其他什么幺蛾子来。"

楚云辞对着夜离轩一番抱怨，也是想他对此事多上上心。

夜离轩也觉得此事大有蹊跷，是该去问个明白的。

"得，我今天会入宫一趟，给你个交代。"

他们两人的事，何须给自己个交代？楚云辞不禁翻了个白眼，夜离轩怎的连主次都分不清？

"不是给我交代，而是给凤倾月一个交代。孩子是你们两个的，能有我什么事？"

一提及孩子，夜离轩心里就是一阵温暖。这个孩子好不容易才姗姗来迟，他定然得将孩子护得周全。

楚云辞跟夜离轩说明白了，也不再同他多讲，赶着遣人给凤倾月抓药去了。

若不是虞婉婷经历过这样的事，楚云辞还想不到这样的毒来。难怪她的脉搏探着有些奇怪了，明明是身强力壮的身子，孩子却只有些微脉动。

不过这种毒，很难制，损人必伤自个儿三分。其中有一味五姝子，便是闻着气味，也能让人精神不振。更别说其他大大小小的毒物几十种了。

其中分量也须得精确，就算是知晓制毒的方子，也不好制了出来。

说实话，这世上热衷钻研这些奇毒之人，除了仇千离还真找不出第二个人来了。

毕竟少有人愿意将自己落得个人不人鬼不鬼的面容，无颜立于人世。

不过他跟皇太妃怎么会扯上了关系呢？楚云辞着实想不通。

夜离轩匆忙入了宫中，恰巧碰着皇太妃在殿中听乐。她心里高兴，忙赐座于他，邀他共赏佳乐。

夜离轩也不好表现出什么来，便听起乐来。不过心里有事憋着，不免想起这些事来。

还是皇太妃觉察出了不对劲，见他半点欣赏之心也无，一直神游于天外，她才屏退了众人。

"今儿个找本宫有事？"

被皇太妃问到，夜离轩却愣了，不知该怎么说才好。直接提及难免有些唐突，可不说又不是个事。

他在心里理了一番，才试探着开了口："母妃是不是对倾月有什么不满意的地方？"

夜离轩这句话也是把她问愣了，好端端的怎么如此说话？

"怎么这么说？她行为举止都甚为得体，本宫何来不满呢？"

"此话当真？"

她这儿子今日是怎么了？怎的处处透着不对味？

"自然是真的，我骗你作甚？"

听她这么作答，夜离轩还是试探着再说了句话。

"倾月有身子了。"

皇太妃顿时喜形于色，激动地问他："什么时候怀上的？怎么也没人来知会一声？几个月了？"

母妃这种表现，不像是在假装。她看起来如此期待倾月有个孩子，怎可能是下毒之人呢？夜离轩也没再迂回了，直接做了交代。

"倾月中了毒，胎儿有些不稳。"

"中毒？中了什么毒？"

皇太妃顿时大惊失色，半点不像知道凤倾月中了毒。

"就是婉婷以前中过的毒，母妃该是知道的吧？"

听夜离轩这么一说，她更是摸不着头脑了。

"你说的，是以前那个虞夫人？她怎么也中了毒？她中毒与本宫何干？本宫怎会晓得的？"

皇太妃有些生气，自己的儿子竟怀疑自个儿给亲孙下毒。

以前是她不知道，才做了错事，现下她哪里还舍得做出这样的事来？

"母妃不是承认了婉婷是你害死的吗？"

皇太妃总算知道了两人的想法为何反差如此大了。

"你这么说，就是那虞婉婷是中毒而死的了？我确是想过对她下手，不过她自个儿死了，我倒是没来得及。"

她说完还觉没说清楚，又解释着。

"本以为她是被那封书信气死的，哪晓得她是被毒死的？那时你咄咄相逼于我，我心里气极，自然说害死了她我心里舒坦。没想到这么一认，认下这么个误会来。"

听了皇太妃的解释，夜离轩这才明白过来，以前闹了个天大的误会。

现下知晓了下毒者另有其人，夜离轩还是不甚理解。下毒者为何只针对于他的子嗣？

若是他以前有登位的可能，想让他断了香火，这么个说法还有些说得通。可现下他不过是个王爷，还跟他的子嗣过不去，他就不甚理解了。就算是一个世子，也碍不着旁人什么事吧？

还有什么可能呢？夜离轩想来想去都没个答案，很是不解。

"是儿子多心，误会母妃了！此事若跟母妃无关，便要另想破解之法了。"

谁叫自己糊涂，乱认了这样的事，才惹得母子关系生疏了去呢？

皇太妃她心里想得通，倒没怎么生气。

"每次我宣虞夫人入宫，她离去时都会去玉妃那里坐坐。若真是在宫中中毒的，也只得是在那里出了问题。"

第五十二章

玉妃

皇太妃一席话，让夜离轩顿时如醍醐灌顶。

这个玉妃，他是识得的。入宫之时，便与婉婷私交甚好了。

大家闺秀中，她不仅是个知书达理的，也是个文采出众的。

不过夜离轩对她并不是特别有印象，若不是虞婉婷一直提及她，他是半点也没兴趣了解于她的。

以前他总感觉，这个玉妃对他流露着仰慕之情，便让虞婉婷离她远些，可虞婉婷还是跟她关系亲近，半点没疏远了去。

夜离轩直觉下毒之事跟她大有关系，可在这后宫之中，去见先帝的妃子，定是要惹出不少的闲话来。

他只有离开了皇宫，让宫中的内线调查。

因玉妃位分不高，所以她并没有寝宫可居。她与先皇的其他妃子，皆被打发至冷宫居住。

不过她们之所以到冷宫居住，并不是因为不得宠，而是为先帝守住清白直至终老罢了。

所以她们以前的丫鬟、份额这些东西，都不曾少了去。只不过由一人一个宫，换成了一群人一个宫罢了。

夜离轩的内线乃是其他宫的女官。好好的一个女官，一天往这冷宫探听消息，其他不明情况的可能觉得她是好奇心重，可无缘无故就被打听的人，自然就心觉不对了。

玉妃听说自己的贴身女婢跟其他宫女官走得近，自然心起怀疑。其他宫里的事不去打听，偏偏往冷宫里来打听，怎能不让人心中起疑？

当夜，玉妃就将那贴身女婢留了下来，扔了一根白绫在她身边。

"说，这些日子那宫中女官向你打听了什么？"

玉妃放下茶盏，声色一厉，吓得那跪着的小丫头直发抖。

"那女官没跟奴婢说些什么，只是讨教些吃食的手艺。"

玉妃看着那宫女有些畏畏缩缩的，缓缓地伸手拿起了杯盖，又摔在了地上。

宫女一听那杯盖碎裂的声音，顿时吓了好大一跳，直视着玉妃的眼睛有了些害怕闪躲。

"当真只有这些？本宫可是知晓你说了谎话的。你可要想好了，你若不老实交代，今夜就由这条白绫送你一程！"

那宫女顿时瞪大了眼，磕头求饶。

"娘娘饶命，奴婢定然老实交代！"

那宫女磕头磕得咚咚作响，玉妃却没有一丝在意，对着她冷然问道："那便说，那女官找你究竟何事？"

"前些日子那女官确实只问些无关紧要之事，不过今日她问了奴婢想不想离开冷宫，她可以给奴婢想个法子。"

呵，这么大的本事？这么费尽心思地接近一个小宫女，为的是什么事呢？

"什么条件？"

就这么轻轻缓缓的几个字，硬是吓得那宫女揪紧了心。便是叫她对着一条毒蛇，她怕也没这般紧张。

"她……她想知道当初虞夫人的毒是不是在水云宫中的。"

那宫女顿了一顿，还是硬了心，老实做了交代。

她是玉妃带入宫的丫头，见识过玉妃的手段，自然晓得赐下白绫这事不是糊弄她的。若不老实交代，自个儿的性命也就交待在这儿了。

比起就此一生，她宁愿在冷宫中做个下人将就到出宫之时。

水云宫，便是玉妃以前居住的宫殿。

玉妃心里一叹：这么久了，夜离轩总算是查过来了。

"你可跟她说了？"

那宫女生怕玉妃置了气，赶紧答道："奴婢哪里敢背叛主子？自然是没同她说的！"

玉妃看着这小丫头，心底冷哼了一声：她不是不敢，而是怕说了讨不了好吧。兴许是要别人做了些什么表现，她才肯老实交代的。

"你便跟她说，她主子想知道就让她主子自己来见我。还有，本宫有一件他必须要知道的事。"

玉妃想得很清楚。这件事，连以前的皇德妃都不曾知道。除了夜离轩会查，不会有其他人的。

玉妃可以肯定，这查的人就是夜离轩。一想到他，她心里就有些期待雀跃，更多的却是嫉恨。他所爱之人，为何偏偏是她？

玉妃的意思，那宫女自然不敢不说。而那女官自然也向夜离轩传达了这个意思。

夜离轩听了话，心里头一想，便觉下毒之事跟玉妃脱不了干系。

她现下身处冷宫，自然再也折腾不起大风大浪。

猜到结果，夜离轩本不想去见她，可一想到那句必须要知晓的事，他还是抵不住满心的好奇。

到底她有什么事，是他必须要知晓的？他自觉是没有的。可恰恰是这种明觉得没有，却又被人确定说有的事情，才更加让人心里好奇难耐。

他想了个折中的法子，让皇太妃找了个借口，宣了人来。

玉妃接到皇太妃的宣召，心里甚是激动，一颗心像要跳出来似的。

那种感觉，一如许多年前她初见夜离轩，那种情窦初开的感觉。

可他见到她又会怎样呢？质问吗？或许只有这么一个行动吧？

玉妃在宫中做着精心打扮，让那梳头的丫鬟很好奇。不过是去一趟皇太妃那里，玉妃今日怎么这般注重呢？

那丫鬟心中想着事，一不留神就扯掉了玉妃几根头发。那丫鬟急忙跪地求饶，不过玉妃今日心情大好，免了她的罪责。

要知道以前的玉妃，谁梳断了她一根头发丝惹疼了她，都不免挨一顿板子，躺个几天就得起身做事。

可今儿个将玉妃疼得龇牙，她也没生气，只让人快些梳头。看来她今日的心情真的是很好了。

虽不明白玉妃为何有此好心境，那丫鬟却不敢再多心了去，小心翼翼地梳好了头发。

玉妃对着一大堆衣服精挑细选一番，才堪堪换好了衣物，出了宫门。

今日的玉妃着实跟往日不同，无论是发髻还是衣饰都往年轻了打扮。整个人都洋溢着青春的气息。相比平日里的郁郁寡欢，更是多了几分小女儿娇羞期许的情思，让人感觉她整个人都改头换面了。

她出了冷宫，越是离皇太妃处近了，她心里越是抑不住喜悦之情。

夜离轩，若恍如初见，你是否会爱上这样的我？

玉妃入了宫殿，只见夜离轩一人坐在一旁金漆椅上，便屏退了自己的贴身宫女。

她愣在原地，深情款款地看着夜离轩，好似与周围世界隔绝了一般，眼里只剩下了他一人。

夜离轩很不喜她这样的神情，本想着等她开口说话，后被她看得不甚耐烦，便自己先提了一问。

"说吧，你有何事要交代？"

听夜离轩这么一问，玉妃很失望。他唯一对自己感兴趣的就是这个吗？

"我想说之事，便是你从头至尾都爱错了人。"

夜离轩眼底顿时生出一抹嘲弄来，不屑一顾道："呵，你找本王来就是为了说这么个事？你以为本王应该爱上谁？你吗？"

这种女人，当真是不知廉耻！

"自然是我！"

见她那副信誓旦旦的模样，夜离轩不由得一阵冷笑。这玉妃当真是自信过了头，他连她的名字都记不清楚，怎么可能会爱上她？

"你找本王来若是只为说这痴人说梦之事，大可不必再言。"

夜离轩话落，便起身向外走去。

玉妃见他要走，着急挽留。

"王爷为何不听我把话说完？"

即便她还有话说，他依旧头也不回地要离开。她又急切地说了句话，他终于停下了脚步。

"难道你爱上虞婉婷，不是因为她救你之事吗？"

夜离轩倒不是奇怪她怎么知晓这事的，而是不明白她此时提及多年前的事来，究竟有何意思。

"说！"既然她非要说与他听，他便听上一听又何妨？

"二皇子当年为何要密谋篡位？还不是因为知晓皇上偏心于你，欲要传位给你，他不甘为人臣子，自然要下一番手段。而动用暗卫杀你，才是他的第一步棋。"

若他死了，众皇子虽都有登位的机会，不过二皇兄的机会却是最大的。听玉妃这么说来，当初不了了之事突然明了了。

当年他遭人暗杀，险些丢了性命。幸得他福大命大，才逃了出来。尔后再查探此事，却半点线索也无，只得就此作罢。

玉妃说这是二皇兄的第一步棋，那么第二步棋才是谋朝篡位吧？正因为他大难不死，阻挡不了父皇的旨意，二皇兄才准备破釜沉舟一回吧？

"这与你何干？"

这事为何玉妃会知道？难道她曾参与其中？不过她一个闺阁女子，能有何用处？哪配知道这样的事？

夜离轩这么想自然是对的，玉妃确是没理由知道此事的。

"派去杀你之人，正是我爹为二皇子培养的一批死士。"

玉妃目光幽远，陷入了回忆之中。

"那日，我于府中书房的二楼找书，刚准备离开，便听我爹与我大哥交谈着入了书房。因我爹他不喜我入书房，我便躲着没有出去，却没想到听到了他们密谋杀你之事。"

玉妃回过神来，看着夜离轩，情深如许。

"你那时喜去枫林狩猎，每每月初之时，都会去狩猎一番。我初次见你，便是你一身戎装，进献那一只雪貂给皇德妃之时。"

说着说着，玉妃眼泪便在眼里直打转，险些要流下来。

若不是那一眼，让她爱上了眼前这人，或许他会死，或许她会嫁给二皇子为后，从此凤翔九天。也不至于后来入宫为妃，现下困于这幽幽深宫了。

可她偏偏爱上的是他，又让她如何是好？夜离轩被她盯着，神情还是极其冷硬，却默然听她说着，没再说出要走的话来。

她收回目光，又接着道："他们定好了的日子，便是初一之时。我与你毫无干系，贸然书信通知于你，说不定你也不信。再说我也传达不了书信给你，就只好另想了他法。"

"那时我时常与虞婉婷来往，我知她是个心地好的，便同她说我梦魇缠身，想让她去帮我求道符来。她自然是欣然答应了我，在那日去了离枫林甚近的净月庵求符。"

夜离轩很不明白，为什么她宁愿与父作对也要救他。他向来不知，自己何时同她结下了什么缘分。

"为何要救我？"

"因为我喜欢你呀。"

玉妃像个孩子一般，笑得很开心。

这句喜欢憋在心里这么久，总算是有了机会说出来。她为他付出了一切，自然要让他晓得自己的付出。就算没有回报，也能得他一番心心念念不是？

"你为何以为她一定救得了我呢？"

玉妃笑中带着一丝轻蔑，摇了摇头。

"不，是她好命罢了。我本想的是让她撞上你们争斗的时候，定有死士转移了注意力去，让她为你拖延时间。却没想到你自己逃了出来，得她救你一命。"

说白了，玉妃就是让虞婉婷去送死的。结果她运气好，不仅留了一命，还留下了夜离轩的一颗心。

后面的，自然都是夜离轩晓得的事了。二皇兄一计不成，又令他有了防范，只得使出第二计。可惜第二计又是无用，被父皇查出抄斩了。"也不知我爹有何本事，二皇子倒台了，虞大人落得个满门抄斩，他却照旧混得风生水起。二皇子这棵大树没指望了，他便要送我入宫做妃。"

"我千不依万不依，就想着虞婉婷死了，你心里头能有我一席之地。可惜，一步错步步错，怪我把她当作了一颗死棋。她有了活路，我变得满盘皆输，你竟为了她连唾手可得的太子之位都可不要。我没了插足之地，万念俱灰又被父逼迫，只得入了宫门。"

想她芳华正好，却只得入宫陪伴已入中年的先帝。心中酸楚，又有谁人能懂？她不甘，她愤恨！凭什么她一手策划好了的事，却被虞婉婷占尽了便宜？这让她情何以堪！

"如果你爱的只是救你之人，我为你谋尽了心思，难道你不该爱我？"

听她这么条理清楚地一番说明，夜离轩竟是无言以对。试想他当日若是被玉妃所救，又是个什么结果？他会爱上她吗？也会为了她赴汤蹈火在所不辞吗？他不知道。

夜离轩突然陷入了迷茫，他的爱难道就落得这么个理所当然吗？

第五十三章
消爵

　　玉妃见夜离轩陷入迷惘之中，眼神中突然有了些神采。心里一番激动，便想要扑进夜离轩的怀里。

　　夜离轩躲开了，冷声问道："本王问你，婉婷可是你心有不甘害死的？"

　　玉妃扑了个空，一脸的颓败之色。即便他知晓了是自己救的他，他还是牵挂着那个女人吗？

　　"你不是都清楚了吗，还问我作甚？"

　　怎么，他是想替虞婉婷报仇吗？

　　玉妃突然笑了，笑得很猖狂。她眼中含泪，对着夜离轩大笑道："对，她就是我害死的，是我亲手在她的茶里加的噬生丹。那本是我多给我对付后宫宠妃，让她们无法生育龙子的。我本想落下她的胎就好，没想到她却因难产而死。当真活该！活该！"

　　她此般癫狂，夜离轩突然有些可怜于她，他再问道："为什么还要害凤倾月？"

　　"我就是嫉妒，嫉妒她们能得到你的爱。你可以爱上她们，为何就不能爱上我？你不是想着虞婉婷那个死人吗？为何还要对凤倾月好？你不该爱上她们，不该！"

　　若不是玉妃现下状若疯癫，她泪光莹莹的模样，倒还是有些我见犹怜的。

不过夜离轩对她是铁石心肠，依旧绝情地奉上了一句话。

"即便当初是你救了本王，本王爱的，也绝不是你。"

她这样的人，即便他当时爱上了，也不会实实在在地爱她一世。江山易改，本性难移，他爱的向来不是这种心狠手辣之人。

有心机并不可怕，不过这样心狠的女子，却让许多男子敬而远之。

"望你日后好自为之，本王不想再知道你用毒计害人。"

夜离轩说完，便头也不回地走了。

玉妃跌坐在地，又哭又笑的，真像个痴傻的呆子。

他就这么走了？他不是来找她寻仇的吗？他若了结了她，倒也好了。能死在他手上，也当是全了自己的念想。可他对她半点感念也无，连恨都舍不得施舍她一分！

罢了，罢了，她早该知道爱错了人，就是这么个后果！

夜离轩心中愤恨，看着玉妃在他眼前活生生地大笑着，不是没有掐死她的念头。他最后心里蹿出的不忍，终是让他放过了她。

纵然她爱他的方式不对，纵然她受尽千刀万剐也不为过，可她毕竟救过他一命，他实在下不去手。若不是她让婉婷去净月庵，他如今在不在人世也是个未知之数。

婉婷已是人死不能复生，现下要她偿命倒是能图个痛快。可夜离轩明知道她该死，却还是留了她一命。

她已然不能再为非作歹，便让她度了余生，日后下了黄泉好好偿还婉婷吧。

可有些事，偏偏是让人意想不到的。

玉妃回宫后，便以一根白绫自尽而亡。

众冷宫妃嫔心里都在猜测，是不是皇太妃下的旨意。一时间闹得人心惶惶的。

随后宫里一直很平静，众妃嫔这才安下了心来。

而那时夜离轩回到王府，便让人将府里的下人调查了个遍。来路不明的，皆是打发了去。

听玉妃的意思，她在王府里应该是有眼线的。他的王府竟是被人安插了人进来，让他怎能不警惕？

查出的下毒之人，竟是多年前二皇子还在世的时候，潜伏于王府中的。

虽说不是个什么位分高的丫鬟，不过平日里走动于王府却是无碍的。

平日里看着她老老实实，却没想到内里是个奸细。见她被活活打死扔了出去，惹得好些人一阵唏嘘。

而玉妃的爹，夜离轩自然也查出了些他连同宣王谋反的证据。想不到仇千离这人，还是他推荐给宣王的。

他不过是个定远府的小小侯爷，却想助皇子登位，以求幕后操控。

难怪他选的都是些母家家族式微之人相助了，原来是安的这份心思。他甚是懂得独善其身这个道理，若不是玉妃一番指控，倒没人能查出这么些蛛丝马迹来。

难怪当初那些大臣浑然不知地中了毒，原来是他从中作梗了一番。

夜离轩将这些证据交给夜墨澜，夜墨澜自是晓得怎么对付这个定远侯的。

所得的证据还不足以定下他的罪责，不过夜墨澜当然是容不下这么一颗毒瘤在身边的。

明的不行，难道还来不得暗的？不出一个月，定远侯就死在了美人榻上。说的是兴奋致死，众民皆是议他是个色坯，老不知羞。定远侯府的声望自此也是一落千丈。

待到定远侯之子想子承父业之时，夜墨澜却以一句定远侯行为不端，削了定远侯的侯位。爹的侯位都没有了，当儿子的哪还能继承？

夜墨澜是皇上，自然黑的白的都由得他说，别人哪里有反驳的余地？

可怜定远侯一家，死了个当家的不说，还一夜间从贵族沦为了平民，着实可怜得很。

不过市井之人议起此事，却多是在心里笑话一番的。这世间之事大都这样，事不关己，便会沦为众人口中的笑谈。而落在自个儿身上，却有苦道不出。

定远侯一家子有什么办法？皇上明摆着打压他们，他们如何有反抗之力？怪只怪自己走错了道，没能及时抽身而退罢了。

连连发生了这么多事，夜墨澜也不由得感慨。本以为天下大定了，却也是四起纷争。一个个的都对这皇位趋之若鹜，难道就不明白"贪心不足蛇吞象"这个道理吗？

再说这皇位有什么好的？为什么夜离轩就能踏踏实实地守着凤倾月，半点不惦记这大好的江山？难道真的是红颜祸水，让他迷了心窍吗？

这个皇位，也是他当初极其想要得到的。现下坐在这里俯瞰众生，却并不觉得轻松。

直到得到了，夜墨澜才突然觉得，他追崇的不是这般独傲天下的感觉。

兴许是他的自尊和不甘，才造就了今日的他。他真正想要的，或许不是这样的东西。

可惜，等他明白过来之时，为时已晚。

权力这个东西当真诱人，得到之时不觉有甚，可要将它放下，却也无人做到。只得孤身向天，傲视群雄。

夜离轩与凤倾月照旧这么不温不火地过着日子，没了夜离轩的强迫，凤倾月的日子却过得舒心多了。

凤倾月的胎儿不稳，夜离轩自然是不敢乱来的。楚云辞为了给凤倾月驱毒，也是想了些法子的。倒不是说这毒难倒了他，怕就怕有些药物喝了对胎儿造成损伤。

府里的姬妾知晓凤倾月怀上了，皆是吃醋得很。眼见着王爷愿意在别院过夜了，现下却又眼巴巴地守着王妃去了，实在气人得紧。

众人心里都知道，王妃在王爷心里还是有些地位的。别的姬妾侍寝后都要喝下不育的汤药，只有王妃才免于喝药，难道不是因其得了王爷的心？

虽说夜雨泽已被立为世子，王妃生下嫡子也是无用。不过现下的王妃本就比众姬妾的身份高上一截，再生下嫡子，地位自是更加稳固。再不趁着此时讨好于她，日后在府里还想好过？

自从凤倾月怀孕的消息传出，昕雨轩就多有来人送礼的。很多人都想着在凤倾月面前留个好印象，毕竟王妃怀孕不能待寝，得到王妃看重，在王爷面前多有个显眼的机会不是？

凤倾月每日应付于这些姬妾实在疲乏得很，便让安嬷嬷将送礼之人的礼收下，人打发了去，对外说自己要安心养胎。

众姬妾心里有些气闷了，王妃不想提拔她们，难道心中已有人选了不成？

有些当家主母就喜提拔自己的心腹做姨娘，身份低又好控制。凤倾月又不是个傻的，自然晓得做有利于自己的事。

凤倾月远嫁西夜，只带了玲珑这么一个陪嫁丫鬟，众人自然觉得她有意将玲珑献给夜离轩了。玲珑模样生得俊俏，又是从宫中带出的，自是个晓得规矩的。

要换成自己，反正要送人去夫君房里过夜，当然更愿意提拔自己的亲信了。

众姬妾明知道这样才是明智之举，心里头却暗斥着凤倾月心机太重。眼巴巴地盯着昕雨轩的动静，看什么时候凤倾月会将玲珑送上夜离轩的床。

这夜，凤倾月换了寝衣正准备安歇，玲珑却突地跪在她跟前，吓了她一跳。

这没来由的，玲珑有何事求她？

"玲珑，你这是怎么了？"

"奴婢知道自己的本分，理应听从主子的安排，不敢有违。可奴婢只想求了主子，让奴婢伺候主子一辈子。"

好端端的，怎么说起这些来了？凤倾月有些好笑，半点不懂她在胡思乱想些什么。

"无缘无故地，我又没说将你送走，你这般求我作甚？"

玲珑抬头看着她，眼里含着泪，哽咽道："奴婢只是……只是……"

见玲珑眼中带泪，凤倾月顿时心觉不妙，很是着急。

"玲珑，你这是怎么了？府里还有人敢欺负了你不成？你可莫哭，好好跟我说。你要掉下泪珠子来，我心可就慌了。"

"是奴婢不成器，怕辜负了主子的期望。"

玲珑这话说得，让凤倾月很糊涂。是她说了什么引起了玲珑的误会吗？她怎的半点不懂呢？

"可是我说了什么让你忧心的话？你说的期望是什么？把我都闹得糊涂了。"

她这么一问，玲珑却愣住了。随即两抹红霞上了脸颊，支支吾吾道："安嬷嬷说，主子怕是要将奴婢送去伺候王爷了，叫奴婢好生准备着。"

凤倾月也是愣了，她哪里有要将玲珑送过去的意思？她什么时候这样表现过吗？

"我什么时候说过这样的话了？她们是觉得我脾气见好了吗？背地里乱嚼舌根！"

玲珑一听凤倾月有了火气，顿时急得磕了几个头告罪。

"不是的，下人们都在说王妃有了身子，不好伺候王爷，定是要找个亲近忠心之人送过去的。安嬷嬷也说这是应该的，奴婢这才……"

凤倾月一听，也是一头雾水。夜离轩要谁伺候还不是他的事，跟她有什么关系？再说自己找个心腹之人给他，有什么意思？反正都是同房，难道是自己送过去的人，自己心里就舒服些？当真是好笑！

"我说要给你找个如意郎君，自是要如你的意。莫说这些陪我一辈子的话了，你若是寻得到个好的，我就风风光光地把你嫁了出去。没寻到中意的，我也养得活你这么个丫头。我自己也是委屈够了，怎能让你跟着我一起委屈？"

在凤倾月看来，夜离轩虽然是个一人之下、万人之上的人，可他并不是她心中的良人。嫁给他实在算不得什么好的归宿，不过是命该如此罢了。既然玲珑有的选，她又何必耽搁了玲珑的幸福？

尽管在许多人眼里夜离轩是个好的，玲珑却也是跟凤倾月一个想法。没有一生一世一双人，哪来幸福可言？主子心里的委屈，她何尝体会不到？王爷去了别院，主子哪次知晓了不是失落得很？

她不想伺候王爷，与主子反目成仇。更是不想失了自己的本心，与那人永难交会。

不过晓得主子是这般想法，玲珑心中自是感动非常的。哪个做主子的会在意奴婢的想法？做奴婢的都是天生的贱命，哪能违背主子的意思？

能得遇这般好的主子，何止是个"三生有幸"能道得尽的？

见玲珑止不住的眼泪往下掉着，凤倾月心里就难受得紧。

"好了，好了，莫哭了。她们这些个再乱嚼舌根，就都将她们打发了去。"

凤倾月也没找到锦帕，便弯下了身子，想直接用手替玲珑拭了眼泪去。

玲珑被凤倾月一吓，赶紧止了泪，扶住了凤倾月。

"奴婢是觉得主子待奴婢太好了，这才喜极而泣的。主子身子不便，可莫为奴婢劳心。"

见玲珑恢复常态了，凤倾月也就安下心了。平白无故被这么一吓，当真是无奈得很。

"得，我也累了，你也下去歇着吧。"

玲珑退下，凤倾月躺在床上又是一番感慨。

或许当家主母，理应是在这府院里与人一番心机角逐的。可别人是别人，她是她，又怎能相提并论了去？

她这一生，不想无故剥夺了他人的快活。

凤倾月近日来备受折腾，一直吐个不停，精神不见得好。

府里的下人也不是没见过孕吐的妇人，却没见过王妃反应这么大的。

那日蒸了只乳鸽给王妃补身，她光是闻着气味就觉闷人得很。结果一天下来什么东西都没吃上一口，急得一群人焦头烂额的。

王妃难受，他们这些下人自然得跟着辛苦。若是王妃有个什么差池，谁承受得了王爷的雷霆大怒？

为了让王妃吃下东西，厨子们可谓是绞尽脑汁，推陈出新了好些菜式。就想着王妃一喜，自己说不定能一步高升。

可惜但凡有点荤腥的东西凤倾月都觉难以下咽，只能吃些清淡的小菜度日。

　　眼见着她不过几日瘦了一大圈去，可算是急坏了众人。夜离轩发了好大一通脾气，又找来了楚云辞想办法。

　　虽说这孕吐之事实乃常事，不过像凤倾月这般反应激烈的却少有。楚云辞只得给她开些温和的药物喝下，让她不至于这么难受。

　　夜雨泽这些日子心里也不好受，许多时候都只有贺兰雪陪着他。

　　父王每日都要去母妃那里待上一些时辰。他偶尔随着父王过去，便见母妃疲倦地躺在床上，半点没有精神。他看着母妃这么难受，自个儿的心里也就跟着心疼了。

　　起初夜雨泽还会说上几句话安慰凤倾月，惹得凤倾月笑容满满。随后的日子，他却不甚喜欢父王说的这个小弟了。

　　这个弟弟让父王经常去看他不说，还让母妃这般难受。夜雨泽小小的心里，倾覆了一开始的快乐，有些不喜起来。

　　"爹爹，有了弟弟你是不是就不喜欢泽儿了？"

　　夜离轩这日带着夜雨泽来了听雨轩，当着凤倾月的面，夜雨泽突然这么一问，直接就问愣了两人。

　　夜雨泽明显觉得自己没那么受重视了。小孩子又没心机，自然就这么将心头的疑问问了出来。

　　夜离轩立即反应了过来，宽大厚实的手掌揉了揉夜雨泽的小脑袋，笑着说道："怎么会呢？父王最喜欢的自然是泽儿了。"

　　他半点犹豫也无，惹得凤倾月心里有些发闷。明明知道他是安慰泽儿的，可她心里就是难以抑制地难受。

　　最主要的就是夜离轩没有一丝犹豫，一切都觉理所当然，才让她觉得心里难受。

　　若是以前夜离轩说这样的话，她定然是不会介意的。现下她却半点也听不得这样偏宠的话，也不明白自己是怎么了。

　　他最喜欢的是泽儿，那又将她和孩子置于何处呢？凤倾月明明晓得自己不应为这等事生气，夜离轩不过是在安慰个孩子罢了，可她还是说服不了自己的心。

夜离轩这回答就是一个本能的反应，他将虞婉婷和夜雨泽看得重，自然是嘴上应着心里的话了。

　　他心里惦记着虞婉婷，她如何入得了他的心？他说那些爱她的话，兴许不是骗她的。可她与虞婉婷相比，又是谁轻谁重呢？

　　虞婉婷已死，两人已无处可比。可她印在了夜离轩的心上，自己已然输了最关键之处。

　　夜雨泽得了夜离轩的回答，自是安心多了。他人虽年幼，却也晓得别人关注自己与否。夜离轩明显对他不如以前关心了，他自然是慌了神去。

　　不过夜雨泽心里已是对这个未出世的弟弟生了妒意，岂是夜离轩一两句话消得了的？

　　因凤倾月多有不适，夜离轩每次待不了多久，便要离开让她好生歇着。

　　凤倾月现下有了身孕，夜离轩当然不能再跟她置气了。他就像个没事人似的，关心着她，好像两人的关系向来亲近一般。

　　凤倾月对他的这种关心很不适应，她不明白为什么一个人可以如此多变？喜欢便喜欢，不喜欢便不喜欢，何必做些表面功夫？

　　凤倾月每日早晚喝着药，就怕孩子有个损伤。能强逼着自己吃下东西的时候，就半点不沾楚云辞开的助食汤药。

　　好不容易熬到了下腹不再坠痛出血，凤倾月也是终于可以少服一帖汤药了。

　　胎位已稳，她最大的担心已无，精神头总算是好了些，不似前些日子那般憔悴了。可她的孕吐还是不见好，有着身子的人，不胖反而瘦了。

　　安嬷嬷说熬过这头三个月兴许就好过了，可凤倾月这么瘦下去哪是办法？便是她熬得住，腹里的胎儿也得长大不是？

　　凤倾月自打怀胎一个多月来，酸甜苦辣咸，一样不进。府里再好的厨子也是没法了，哪怕你偏好一样味道，他们也能做出千般花样来。可你一样不好，叫人哪有办法？

　　底下伺候的人一阵焦急，还是玲珑想了个法子，找上了钱满贯。

　　玲珑心想着，金玉满堂遍开各地，菜色自然花样无穷，说不定就能找出几样合主子胃口的。再说金玉满堂接待的客人多，总归会碰上那么一两个嘴刁的，可能会有些法子也说不定。

钱满贯一听凤倾月吃不惯厨子做的东西，大手一挥，就将金玉满堂的厨子调了几个去王府。

那些厨子一来，便做了几道新奇的菜给凤倾月尝鲜。也是奇了，做的明明全是素菜，半点荤腥也无，却皆是色香味俱全，惹得人食欲大增。

其中有道泡椒竹笋，又酸又辣，让凤倾月好生喜欢。

这米饭也不是直接蒸煮的，而是用明火烤制而成的竹筒香饭。

府里的人还没见过这般新奇的吃法，当厨子将烤好的米饭倒腾出来之时，惹得好些人赞叹不已。

这竹筒饭吃起来香软可口，有香竹的清香，又有米饭的芬芳。再配上促进食欲的小菜，凤倾月不由得就多吃了两碗。

虽说后头还是吐出了些东西，却也让众人很欢喜。毕竟能吃下好些东西了不是？

安嬷嬷连连在凤倾月面前夸玲珑的主意好，让主子少受了些折腾。

凤倾月晓得安嬷嬷是在表达玲珑是个识大体的，可以遣去伺候夜离轩。

她不想让玲珑紧张，便私底下警告了安嬷嬷一番，让安嬷嬷莫再打这样的主意。

听着主子那句"玲珑日后是要风光嫁人的"，安嬷嬷便叹起玲珑的好命来。

玲珑得遇这么好的主子，真是三生有幸哟。

凤倾月虽不明白主母有了身孕，就得给夫君安排填房是个什么道理，不过下人们都在传，她也不好再半点不在意地过活。

就算她不在意，玲珑也难免会多心不是？府里众姬妾的个性她也不甚晓得，便想到了上次来拜访她的那位木夫人。

终归是要提拔一人，自然要提个自己看得顺眼的。那木夫人看着憨态，她倒不怎么厌烦。

她虽不知木菁内里如何，却不甚在意。只要木菁安于本分，不在她面前耍些心眼，她也就睁只眼闭只眼，一切顺其自然了。

而对沈流烟那般阳奉阴违的人，凤倾月自然不会让她讨了好去。

凤倾月故意召了木菁来用膳，想着在夜离轩来时将她遣去伺候。

本以为夜离轩在木菁那里过了几次夜，该是不反感她的，没想到一叫了木菁去陪他，他顿时就发了脾气，让木菁回了院去。

他这没来由的脾气倒让凤倾月又是愣了，半点摸不透他的心思。他这人也是好笑，都在木菁处过了好几夜了，何必还在她面前矜持一番？

他故意这样做又是何必呢？楚云辞让他不要招惹了自己，免得动了胎气。他便处处谨小慎微，对她很关心。

他到底是怕她生气，还是怕她动了胎气，伤了腹里的孩子呢？

虽说凤倾月自己也怕动了胎气，可想到夜离轩只是为了孩子才对她好的，心里就对他很轻蔑。

他想要个孩子，哪个姬妾不能生？何必眼巴巴地瞅着自己这个？明明是个硬气的人，勉为其难地待在这里忍受着自己的冷漠，又是何苦呢？

凤倾月着实不喜他守着自己，两人之间明明就没有温情，他又何必来此碍眼？偏偏他现下听了楚云辞的话，半点不在意她的冷嘲热讽，也不同她置气，让她无奈得很。

她偶尔说王爷这般尊贵之人，实在不该拘束在昕雨轩这么个冷冷清清的小地方，他却半点不生气，只说昕雨轩有美酒佳肴又有美人相伴，乃是人间仙境也！他愿意陪着美人，优哉快活地过上一辈子。

他少有地油腔滑调，凤倾月听了只是淡然一笑，在心底冷哼一声：一辈子？只怕孩子生下后他就半点容忍不了她了，更莫说那虚无缥缈的一辈子了。

夜离轩听了楚云辞的话，时时说着甜蜜讨喜的话，却还是打动不得凤倾月的心。他看着冷冷清清的凤倾月，只觉得她比那寒冬都要冷上几分。

一颗心从里头上了锁，他想从外头打开，可不是难吗？

夜离轩还是不曾气馁，不曾因凤倾月的冷淡而甩手不理。或许是楚云辞骂他骂得多了，他才意识到有些事不该那么做的。

不过要他道歉，他又说不出口。只能当作从来没发生过一般，想着从头来过。

可他愿意，凤倾月未必就愿意了。

她不懂他无缘无故的坏，也不懂他无缘无故的好。她懒得去猜，懒得去懂，懒得去摸清他究竟是个什么套路。所以她只得做个旁观者，看他一人表演，只愿自己不是那局中之人。

凤倾月被孕吐折磨了头三个月，总算是熬到了头，什么想吃的东西都能吃了。

也不知是不是心理作用，每日摸着肚子，都觉大了一圈似的。好像宝宝也跟着她吃了东西，这才开始长大了。

凤倾月每每兴奋地问着玲珑，肚子是不是大了，玲珑一回答看不出，她就奇怪得很。怎么吃了这么多东西，就不见长呢？

她孕吐的这几月，玲珑每夜都睡在屋里的榻上，方便照顾她。她吃睡不好，瘦了许多，玲珑也是跟着她一番疲惫，下巴瘦得尖尖的，可怜得很。

厨子每日都要给凤倾月准备一些补品，让她好好补回身子。她平日里吃这些东西吃得多，又觉玲珑辛苦得紧，便将东西赐给了玲珑，非要让玲珑吃了这些炖品补身。

玲珑虽是百般推辞，却还是抵不过凤倾月一句强势的话。只要她假意神色一厉下了命令，玲珑就半点不会抗了命去。

本也是一番好心好意，却不想这一吃，便吃出了问题。

玲珑的月信本就是那几天的事情，可这次足足向后推迟了十多日也没来。起初玲珑自个儿都没注意到，还是同房的丫鬟突然提起，玲珑这才注意到自己没来月信之事。

那丫鬟也是个口无遮拦的，竟问玲珑是不是怀上了，顿时就将玲珑吓得目瞪口呆，连连否认。

玲珑虽是个黄花大闺女，却也晓得要做那等事才能像主子一般怀有身孕的。自个儿清清白白的，哪能叫人胡乱坏了名誉？

她指天发誓地说自己没做那折损清白之事，要那丫鬟先替她保密，免得惹了别人的闲话去。

可这样的事情，想去问人吧，又怕难堪，不问吧，又怕是内里出了毛病。问不问都是个问题，一时叫玲珑好生为难。好好的，怎么会闹出这样的事来呢？

玲珑踌躇了几日，月信还是没来。心想着借个机会问问来替主子探病的楚大夫，却不想就此东窗事发了。

那丫头一看玲珑过了二十多日还不曾来月事，自然是觉得玲珑这丫头偷吃了禁果，怀了哪个野男人的孩子。

王妃唯一的贴身丫鬟，平日里看着是挺清高的，却没想到内里是这么个贱东西。那丫鬟心头不屑，跟几个交好的丫鬟说议之时，不经意间就将此事说了出来。

玲珑怀孕的消息，便这么在下人圈里闹开了。王妃身边的丫鬟，竟然做出这么丢人的事情。

都说有什么样的主子，就有什么样的狗，玲珑这贱蹄子，可不是巴掌活活地往王妃脸上招呼吗？

一时各院之人，皆是翘首以盼这开年以来的第一出好戏。要是凤倾月就这么气落了胎，那更是落得个满堂欢喜了！

外面一群人居心不良，昕雨轩里的丫鬟也是心有期待。若是玲珑失了王妃的宠，王妃定是要另选一人来伺候她的。

做王妃身边的人，自然比在府里做这些杂活要好。一个个都心有期待，恨不得此事早些爆发了去。

第五十四章
谋害

如此事关玲珑的要事，经人私下传了个遍，玲珑和凤倾月竟成了最后知晓的人。

"主子，奴婢断然没有做过那等不知廉耻的事！请主子明察！"

玲珑此般坚定否认，凤倾月自然相信。玲珑到底跟了她这么久，她怎会不知其本性？

今儿个要不是安嬷嬷在她面前多了嘴，她倒不知这外头都变了天了。

玲珑若不是有了身孕，便该是身子出了毛病吧。会不会是她连月来时刻照料着自己，精神疲累引起的？

念及此，凤倾月就有些内疚。

"安嬷嬷，你速去将楚公子请过来。"

凤倾月无缘无故下此命令，玲珑自然晓得是请来替自个儿探身子的，忙眼中含泪，对着凤倾月直磕头。

"谢主子！"

"既然是做主子的，又怎能让你白白担了这等有损名节的冤屈？"

玲珑无话可表达，只得感激在心，期待着楚云辞快些来还她个清白。

她就这么笔直地跪在地上，凤倾月叫她起身来她也不愿，只觉自己罪孽深重得很。

她自个儿名节败了是小，要是给主子蒙了羞，那才叫她无地自容了。

好在她身份低微，只是个卑贱的小丫鬟，这些事只有府里的人私底下说。若这样的事传了出去，纵然事后能查个明白，她却有十张嘴也说不清了。

楚云辞被凤倾月请来，外面就有好些小丫鬟在昕雨轩外头打听情况了。

这人难免有好奇之心，而众院对这昕雨轩里头的事，更是特别地上心。

毕竟王妃入府以来一直让人没什么说头，现下好不容易身边的人犯了件备受争议之事，众人自然关注得很。

楚云辞一听玲珑的情况，便先为玲珑探了脉。脉象平缓，倒不觉有异。可以肯定的，便是玲珑并无身孕。

"这些日子可有什么不适之感？"

"下腹偶有坠痛，以前却不曾有过。"玲珑说了前一句，又觉不甚妥善，便接着解释了一番。

听她后头这一句，楚云辞皱了皱眉，直觉是她身子出了问题。

"平常可是怕冷？"

"是有些，大热的天气也是四肢冰凉得很。"

"以前月事来的时候可有不适？"

玲珑回答得好好的，被楚云辞这么突然的一句话，问得愣红了脸。

"以前月事来时可有不适？"

楚云辞以为她没听清楚，便又重复了一次。

女儿家如此私密的事情，他问出来却没半点的不好意思。玲珑见他这般，也放松了些。他不过是个医者，做好自己本职之事，自己又何必娇羞在意呢？

"以前来时常伴有疼痛，至寒冷的时候疼痛更甚。每次月信之时，小腹都甚为冰凉。"

听她这么一说，楚云辞便有了定论。

"此乃宫寒之症。不过无缘无故，也不该是闭经了去。最近可有吃什么特别的东西？"

"都是丫鬟们的照常吃食，没什么特别的。"

楚云辞很不理解。若是没有外界刺激，这宫寒之症怎会如此严重？

玲珑好似想到了什么，猛地瞪大了双眼。

本想问了楚云辞，又觉得贸贸然的，不甚妥当，便小心问了一句："一定是吃食上出了问题吗？"

玲珑倒是吃过一样特别的东西，不过她却不甚肯定是这东西。

"奴婢吃过一盅血燕。"

这血燕吃了也没什么，楚云辞本有些不以为意，反应过来却顿觉不对劲。玲珑不过是王府里的一个丫鬟，哪吃得上血燕这样的东西？

"那血燕是？"

"是王妃赐下的。前月里那些厨子专做了给王妃补身的。"

这血燕是做给凤倾月服用的，玲珑虽觉得这东西不该出问题的，却又怕是这血燕里加了什么东西，为了害自个儿主子，这才提了出来。

无事自然是好，有事那可不就糟了！这府里究竟有没有人打起凤倾月的主意？

楚云辞闭着眼，手指敲打着桌面，思虑着事情。

若真是这一碗血燕出了问题，那这东西是做给凤倾月吃的，自然是为了害凤倾月的。恰好他想到了一种药物能引发孕妇的大出血，从而造成滑胎。而这种药物被宫寒之人吃了，也恰好能引发闭经。

这么巧合的事，楚云辞自然会觉得是不是有人居心不良，打定了主意要害凤倾月。

楚云辞睁开眼，又问了一遍玲珑有没有吃其他特殊的东西，让她好生回想一番。

见玲珑愣神了一阵，万分肯定地回答了他没有，他也是有了些肯定。

玲珑不过是个丫头，害她也没有意义，要害自然得害凤倾月这个大头了。

那人怕是没想到凤倾月运气如此之好，将药赐给了玲珑，斩断了她的一番阴谋。

如果关系到凤倾月的话，这府里的姬妾个个都有嫌疑。下人们害了王妃有什么好处？也只有她们才会对孩子下这么重的手了。

不管怎样，先将人带来问了再说。

楚云辞打定了主意，便要她们去寻了那日做血燕的厨子来。

本来时隔多日，玲珑自己都有些记不清是什么时候吃下的了。还好膳房里有一本小册，专门记明每次出膳的厨子和膳品。

因着每日出的炖品不同，倒也没费多大的功夫，就查到了那厨子。

那厨子被传唤而来，先是不认自己做食的时候离了身。

直到楚云辞一番威逼，说那东西里头投了毒。若他想不起那日的事来，认定没离过身，便将下毒之事算在他的头上。他这才汗如雨下，焦急回想起来。

他仔细回想了一番，突然想到了关键之处，忙对着楚云辞道："那日小的确实离开过一遭，不过是西院里的丫鬟过来要吃的，小的出门去看了个热闹。"

"她不过是来要个吃的，有什么热闹可看？"

"那小娘们儿泼辣得很，缠着李二硬说是少了她家主子的份例。她家主子教训了她，她便要找李二要个说法。在外面闹了好一阵，我耐不住好奇看了些时辰，这才误了事。"

楚云辞一挑眉，顿感有了些眉目。这么说来，这血燕十有八九是出过问题的了。

"可还记得你出去看人争论之时，屋里还有些什么人？"

那厨子想了一想，才做了回答。

"应该还有个绿云院的丫头。那些日子她一直跟着李二学厨，许多时候都待在厨厅里。"

"就她一人？"

"是！"

王妃的炖品都是在午后才开始炖的。中午的时候厨厅的人已是忙完，很少有待在厨厅里的，所以他才很肯定。

这厨子信誓旦旦地应了话，楚云辞让他紧闭其口莫要泄露了风声，便打发他走了。

那丫鬟一个人在里头，自然有很大的机会投毒。不过没有亲眼所见，谁也不能肯定。毕竟是不是血燕出了问题也不能肯定，万一错怪了人，闹下乌龙就不好了。

楚云辞手里也没个使唤的侍卫，难以将事情查个明白，便让凤倾月先谨慎着行事，再自个儿去了夜离轩那处。

夜离轩这么个大王爷摆在那儿不用，还等什么时候将他派上用场？

凤倾月为了安全，便把钱满贯调派来的那几个厨子指做了私厨，不再让王府里的厨子往昕雨轩里送吃食了。

被那碗可能有毒的血燕搞得心神不宁的，却忘了玲珑的事了。

凤倾月现下看着眼前下跪之人，着实是惊得不轻。

那会儿楚云辞急匆匆地走了，没来得及问他玲珑的病该如何医治，还忘了让他替玲珑解释一番。

本想着明日将府院的人召集齐了，再让楚云辞替玲珑正了清白。可这一耽搁，却误打误撞引发了另一桩事来。

凤倾月看着下跪之人，器宇不凡，虎目灼灼，心里不由得点头称好，是个不错的。

只是他同玲珑有什么牵扯呢？怎会突然求娶玲珑而来？他看着倒很不错，就是不知玲珑愿意与否。

跪者是谁？怎的在此风口浪尖上求娶玲珑呢？

此人正是凤倾月之前离府期间，救玲珑出了苦难的单陌。

单陌此番求娶，不仅愣了凤倾月，更是把当事人玲珑也愣得不轻。

玲珑虽心悦于他，却没想到他竟也是惦记着自己的。一时惊喜交加，又有些期待掺杂其中，实在不知该怎么平复自己的心境了。

单陌以前常为夜离轩在外奔波办事，待夜离轩做了王爷，他也就闲了许多，于府中做回了夜离轩的贴身侍卫。

前些日子凤倾月欲扶玲珑上位的消息传得沸沸扬扬，单陌的心就很难受了。可是再难过他还是得憋着，难不成他还能跟王爷抢女人吗？

再说玲珑是王妃唯一的贴身女婢，就算她是个丫鬟，那也是个高人一等的，哪能委屈嫁了他这么个平凡的侍卫？

纵然单陌的心受着煎熬，他依旧沉默着，不想让自己这份情意误了玲珑的大好前程。

且玲珑喜不喜欢他还得另说，若是自己一番自作多情毁了人家，那可不是造孽吗？

结果凤倾月没让玲珑做夜离轩的填房，单陌也就安下心了。可这颗悬着的心刚放下没多久，又出了件闹心的大事。

府里上下都传着玲珑偷人怀孕了，单陌听着那些个丫鬟议论，一时震惊得失了魂。

他训斥了那几个多嘴多舌的丫头，却还是止不住四处散播的流言。

想到那个在病床上躺着的娇弱女子，明明虚弱不堪，却仍是硬气得很。他打从心里觉得，玲珑不会是那样的人。

说不定是她体内有了什么毛病，等她调养好了身子，流言也就不攻自破了。

可惜的是，流言没有不攻自破，反而日渐喧嚣了起来。单陌也是觉得，玲珑可能真的怀上了。

尽管他不愿相信此事，可昕雨轩没有半点还玲珑清白的动静，他终究是不得不信了。

他关注了昕雨轩许多日，就想看看有没有哪个男子前去认了这桩事。

久未见到玲珑所谓的奸夫，单陌便想：兴许玲珑发生此事是不得已的，所以才到了如此地步。

可犯下这样的事，若是没个人出来承认，那玲珑定然是个不得好死的下场。他该如何是好？

世上男子哪个愿意娶个不清白的妻子？便是单陌喜欢着玲珑，心里也是有些硌硬的。可眼睁睁看着自己心爱的女子因这等丑闻而死，单陌心里更是难受。

在来与不来之间，单陌很挣扎。最终他还是抹不去脑海中那个清瘦倔强的身影，义无反顾地来了。是以才有了现下这样的事情。

"你以为，本宫凭什么愿意将玲珑嫁给你？"

单陌重重地磕了一个响头，坚定地回道："请王妃恕罪，属下便是玲珑腹中胎儿的父亲。"

现下只有凤倾月和玲珑在里屋，倒不怕被其他人听去说了闲话，所以单陌回答得很大胆。

凤倾月先是愣了一愣，随即笑了。

见王妃笑得开怀，单陌很不解。这样的事说出来，王妃不应该是生气才是吗？难道是怒极反笑？单陌不懂她的意思，心里不由有些忐忑。

玲珑听了他的话，也是愣了神，哭笑不得。急忙朝凤倾月一跪，磕头解释道："单侍卫他胡乱说的，主子莫要生气。"

凤倾月也不应话，就这么看着他们，面带微笑，不知心里在想些什么。

单陌还以为玲珑是怕牵扯到他，又急忙接过了话头。

"属下愿意承担罪责，请王妃责罚！"

玲珑见他此般认真，心里好生感动，险些落下泪来。想开口对他解释，却哽咽不出。

"得了，玲珑，本宫同他说吧。"

"楚大夫刚帮玲珑检查过了，是身子出了些状况，不是有了身孕。单侍卫可莫要平白污了我家玲珑的名声。"

这最后一句，凤倾月也是笑着说的，倒没有追究他的意思。毕竟这单陌能来此认这么桩事，定然是个对玲珑痴心不改的，她可不想拆了玲珑这么段好姻缘。

单陌一听此话，顿时喜大于惊，且又很尴尬。傻愣在那里，也不知道自个儿该说什么好了。

还好王妃是个大度之人，不然自己如此冒失莽撞，真是要害苦玲珑了。便是她没有身孕，怕也要被认为不贞了。

念及此，单陌直想抽自己两大巴掌。

第五十五章
水落石出

"单侍卫，本宫欲将玲珑交托与你，你可愿一生一世照顾好她？"

凤倾月终归不会将玲珑留在自己身边孤苦一辈子，自然要趁早给玲珑找个好归处，也不枉两人一场主仆情分。

这单陌在凤倾月看来就很不错，有情亦有义。玲珑嫁与他，定然吃不了苦头。

他对玲珑也算是爱到极致了，这般情况下也愿意求娶玲珑。若是夜离轩，只怕早已退避三舍了吧？

可夜离轩毕竟是个高高在上的人，自然有许多顾忌。只得怪天意弄人，各人缘分不同罢了。

单陌一听凤倾月的话，顿时喜不自禁，像个愣头小子一样笑开了怀。要不是玲珑先行谢了恩，他还得傻愣愣地笑着恢复不过来。

玲珑得嫁如意郎君，自然顾不得不好意思，便叩谢了恩典。单陌见玲珑如此，也知晓她的心意了。两心相悦，自是一桩美事。

"谢王妃！"他心里感激，忙对着凤倾月磕了三个响头。

"玲珑是本宫看重的人，她自然会风风光光地出嫁，日后得做当家主母的。"

"属下有妻如此已然满足，日后绝无另娶之心！"单陌是个聪明人，自是晓得王妃现下说了此话的意思，便表明了自己的心迹。

"话先别说得太满。别以为玲珑在此无依无靠，就可欺负了她。本宫便是她的亲人，这里也就是她的娘家。日后她若受了委屈前来诉苦，本宫自会为她出头。当然，本宫不希望有那么一天。"

都说女人心海底针，可这男子的心又有几个是好琢磨的？单陌会不会变，凤倾月不知道。可有她在的一天，他就必须好好对待玲珑。

"属下定会照顾好玲珑一生一世，请王妃放心！"

凤倾月满意地点了点头，便让他起身赐了座，谈着玲珑的婚嫁大事。

本来婚姻大事该是父母之命，媒妁之言。不过凤倾月不知道那些个规矩，再说玲珑又无父无母，自然就是凤倾月拿主意了。

玲珑正处在风头上，自然不能让她现下嫁人，凤倾月便想着几月后流言平息了再将她嫁出。不过玲珑她惦记着凤倾月的身子，便恳求留在这儿照顾。

凤倾月也有些舍不得她，便定了一年之期。单陌知道玲珑是个忠心护主的，王妃没生下小主子她定然安不下心，自然顺着她的意思。

玲珑能嫁给他已是天大的幸事，不过等上一年而已，有什么急头？

凤倾月倒是不在意单陌的护卫身份。她想给玲珑找的好人家，不一定要是达官显贵之家。那样的家族毕竟身份分明得很，背地里还不知有哪些东西要一一应付。

她为玲珑备的嫁妆，已然够玲珑安然一世了，用不着去那些个大富大贵之家才活得好。她要替玲珑求的，只是个一生一世一双人。

这单陌看着不错，玲珑又喜欢，凤倾月自然乐得成全。

因顾忌着外面的流言，她便没让单陌大张旗鼓地昭告府里之人。想着过几个月，再借由自己这个王妃的身份，将玲珑指给他。

单陌来昕雨轩的这段时间，楚云辞也将这边的情况给夜离轩说了个清楚。

得知凤倾月可能被人陷害一事，夜离轩顿时勃然大怒，遣了好些暗卫一番彻查。

虽说矛头直指绿云院的丫头，可捉人拿赃，总归是要有个证据的。

血荆花这样的东西，城中的药房都不曾有售。因为这东西没其他用处，只有个堕胎之效，且此药阴毒，能致使孕妇大量出血，难以保命。药房的人自然不会以此落胎，而是会换些温和的药物来。

药房不卖，又能从何得来呢？便从那些采药人的手头买来的。

这东西也不需要搭配其他东西，只需要洗净磨汁即可。

因为有了嫌疑之人，众人就将目标锁定在了绿云院。

府里不可能会有血荆花这样的东西，只能从府外购得。而绿云院只有两个经常出府采购的丫鬟，自然得从这两人入手。

城中经常去生长血荆花的地方采药的人不少，暗卫连着问了十几个人，总算是问着了一个。

那人说的是两月之前，有人专门过来出了高价要他去寻来血荆花。

来人给了他一幅血荆花的图，再付了一粒碎银，两人的交易也就这么定了。不过来人不仅是个哑巴，而且还是个男子。

听到这儿，那暗卫也没多心，就此离开了。可到最后寻了个差不多了，也没一个说替人采了血荆花的。那暗卫想起唯一符合的人来，便觉事情有些蹊跷。

毕竟那血荆花长在悬崖峭壁上，采来无人收也是无用。没人来求，自然没有采药人愿意冒险的。

那暗卫不死心地拿了两个丫鬟的画像来，让那采药之人仔细辨认，终是让他认出人来。原来是其中一个有些高大的丫头扮了男子，才没让人认出她女子的身份。

既然药是绿云院的采办丫鬟购入的，当时厨厅里也只剩绿云院那位姨娘的贴身丫鬟。两相联系，自是证明了楚云辞的猜想是真。

夜离轩得到消息，自然片刻也等不及，领着一群人气势汹汹地去了绿云院。

正是入夜后，夜离轩一脚踢开了绿云院的大门。值夜的丫头本还有些疲惫困倦，猛地就被惊醒了睡意。

绿云院的这位还没歇下，见了怒火冲天的夜离轩竟是不怕，将他引进了屋内，从容不迫地行了一礼。

"奴妾参见王爷。"

夜离轩如此气愤前来，她自是明白他为的何事。既然有了心理准备，她自然不怕。

"伊芷，本王查到你意图谋害王妃，这罪你认是不认？"

她不慌不忙地跪到地上，挺直了身板答道："奴妾认罪。"

"好，拖出去乱棍打死，留你一个全尸！"

听他此话，伊芷顿时万念俱灰。她的脸骤然没了血色，不是吓的，而是心头狠狠地受了伤。

他果然对她半点情分也无，绝情至此。

她流下两行清泪，却无法惹得他一番怜惜。

"王爷不能杀我！"

夜离轩正欲离开，便听伊芷说了这么句话。他立即顿住了脚步，眼神中露出一抹嘲讽。不能杀？呵，她凭的什么这般理直气壮？

"你以为本王会放过你？"

伊芷抬头迎着夜离轩的怒视，面不改色。

"敢问王爷，王妃可有损伤？"

她难道以为倾月平安无事，他就会放过她吗？当真太过天真！

"即便没有，你以为你能逃脱得了干系？"

伊芷也是勾起一抹嘲笑，出声讽刺着夜离轩。

"既然没有，那就对了。王爷还只是王爷，不是皇上。王爷还得遵守着这西夜的律法办事，奴妾谋害个婢女，顶多算是杀人未遂。依照西夜律法，奴妾罪不至死。"

伊芷瞬时就改了口供，推翻了先前承认谋害王妃一事，改成了谋害婢女。

她之前那么说，也是为了试探一番夜离轩。结果夜离轩对她半点情意也无，她不死心还能怎样？

她知道那碗血燕被凤倾月赐给了玲珑，既然玲珑无事，她自然有办法让自己逃脱罪责。她不想死，也不能死。为了这么个薄情寡义之人而死，不值得！

"本王倒是忘了，你还有个刑部的爹。好！果然教导得好！"

夜离轩的女人，除了凤倾月敢这么同他说话，这伊芷，便是第二个丝毫不顾他脸面的了。

她竟敢拿皇上来威胁他，当真是不知好歹！

他堂堂一个王爷，自然是可以随意处死一个贱妾的。可他毫无实权，夜墨澜与自己又不属同根，现下也不是在什么山高水远的封地上。他的一举一动，不得不顾忌着夜墨澜。

她敢这么说，定然是留有了一手。他即便不想让她活，也得留着她一条性命了。

夜离轩怒视着伊芷，直恨得牙痒痒，想一掌将她捏碎了去。

"死罪可免，活罪难逃！杖责五十大板，便看你撑得过撑不过！"

夜离轩一声令下，带来执刑的两个侍卫立即架了伊芷施刑。他没再留恋一眼，径直离开了去。

伊芷看着夜离轩离开的背影，却莫名地笑了。

实则她并没留有后手，不过是拿命豪赌罢了。结果显而易见，她赌对了。她贱命一条，夜离轩怎会拿自个儿的身家性命跟她赌呢？

也是夜离轩太高看她了，她哪有那么大的本事告御状呢？即便她有个刑部的爹又怎样？怎会为了她这么个庶女与王爷为难呢？

只是夜离轩太过忽略她了，她是嫡还是庶他都不曾在意过吧。

念及此，伊芷心如刀割，悲痛得不能自已。只怪她丢了自己的心，才落得个如斯下场！

伊芷受刑之时，死咬着锦帕，怕自己受不住疼咬了舌头。心里只有那股不甘心的劲，支撑着她挺过了这五十大板。

侍卫执刑后，便头也不回地走了，半点不管伊芷的死活。王爷本就想让她死，他们又怎会留有余手？若她活了下来，也只得算是她命不该绝了。

伊芷昏迷了过去，一袭蓝衣染了半身的鲜血，足以想象出内里皮开肉绽的模样。只有伊芷的两个贴身丫鬟一番痛心，小心翼翼地将她扶进了里屋照顾。

绿云院出了这般大的动静，凤倾月自然是得了消息的。那位伊夫人平日里都规规矩矩的，没想到她竟隐藏得如此之深。

这几日凤倾月在昕雨轩待着也是拘束得很，现下查明了下毒之人，她应该落下心头大石才对。可她这心里，偏生有些不明所以地气闷。

往常都是听说夜离轩的手段残忍非常，现下怎的轻易放过下毒之人了？若不是他顾念着往昔情分，还能因为什么？

罢了，她也不想在孩子未出世之时招了血光。只要这伊夫人不再招惹自己，便留她一条活路也无不可。

不过这次凤倾月当真是错怪夜离轩了，他若不是顾忌着夜墨澜，怕留了把柄于人，又怎会容得伊芷留下性命呢？

而伊芷想要活下去也是不容易得很。虽说她撑过了杖责，可她现下重伤在身，自然是需要大夫救治的。

夜离轩已下了死令，又有谁人敢违背了去？只得让她重伤卧床不起，自生自灭。

伊芷不仅无人来医，且被断了吃食。只有那两个贴身丫鬟还将她当主子照顾，竭力续着她的这条命。

夜离轩不休她，要的就是让她在这府里生不如死，或是凄凉惨死。

兴许伊芷真是个福大命大之人，受尽了如此折磨，精力竟是逐渐好转。

或许是因她意志坚强，才让她熬过了这重重苦难吧。

不过伊芷深知自己的苦境，明白夜离轩这是打算将她困死在王府了。

他果然是个睚眦必报之人，不会对她这种无关紧要之人发下些许慈悲。是她犯傻，才会不识趣地招惹了他！

夜离轩除了为难伊芷，倒没有为难她身边之人。柒春为了给她换取伤药和吃食，已是拿了不少首饰出去典当。物有尽时，她若再不想个法子，所剩之路也只有一死。

若说王府里还有什么人能使夜离轩改变主意的，那就只有凤倾月一人了。

伊芷虽是想到了凤倾月，却又不怎么抱有希望。王妃向来不是个性格柔软之人，而自己又是打了她腹中胎儿的主意，她如何会拉自己一把？

这样的事便落在自个儿身上，自己也无法原谅，又怎能奢求别人给条活路呢？

　　可人就是这样，用尽方法也要求生，哪有一心求死的呢？尽管伊芷知道凤倾月不待见自己，她还是决定去求上一求。只要有一线生机，她也不能放弃。

　　凤倾月这日子刚平静了下来，却又起了波澜。

　　她不找这伊夫人的麻烦，这伊夫人却自个儿闯上门来了，当真是胆大得很！

　　听说伊芷受了五十大板，伤得也是不轻。今儿个她刚好了疼，就又要闹腾了？

　　“玲珑，你出去将她打发了。就说本宫身子疲乏，于房中休息。”

　　大好的日头，凤倾月可不想因为伊芷坏了心情。

　　不想见便不见，她身为王妃，这点子权力还是有的吧。

　　这伊芷当真是跟凤倾月犟上了。这般大的日头，竟是在外跪了几个时辰。

　　直到安嬷嬷前来禀报人在外头晕过去了，凤倾月才晓得她在外头跪了许久。

　　她迟迟不归，莫不是有何内情相告？

　　凤倾月本想叫人将她抬回绿云院的，念及此，便让人将她扶进了屋里来。

　　伊芷身子还很虚弱，这才顶不过烈日暴晒。她在里屋歇息了一会儿，人就清醒了过来。

　　伊芷在屋内的榻上悠悠转醒，便见了凤倾月坐在屋内主位上，忙起了身，对着凤倾月就是一跪。

　　“奴妾自知罪不可恕，甘于领罪！王妃乃是菩萨心肠，但求王妃大发慈悲，给条活路！”

　　听伊芷这么说，那下毒之事便毫无悬念了。这人当真好笑，剜了别人一刀留下个硕大的疤，随便认个错就想了事吗？

　　一想到她想要谋害的是自己腹中的胎儿，凤倾月自然是拒绝帮她的。自个儿不找伊芷的麻烦，便是她天大的幸事了。她当真欺人太甚，竟还想自己原谅她！

　　"伊夫人求本宫作甚？府里当家做主的是王爷，你该去求王爷才是。玲珑，送客。"

　　伊芷一听这话，急忙跪着往前行了几步，至凤倾月跟前连连磕头。

　　"是奴妾太傻，妄图探测王爷的心思，结果以命相搏，还是落得个冷情冷意的下场。奴妾已然死心，追悔莫及。奴妾甘愿承担责罚，不求王妃怜惜，只求王妃将奴妾逐出王府，孤苦终老！"

　　伊芷本觉自个儿一生无泪了，说到夜离轩，又落了个满面泪痕。夜离轩便是她一辈子的劫，必将纠葛于心直至终老。

　　凤倾月还是第一次见着有人宁愿孤苦无依的，心里不免有些感慨可怜。只是伊芷验证夜离轩的真心，千不该万不该，将主意打在了自己身上。

　　若一句道歉知错就可化解所有，世上又哪来那般多的深仇大恨？

　　任伊芷痛哭得声嘶力竭，凤倾月也是不为所动，让玲珑将她送了出去。

　　伊芷愁云惨雾地回了绿云院，只得一番望天长叹。

　　此番没能得偿所愿，只是平白让其他姬妾看了笑话。也是她太过痴傻，才得了这么个惨淡的下场。

　　若是她早对夜离轩死了心，何至于闹得这般惨景？到最后，也只能怪自己痴心错付罢了。

　　可日子还得过不是？伊芷精打细算省吃俭用着，竭力过着日子。

　　凤倾月也没被她扰了心境，满怀着期待盼着孩子出世。

　　日子一天天地过着，转眼间凤倾月已然怀胎五月。每日腹中孩子的一个轻微动作，都是给她的小小惊喜。

　　凤倾月每日最重要的事，就是满怀笑容地呆坐着，等着腹中胎儿的微小动作。

　　"玲珑，他又踢我了。今日他活泼得很，动了好几次呢。"

　　凤倾月轻手抚摸着肚子，感受着腹里的反应，很欣喜。

　　自从胎儿会动之后，她便快活起来。感受着他慢慢地长大和他不时地活动，她便觉得一个栩栩如生的婴孩，在她脑中浮现了出来。

那俏皮可爱的模样和那慵懒着蹬脚伸手的姿势，无一不让凤倾月雀跃欢喜。只想快些生下他，将他捧在手心里呵护着才好。

"小主子这般活泼好动，日后定然是个生龙活虎的小男孩。"

听着玲珑的话，凤倾月更开心了。她心里也渴望着这胎是个男孩。

因夜雨泽这般可爱，她便想着生个如他一般活泼可爱的男孩。不过总归是自己的孩子，不论男女她自然都是喜欢着的。只是心里头偏向要个男孩子罢了。

一想起夜雨泽，他便来了。最近也没出去走动，夜雨泽时不时想到她，便自个儿来了昕雨轩见她。

夜雨泽也对着凤倾月闹过多回了，直抱怨着凤倾月不去看他。

不晓得为什么，凤倾月总觉得夜雨泽最近情绪有些低沉。不知是不是自己太过欢喜了，才会觉得别人不怎么开心。她总有一股怪怪的感觉，却说不出来。

"母妃最近都不来看泽儿了，母妃不想泽儿吗？"

刚想着呢，夜雨泽就又问到这个问题。每当他问到这个问题，她顿时就觉得他心有委屈，不好回答。

若是想，为何不去看他呢？若是不想，可不就伤了他的心吗？想与不想都是错，着实叫人好生为难。

"今儿个正准备去看你呢，你就自个儿来了。今日夫子教的东西泽儿可都学会了？"

凤倾月不知怎么回答他，只好哄骗着他，转移了话题。

前些日子不出门，是因为下毒谋害一事。那时听了楚云辞的话，在昕雨轩待了段时日。后来腹内有了胎动，便只惦念着腹中胎儿，不想外出走动。却没想到泽儿对此如此敏感，几次三番提及此事。

"夫子家中有事，已是好几日没来府里了。"

凤倾月听夜雨泽这么说，顿时有些尴尬。这些日子她一点儿没注意到泽儿的生活，着实有些不应该。

她心想着明日便去泽儿的院里坐坐，便又问道："泽儿养的那只鹦鹉呢？可是学会说话了？"

夜雨泽听了这话，垂头丧气地回道："小红飞走了。"

因那只鹦鹉胸前一大抹红，夜雨泽才给它取了这么个名字。夜雨泽这般说，凤倾月自然明白那只鹦鹉已然不在了。

她顿觉自己嘴笨得很，无缘无故提起了泽儿的伤心事来。泽儿一直对那只鹦鹉喜欢得紧，它飞走了想必令泽儿伤心了很久。

可自己半点儿不曾知道，凤倾月这才意识到，她真的对泽儿太过忽略了！

"是母妃不好，发生了这么大的事也不知道。不如母妃再找一只来送你可好？"

凤倾月不知该如何安慰他，只能想到这么个补偿之法。

"不用了，母妃还是照顾小弟弟吧。泽儿回去温书了。"

凤倾月听出了夜雨泽语气里的失落，心想着他是因为没受到关注，才有些不开心。

却没想到这个小小的人儿，已然对未出世的孩子有了浓浓的嫉妒。

他并不是失落，而是在置气！

第五十六章
劫数

夜雨泽落寞地离开了昕雨轩，令凤倾月心里歉疚得很。

他曾带给了她许多的欢乐，她却近乎将他遗忘了，实在不算个称职的好母亲。

泽儿本就失去了母爱许久，她现下便是他的依靠，着实不该让他如此失望的。

她心里实在惭愧，只能惦记着明日前去看他，陪他戏耍一番。

想到自个儿的失职，凤倾月顿时失了原先的好心情。

"玲珑，你说泽儿会不会就这么跟我生分了去？"

这几次泽儿来昕雨轩，越发沉默了。以前总是活泼好动得很，现下却规规矩矩的。沉默地来沉默地去，很少有开心的时候，让凤倾月不能不多想。

若泽儿的心性因她而变，她便是不折不扣的罪人了。

"主子别多心了，小世子还小，可能是有些吃味，才有些闷闷不乐的。不过主子毕竟是小世子的母妃，断不会生分的。"

其实玲珑也察觉出夜雨泽的不对劲了，可又不想自家主子多心焦虑，只能好言安慰着凤倾月放宽心，免得累了心神。

"或许你说得对，是我多虑了。毕竟泽儿开始很喜欢这个孩子的，可能我最近忽略了他，他才有了些不喜吧。你看明日做个什么糕点，随我去泽儿那里走上一遭。"

玲珑应了凤倾月的话，心里却觉得有一股说不明白的不对味来。不过她也说不清楚心头焦的是什么，只能闷在心里默不作声。

兴许夜雨泽一开始是喜欢这个未出世的弟弟的。他有过欢喜，有过雀跃。不过因为这个孩子，他逐渐被人忽略了去，现下他自然觉得自己的地位被其取代了。

他起初的欢快已然消失殆尽，只剩心中愤恨嫉妒的种子在悄然发芽。可谁又能想得到，这么个七岁不到的幼童，还有仇怨的情绪呢？

凤倾月第二日起了个大早，立即吩咐玲珑准备了夜雨泽爱吃的糕点。就想着快些到夜雨泽那儿去，给他个惊喜。

凤倾月到了夜雨泽处，夜雨泽正起了身用着早膳。他一见凤倾月，眼神里顿时有了好些神采。

"今儿个的菜很好吃，母妃也吃一些吧。"

早膳的菜色一般都很清淡，可夜雨泽见着一个月来第一次踏进自个儿小院的凤倾月，便觉菜也好味得紧，忙欢喜地招呼凤倾月用膳。

见他开心，凤倾月自然不好拒绝了他。虽说自己已经吃得撑了，却也陪着他用了些吃食。又怕吃得少了夜雨泽觉得自个儿在敷衍他，便硬撑着吃了小半碗米粥入肚。

用完膳，她连走上一步都觉费力得很。

"母妃，后院池塘的锦鲤都浮在水面上了。我带你去看看吧，好看得很呢！"

"好呀。"

许久没出门，凤倾月也想四处逛逛透透气。再说夜雨泽好不容易开心了些，她又怎能拒绝了他，将他打回原形呢？

凤倾月挺着个大肚子本就有些费力，再加上肚子撑得很，更是有些难以行动。

到了后院，便拖着沉重的身子，上了石阶上的观景亭去歇着。既可乘凉，也可观尽后院景色，实在是两全其美的好地方。

这观景亭建于高处，是根据御花园的观景亭来修建的。王府的后院就像是个缩小了的御花园，麻雀虽小却五脏俱全。其中景色宜人，令人赏心悦目得紧。

夜雨泽好不容易才盼到母妃跟他一起戏耍，心中自是高兴非常的。可没过多久，他就有些闷气憋在心头了。

母妃难得跟他在一起，却一直有个小弟弟横插在中间。母妃怀着他走路费劲也就算了，到了观景亭他也不安分，非得在里面胡作非为，惹得母妃吐了好几次。

夜雨泽看着凤倾月难受，自个儿也是难受得很。

凤倾月本就吃得撑，走一步就很难受。现下又有个小滑头在肚里闹腾，自然更是折磨。胃里倒腾着难过，这才吐了出来。

腹中的胎儿平日里也是不时动作，今日动得频繁，便让她多难受了些时辰。本也没什么事，却没想到引发了泽儿的不满来。

可凤倾月明明这般痛苦，她抚摸着肚子，脸上却笑得甜蜜得紧。

夜雨泽愣愣地看着她的微笑，心中嫉恨非常。

为什么母妃这么喜欢这个弟弟？明明让她难受了许久不是吗？为什么母妃不喜欢自己，不爱搭理自己了？他一直很听话不是吗？

母妃现下的心思果然都在这个弟弟身上了。她们说得没错，有了弟弟母妃就不爱自己了。这个弟弟不该来的！母妃只该是他的！

如果没有弟弟，母妃就只会喜欢他一个人了。对！他不要这个弟弟！

凤倾月不知道夜雨泽小小的心里在想着这么可怕的事情，眼见着夜雨泽突然阴沉了脸，沉默了下来，她就半点摸不着头脑。

刚刚还好好的，怎么又不开心了呢？

她突然觉得夜雨泽跟夜离轩的脾性有些一样，言行都是这么让人琢磨不透，果然是父子同相。不过还是个小孩子，便让人闹不明白了。

"泽儿是不是累了？不如回去歇着吧？"

他默不作声的，凤倾月也不知该怎么逗他。两人闷了一阵，凤倾月便准备送他回去了。

他也不应声，只是听话地点了点头。

小孩子的心思，天马行空一般。或许他胡思乱想一通，突然想起什么伤心事来了，才有了这般冷淡的模样。

凤倾月虽是不解，倒没怎么多心。她牵着夜雨泽的手欲下阶梯，他却抽出了手来。

虽不明白夜雨泽在闹什么脾气，她却还是准备跟他好好沟通一番的。没想到话还没问出口，夜雨泽整个人的身子都撞向了她。

她一个不稳，便向前倾去。条件反射地伸手想抓住什么东西稳住身形，却只抓住了离得最近的夜雨泽。

凤倾月揪住夜雨泽的衣裳一扯，夜雨泽人小，稳不住身子，便随她一起倾出了身去。

一切发生在电光石火之间，尾随在后的玲珑半点也没反应过来，便见两人坠落在了石阶之下。

玲珑受了大惊，先是瞪眼愣了会儿神，才急忙跑下石阶。

她边跑边大叫："来人啊！救命啊！"

周围的丫鬟听到喊叫，忙聚了过来。

几个丫鬟看清了地上昏迷的人，也是吃惊得很，不知该如何是好。

玲珑在心里直叫自己莫慌，可看着自家主子身下沾染了些许血迹，她便知情况不妙了，急得直想落下泪来。

她一定要镇定！主子还等着她救呢！

"你们快遣个人去寻楚大夫来！"

玲珑一声大吼，顿时把这些愣着的人吼回了神。一个小丫鬟忙飞奔而出，寻楚云辞去了。

玲珑指挥着众人将凤倾月和夜雨泽的身子放平了，再扯开自己的纱巾捂住了两人流血的伤口，就束手无策了。

倒不是玲珑愿将凤倾月晾在此处，只不过夜雨泽也受了伤，府里又只有楚云辞这么一个神医。不能顾此失彼，也只得让楚云辞一心两用了。

玲珑此时多想自己能懂得些医术，救醒两人。可惜，她现下能做的，只有祈祷着楚云辞快些赶来。

楚云辞接到消息，便问准了地方，自个儿使了轻功匆匆赶来。

他一袭白衣从天而降，看得众女好生失神。翩翩美男踏云而来，自然让人心里泛起层层涟漪。

不过楚云辞可没撩人的心思，忙上前查探着两人的伤情。

好在玲珑先用纱巾为两人止了血，避免了两人失血过多。不过凤倾月撞伤的是侧脑，夜雨泽却直面朝地，撞伤了额头。兴许两人皆是因头部受了震荡，才导致昏迷的。

楚云辞用银针对两人各扎了几下，便见凤倾月悠悠转醒。而夜雨泽还是昏迷不醒，没半点反应，令他不由得皱起了眉头。

凤倾月醒来，还沉浸在满心的讶异之中。要不是手臂的痛楚逼人，她还以为那番意外只是做了个噩梦。

"孩子！孩子！云辞，孩子有没有事？"

她失魂落魄地念叨了两句孩子，猛然醒悟过来，忙追问着眼前的楚云辞。

"没有大出血，应该无碍。你先放宽心，不要紧张。"

从这么高的石阶摔下来，胎儿竟然无事，凤倾月自然很庆幸。

也是她反应得及时，翻身护住了腹部。不然直面碰撞到地上，保不保得住这胎就很难说了。是以她现下侧脑受了撞击，手肘骨折，手腕也撕裂了。

她疼得冷汗涔涔，汗流浃背的。但见楚云辞对着夜雨泽一阵翻腾，也不好出声打扰他。

凤倾月着实很不明白，夜雨泽怎会突然猛扑向了她？

若说是他走路不稳摔倒，也不甚正常。毕竟那会儿还没下石阶，在平地又怎么会凭空摔倒呢？

而且那力度，该是他铁了心往自己身上扑的。可凤倾月真心不懂，夜雨泽哪会对她有这般大的憎恨？

她实在难以相信，这么个乖巧听话的小人儿，竟是要置她于死地。

夜雨泽身后只有一个玲珑，若说是玲珑借力打力，凤倾月就更是不信了。

罢了，玲珑在自己身后，该是看明白了的。便回了昕雨轩，再细想这些个问题吧。

"你们几个，将世子带回房里先歇着，我一会儿再过来看看。"

夜雨泽除了露在外面的皮肤有些擦伤，再无其他重伤。他迟迟不醒，应该是其头部出了问题。

楚云辞一时也想不到办法，只得让人先将他送回去歇着。

"你感觉怎么样？可有不适的地方？"

方才楚云辞给凤倾月把过脉，探其脉象平缓并无大碍，便没怎么关注她了。现下见了她脸色苍白直冒冷汗，才关心起她来。

"手臂不知是怎么了，有些移动不得。"

她试着动弹一下，却疼得她倒吸了一口凉气。

楚云辞一听，便想给她摸骨。可一想到此番在众目睽睽之下，怕几多蜚语，便让人先将她扶回屋里去。

回了听雨轩，便将凤倾月安置在了床上，留了玲珑一人照顾。

玲珑轻手将凤倾月的衣袖挽了起来，楚云辞也顾不得男女授受不亲一说，一只手摸到了她的手肘。

他一番碰触，惹得凤倾月直喊疼。

突地，他猛然拉直了她的手臂，只听嘣的一声，就帮她正回了骨头。

她疼得大呼一声，便没了下文。接回骨头的时候虽然很疼痛，接好后却好受多了。

"得了，你受的都是些外伤，养着就好了。手臂暂时不要移动，就这么摊在床上就行了。至于孩子，我再开些安胎药与你，每日一服即可。"

楚云辞安排好了这些，心头有些疑惑，便问了出来。

"话说，你跟泽儿怎么会滚下石阶呢？"

"不知道。"

对于此事，凤倾月自个儿也迷茫得很。除了夜雨泽发狠撞向她，她实在想不出其他可能。

不过事情还没弄清楚之前，她不想随意下了论断，便没跟楚云辞多说什么。

玲珑见她不说，自然不会多嘴，只是默然地在一旁伺候着。

楚云辞确认她无恙了，便一番嘱咐，告辞而去。夜雨泽那边，兴许还有些棘手，令他很烦恼。

见他离去，凤倾月这才让玲珑关了房门，私下问话于她。

"玲珑，今日你可看到了什么？"

"不知怎么回事，小世子突地整个身子撞向了主子。奴婢还没来得及反应，主子就坠下石阶了。都怪奴婢没照顾好主子，请主子责罚！"

玲珑跪下告着罪，心里很内疚痛苦。只觉得自己失了本分，没能照顾好凤倾月。

可这样的事哪能怪她呢？连凤倾月自个儿都被撞了个措手不及，摸不着头脑，又哪能怪旁人没反应过来呢？

"你跪着作甚，快些起来说话！这事哪怪得了你，别想多了。"

虽说凤倾月也有了个大概想法，可真正确定了是夜雨泽推的她，她又觉痛心得很。

泽儿怎么会如此对她呢？他一向与她亲密，今日怎的突然转了性子？到底是什么原因，才激出了他此般凶性？

正当凤倾月百思不得其解的时候，却不知有更大的问题即将爆发……

凤倾月想象不到，夜离轩竟会气势汹汹地前来兴师问罪。

同样是摔下石阶，同样是受了伤，为何夜离轩就不能心疼心疼她？

他不心疼她也就罢了，现下反倒觉得她是罪魁祸首！他以为，她就是那般恶毒的人吗？！

"王爷以为，我为何要谋害泽儿？"

凤倾月绞尽脑汁也想象不出，泽儿有什么值得她费尽心机谋害的地方。她无语得很，只能向夜离轩求个答案。

"因为你贪心不足，惦记着泽儿的世子之位！"

夜离轩也不想将凤倾月看作这么个毒妇，不过她太令自己失望了，让他不得不往这方面想。

她为了此事已跟自己闹了好几次脾气，冷战至今，其心里一定憋着许多不满。所以才使了毒计，妄想除去泽儿！

两人许久的隔膜冷战，早已注定了这样全盘爆发的局势。只不过夜雨泽成了导火线，让夜离轩唯一一根镇定的神经，断开了线。

凤倾月确实在夜雨泽当上世子后，对夜离轩冷漠了许多，他这么想倒也无可厚非。以至于他现下所有的误会，凤倾月都无法解释清楚。

"那么王爷说，我将自己的孩子牺牲了，求来这么个世子之位又有何用？"

如果她真的计划谋害泽儿，何必拿自己的孩子去拼命？她难道就不怕假戏真做，害得自己失了孩子吗？一命换一命，那又有何意思？夜离轩怎么不会替她想想？

"可本王看到的是你毫发无损，泽儿或许就此昏睡不醒！你还有什么可说？"

听着夜离轩如此笃定的口气，凤倾月不禁满心嘲讽，失笑赌气道："我无话可说，王爷觉得是，那便是吧！"

"当真是你？"

夜离轩听她此般话语，顿时气得很了，上前便掐住了她的脖子，让她呼吸不得。

玲珑怕自家主子又说出什么不理智的话来，惹得夜离轩下了重手，忙在他面前跪下求饶，抢在凤倾月之前开了口。

"王爷莫要相信主子的气话，是小世子故意撞上王妃的。奴婢看得清楚，愿以命作保，王妃绝无谋害世子之心！"

玲珑一句保证又有何用呢？在夜离轩看来，玲珑不过是同凤倾月同气连枝，想方设法替她逃避责任罢了。

夜离轩一脚踢开了玲珑，怒道："你的命又如何能与泽儿相比？竟想出这样的鬼话来敷衍于我！"

夜雨泽不过是个七岁幼童，夜离轩自然不相信他会如此狠毒，犯下谋害慈母、残杀幼弟的事来。

凤倾月眼见玲珑被踢飞至墙面，心中也是气极。她勾起一抹冷笑，便无所谓道："王爷不信又想怎样？杀了我吗？"

夜离轩见她憋得难受，本就松了些手。听她这番话，顿时又使上几分力道。

凤倾月心中愤怒不甘，也是恶狠狠地瞪着夜离轩，以那只没受伤的右手回掐着他的手腕处。她使了浑身的劲，一腔怒火尽泄而出，指甲深深地嵌入了他的皮肉里。

两人互不相让，终还是以夜离轩的松手告终。要他狠心了结了她，他自是无法做到。

凤倾月是第一个惹得他怒极，却能全身而退的女人了。可惜，她并不引以为豪。

"既然如此，就让一切重归于初好了。王府里，就只能有泽儿这一个世子！"

既然泽儿当上世子引发她这么大的不满，那就不留余地好了！没有可以得到的，自然就没有这所谓的心机。

他这方法，实在算不得什么明智之举。不过一个人在气头上，又能指望他做出什么英明的事来呢？

凤倾月自然听出了他的意思，他是决定牺牲自己腹中的胎儿了！可他凭什么？

就这么一句话便要自己的孩子赴死，他未免将人命看得太过轻贱了！她凭什么答应！

"不行！他是我的孩子，你无权决定他的生死！"夜离轩如此无理取闹，凤倾月自是果断拒绝了他。

他实在欺人太甚！欺人太甚！

"只要你身在王府，本王就有这个权力！"

她的心很疼，好似支离破碎了。

她深吸一口热气，揪着一颗心冷然问道："你当真如此狠心，连自己的亲子都可不顾？"

她问出此话的一瞬，夜离轩竟有些不敢直视她的眼睛。

他也对这个孩子有过许多期许，可凤倾月现下为了世子之位越发狠毒起来，他不能拿泽儿的性命去赌。

手心手背都是肉，他只能同父皇一样，保全一面了。

毕竟凤倾月的孩子还没出生，自是谈不上父子情深一说。而夜雨泽却由夜离轩一手带大至今，感情自然根深蒂固。如果只能二选一，他必然会选择泽儿。

他只得在心底叹息一声，出声回道："是你逼我的。"

逼？他妄下决断，肆意猜测，向来不听她一句解释。"逼"这个字眼，是不是用反了？

她安生过着日子，何时有过逼他之行？他这话，当真毫无道理可言。究竟是谁在逼谁？难道不是他步步紧逼于她吗？

罢了，她早就该认命了。既然国破家亡，她又何必再苦苦维系两人的关系？

"王爷既对我如此防备，不如和离吧。"

她面无表情说出这话，突然松了口气，满心郁结消散了。

凤倾月一直不说出这句话，兴许是因为她还有那么一丝希望，盼与他重修旧好的。

可现下，夜离轩要亲手斩断这丝情分，她如何能再有挂念？

罢了，便两相遗忘吧。何必苦苦纠缠呢？求而不得不可求。

她突然有些明白了伊芷的感情，苦求不得，才妄想突破了那一线希望吧。最后落得个心如死灰，这才想求了孤独终老去。

夜离轩被她突然说的这句话弄慌了神，一时间不知该做何反应了。

"不可能！"

他再找不出奚落的话来，只能恶狠狠地留下这话，匆忙离开了。

他的心里，突然蹿出好些慌乱害怕，令他很烦躁。

夜离轩不曾想过，凤倾月会说出这样的话来。当一切事实与他的想法背道而驰的时候，他却惊慌失措，不知该如何是好了。

他怒气冲冲而去，和离之事自然没了下文。可凤倾月已然伤透了心，还会无所谓地顺其自然吗？

两人的关系究竟会如何发展下去？

凤倾月不谙世事，却也晓得和离是个什么意思。只因凤紫衣以前闹过这么一出，所以她对其中内里清楚得很。

凤紫衣虽比凤倾月小上一岁，却早早嫁人做了当家主母。

女子十五便已到成婚的年龄，再加上凤紫衣身份高贵，自然多有愿意与其结亲者。在其年满十六之时，便选定夫婿，风光大嫁了。

凤紫衣贵为郡主，脾气自然不小。她又是个爱憎分明、胆大果决的人，合不来就一拍两散，半点不顾忌世人的眼光。

她仗着身份，一脚将夫婿踢开了。可碍于世俗之见，她纵然家世显贵，还是无法风光再嫁。只得就此孤苦一生，老无所靠。

如花般的年纪，却注定孤独空寂，实在有些让人唏嘘。

而有的人，便甘愿委身于方圆之地，郁郁不得善终，也不愿顶着流言蜚语，傲然迎对世俗偏见。

虽说夫妻和离是依法而行，可世人皆只在意女子的贞洁，只认一女不可侍二夫，并无男女平等一说。纵然身份再高，也逃不过世人审视的眼光。

要想和离，便要做好一生冷清孤寂的准备。说着简单，需要的，却不仅仅是一份敢于无视世俗的勇气。

凤倾月对此小有庆幸。幸得还有个孩子陪着自己，日后不至于空虚寂寥。

夜离轩性情如此阴晴不定，她不想再将命运交由他来把握了。他如此狠绝，叫她情何以堪？

他无法给她安稳，便由她自个儿竭力护住这个孩子好了。既然他不认孩子，此番也是到夫妻情尽的时候了。

何必再两相拖累呢？难不成她一个人就无法过活了？她这回是铁了心要同夜离轩和离的了。

夜离轩此般无故逼迫，着实令人寒心。凤倾月宁愿就此孤苦一生，也不愿再忍受他的百般猜忌和他向来没缘由的暴戾了。

她的心已是疲累，不想再多做纠缠了。

凤倾月想求个解脱，可自打闹出这样的事后，夜离轩便多日没来昕雨轩了。

那日夜离轩乱发了一通脾气，本是怒火高涨的时候，凤倾月那句和离却犹如一盆刺骨的寒水，瞬时将他泼醒了。

他一心想着她使着阴谋诡计，却不曾想过她根本不屑与人相争。

从来就高高在上的夜离轩，确确实实地感受到了凤倾月的满不在意。这才有些明白过来，她以前的不离开，不是想霸占着这个王妃之位，不是对权势的舍不得，而是她心里还念着他。

现下，一想到凤倾月那日冷然的眸子，夜离轩就有些悔意攻上心头。可他这样的人，让他低头认错，他又是做不来的。

唯有隐身不现，静待此事渐渐淡去。

上次夜离轩急昏了头，才被人挑拨出了心中一直憋着的怨气。若他细下一想，又怎会被那些丫头几句私下说议蒙蔽了心智？

也因为两人感情越发冷淡，才令这场闹剧一触即发了。怪只怪两人都是个偏脾气，互不理解，又拉不下脸面沟通，才闹出这样的局面。究其原因，便是两人日渐深重的隔膜所致。

可夜离轩闹的时候全然不顾，事后知错又半点不改。妄想凭时间冲淡两人的积怨，却不知有些事不说个清楚便成为埋藏在心的心结，经久不灭。

凤倾月听了楚云辞的劝，在房里休养了几日。几日后身子不见有碍，终是耐不住了，要去寻夜离轩签下那一纸和离书。

"你这是何必呢？夫妻间小打小闹在所难免，他一时着急说了气话，你又何必跟他置气呢？"

楚云辞拦着凤倾月，也是焦急得很。夜雨泽头部受了重伤，现下还昏迷不醒。凤倾月此时找夜离轩和离，说不定他心头焦躁一答应，两人便就此分道扬镳了。

楚云辞一头要照顾着夜雨泽，另一头又要分心劝慰凤倾月，很无奈。他不懂，好好的日子，怎落了个如此场景？

"呵，好个一时气话！我由不得他千刀万剐，这孩子也不需要有他这样无情无义的爹！云辞，你莫再相劝了，我断不会改变心意！"

有时候人就是这样，一旦死心，便无波无澜，任谁也规劝不回。楚云辞见她如此，也不好再多说什么，只能让她再三想个清楚。不然还能怎样呢？难道将她绑住不成？

罢了，便让夜离轩自个儿去解决吧。他犯下的事，凭什么让别人去给他理清？结果如何，就得看他自己的造化了。

夜离轩刚从夜雨泽处归来，正是忧心忡忡的时候，迎面见了凤倾月，他顿时有些头大。本以为要等到雨过天晴的时候了，这麻烦事却一件接一件地来了。

"求王爷开恩，放倾月出府！"她不再自称妾身，便是为了与夜离轩断清干系。

夜离轩虽明白自己有错，见了她此般决绝，却有些怒上心头。

"不可能！你生是本王的人，便死了，也得做本王身边的鬼！"

面对如此暴怒的夜离轩，凤倾月却半点不怕。想他以前默不作声，也能吓得她冷汗直流。

可现下她冷然与他对视，却没有一丁点的闪躲。不知是两人太过熟悉了，还是她已然不在乎了。

"王爷这么说未免过分了些！我可没有跟王爷商量的意思，此事于我势在必行！王爷是个明白人，天子脚下，王爷还是三思而行，多考量考量吧。"

凤倾月当真是将此情看得淡了，一字一句，半点脸面也不给夜离轩留。

夜离轩也觉得自己好生奇妙，他如此暴怒，竟还能控制住自己的脾气。若是其他人，他早就毫不吝啬地赐其一脚，踢开去了。

他自觉对于凤倾月，算是放纵得很了。不过这也只是他自以为的罢了，凤倾月并没觉得他怎么放纵了自己。

既然她下了决定，自然是不会再留有余地的。大不了就是孤苦一生的事，她还承受得起！

可她下了决意，做好了准备，却不代表夜离轩便会答应她。

两人这场拉锯战，不知何时才能有个结果。

第五十七章
离开

"难道是本王对你太过纵容了，才令你如此放肆？还是你当本王脾气好，由得你如此奚落？"

凤倾月听他一席话，神色间无一不是嘲讽之意，顿时激得他怒火中烧。她就这般对他不屑一顾？

见她此般神情，夜离轩原本冷静的神经快要崩断了。

夜离轩心底还是留有许多疑惑的，但这疑问随着夜雨泽的昏迷不醒，不得解。

他对凤倾月还有几丝不信任盘旋在心，不能完全放下心结。

他不明白，夜雨泽一直亲近凤倾月，怎会无故将她推下石阶？便是推了，又怎会自己也摔下石阶呢？

夜雨泽的摔倒，定然是有人为之。可那人是谁，就有些说不清了。

当时亭上只有凤倾月、玲珑和夜雨泽三人。夜雨泽自个儿是断然不会往下跳的，只能联想到凤倾月和玲珑的身上来。

虽不知下手之人是两人中的谁，可玲珑和凤倾月同气连枝，若夜雨泽是被两人中的一人推下的，那还是与凤倾月脱不了干系。

正因为如此，夜离轩才那般笃定，发了那么大的火气。可凤倾月的无所畏惧和那发了狠要和离的心思，又让夜离轩有些不确定了。

他小心翼翼地处理着，怕做了错误的决定。可眼前又是一团迷雾笼罩，让他破解不开。他只能拖着，待楚云辞治好夜雨泽，一切将迎刃而解。

偏偏凤倾月容不得他的半点怀疑，也受够了他的无端暴怒。惹不起难道还躲不起？罢了，她退避三舍就是。

"王爷一世英名，又何必跟我这样一个小妇人多做计较。王爷若是嫌和离失了脸面，倾月求休书一封好了。"

反正在这异国之地，她早已失了尊贵的身份。便让她丢尽脸面又如何，只要能摆脱夜离轩就好了。

"你这是要逼我了？"

夜离轩面色越发阴沉，咬牙切齿地说着话，很生气。

"王爷又在说笑了，这怎么会是逼呢？倾月是在求王爷。"

凤倾月说完，还郑重其事地福了一礼。

她确实是在求他，毕竟人在屋檐下不得不低头不是？可即便她低了头，夜离轩也没打算应了她。

"夏戾，将王妃送回昕雨轩静养。没有本王的命令，不许她踏出房门一步！"

夜离轩随口叫了个侍卫出来，要把凤倾月送回房里禁足。想着待泽儿苏醒之日，再做其他打算。

凤倾月怒火上冲，直接怒声责问了他："夜离轩，你凭什么软禁我？"

她已然步步退让了，他却还要步步相逼。既然两人已是决裂，好聚好散不好吗？何必非要给对方找不自在？

"本王是顾忌着你的身子，免得你四处乱跑动了胎气。夏戾，还不快送王妃回去歇息！"

听他这么一说，凤倾月却笑出了声。他何曾疼惜过这个孩子？若孩子已然生了下来，他那日说不定就亲手掐死自己的亲子了。

"你不是要毁了他吗？又何必做作一番！我倒要看看今儿个谁敢动我！既然你不休我，我就还是这府里的主子。谁敢拦我，我便要他四肢尽毁，弃躯给野狗逐食。夜离轩，你可想好了，休还是不休！"

凤倾月现下已是豁了出去，铁了心要当个恶妇了。

听到凤倾月的话，那叫夏戾的侍卫便愣在半路了。夜离轩是主子，凤倾月也是主子，两人的话他都得听，实在令他有些为难。

虽说夜离轩才是正主，可他毕竟只是个小小的侍卫，凤倾月这般身份要想为难他，已是绰绰有余了。

夜离轩见她心不死，只得下了重令。

"凤倾月不守妇德，即刻贬为婢妾！你可满意了？"

凤倾月一时愣了，没想到夜离轩会来这么一招。只得眼睁睁地看着夜离轩甩手而去，渐行渐远。

夏戾躬身作了一礼，便道："王妃，请吧。"

凤倾月勾起一抹讽刺的笑，嘲笑着自己："我现在也不过是个妾，地位比你高不了多少。别给我安这么大个名头，我可承受不起。"

夏戾勉强笑了笑："凤夫人，请吧。"

凤倾月不知道里头的弯弯绕绕，夏戾却知道。王妃还是王妃，并没有失了王爷的心。他还是须得好好待着，免得王妃秋后算账。

毕竟是个王妃，哪能说降位分就降的？还得向圣上请一封文书，那才有用。这样随便一句，没有圣旨认同，便只是空谈罢了。

不过这其中过程凤倾月不曾听过，自然是不知道的。夜离轩随便一句话，便将她唬住了。

她很不懂，夜离轩为何偏偏要留下她来。是为了他的脸面吗？她已经退而求其次地让他休妻了，他还想怎样？

凤倾月奈何不了他，心里百般无奈。只是捏紧了拳头，懊恼于心。

玲珑见自家主子这般忧虑不乐，心中便想：主子该是有所需要的时候了。

没了先前的犹豫不决，玲珑暗自于心有了主意。

凤倾月本想去看看夜雨泽，可随后一想，也就罢了。虽不知夜雨泽如何狠得下心推她坠落石阶，可她还是对他有几分疼惜的。

他不过是个孩子，便是她这样的当事人，也无法想象他有如此狠毒的心。只得往其他方面想，说不定是受了别人的愚弄，才犯下了这样的傻事。

她心中虽有隔膜，不过自个儿毕竟无事，也是不想夜雨泽年纪轻轻就此丢了性命。她不去看他，倒不是因为心中硌硬，而是怕再生事端出来。

夜雨泽的伤势并无好转的迹象，楚云辞说他外伤已好，只是内里的毛病看不出来，只能静待他自个儿苏醒。

现下正是关键的时候，她自然不能送上门去落了话柄。

虽然她没这么想，可万一夜雨泽有个什么三长两短，夜离轩更是要赖上她了。与其到时纠缠不清，还不如独善其身一回。

夜雨泽昏迷多日，只能每日喂些流食续着他的性命。他面色倒是红润，像熟睡一般。身体无碍，却迟迟不醒，惹人着急。

此时所有的问题都归结在他一人身上，他是否能及时苏醒过来，令得破镜重圆？

过了几日，夜雨泽仍旧昏迷不醒，令府里的气氛越发冷寂了。

谁都怕一不小心触怒了夜离轩，落得个不好的下场。

夜雨泽久睡不醒，身子各方面却无碍。楚云辞说兴许是脑内瘀血所致，也不知何时才到转醒的时候。唯一破解之法，也只有个"等"字。

夜离轩每日守在夜雨泽的床头，看着夜雨泽安稳的睡容，很揪心。

他脑子里有些混乱，既想此事与凤倾月有关，又找不出与她无关的理由来。可若说是泽儿的错，他又更是不信的。

夜离轩希望有个平衡点，可明面上摆着的事实，却让他不得不怀疑凤倾月。

他明明是想相信凤倾月一回的，可心里偏偏有无数反驳之音，令他无法交出彻底的信任。

凤倾月向来不是个疲于纠缠的人。与其郁郁寡欢，倒不如潇洒自在来得痛快。可夜离轩这般约束于她，她又怎么痛快得起来？

连着好几日，凤倾月都是大开着窗户，对着窗外的蓝天白云一阵失神。除了用膳，其余时间都欣赏起这一扇孤窗来了。

她也曾想过，自己会独守空房，寂寞孤独一辈子。却没想过落得此般结局，令人叹惋。

玲珑看着凤倾月这般模样，也是心口泛疼。不过才几日，主子就好像瘦了一大圈去。

主子本是欢欢喜喜地盼着小主子出生，现下却闹出了这等事来。王爷那般对待主子，主子定然是死了心了。

她为主子做的打算，也不知是对还是不对。不过是照着主子的想法来的，她应该会欢喜的吧？

"主子，玲珑有一事禀报。"

凤倾月照旧看着窗外，心情低落道："说吧。"

玲珑走近凤倾月，悄声问着："主子想离开王府吗？"

因外面有侍卫守着，玲珑也不敢大了声去，惹了他们的注意。

凤倾月顿时惊得瞪大了双眼，缓了缓神，这才小心翼翼问道："什么意思？"

她知晓这样的事不能让外面的守卫听了去，便示意玲珑随了她去里屋谈话。

入了里屋，玲珑便放开了胆子。不过声线依旧压得极低，说着细语。

"奴婢有出府之法，就是不知主子如何想法。"

凤倾月眼眸中闪过一丝喜色，赶紧追问着玲珑："什么办法？"

"待到深夜，王府里不怎么警备的时候，潜行出府。"

听玲珑这么一说，她眼里的喜色又暗淡了去。

玲珑这办法，说着容易，可对她们来说，却难于登天。两人手无缚鸡之力，如何能应对府里强横的侍卫？

"罢了，这法子行不通的。"

"那位大人说行，那便一定行的，就看主子的意思了。"

那位大人？她什么时候认识这么一位敢跟夜离轩作对的大人了？玲珑这么一说，着实把她弄糊涂了。

"哪位大人？"凤倾月想来想去，也不明白这位大人是谁。

玲珑不像她被禁了足，是可以自由出入王府的。可她认识的那些人，还不都是自个儿所认识的。

跟权势有大关联的，她想破脑袋也只能想出两个人来：一个是楚云辞，一个便是钱满贯了。

钱满贯虽然富甲天下，可家中做官的，也只有她那位兄长了。官至几级暂且不说，听满贯说他是个文官，允许所配侍卫也就那么些人，还都是数得上名的。增减都是一目了然，又怎会有兵力夜闯王府呢？

而楚云辞，他或许是有那个能力能将自己送出府的。不过以他的个性，应该是劝阻居多，又怎会帮着她逃离呢？

除了这两人，凤倾月哪还认识什么大人，能帮她至此的？

"不知主子还记不记得君泽皓这人？"

君泽皓！她自然是认得的。叛国之恨，怎敢相忘？

玲珑这是什么意思？难道是君泽皓揽下了助她离开的差事吗？君泽皓为何要帮她？难道是出于愧疚，想要做些补偿？他一个叛国之人，既然做出了不义之事来，何必心心念念着补偿？

玲珑见凤倾月变了脸色，便暗道自己坏事了，忙说道："那位君大人早先就找到奴婢了，说是主子有需要帮忙之处，他定然在所不辞。奴婢知道他是叛国之徒，便回绝了他。可现下奴婢见到主子忧心忡忡，有心分担又无能为力，只能找到他为主子解忧。都怪奴婢自作主张，找了他来帮忙，请主子责罚！"

玲珑说着说着跪了下来。凤倾月连忙让她起身说话。

"快些起来，谁说要责罚你了？我只是在想什么时机出去罢了。"

两国交战安插奸细也是常事，败在敌军手上，也只得怪自己技不如人。既然他有心补偿，她又何必拒绝？再说国家已亡，她揪着不放倒不如换取了眼前的利益来。

她正愁找不到出路，正是让他帮自己一把的时候。玲珑处处为她着想，她又怎会怪了玲珑呢？

"君大人已然做好了打算，说是趁着夜深人静的时候直接离府。暗的不行就明劫，总归是能出去得了的。就是不知主子的身子方不方便？"

凤倾月低头打量着自己隆起的腹部，略微有些担心，却还是瞬时拿定了主意："走！"

她要离开，她必须得离开！她无法再忍受这里寂静的空气！压抑了许久的心，终是得到了解放。

　　她不清楚自己不顾一切地离开是对还是错，至少她觉得现下是好的。她不想生活在这冰冷的王府里，更不想自己的孩子在这样的王府里出生长大。

　　她做不得给孩子一个慈父，至少该许给孩子一份快活的。

　　她现下想的，只有离开。可离开后的事，她却没有想过。船到桥头自然直，走一步算一步吧。

　　夜离轩实在太危险，她不能让自己置身危险之中。万一泽儿遭难，她实在不能肯定夜离轩那样的性格，会不会胡乱怪罪于她，要她腹中的胎儿偿命。

　　她不能赌，因为她输不起，也因为她信不过夜离轩。

　　离府之行，会有个什么结果？

第五十八章
逃离

见凤倾月同意离府，玲珑便传出消息，与君泽皓暗中商量好了出府事宜。

君泽皓也是个果决的，不喜拖拉，便将日子定在三日之后，要凤倾月做好准备。

君泽皓为何有此般大的能耐？他当真半点不怕夜离轩吗？凤倾月对离府之行心里很期待，却又有些担心。

万一事情败露，照夜离轩的性格，她怕是永难出府了。

要说怕，君泽皓自然是不怕夜离轩的。可夜离轩毕竟官大一级，他还是要对夜离轩礼让三分的。

不过他既然敢来，自是有万无一失的准备的。只要夜离轩找不出证据来，还不是天高任鸟飞？

夜离轩安排在昕雨轩的人，都不够君泽皓看的。他要想领个人出来，就如探囊取物一般轻松。只要夜离轩没确确实实地看到是他带走了人，便是夜离轩找上了他，他也丝毫不惧。

毕竟一个没有实权的王爷和一个有实权的大将军相比，输的可不是明面上的东西。

不过他若发现是君泽皓带走了人，局势便又不一样了。是以君泽皓放弃了去王府接应凤倾月的念头，精挑细选了十几个暗卫分散王府侍卫的注意力，趁乱接走凤倾月。

好不容易熬过了三个日头，总算是到了约定之期。凤倾月很期待，一颗心雀跃得快要跳了出来。

为免被人察觉出不对劲来，这夜凤倾月一如往常地熄了灯，和衣睡下。只不过她很清醒，时刻关心着外面的动静，准备着随时离去。

她心里有些忐忑，又有些纠结。难道时间真的可以冲淡怨恨？现下想起夜离轩来，好像也不怎么生气了。

可她还是得走的，两人已然百般不合，又何必留下委屈了自己？要她俯首听命任人摆弄，她实在是做不来的。

夜已过半，凤倾月等得都快要睡过去了。本以为君泽皓遇到了什么难事，今儿个不会来了，却忽听外面一阵嘈杂之声。

隐约听着府里的人奔走相告着走水了，又见窗外透着些许红光。凤倾月这才确定君泽皓开始行动了。

按着先前的计划，凤倾月过了一会儿才理了理衣服，披了件外衣出门来。

"那边吵吵嚷嚷的在作甚？天色火红火红的，难不成是起火了？"

凤倾月假装出浑然不知的样子，本是慵懒的神态被对面的火光吓醒了神。

守卫还是副面无表情的样子，一本正经地应了一声："该是走水了。"

她故作惊讶道："怎的突然走水了呢？你们快去看看有无帮得上忙的！"

哪知两人毫不在意，依旧稳如泰山一般地站在原地。

"区区小事，府里的人应付得来的。"

那守卫话落没多久，便见火光四起。昕雨轩的隔壁院子也烧了起来，星星之火没一会儿就变成了熊熊大火。

即便没烧到昕雨轩来，凤倾月也觉得烤人得很。

两个侍卫虽觉事出突然，处处透着不对劲，却怕隔壁院的火烧到昕雨轩来，还是让一人过去看看情况。

他们行事这般张扬，竟半点不顾忌夜离轩，实在让凤倾月好生讶异。

若是她知道君泽皓的另一命令，怕更是会觉得君泽皓是个胆大包天的了。

那人前脚刚走，便有个黑衣人从另一侍卫的后方袭来，击晕了他。可怜他还没来得及出个一招半式呢，便让人给制服了。

他昏迷了过去，自然也没法通风报信了，凤倾月和玲珑便被那黑衣人大摇大摆地领了出去。

黑衣人跟其他几个黑衣人会合后，便直接以轻功将凤倾月从后院带离了。

回头看着火光四起的王府，凤倾月心里有些感叹：经此一别，是否会是个永难再见的局面？

离府之行一切顺利，令凤倾月还有些恍惚。这么轻轻松松地就出来了？也不知该感叹君泽皓的本事大，还是感叹自个儿的无能了。

她哪里知道，君泽皓不仅是个本事大的，还是个胆子大的。他命人四处纵火也就算了，竟还让其他黑衣人劫了些后院的女眷走。

烧毁的虽多是些无人把守之地，可府里被人潜入肆意妄为，还被劫去了几个妾室，足以想象夜离轩会发多大的火了。

君泽皓也是打了一手好算盘，不肯吃半点的亏。反正做一样也是做，做两样也是做，不如一起做了将新仇旧账一并清算。

他要的，正是夜离轩声名尽毁！不能让他尝到威胁的滋味，让他感受感受自己的无能为力也好。

王府里的火好不容易被扑灭了，有些易燃物较多的屋子已然被烧成了废墟。好在住了人的地方没怎么起火，夜雨泽也是被人好好地带离了房间。

而听说凤倾月被人劫走了，夜离轩自然是发了雷霆大怒，将两个守卫好生罚了一顿。

不过这人不见了，也不是发个脾气就能解决问题的。

夜离轩为了保住名声，自然让人对外称是天干物燥，不小心失了火。府里丢了人的事，也不许知情的人外传，否则就铰了舌头去。

其他人他倒不怎么关心，没了也就没了。可凤倾月挺着个大肚子，还这么悄无声息地没了，实在多有蹊跷。再说玲珑也跟着她一块儿不见了，更是惹人生疑。

就玲珑这么一个丫鬟跟着跑了，难道是她们早有预谋？凤倾月每日困于王府，怎么能做到的呢？

夜离轩很疑惑。凤倾月在这西夜无依无靠的，除了自己她还能认识哪家权贵？

利诱？应该不可能。毕竟他还是个王爷，那些人为了钱犯这么大的险实在不值得。

谁敢这么不怕事地帮她呢？夜墨澜？

可夜墨澜哪会无视自己的身份，做出抢兄嫂的事来？他这个皇帝还要不要当了！

若说不是他，夜离轩也想不清楚还有谁会帮凤倾月了。明知不可能，夜离轩还是将怀疑放在了夜墨澜的身上。

夜离轩千算万算，还是晓得凤倾月此般逃离出府，该是心甘情愿的。

她就这么不待见他吗？连名声也不要了都要逃离？他的种种怀疑，是不是真的错了？

或许，他该相信她的。可现下，却为时已晚了。

第二日一大早，渊城的百姓便议论起王府失火的事。

王府昨儿个夜里火势袭人，令周边那些起夜看热闹的人都是热汗直流的。

本以为火势那般大，该是多有伤亡的。结果却是虚惊一场，什么浪都没翻腾得起来，不禁让人觉得有些蹊跷。

众人想想也就释然了，毕竟府里住的不是一般人，而是差点就一步登天的贤王爷。

夜离轩早就在皇城凶名远播了，谁那么不长眼敢招惹上去呢？

可偏偏就有这么个君泽皓，超出了众人的料想之外。不仅遣人闹了回王府，还把堂堂贤王妃神不知鬼不觉地带离。

再说回凤倾月和玲珑。

两人被那群黑衣人带离王府后，兜兜转转，到了渊城一座隐蔽的居处。换了准备好的男子行装，便随着众人出了城去。

夜里禁市，出城自然不是什么随便之事，弄不好就是砍头的大罪。而领头之人借着君泽皓这位大将军的职位之便，亮出了通关令牌，便让一小队人轻松出了城。

凤倾月的肚子虽有些凸显，不过她身穿宽大的衣服又是弓着身子行路，再加上天色阴暗，守门的士兵便没察觉出端倪来。

等王府里的人将火扑灭后，夜离轩反应过来凤倾月人不见了，再让人来城门围堵已是迟了，众人早已离去多时。

听说大将军君泽皓指派了人夜里出城办事，夜离轩心觉不对劲，却也没将此事与他做上联系。

虽说君泽皓潜入凤央当了多年奸细，可两人分属朝堂后宫毫无关联，实在让人无法联系在一起。便是夜离轩觉得事有蹊跷，也说不上哪里不对。

凤倾月当夜出了城，跟着众人一番奔波，竟是到了她很熟悉的老地方。

虽说众人是借着月色翻墙而入，凤倾月还是看了个明白。

此处前门宽宏大气，牌匾乃数代之前的靖隆帝亲笔所题。入庭处挂满了画作诗文，这里不是应天书院又会是哪里？

凤倾月万万没想到，君泽皓会将自己安排到此处来避风头。正因想不到，才保证了绝对的安全。

也因应天书院这块御赐牌匾，便是有人想要搜查，没有皇上的旨意也是空想。将凤倾月留在这儿，无疑是个正确的选择。

君泽皓与苏子逸是何关系呢？怎会想到将自己送来这儿的？想来两人的关系该很亲近吧。

凤倾月心里正想着，眼前出现的一幕便证实了自己的想法。

领头之人将凤倾月带入苏子逸的院里，便退离了。

凤倾月打眼望去，便见两人举杯同饮，谈笑风生。门边的侍女正要上前通传，君泽皓便先发现了她。

凤倾月与君泽皓两人虽是知根知底的，却也只有一面之缘而已。一时见了面，还是有些尴尬。

凤倾月愣神看着他，勉强地扯出了大大的微笑来。

"这位是苏子逸，苏先生。"

君泽皓同她也不怎么熟识，不知该如何起个话头，便介绍起苏子逸来。

"倾月有幸识得过苏公子。"

凤倾月对着苏子逸报以一笑，福了一礼。这回笑得自然了许多，毕竟同苏子逸相处了几回，对他还是有些熟悉的。

"原来你们认识，那就更是好说了。苏兄，方才我想请你照拂一番的人，便是这位了。"

介绍凤倾月时，君泽皓也不知怎么说了。称三公主吧，有些不合时宜，称夜夫人吧，又怕她心头不满，只好以"这位"带过。

凤倾月本以为君泽皓早就有了安排，没想到他现下才说到正经事上来。半夜三更与人把酒言欢也就算了，事到临头才求人帮忙，是不是太过托大了？

谁让君泽皓就认识这么个幼年之交，正好又是个能帮得上忙的，不叨扰他能怎么办呢？

苏子逸本觉得安顿个人不是难事，可此人换作凤倾月，便让他很犯难了。他一时愣在那里，不知该如何应话了。

"我倒是愿意帮这个忙的，就是不知方便与否。"

凤倾月已为人妇，嫁的也不是常人，现下又有了身孕，此般住在应天书院里，也不知会不会多有麻烦。这实在让苏子逸答应也不是，拒绝又不忍。

凤倾月现已是王妃身份，何至于委屈自个儿栖身在这一方小院呢？真心难解。

"具体的事以后再同你细细道来，你现下只需知晓她唤苏明秀，是远方来求助于你的表妹便行了。其余的，我会安排。"

君泽皓心觉没什么好掩饰的，毕竟凤倾月已然出了城来，还能有什么好担心的？怪只怪夜离轩自己的心没放在凤倾月身上，才让他们轻而易举地出了城。

对此，君泽皓只得奉上一句活该。

夜离轩断然是没理由将他和凤倾月联系在一起的。所以凤倾月的新身份，他也没仔细思考过。反正夜离轩找不上门来，有个名头便行了。

君泽皓就抱着一副随意的姿态，将凤倾月这个大麻烦丢给了苏子逸。

听他这么说，苏子逸也没了办法，只好先应承了他，答应了凤倾月暂住一事。

凤倾月见他答应，便以茶代酒，感谢了他一番。

君泽皓见两人谈笑自若，半点也不尴尬，更是放下了心。只要凤倾月没觉得委屈，他也就算是成事了。

他抬头看了看天色，差不多已到丑时。敬了苏子逸一杯，便要告辞离去。

反正书院客房多，也不差这么个住处，苏子逸就让他留下歇息一晚，明日再走。

君泽皓随性惯了，也不推辞，便先让苏子逸将凤倾月安顿好。

因凤倾月的身份不适宜让他人看到，苏子逸就将她留在了自己的小院侧房居住。再吩咐了丫鬟不许对外乱嚼舌根，这才觉得妥善了。

他一个大男人，留个女子在院里居住，还是个已婚妇人，此行实在不是读书人的应有作为。可凤倾月贸贸然地出了王府，必定有其苦衷。要他将她拒之门外，他又是做不出的。

只望君泽皓能快些有个安排，莫让他百般为难才是。

君泽皓一觉醒来，便神清气爽地回了。至于凤倾月嘛，有苏子逸在，他自然很放心。

而他对苏子逸承诺的所谓安排，已是被他抛诸脑后。他哪里有什么打算？打从一开始，他想的就是把凤倾月留在书院。

毕竟江湖险恶，自得将她留在自个儿身边看护着才好。

离得远了，他的手也护不到那么长。离他近些，他才好照料于她。不然一个不小心，她又发生先前毁容的那般事来，要他如何交代？

他倒是乐得轻松了，却没想过苏子逸要如何面对这么个大腹便便的孕妇。

苏子逸早起出门，便见凤倾月在院内闲坐。院里突然多了个女子一起生活，实在有些让他反应不及。虽说两人熟识，却也免不了尴尬一番。

苏子逸也不知该寒暄些什么，只得问些日常："可用膳了？"

他好不容易憋出这么几个字来，一副笑容可掬、谦谦有礼的姿态，不失君子风度。

见凤倾月摇头，他才晓得自己该如何是好了，忙吩咐起丫鬟送上早膳来。

用膳之时，苏子逸几番欲言又止，最终还是没问出口，埋头闷吃起来。

凤倾月见他此般模样，知他是心有疑惑，又怕问出惹得她不乐，才憋回心里去的。

她放下了食筷，欲要为他解惑。

"苏公子有何疑问便问吧，憋在心里也是怪难受的。"

"这……"苏子逸缓了一缓，吐出个字来。

结果他一番迟疑，还是将未完的话憋了回去，不准备问个究竟了。

"苏公子是否想问我，为何离开王府？"

凤倾月不用多想，便知苏子逸想问的是这事了。又不是什么说不得的隐秘之事，就算说与他听，也是无妨。

苏子逸有些不好意思地点了点头。毕竟他一个大男人，实在不该像个妇人一般好奇心重。

"他怀疑我谋害了泽儿，要我腹中的孩子偿命。虽说后来不了了之，我也不敢再待在那里了。"

虽然凤倾月说得很含糊，不过苏子逸还是能听个明白，心里不禁觉得夜离轩残忍异常，自己的亲子也能下得了手。

"泽儿摔下石阶后一直昏迷不醒，那时只有我与泽儿两人在一起，也确实是我拉下了泽儿，若我说是泽儿先行将我推下石阶，我无意拉住了他，你可相信？"

凤倾月刻意忽略了玲珑，满心期待地问着苏子逸。她表面上做出若无其事的样子，其实心里还是很在意的。

身处王府，连个诉苦之人都没有，又有谁能了解她的内里心酸？她其实很想为自个儿正名，却只剩下满腔的无可奈何。

"我自然是相信你的。"

听她询问，苏子逸立马做了回答，态度很坚定。他的神色之间，没有丝毫的怀疑。如此信任，不禁让凤倾月感动于心。

她心里有的不仅是感动，更多的，是被夜离轩误解的悲哀与无奈。

即便一个外人，都愿意相信她，夜离轩为何就不能听她辩解一句呢？两人的感情，薄弱得像一层窗户纸一般，一触即破。

或许正因为苏子逸是个局外人，才明白凤倾月这样的人不会做出那般的事来吧。

往往当局者迷，旁观者清，夜离轩入了局，才看不透彻吧。

他一番不恰当的怀疑，已是让凤倾月心灰意冷了去。决绝不难，可要其原谅又谈何容易？

一如当年对待洛风一般，凤倾月纵然心痛，斩断情丝之时也是毅然决然的。可她现下尽管离开得洒脱，心中还是有挥之不去的些许留恋。

难道夜离轩就是她的劫？是她的报应？

"你现下什么也不用想，安心在此住下便是，无须过多担忧。"

苏子逸见凤倾月的情绪突然变得低落，知道触及了她的伤心事，便转言宽慰于她。

凤倾月拉回了神思，对着他淡然一笑。

"你不用在意我，我已然看得开了。有缘无分，是强求不来的。"

苏子逸也不知该如何接话，只得讪讪地笑着。

凤倾月笑中带着几分嘲弄。当初峰回路转，她嫁给了夜离轩。一番兜兜转转，她又爱上了夜离轩。可惜到了最后，她也只能用个"有缘无分"一词，带过两人的感情。

苏子逸看着强颜欢笑的凤倾月，心里也是升腾出一股子悲哀。倒不是说心疼，只是有些叹惋。只觉得这么个好女子，不该是落得这般下场的。

凤倾月的才能，是毋庸置疑的。她的聪慧才识，比之男子更甚。苏子逸只觉她这样的女子，才配得上"才色双绝"的称号。

苏子逸从来不曾掩饰自己对凤倾月的欣赏。他识得的女子中，也只有凤倾月，才配得起这份赞赏。

他起初觉得她该是不食人间烟火、高高在上的才对。几番接触过后，便觉得她理应高高在上，让人俯首称臣。可她又是个平易近人的，令人很矛盾。

她这般才华横溢的人，足以构成他人欣赏的条件。不过苏子逸欣赏的，不单是她的美貌，还是她这个人。

　　为何这么说？

　　一个美貌的女子，自然是有其吸引力的。而苏子逸这样的人，或许会因她的美丽一时惊愕，却不会就此蒙蔽了双眼。

　　他更多的，是对凤倾月才学的赞同。这种感觉只能称之为欣赏，算不得倾慕。他对人才热情渴求，令他的示好亲近很明显，以至于让钱满贯觉得他对凤倾月是狂烈的倾慕。

　　实则苏子逸只是单纯地对才学之人抱有欣赏罢了。他起初也没闹明白，直到凤倾月出嫁之后才醒悟了过来。他与凤倾月是知己，不会再有其他。

　　倒不是凤倾月不对他的胃口，而是她已为人妇，他自是不会枉做小人的。

　　苏子逸的心究竟飘落于何处？连他自己也是琢磨不清楚的。

　　他欣赏于凤倾月的才华，也讨厌着钱满贯的势利。他自个儿也不明白，为何独独能忍受钱满贯。

　　他的看不透，却苦了钱满贯。死缠了这么多个年头，还是得不到半点回应，实在让人心焦。

　　凤倾月在应天书院安生待了几日，便失了先前那份尴尬。苏子逸也适应了凭空多出一人的生活，两人相处得越发自然。

　　平日里孤清得紧，两人也只得多有交流排遣寂寥。好在两人有许多共同话题，才不显尴尬。

　　基于对知己好友的真诚以待，苏子逸对凤倾月处处照顾，细致得很。便是她一时有了些小情绪，苏子逸也能立即感觉出来，找个话题来转移她不满的心思。

　　有时凤倾月不禁想，自己若是嫁给这么个温文儒雅的人，该是很幸福的。可惜，她身不由己地嫁给了暴戾的夜离轩，还偏偏爱上了他。

　　也不是说夜离轩就没有君子风度了。他的谦谦有礼、温柔体贴依旧让凤倾月着迷。只是他个性狂暴得很，才将两人的距离越拉越远了。

他若愿改变一丝，两人也不至于冷了情。可他那样骄傲的人，哪是肯低头认错的呢？

凤倾月心头虽有牵挂，却不曾后悔离开了王府。她不知君泽皓为何要帮助于她，尽管他背叛过凤央，她对他还是有些感激在心的。

说到君泽皓，那晚他将凤倾月交托给苏子逸后，便放了一百个心，半点也不心忧。好几日过去了，也不曾过来打个照面。

他一念之间，捅了个大窟窿出来，自然是要解决一番的。

那几个从王府里带出的女眷，昏迷之中便被喂了迷药。第二日醒来，就出现在了城外的荒野山洞内。一时好生惊慌，不知所措得很。

在外头的姬妾恐慌异常，却不知王府中还有个羡慕之人。

伊芷郁郁寡欢地在院里静坐着，昔日清丽的脸庞已是变作了黄颜瘦骨。乍看之下，还有些吓人。

她多想那些被抓走之人中有她一个，她也就不必在此呆坐等死了。

这便是所谓的命吧？出生之时的卑微身份，就注定了此后的坎坷一生。

伊芷现下，也只得怨命了。她没想过，若是自己安生本分，也不会沦落到此般下场。

当然，就算她老实做个小妾，夜离轩也不会同她有什么交集。这也是她的命，命中注定她求而不得。可至少，她不会有如此惨淡的下场。

凤倾月在书院待了小半月，君泽皓总算翩翩而至。

他给凤倾月和玲珑带了两张人皮面具来，让她们用于白日伪装，免得不小心被人撞见了真容，暴露了行踪。

他耽搁了这么多时日，就是为了这两张面皮。不怕一万，就怕万一，他还是做个准备为好。万一夜离轩找上门来，也好有个应对不是。

君泽皓只说这脸皮用药贴在脸上，再用些脂粉遮盖便可了无痕迹。不过这东西用的什么制作，他却没给两人透露分毫，怕吓破了两人的胆。

不知道这人皮面具用何而制，两人还会觉得此东西用着方便。若是知晓了，怕是只觉得毛骨悚然，无论如何也不敢用的。

凤倾月让玲珑将东西收好，又将注意力转至君泽皓身上来。她实在不明白，君泽皓为何此般帮她。

　　她心里压抑不住好奇，也不想稀里糊涂地接受了他的好意，总想着探个究竟来。

　　"倾月有一问想求个答案，不知君大将军可否解疑？"

　　"何事？"

　　君泽皓已是隐约觉察出了她要问些什么，果不其然，她单刀直入了主题。

　　"君将军何以帮助我？"

　　他也曾想过，她若问起这事，他是答还是不答。到她现下问起，他还有些纠结。

　　"这个嘛……"

　　他顿了一顿，凤倾月还以为他不想说呢，没想到他又接着说道："你真想知道？"

　　罢了，何必瞒她一世呢？既是付出了，又何必怕她知晓。

　　呵，他这话问得不是好笑吗？她若不想知道，何必问了他呢？

　　"自然。"

　　"我不过是受人之托，忠人之事罢了。"

　　即便他说一句心里内疚想要补偿，她也觉得好解一些。他突然冒出这么句话来，却让她百般迷茫了。

　　他受谁之托，忠谁之事？他这么一句含糊不清的回答，便是她能懂得字面上的意思，又哪里晓得他说的那人是谁。

　　他到底有无跟她说个明白的意思？他模糊的说辞，惹得凤倾月不禁汗颜。

　　"我做这么多，只为报答洛风罢了。"

　　凤倾月心头原本很无奈，他后面这句话一出，却又有些不知所措了。

　　洛风！竟是洛风！纵然她心有千回百转，也没想到洛风。君泽皓欠了洛风什么情，为何他报恩会报到自个儿的头上来？他所谓的受人之托，是洛风将自己交托给他了？

　　她不明白，洛风如何与君泽皓有了牵扯。难道洛风也是西夜奸细？不可能，洛风自小与她一同长大，其祖辈也都效忠于凤央，又怎会是那通敌叛国之人！

可他与君泽皓的关系如何解释呢？凤倾月此时已心乱如麻，半点也理不清思绪了。

君泽皓看着凤倾月的脸色连着变了几变，铁青着脸不知在想着什么，心里一阵无奈。

"你在瞎猜些什么？有不明白的问我不就好了。何必自己吓自己？"

凤倾月回过神，暗骂自己多疑。明明问个清楚明白就好了，还胡思乱想什么？

她直白地问了君泽皓报的是何恩，这才明白了一番前因后果。

当初君泽皓潜入凤央，倒不是自愿去的，而是流浪去的。

君泽皓的生母乃是显贵人家的小妾，因其生母貌美，他又自小聪慧，便惹了当家主母的妒忌。待他十几岁时，非是诬陷了他一条奸淫掳掠之罪，将他母子两人打发了出来。

秉着斩草除根之理，那当家主母还欲将两人赶尽杀绝。两人一路潜逃至凤央，君泽皓的母亲重病身亡。他走投无路之下，只得从军混口饭吃。

他一步步爬上副将的位置也是不易，一朝暴露了身份，便来人要他背叛凤央。

他起初自然不从，他父族一家死不死于他倒无所谓。可母族尚有余口，他不得不顾，只得受迫背弃凤央。

洛风查出叛者之时，本也是他命落之时。只不过当时西夜提出和亲，指定了三公主。洛风知道大势已去，便刻意留了他一命，要他回西夜之后护住凤倾月。

洛风是对的，君泽皓自然晓得刻意夸大其功，由亡命之徒改作了卧薪尝胆，只为一举助西夜拿下凤央。十数年之功，加之西夜武将没落，他自然落了个大将军之职。

是以他现下报的，便是洛风的不杀之恩。

第五十九章
旧事重提

　　君泽皓不仅是为的这一命之恩，才护着凤倾月的。毕竟君泽皓与洛风一同出生入死数年，两人还是有着兄弟之义的。

　　洛风下不了手杀他，给了他个赎罪的机会。他自当竭尽全力办事，给洛风一个好的交代。

　　君泽皓向来晓得，凤倾月便是洛风的命根子。要问洛风这一生有什么软肋，也就只有她才能惹得他六神无主了。自个儿只要守好凤倾月，便算是帮了洛风天大的忙了。

　　想到洛风，君泽皓不由得一阵唏嘘。

　　洛风爱凤倾月爱到了骨子里，就差把心窝子掏出来让她攥在手里了。

　　郎有情妾有意，本该夫唱妇随，比翼双飞才是。却没想到两人的结局如此戏剧，洛风竟是毫不犹豫地将凤倾月拱手让了人。

　　对于洛风的所作所为，君泽皓实是难以理解的。做错了补偿便是，何必非要跟自己的心过不去呢？

　　"洛风他为何委托你照顾我？"

　　凤倾月出神了好一会儿，才问出这么句话来。

　　她想知道的事有许多，可话到嘴边，却先蹦出了这一问来。不在意他的身份，只在乎了这份情谊。

　　她自个儿也没料到，到最后她想看个究竟的，只有他的心。

她洒脱至今，却还有那么一丝不甘在心中悄然作祟。

呵，原来她心里始终有一份不容被拒的骄傲，致使自己耿耿于怀。

可一次次挫败了她自身骄傲的夜离轩，凤倾月现还对其念念于心，难割难舍。这让她很惆怅。

不过是同事不同人，就让她不知所措了吗？当真蠢笨！

或许是凤倾月以往不懂爱，才放弃得如此干脆吧。

"还能为的什么，关心你呗。"

关心，这个词逗笑了凤倾月。

君泽皓看着她意味不明的笑，不知她这是开心还是嘲讽了。

凤倾月也不明白，自己怎么就不自禁地笑了出来。这抹笑的意味，她自个儿都不甚明白。

对于君泽皓的作答，她实在有些无言以对。

关心吗？他为的什么呢？内疚？补偿？报答？还是另有想法？

凤倾月猜不透，也不想猜透。若此时冒出个洛风的难言之隐，叫她情何以堪呢？事已至此，闹个明白或许只能让自己更加于心不甘罢了。

凤倾月心中有些期许，又有些不想将此事看得太过明了，心头纠结得很。

适才还信誓旦旦地要揪出幕后之人，这么一瞬的时间，凤倾月却拿不定主意了。

她不得不承认她是个自私的人，凡事都要给自己考虑个周全。她暗觉知晓了此事也对她没什么好处，却还是抑不住那满心的好奇。

如若洛风当初真有不得已的苦衷，又叫她如何是好呢？难不成要自己对他默默的付出感激在怀，念念不忘吗？

凤倾月一直处于道德的制高点，理所当然地把一切的不幸都归咎于洛风。若此时来个惊人的逆转，她又该如何自处？

君泽皓见凤倾月愣着不说话，一时受不住这尴尬的气氛，只好脱口而出了，也没管她爱不爱听。

"当初他也不是有心弃你而去，只是他着了别人的道，情非得已罢了。"

果然，洛风是个有苦衷的。她怨恨了多年，难道都落得个错了？

君泽皓话到一半便顿了，凤倾月一开始不想多听，此时也想问个究竟了。

"怎么说？"

罢了，反正都说到这份上了，她何必故作不知，纠缠于心？

"当年洛风有一好友，乃是永安侯家的世子，名唤南宫傲。那人爱柳含烟爱得狠了，宁肯牺牲自己，也要成全了柳含烟。"

说到这里，君泽皓一顿。想到多年的好友为了个女子沦落至此，不免一阵感伤。

而凤倾月也是犯迷糊了，明明说的是洛风，无缘无故地谈起这两人是何意思？

君泽皓悲叹一番，回过神来，又接着说道："柳含烟一腔痴心全在洛风身上，宁肯做其小妾，也不愿做了南宫傲的正妻。南宫傲求而不得，理应该断则断。不知怎的，他竟帮着柳含烟打起洛风的主意来。"

思及当初之事，君泽皓又是一番叹惋，不自觉打开了手里的折扇。正准备作势扇上一扇，却念及此乃秋凉之际，此般未免有些傻气，便颇有气势地收回了折扇。

"一次南宫傲在侯府摆宴，庆贺我们得胜而归。我们三人喝了个酩酊大醉，便在侯府住下了。没想到第二日，洛风竟与柳含烟滚到一个榻上去了。"

不知那狐媚女人用的什么法子，才把南宫傲逼到如此卑微的地步，竟公然使了阴谋将自己最爱的女子，送到了自己拜把兄弟的床上。也不知这南宫傲脑子里装的是什么东西，这样的蠢事也干得出来！

君泽皓思及此事，怒火中烧。又觉心里愤愤不平，又觉南宫傲是个头猪脑的东西。

而凤倾月听了他一席话，也是明白了过来。他虽没说清楚，不过经过大概也能想象得出。毕竟柳含烟是个闺阁女子，若不是事先安排好了的，哪会住到侯府里呢？

只不过她以这种不堪的法子，即便得到了洛风又如何呢？若不是真心实意，求来又有何意思？

柳含烟看着一副柔弱如水的模样，却做出了此般大胆的行径，当真是人不可貌相。

有这么个柳含烟倒不让人觉得可怕。可悲的是，世上还有这么个全然不顾的傻子，当真可笑。

凤倾月不理解为何有如此痴傻之人，她心中感慨之际，也是明白了过来。君泽皓跟她交代这事，只是想要将她对洛风的怪罪，转嫁于柳含烟的不知廉耻罢了。

对，柳含烟是错了，而且还错得离谱。可这跟洛风有什么干系呢？情非得已，便是洛风的理由吗？

如果仅仅是这样，凤倾月没办法说服自己接受。

她何其无辜！就因洛风的于心不忍，他便要弃她另娶，让她的父皇失信于人，令她丢尽脸面。凭什么？

是，她就是自私。若此事换作是她，她定然不会理会柳含烟的死活！

君泽皓见她好一阵没有反应，还以为她对洛风一事有了重新的认识，会原谅了洛风。

哪知她冷不防地冒出了这么句话来："原来如此。"

就这样？她这意思，是故作镇静，实则内里心痛不已，还是她当真全然不在乎？

除了这么句"原来如此"，凤倾月也说不出其他的话来了。关于洛风的这个不是理由的理由，又能让她何言以对呢？

"你可还怪罪于他？"

君泽皓之所以跟凤倾月说个明白，是想替两人化开这个怨，让洛风不再纠结于心，所以他急于求一个结果——凤倾月放下怨恨。

"如今万事已成定数，还谈什么怪罪？"

凤倾月这话说得有些含糊，只说不该怪罪，却没道明自个儿的心思。

她现下心里五味杂陈，也说不上来是何种心境，只觉得稍有一丝庆幸在心头。庆幸着两人并无天大的误会，她无须耿耿于怀。

她说得不清不楚的，君泽皓暗觉不对劲。再说她这副冷清的模样，哪里像释怀了的人？

"我怎么觉得你言不由衷呢？"

凤倾月一愣，随即淡然笑之。

"你若非要问个究竟，我也只得说柳含烟不知廉耻，即便遭弃也是活该。他与她一夜情分，便能弃我不顾。你以为我该作何想法？"

就为了这么个无关紧要的女子，洛风弃了他们多年相交的情谊。她漠然无视已算是好的了，还想要她如何呢？

其实凤倾月如今已没再纠结于此事，不过君泽皓旧事重提，才惹出了她一腔怨气罢了。

若君泽皓知道凤倾月早已放下，却被自己一番闲话惹得不乐，会不会怪了自己的多此一举？

"可这并不是他心之所愿。"

君泽皓一时有些着急，早知是这么个结果，他就不该同她说个清楚了。

"他还是弃我另娶了，不是吗？于我而言，柳含烟不知自重，即便她红颜薄命也当与人无尤。若她因失了贞洁不能过活，除了怪她咎由自取，还怨得了谁？"

柳含烟不守贞洁犯下这样的事，便是浸猪笼溺死水中也是活该。凭什么洛风就应该娶了她呢？

君泽皓被凤倾月说得哑口无言，找不着为洛风开脱的理由了。

怎么说呢？她的想法实在有些异于常人。但不可否认她说得都对，让人无法反驳，且隐隐带着认同。

他也曾提议不管柳含烟死活，任她这残花败柳之人自生自灭。自己送上门来的，还想谁如获珍宝地捧在手心里疼着？

要是洛风同意，他还乐得亲自操刀将她结了去。偏偏洛风是个死脑筋，想要对柳含烟负责，又因无法一心一意对待凤倾月而深感愧疚。

拖了许久，便想了个退婚的傻办法来。此法让他这个旁观者都气结得很，更别说身为当事人的凤倾月了。

得，他算是好心办坏事了。纠葛没解开，却让误会更深了。此时的君泽皓真想大抽自己一个耳刮子，将吐出来的话给收回去。

"你放心，我于洛风已无念想，没必要再怨恨于他。我只是一时感慨，说出了自己的想法罢了。"

凤倾月见君泽皓有些懊恼，便给他做了一番解释。

洛风是洛风，她是她。纵然洛风的判定与她不尽相同，可她如何能强求别人照自己这般行事呢？

人生虽有百态，不过错过了，也就回不去了。洛风于凤倾月而言，便处在多说无益的位置。

君泽皓看着一派淡然的凤倾月，突然懂得了些什么。

君泽皓以前不懂洛风喜欢凤倾月哪一点，能让他那般死心塌地。毕竟是身处宫中的高贵之人，又尽得皇上宠爱呵护，君泽皓只觉她应该是一股子刁蛮劲的。

现下看来，她与众不同的一点，就足以让人念念不忘了。至少他就欣赏这么个爱憎分明的女子。

一想到女人，他自然就想到了自己家里那位心计非常的公主夫人。明明是个绝色佳人，他却半点提不起兴致，有的只剩心烦了。

君泽皓喜欢聪明的女人，却不喜太过狡诈的女人。而他现下的夫人，恰好就是后者，且还当属其中之佼佼者，实在令他气闷得很。

凤倾月话落了许久，两人沉默一阵又找不到其他说头了，君泽皓便欲告辞离去。

"近日风声有些紧，我今次离去怕是要过一阵子才会来一遭了。你自己多加注意一些，有什么事托苏兄带话给我便是。"

凤倾月刚应答下来，君泽皓便像一阵风似的去了。

皇城里不仅有夜离轩的人在四处查探凤倾月的下落，君泽皓家里还有位将军夫人在关注着这位大将军的行踪。

万一他哪天不小心暴露了行踪，让夜紫涵发现了凤倾月，再背地里传了消息给夜离轩，那就白费他一番功夫了。

夜紫涵这点不识趣，让君泽皓甚为不喜。而她的假意柔弱，更是让君泽皓厌恶得紧。

就连大婚当日，君泽皓都没有踏进她房门一步。可想而知，任她再貌美，不做改变也只能落得个老死东院的下场了。

君泽皓匆匆离去，留了凤倾月在屋内呆坐着，思绪飘飞。

她想过很多种可能，却没有一种可能是跟洛风扯上联系的。她已经很少忆起洛风了，若不是今日君泽皓提及，再过些日子，她怕是要忘了他的音容笑貌了。

或许她应该有一丝欣慰吧，至少现下证明了，她在洛风心中并不是那般无足轻重。可尽管洛风对她的情谊比之柳含烟深重，他还是选择了柳含烟。于此，她又有什么好高兴的呢？

罢了，一直的不甘心总算有了个解脱的理由，她又何必再庸人自扰呢？

凤倾月浅笑着摇了摇头，伸指揉了揉脑袋，解乏后将玲珑传唤了进来。

近日闲来无事，凤倾月与玲珑心血来潮，学织起了小孩的鞋帽来。

玲珑以前身处宫中，自然不曾接触过女红。后来随着凤倾月入了皇子府，才跟着同室的丫鬟学起了这门手艺。而凤倾月更不用说了，是个实打实的门外汉。

两人织出的东西虽不尽如人意，却也压不住两人的盎然兴致。

也不知怎的，织着这些小玩意，凤倾月就有一股莫名欢喜缠绕心头，好像这孩子就俏生生站在自个儿跟前似的。

自凤倾月离开王府，已过半月之时。

不过十多天，王府里的气氛就全然一转，变得深沉得紧。

整个王府好像笼罩在一片阴霾之下，大有雷霆暴雨之势，惹得人心惶惶的。

夜离轩不论何时何地，都是一副冰冻三尺的样子。比之以前那个用刑残忍的他，还要冷上几分，让人对其退避三舍。

若不是此时突降喜事，夜离轩脸上骤然多出了一丝温情的颜色，王府里的下人怕是都得吓出病来。

夜雨泽的苏醒，让夜离轩脸上随之多了几分喜色。也让众人紧悬了一个月的心，踏实了许多。

好不容易盼着小世子苏醒了，夜雨泽屋里的侍女激动得险些掉下泪来。每天对着冰山似的夜离轩，就像在刀尖上过活一般。这种滋味实在让人寝食难安，难受得紧。

楚云辞也因夜雨泽的苏醒，松开了一直紧绷着的神经。若夜雨泽再不醒来，就令他甚是为难了。

他认定了夜雨泽的昏迷不醒是颅中瘀血导致，是以他开药都跟活血化瘀有些联系。而用药久无疗效，楚云辞只得尝试从其他方面着手。唯一之法，便是开颅之术。

开颅之术虽在圣典上有过记载，却无人敢于验证。这法子是一位大胆的名医想出来的，不过这位医者终其一生也没尝试过一回，留下的只是想法罢了。

虽然道理上是说得通的，可毕竟是攸关性命的大事，谁愿意让其实验一番呢？

夜雨泽每日吃的都是些汤汤水水，脸上都瘦得没肉了。再不苏醒过来，实在难以吊着性命。而苏醒得迟了，说不定会丧失行动能力。

楚云辞只有这一未知的手段可以动用，着实让他好生踌躇为难。可方法只有这一个，他也只能整日整夜地推敲，力图完美地实施开颅。

本想的是再等上三天，若夜雨泽还陷于昏迷之中，也只能死马当作活马医了。幸得夜雨泽得上天眷顾，适时苏醒了过来，让他安下了心来。

随着夜雨泽的苏醒，笼罩在王府上空的阴霾便消散了去。众人得以重见天日，顿时轻松了不少。

夜雨泽醒后，连起身都有些困难，一时又惹得好些人惊慌失措，忙请了楚云辞过来。

也不知他是饿得没力，还是有行动不便的可能，楚云辞只好叫众人好生照顾着，过几日再看看情况。

底下伺候的人起初还有些紧张，小心翼翼照顾夜雨泽几日后发现他只是饿坏了，这才安定了心神。

夜离轩本想找夜雨泽问个究竟，可夜雨泽正处病弱之中。他自然得将一番疑问憋在心里，待其休养好了再问。如此，便又耽搁了些时日。

凤倾月离开这二十多日，夜离轩的手下都快将渊城查了个底朝天了，依旧是半点消息也无。他心乱如麻地守在夜雨泽床头，很烦躁。

"父王，为什么母妃一直没来看泽儿呢？母妃讨厌泽儿了吗？"

夜雨泽细声细气地问出这话，惹得夜离轩愣了一愣，不知该如何应答。

他这几日好不容易说出了这般长的话，却先问起了凤倾月的行踪。如此看来，他对凤倾月的喜爱依旧不减。

若凤倾月有意推了他，泽儿年纪虽然不大，却也该是记仇的。可夜雨泽这几句问话，哪像是同凤倾月生了隔阂的？

难道自己真的错了，误解了她？

"泽儿，告诉父王，你怎么摔下石阶的？"

夜雨泽坐在床头，局促地绞着露在被外的手指。他低着头不敢看夜离轩，憋得两颊透出了红晕也没说出一个字来。

见他这般模样，夜离轩隐隐觉得不对劲，却也没将泽儿往谋杀亲弟的那方面想。毕竟泽儿人小，哪有可能犯下那样的事呢？

"泽儿听话，好好跟父王说仔细了，父王定然不怪你。"

见他久无回应，紧张局促得都要流下汗来了，夜离轩只得先轻声安慰着他。

得了夜离轩的保证，夜雨泽两只手交握在一起，终是开口说话了。

"是我……我……我将母妃……母妃……推下去了。"

夜雨泽一番支支吾吾，总算说了句完整的话来，顿时惹得夜离轩好生震惊。

夜离轩怎么也想不到，夜雨泽会犯下这样的事来。他不过是个幼童，哪来这么狠毒的心肠？再说他很喜欢凤倾月，又怎会故意将她推下石阶呢？

一切的一切都显得那么不合理，即便夜雨泽这么说出来了，夜离轩还是不愿相信。

夜离轩现下很懊悔，一想到凤倾月决绝冷漠的神情，他的心就揪得生疼。泽儿如今伤势大好，他所担心的，便是自己无法焐热凤倾月那颗冰冷的心了。

他错得如此彻底，难怪她全然死心要逃离出府了。便是他寻着她，又该如何面对于她？

夜雨泽见夜离轩愣着不说话，没有怪罪他的意思，这才接着交代道："母妃没站稳，摔下石阶的时候，也把我给拉下去了。"

想起那日的场景，夜雨泽就很后怕。再想到自己推了凤倾月，惹得她厌恶了自己，心里就更是委屈了。想着想着，就要落下泪来。

夜离轩看得一阵心疼，便揉了揉他的脑袋，轻声问道："泽儿，你为何要推倒你母妃？"

夜离轩尽量让自己好声好气地说话，生怕吓着夜雨泽。

夜雨泽又是绞着手指，迟疑了一阵，好不容易才说出了自己的心声。

"泽儿不喜欢弟弟。"

他这么一说，夜离轩便回过味来了，心头大惊。泽儿小小年纪，怎么就有了这样的心思！

"父王，泽儿知错了。泽儿会对弟弟好的，你让母妃别生气好不好？"

夜雨泽说着说着，便落下泪来。一见他落泪，夜离轩顿时慌了神。也没心思细想哪里不对劲了，忙安慰着泽儿。

"父王会跟你母妃说的，乖，别哭了。"

夜离轩口头上答应得好，心里却一番低叹。他也知道错了，可现下哪还能找到凤倾月赔礼道歉去呢？

生平第一次，夜离轩恨起了自己的固执己见来。

夜离轩作了好些保证，好不容易才把夜雨泽哄得睡了。

泽儿犯下这般傻事，他心里自然有些责怪。可看着他现已消瘦得只剩皮包骨了，便心痛大过了责怪之意。

毕竟是自己心尖上的人，哪能半点不在乎地打骂呢？

念及此，夜离轩就恼起自己来了。若他对凤倾月如对泽儿这般多几分宽容，两人也不至于闹到此般地步了。

于她，或许他真的太过强势，也太过偏执了。

也许是凤倾月在夜离轩的心里地位过高，才导致了他对她不容有错的心理。就如同那爱之深，责之切一样。

他却不曾想过，自己的所作所为在别人看来，只不过是胡搅蛮缠罢了。

从夜雨泽房里出来，夜离轩就觉多有不对劲的地方。

泽儿年纪尚小，哪里会懂得谋人性命之事？就算再不喜欢这个未出生的孩子，他顶多闷闷不乐，却不该会想到除去这孩子的。

若无人从中引导，实在有些说不过去。

这里头会有谁人的阴谋掺杂其中？夜离轩心头已有了些猜想，便下令让人查探了去。

府里的事令他松了口气，府外的事就让他很头疼了。

暗卫查探了大半个渊城，也没寻到凤倾月的行踪。除了皇城和一些官宅府邸没有探查，能藏人的地方差不多都找了个遍。

夜离轩不想声张了去，便借了廷尉衙门的手。叫人拿着官衙的手令，以追查犯人的名义，明查凤倾月和玲珑两人。

城门处一直有人蹲守，不曾得见两人行踪。民房搜寻无果，官宅之处想来也不会藏下两人的。毕竟为官之人，谁不识得贤王妃？这要是被查出来王妃被拘私宅，谁能担得起罪责？

这么一算下来，也就只有两种可能了。

一是两人当晚就出了城去，二是两人被接入了皇城之中。

这两种可能不论哪一种，都让人有些无计可施。若是出了城去，那还不是天高任鸟飞的局面？若两人身处皇城，也是难办。他区区一个王爷，还能明目张胆地查探皇城不成？

两种决然不同的可能，其查探难度都有些大。不过这回夜离轩可算是下了决心，要将凤倾月寻回来好生对待。

两种可能，一种跟君泽皓有干系，一种跟夜墨澜有干系。夜离轩怎么想，也是夜墨澜的可能性多一些。

君泽皓一个叛国之将，凤倾月应该不会跟他多有联系。可夜墨澜就不同了，他看她的神情，总让夜离轩觉得满心不爽快。

夜离轩已是认定了，夜墨澜喜欢凤倾月。或许他喜欢得不着痕迹，偏偏夜离轩就是觉察得出来。

如此一想，情况又是明朗了许多。可这皇城里的查探，又该从哪方面着手呢？夜离轩又是陷入了深思。

好在宫中还有些夜离轩曾经部下的暗棋。夜离轩便让他们关注起了夜墨澜的行踪。既然无处可寻，便只有等夜墨澜自己露出马脚了。

他费尽心思带走凤倾月，定不可能毫无端倪显露出来。

夜离轩想得倒是合情合理，没料到凤倾月此番出府根本就与夜墨澜没有干系。即便他等上个三五十年，也找不出人来。能不能求得凤倾月原谅，真让人不得而知。

夜离轩锁定了夜墨澜这个目标，便平静了下来，静待结果。而凤倾月也在书院不温不火地过着，说不上多有快乐，却也少了以往在王府里的烦闷。

虽然心中总觉空落落的，不过轻松就好，用不着理会许多。

两边平平淡淡地过着，钱府却热闹得很。

"二姐，你今儿个必须给我说清楚，他有什么好的！"

钱致远堵在钱满贯的房门口，气势汹汹地问着她，像个黑面煞神一般。

钱满贯晓得致远口中的那个"他"指的是谁，却不明白致远为何这般不乐。

"他对我千依百顺，还不好吗？"钱满贯强颜欢笑地应着，心里却有些失落。

这样就足够了吗？她明明应该肯定的，她的心却控诉着她的言不由衷。

一听钱满贯这话，致远便不服气了。

"我也对你好啊。"

钱满贯听他说完，顿时扑哧一声笑了出来。

"你对我好是应该的，谁让你是我小弟呢！"

致远急得抓耳挠腮，直道："我不是这个意思。"

"那你是什么意思？"

看着钱满贯一脸的调笑之情，致远更是着急了，气得脚一跺，便道："你喜欢的不是那个苏公子吗？以前还说什么非君不嫁，你现下怎的随随便便就改主意了！"

即便致远还是个少不更事的和尚的时候，就晓得钱满贯心里装的是谁了。现下入了俗世，更是知道了男女之情。

在他看来，他二姐喜欢苏子逸都喜欢得发疯了，不可能会喜欢了别人。现下突然要跟别人成婚，定然是被人逼迫的。

那人一看就不是什么好人，致远对自己的想法信了个十成。

致远虽然懂得男女之情，却还是不懂得人情世故。不明白所谓的嫁得好，不一定是要嫁个自己喜欢的，而是要嫁个自己合适的。

在钱满贯看来，苏子逸就是那个不适合的。她飞蛾扑火，只能是引火烧身的结果。

她已不是如花似玉的年华了，容不得她再蹉跎下去了。再说她是远近闻名的泼辣性子，谁敢上门提亲？

好不容易有个肯对她好的，她又怎能拒绝呢？难道她真要等成个老姑娘再来追悔？

若她与苏子逸只能是有缘无分，她也只得认命。谁叫她不学无术，配不上他呢？

念及此，钱满贯低头流露出一抹嘲笑。

"致远，我有些累了。你回去温书，让我歇歇好不好？"

这才日上三竿，刚睡醒呢，怎么可能会累！二姐定然是找个借口想将自己打发了。

致远本欲顶撞回去，见钱满贯神色流露着些许忧伤，到嘴边的话又被吞了回去。

"那你好好休息。"

"得了，你回了吧。"

看着那徐徐掩上的房门，想着那房里失落的二姐，致远很不明白，他的二姐究竟是怎么了？

第六十章
寻来之人

时光匆匆，转眼即过了几个月。

此时的凤倾月已有了七个月的身孕，整个人又是圆润了一圈。不过她这般体态丰盈的模样，也很迷人，自有一股成熟的韵味。

凤倾月在书院待了许久，时常会想起钱满贯来。

她总想着那个活泼动人的可人儿，吵着要做孩子干娘的娇俏模样。不知满贯见了自己在这应天书院，会惊讶成哪般。

想到钱满贯，她心里不自觉地就会生起一股暖意。可她翘首期盼着，却久久不见钱满贯来此转悠，实在让她疑惑得很。

凤倾月所知的满贯，不该是这般个性的。她几日不来缠着苏子逸，苏子逸就要感谢上苍了。

如今她连着几个月都没来叨扰苏子逸，就有些匪夷所思了。

这对欢喜冤家也是愁人得很。一个表达过了头，一个却淡然过了头。

苏子逸也是个痴人，若他不喜欢满贯，又哪会容忍她到这个时候？当真是身在局中不知局，看不明白自己的心思。

凤倾月心中虽有疑惑，却也不好意思去问苏子逸。毕竟苏子逸这样的人，哪拉得下脸皮去找钱满贯呢？

他最近同她交谈之时，明明时常望向门口，眼神飘忽不定。虽然他嘴上不说，她心里却明白，他期待的是什么。

偏偏他要故作镇定，持着傲然的姿态，就等着满贯的苦苦纠缠。

念及世间男子的清高自傲，凤倾月就不免一阵摇头。

纵然有再深的爱意，久不得怕也是会累的吧。满贯不再苦苦纠缠，是那颗热情如火的心已然疲倦了吗？凤倾月不得而知。

正当无解的时候，突然传来了满贯的消息。

好不容易得知了满贯的近况，等来的却是她即将大婚的消息。

大婚？她离府之前满贯还未提及过此事，现下怎么突然做了此般决定？也未免过于仓促了些。

而苏子逸说到钱满贯明日成婚时，凤倾月就更是惊讶了。

这何止是一个"仓促"可以形容的？到底是因的什么事，才让满贯如此着急，轻率至此？

凤倾月满心的讶异难解，苏子逸就更是震惊非常了。他此刻拿着的请帖好似烫手山芋，烧心得很。

他向来习惯了钱满贯的死缠烂打，如今她一转身决然离去，他却半点也适应不来。

他该如何是好？

他心里难受，思绪又是一团乱麻，理不清。正想跟凤倾月谈谈，可话还没说出口，便遭人打断了。

"公子，外头有客来访。"

"你就说我寒风入体，得了伤寒，不便见客。"

苏子逸正是心烦意乱的时候，哪有什么心思见客呢？那丫鬟话才刚落，他就急不可耐地要将人打发了。

那丫鬟得了令也不离去，唯唯诺诺地瞥了凤倾月一眼，又是低声说道："可他说，他要见的是凤三小姐。"

听丫鬟这么一说，苏子逸瞬时抛开了心头的焦乱，变得慌张得很。

凤倾月排行第三，那人口中的三小姐自然是说的她了。可她已为人妇，那人怎的还称她为小姐呢？

凤倾月现也紧张得很，不明白来者为何人。那人何以晓得她身在此处？又何以称她为三小姐呢？她心里纵有种种疑惑，也无法现身相问。只得与苏子逸对视着，面面相觑。

苏子逸稳了稳心神，示意凤倾月先回屋躲着，自己出去探探情况。

可苏子逸出门见着来人，便知自己怎么也拦不住了，只得屏退了下人，将人给领了进来。

来到凤倾月的房门外，那人便示意苏子逸退离开去。

苏子逸担心地朝房里望了望，还是转身回了另一间屋子。没办法，胳膊拧不过大腿，还能怎么着？

"怎么，我好不容易过来一遭，你都不愿跟我见上一面？"

凤倾月听着屋外的声音，惊讶非常。这音色她熟悉得很，却又不敢肯定。

照她所想，那人是不该出现在这里的。可她心头千回百转也想不出个所以然来。只得把心一横，打开了房门。

果然，门外之人正是夜墨澜这个本该待在皇宫里的皇上。

他指名道姓地要找她，自然是认定了她的身份。凤倾月也没有太过讶异，毕竟是掌管天下的皇上，怎能没有点本事呢？

凤倾月也是太过高看夜墨澜了，若不是关注了她的行踪，夜墨澜也不可能认准了往里钻。

纵然凤倾月现下戴着人皮面具，可夜墨澜已经认准了她，她也没法装作不认识夜墨澜，只得福身一拜。

"民妇参见皇上，吾皇万岁万岁万万岁！"

凤倾月虽说变了个模样，可她那双灵动的眸子，夜墨澜却记得清楚。如今物是人非，她眼里的清澈，还是不曾有变。

"现下不在宫中，就不用行这些虚礼了。"

他见凤倾月行礼的样子有些蠢笨，不由得打量起她隆起的小腹来。

即便她同夜离轩闹到此般地步，她还是心甘情愿为他诞下麟儿吗？

夜墨澜想着，一时出了神。两人便像被定住了似的，尴尬对立着。

夜墨澜突然回过神，欣然笑道："许久不见，都舍不得招呼我进屋坐坐了？"

"承蒙皇上不嫌弃，请进屋歇会儿吧。"

夜墨澜本就打的这个主意，自然不会客气。凤倾月不想与之独处，又怕怠慢了他，只得打发玲珑去煮些茶水过来。

凤倾月半点摸不透夜墨澜的心思，不明白他的所想所为。他为何会寻她而来？她自觉自己不算什么重要之人，何以就让夜墨澜上了心呢？

他找到了她，夜离轩也会找到她吗？

如果夜离轩找到了她，她该如何是好呢？若夜离轩找到自己不是赔礼道歉，而是兴师问罪，她又当如何？

凤倾月脑海里如有一团乱麻，理不清楚。她也不知自己是想被找到，还是不想被找到了。

事实是凤倾月想得多了，夜墨澜只因留了一手，才知道她的下落的。不然茫茫人海中，找个人哪有这般容易？

君泽皓虽说下了一手好棋，却没料到夜墨澜留的这一手——螳螂捕蝉，黄雀在后。

因夜墨澜与夜离轩的皇位之争，夜墨澜多年前就留有暗棋在贤王府里。此人虽说做不得什么大事，不过对探听消息之事还是游刃有余的。

又因夜墨澜毫无阻力地登上了大位，是以这颗暗棋一直没有动过。只是从一开始探听夜离轩的消息，变作了关注凤倾月的一举一动。

所以那次夜雨泽被凤倾月拉下石阶，夜离轩在昕雨轩大发雷霆的事，夜墨澜第一时间就知晓了。

知她求离后被拘禁，他虽想救她出水深火热之中，可碍于身份，也只得做个袖手旁观之人。

不是他做不到，而是世间流言太过可怕。他的身份，不容许他犯下这等傻事。

紧接着一番峰回路转，竟是发现了玲珑与君泽皓的密切关系。虽不知两人何故走到一条道上去的，不过其中定有猫腻。

夜墨澜随即遣了侍卫日夜蹲守，就想看看他们意欲何为。

果不其然，只不过守了几天，便发现了凤倾月离府一事。这君泽皓也是个胆大包天的，竟干下了火烧贤王府的事。当真是大快人心！

君泽皓的将军令好用，夜墨澜的皇上令自然就更是好用了。所以夜离轩只知出城的有君泽皓的人，却不知夜墨澜的人也紧随其后出了城门去。

虽说一切的怀疑点都指向了君泽皓，夜离轩却认定了跟夜墨澜深有关系。

夜墨澜早就想过来看看了，可碍于夜离轩紧咬着他不放，他也只得按捺着心里的念想，静待时机。

要不是因为此时钱满贯传出大婚之事，夜离轩转移了几分关注点，他还真是不好出来。

他直直地打量着凤倾月，心头略有不快。

她如今肥胖的样子，当真有些笨重得刺眼，让他不由得想起那年初见，那个搅乱了一池春水的她，那个夜半歌声婉转清灵、美得惊心动魄的她。

她如今为夜离轩形貌俱失，夜离轩又给了她什么呢？

"你送的花，皇太妃很喜欢。"

夜墨澜冷不防地说出这么句话，令凤倾月慌乱得很，醒过神忙应道："能得皇太妃喜欢，实乃民妇的福分。"

"听说是你亲手栽培的？"

"是。"

"你能有此心意，朕心甚慰。"

夜墨澜这句话，顿时让气氛微妙了起来。凤倾月愣了一愣，才硬着头皮答道："都是民妇应该做的。"

她明明让楚云辞代为赠送的，夜墨澜怎晓得是她亲手栽培的呢？他当真是神通广大得很。

"不如我接你入宫可好？"

夜墨澜话锋陡然一转，惹得凤倾月顿时瞪大了眼，揪紧了手里的锦帕。

她心里惊惧交加，除了低头沉默，不知该如何作答。早知道夜墨澜会说出这等胡话，她就不该让玲珑去煮茶的。玲珑要是在这里，她就不必落得此般尴尬了。

"怎么，难不成你想在这书院里直至终老？"

凤倾月多想玲珑现下能回了屋来，可她即便热汗直下，玲珑也没能回屋撞开此时尴尬的气氛。

"民妇要以什么名头入宫呢？"她又硬着头皮出了声，想让夜墨澜知难而退。哪知他现下等着的，正是这句话。

"只要你想，什么名分不可以给你？"

他的神色之间，无一不透着认真。他的直接，实实在在让凤倾月怕了。

她不敢再接过话头，两人又陷入了沉默之中。

"怎么，难不成委屈你了？"

他一番紧逼追问，实在让凤倾月焦急得不知如何是好。

玲珑怎么还不回来？

"民妇身怀六甲，不敢拖累皇上。"

她回答得小心翼翼，生怕激得夜墨澜恼羞成怒，强行带离了她去。毕竟他是皇上，要什么不能有，何曾得过此般拒绝？

怕的是他要的不是她这个人，而是他自个儿的脸面罢了。

"朕若说不在意呢？"

她宁愿带着这么个拖累孤独终老，也不肯接受他？即便她求，许她个皇妃之位又如何？她怎么就能这么傻，拒绝得如此干脆？

可是我在意啊！凤倾月如是想着，却没顶撞了他去。只是紧闭其口，又将头垂了几分，眼睛瞥向了别处，不敢看他。

她此般模样，就像个做错了事的孩童一般。连她自己都不知道，为何她对夜墨澜有种莫名的害怕。

见她又是默不作声，陷入了沉默，夜墨澜实在生气，却拿她没辙。

强迫得了她的人，也勉强不了她的心。她若不是心甘情愿，他能怎么办？逼得她走投无路还是狗急跳墙？真要那样做，他不就跟夜离轩一个样了吗？

若不是他将她拱手相让，她也不会被父皇许给夜离轩那个混账了，也不会令她现下对夜离轩死不得心了！

怪他看不透自己的心，才错失了她去！

夜墨澜叹了口气，还想说些什么，玲珑却将将至门口来。

凤倾月得见玲珑，心里顿时激动得很，简直将玲珑看作了救命菩萨一般。

"还不快些给皇上上茶。"

有了玲珑在这里，她才安下了心来，又变作了那个从容不迫的人。

"罢了，朕还有要务在身，择日再聚吧。"

凤倾月不知夜墨澜这话是随口说说，还是认了真的。若他当真择日再来，实在让她心里负累得很。

只得暗中祈祷着，他吃了这回闭门羹就拉不下脸面再来了。

不过她心里虽对夜墨澜这人很硌硬，可面上的功夫还是得做足的。即便不想与他同行，她还是恭恭敬敬地将他送离了去。

"那位爷走了？"

凤倾月回头便见苏子逸出了房门，满脸的关心之色。

"不过是说了些闲话，没什么事。"

凤倾月知他关心自己，便解释了一番，让他安心。

"那就好，没其他的事我便先行回房了。"

他说着，又关上了房门。

凤倾月本想说点什么，见苏子逸心情低落，就没能说得出口。

他自己能想明白的吧？

他与满贯，真的就到此为止了吗？那个心心念念着苏子逸的满贯，真的就毫无挂念地另许他人了吗？

凤倾月觉得一切都显得不可思议，却真实地发生了。世事果真无常吗？就连当初毫不在意她的夜离轩，如今都变了个模样。

到底是人变了，还是世道变了？

今儿个日头正好，秋风送爽，暖阳明媚。凤倾月独坐于小院中，心中却惆怅得很。

苏子逸的房门依旧紧闭，看样子他着实是不打算去参加满贯的婚礼了。

她刚才刻意敲了他的房门，问他是否备好了贺礼，他却假意咳嗽了两声，说自己染病浑身无力，已吩咐下人送去了贺礼，自个儿便不去了。

若是不在意，又怎会借故不去呢？他现下可算是明白自己的心意了。

若满贯知他在意着自己，该很高兴吧。可惜，他屋里的灯亮了一夜，思虑了一夜，还是没打算争取一番。

满贯做事虽然张扬，但她断不会以此事逼人就范的。她大婚之事，定然是真的。

不论凤倾月觉得她这决定如何草率，还是得对她送以祝福的。可也不能修书一封，说成是礼轻情意重便算了吧。想当初她出嫁之时，满贯可是送了整整十多抬的添妆给她。

　　她只身出了王府，也没带多少贵重之物。只带有一个小盒子，装满了她母后的遗饰。

　　凤倾月将盒子腾空了去，精挑细选了几样放入盒中，准备以此送出。

　　玲珑收拾着桌上的其余首饰，心里略微泛疼。

　　这些东西都是主子对先后的惦念，平常自个儿都舍不得戴，现下却毫不犹豫地送了人去。主子之为，可不是在割她自己的心头肉吗？

　　凤倾月本打算署了名，让玲珑将东西送去就好。细想之下，又觉不甚妥当。

　　满贯所嫁之人，会是什么样子的呢？

　　是不是因一时失望，她随意找的夫婿？若她冲动一时，而毁了一生，实在不该。

　　凤倾月犹豫再三，还是想去探个究竟。

　　玲珑听自家主子要下山去，着实被吓了一跳。这般沉重的身子，怎好多有移动呢？再说这书院的人众多，被人发现了行踪怎么办？

　　其实她这肚子也不算太大，只不过是玲珑太过小心了吧。

　　玲珑劝阻无用，正是一筹莫展的时候，君泽皓却及时地来了。

　　君泽皓本是来给苏子逸送个信的，没想到苏子逸躲着不出，凤倾月却抢着要去渊城一趟。

　　君泽皓想到凤倾月在西夜就钱满贯这么个知己好友，也就没法拒绝她了。

　　如此重要之事，若是无法到场，实是人生一大憾事吧。

　　“以前人家姑娘喜欢你的时候，你视若无睹。现下知道心痛了？爱去不去，要是钱满贯嫁了个糟老头子，有你后悔的！”

　　凤倾月听了君泽皓的话，更是担心了。说满贯嫁个年老体迈的倒不至于，可万一是个其貌不扬的就真真是了！

　　毕竟凤倾月是知道的，世家子弟大都不屑娶商人之女，更别说这个女子是长期在外抛头露面经商的了。念及此，她心里就隐隐有些不安。

君泽皓在苏子逸房门外叫骂了一阵，苏子逸还是不为所动。看着紧闭的房门，他没法了，只得带着凤倾月先走。

两人离开之后，苏子逸才出了房门来。但见他抬头望天，不知在想些什么，只觉其惆怅得很。

幸得书院向来有晨读一事，是以君泽皓带着凤倾月从后门离开时没碰上人。

好在山路造有石阶，凤倾月才没有几多为难。不然单单下个山，怕就要耽搁去好些时辰。

到了山下，君泽皓立即让那个在山下等待的侍卫安排马车。

君泽皓之前骑马而来，现下多了个凤倾月，自然没法骑马而归。马车也不是一时半会儿找得来的，几人只得让凤倾月一人坐在马上，牵着马儿步行回城。

好在君泽皓的马上铺了软垫，凤倾月才好受了些。

至于马车，君泽皓让那侍卫将之停在城门外，方便凤倾月稍后回应天书院。

入了城门，君泽皓指了两个侍卫与她，便同她分开了。毕竟他太过显眼，为免惹人怀疑，还是分开的好。

那侍卫将凤倾月带至一间大宅院门前，还令她愣了一愣。突想到满贯此番嫁人，自当在夫家成婚，侍卫不将她带去熟悉的钱府也是自然。

前来道喜的宾客纷纷走入大门，凤倾月却突转了脚步，去了对面的客栈小坐。

她有孕在身，即便在人群当中也显眼得很。若夜离轩在此时寻她，定然不会费什么力气，她还是得小心一番才是。

凤倾月坐在二楼靠窗的雅间内，便打量起对面的情况来，却突然发现那院里迎接众宾客的人竟是欧阳冥！

难道欧阳冥跟满贯的夫婿大有关系？他俨然一副主人家的模样，该是跟那人关系匪浅吧？

凤倾月正想着，又发现了另一人的身影，让她不禁庆幸起自己没入府宅。此人倒不是夜离轩，而是他的贴身侍卫单陌。

如今看到单陌，她便联想到玲珑来。早前她做主将玲珑许给了他，现下却悄然将玲珑带离了去，也不知他心里会怎生埋怨自己。

凤倾月望向玲珑，见她目不转睛地盯着前方，眼里惊喜莫名，也知她是发现单陌了。

"玲珑，等会儿婚宴结束，你便寻他去吧。若他问起，你便说我远走他乡去了。"

玲珑被凤倾月的话说醒了神，忙摇头不依。

"主子身旁没个贴心之人照顾，奴婢怎能放心？主子疼惜，奴婢能与他共结连理已是幸事。不过几月之时，奴婢信他等得来的。"

她无奈地摇摇头，也不再说什么了。玲珑处处以她为先，说要照顾她就得将她照顾好，定然不会妥协了去。罢了，便留些时间让她多看几眼，留个念想吧。

客栈里的小二刚上了几个随意点来的小菜，便听远处传来锣鼓喧天的声音。抬眼望去，就见街头处行来了一大队红艳艳的人马。后头跟着的那些抬嫁妆之人，密密麻麻地挤满了转角的街巷。

看这阵容，怕是比一些郡主出嫁还要风光。

等他们离近了来，凤倾月又是被惊讶到了。前方那个骑着高头大马的红袍男子，竟也是凤倾月认识的人！

或许，满贯是想清楚了的吧。

这一马当先行在队伍前头的意气风发之人，正是那个害得泽儿落水，于半夜将凤倾月掳去山庄别院之人。

难怪他费尽心思找回那块玉佩了。这玉佩该是他赠予满贯的定情之物，只是满贯起初没领情吧。

他面如冠玉，仪表堂堂。此般君子风度，也没什么配不上满贯的。

苏子逸迟迟不给回应，满贯退而求其次也是没有办法的吧。毕竟哪个女子不想被自己的夫婿疼宠着呢？

凤倾月这么一想，也就安心了许多。只要满贯无悔，无忧亦无虑就好。却不知花轿中的可人儿，现已是泪流满面的模样了。

方才迎亲队伍从钱府将钱满贯接上了花轿，便吹吹打打地往回走。

她坐在轿内，没有离家的痛心，也没有嫁人的喜悦之情。一阵失神恍惚，不知自己是何心境。

想到致远哭闹着说她变了，说她丢了快活，她的心里便隐隐生疼。

她当真变了吗？难道以前那个没脸没皮、苦做纠缠的钱满贯才讨人喜欢吗？非得死心塌地地等一个人等到年老色衰，才叫幸福吗？

她不明白，也没人能够回应她……

迎亲队伍行至中路，钱满贯正是神游天外的时候，满场的热闹突然停顿了下来。

平静了好一会儿，钱满贯才回过神来。

花轿停了许久，新郎怎的迟迟不上前踢轿？

外面平静异常，也没听见喜婆的说话声，钱满贯这才觉察出不对劲来。

她轻手挑起盖头，偷偷从前帘缝隙处望了出去。视线所及，只有前方那些个举着旗罗伞扇的人。

这些人都戳着不动，钱满贯也无从得知外头发生了什么事。

兴许是同其他马车对冲了吧？毕竟她不是王公贵族，没有那官兵开道、禁人通行的权力。

她听不清外头的说话声，又不好在人前现身，只得按捺住一腔好奇放下盖头，规规矩矩地坐了回去，静待起轿。

若是她知道外头堵路的是谁，怕就不会如此镇定了。

苏子逸自个儿都没料到，他一个尊崇圣贤的读书人，竟会做下拦路抢亲这等霸道行径来。

他脑子一空，便失了所有顾忌，大大方方地冲上前来拦路了。

欧阳寒从前暗中同苏子逸较劲了许久，自然是认得他的。

对于苏子逸的出现，欧阳寒并没有太过诧异。

欧阳寒早就料准了他会出现，只是没料到他敢当街抢人罢了。

"苏大学士怕是走错赴宴之地了吧，若是寻不着路，不如跟着我的迎亲队伍一道走？"

欧阳寒拐弯抹角一番，只是因为苏子逸明目张胆闯来了还一阵犹豫，故意逼他一逼罢了。

反正不该做的他也做了，总不能在半道上打退堂鼓吧。苏子逸这么一想，便下了狠心，不再顾及自己的脸面问题。

"我的来意你心知肚明，我只想同满贯说几句话，不知你敢不敢应？"

欧阳寒细细打量着苏子逸，冷哼了一声。

"你这样，摆明是来挑事的。我凭什么要答应你？"

苏子逸也是冷眼同欧阳寒对视着，气势逼人，半点儿不像以前那个翩翩俊公子。

"难不成你怕了？"

见他此般模样，欧阳寒却笑了。怎么，他今儿个就不怕有辱斯文了？

欧阳寒赶马上前，一把就抓住了苏子逸的衣领，将他拎了起来。

苏子逸没习过武，被他这么如同小鸡一般地拎了起来，又是尴尬又是生气。两只手抓住他的胳膊，急得面红耳赤。

苏子逸半路拦截，就该料到有此后果了。哪有人会傻愣着等着麻烦找上门的？

"就你这样的，还想来找我麻烦？你觉得我会怕吗？"

"既然你想问，便让你问个明白又如何？"

欧阳寒本想打他一顿出一口气，又怕钱满贯心疼，一忍再忍，还是愤恨地放下了他。

苏子逸走近花轿，犹豫再三，还是单膝跪了下来。当着这么多人，他已然很不顾脸面了。

"满贯，我知我辜负了你。是我明白得迟，现下才看清自己的心意。你可愿意跟我走，一生一世，永不分离？"

耽搁了好些时辰都不见有何动静，钱满贯本有些按捺不住了，突听此话，却只剩满心讶异了。

他怎会出现在此处？

在满贯的计划里，即便在宾客中都不会有他的身影，更别说他出现在此处，做出拦路抢婚的事了。

那封宴请苏子逸的请帖，并不是钱满贯叫人送去的。

她怕见着了他，好不容易下的决心就会瓦解崩溃。他便一个声调，都能让她平静的心狂风大作。她着实是打算放手的，又怎会将他请来扰乱她的全盘计划？

现下，苏子逸确确实实来了，并且说出了她期待已久的话，又叫她如何是好？取了这一身凤冠霞帔同他远走高飞？

这样对欧阳寒，是不是太不公平了？

钱满贯许久没应话，欧阳寒的心又慌又恐，又有些不可思议的淡定。

他早该料到了不是吗？苏子逸就是满贯心头深长的一根刺，拔不得，埋不掉。而他欧阳寒只不过是她心口上浮着的尘，苏子逸一出现，他便可有可无，随风而逝。

他看得透又如何？还是一腔的不甘心无法言表。

"你走吧。"

这三个字，莫过于她一生之中最为沉重的话了。短短三个字，好像用尽了她一生的力气。

她刚说出口，就觉深深地后悔懊恼。可这是她心里所认为的，她只能这么做。

她等这句"一生一世"太久了，尽管他这句话还是让她雀跃非常。可惜，他如今说来，已是迟了。

她怎么能够悲伤痛苦之时就让欧阳寒填补伤口，却在如此重要的关头又离他而去呢？

钱满贯的拒绝，让欧阳寒和苏子逸两人都震惊了。

欧阳寒从来没想过，她会放弃她心心念念的苏子逸。苏子逸也没想过，她会拒绝得这般干脆，不给他留一丝安慰。

她已然对他全无念想了吧。也是，自己对她毫不在意，又如何能要求她的死心塌地呢？

抬轿的壮汉将他扶起身站至一旁，他愣愣地看着眼前的花轿，两眼空洞无神，让人无法解读他的心境。

迎亲队伍缓缓从苏子逸身边绕行而过。独留他一人萧索地站在热闹未消的街上，受着路人的指指点点。

第六十一章

追悔

迎亲队伍热热闹闹地至府外，欧阳冥听见声音，赶紧出府迎了上来。向来冷酷非常的他，难得露出了欣慰的浅笑。

欧阳寒踢了轿门，喜婆再一番动作，便将钱满贯牵引了出来。两人手持喜带，步子轻缓地入了府宅。

欧阳寒看着身姿曼妙的钱满贯，满目都是不加遮掩的爱恋。

凤倾月的视线随着他们入了里屋，便收回了目光。

没法了解里头的境况，凤倾月也只得凭空假想一番。想象着此时府里的热闹，当真是满心欢喜。

欧阳寒生得一副好相貌，已是让凤倾月失了几分担心。想到之前他在山庄的模样，也可得知他家世该是不错的，跟满贯算得上门当户对。

虽说满贯不能得嫁苏子逸这个如意郎君，可那人能一心一意对满贯付以真心，倒也不算是委屈了满贯。

拜过天地，在宾客的齐声戏谑下，钱满贯被欧阳寒抱起送入了洞房。她一时手足无措，两只手便放在了自己的胸口。

事到如今，她都不愿在欧阳寒身上借力支撑，已然可以看出她不自觉地对他隔离。她这样，实在让欧阳寒无奈得很。

若是不喜欢，何必给了自己机会呢？却不知这样更是让他心痛。也只有对着钱满贯，欧阳寒才有这种无力挫败之感。

那喜娘跟着两人进来说了好长一通话，讨了个大红包这才开心地走了。

直至坐在了那大红蚕被之上，钱满贯都还恍惚得很。她脑子里汹涌翻滚的，只有苏子逸那句"一生一世"的话。

她一生中最大的喜悦和最大的悲痛，都在今天了结，她活着的意义又是什么呢？

"你要是饿了就用些桌上的吃食，自个儿的身子重要，不用忌讳那些个规矩。"

欧阳寒关心完了本欲开门离开，却又觉得就这么走了也是尴尬得很，便回过头温柔说道："等我回来。"

他以前情话也说过不少，却没如今这句话说出来这般害羞的。只可惜落花有意流水无情，钱满贯半点也没听出他的情思来。

回应他的，只有沉默。

欧阳寒出去了好一阵，钱满贯终是从恍惚中清醒了过来。

罢了，别再想了。路是自个儿选的，还能怎么样呢？

"紫薰，去打盆水来给我洗脸。"

"小姐，这样不大好吧？"

毕竟今儿个是大喜之日，新妇没了妆容实在有些失礼。

钱满贯没有顾忌地揭开了盖头，望向紫薰："你觉得我这个样子失礼一些，还是抹去妆容失礼一些？"

钱满贯的妆容早已哭花，胭脂水粉花了一脸。整张脸就只有那鲜红的嘴唇明显得很，着实让紫薰瘆得慌。

"是，奴婢立即下去准备。"

送嫁之时，小姐不曾哭过。她现下这番模样，只能是因为中途苏公子的事了。

紫薰一时有些明了，又有些唏嘘。

她就说自家小姐怎么可以那般淡然地拒绝了苏公子，原来小姐早已感动得一塌糊涂了。若是苏公子早些跟小姐表明心迹，纵然上刀山下火海小姐也定然会陪着他。

可现在，可惜了。

紫薰打来热水，钱满贯便将满脸的脂粉洗尽了。虽说不如之前的艳丽好看，却清新可人了些。

她眼睛有些莫名地发红，可能是脂粉入了眼睛，刺激了的缘故。

从清晨至此时，她都没进过一粒米，自然是饿得饥肠辘辘了。

欧阳寒体贴她的为难，她也就没跟他客气，自个儿先是吃上了饭菜。

念及欧阳寒的好，钱满贯又是一阵感慨。他这般好的人，为何自己偏生不喜欢呢？

欧阳寒除了脾气有些大，倒是没什么缺点。不过他对自己很体贴，有气也不会往自己身上撒。他对自己这股死皮赖脸的劲，比之自己对苏子逸也是不差了。

他亦爱财，却甘愿为她散财出力。他不说是博览群书，却每每都能懂得她的心思。

她纵然数得出他百般的好，却数不出自己对他的爱有几丝。

钱满贯对自己很懊恼，她怎么就能对欧阳寒无情至此呢？

不是欧阳寒不够好，怪只怪他来得迟了，钱满贯心里已经腾不出多余的位置了。

钱满贯用完膳，又是一发不可收地想起苏子逸来，心里又是开心又是心疼，感觉思绪都快要分裂了去。

苏子逸身为应天书院院长的首席弟子，自然是名满渊城的。今儿个他做出了这样的胡闹之事，不出三日必定传遍渊城。

他好好的大学士不做，为她搭上这一世清誉作甚！他当真这般喜欢她，为何就不能早些说出口呢？他明明应该名满天下的，这又是何必呢？何必呢！

他做出这样的事，又叫她如何能忘？

钱满贯很担心他现下的情况，不自觉又是红了眼眶。

紫薰见她如此便慌了，赶紧说话转移了她的注意力，让她收住眼泪。

"小姐，等会儿姑爷就回来了，还是盖上喜帕等着姑爷吧？"

紫薰这话问得小心翼翼的，生怕有什么说得不对的，又勾起了小姐的伤心事。

果然，钱满贯还是一脸的忧郁之色，不曾有变。只是她同意了紫薰为她盖上喜帕一事。

她曾口口声声说非君不嫁，现下却是自打嘴巴了。或许她再坚持一点，就能等到苏子逸了。可惜……

钱满贯，你还在想些什么！你已经嫁给了欧阳寒，如何能再想别的男子？

钱满贯正想将自己骂清醒，却听一阵敲门声，欧阳寒归来了。

"我怕你等得急了，便先过来了。"

钱满贯轻声应了他一声，没做其他回答。

欧阳寒拿过喜秤，有些迟疑。他梦寐以求的人就在眼前，他想要碰触，又有些害怕。

他怕，他挑起喜帕，会看见他不愿意见着的情形。

他犹豫一番，还是下定了决心。

挑开喜帕，跟他想象中的有些不一样，却又有些一样。

他想抚上那张清丽的脸庞，终究还是作罢了，只是叹了一声。

"你这又是何必呢？"

他这看不出喜悦的样子，实在让钱满贯不懂了。

欧阳寒这是怎么了？

"我哥常说，感情之事强求不得。我不信，偏要摔得个粉身碎骨才晓得疼。你说我是不是很傻？"

钱满贯不傻，自然知道欧阳寒说的是何意思。

欧阳寒也是个聪明人，见她素面朝天，就知刚刚她洗去妆容了。

若不是妆容尽毁，何以至此？她心里果然不如她做的那般洒脱。她对苏子逸，始终如一。

"相处久了，自然就会有感情了。"

钱满贯知他现下心里定然难受，很不忍，只得口不对心地安慰着他。

时间真的可以抹去苏子逸吗？她不知道。她只知道，她能将苏子逸留在心里一辈子。

欧阳寒摇头苦笑，欲将紫薰打发出去，跟满贯好好谈谈。

"紫薰，你先出去。"

紫薰有些迟疑，缓着步子看着钱满贯，看她是否要留住自己。

"姑爷都发话了，你怎么还不出去？"

姑爷？她是真的接受了自己吗？欧阳寒眼里的苦涩更是深重。

钱满贯虽然心中不愿，可自己已然选了这条路，自然得担当的。

欧阳寒无奈，她还是以为她可以强迫自己将就的吗？她的心思他早已看透，他靠着一腔不甘心想逆转个结果，却还是落得个一败涂地。

欧阳寒故意坐近于钱满贯的身边，想让她自己想个明白。不过看到钱满贯眼里的紧张，他心里还是添了好些苦涩。

她抗拒得这般明显，他如何能觉察不出呢？

他宽厚的手掌覆在她柔滑的手背上，握住了她的一只手。他掌心传来的气息很温暖，却还是让满贯不由自主地想要躲闪。

第一次牵她的手，其中滋味竟不是全然的欢喜，还有些淡淡的苦涩充斥在心头。

他想紧握着她的手一生一世，却知道，这好不容易盼来的一次，或许就是最后一次了。

"你能这样做，我很开心。"

欧阳寒的话，让本是局促的满贯陷入了茫然。她做了什么令他开心的事？难道他说的是她答应嫁他一事吗？

"我以为他说出那样的话，纵然是刀山火海你也会跟着他走的。却想不到你还顾及于我，留了下来。可是你人在我身边，心却丢在了那个人身上。你说我是该喜还是该忧呢？"

原来他惦记着的是这一件事。他挑明了说出来，岂不更加难受？念及欧阳寒的委屈，钱满贯也是无法无动于衷的。

"欧阳寒。"

钱满贯唤了他的名字，便陷入了让人尴尬的沉默中。

她听出了他话中的落寞，想解释些什么，却发现无言以对。她怎么反驳呢？欧阳寒说得对，她的心早就给那人了，怎么收得回来呢？

钱满贯对欧阳寒，有的只是深深的歉疚。

她突然恼恨起自己来。明明不爱他，凭什么因为自己的私心答应嫁给他呢？就因为她需要一个人来缝补伤口，就选中了真心实意爱着自己的欧阳寒吗？她怎可以这般无耻！

"你不用内疚，是我自个儿犯傻送上门来的，与你无关。你能对我有一丁点儿的顾及，已是我最大的幸事了。"

果然，她就算不言不语，欧阳寒也能看出她是何心境。他对她这般好，叫她如何忍心伤害于他？

欧阳寒越这么说，钱满贯越愧疚。她窘迫得满头热汗，脸涨得通红。被欧阳寒握住的手心也冒着汗，不知如何是好。

最终，她回握住了那只手，低声应着："我嫁与了你，自然会好好跟你过。"

钱满贯这话，并无太多的浓情蜜意。欧阳寒能听出的，只有深深的责任罢了。不过她能为他做到此般地步，已足以让他惊喜了。

不管出于愧疚还是其他，至少她对他还有那么一丝可怜的在乎。这也是唯一能值得他高兴的吧？

他另一只手轻抚上她的脸颊，从她的侧脸滑至她圆润的下巴。他手中厚茧的清晰触感激得她浑身不甚自在。

他以指偏过她的头，沉声问道："当真不后悔？"

"自然。"

她娇艳的红唇轻吐出这两个字，令他冲动得想要深吻下去。

眼神中流露出一丝挣扎，他还是压抑住了自己。停在钱满贯下巴处的手又开始往下滑，轻抚过她的颈脖，落在她喜服的纽扣上。

钱满贯很紧张，瞪大了一双明眸，身体僵直了起来。

欧阳寒轻轻地解开了一颗纽扣，见她神色紧张，却不制止他的动作，便滑向了第二颗纽扣。

正当他欲解开第二颗纽扣的时候，钱满贯不出意料地拦住了他。

"欧阳寒。"

纵然她强迫着自己接受他，可做不到便是做不到，除了亏欠欧阳寒，她再无其他补偿办法。

还是简简单单地念着他的名字，其中包含的千言万语他却已然明了。

他移开手，深叹了一口气。好似无可奈何，又好似放下了心头大石。

"过了今天，你就走吧。"

钱满贯愣愣地看着欧阳寒的身影消失不见，半点不明白他的意思。

走？他穷追不舍地求了自己嫁他，又怎会让自己走呢？她是不是听错了？

她想问个清楚，可又不想知道其中究竟。看着欧阳寒渐行渐远，竟是放下了心中大石，轻松得很。

欧阳寒坐在院里的石凳上，望着天空那轮皎月，心中满是化不开的忧愁。

他方才走得轻巧，现下却恨起自己的洒脱来。或许有朝一日她终会被自己感动，何以他就放弃了呢？

为什么他非得费尽心思成全了他们，却伤害了自己？

上天好不容易给了他一线机会，他却把此良机故作大方地送到了别人怀里去。当真是傻得无药可救了！

念及此，欧阳寒便无奈地勾起了一抹嘲弄的笑。

若他不给苏子逸送去请帖，是不是就不会发生今天的事了？若苏子逸不大闹一番，满贯或许会死心跟着他的。

可或许有什么用呢？他就是舍不得，舍不得看到满贯郁郁寡欢的样子。

他只得吞下苦果，委屈了自己。

该来的始终来了，他却没法说服自己甘心。

人生若只如初见，我一定在他之前遇见你……

夜半时分，苏子逸才失魂落魄地回了应天书院。他回来便径直回了房里，丝毫不理坐在院中等着他的凤倾月。

凤倾月见他归来，总算是稳了稳心神。虽说看得出他神情异常，却又不好出言安慰，只得让他自己迈过这道坎。

不过这道坎过后，又有其他坎接踵而至，他该如何应对？

回来的时候，就听人在说苏子逸今日闹下的事了。她虽然心中叫好，却也知苏子逸今后的名声不会太好了。

他实在是冲动了些，可凤倾月又没法说他做错了。都到最后关头了，怎能不拼上一把呢？

只得说这结局，不尽如人意罢了。

苏子逸能做下这样的事，也是凤倾月始料未及的。除了叹惋一番他明白得迟了，也没什么好说的了。能为满贯做到此般地步，已然证明了他的爱意。

为什么爱恋让人如此辛苦，将人折磨一番还得不到好的结果？难道只能归咎为孽？

凤倾月不知道，还有更让她想象不到的事在后头呢。

第二日晌午时分，苏子逸院里的丫鬟便连连敲着他的门，半点不顾他此时烦躁的心情。

今早送膳的时候，她就被苏子逸冷然打发走了。现下还敢这般胡敲猛打，真是胆大得很！

苏子逸被吵得没法，只好怒气冲冲地开了门。

正想出声训斥那丫鬟几句，便听她急急开口说道："满贯小姐来了！"

苏子逸顿时愣了，本来平复了些许的心境又是波涛汹涌了起来。他思绪一片混乱，不知自己该不该出去见她。

"满贯小姐被人堵在了前院，公子要再不出去她兴许就走了。"

话刚落，苏子逸就慌忙冲了出去。他顾不上权衡利弊一番了，只想着要快些见到满贯。

钱满贯被书院的学子堵在前院，正是焦头烂额之际，便见苏子逸风也似的来了。见到苏子逸，她这心里才踏实安定了一些。

他精神看起来不是很好，是因为自己昨天的拒绝伤害了他吗？

众学子见了苏子逸，有人生气，有人无奈。这钱满贯嫁都嫁了，还来让人心烦作甚？让她走，她也不走，非要惹得苏兄为难才高兴？这两人纠缠不清的，造的什么孽哦！

"众位先回去吧，我自会将她送走的。"

苏子逸本也想问她为何来此，是来看他笑话的吗？可看她在众人面前显得那般渺小，又舍不得再群起攻之，便先将众学子驱散了去。

"进屋说话吧。"

虽不知钱满贯此时过来所为何事，可他怕自己待会儿情绪失控，叫人看了笑话，所以让她去自己的院里说话。

凤倾月听闻满贯来了，便到院里候着了。心想着苏子逸将她带来，自己还可见她一面。

果不其然，立马就见到了苏子逸领来的满贯。

钱满贯见着凤倾月，心中万分讶异，一时都忘记该招呼一声了。

今儿个欧阳冥交给她一个首饰盒，说是她故友送来的。她一看信条的署名是凤倾月，便知她身处渊城周遭了，却没想过她藏身于此处！

"难道是我长变了样，让你认不出了？"

凤倾月戏弄了一句，顿时将满贯拉回了神，也令苏子逸松了口气。有凤倾月在，至少不会让他太过尴尬。

"我只是惊得呆了，想不到贤王快将渊城翻了个遍也没寻到的人，竟然藏身在这儿！"

钱满贯送给凤倾月的那几个私厨早就将消息透给了她。虽说夜离轩将消息封锁得好，钱满贯却早就知道贤王妃不在王府里了。

"你今日来……"

提及夜离轩，凤倾月立即飞快地转移了话题。可她说了几个字便顿了，等着钱满贯接过话头去。

"我想好了，便来寻他来了。"

一向大方的满贯看着苏子逸，难得俏脸一红，害羞起来。

"你……你……"

苏子逸对着她，一时间震惊得说不出话来。他不是很理解她的意思，若到后头只是空欢喜一场，叫他如何是好？

"你什么你！我就是想好要做苏夫人了。"

满贯这一大胆告白，顿时惹得苏子逸满心欢喜。两人沉浸在甜蜜里难分难舍，凤倾月却隐隐有些担心。

好不容易等着苏子逸有事出去了，凤倾月才找准了机会同她说些其他的话。

"你就这么出来了，那人该怎么办呢？"

就那么块玉佩，他都要大费周章地取回去，更别说满贯这么大个人了。他一看就不是个好相与的，凤倾月实在担心。

"不知道，是他叫我走的。至于日后的事，他说他有办法。"

凤倾月没想到他竟会为满贯妥协至此，有此全心全意对待满贯之人，实在是满贯之幸。

可惜，两人终究是错过了。只愿满贯如今之选，今生无悔。

欧阳寒嘴上说得轻巧，却只有欧阳冥才晓得他愁了一夜没睡。毕竟欧阳寒心心念念了钱满贯许多年，怎是说割舍就割舍得了的？

钱满贯虽也说得轻巧，却只有她自个儿才晓得她放弃了什么。为了苏子逸，她甘愿抛弃钱满贯这个身份，只愿与君双宿双飞。

她一直以为，自己跟苏子逸只能落得个有缘无分的下场。到头来，她与欧阳寒，才是最为有缘无分的一对。

是她负了欧阳寒，但愿他能早日抱得佳人归才是。

看着钱满贯浅笑嫣然的模样，凤倾月突生羡慕。她不明白昨日拒绝了苏子逸的满贯，今日为何寻来，也不清楚日后两人将面对怎样的流言蜚语。

但她觉得，只要两人清楚地觉得自己幸福，就已然足够。

她呢？她费尽心思地逃离了夜离轩，幸福吗？除了迷惘还是迷惘，迷惘得让她恐惧。

或许她不该这么想。应该想她跟夜离轩在一起的时候，幸福吗？

幸福吗？有喜有忧，有苦有甜，滋味虽多，可她的心却累了。其中悲欢，她真的道不清楚。

她不想顺从夜离轩的霸道强势，却想依赖他偶尔给予的温暖，连她自己都摸不透，其中的复杂心思。

所以她羡慕着满贯，至少满贯晓得自己要什么，能够不顾一切地去追寻。她呢？只有一身瞻前顾后的本事。

钱满贯毕竟跟欧阳寒拜堂成了亲，已然算是有夫之妇了。新婚夜便遭休弃，自是坏了名声。

若世人晓得她现下跟苏子逸在一起，连带着苏子逸也会一世英名尽毁。

书院的学子不想苏子逸跟钱满贯扯上关系，却不知苏子逸说着将她送走，转身就把她藏在了院中。

欧阳寒命人将钱满贯送到这里，便让她忘记自个儿的名姓，藏几个月再现身。

她不甚明白欧阳寒这样做的理由，却甚是安心，坚信欧阳寒不会做出不利于她的事来。

过了十多天，便传出了钱满贯暴毙的消息。欧阳寒将之风光大葬，闹得比大婚之时还要隆重。

平民百姓都觉奇怪得很，这好好的人怎的平白无故就没了呢？莫不是这欧阳寒暗中捣鬼，谋财害命了不成？

可欧阳寒也不是没有家底的人，何至于惹下这样的污水往自己身上泼？

随后，坊间又传出钱满贯早有旧疾在身、命不久矣的消息。说欧阳寒爱她爱得很，不顾一切地娶了他，就为相聚这短短几日，以证他不离不弃之言。

一时间，都把欧阳寒誉为情种。即便香消玉殒的钱满贯，也是令好些深闺女子羡慕。

落得这么个局面，钱满贯也是哭笑不得。罢了，她也只得换个身份过活。不然背着弃妇的名头跟苏子逸在一起，更是拖累他了。

苏子逸本也没想过要显于世人眼前，就想着过些山间绿野的生活。自个儿的名声倒没什么所谓，就怕苦了满贯惹上一世诟病。

欧阳寒的办法虽然剑走偏锋，却实实在在地解决了问题。苏子逸这心里，对他还是多有感激的。

钱家那头一直平静到棺椁入了土，钱满贯才彻底放心了。若是她的假死，惹得爹娘肝肠寸断，那可真是作孽了。

该是欧阳寒跟钱家说清楚了，钱家才没做出大闹灵堂的举动来吧。

不然好好的闺女突然没了，他们怎会不讨个说法，还跟着附和说满贯重病缠身的。

凤倾月不明白这里头的弯弯绕绕，听钱满贯解说了一番，才有些恍然大悟的感觉。

这世间流言竟比利剑还让人防不胜防，当真叫人无可奈何。

满贯提及流言之害时，还为夜离轩说了几句好话。说他还是多有替她着想的，没让世人晓得她这个王妃失踪。

她离府的事一旦传出，后果将不堪设想。兴许以讹传讹，便将她说成淫妇，与人私奔了。就算她日后回了王府，也是无法做人了。

再说她一个妇道人家，日后独自养活孩子也是件难事。先不说要面对世间的风风雨雨，单单是孩子问起自个儿的父亲，就能令她百般为难。

凤倾月从来没想过这些严重的后果，直到满贯提及，才觉得是个问题。可要问个解决之法，她却只得干瞪眼了。

夜离轩真的顾念着两人的情分吗？只是让她出来了又回去吧，她当真拉不下这个脸。

凤倾月不知道，她心里已是偏向于夜离轩了。只是她还没想透，又闹出了其他事来。

不知从何时起，凤倾月的脸上开始冒出毒疮，一个又一个地长满了脸庞。不过两日时间，玲珑就被她感染了，开始发病了。

苏子逸下山寻的大夫都是无用，开了好些药膏给她涂抹，始终不见好。

用了许多日的药，症状没有缓解，反而更加严重了。满脸的脓疮开始逐个破裂，血水不停地往外流。这般模样，让人自个儿都犯恶心。

找了好几个大夫都无解决之法，实在令人恐惧得紧。最后一个大夫见着凤倾月及玲珑，更是绝了，直接落荒而逃。

这样的传染之症，一个不小心落在了自己身上怎么办？诊金没捞着，倒惹得一身臊。划不来，划不来！

苏子逸和钱满贯不懂医术，见一个个大夫无能为力，也只得看着干着急。到最后没法子了，只好求助于君泽皓，让他想办法请宫中御医来看看。

君泽皓得知消息，也是着急得很。可宫中的那些老御医一个比一个死板，没有皇上的令，谁私下能请得动他们？

君泽皓送的礼被人拒了回来。这计不成，他又打起了劫人的主意。

正是百般焦急之际，玲珑突然想起了还在王府暂居的楚神医来。

凤倾月不欲以这副尊容上门求治，又令几人为难得很。这毒疮已是严重得散出恶臭了，她还在顾忌什么！

还是君泽皓拍案做了决断，说了句"万事有我"。

结果第二天，楚云辞就被五花大绑地绑至应天书院来。

楚云辞一开始还有些疑惑，不明白那些人将他绑来作甚。待看到两个满脸毒疮的人，他就瞬间明白过来了。

原来是有求于自己呀。

闻着两人身上散发出的恶臭，楚云辞一阵恶心。打从心眼里不打算救治这两人。即便求他，他都不打算脏了手，更别说是绑他过来了。

若他知道眼前的女子，正是夜离轩苦找了几个月的人，不知他将作何想法。

先不说凤倾月体态有了变化，便是她体态全无变化，这张脓疮遍布的脸谁又能认得出来？楚云辞认不出人，着实怪不得他。

这下好了，即便没有人皮面具，也让人认不出来了。

君泽皓也没做掩饰，见楚云辞醒来，直接就给他松了绑。

"快些救人，时间不等人！"

楚云辞一听他这口气，盘坐在地，说什么都不打算动了。

君泽皓不耐烦了，踢了他一脚，催促道："你倒是快点啊！"

楚云辞没反应过来，瞪着君泽皓说不出话来。

嘿！求人还带这么有脾气的！真当他这个大将军了不得？

"本大爷偏偏就不治！"

"当真不治？"

楚云辞瞥了他一眼，刻意偏过了头。

"大爷我向来说一不二，你能把我怎么样？"

君泽皓故意没说出凤倾月的身份，想着激楚云辞一番。

"等会儿你会求着要给她治的。"

楚云辞一听这话就笑了，翻身跳起就指着他道："屁话！我要是求着治她，我就叫你大爷！"

等的就是这句话！

"那就说定了！"

看着君泽皓邪里邪气的笑，楚云辞突然觉得自己掉坑里了。

君泽皓也不说话了，悠然坐下喝起茶来。

他不急，玲珑却急了。

"楚公子，你快救救我家主子吧！奴婢求你了！"

玲珑一开口，楚云辞就觉察出不对味了。这音色他熟悉得很，可一时之间他又说不上来此人是谁。

细下一回味，还是不甚肯定。

"玲珑？"

他试探着问了一句，语气中带了几分肯定，更多的却是不敢相信。

楚云辞心头很矛盾，想寻着凤倾月吧，又有些希望眼前的两人，跟他想象中的两人没有任何干系。

可玲珑的肯定却犹如晴天霹雳，令楚云辞震惊非常。

眼前这个满面毒疮的人真是凤倾月吗？无缘无故地，她到哪里去惹了这一身恶疾回来？

现下也没时间去深究这些个事了。他三步并作两步，便要替凤倾月看病。

楚云辞正至凤倾月面前，君泽皓却拦住了他。

"不知大名鼎鼎的楚神医，说的话可还算数？"

楚云辞一阵气结，难怪君泽皓这小子适才耀武扬威的，原来是吃准他了！

哼，他才懒得搭理这疯子！

楚云辞将君泽皓的手一把推开，便观察起凤倾月的情况来。

君泽皓见他一脸严肃地替凤倾月诊脉，便识趣地没再做纠缠，生怕打扰了他。

"这毒疮几时长的？从何处开始发的？"

犯下这样的病，实在让凤倾月有些难以启齿。她下了好大的决心，才愿意说清楚。

"具体时间也记不清了，大概有七八日了吧。起初只是脸上冒了一些，后来不仅扩散到了身上，还将玲珑给传染上了。"

此般令人难堪之症，着实让凤倾月懊恼得很。无缘无故犯下这样的怪病，可不是惹人诟病吗？！老天爷这是在惩治她吗？为何偏偏是她命里多忧呢？

凤倾月的脸已然全部溃烂，楚云辞也看不出个名堂来。只得将视线转移至玲珑，打量着她未完全溃烂的脸庞。

"这绝不是你们自身犯的病，该是在什么东西那儿沾染上的。好好想想，接触了哪些不干净的东西。"

听了楚云辞的决断，凤倾月总算安下了心来。只要不是自个儿犯的毛病，她也就没那么尴尬了。

只是这不干净的东西，范围说大也不大，说小却也不小。

她在这里的吃穿用度，虽说比不上王府的奢华，却也算不得差的。她接触的这些东西，并不觉有什么不干净的。

她平日的生活就在这一方之地，要往大的方向说，她也说不出个所以然了。

"这样的东西只要碰到过一次，就足以令人难以忘怀了吧，你们就没半点印象？"

楚云辞说得隐晦得很，就怕勾起两人的恐惧。可见她们还是半点反应也没有，他不由得疑惑了。

难道是他推断错了？不应该啊。

凤倾月听楚云辞这话，也是疑惑了。楚云辞的意思，好像已认定她们接触过这样东西了。可他为什么说得如此含糊呢？

"比如说会是什么东西？"

凤倾月想象不出，只得让楚云辞给个提示，顺着他的思路想。

"死尸。"

他冷然蹦出这两个字，将玲珑吓了一跳。

"这怎么可能呢？主子一直居于内院，便是死了的牲畜都看不到一只，何况，何况……"

楚云辞听玲珑这般说来，便觉得事态有些严重了。

明摆着是尸毒之症，现下却说连尸体的影子都没见到。

可没接触过死尸，又怎会招惹上尸毒呢？玲珑也没必要骗他，她说没有那定然是没有的。

若是活人也能生出尸毒，那真是堪称千古奇话了。这种未知之症，实在让楚云辞有些难办。

要是治不好凤倾月，他该怎么对夜离轩交代？

正当楚云辞犯难之际，君泽皓却反应了过来，忙道："我给了她们两张人皮面具，每日戴着。难不成是这东西有问题？"

"废话！"

楚云辞纠结了好一阵，结果问题出在君泽皓身上，他顿时气不打一处来，不停地抱怨着君泽皓。

"你可知这人皮在人的脸上有生气，剥下来也是有死气的。不将人皮用药物浸泡，就让人每日戴着，谁教你这么办事的？"

"就算不会药物洗毒这一法子，日子久了也该换上一换吧。久得都形成尸毒了，你到底是怎么办事的？"

楚云辞像连珠炮一般地抱怨着，丝毫没见到凤倾月和玲珑已是变了脸色。他越是多说一句，两人的脸色越是难看一分。

本来就面目全非的脸，因皱眉而挤成了一团，更显难看。

想到将别人的脸皮剥下，安在了自己的脸上，两人就是一阵恶心恐惧。那场景好像生动地浮现在了眼前，惹得两人直欲作呕。

"得得得，都是我的错！你快别说了，再说她们就受不了了！"

这人皮面具大都只做一时之用，也没什么人长久戴着。是以君泽皓也没想到会闹出这样的事来，心里还是为自己的思虑不周而深感负疚。

毕竟女子最在意的便是容貌了，若因自己让两人容貌受损，他实在是难辞其咎，于心不安。

楚云辞被君泽皓打断，便恶狠狠地瞪了他一眼，出声吩咐道："还不赶紧将那东西拿去烧了！"

君泽皓自知做错了事，也不敢跟楚云辞呛声，便听从吩咐灰溜溜地出了门去。

少了君泽皓这个碍眼的，楚云辞顿感心头畅快，问起了凤倾月的情况。

方才君泽皓的话，透露着两人是受他照顾的。到底是他自己帮的凤倾月，还是皇上的旨意呢？

两个结果虽然是一样的，可这其中的含义却大有不同了。到底凤倾月对夜离轩还有几分心，也是楚云辞想要知道的。

楚云辞的一番疑问，凤倾月并没有全然做出解释。只是同他打着马虎眼，说自己不想谈及以往之事。

见楚云辞还有心思询问闲聊，玲珑实在着急得很。现下最为重要的，难道不是治好主子的怪症吗？

楚公子这般不慌不忙的，可是有了解决之法了？

第六十二章
命定

　　君泽皓将那人皮面具拿出去烧毁了归来，楚云辞才不紧不慢地写了方子，又让他下山抓药去。

　　他手持药方，瞪着楚云辞看了好一会儿，才愤然离开。

　　若不是为了凤倾月，他才不干这种下人的活呢！当真是人善被人欺！

　　楚云辞本还想问凤倾月一些事情，君泽皓却让苏子逸和钱满贯入了屋来，令他不好相问了。

　　一开始还以为是会传染的怪病，君泽皓便让两人躲在了屋里。现下知道只是沾染了尸毒，也就放心让两人出来了解情况了。

　　楚云辞见钱满贯出现在此处，心里惊讶了一番，却神色如常，没有多问什么。不过想到她日常多有不便，就问了她需要一张面皮易容否。

　　他做了保证，说他制作的面皮绝不会出现尸毒这种情况。钱满贯便道谢一番，接受了他的好意。

　　几人说着说着，楚云辞就提到了夜离轩。说他已然知错，府里的小妾也都被他赶走了，让凤倾月安心回去住下。她现下中了尸毒，又分娩在即，府里的下人多，也方便照顾她。

　　钱满贯也觉楚云辞说得不错，附和着他劝着凤倾月。可凤倾月说什么都不肯，还求着楚云辞不要告诉夜离轩。

　　楚云辞嘴上答应，心里却另有一番想法。明着不行就来暗的，这事总归得让夜离轩知道。

两人回府的事没谈拢，君泽皓便怒气冲冲地回来了。

一干人追问他发生了何事，他起初不愿说，后头却愤愤地说开了。

先前那几个大夫看了凤倾月的病症，自己无能医治，回去了还四处散播流言，说应天书院出了传染病。

君泽皓一开始还以为只有药房里头在传，后一路听到街边的妇人谈及传染病一事，君泽皓才暗道糟了。

传染病一事，可大可小。要是传入了皇上耳朵里，可真有些不得了。

万一皇上宁可错杀也不肯放过，要将传染病的源头灭掉，这书院的人可就冤枉死了。

凤倾月听他说来，不禁深感无奈。

世间流言，当真是无孔不入。就算她躲过了这一回，以后呢？不知她以后孤身一人，又该如何面对这些风言风语？

众人正是不知如何是好的时候，楚云辞却拿定了主意。要君泽皓借着大将军的名义扣押那几个大夫，再由他出面说病症已解，让流言先行止住。

不过凤倾月还是得回到王府去，免得一波未平一波又起。

凤倾月一想到自己这张脸，就下不定决心。这般丑陋恶心的脸，连自个儿都看不过去，又怎能现身人前呢？

见凤倾月只是迟疑，没有了一开始的果断拒绝，楚云辞就觉有戏。一番权衡利弊，楚云辞还是没能说服得了她，甚是无奈。

满贯看出了她的为难，也不跟着劝她了，只说着让楚云辞先将尸毒去了。

见满贯不停地使着眼色，楚云辞便不再相劝了。从包袱里取了些药材，就让人熬药去了。

好不容易借着机会，钱满贯才跟楚云辞说明，凤倾月这是拉不下脸呢。

楚云辞明白过来，晓得解铃还须系铃人这理，便写了封书信，让满贯托人送出去，跟夜离轩说清楚这边的情况。

两人能否重修旧好，他是插不得手了。事已至此，一切就看夜离轩是何作为了。

为免腹中胎儿有损，凤倾月先是喝了一剂安胎药。过了一炷香的时间，才又喝下了去尸毒的汤药。

喝下解药不多时，便来了个令她惊慌失措的人物。

她匆忙之下也寻不到遮挡之物，只能以袖作挡，遮住了夜离轩的目光。

夜离轩缓缓走近了她，将她的手推开了去。

即便她现下这张脸，比当初毁容之时还要可怖得多，他还是没有半分嫌弃的心思。

他寻她寻得都要发疯了，好不容易寻着她，又怎会将她拒之于外呢？

"我知道自己错得离谱了，原谅我可好？"

夜离轩难得这般深情款款，她却只觉得不可置信。对着这样的脸，他怎能做出这般情深的样子来？莫不是在骗她？

她突然很紧张，大声叫着要夜离轩出去，状甚疯癫。

夜离轩拿她没辙，只得先退了出去，关上了房门。

凤倾月自个儿都不理解，她满心癫狂是因的什么。

为什么见了其他人，她都觉无所谓。偏偏夜离轩见了她的丑陋模样，就会惹得她大惊失色，激动非常。

夜离轩当真是她的劫数，令她又爱又恨，偏生割舍不得。

夜离轩在房门外大声同她道着歉，细数着自己以前的不对。他难得这般好脾气，一退再退。

要是他性格不这么多变，一直对自己这般好该有多好？

夜离轩说着说着，又说到了贺兰雪的身上。说她挑拨离间，令泽儿犯下大错。现下他已将那些个小妾夫人全部打发走了，指天发誓说着以后不会再出现这样的事情。

要不是她自个儿心软留下那些小妾，也不至于闹下这样的事来。想给别人一个安身立命之所，却总有那么几个不肯安分的。

要说错，她也是做错了。明明看不透人心，还自作聪明地留下了这些个心怀叵测的人。

　　夜离轩解释了许多，她也想了许多。说得透了，真觉两人冷战的意义全无。就因为两人各藏了心思，才闹得此般局面，当真叫人又好气又好笑。

　　静下心来想了好一阵，凤倾月终是做了决定。她打开房门，看着门外焦急的夜离轩，总算是说出了愿意跟他离开的话来。

　　只不过她这般模样，着实不想被其他人看见，惹下流言蜚语。夜离轩听她说的这些顾忌，顿觉不是问题，直接就揽下了照顾她的差事来。

　　他能放低身段至此，实在是凤倾月料想不到的。或许两人是可以从头来过的吧?

　　看着匆匆离开赶着去安排回程的夜离轩，凤倾月突然有了些安心之感。

　　两人走了许多弯路，已然是分道扬镳的路，却在兜兜转转之下重回了起点。

　　这便是命吧。

　　夜离轩一番准备，好不容易才将人接回了昕雨轩。昕雨轩的下人尽数被打发去了别院，看着冷清得很。

　　凤倾月回到这里，一时间百般滋味在心头，说不清道不明。不知不觉，泪水模糊了眼睛。

　　她也不知自己何至于此，好似有什么伤心的大事涌上了心头，心里一阵发酸，就落下了泪来。

　　楚云辞先是在外摆平了流言，才匆匆回了府来。

　　凤倾月的毒疮本身是不难办的，可日子一久，毒疮相继破裂后就很麻烦了。

　　破裂后的腐肉必须割除，不然尸毒就如那野草一般，野火烧不尽，春风吹又生。

　　去除腐肉也不是一件难事，难就难在男女授受不亲这上面。夜离轩百般确认了必须要割除腐肉一事，便决定亲自操刀。

事关清白，凤倾月同夜离轩是夫妻，自然是没什么说头。可玲珑一个黄花大闺女，遭楚云辞看了身子便就不清不白了。

没法子，思前想后一番，也只得将玲珑交托给了先前许过婚约的单陌。

单陌见了这样的玲珑，虽是慌神担忧，却并没流露出嫌弃之态，这让凤倾月甚为欣慰。

第二日，楚云辞准备了好些用具，分了一前一后救治凤倾月和玲珑。

两人喝了麻沸散，便先后熟睡了去。

楚云辞先于凤倾月的房中，替她剜去了脸上的腐肉。每剜一块腐肉，他都要用火炙烤一下小刀：一是为了防止尸毒沾染新肉，二是为了防止血流不尽。

他的手法极其快捷，差不多都是一刀切。轮到夜离轩速度便放慢了，生怕一不小心剜去了一大块皮肉。

毕竟夜离轩是个习武之人，干这么点小事该是不成问题的。楚云辞盯着他处理了脸上最后一块腐肉，便转身去了玲珑的房里。

也同先前一般，楚云辞只割去了脸上的腐肉以做示范。单陌却很惊奇于这麻沸散的神奇功效。

折腾了十几刀，玲珑半点反应也无，可不叫人惊奇吗？！

虽说是于后救治，单陌却先行将玲珑包扎好了出了屋来。

玲珑发病比较晚，情况自然没有凤倾月那般严重。她身上毒疮破裂之处不怎么多，有些因为喝了解药已然干瘪了去。这便让单陌轻松了些。

而凤倾月这头，耽搁去了不少时间，她已然有了转醒的迹象。见她眉头轻皱，夜离轩便焦急得很，加快了手中的动作。

凤倾月蒙眬半醒之间，好像见到夜离轩汗如雨下的场景。一转眼，他却变了个模样，温情得很，抱着她坚定地说着不会再让她受苦的话。她心里感动非常，如坠云梦之中。

她清醒过来后，身上好一阵疼痛发痒，却因为麻沸散还移动不得。

方才用的被单、绣枕、衣物，都给换下拿去烧了。就连割下的腐肉，都用大火烧没了。有道是不怕一万，就怕万一，有个防备总是好的。

因凤倾月的上半身都被缠上了绷带，行动不便，夜离轩还得一口一口地喂她吃饭。

他的体贴耐心，都让凤倾月铭记于心。她突然觉得回府之行不算太坏。这样的夜离轩又让她有些害怕，怕他对她的好稍纵即逝。

他要是能一直这样对待她，她也就此生无憾了。

长肉的时候，最是痛苦。浑身痒痛非常，却不得抓挠。

因夜离轩的威逼，楚云辞还专门想了个法子来缓解这种痒痛。制了好些药膏出来，让他换绷带的时候替凤倾月先擦上。

现下的凤倾月，当真有些痛并快乐着的纠结之情。只希望夜离轩的好，不会是昙花一现。

过了几日，肌肤总算是结疤了。不怕抓伤感染，绷带也就无用武之地了。夜离轩总算是少了一样苦活。

而玲珑那边，却总算是少了一分尴尬。

玲珑与单陌成婚虽是迟早的事，可毕竟两人还未成婚，每日这样玉帛相见，自然免不了一番尴尬。

时间就这么不知不觉地过着，日复一日，平淡得很。

凤倾月正是适应了这平淡的日子，某日晌午却突生了变化出来。

这日凤倾月依旧是早早地用了膳，在院里闲逛了一圈。腹中胎儿照旧调皮得很，在里头活泼乱动着。

近日胎动频繁，还不时少量见血。不过楚云辞说没有大碍，凤倾月便习以为常了。

最近都是这么过来的，今天却很不同。

平常的阵痛忍忍也就过去了，今日的疼痛却一阵强过一阵。

还是夜离轩见到凤倾月皱眉强忍着，先是觉察出了不对，立马叫了连翘去请来府里的稳婆，再急急将凤倾月扶进了屋里去。

好在府里早就安排了接生的婆子，才不至于让人手忙脚乱了去。

可那婆子到了门口，凤倾月却不依了，非要自己将孩子生下来。

她羊水刚破，已是疼得惨了，却始终不让那婆子进屋来。她从来没生过孩子，哪里会晓得要怎么生？

她脾气又倔，是个说一不二的性子。一时间夜离轩急得团团转，半点找不着分寸了。

　　她不让婆子接生，难不成让楚云辞来？思及此，夜离轩心里就硌硬得紧。见凤倾月痛苦异常，他又拿不定主意，实在是焦急得很。

　　还是玲珑见到自家主子这样，想起了她之前不愿见到夜离轩的场景。

　　主子脸上的伤还没好，难不成是怕别人见了去？玲珑试探一问，凤倾月果然是因为此事不想见人。

　　凤倾月的性子比以前怪了不少，夜离轩只得无奈地随着她，让连翘将婆子蒙了眼再带进来。

　　那婆子心里紧张得很。这王妃脾气怎的这般怪异，竟然让人蒙着眼接生！她替人接生无数，还没遇见过这等怪要求的呢！

　　可她不过是个接生的婆子，主子的吩咐她岂能不依？没法子，她只得靠近了床头，闭眼指挥着众人干活。

　　因凤倾月不愿让其他人看见，夜离轩还得忙进忙出地为她端倒热水。本来男子不得入产房的规定，也因她而硬生生地改了。

　　向来被别人伺候惯了的夜离轩，也因她而变得好脾气地妥善服侍着人。

　　几人一阵手忙脚乱，总算是听到一声啼哭，孩子出生了。

　　那稳婆赶紧让人将脐带剪断打了结，之后吐出一口长气。

　　有生以来，她还是第一遭蒙眼接生，这样都让她指挥着把孩子生下来了，她自个儿都觉能干得很。

第六十三章
大结局

孩子生下后，凤倾月看了会儿襁褓中的婴孩，便疲倦得睡了过去。

夜离轩正踌躇用哪个名字好呢，宫中便传来圣旨，皇上赐名，以示厚爱。

虽说赐名这种事是天大的隆宠，不过夜离轩还是不甚高兴的。心头吃醋不说，还很不乐意。凭什么我的孩子要你来操心起名？

可惜圣旨已下，夜离轩哪里有法子抗旨不遵呢，只得自个儿生着闷气。

夜梦洛。梦洛，梦落。

其中含义引人深思得紧，夜墨澜这意思，是放弃了吗？若他是这个意思，夜离轩心里还能有几分高兴。

若他起个硌硬自个儿的名字，除了一腔怨气憋在心里敢怒不敢言，夜离轩还真是拿他没辙的。

夜墨澜本欲给夜离轩寻个边城，将他打发出去，再想个安顿凤倾月的法子。却没想到，两人还是走到了一块儿去。

上天不打算给个回头的机会，任自己如何竭力挽回也是无用。

也罢，只愿登上了这梦寐以求的皇位，再也无怨亦无悔吧。

尽管夜离轩少了夜墨澜这个阻碍，但他过得还是不甚轻松。

其中因由，便是凤倾月生下的是个男孩。

一门两嫡，便是双生都有算计猜疑者，更不用说是异母之子了。

不是凤倾月多心，无法原谅夜雨泽，而是世事无常，她不能保证夜雨泽成人之后，不会有除去威胁的心思。

她与夜离轩好不容易才重新开始，若因这没来由的担心再生分了去，实在显得她有些冷情。可她心里始终有一道结，不得其法解决。

她的闷闷不乐被夜离轩看在了眼里，想了好些方法想逗她开心，却始终驱不散她心中阴霾。

夜雨泽终究是两人中间的一道隔膜，也是凤倾月心中的一根倒刺，拔不出，咽不下。

以前是她想得太过简单了，但毕竟不是亲生，各有利益问题，又怎能同气连枝呢？

或许是她不信人性，想得太多了，可叫她把期望全寄托在夜雨泽的真心相待上，她更是觉得不甚妥善。

她不安，她无奈，却又无法跟夜离轩表达清楚。怕他又是偏帮夜雨泽，落得个不欢而散的结果。只得故作无事，心里却留有几分谨慎。

夜梦洛一天天地长大，已经到了四处攀爬、牙牙学语的时候。

夜雨泽对这个小弟喜爱得紧。上街一趟，大多都是带回送给夜梦洛的东西。

偶尔心中惦念着她，也会叫下人买下好看的首饰送给她。小小年纪，已然很懂得处世之道。

可他越是跟她亲近，越是聪慧非常，凤倾月就越是担心。

若是以前，夜雨泽这般懂事贴心，定会惹她欢喜异常。可经过那一推之后，她却只剩有紧张之感了。

抑或是她心思太重，才会觉得一个不出十岁的小孩能有心机一说。

不管那一推是有心还是无意，凤倾月心里都留下了一颗隐患的种子。随着夜雨泽的年岁渐大，她更加无法不去在意。

只要夜离轩的王位一日不传，凤倾月的心里就一日不曾踏实。她在意的，就是这王位之争。

夜离轩正值壮年，会愿意放弃王位吗？凤倾月不知道。她却必须得探个究竟。

　　凤倾月寻了个夜离轩心情大好的日子，也是夜雨泽作了首好诗名满京都的日子，隐晦地提出了想让他提前传位的意思。

　　他定睛看着窈窕绝色的她，终是叹了口气，答应了她。

　　两人还有大好青春，耽搁在这多疑猜忌中岂不浪费？她已然做了最大的让步，他又怎能拒绝了她？

　　他知她心中担忧，他想从中周旋化解，令得一家和美，却还是不可为之。提早结束这利益之争，也不失为一个好方法。

　　他这辈子做不到两全其美，也只能落得个两相亏欠了。

　　夜离轩同凤倾月约定夜雨泽十岁之期，便是他传位之时。

　　一番纠结，终是落得了个好的局面。

　　待夜雨泽十岁寿辰，定然是个花好人团圆的场景吧？

　　凤倾月俯身，在熟睡的梦洛额头印下一吻，满心欢喜……